KB244834

근대문학100년 연구총서 05

논문으로 읽는 문학사 2 - 해방 후 남한 1

초판 인쇄 2008년 11월 10일 **초판 발행** 2008년 11월 20일
지은이 근대문학100년 연구총서 편찬위원회 **펴낸이** 박성모 **펴낸곳** 소명출판 **출판등록** 제13-522호
주소 서울시 서초구 서초동 1621-18 란빌딩 1층
전화 02-585-7840 **팩스** 02-585-7848 **전자우편** somyong@korea.com

값 28,000원

ISBN 978-89-5626-339-7 93810
ISBN 978-89-5626-334-2 (전7권)

ⓒ 2008, 근대문학100년 연구총서 편찬위원회

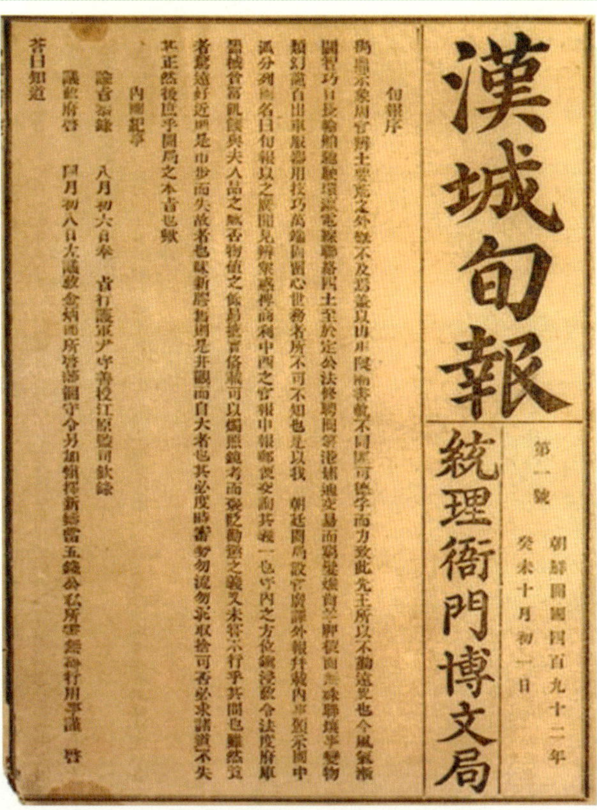

漢城旬報　統理衙門博文局

第一號　朝鮮開國四百九十二年　癸未十月初一日

旬報序

고종 20년(1883)에 창간된 우리 나라 최초의 근대 신문 『한성순보』. 순간(旬刊 : 열흘 간격으로 발행하는 발행물) 신문

(위) 1920년대 북경 망명시절의 단재 신채호
(아래) 신채호의 소설 『을지문덕』(1908)

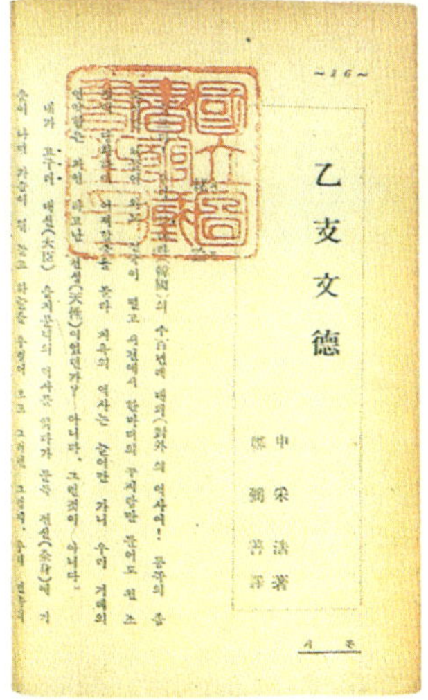

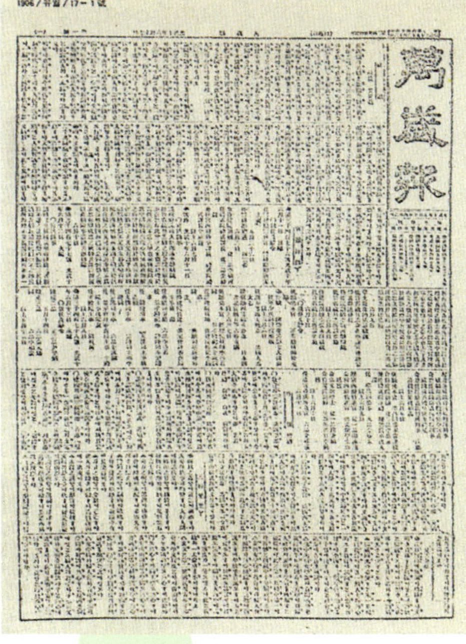

1906년 6월 17일 창간한 『만세보』

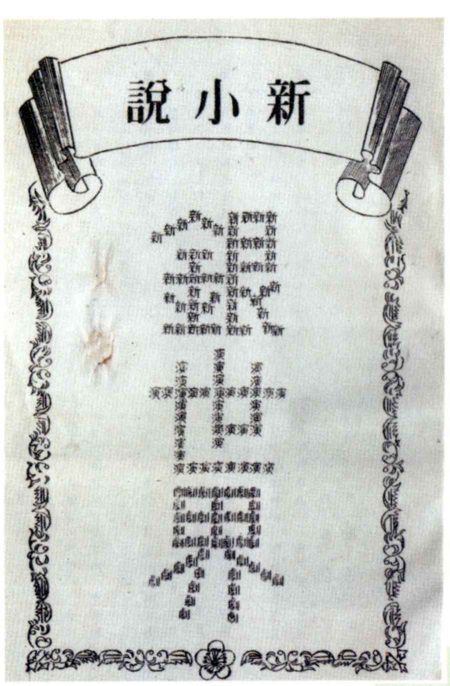

(왼쪽) 한국 최초의 신연극 소설인 이인직의 「은세계」 (1908). 그해 11월 원각사에서 상연
(오른쪽) 이인직의 『치악산』 상편(1908)

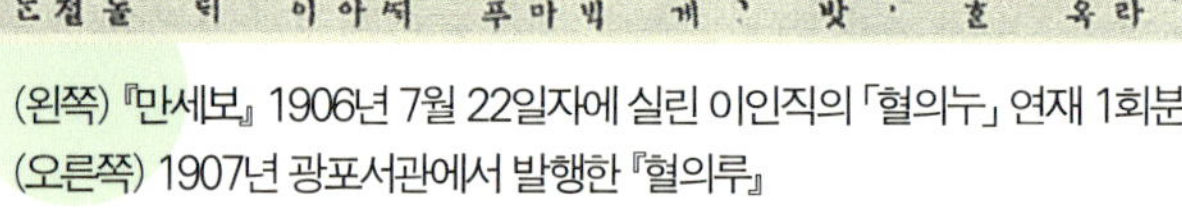

(왼쪽) 『만세보』 1906년 7월 22일자에 실린 이인직의 「혈의누」 연재 1회분
(오른쪽) 1907년 광포서관에서 발행한 『혈의루』

이해조의 『빈상설』(1907) 표지

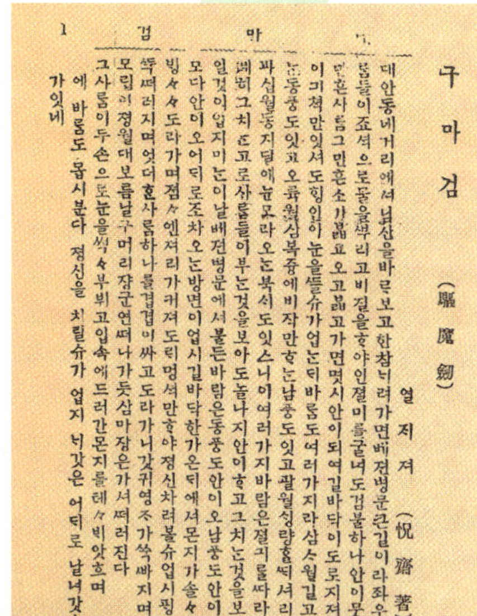

구 마 검 (驅魔劍)　열지저 (悅齋 著)

이해조의 『구마검』(1908)

이해조의 소설들이 연재되었던 『제국신문』

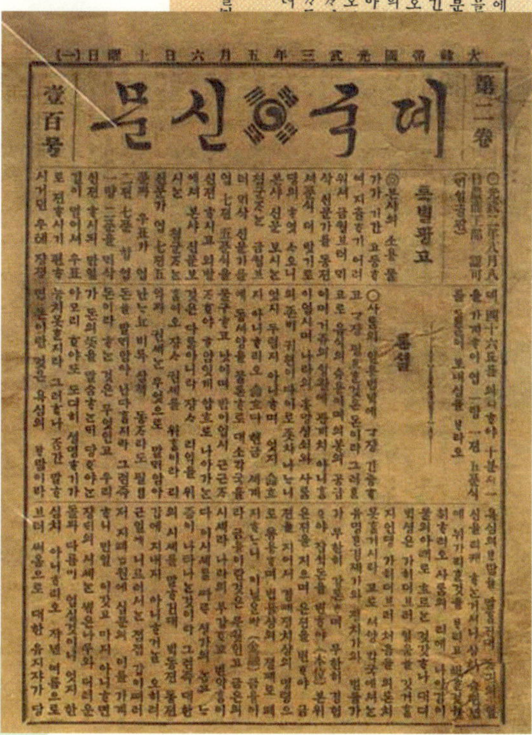

육당 최남선의 초상

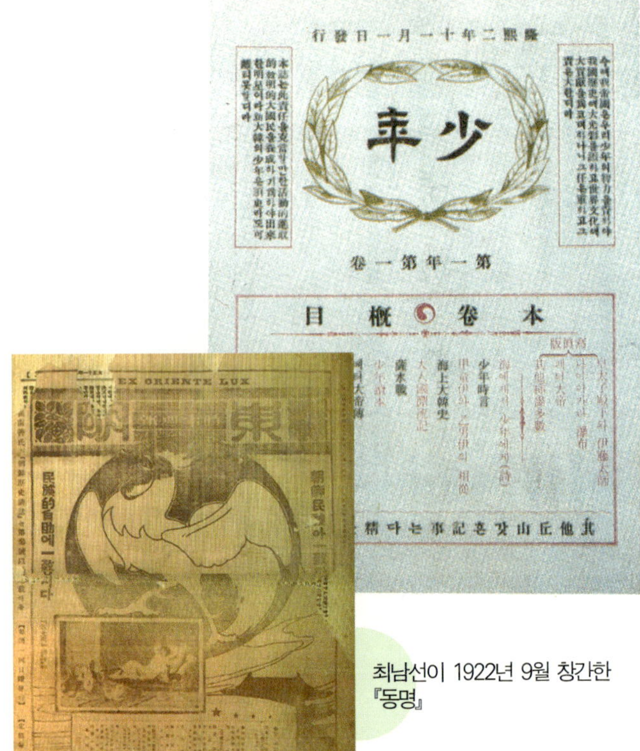

19세의 최남선이 1908년 발행한 『소년』

최남선이 1922년 9월 창간한
『동명』

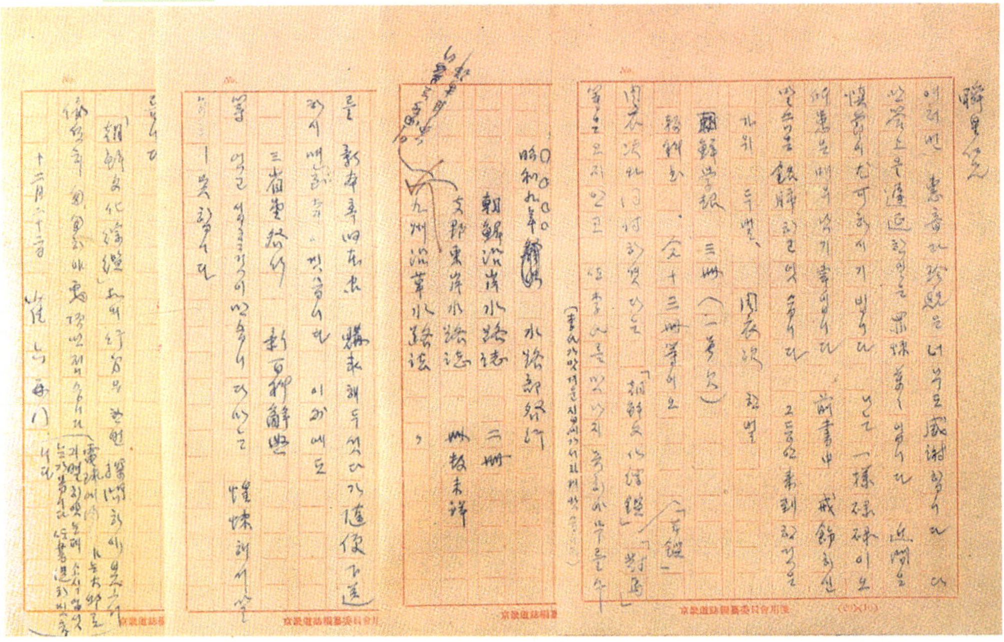

최남선의 육필 원고

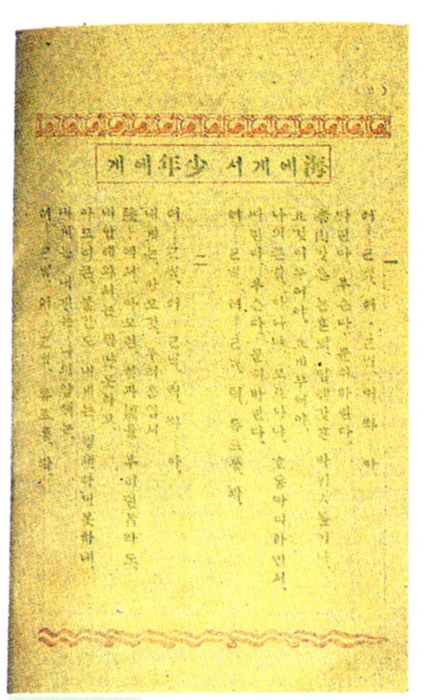

『소년』지에 실린 「해에게서 소년에게」

(위) 한말의 학자이자 독립운동가 박은식,
(오른쪽) 1915년 박은식이 지은 『한국통사』의 서문

1905년 이후에 발간된 학회지들

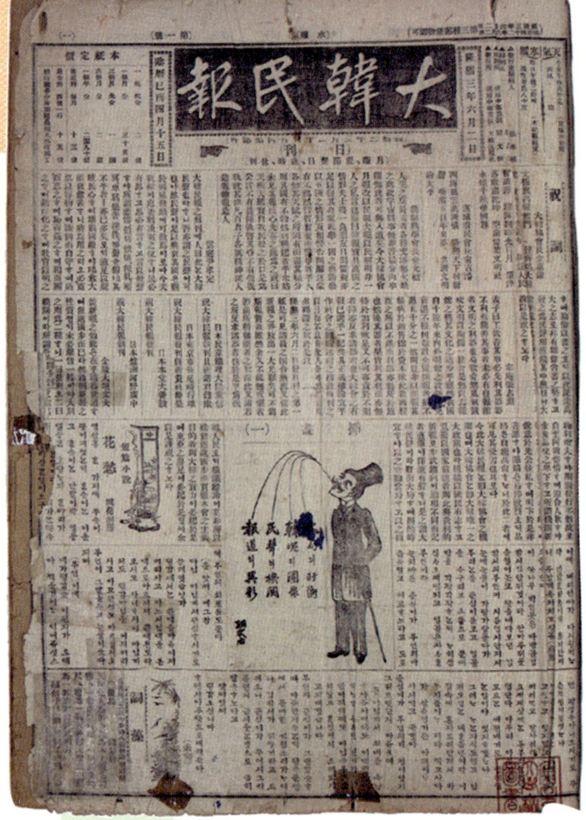

『대한민보』에 연재된 『만인산』(1909)
을 묶어 낸 단행본

1898년 9월 5일 창간된 일간신문 『황성신문』

여러 편의 신소설이 연재된 『대한민보』(1909).

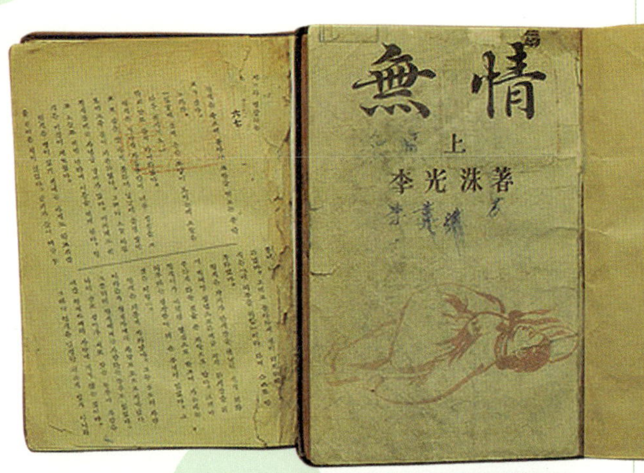

봉선사 광동학교 영어선생 시절 서재에서 집필하는
춘원 이광수(1941)

(위) 이광수의 소설 『무정』(1918)
(오른쪽) 주요한이 발행한 월간 종합지 『동광』(1926)의
제작에 주요섭, 김억 등과 함께 참여

이광수의 육필 원고

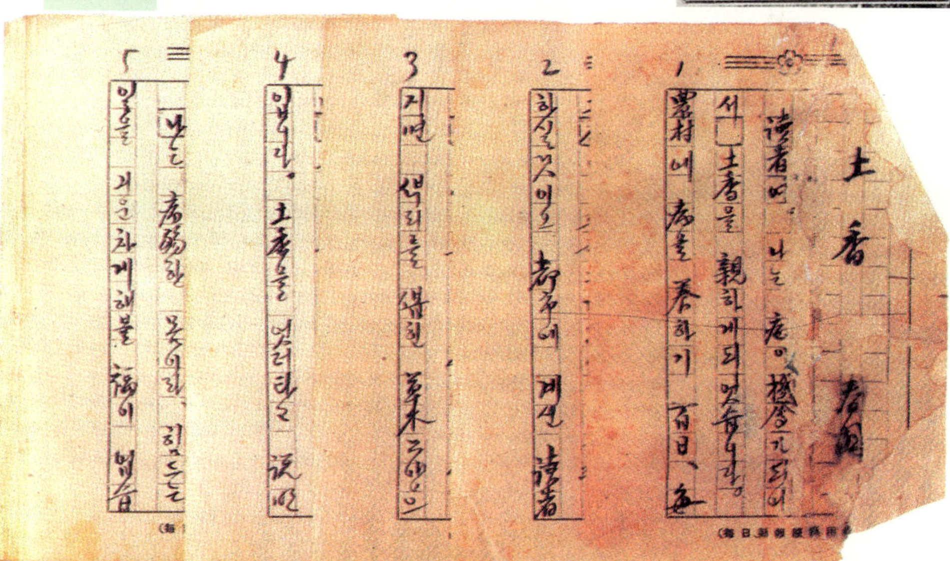

근대문학 100년 연구총서

(위,왼쪽) 최남선 · 이광수와 함께 '조선문단의 혁명아'로 불린 현상윤
(위,오른쪽) 근대 최초의 여성작가이자 화가인 나혜석
(아래,왼쪽) 신파소설 『장한몽』(1913)
(아래,오른쪽) 시인 김억

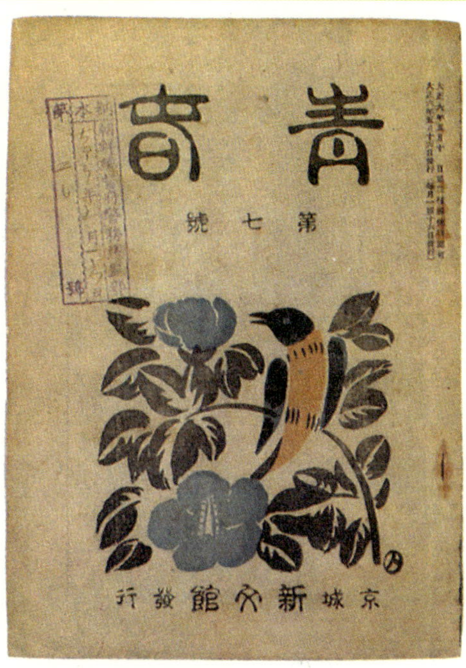

1914년 창간된 월간 종합지 『청춘』. 오른쪽 표지에 조선총독부의 납본인이 찍혀 있다.

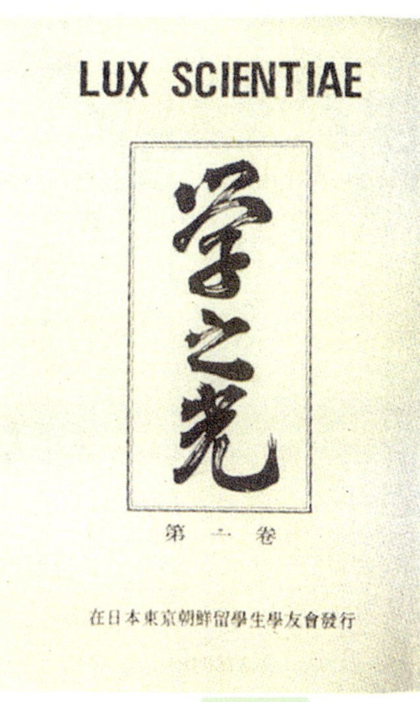

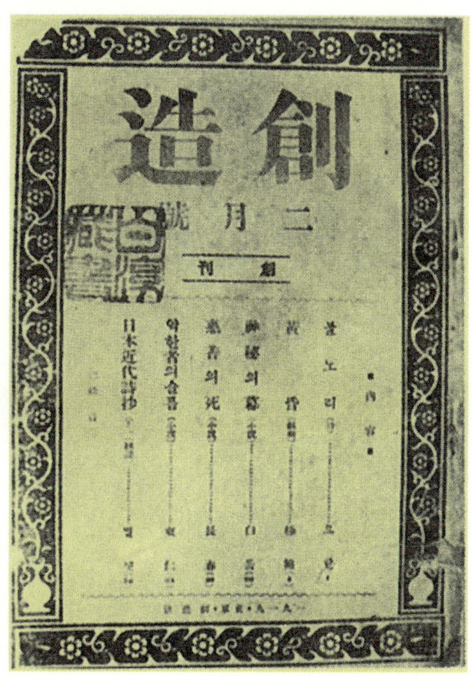

(왼쪽) 재일본동경조선유학생학우회의 기관지 『학지광』 창간호(1914)
(오른쪽) 『창조』 창간호(1919)

아동을 위한 정기간행물들. 왼쪽부터 『붉은 저고리』(1913), 『아이들보이』(1914), 『새별』(1914)

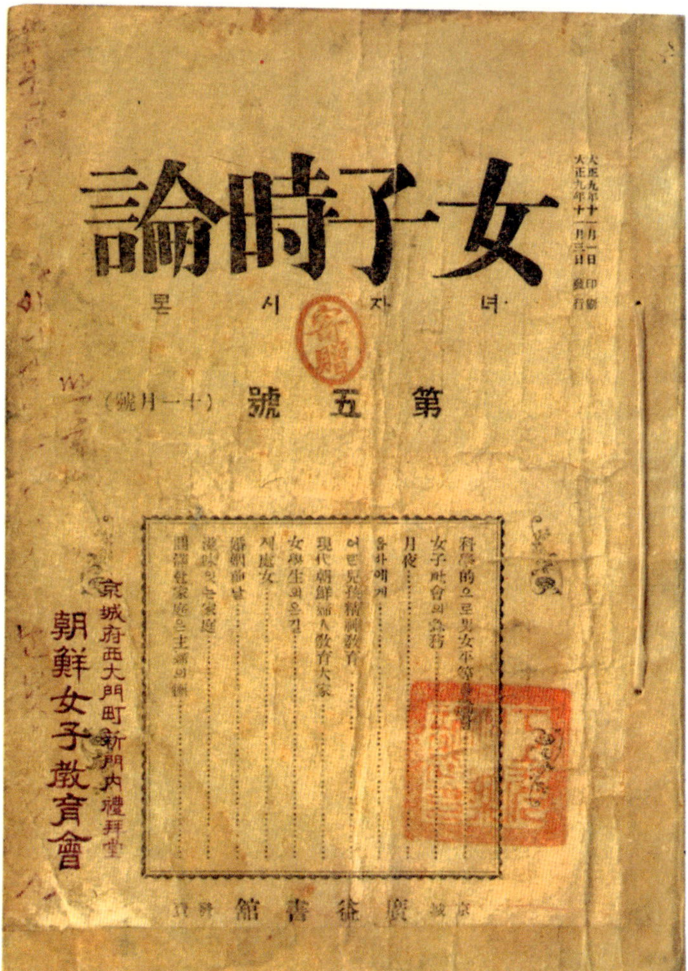

『여자시론』 제5호(1920). 조선여자
의 교육 보급을 목적으로 결성된 조선
여자교육회의 기관잡지

「만세전」의 작가 염상섭과 그가 쓴 장편소설『삼대』

소설가 현진건 초상과 그의 단편소설집 『타락자』(1922)

에스페란토어로 꾸며진 『폐허』
창간호(1920) 표지

「탈출기」의 작가 최서해

「물레방아」의 작가 나도향 초상과 그의 장편소설
『환희』(1923). 이 작품이 발표되면서 나도향은
천재작가로 불리게 되었다.

(왼쪽) 신명서림에서 김재희가 펴낸 『박명』(1923)

(아래 왼쪽) 우리 나라 신문학의 개척기를 연 주요한의 대표시집 『아름다운 새벽』(1924)

(아래 오른쪽) 김억이 인도의 시성 타고르의 시를 번역한 『신월』(1924)

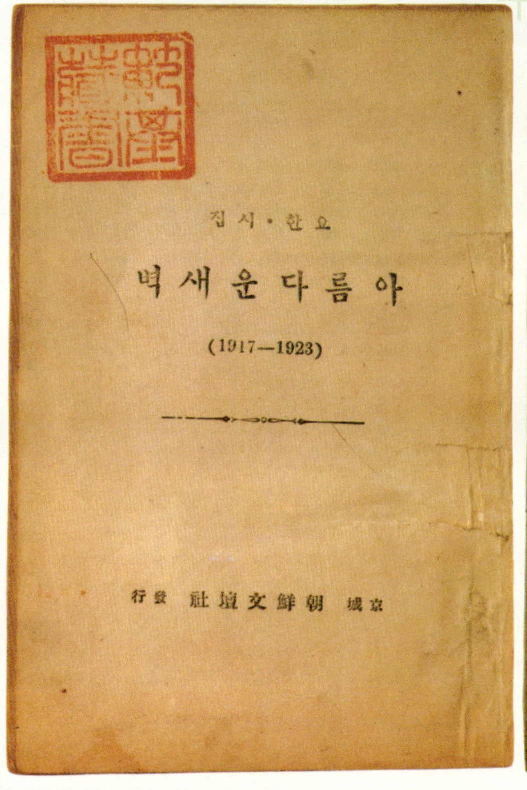

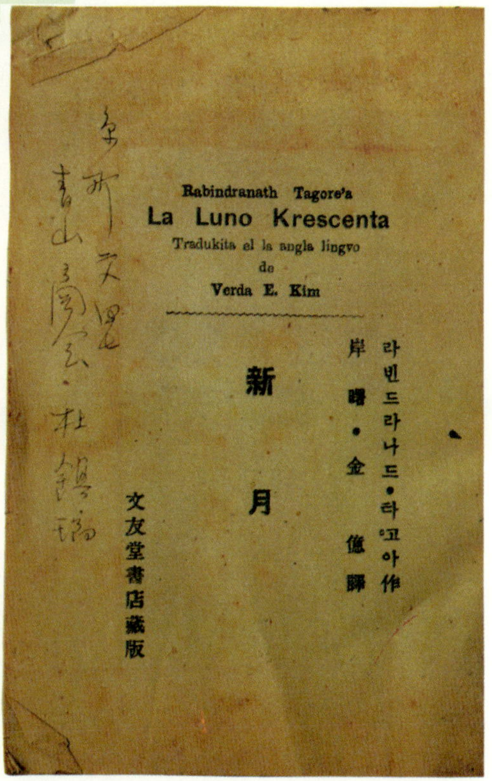

박문서관에서 발행한 『흥부전』(1924)

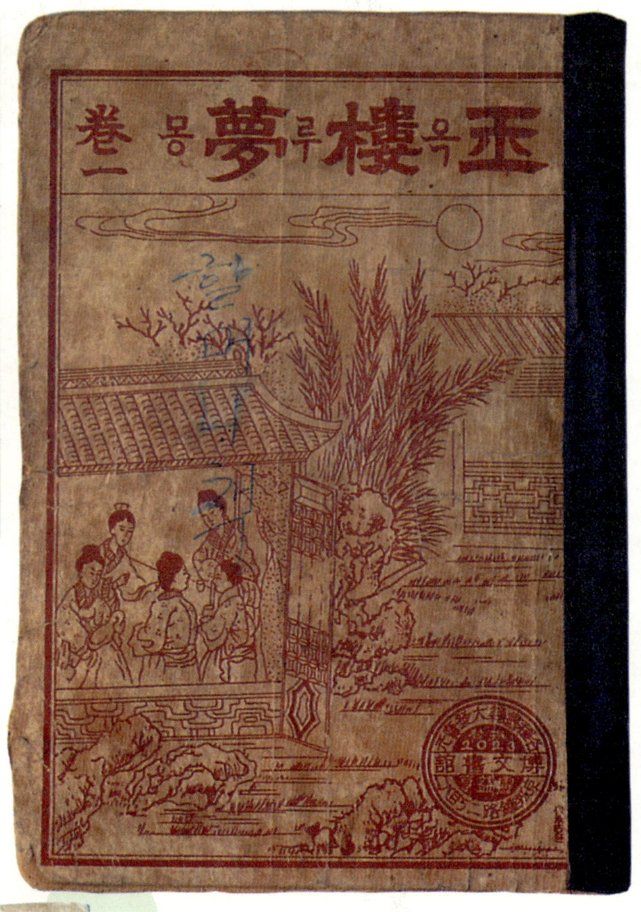

(위) 박문서관에서 간행한 『옥루몽』(옥연자 저, 1926)
(아래) 『삼천리』 창간호(1929)

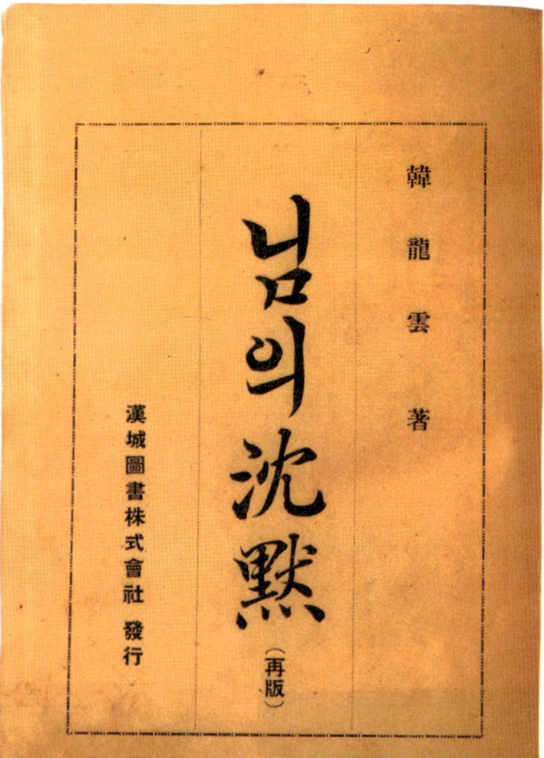

만해 한용운과 그의 시집 『님의 침묵』(1934, 재판)

만해 한용운 흉상(황성빈 작, 1992)

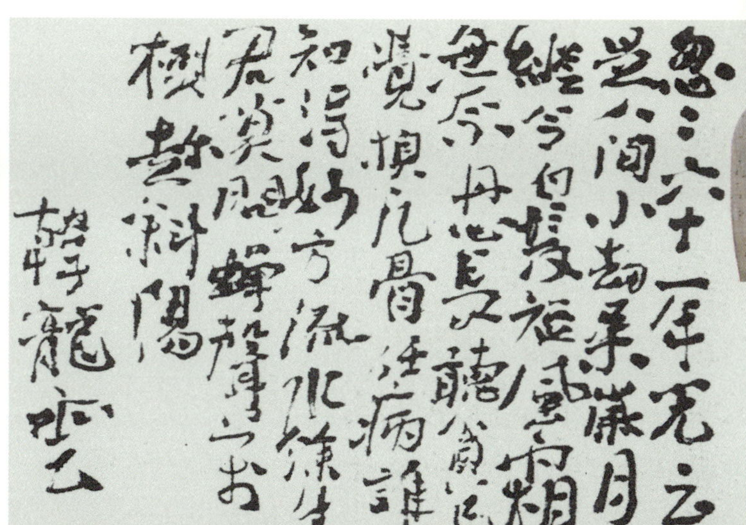

한용운의 친필

17

「진달래꽃」의 시인 김소월. 오른쪽 사진은
그의 젊은 모습

김소월 시집 『진달래꽃』(1925)

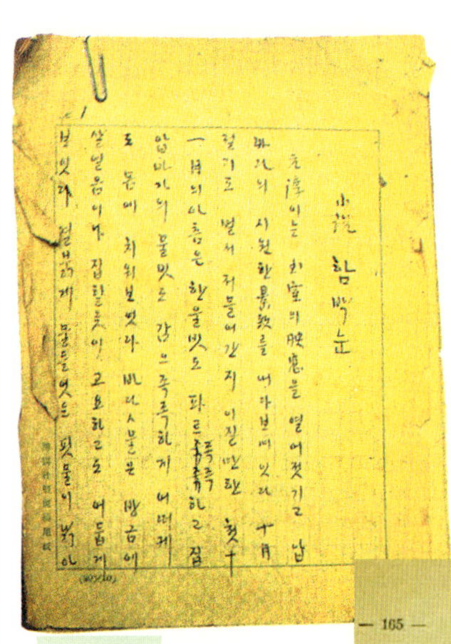

김소월의 육필 원고

— 165 —

사랑하던
그 사람이여!

선 채로 이 자리에 돌이 되어도
부르다가 내가 죽을 이름이여!
사랑하던
그 사람이여!

설움에 겹도록 부르노라.
설움에 겹도록 부르노라.
부르는 소리는 비껴가지만
하늘과 땅 사이가 너무 넓구나.

사슴의 무리도 슬피 운다.
떨어져 나가 앉은 산 위에
나는 그대의 이름을 부르노라.

— 164 —

初魂(招魂)

산산이 부서진 이름이여!
허공중에 헤어진 이름이여!
불러도 주인 없는 이름이여!
부르다가 내가 죽을 이름이여!

심중에 남아 있는 말 한 마디는
끝끝내 마저 하지 못하였구나.
사랑하던
그 사람이여!
사랑하던
그 사람이여!

붉은 해는 서산 마루에 걸리었다.

『진달래꽃』에 수록된
김소월의 시 「초혼」

18

1920년 서울에서의 시인 이상화

빼앗긴 들에도, 봄은 오는가

相 和

지금은 남의 땅ㅡ빼앗긴 들에도 봄은 오는가?

나는 온몸에 해살을 밧고
푸른하울, 푸른들이 맛부른 곳으로
가름아 가른 논길을따라 꿈속을가듯 거러만간다。

입술을 다문 한울아 들아
내맘에는 내혼자온것 갓지를 안쿠나
네가끈 엇느냐 누가부르드냐 답답워라 말을해다오。

바람은 내귀에 속삭이며
한자욱도 섯지마라 옷자락을 흔들고
종조리는 울타리넘의 아씨가티 구름뒤에서 반갑다웃네。

고맙게 잘자란 보리밧아
간밤 자정이넘어 나리든 곱은비로

『개벽』에 실린 이상화의 대표작 「빼앗긴 들에도 봄은 오는가」

초기 프로문학의 이론가
김팔봉과 박영희

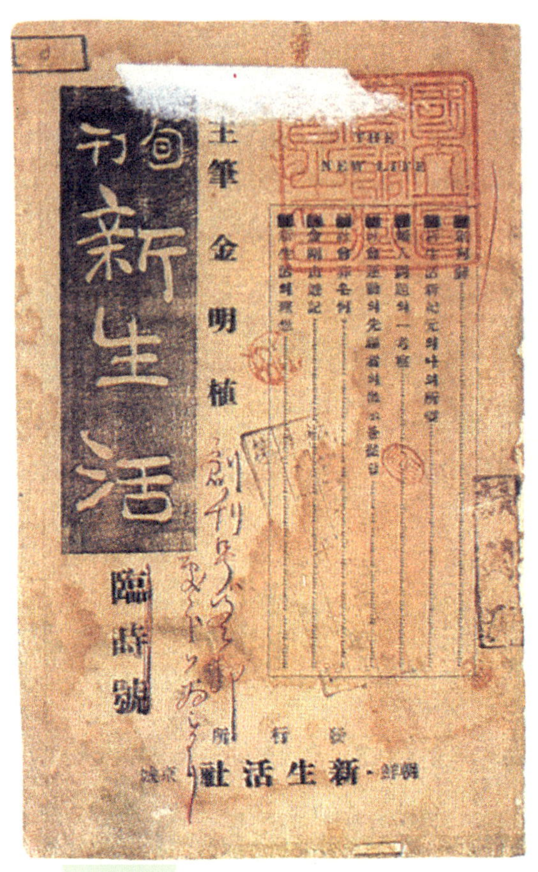

서울에서 창간된 사회주의 계열 잡지 『신생활』

초기 프로문학 작품이 발표된 『개벽』

이광수가 주재해 발간한 순문예지
『조선문단』 창간호(1924)

프로문학의 대표작가 민촌 이기영

식민지 시기 한국 농촌소설의 대표작인 이기영
장편소설 『고향』(1934)

이기영 중편소설 「서화」(1933)

「과도기」의 작가 한설야

한설야의 꽁트 「한길」이 실린 『문예공론』(1929.6)

1930년 9월 함께 자리한 카프 맹원들

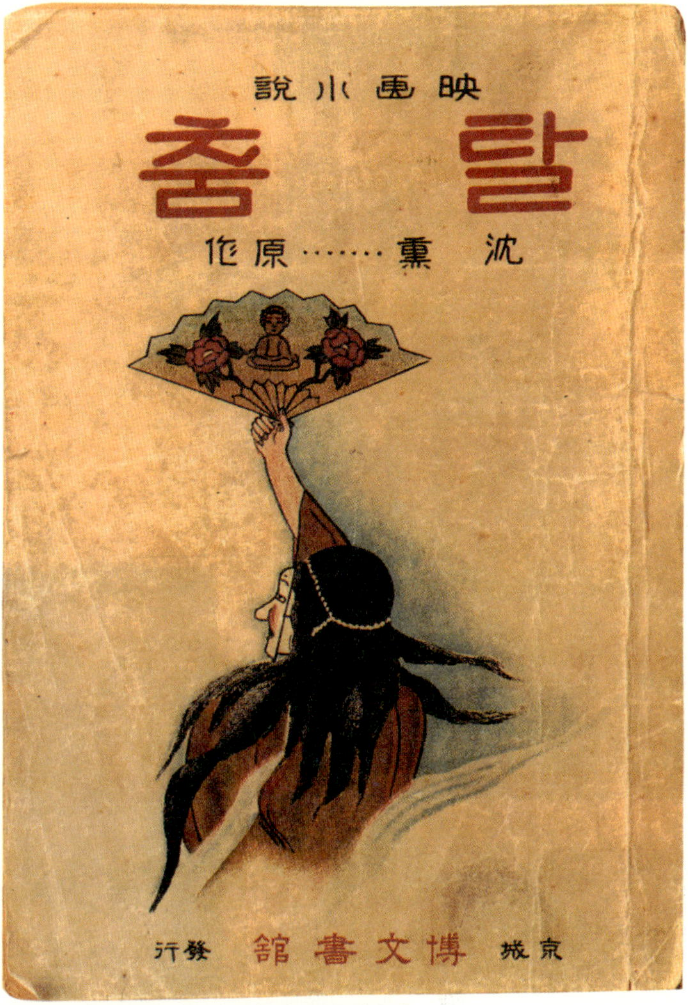

심훈의 『탈춤』(1930). 이 작품을 계기로 영화계에 투신하게 된다.

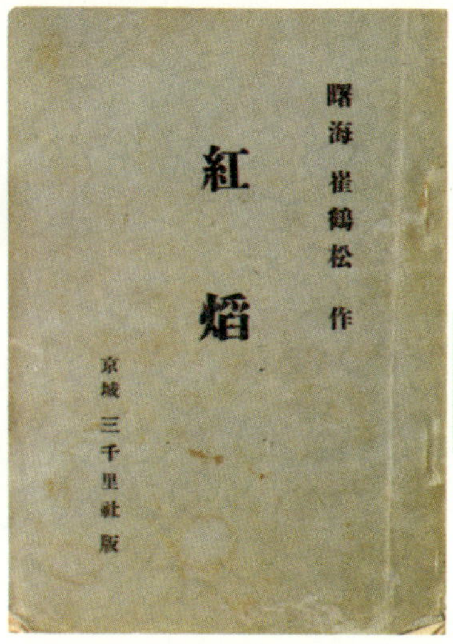

(왼쪽) 이경손의 『백의인』(1929)
(오른쪽) 최학송의 『홍도』(1931)는 프로문학의 성격을 잘 나타낸 대표적인 작품

『신여성』 제6권 제4호(1932)

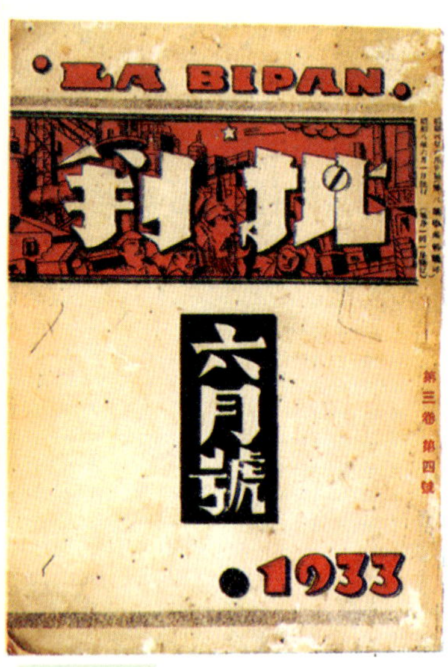

『비판』 제3권 4호(1933)

양주동의 『조선의 맥박』(1932). '조선'은 님 또는 민족, '맥박'은 저자이다. 표지의 재료가 직물이다.

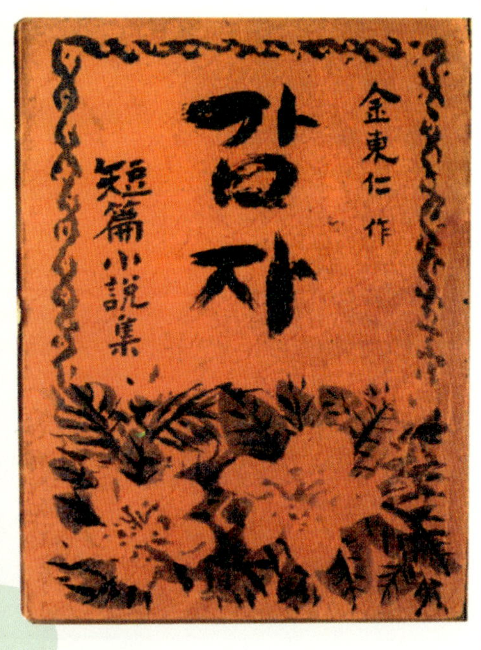

김동인의 작품들.
(왼쪽 위) 김동인의 자전적 중편소설 『여인』(1932)
(오른쪽 위) 초기 우리 나라 자연주의 소설의 대표적인 단편선 『감자』(1935)
(왼쪽 아래) 김동인의 단편 3편이 실려있는 『깨여진 물동이』(1936)

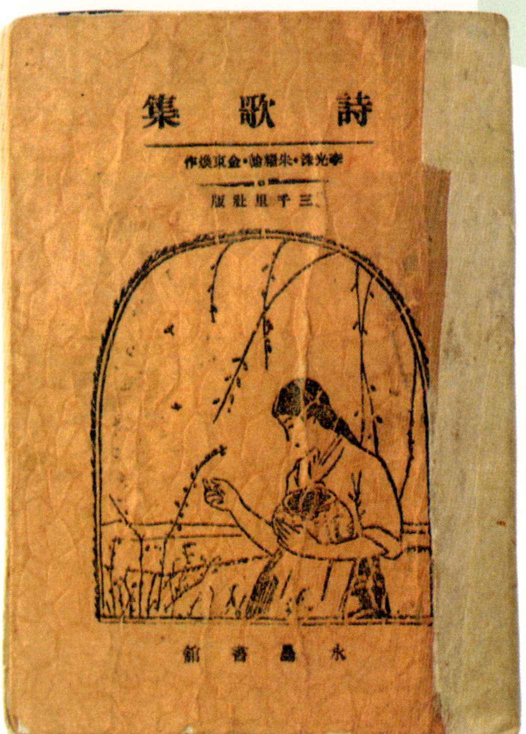

(왼쪽 위) 모윤숙의 처녀시집 『빛나는 지역』(1933)

(오른쪽 위) 『신가정』 제1권 제7호(1933). 1936년 일장기 말소사건에 연루되어 폐간되었다.

(왼쪽 아래) 이광수, 주요한, 김동환의 글을 함께 실은 『시가집』(1934)

(오른쪽 아래) 박귀송의 『애통시집』(1934)

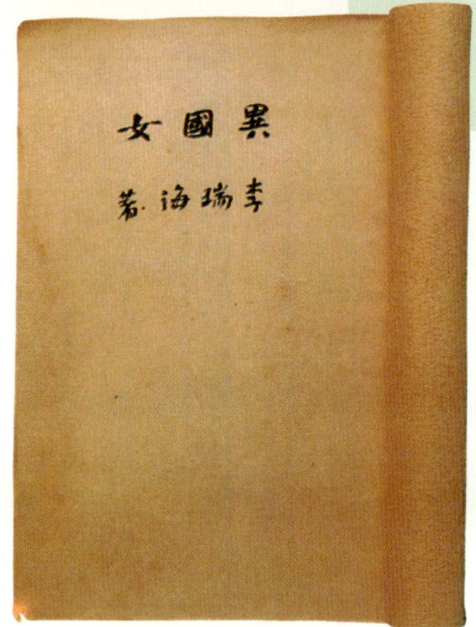

(왼쪽 위) 우정을 주제로 쓴 단편 6편이 실린 이무영의 『취향』(1937)
(오른쪽 위) 염상섭이 평론활동을 하면서 보낸 4~5년의 공백 후 쓴 최초의 장편 『이심』(1928)
(왼쪽 아래) 이서해가 2년간 만주를 여행하여 쓴 『이국녀』(1937). 잘 알려지지 않은 희귀본
(오른쪽 아래) 장만영의 처녀시집 『양』(1937). 최재서 등에게 격찬을 받았다고 함

女性 六月號 (第二卷・第六號) 目次

어머니마음 …… 金琪元

世界的女傑의 懺悔記

三重苦의 聖女헬렌・켈러女史의生涯 …… 記者

五月端午名節의 由來 …… 車相瓚

現代文明과 女性 …… 玄仁圭

蔣介石과 宋美齡의 로맨스 …… 又夢生

家庭太平記 …… 記者

音樂鑑賞講座 …… 金管

京城各女學校女先生評判記 …… XY生

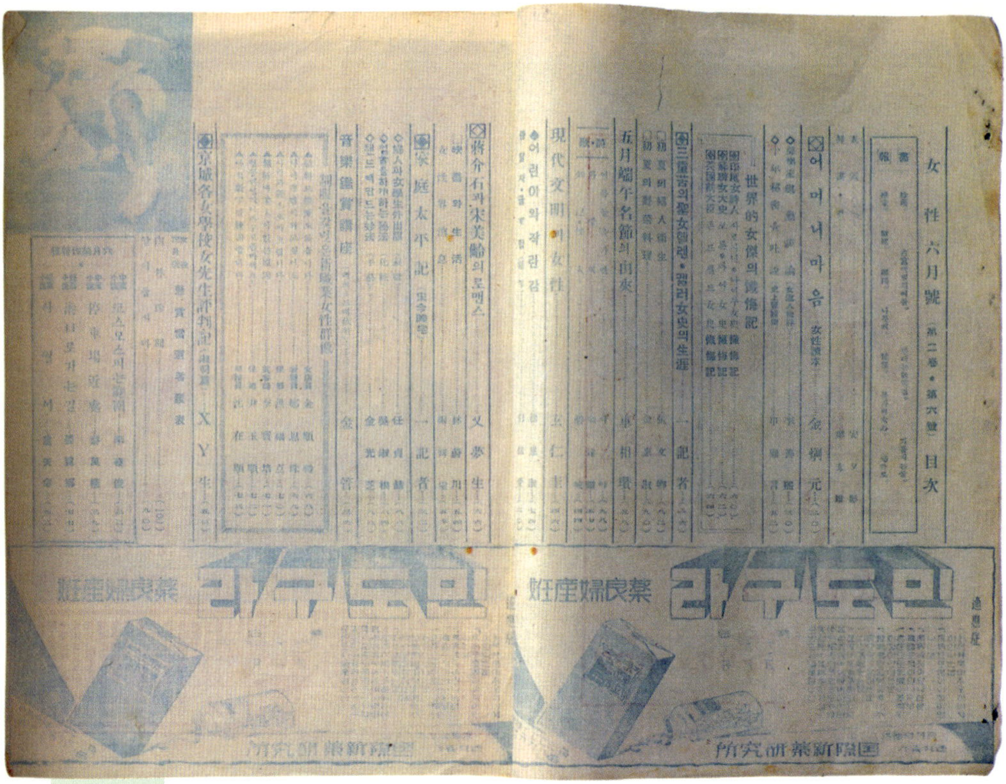

『여성』 제2권 제6호(1937)

(왼쪽) 강경애 외저, 『현대조선여류문학선집』(1937)

(오른쪽) 『여류단편걸작집』(1939). 장덕조, 이선희, 박화성, 백신애 등의 작품이 수록되어 있다.

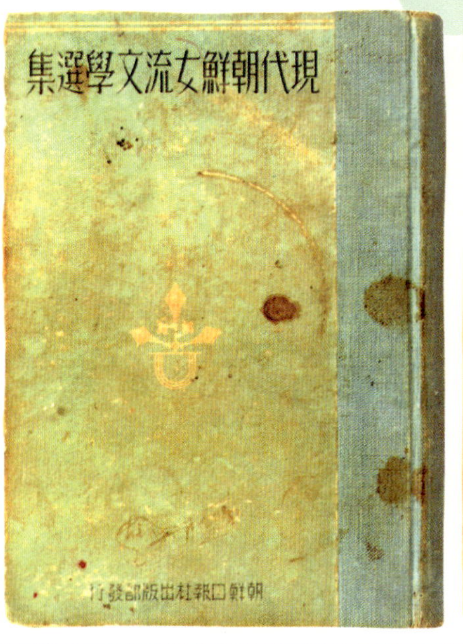

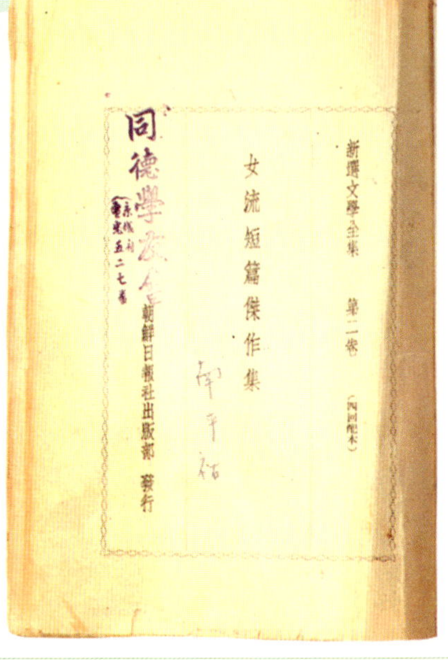

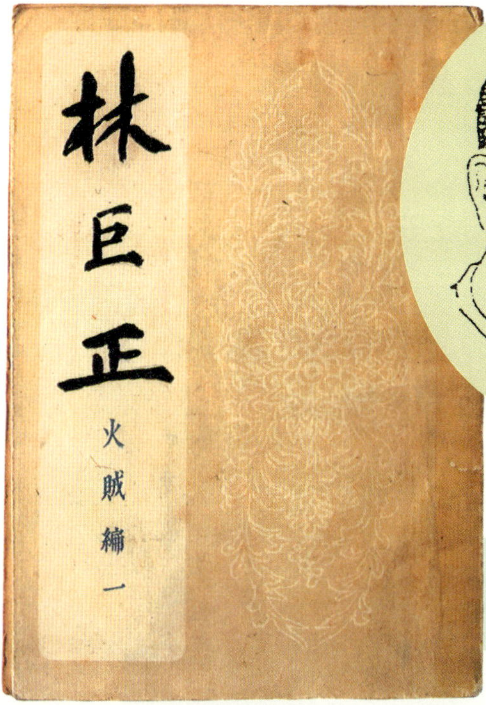

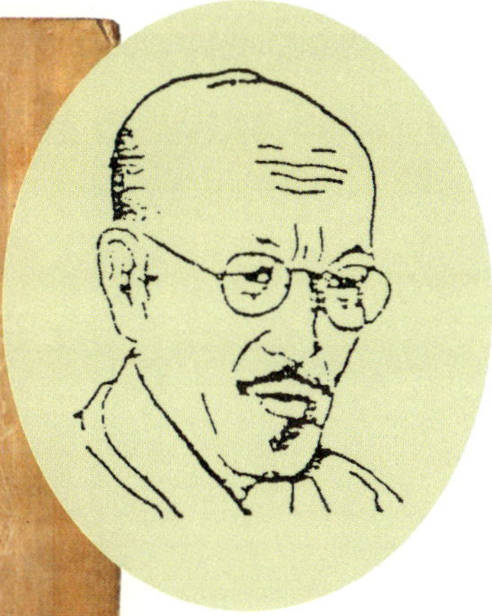

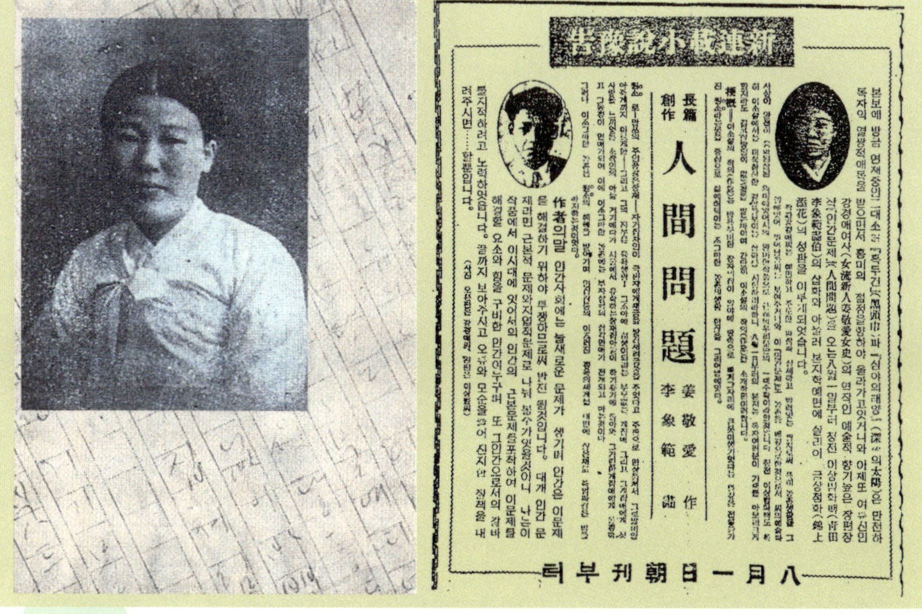

소설가 벽초 홍명희와 그의 작품 『임꺽정』(1948)

新連載小說豫告

長篇創作 人間問題

姜敬愛 作
李象範 畵

作者의말

八月一日朝刊부터

작가 강경애와 육필원고. 오른쪽은 『동아일보』 1934년 7월 27일자에 실린 강경애의 장편소설 『인간 문제』 연재 예고기사

소설가이자 시인·영화인으로 활동한 심훈

심훈의 대표작 『상록수』(1936), 아래는 그보다
2년 전에 발표한 장편소설 『영원의 미소』(1935)

일제하 노동현실을 다룬 작품을 여러 편
발표했던 이북명

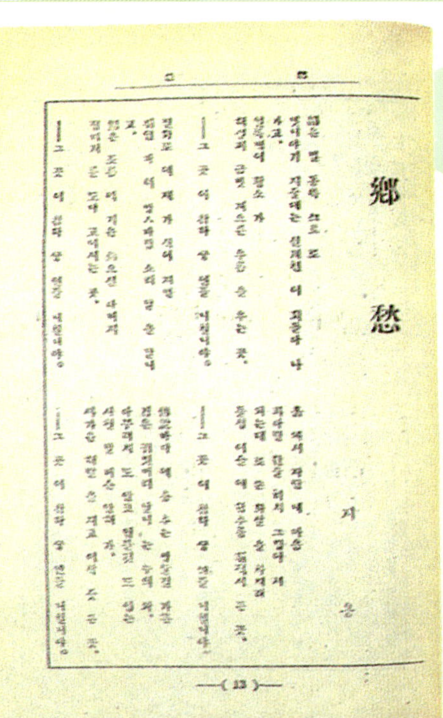

1930년대 초 휘문고보 재직 때의 정지용과 『조선지광』에 실린 그의 시 「향수」

시인 김영랑과 그의 첫 시집이자 한국 현대 시의 전환기를 마련한 『영랑시집』(1935)

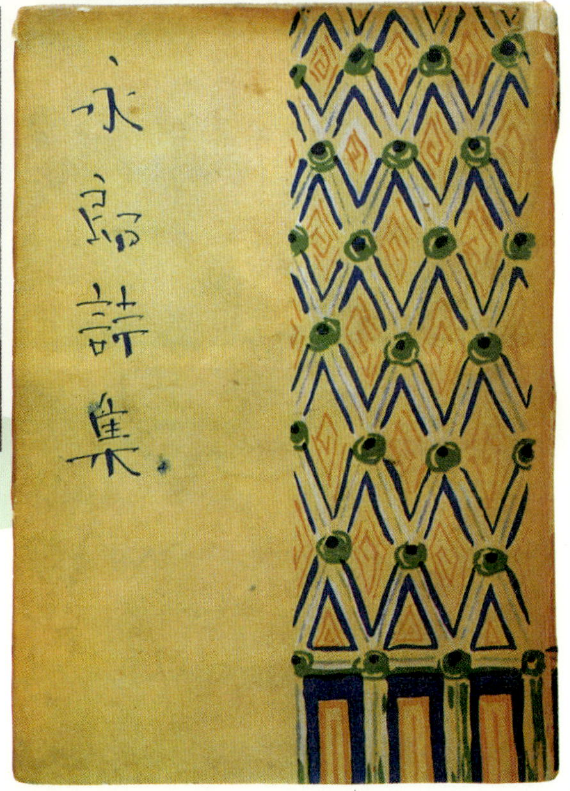

카프에서 활약한 시인 박세영 과 박팔양

카프의 기관지 『예술운동』 창간호(1927)

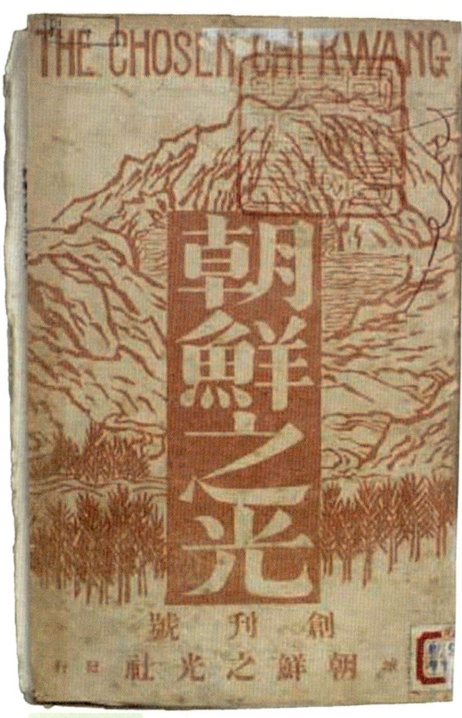

프로문학 작품의 발표 무대가 된
『조선지광』(1927)

문학지 『조선문예』(1929)

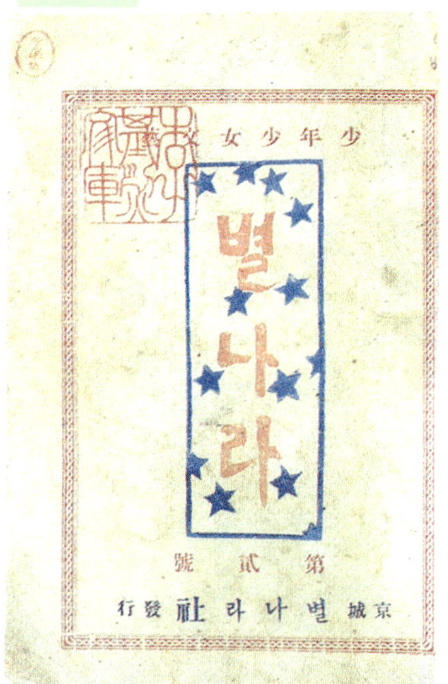

어린이잡지 『별나라』(1926)

시문학파의 기관지 『시문학』(1930)

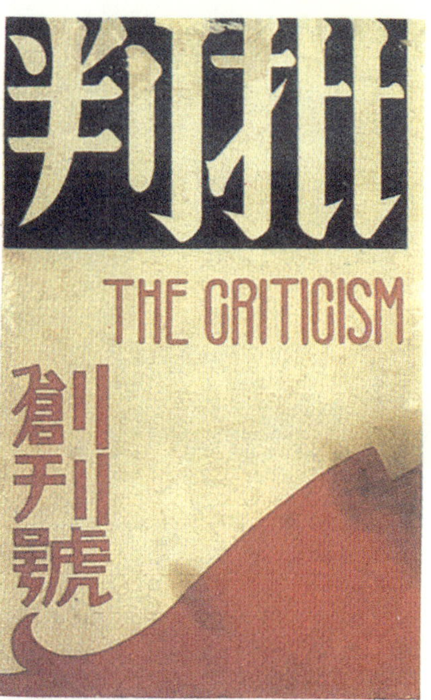

월간지 『비판』 창간호(1931)

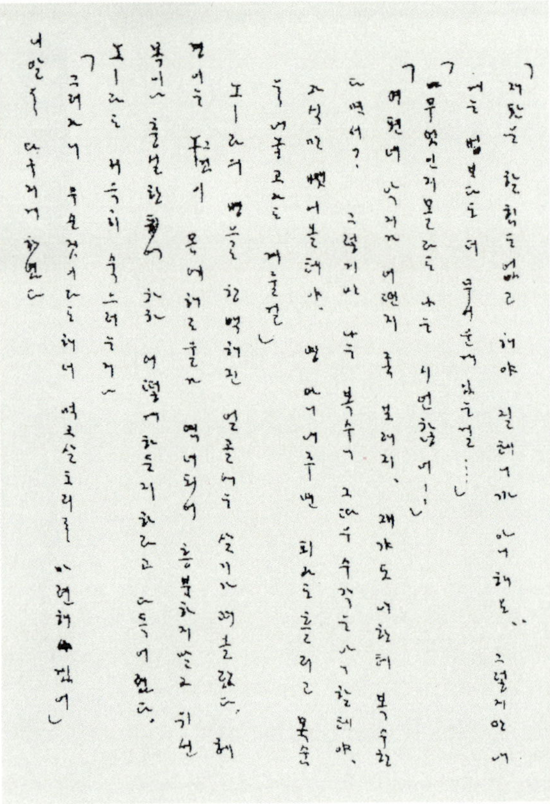

(위) 『탁류』『태평천하』의 작가 채만식.
(왼쪽) 채만식의 장편소설 『탁류』(1939)
(오른쪽) 채만식 육필 원고

작가 박태원과 그의 소설 『천변풍경』(1937)

「東洋」에 關한 斷章

金起林

★…… 原始民族과 밋 그 文化에 대한 硏究는 十九世紀 以來 갑자기 盛해졌다。그리하야 地上에 남아있는 뭇 原始民族은 實로 수없는 人類學者、考古學者、民族心理學者、人種學者들의 間斷없는 訪問으로해서 煩거로울 지경이었다。그래서 이 方面에 關한 著述은 날로 盛해갔다。우리는 그中에서도 有名한 「프레이저」「말리노스키」「라차루쓰」「그롯세」「뿐트」等의 이름을 얼른 들수가 있다。그러던 끝에ー그들 原始民族과 그 文化는 드디어 이른바 進步한 西洋人 一部의 讚嘆의、的이 되기까지 하야 이런 種類의 感傷家가 到處에서 생기게되었다。「고ー갱」이 「타이티」섬으로 永住의 땅을 찾어간 것은 流行小說같은 이야기가 되었지만 印象派에 지쳐버린 畵面에 原始時代를 再現하하려고 한 野獸派는 드디어 이러한 感傷을 한개의 藝術運動으로 昇華시켰던 것이다。「로ー렌쓰」는 原始生活을 「모란」에 까지 갈어올녀서 畢竟에는 春畵가 神聖한 것이 되어버린 느낌이 있었다。原始에의 歸依는 한편 小兒憧憬思想으로 나타났었다。「루쏘ー」는 때때로 聖書처럼 引用되기도 하였다。

★…… 생각컨대 이러한 一聯의 原始崇拜 小兒憧憬이 發生하는 心理的根據의 反面에는 늘 人工的인 너무나 人工的인 物質文明과 그 狡智에 대한 强한 抗議가 숨어있는가한다。그무슨 病症에서 오는 呻吟의 一種이였든 것은 아닌가한다。오늘 自由主義나 個人主義를 誹謗하는것은 별써 한낫 常識이 되어버렸지만 끊임없는 利潤追求의 自

문학친목단체인 '구인회'에서 함께 활동한 이상과 김기림.
왼쪽은 김기림의 「동양」에 관한 단장」(1941)

1943년 낙향하기 직전 성북동 집에서 찍은 이태준의 가족사진

한국 문학사상 최초로 토착적 유머를 형상화시켰고, 30세에 요절한 김유정. 오른쪽은 그의 단편 21편이 수록된 『동백꽃』(1938)

유치환 초기 대표작인 「깃발」 「그리움」 「일월」
등 53편이 수록되어 있는 『청마시초』(1939)

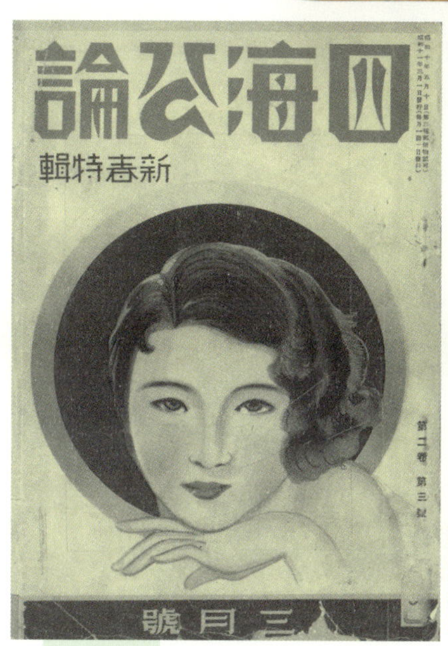

1935년에 창간된 월간 종합문예잡지 『사해공론』

『박문』 제12집(1939)

(왼쪽 위) 1941년 매일신보사에서 간행한 김동인 작품집. 김동인 스스로 한국 최초의 단편이라고 주장한 『배따라기』와 『왕조의 낙조』『여인』이 실려있다.

(오른쪽 위) 박계주의 『순애보』(1940)는 당시 대단한 베스트셀러였다고 한다.

(왼쪽 아래) 이광수의 추천으로 1931년 동아일보에 연재했던 『백화』(1943)

(오른쪽 아래) 임경일의 『남한산성』(1943)

유치환과 서재에서 집필중인 미당 서정주

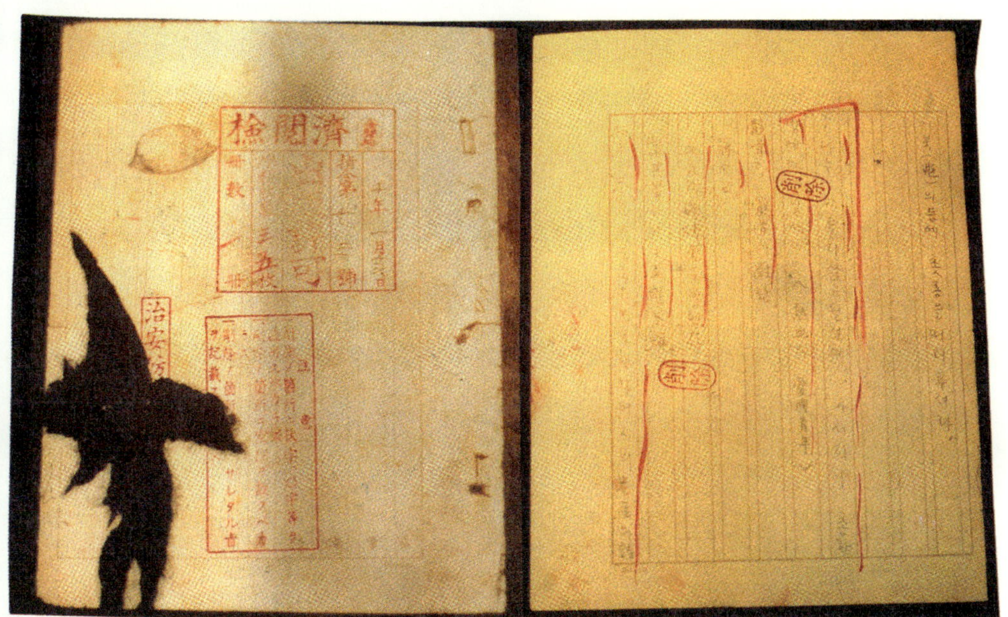

일제에 의해 검열 · 삭제당한 오장환의 육필 원고

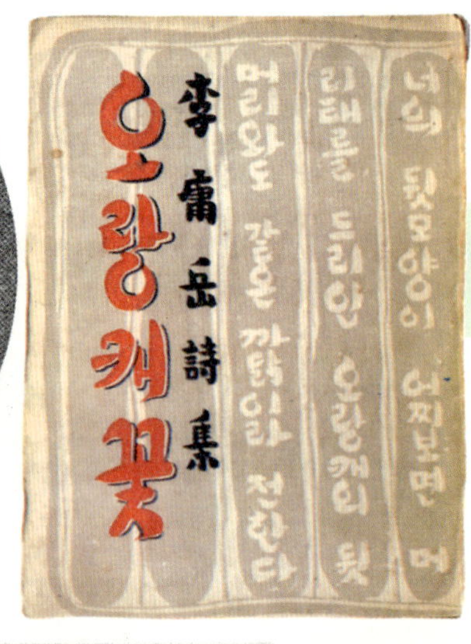

시인 이용악과 그의 제3시집
『오랑캐꽃』(1947)

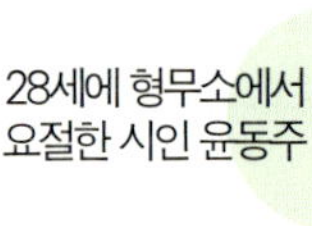

28세에 형무소에서
요절한 시인 윤동주

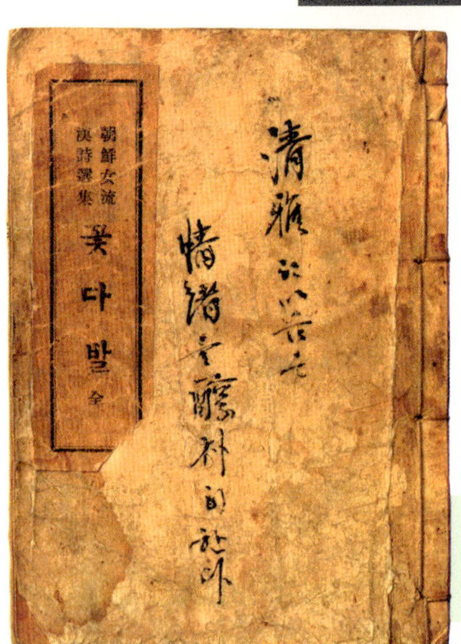

조선시대 여류시집을 김억이 번역하여 펴낸 『꽃다발』(1947)

시인 이찬과 백석

시인 이육사와 평론가 최재서

임화와 그의 평론집 『문학의 논리』(1940, 학예사)

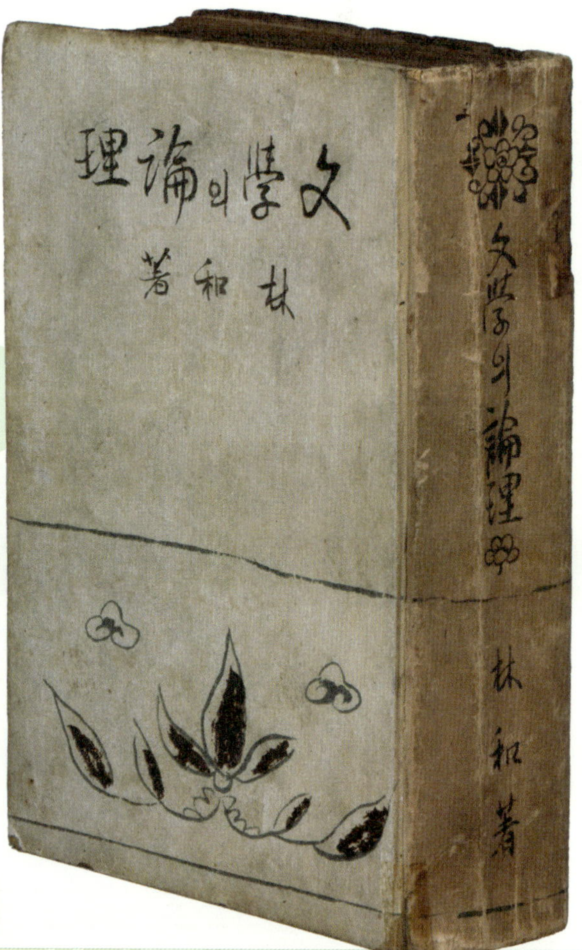

(위) 평론가 김남천
(아래) 평론가 안함광

권환의 시집 『자화상』

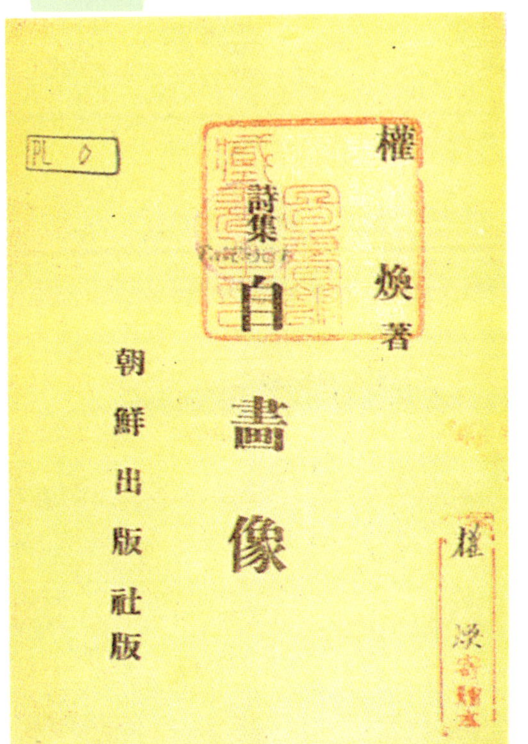

평론가 최재서와
평론가 백철

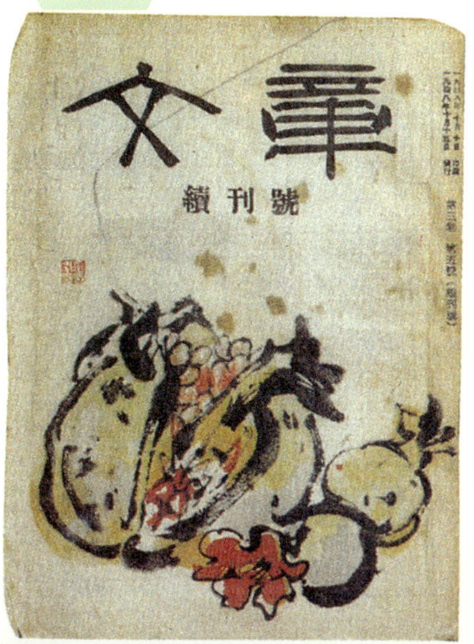

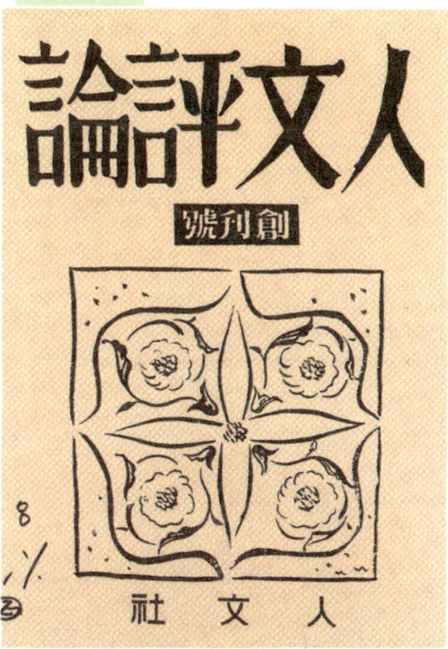

문학지 『조선문학』

월간 종합지 『조광』 창간호(1935)

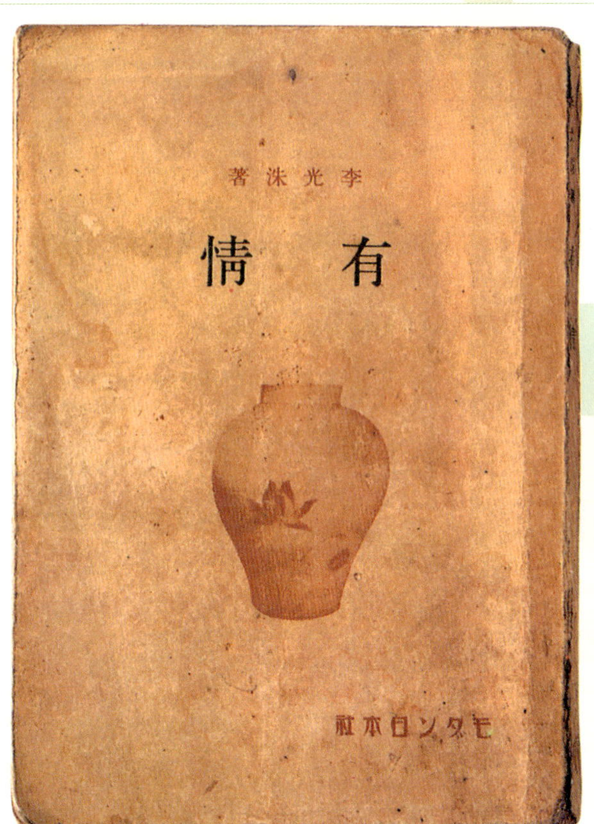

(왼쪽) 이광수의 『유정』(1940)

(오른쪽) 『재만조선시인집』(1942)은 지금까지 알려지지 않았던 만주 한인시라는 점에서 자료 가치가 큰 희귀본이다.

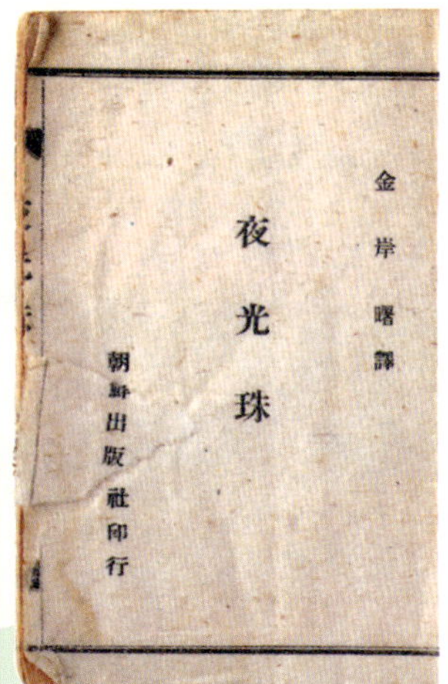

(왼쪽) 『조선동화집』(1941)

(오른쪽) 중국 한시를 김억이 번역한 시집 『야광주』(1944). 과감한 의역으로 한국 번역사에 크게 기여하였다.

정인택의 『청량리계외』(1944)

(위) 김동인이 아들 일환을 위해 쓴 작품 『아기네』(1944)
(아래) 이기영의 『처녀지』(상)(1944)

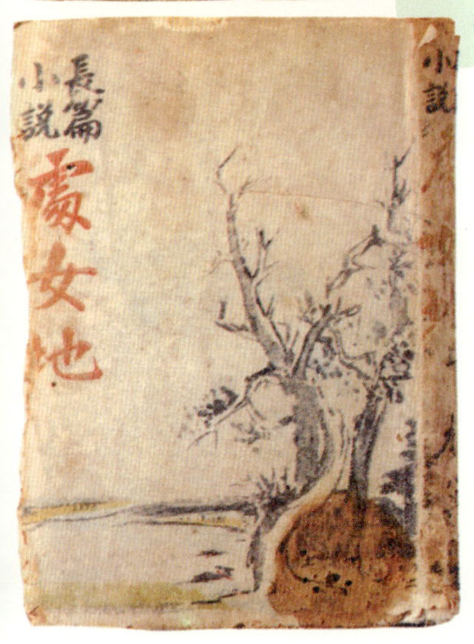

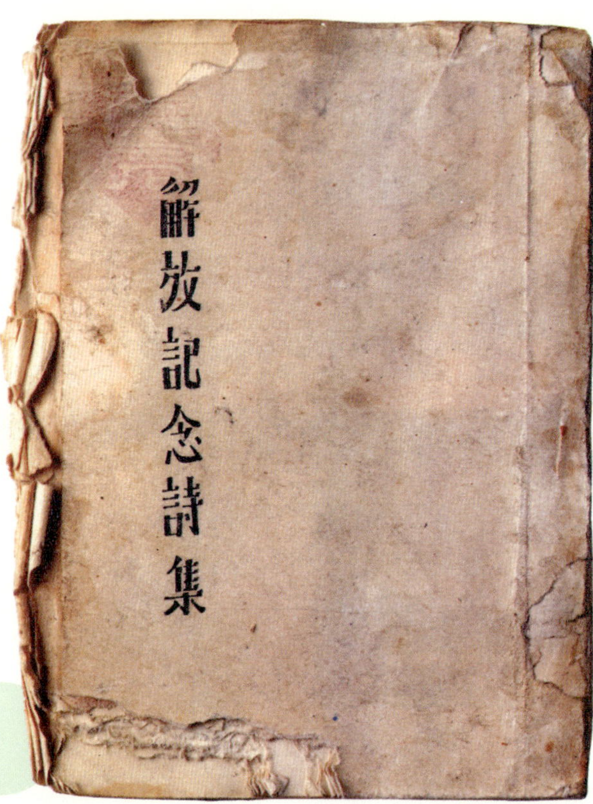

해방 직후 좌익계열 문화단체에 대립하여 양주동, 서항석, 유치진이 결성한 중앙문화협회에서 발행한 시집 『해방기념시집』(1945). 정인보 등 24인의 시를 모아 발행

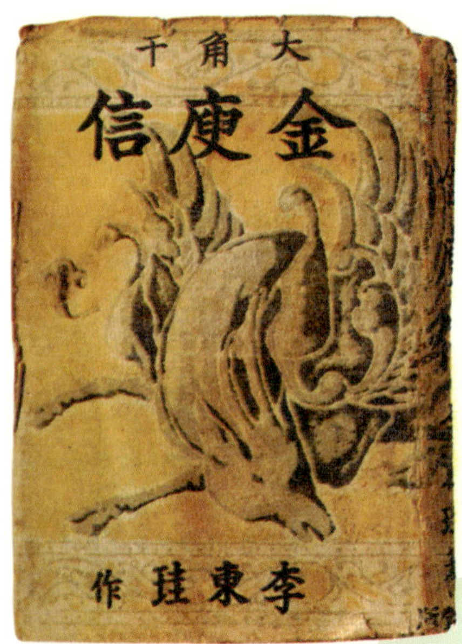

(왼쪽 위) 이동규의 『김유신』(1944)

(오른쪽 위) 당시 국내 유일한 탐정소설가 김래성이 외국 탐정소설을
번안한 대표작 『백가면』(1946)

(왼쪽 아래) 계용묵의 두번째 단편집 『백치 아다다』(1946)

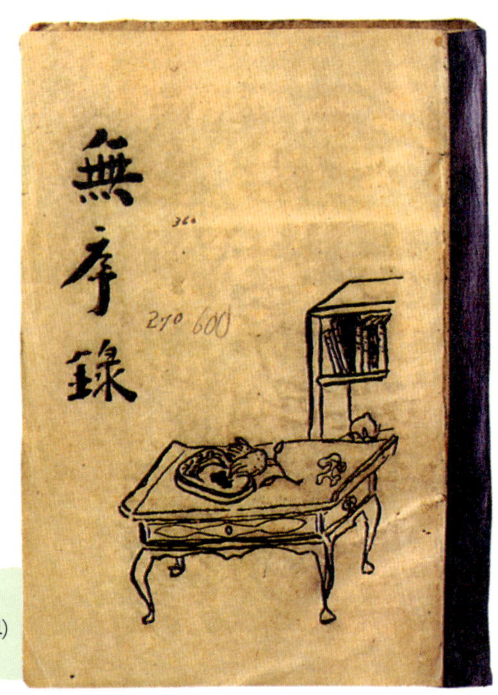

이태준의 『무서록』(1944)

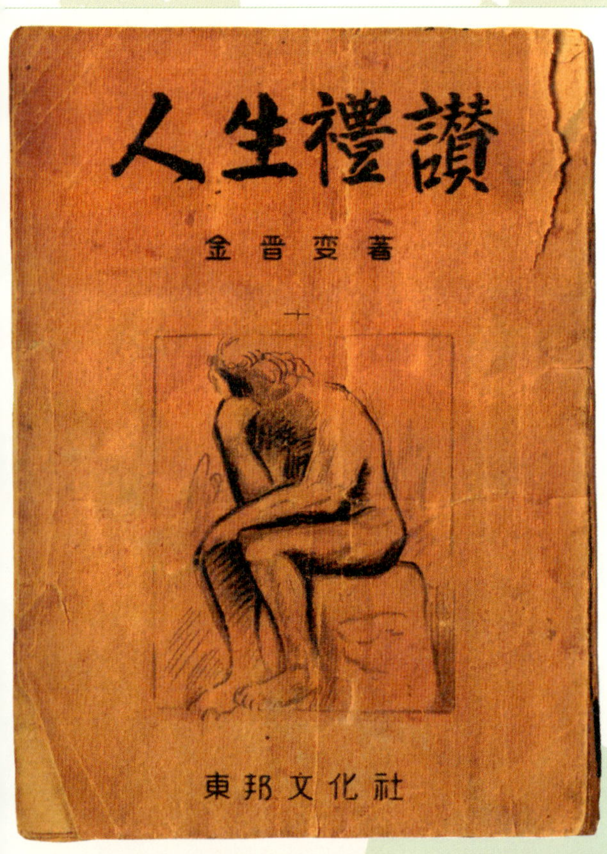

(왼쪽 위) 김진섭의 『인생예찬』(1947)
(오른쪽 위) 정지용의 『산문』(1947)
(왼쪽 아래) 정비석 외 『반도작가 단편집』(1944)
(오른쪽 아래) 이태준의 『상허 문학독본』(1946)

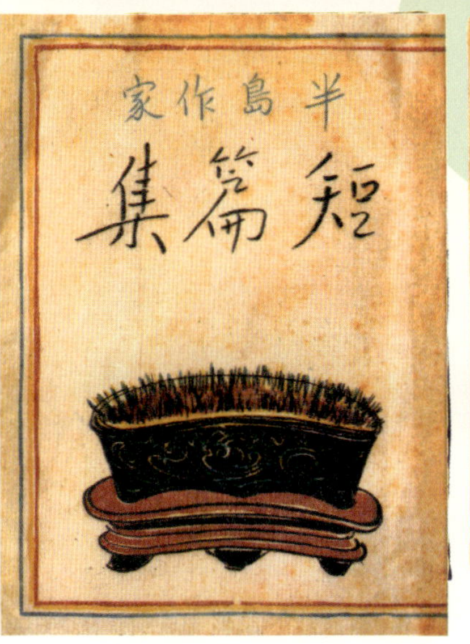

(왼쪽 위) 1930년대 시단에 큰 공헌을 한 정지용의 첫 시집 『정지용 시집』(재판본, 1946)
(오른쪽 위) 신석초 등이 민족저항시인 이육사의 유작 20여 편을 모은 『육사 시집』(1946)
(왼쪽 아래) 일제시대에는 발행할 수 없었던 월북작가 권환의 시집 『동결』(1946)
(오른쪽 아래) 일제 말기의 억압을 달래기 위해 대자연을 노래한 정지용의 시집 『백록담』(1946)

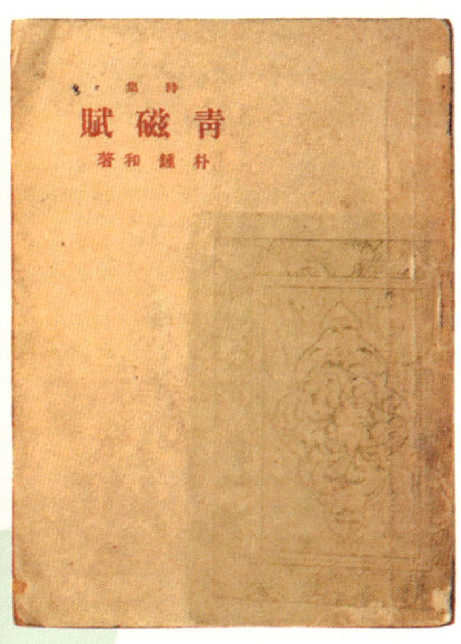

(왼쪽) 박목월, 박두진, 조지훈이 청록파로 불린 계기가 된 시집 『삼인시청록집』(1946)

(오른쪽) 박종화의 두 번째 시집 『청자부』(1946). 광복 후에 발행되었다.

(왼쪽) 여상현의 시집 『칠면조』(1947)

(오른쪽) 검열을 통과하지 못해 1931년에 내지 못하고 해방 후에 간행한 김억의 장편 서사시 『먼동틀 제』(1947)

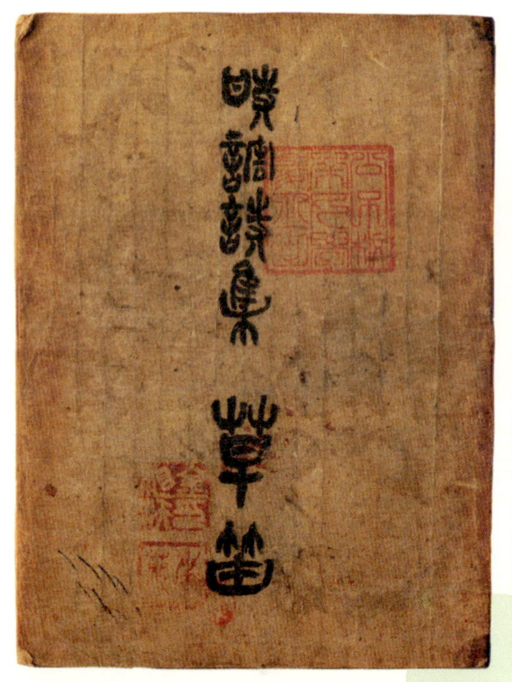

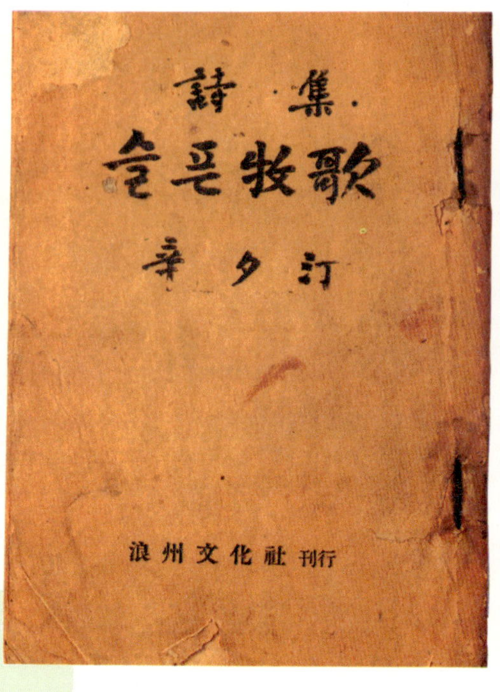

(왼쪽 위) 일제말 사상범으로 여러 번 감옥에 드나든 김상옥의 처녀시조시집 『초적』(1947)
(오른쪽 위) 검열에 걸려 해방 후에야 부인에 의해 발행된 신석초의 『슬픈 목가』(1947)
(왼쪽 아래) 김광균의 두 번째 시집 『기항지』(1947)

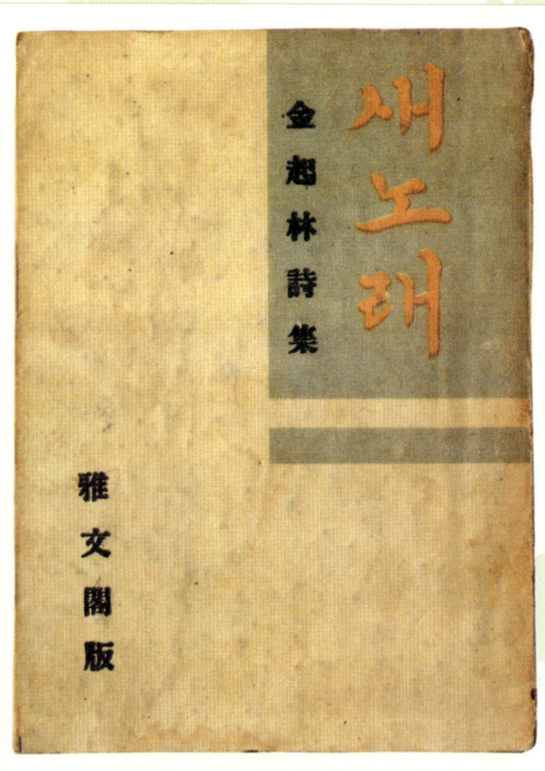

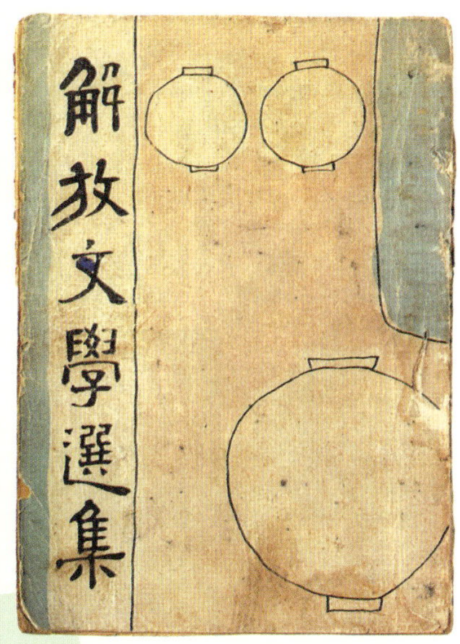

초현실주의적인 시인으로 알려진 김기림의 시집 『새노래』(1948)와 김동리 등이 참여하여 발행한 『해방문학선집』(1948)

김동인의 『발가락이 닮았다』(1948)와 정비석이 만주여행에서 습득한 작품을 모은 『고원』(1948)

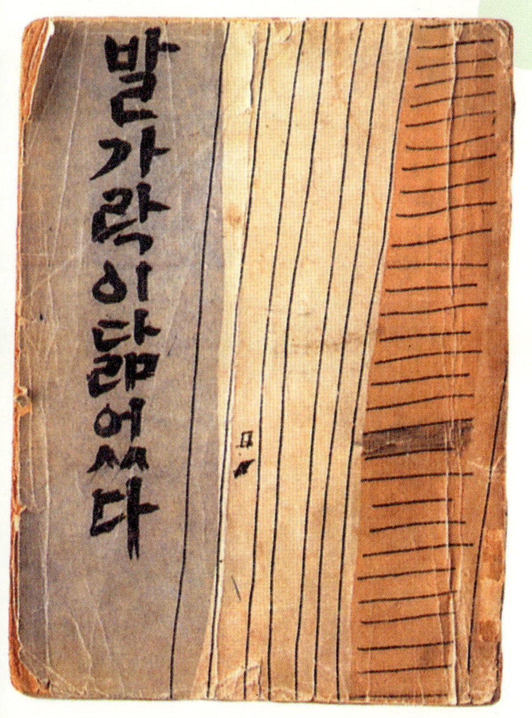

박두진의 처녀시집 『해』(1949)와 조병화의 처녀시집 『버리고 싶은 유산』(1949)

(왼쪽) 한국전쟁 중 부산에서 발행한 청마 유치환의
제5시집 『보병과 더부러』(1951)
(오른쪽) 황순원의 소설 『사예곡』(1952)

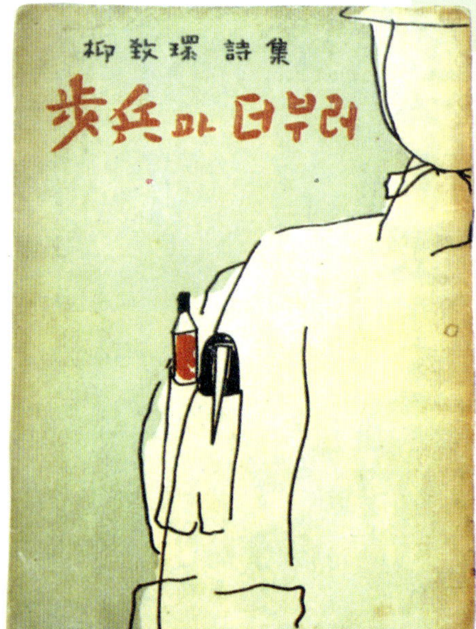

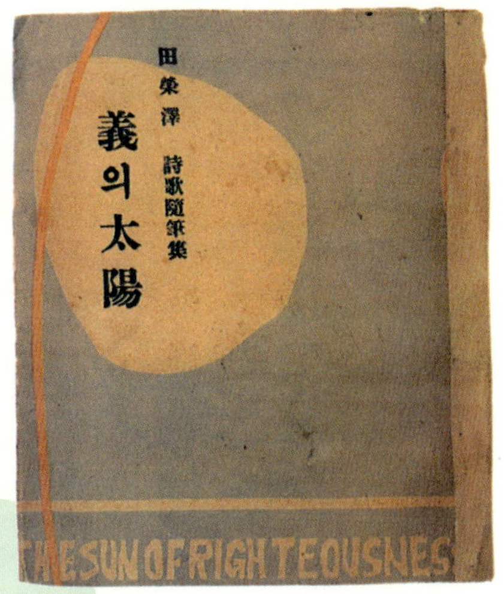

(왼쪽 위) 심훈의 작품집 『그날이 오면』(1953)
(오른쪽 위) 전영택의 작품집 『의의 태양』(1955)
(왼쪽) 변영로의 『명정 사십년』(1953)
(아래 왼쪽) 김팔봉의 『나는 살어 있다』(1951)
(아래 오른쪽) 마해송의 『사회와 인생』(1953)

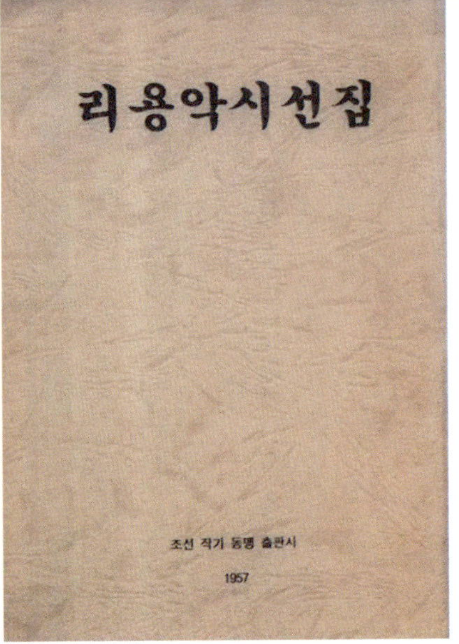

(왼쪽 위) 조기천 시집 『백두산』(1947)
(오른쪽 위) 한설야 단편소설 『승냥이』(1951)
(왼쪽 아래) 한설야의 『력사』(1956)
(오른쪽 아래) 리용악 시선집 『리용악시선집』(1957)

(왼쪽 위) 유주현의 소설 『자매계보』
(1953)

(오른쪽 위) 송헌석의 소설 『미인의
일생』(1953)

(왼쪽 아래) 구상의 사회시평집 『민주
고발』(1953)

(오른쪽 아래) 조지훈의 『시의 원리』
(1953)

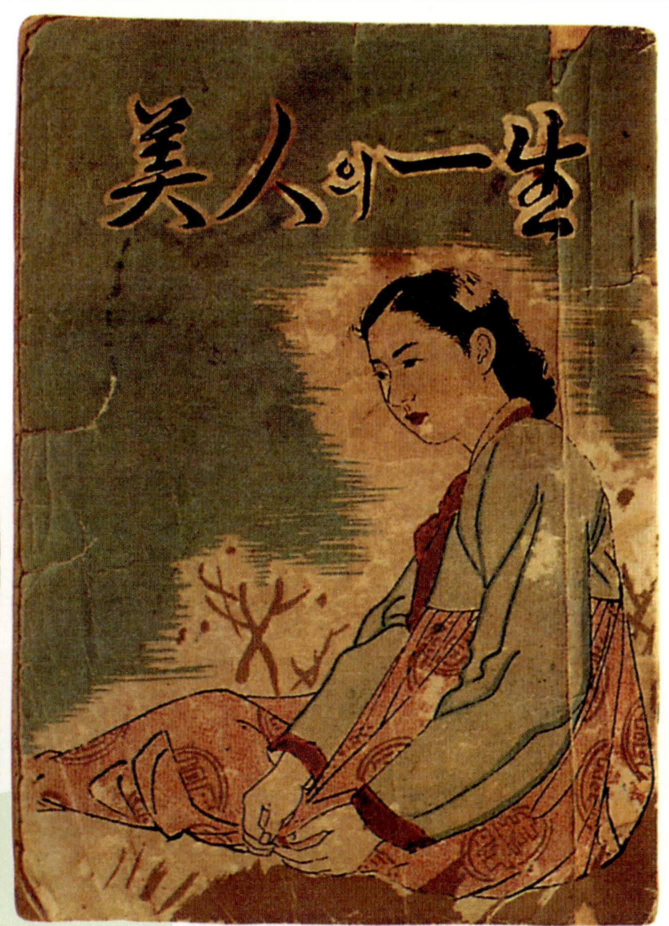

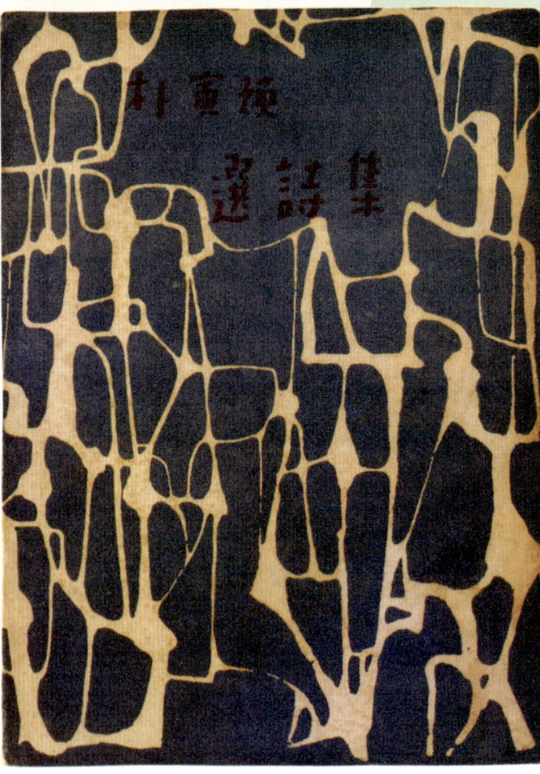

(왼쪽 위) 정비석의 소설 『자유부인』(1954)

(오른쪽 위) 심훈의 소설 『직녀성』 상,하(1953)

(왼쪽 아래) 31세로 요절한 박인환의 유일한 시집 『박인환 시전집』(1955). 시 56이 수록되어 있다.

(오른쪽 아래) 주요섭의 단편소설 『사랑손님과 어머니』(1954)

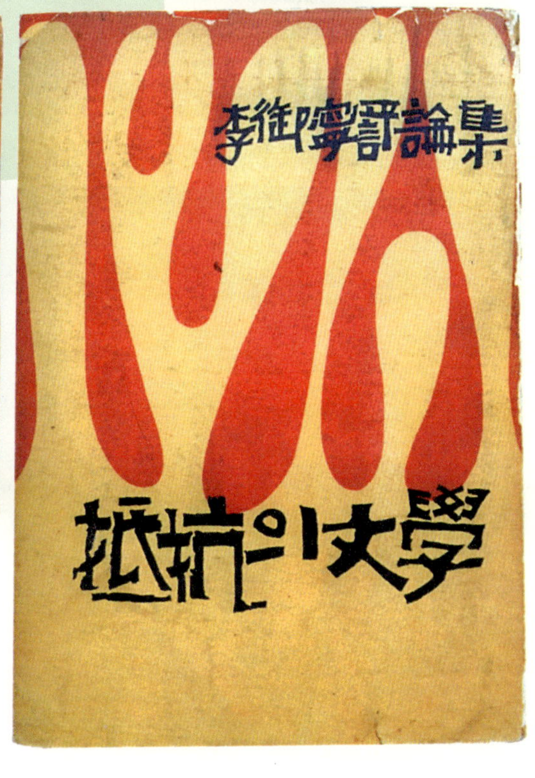

(왼쪽 위) 김용운 소설 『두만강』(1959)
(오른쪽 위) 한무숙 소설 『월운』(1956)
(왼쪽 아래) 이종택의 동시와 소년시집 『바다와 어머니』(1959)
(오른쪽 아래) 이어령 평론집 『저항의 문학』(1959)

이기영의 소설 『두만강』(1958). 1954년에 첫출간되었다.

왼쪽부터 시집 『빛나는 태양』, 『김우철 시선집』, 『벽암시선』

박팔양의 시집 『황해의 노래』(1957)

(왼쪽) 송영 희곡집 『불사조』(1959)
(오른쪽) 이기영의 소설 『인간수업』(1941)

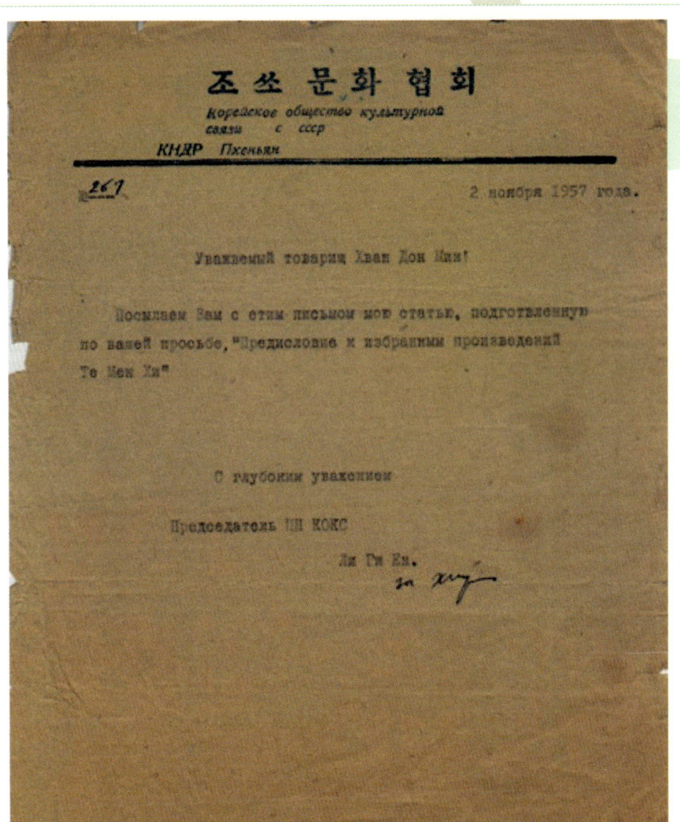

조쏘 문화 협회
Корейское общество культурной
связи с СССР
КНДР Пхеньян

№ 267   2 ноября 1957 года.

Уважаемый товарищ Хван Дон Мин!

Посылаем Вам с этим письмом мою статью, подготовленную по вашей просьбе, "Предисловие к избранным произведений Те Мен Хи"

С глубоким уважением

Председатель ПП КОКС

Ли Ги Ен.

1959년 『포석 조명희 선집』 간행에 앞서 조명희의 처남이자 역사학자였던 황동민이 조쏘문화협회(대표 이기영)에 원고 청탁을 의뢰한 문서

(아래 왼쪽)
엄흥섭의 소설 『동틀무렵』(1960)

(아래 오른쪽)
박팔양 시집 『눈보라만리』(1961)

(왼쪽 위)
박세영 시집 『밀림의 역사』(1962)
(오른쪽 위)
윤세중 장편소설 『시련 속에서』(1963)
(왼쪽 아래)
이기영의 소설 『한 녀성의 운명』(1963)
(오른쪽 아래)
박태원 장편소설 『갑오농민전쟁』(1977)

삼성출판사에서 펴낸 박경리 대하소설 『토지』(1973)

(왼쪽 위) 『총서 불멸의 역사』(1991~2000) 외
(왼쪽 아래) 천세봉 장편소설 『대하는 흐른다』(1964)
(오른쪽 아래) 이기영 장편소설 『땅』(1973)

「풀」의 시인 김수영

「껍데기는 가라」 「좋은 언어」의 시인 신동엽

근대문학. 100년. 연구총서. 05

논문으로 읽는 문학사 2

남한 1 · 해방 후

근대문학100년 연구총서 편찬위원회

근대문학 기점 문제는 연구자들 사이에서 합의를 이루지 못하여 여전히 논쟁 중에 있다. 보는 이에 따라서 갑오개혁이 시작된 1894년을, 애국계몽기의 시작인 1905년을, 최남선의 신체시가 나온 1908년을 근대문학의 기점으로 잡는다. 상이한 주장이 있기는 하지만 분명한 것은 2008년이 근대문학이 시작된 지 100년이 되는 해라는 것이다. 근대문학의 기점을 늦게 잡아도 1908년을 넘지는 않기 때문이다. 그런 점에서 한국 근대문학은 한 세기를 맞이한 셈이다. 근대문학 100년의 축적 앞에서 우리는 지나온 문학의 여정을 돌이켜보고 새로운 100년을 준비해야 한다. 유럽 근대의 강한 자장 속에서 형성된 한국의 근대문학은 근대 자체가 심각한 반성의 대상이 된 현 시점에서 새로운 틀과 상상력을 요구하고 있다. 이를 위해서는 지나온 100년의 문학을 다각도로 조망할 수 있는 시야가 필요하다. '한국 근대문학 100년 총서'는 이러한 시대적 요청에 부응하기 위하여 마련되었다.

본 총서는 총 7권으로 구성되었다.

1권 『연표로 읽는 문학사』는 근대문학 100년의 기간 동안 발표된 주요 작품 및 문학, 사회 상황을 간략한 연표 형식으로 정리한 것이다. 연표 형식으로 정리된 문학사를 통해 근대문학 100년간의 주요 사건과 작품들을 한눈에 조망할 수 있을 것이다. 이 책에서 특기할 만한 사항은 해방 후 연표에 남북의 문학을 함께 정리하였다는 점, 연표와 함께 연표에 등장하는 주요 사건, 단체, 매체 등에 대해 간략한 설명을 덧붙였다는 점이다. 이러한 형식을 통해 남, 북을 포괄하는 명실상부한 한국 근대문학 연표를 지향했고 좀 더 입체적으로 한국 근대문학사를 이해하는 데 도움이 되고자 했다.

2권과 3권은 『약전(略傳)으로 읽는 문학사』이다. 위원들은 여러 차례의 논의를 거쳐 한국 근대문학 100년의 주요 문인을 선정하였고 이 문인들의 삶과 문학의 요체를 담아내는 서술식 약전을 해당 작가를 연구해 온 연구자들에게 의뢰하였다. 기존의 연대기식 연보 방식뿐 아니라 서술식 약전을 함께 수록함으로써 한국 근대문학을 빛낸 문인들의 문학세계를 좀 더 심층적으로 조망하고자 한 것이다. 작업의 전문성과 신뢰를 높이기 위하여 작성한 이들의 실명을 밝혔다. 작성자의 실명은 약전에 대한 독자들의 신뢰를 높이는 데 기여할 것이다. 2권은 해방 전 등단한 문인들을 중심으로 묶었으며 3권은 해방 후 등단한 남북의 문인들을 함께 묶었다. 일부 작가들의 경우 필자의 사정으로 수록되지 못하였다.

4권~7권은 『논문으로 읽는 문학사』라는 이름으로 한국 근대문학에 대한 연구논문들을 모아 엮었다. 한국 근대문학이 100년의 역사 동안 적지 않은 성과를 축적해 온 것과 마찬가지로 한국 근대문학에 대한 연구 또한 다양한 관점과 방식으로 의미 있는 성과를 축적해 왔다. 『논문으로 읽는 문학사』는 이러한 한국문학연구의 성과들을 시기별, 주제별로 가려 모아서 논문을 통해 한국 근대문학 100년을 심층적이고 다각적으로 이해하고자 기획되었다. 해방 전의 한국문학(4권), 해방 후의 남한문학(5,6권), 해방 후의 북한문학(7권)의 구성을 통해 한국 근대문학 100년의 역사를 깊이 있고 개성적으로 이해하는 데 도움을 주고자 했다. 좋은 논문들이 많지만 이 책의 편제상 다 싣지 못한 점이 아쉽다.

이상과 같은 구성으로 '한국 근대문학 100년 총서'는 그간 축적되어 온 한국 근대문학의 성과를 통시적, 공시적으로 조망하면서 좀 더 입체적으로 재구성하고자 하였다. 그간의 한국 근대문학을 총체적으로 정리, 반성하면서 이후의 한국 근대문학사를 준비하기 위해서이다.

이 중요한 작업이 구상에서 끝나지 않고 실현될 수 있는 물적 기반을 마련해 준 한국문화예술위원회의 김정헌 위원장에게 깊이 감사드린다. 이 작업의 의미에 대해 공감하고 후원하였던 김병익 전위원장, 구체적인 안에 대해서 조언을 아끼지 않았던 문학소위원회 분들, 그리고 자잘한 문제에 일일이 신경을 써준 문화예술위원회 관계자 여러분의 적극적인 관심이 없었다면 이 작업이 결코 빛을 보지 못하였을 것이다.

근대문학 100년 연구총서 편찬위원회 일동

해방의 향유와 전쟁의 고통 1945~1953   **9**

『청록집』과 탈식민화의 저항   **김승희**
상상적 지리학, 민족문화 기억하기와 해방의 담론
1. '식민 직후' 연옥의 병리학과 『청록집』의 탈식민화의 욕망   11
2. 박목월—제국주의의 지리적 변형의 욕망에 맞서는 저항으로서의 상상적 지리학 만들기   17
3. 조지훈—제국의 문화적 오염에 저항하는 민족문화 구축하기   21
4. 박두진—세계주의적 상상력 안에서 구약적 해방의 내러티브   26
5. 결론   30

『백민』과 민족문학   **김한식**
해방 후 우익 문단의 형성
1. 연구의 방향   35
2. 『백민』이 놓인 자리   38
3. 『백민』의 민족문학   44
4. 『문예』의 창간과 문단의 분화   61
5. 우익 문단의 성립   64

미군정기 소설의 현실인식   **서경석**
1. 문인의 과제와 창작방법론   70
2. 민족문학 논의의 출발   71
3. 지식인 작가의 초기작품   73
4. 현실의 드러남과 전망의 구체화   83

장르론의 관점에서 본 해방공간의 희곡문학   **김만수**
1. 전반적인 상황   94
2. 단막극—해방 감격의 직정적인 표출형태   96
3. 역사극—서사적 자아의 개입   102
4. 장막극(1)—낡은 것과 새 것의 갈등   106
5. 장막극(2)—세대간의 갈등처리 방식   111
6. 정리 및 요약   115

전후소설의 문학사적 재조명   조현일
1. 서론   118
2. 전후소설에 대한 부정적 평가의 기원—1969년 논쟁   120
3. 전후세대의 반전통의식과 아방가르드적 경향   124
4. 카타스트로피 체험과 미·시간의식   131
5. 결론—전후소설의 문학사적 자리매김   136

전후 알레고리 소설에 관한 연구   방민호
장용학·김성한·유주현 소설을 중심으로
1. 문제제기   142
2. 전후 현실과 알레고리 소설의 대두   143
3. 알레고리의 의미와 전후 알레고리 소설의 범위   146
4. 전후 알레고리 소설의 형식적 특징과 두 유형   155
5. 전후 알레고리 소설의 소설사적 의미   162

전후 한국시에 나타난 현실인식의 정신사적 연구   박윤우
1. 전후 현실인식의 성격과 조건   167
2. '전쟁시'의 관념주의와 탈이념화의 지향   169
3. 실존의식과 휴머니즘의 탐구   173
4. 분단 현실의 사회역사적 인식과 허무주의의 극복   180
5. 결론   185

웃음의 시학과 탈근대성   남기혁
전후 모더니즘 시를 중심으로
1. 들어가는 말—주체의 분열과 웃음의 전략   190
2. 냉소적 주체의 현실 비판과 풍자적 웃음   192
3. 김수영 시의 자조와 냉소적 주체의 자기극복   199
4. 냉소적 웃음을 넘어서는 사랑   206
5. 맺음말   212

1950년대 희곡의 실험적 성과   김미도
1. 50년대의 연극과 극작가   216
2. 새로운 실험의 양상   220
3. 실험의 성과와 의미   237

근대문학에서의 '전통' 인식   한수영
1950년대의 비평담론을 중심으로
1. 전통 인식과 이데올로기   242
2. 전통 인식의 대립적 지형과 전통 단절론   249
3. 전통계승의 당위성에 관한 논의   253
4 전통 인식의 유형적 특징   254
4. 맺음말   268

4·19와 한국문학의 방향　　　　　　　　　　　　　　　**홍정선**

1. 4·19 이전의 문학적 상황　　　　275
2. 4·19와 4·19세대의 의미　　　　277
3. 4·19의 문학적 의미　　　　279
4. 4·19가 남긴 문제들　　　　288

불안한 주체와 근대　　　　　　　　　　　　　　　**김영찬**
1960년대 소설의 미적 주체 구성에 대하여

1. 1960년대 근대와 문학적 주체　　　　290
2. 큰 타자의 응시 앞에 선 주체의 공포　　　　293
3. 불안과 강박, 주체성의 연출과 구성　　　　297
4. 내면성의 구조와 미적 주체성의 성격　　　　302
5. 1960년대 미적 주체의 위상　　　　308

파우스트의 시대　　　　　　　　　　　　　　　**김형중**
김광식·김동립·남정현·박태순·김정한 소설 재론

1. 60년대 소설을 보는 관점　　　　312
2. 60년대 소설의 기점 재론　　　　314
3. 전쟁 외상의 종결과 근대 앞의 공포―김광식·김동립·남정현의 경우　　　　316
4. 파우스트의 시대―박태순·김정한의 경우　　　　325
5. 사이비 파우스트와 60년대 소설　　　　331

자유의 시학과 미적 현대성　　　　　　　　　　　　　**이광호**
김수영과 김춘수 시론에 나타난 '무의미'의 문제를 중심으로

1. 김수영과 김춘수 시론의 현대성　　　　334
2. 김수영 시론과 '의미와 무의미의 변증법'　　　　336
3. 김춘수 시론의 '무의미'와 그 허무　　　　344
4. 현대시의 자율성과 억압 없는 언어의 꿈　　　　353

1960년대 '저항시'의 위상　　　　　　　　　　　　　**이숭원**
박봉우·신동문·신동엽의 시를 중심으로

1. 논의의 전제　　　　358
2. 저항시의 단초―박봉우와 신동문　　　　360
3. 저항시의 전개―신동엽　　　　369
4. 맺음말　　　　374

한국 현대비평사의 기원
1960년대 비평의 성과와 의미
권성우

1. 60년대 비평을 바라보는 시선에 대하여   377
2. 4·19혁명과 60년대 문학비평의 인식론적 조건   379
3. 민족문학비평의 성장과 분화   384
4. 근대적 개인주의와 심미적 비평의 대두   394
5. 새로운 논의를 기대하며   400

1960년대 희곡의 정치적 무의식과 알레고리
박조열·신명순·윤대성을 중심으로
박명진

1. 역사, 이야기, 그리고 정치적 글쓰기   404
2. 시간에 대한 강박증—박조열의 〈목이 긴 두 사람의 대화〉   406
3. 어눌함, 억압된 욕망의 정치학—신명순의 〈전하〉   412
4. 거대담론의 착종—윤대성의 〈망나니〉   418
5. 텍스트와 세계의 변증법   424

해방의 향유와 전쟁의 고통
1945~1953

『청록집』과 탈식민화의 저항
상상적 지리학, 민족문화 기억하기와 해방의 담론
김승희

『백민』과 민족문학
해방 후 우익 문단의 형성
김한식

미군정기 소설의 현실인식
서경석

장르론의 관점에서 본 해방공간의 희곡문학
김만수

전후소설의 문학사적 재조명
조현일

전후 알레고리 소설에 관한 연구
장용학·김성한·유주현 소설을 중심으로
방민호

전후 한국시에 나타난 현실인식의 정신사적 연구
박윤우

웃음의 시학과 탈근대성
전후 모더니즘 시를 중심으로
남기혁

1950년대 희곡의 실험적 성과
김미도

근대문학에서의 '전통' 인식
1950년대의 비평담론을 중심으로
한수영

『청록집』과 탈식민화의 저항
상상적 지리학, 민족문화 기억하기와 해방의 담론

김승희

1. '식민 직후' 연옥의 병리학과 『청록집』의 탈식민화의 욕망

『청록집』의 시인들, 즉 박목월·조지훈·박두진의 초기 시 세계에 대한 기존 논의는 대체로 '자연', '민족', '순수'에 초점을 맞추어 왔다. "이들의 시는 자연을 개인적 정감으로 노래하고 있지만 그 정서의 배경에는 일제 암흑기의 어두운 정서와 비극적 슬픔이 승화되어 있음을 알 수 있다. (…중략…) 발표의 기회가 없었던 까닭에 그들에게 있어서는 한글 시를 숨어서 창작한다는 행위 자체가 이미 이 시대에 대한 투쟁이었다. 청록파는 암흑기 문학사에서 모국어를 지켰다는 점, 전통 탐구와 자연에 대한 감수성을 통해 한국 서정시의 새로운 지평을 열었다는 점, 민족문학의 맥을 계승했다는 점에서 문학사적 의의가 크다 하겠다"는 오세영 교수의 지적이 『청록집』에 대한 보편적 평가라고 하겠다.[1) 또한

『청록집』이 1946년 해방 이후2)에 출간되었기 때문에 "신진 시인들 가운데 『문장』 출신으로 합동 사화집 『청록집』을 내어 문단의 주목을 받게 된 박목월·조지훈·박두진은 당시 민족 진영 문인들이 한 목소리를 내던 문학의 순수성과 예술성이 무엇인지를 한껏 보여주었다"3)라고 좌익 계열의 경향시 시인들과 대립적인 위치에 있던 민족주의 계열의 시적 성취로 간주되기도 했다. 또한 조지훈 스스로가 문단에서의 좌익 계열의 조직적인 문예운동으로서의 목적시와 대립되어 있는 '대타의식으로서의 문학의 순수성을 옹호하고자 했던 민족주의 계열의 순수시'를 주장하기도 했다.4)

본고는 『청록집』을 '해방 이전에 쓰여졌으나 해방 이후에 출간된'(앞의 '각주 2'에서 설명) 시집으로서 '자연발생적으로 3인 시인의 시편들을 모아놓은 사화집'이라기보다는 해방 이후의 '식민 직후'라는 시기적 특징에 의해 '탈식민으로 되려는(becoming), 자기 회복을 위하여 탈식민지화의 욕망을 가지고 구성된 기획'으로 읽어보고자 한다. 즉 식민지 시대에 '자연' 상징으로 위장하여 쓰여진 순수 시집이지만 '해방 이후'에야 출간된 '탈식민화의 저항의 기획'으로 새롭게 바라보고자 하는 것이다. 탈식민주의(post-coloniallism)란 반드시 해방 이후라는 시간에 국한될 필요가 없으며 해방 이전이거나 이후에 제국의 피해와 억압을 인식하며 그 파괴적 영향력을 탐색하고 그것에 대항하고자 하는 인식을 보이는 경우 탈식민주의적 기획으로 볼 수 있다.5) 그러기에 '『청록집』을 보다 『청록집』답게 구성되도록 만들고 있는 힘'으로 '식민 직후(Colonial aftermath)'라는 시간적 특징을 지적하고 싶다. '식민 직후'라는 시간적 특징은 릴라 간디에 의해 두 가지로 요약된다.6)

첫째 "식민 직후의 특징은 이행과 전환의 시기를 동반하는 양가적인 문화적 분위기와 문화적 구성의 폭을 통해 드러난다. 그것은 무엇보다도 독립이라는 수사학과 자기 창안에 대한 창조적인 행복감으로 가득 찬 경하할만한 도달의 순간"7)이라는 입장이다. 식민 직후의 해방 공간은 '독립'이라는 수사와 '자기창안'에 대한 창조적 행복감으로 격동하는 담론이 가득찬 공간이라는 것이다. 그러나 식민 과거는 포스트식민적인 현재를 심리적으로 장악하려는 경향이 완고하며 이 식민 직후의 의기양양한 주체들이 이를 과소평가하는 것은 불가피하다고 튀니지아의 반식민 혁명가이자 지식인인 알베르 맴미는 지적하면서 그것을 '식민 직후의 자기 기만'이라고 명명한다.8) 식민 직후란 새로운 세계의 건축이 식민주의의 물리적 폐허에서 마술적으로 나타날 것을 바라고 있기 때문이다.

두 번째로 '식민 직후'의 문제는 그렇게 단순한 신기원이 될 수 없다는 정치적 비관주의의 입장이 있다. '식민 직후'가 앞서 말한 종류의 의기양양한 유토피아주의를 가지기도 하지만 그러한 유토피아주의란 자기 기만이 될 수 밖에 없는데 '식민 직후'가 식민지화의 종결이 아니기 때문이라고 한다. 즉 "식민주의는 식민 점령의 종언과 함께 끝나는 것은 아니다."9)

그렇듯 식민 직후의 자아도취적 꿈은 곧 과거 식민 지배의 찌꺼기와 종속의 흔적으로 인해 쉽게 성취될 수가 없는 것이 된다. '독립이란 것이 불연속적인 것이 아니며 눈에 보이는 자유의 장치들과 은폐되어 있는 부자유의 지속으로 구성되어진다. 맴미는 '이 포스트 식민적 연옥의 병리학은 종속의 남아있는 흔적과 기억들 속에 그 원인이 있다'라고 주장한다. 또한 "불연속이라는 포스트식민적 꿈이 그 자신의 과거에서 비롯된 전염성 찌꺼기에 대해 취약하다는 결론을 내릴 수 있는데 결국 식민화라는 악성 질환과 연속되어 있다는 것을 기억하지 않고 인정하지 않으려는 태도는 그 회복기를 불필요하게 연장시킬 뿐이다"라고 '식민 직후'의 민족 회복에 대한 들뜬 꿈을 비관적으로 평가한다.10)

첫 번째 입장으로 우리는 민족 회복을 꿈꾸었던 『청록집』의 시인들을 들 수 있고 두 번째 입장으로 오장환의 「병든 서울」을 들 수 있다. 오장환의 「병든 서울」도 "아름다운 서울, 사랑하는 / 그리고 정들은 나의 서울아 / 나는 조급히 병원 문에서 뛰어나온다 / (…중략…) / 나는 또 보았다. / 우리들 인민의 이름으로 씩씩한 새 나라를 세우려 힘쓰는 이들을…… / (…중략…) / 아, 인민의 힘으로 되는 새 나라 // 8월 15일, 9월 15일, / 아니, 삼백예순 날 / 나는 죽기가 싫다고 몸부림치면서 울겠다. / (…중략…) 아니다, 아니다. 나는 보고 싶으다. / 큰물이 지나간 서울의 하늘아 / 그때는 맑게 개인 하늘에 / 젊은이의 그리는 씩씩한 꿈들이 흰 구름처럼 떠도는 것을……"라고 해방 직후의 의기양양한 자아도취를 보여주기도 한다.

그러나 오장환의 시는 맴미가 지적한 것과 같은 '의기양양한 유토피아주의'와 동시에 '식민 직후가 곧 식민주의를 종식시키지는 않는다'는 포스트 식민적 연옥의 병리학에 대한 인식도 함께 보여준다. "아, 저마다 손에 손에 깃발을 날리며 / 노래조차 없는 군중이 만세로 노래를 부르며 / 이것도 하루 아침의 가벼운 흥분이라면…… / 병든 서울아, 나는 보았다. / 언제나 눈물 없이 지날 수 없는 너의 거리마다 / 오늘은 더욱 짐승보다 더러운 심사에 / 눈깔에 불을 켜들고 날뛰는 장사치와 / 나다니는 사람에게 / 호기 있이 먼지를 씌워 주는 무슨 본부, 무슨 본부, / 무슨 당, 무슨 당의 자동차"와 같이 독립, 해방의 자아도취는 덧없는 것이며 장사치와 무슨 무슨 본부와 무슨 당의 자동차들이 식민 후유증으로서의 역사적 연옥을 연출할 뿐인 포스트 식민의 병리학과 식민 지배의 찌꺼기로서의 혼란을 직시하고 있다.

같은 해 출간된 『청록집』은 그러한 포스트 식민적 연옥의 병리학을 벗어나는 탈식민지화의 방법으로 '식민 이전'으로의 민족 회복과 자기 정체성 구축이라는 성스러운 과제를 택한다. 특히 조지훈의 경우가 그러하다. 필자는 이 시집을 하나의 자연스런 3인 시인의 모음집이라기보다 '해방 공간의 담론에 의해 신중하게 구성된' 탈식민화의 시집으로 읽는다고 앞서 지적했다. 그 구성에 영향을 미친 역학들은 앞서 언급한 사회주의적 경향시에 대한 대타의식으로서의 순수시 개념과 '식민지 시대의 제국의 오염을 벗기고 새로운 자기 정체성을 창조하고자 하는', 민족 회복에 대한 꿈(식민 직후의 첫 번째 입장)일 것이다. 즉 포스트 식민지의 병리학적 연옥 속에서 식민 이전의 기억과 원형들을 보존하고자 하는 욕망과 더불어 식민 이전에 간직했던 순결한 민족 정체성을 회복, 재구축하고자 하는 탈식민지화의 문화적 저항의식이다.

세 시인의 작품이 보여주는 탈식민지화의 문화적 저항이라는 공통의 목표는 같지만 구체적으로 박목월·조지훈·박두진의 시 세계는 모두 다르며 그들의 개인적 성향, 상황, 미적 취향, 독서 체험, 이상(理想)주의, 언어적 감수성에 따라 탈식민지화의 전략도 변별적으로 드러난다. 그러나 『청록집』에 나타난 세 『청록집』시인들의 공통점도 무시할 수 없다. 그들의 시 안에서는 특히 이 강토의 지명을 많이 발견할 수 있는데 그와 관련하여 공통점을 추출해보면 다음과 같다.

① 피식민지인으로서의 분열된 주체 의식을 지님.
② 오염된 제국주의(물리적, 정신적)의 질병의 영토를 떠나 오염과 질병 이전으로 탈영토화되고자 하는 욕망을 지님.
③ 제국의 오염을 벗어나는 방법으로 제3의 자연11)을 상상계적 유토피아로 상정.

①은 박목월의 경우 「임」에서, 조지훈의 경우 「봉황수」에서, 박두진의 경우 「향현」에서 식민지인으로서의 분열된 주체 의식을 읽을 수 있다. ②와 ③도 역시 각 시인에게서 잘 드러난다. 박목월의 경우 식민지 공간을 제국주의적 눈으로 보기에 충분히 낯설지 않게 변형하려는 기본적인 제국주의의 욕망, 즉 조선척식주식회사에 의해 토지를 흡수, 합병하고 토지의 이름을 일본식으로 짓고 경계를 다시 긋는 제국의 욕망12)에 저항하는 탈식민지화 기획으로서 '청운사' '자하산' '남도 삼천리' 등을 잃어버린 어머니의 몸과 같은 회귀의 대상으로서의 상상적 지

리학으로 만든다. 예이츠의 '이니스프리'와 같은 정신적인 이상향을 만들고(「산이 날 에워싸고」에서의 '흙담 안팎의 그믐달 같은 공간', 「나그네」 중 '술익는 강마을', 「춘일」 중 '신라천년' 등), 제국의 측량·흡수·병합, 근대성의 이식에 의해 오염된 질병의 강산을 '제3의 자연'으로 만든다.

조지훈의 경우 제국주의적 지리학에 저항하는 탈식민화의 기획은 '전통미학의 공간' 어디쯤이다. 예를 들어 "호장 저고리 하얀 동정이 밝은／살살이 퍼져내린 곧은 선이／스스로 돌아 곡선을 이루는 곳"이나 "운혜 당혜／발자취 소리도 없이 대청을 건너 살며시 문을 열고／어느 나라의 고전을 말하는 한 마리 호접"이 날아가는 그 공간(「고풍의상」 중), 즉 제3의 자연이며 "눈부신 노을 아래 모란이 지는 고사(古寺)"거나 "싸리 나무 새순 뜯는／사슴이 우는／자하산 열두 봉우리"(「피리를 불면」 중) 등 민족문화적 미의 공간이 상상계적 유토피아 로 나타난다.

박두진의 경우 식민지 공간을 구약성서적 선지자의 치열한 기다림과 미래적 비젼의 공간으로 변화시키면서 미래 시제적 해방의 공간, 상상계적 유토피아로 승화시킨다. 「도봉」이나 「향현」, 「푸른 하늘 아래」의 공간이 그것이다.

위에서 기술한 것처럼 『청록집』의 시인들은 그와 같은 공통점을 가지고 있다. 그럼에도 그들은 또한 차이를 지니고 있다. 차이란 어떤 한 요소가 지배적으로 많이 드러나 전경화되었는가, 아니면 약소하게 드러나 후경화되어 있는가, 의 차이이지 다른 시인에게서 그 특정 요소가 아주 드러나지 않는다는 것은 아니라는 점을 유념할 필요가 있다. 차이를 약술하면 다음과 같이 정리된다.

박목월 : 제국주의의 지리적 변형의 욕망에 맞서는 저항으로서의 상
　　　　상적 지리학 만들기
조지훈 : 제국의 문화적 오염에 저항하는 민족문화 구축하기
박두진 : 토착주의 부정과 세계주의적 상상력 안에서 구약적 해방의

내러티브 제시하기.

위와 같은 공통점과 차이의 범주 안에서 세 시인의 텍스트를 '탈식민화의 저항'이라는 시각에서 읽어보고자 한다.

2. 박목월─제국주의의 지리적 변형의 욕망에 맞서는 저항으로서의 상상적 지리학 만들기

박목월 시인은 『청록집』에 실린 첫 시 「임」에서부터 식민지 청년으로서의 분열된 정체성에 대해 노래한다. "내ㅅ사 애달픈 꿈꾸는 사람 / 내ㅅ사 어리석은 꿈꾸는 사람 // 밤마다 홀로 / 눈물로 가는 바위가 있기로 // 기인 한밤을 / 눈물로 가는 바위가 있기로 // 어느날에사 / 어둡고 아득한 바위에 / 절로 임과 하늘이 비치리오" 이렇듯 시적 주체의 정체성은 '나 / 임'의 분열에 놓여있다.

'임'은 하늘의 파라다임에 속하며 '나'는 '기인 한 밤'의 파라다임에 속하는 어두운 존재다. '임'과 '나' 사이에는 '꿈'이 있지만 그 꿈은 '바위를 눈물로 가는' 참혹한 고난의 노동을 통해서만 이루어질 수 있다는 의미에서 '꿈꾸는 나'는 '애달픈 꿈꾸는 사람'이자 '어리석은 꿈꾸는 사람'이 된다. 결핍의 존재, 미완의 존재, 애통의 존재인 것이다. "눈물로 가는"에서 '가는'은 동음이의어로 읽힐 수 있음으로 인해 애매모호성을 띤다. '가는'을 '갈 행(行)'으로 읽었을 때 '나'가 '눈물로 가는 바위'가 되어 '나=바위'가 된다. 그러나 '가는'을 '연마할 갈다(鍊磨)'로 읽으면 부드럽고 덧없는 액체인 눈물로 딱딱한 불변성의 물질인 바위를 갈면서 '임'을 만나는 그 시간을 꿈꾼다는 의미에서 고난의 불가능한 참담함으로 읽혀진다. 애매모호함이나 의미의 이중성은 말하는 주체의 분열이나 시련 중의 주체, 과정 중에 있는 주체임을 암시하는 텍스트적 징후13)가 된다. 즉 자아의 통일성을 가진 단일 주체가 아니라는 것이다. 식민지 시대의 주체란 그렇게 "기인 한밤을 / 눈물로 가는 바위"라는 시행에서의 동음이의적 모호성이 암시하듯 시련 중에 있는 주체, 과정 속의 분열된 주체인 것이다.

'가는'을 '연마할 갈다'로 읽었을 때 4행의 '어느 날에사' "어둡고 아득한 바위에 / 절로 임과 하늘이 비춰리요"에서 '바위가 거울이 되는 날'을 '나'가 꿈꾸고 있었음을 알게 된다. 그 어느 날, '바위'가 '거울'이 되는 어느 날, '임'과 '나'는 거울 속의 영상이 오인을 통하여 하나가 되듯 거울의 도취적 성격을 통하여 상상적 하나가 될 수 있다. 그 상상적 하나가 되는 날을 위하여 현재의 존재는 '임 / 나' 사이의 분열을 견디며 그 분열의 틈새에서 솟구치는 눈물로 바위를 갈아야 하는 것이다. '임'은 라캉적 용어로 상상계적 큰 타자로서 거울 단계에서의 어머니의 존재와 같이 나의 모든 결핍과 상실을 보충해줄 절대적 존재이다. 이렇듯 단순한 서정시로 보일 뿐인 시 「임」도 식민지 시대의 분열된 주체와 그 인식을 암시한다.

시 「청노루」에서 식민주의자의 지리적 변형에 맞서는 저항으로서의 상상적 지리학 만들기의 욕망은 드러난다.

　　　머언 산 청운사
　　　낡은 기와집

　　　산은 자하산
　　　봄눈 녹으면

　　　느릅나무
　　　속ㅅ잎 피어나는 열두구비를

청노루
맑은 눈에

도는
구름

　이 시는 한 폭의 동양화 같은 순결한 순수시의 전형으로 읽혀왔었다. 그러나 이 시 역시 식민주의자의 국토의 변형에 맞서는 저항성을 내포하고 있다. 탈식민주의적 문화의 저항의 전략 중 '식민지의 자연을 자신들의 시각에 맞게 변형하려는 제국의 욕망에 맞서는 저항의 한 형식으로서의 상상적 지리학 만들기'라는 시각으로 이 시를 읽었을 때 '청운사'는 예이츠의 이니스프리와도 같은 상상의 공간, 환상의 지도가 될 것이다. 「시작 노우트－청록집 부근」에서 시인은 다음과 같이 쓰고 있다.

　이 작품이 교과서에 실리게 되자 '청운사'가 어디 있는 절이냐고 질문하는 사람이 있었다. 어느 해설서에는 '경주 지방의 산중에 있는 절 이름'이라고 친절하게 주해를 가한 것을 보았다. 그러나 청운사는 실재의 절 이름이 아니다. 나의 환상의 지도 속에 있는 산중의 상징적인 절이다.

　그 당시 나는 나대로의 환상의 지도를 가지고 있었다. 그 어둡고 불안한 시대에 푸근하게 은신할 수 있는 '어수룩한 천지'가 그리웠던 것이다. 하지만 그 당시의 조선은 어디나 일본 치하의 불안하고 되바라진 땅이었다. 강원도 태백산이나 백두산을 생각해 보았다. 그러나 그 어느 곳에도 우리가 은신할 수 있는 한 치의 땅이 있는 것같지 않았다. 그리하여 나는 깊숙한 산과 냇물과 호수와 봉우리가 있는 '마음의 지도'를 마련하게 되었다. 그 지도 중에서 주산이 태모산, 그 줄기를 따라 태웅산, 구강산, 자하산이 있으며 자하산 골짜기를 흘러 내려와 잔잔한 호수를 이룬 것이 낙산호, 영랑호였다. 영랑호 맑은 물에 그림자를 드리운 봉우리가 방초봉. 방초봉에서 아득히 바라보이는 자하산의 보랏빛 아지랭이 속에 아른거리는 낡은 기와집이 청운사이다. 나는 마음의 지도라 하였으나, 오히려 오히려 그것은 정서가 아른거리는 꿈의 세계라 할 수 있다. 그러므로 청운사는 완전히 허구적인 세계의, 가공적인 것임에 지나지 않는다.[14]

이렇게 박목월은 '청운사', '자하산', '영랑호' 등이 실재하는 국토의 어느 곳이 아니라 '일본 치하의 불안하고 되바라진 땅'이 아닌 '환상의 지도', '마음의 지도' 속의 상상적 공간임을 분명히 밝히고 있다. 또한 시 「나그네」도 역시 제국의 지리학에 대한 저항으로서의 상상적 지도 만들기로 볼 수 있다. "강나루 건너서 / 밀밭 길을 // 구름에 달 가듯이 / 가는 나그네 // 길은 외줄기 / 남도 삼백리 // 술 익은 마을마다 / 타는 저녁 놀 // 구름에 달 가듯이 / 가는 나그네"(시 「나그네」 전문)도 일본 제국 치하 의 '불안하고 되바라진 땅이 아닌' 제국의 영토 점령과 문화적 오염과 지리적인 죽음의 금 긋기를 탈출하여 강제적 점령과 문화적 오염이 없 는 '마음의 지도' '환상의 지도' 속의 '상상적 국토로서의 남도 삼백리' 를 구축하고 있는 것이다. 죽음의 영토인 제국의 점령지를 식민지 이전 의, 혹은 식민지 이후의 순결한 심리적 심상으로 변형시켜 마음의 조국 으로, 환상의 조국으로 변형시키고자 하는 탈식민주의적 저항의 전략의 하나인 것이다.

그리하여 세속적 영토의 실질적 병합, 토지의 경계를 다시 긋기, 민 족의 강산을 일제식 지명으로 변형하기 등 제국주의의 오염의 질서와 파괴를 떠나 '구름에 달 가듯이 가는' 탈경계적, 초경계적 행보를 꿈꾸 게 된다. '구름에 달 가듯이'라는 비유를 통하여 '식민지화된 부정한 땅 을 가는 지상의 고단한 나그네'는 '어떠한 경계나 점령이 통하지 않는 천상을 가는 나그네'로 변화하게 되고 그것은 시인의 말대로 "세속적인 구속이나 집착에서 벗어난 해탈의 경지, 그것은 동양적인 높은 정신의 경지일수도 있"지만 지상의 식민지 공간과 그 지리학을 부정하는 탈식 민주의적 저항의 몸짓이기도 하다. 제국에 종속된 식민지의 행인이기를 거부하고 천상의 행인으로 자신을 탈영토화시킨 것[15]이고 식민지인이라는 땅의 정체성을 부정하고 '구름에 달'이라는 천상의 정체성을 정립하고 있는 것이다.

> 이 작품에서 '남도 삼백리'가 어디서 어디까지냐고 묻는 이가 있다. 그것은 현실적 거리를 의미하는 것이 아니다. '감정의 거리'이다. // 예이츠(W. B. Yeats)의 「이니스프리」라는 작품 중에 다음과 같은 구절이 있다. "나는 일어나 바로 가리, 이니스프리로 가리, / 외 엮고 흙을 발라 조그만 집을 얽어 / 아홉 이랑 콩을 심고, 꿀벌은 한 통 / 숲 가운데 비인 땅에 벌 잉잉거리는 곳 / 나 홀로 거기 살으리." 평화와 이상을 노래한 이 작품에서 '아홉 이랑'은 결코 현실적인 것이 못된다. 그것은 가난한 대로 충만하게 살려는 시인이 꿈꾸는 행복의 면적이다. 남도 삼백리도 나의 서러운 꿈을 펼쳐놓은 '감정의 거리'에 지나지 않는다.[16]

시인이 진술하고 있듯 '남도 삼백리'는 '서러운 꿈을 펼쳐놓은 감정의 거리'이자 예이츠의 '이니스피리'와 같은 정신적 이상향의 공간이다. 제국에 의한 현재의 영토의 박탈을 벗어나 제3의 자연을 추구하고 지도를 그리고 만들어내고 발견하는 것을 탈식민지화의 문화적 전략의 하나로 보는 입장에서[17] 박목월의 '청운사', '남도 삼백리' 등은 오염된 식민주의의 '되바라진' 영토를 벗어나 강점된 강토를 정신적 이상향으로 만드는 탈식민주의적 저항의 전략으로 읽혀져야 한다.

3. 조지훈─제국의 문화적 오염에 저항하는 민족문화 구축하기

조지훈 시인의 『문장』 추천작인 「봉황수」에서부터 식민지인으로서의 주체의 분열이 드러난다. 그의 시 「봉황수」에서 보이는 정치적·역사적 탈식민주의적 사고는 시인을 '선(禪)적 직관에 의한 자연시'를 쓰는 '은둔의 시인'으로 보는 전통적 견해와는 상당히 다른 것이라 할 수 있겠다.

> 벌레먹은 무리기둥 빛 낡은 단청 풍경소리 날러간 추녀 끝에는 산새도 비둘
> 기도 둥주리를 마구 쳤다. 큰나라 섬기다 거미줄친 옥좌위엔 여의주 희롱하는
> 쌍룡 대신 두 마리 봉황새를 틀어올렸다. 어느 땐들 봉황이 울었으랴만 푸루른
> 하늘밑 추석(甃石)을 밟고 가는 나의 그림자. 패옥소리도 없었다. 품석 옆에서
> 정1품 종9품 어느 줄에도 나의 몸둘 곳은 바이 없었다. 눈물이 속된 줄을 모르
> 량이면 봉황새야 구천에 호곡하리라.

시적 주체의 분열된 양상은 '쌍룡 / 봉황새'의 은유적 대립 사이에서
드러난다. '여의주 희롱하는 쌍룡'은 제국의 기표이자 절대적 남근
(Phallus)의 기표이다. '쌍룡'은 '큰나라―여의주 희롱―하늘―패옥 소리'
의 은유 연쇄를 형성하고 '봉황'은 '(작은나라)―(여의주 없음)―그림자―(패옥
소리 없음)―눈물―(호곡)'의 은유 연쇄를 형성한다. 그리하여 '쌍룡 / 봉황'
의 은유적 대립은 '제국 / 피식민', '중심 / 주변', '우월 / 열등', '지배 / 피
지배'의 위계적 대립을 암시하게 된다. '정1품', '종9품'이라는 벼슬이라
는 위치도 망해버린 '봉황의 나라'에선 아무 권력이 되지 않을 뿐만 아
니라 망하지 않았다고 하더라도 '봉황' 위에 '여의주를 희롱하는 쌍룡'
이 절대적 남근의 기표로 존재하는 한 '여의주가 없'어서 아무 것도 자
기 의지대로 행할 수 없는 '열등한 위치'일 뿐임을 알 수 있다. 이러한
이중적 열등성의 위치에서 시적 주체는 '(품석 아래) 몸둘 곳이 없는' 이
중 상실의, 이중 결핍의 하위 주체가 될 뿐이다.

시적 주체의 분열은 '여의주 희롱하는 쌍룡'의 제국주의적 권력을
'인식'하는 하위 주체적 위치성 안에서 발생한다. 결국 주체는 큰나라라
는 상징계의 호명에 의해 작은 나라로, 쌍룡의 부름에 의해 봉황으로
되어버리고 만 식민지적 하위 주체라는 것을 인식하는 분열된 주체인
것이다. 그 인식만으로 이 시가 탈식민주의적 인식과 저항을 보여준다
고 읽을 수는 없다. 그 주체 분열의 틈새로 기호적 에너지, 위반의 부정

성이 솟구쳐 오르는 것을 "눈물이 속된 줄을 모르량이면 봉황새야 구천에 호곡하리라"라는 마지막 구절이 보여준다. '눈물'과 '호곡'이 시적 주체에게 할당된 하위적 '위치'라는 것을 느끼면서도 '눈물이 속된 것임'을 알기 때문에 '호곡하지 않는 봉황새'로 다시 태어나면서 '봉황새'는 구천에 호곡하는 '비천한 하위 주체'가 아닌, 고결한 정신으로 식민지적 현실을 이겨내는 정신적 저항의 주체로 다시 태어난다. 제국이 만든 그 타자성을 부인하는, '호곡을 거부하는 봉황'이 탈식민주의적 저항의 은유가 될 때 조지훈의 다른 시편들, 「고풍의상」, 「무고(舞鼓)」, 「피리를 불면」 등도 자기 정체성으로서의 민족문화 구축하기, 전통적 미적 공간 보존하기의 탈식민화의 욕망과 연결될 수 있게 된다. 즉 제국이 만든 '중심 / 변두리', '우월 / 열등', '쌍룡 / 봉황'의 제국주의가 부여한 위계를 해체하고 그 문화적 타자성의 자리를 탈피하여 절대성의 자리에 민족문화를 정좌시키는 것이다. 거울과도 같은 상상계의 자리이다.

'민족주의'와 '탈식민주의, 반식민주의'는 서로 갈등의 관계에 놓여있다고 여러 이론가들은 지적하고[18] 민족주의의 제한된 폐쇄성을 지적하면서도 릴라 간디는 "심지어는 가장 포스트식민주의적인 비평가들조차 인정하는 것은 민족주의가 제3세계의 탈식민 투쟁의 중요한 특징이라는 사실이다. 따라서 사이드는 문화적 특수주의에 대해 유보적인 자세를 취하고 있음에도 불구하고 '거의 모든 지역에서 문화적 저항에 있어서 주목할만한 노력들로서 민족주의적 정체성을 주장하는 현상이 …… 무장저항과 나란히 동시에 진행되었다'라고 민족주의의 어쩔 수 없는 탈식민성과의 제휴를 긍정한다."[19] 탈식민주의자 이론가가 민족주의 문화 운동을 비판하는 것은 ① 제국이 만든 이항대립들과 그 위계들을 단순히 반복하기 때문에 자기 패배적인 성격을 띨 수 밖에 없다는 것, ② 그리하여 토착문화주의란 결국 자기방어적이고 수세적일 수 밖에 없다는 것, ③ 서구 모더니티를 배제하고 모국의 원(原)문화에 대한 노스텔지어에 가득찬 과거지향적 민족–귀속이며 무역사성이기 때문이라는

것이다.[20)]

　이러한 입장에서 본다면『청록집』시대의 조지훈의 시편이 보여주는 '조선적인 미의 탐미적 세계'는 '조선성'이라는 본질적 형이상학, 근대성에 반대하는 편협한 무역사성, 상상적 공동체로서의 토착주의적 '부정적 유토피아의 양식'으로 읽혀질 수도 있다. 그러나 더럽혀지지 않은 식민주의 이전의 '조선적 미'의 발견과 구축에의 욕망은 외세의 위협에 항거하는 정체성 보존에의 욕망[21)]과 해방 직후(colonial aftermath)의 혼란스러운 포스트 식민적 연옥의 병리학적 상황에서 자기 정체성의 근원이 되는 전통 속에서 자기 원형 기억하기, 오염되고 흩어진 민족의 순수한 정체성 재구축하기로서의 민족문화 복원이라는 점에서 탈식민지화의 문화적 저항으로 읽을 수 있다[22)]고 필자는 생각한다.

　그리하여 '쌍룡 / 봉황'의 이항대립 속에서 후자의 위치성을 인식하는 시적 주체는「고풍의상」,「무고」,「피리를 불면」,「고사 1, 2」,「완화삼」,「승무」 등의 시편에서 '식민지 이전의 조선적인 것의 정체와 미의 발견'을 통해서 민족문화의 보존과 그것을 통한 탈식민화의 문화적 저항을 보여준다. 그가 천착하는 조선적인 미는 '쌍룡'(제국주의의 미)에 비해 열등한 '봉황'의 것으로서의 상대주의적 차원에서가 아니라 '쌍룡 / 봉황'의 위계적 질서를 와해시켜 버리는 절대적인 상상계의 미라고 할 수 있다. 제3의 질서로서의 상징적 권력을 지워버리고 '거울 단계'와 같은 나르시시즘적 상상계의 미적 가치를 절대화시키는 것이다. 상징적 질서를 삭제하고 상상계로 돌아가기 역시 주체 분열에 항거하는 기호계적 저항의 힘이다. 식민지적 현실이 질병이라면 그에게 조선적인 것, 조선의 미는 일제 강점 이전의 순수한 정체성이며 회복이며 통합이다.

　"하늘로 날을 듯이 길게 뽑은 부연끝 풍경이 운다. / 처마끝 곱게 늘이운 주렴에 반월이 숨어 / 아른아른 봄밤이 두견이소리처럼 깊어가는 밤 / 곱아라 고아라 진정 아름다운지고 / 파르란 구슬빛 바탕에 / 자지빛 호장을 받친 호장저고리 / 호장저고리 동정이 환하니 밝도소이다"(시「고풍의상」중)나 "진주 구슬 오소소 오색 무늬 뿌려놓고 / 긴 자락 칠색선 화관 몽두리 // 수정하늘 반월 속에 채의 입은 아가씨 / 피리 저ㅅ대 고운노래 잔조로운 꿈을 따라 // 꽃구름 휘몰아서 밭 아래 감고 / 감은 머리 푸른 수염 네활개를 휘돌아라. // 맑은 소리 품은 고(鼓) 한송이 꽃을 / 호접의 나래가 싸고 돌더니 / 풀밭에 앉은 나비 다소곳이 물러가고 / 꿀벌의 날 개끝에 맑은 청 고(鼓)가 운다. // 은무지개 넘어로 작은 별하나 / 꽃수실 채색무늬 화관몽두리"(「무고」, 전문)에서처럼 고전적인 전통 미에의 탐미 주의적 애착은 '원주민적 토착문화에 지나지 않는'(사이드) 것이라기 보 다는 상상계적 자기 보존 에너지로서의 문화적 저항이 된다. 지훈 시인 에게 '쌍룡 / 봉황'이라는 대립 속에서의 하위 주체로서의 자기 정체성 에 대한 인식이 있는 한 그의 노래가 아무리 탈역사성, 무역사성, 순수 미에 가깝다고 하더라도 그의 시들은 탈식민지화의 문화적 저항의 기 호로 읽혀야 한다.

따라서 역사와 근대성, 계몽적 이성이나 합리주의에 저항하고 그 범주 를 삭제, 초월하고자 하는 무역사적, 선(禪)적 상상력도 조지훈 시인의 한 전략이 된다고 하겠다. "목어를 두드리다 / 조름에 겨워 // 고오운 상좌아 이도 / 잠이 들었다. // 부처님은 말이 없이 / 웃으시는데 // 서역 만리ㅅ길 / 눈부신노을 아래 / 모란이 진다"(「고사 1」, 전문)나 "목련꽃 향기로운 그늘 아 래 / 물로 씻은 듯이 조약돌 빛나고 / 흰 옷깃 매무새의 구층탑 위로 / 파르 라니 돌아가는 신라 천년의 꽃구름이여"(「고사 2」, 중) 같은 구절들이 보여주 는 것도 현재의 오염된 식민지 공간, 식민지적 시간을 '서역 만리', '신라 천년'의 시공간으로 변형하여 초월시키고 있는 것이라 하겠다. 즉 정복과 종속이라는 근대적 역사에 저항하는 초역사성, 계몽적 이성의 근대에 저 항하는 상상적 유토피아의 세계라고 할 수 있다. 토착 문화주의라기 보다 는 모태로서의 민족문화의 보존을 꿈꾸는 시인의 조선 미에의 탐미적 애 착은 부당한 제국의 파괴와 수탈과 오염에 맞서 해체의 과정 속에 있는 민족 정체성을 보존, 회복하고자 하는 '봉황의 문화적 저항'이다.

4. 박두진—세계주의적 상상력 안에서 구약적 해방의 내러티브

　박두진은 『청록집』의 시인 중에서 가장 치열하게 탈식민지적 문화적 저항을 보여주는 시인이라고 할 수 있다. 「추천사」에서 정지용은 "그의 새로운 자연의 발견은 삼림에서 풍기는 식물성의 체취"라고 평하였지만 『청록집』을 '자연의 재발견'이면서 동시에 탈식민지적 문화적 저항이라는 약호로 읽을 때 박두진의 시편들은 토착 문화주의를 벗어나는 세계주의적 상상력의 해방의 내러티브라고 부를 수 있다. "자연을 소재로 했을 때 이미 우리네 조상의 골수에 젖어있던 음풍농월이나 수심에 찬 패배, 은둔적인 영탄에 빠져들지 않았다. (…중략…) 초기 작품에서보다 밝고 긍정적이며 싱싱한 동경과 미래적인 비젼에 벅찰 수 있었다."23) 라는 시인의 지적처럼 그의 자연은 식민지적 현실의 재현이나 점령된 모국의 은유로서의 공간이 아니라 선지자 에레미아나 이사야와 같은 믿음으로 '미래적인 비젼'을 가진 해방의 공간, 메시아적 재림공간을 그렸다.24) 그의 시적 공간은 아래 시에서의 '장차'라는 시간 부사가 말해주듯 미래 시제로서의 해방의 공간이며 '이리' 등속의 야수가 핏내를 잃어버릴 에덴의 공간이며 약육강식의 식민지적 논리가 끝나는 유토피아적 꿈의 공간이다.

> 　산이여! 장차 너희 솟아난 봉우리에, 엎드린 마루에, 확확 치밀어오를 화염을 내 기다려도 좋으랴?
>
> 　핏내를 잊은 이리 등속이 사슴 토끼와 더불어 싸릿순 칡순을 찾아 함께 즐거이 뛰는 날을 믿고 길이 기다려도 좋으랴?
>
> 　　　　　　　　　　　　　　　　　　　　　　—「향현」 중

　'엎드림 / 솟아남', '침묵 / 확확(이때의 '확확'은 화염이 치솟는 의태어이자 의성

어로 봄)'의 대립적 구조에서 현실은 전자의 양상으로 갇혀 있지만 시인의 눈은 후자의 해방의 양상을 꿈꾸며 '기다림'을 갖는다. 그 기다림은 '핏내를 잊은 이리 등속이 사슴, 토끼와 즐거이 뛰노는' 구약적 에덴의 공간을 향한다. '이리 / 사슴, 토끼'의 대립은 '제국주의자 / 식민지인', '침략자 / 피점령인'의 단순한 알레고리를 형성하지만 제국주의나 침략자에 대한 도덕적 단죄를 내리기 보다는 제국주의적 투쟁과 침략자의 야수성이 끝나는 '새로운 시간'의 꿈을 노래한다. '이리가 핏내를 잊어버리는' 그 새로운 계시록적 시간을 기다리는 것이다. 즉 그것은 박두진의 시세계가 단순하고 편협한 마니교적 알레고리[25]에 갇혀있지 않음을 알 수 있게 한다. 마니교적 알레고리의 단순한 지배 / 피지배의 대립구도를 넘어선 불멸의 구원과 평화에의 갈망을 노래하는 것이다. 바로 그 점이 박두진의 시를 토착주의에 대한 새로운 대안, 보편주의적 해방의 내러티브로 나아가게 하는 힘이 된다. 지역적 정체성, 국적, 민족주의의 제약성을 벗어나 토착주의의 초월과 더불어 약자의 해방을 노래하게 되는 것이다. 시인 스스로도 그것에 관해 분명한 인식을 토로하고 있다.

> 너무 오랫동안 민족적 침묵을 지루하게 여겨 그 산에서 화염이 확확 치밀어 오르기를 바라고 원했음은 분명히 민족적, 민족주의적인 사상이었지만, 끝련에 나타낸 궁극적 이상은 약육강식의 악의 원리, 힘과 힘의 대결, 민족과 민족 간의 끝없는 증오와 보복의 악순환적 원리를 강력히 부정하고, 인류의 공존과 평화적인 여원한 이상을 갈망하는 인류주의, 세계주의의 형태로 되어있음을 알 수 있다.

「푸른 하늘 아래」에서는 침략자에 대한 비판의식이 더 치열하면서도 구약 속의 선지자와 같은 확신과 신념에 찬 목소리로 제국주의자들의 멸망을 예언하고 있다.

> 내게로 오너라. 어서 너는 내게로 오너라. – 불이 났다. 그리운 집들이 타고

푸른 동산 난만한 꽃밭이 타고, 이웃들은 이웃들은 다 쫓기어 울며 울며 흩어졌다. 아무도 없다. // 일히들이 으르댄다. 양떼들이 무찔린다. 일히들이 으르대면 일히가 일히와 더불어 싸운다. 살점들을 물어뗀다. 피가 흐른다. 서로 죽이며 작고 서로 죽는다. 일히는 일히와 더불어 싸우다가 멸하리라.

'일히는 일히와 더불어 멸하리라'에서도 마니교적 알레고리를 벗어난 해방의 내러티브를 보여준다. 박두진의 해방의 내러티브는 지배자/피지배자, 선/악과 같은 이항대립적 이원론을 거부하며 절대 구원과 절대 평화를 꿈꾸는 양상을 보인다. 이러한 경향을 평자들은 무역사성이라고 비판하기도 하였지만 사이드의 탈식민지적 문화적 저항이라는 시각에서 본다면 박두진의 입장은 "민족, 계기, 환경과 더불어 오는 스스로 부과한 제약의 경직성과 금지에 굴복하지 않고 민족, 계기 환경을 통과하여 우리의 아일랜드, 우리의 마르티니크, 우리의 파키스탄 보다 필연적으로 더 많은 것을 포함하는 '정복의 부름'의 생생하고 확대된 의미로 나아가는 것"이다.26) 탈식민화를 다루는 모든 시인처럼 박두진도 '그 자신은 물론 그 적에 대한 의식으로 구체화된' 상상의 또는 이상적인 공동체에 대한 윤각을 그려내려고 투쟁한다. 위의 인용 부분과 아래의 인용부분이 그러하다.

새로 푸른 동산에 금빛 새가 날러오고 붉은 꽃밭에 나비 꿀벌떼가 날러들면 너는 아아 그때 나와 얼마나 즐거우랴. 섧게 흩어졌던 이웃들이 돌아오면 너는 아아 그때 나와 얼마나 즐거우랴. 푸른 하늘 푸른 하늘 아래 난만한 꽃밭에서 꽃밭에서 너는 나와 마주 춤을 추며 즐기자. 춤을 추며 노래하며 즐기자. 울며 즐기자……어서 오너라……

모든 제국이 무너지고 모든 피억압자들이 해방되는 그 상상의 공동체 안에 난만한 꽃밭은 피어나고 쫓겨간 이웃들은 돌아오며 '푸른 하늘 아래' 꽃과 나비와 겨레는 춤을 추는 것이다. 황폐한 시온이 평화와 기쁨

의 에덴 동산으로 변하게 되는 것이다. 그는 '세계주의적 감수성'[27]을
가지고 해방의 내러티브를 쓰고 있으며 그것은 기독교적 인간 구원의
내러티브에 상응하는 것이며 메시아의 재림에 대한 확고한 신앙과 뜨거
운 열정에 기반한 것이라 할 수 있다. 그의 시의 산문성과 격한 호흡과
속력감은 바로 그 해방의 어조와 억양이며 '토착적 방어'를 뛰어 넘는,
(파농을 언급할 때의 사이드의 말을 빌리면) 탈식민화의 제2의 계기를 특징짓는
'예측된 승리'의 해방의 담론[28]과 연결된 형식적 특성으로 보인다.

> 「푸른 하늘 아래」에서는 침략하는 민족에 대한 심판의식이 더 가열되어 있
> 고 준열하다. 뿐만 아니라 단순히 일본 제국주의에 대해서도 동시에 이와 대적
> 해 싸우는 다른 민족에 대해서도 똑같이 피흘려 싸우는 민족, 그 수단을 전투
> 에서 구하고, 힘으로 제압하려는 폭력주의 집단으로서 규정하고 있다. 민족주
> 의적 정의라는 것의 기만성과 비진리성을 기저로 하여 일체의 폭력주의, 강대
> 국주의를 비판, 배격하고 있다.[29]

일본 제국주의의 약탈과 착취의 근거가 되는 민족팽창주의를 수단으
로 삼고서는 그 식민지 정권의 제국주의를 비판할 수 없다는 그의 인식
은 파농의 반제국주의적 탈식민화의 이론과 신기하게도 유사하다. 박두
진의 시는 그러한 탈식민주의적 인식을 기반으로 해방의 내러티브를
미래확정적인 해방의 어조와 음조로 노래하고 있다는 점에서 충분한
정치적·사회적 상징을 구현하지는 않았지만 『청록집』의 시인 중 가장
중요한 탈식민화의 성취를 보여준 것은 사실이다.

5. 결론

그동안 여러 평자들에 의해 자연 시집, 순수 시집의 전형으로 읽혀온 『청록집』을 탈식민지화의 문화적 저항의 시편들로 읽어보았다. 세 시인 다 수록 시편의 순서 중 식민지인의 자기 분열과 하위주체로서의 정체성을 노래한 시편들, 즉 박목월의 「임」, 조지훈의 「봉황수」, 박두진의 「향현」을, 맨 앞에 배치하고 있다는 점도 매우 의미있는 일이며 세 시인 모두 탈식민지화의 문화적 저항을 보여주고 있는 것을 분석해 보았다. 그렇다면 『청록집』이 비록 자연 시집의 외형을 가지고 있다고 하더라도 순수한 자연시로 읽혀질 수 없으며 해방 이후 시점의 포스트 식민적 병리학의 연옥 속에서 식민 이전의 자기(민족) 정체성을 복원하고자 하는 탈식민지화의 욕망에서 구성된 시집이라고 볼 수 있을 것이다.

필자는 '식민 직후'라는 시점의 이중적 특성에 주목했는데 그 첫째는 '식민직후'를 '포스트(post)'라는 접두어에 대한 과도한 환상을 가진 식민지인들이 독립에 대해 불연속의 환상을 갖는 자아 도취와 의기양양한 유토피아주의로 보는 관점과 둘째는 은폐되어 있는 부자유의 지속으로 보는 역사적 조건에 대해 주목하고 포스트식민적 연옥의 병리학은 종속의 남아있는 흔적과 기억들 속에 그 원인이 있다는 것을 인식하는 비관주의적 태도다. 『청록집』의 구성은 그 첫 번째 특성의 소산으로 보이며, 두 번째 '식민 직후가 식민주의를 종식시키지는 않는다'는, 포스트식민적 연옥의 병리학을 인식하는 비관주의적 태도는 오장환의 「병든 서울」의 일부에서 드러난다고 기술하였다. 그러나 민족주의 문학 계열이든 사회주의 문학 계열이든 모두 '식민 직후'에 대한 첫 번째 입장을 더 취하고 있었던 것으로 보인다.

문화적 토착주의나 민족주의를 "자기 자신의 정체성을 찬양하는 슬픈 자아도취이며 본질적인 형이상학을 위해 역사적인 세계를 버리고

제국주의자들이 만든 열등한 위치 안에 스스로 감금되는 것과 같다"고
'그 지독하게 부착된 이류성'을 비판하는 에드워드 사이드의 입장에서
본다면 박목월·조지훈의 작품 보다 박두진의 시가 민족주의와 문화적
토착주의를 넘어서서 보편주의적 이상을 그려낸 탈식민화의 해방의 내
러티브에 가장 가깝다고 할 수 있겠다. 그러나 '해방 직후'라는 특수한
시기에 구성된 『청록집』 텍스트 속의 박목월·조지훈의 시편들도 식민
지배의 문화적 오염을 지우고, '쌍룡／봉황'의 대립으로 '우월／열등'을
강제했던 식민적 위계들을 삭제하며, 식민지배 이전의 민족의 문화적
정체성을 복원·보존하고자 하는 탈식민화의 강한 욕망을 가지고 구성
되었다는 점에서 세 시인 모두 각기 다른 문화적 방법으로 탈식민화의
저항의 욕망을 보여주고 있음을 분석해 보았다.

주석

1) 오세영, 「40년대의 시와 그 인식」, 『20세기 한국시 연구』, 새문사, 1989, 251면.
2) 『청록집』에 실린 작품들은 1939년 즈음 『문장』지에 발표된 것들이 중심이 되었다고
   할 수 있다. 박목월이 「가을 어스름」과 「연륜」으로, 조지훈이 「봉황수」로 , 박두진이 「의
   (蟻)」, 「들국화」로 1940년 추천을 끝냈고 그 이후 몇 작품을 발표했을 뿐 소위 모국어로
   된 것을 발표할 지면조차 없는 문학의 암흑기였다. "『국민문학』이라는 잡지와 같은 황도
   문학이 문단을 전천(專擅)하고 있을 때여서 문단의 유복자격인 우리는 절로 붓을 꺾을
   수 밖에 없었다"는 조지훈의 말이나(『청록집』, 삼중당, 1976, 140면), "『문장』은 폐간되고,
   우리에게는 글을 발표할 자리 뿐만 아니라 우리 글 자체도 빼앗기고 『세기의 심연』은
   완전히 어둠으로 덮히게 되었다. 그러나 나는 꾸준히 작품을 썼다. 그것으로써 나를 달래
   고 위로하고 또한 시를 쓰는 생활안에서 삶의 등불을 밝혔던 것이다"(『청록집』, 92면)라
   는 박목월의 말은 일제말 암흑기의 시인들의 정황을 잘 보여준다. 이러한 정황과 박두진
   의 경우 1945년 해방을 맞아 썼다는 「해」를 1946년에 출간한 『청록집』에 수록하지 않고
   있는 것을 볼 때 『청록집』의 시편들은 해방 이전에 씌여진 작품들을 모은 것이라고 추정
   할 수 있겠다. 김용직은 "『청록집』의 서른 아홉편의 작품 가운데 8·15 이전에 쓰여진
   『문장』에 추천된 몇 작품이 있음에도 불구하고 『청록집』은 8·15 이후에 간행된 시적
   성과로 보는 것이 타당하다"고 주장한다. 여기에 『청록집』의 두 가지 성격이 위치한다.
   『문장』 폐간 직전의 1939년과 그 후의 '암흑기적 담론 공간'과 또 하나는 해방 이후의
   '해방 담론 공간'이 그것이다. 해방 이전에 거의 쓰여졌으나 해방 이후에 편집, 출간된
   그 시집은 그 두 개의 담론의 역학 속에서 생산되었음을 읽을 수 있다.

3) 박혜숙, 「광복, 분단의 시적 체험」, 『한국 현대문학사』(박철희·김시태 책임 편집), 시
   문학사, 2000년, 307면.
4) "해방 되던 해 9월 초에 내가 상경하여 (…중략…) 이듬해 창립동지로 참가한 것이
   청년문학가 협회요 한국문학가협회였다. 이때부터 순수문학 대 경향문학, 민족문학 대
   계급문학의 논쟁에 참가하고 강연을 하고 시낭독을 하고 욕을 먹고…… 갑자기 당한
   속세의 누(累)는……"(조지훈, 「나의 문학 역정」, 『청록집』, 삼중당, 1976년, 141면)
5) "예전에는 포스트콜로니얼이라는 용어를 독립 전과 독립 후를 구별하기 위해 쓴 적도
   있었다. 그러나 우리는 이제 '포스트콜로니얼'이라는 용어를 식민지 시대부터 시작해서
   독립을 쟁취한 후인 현재에 이르기까지 제국주의적 과정의 피해를 본 모든 문화를 지칭하
   기 위해 사용하고 있다." Bill Ashcroft, et. al., *The Empire Writes Back : Theory and Practice in
   Post-Colonial Literature*, London : Routledge, 1989, pp.1~2. 김성곤, 「탈식민주의(Post-Colonialism)
   시대의 문학」, 『외국문학』 31호, 1992, 13면에서 재인용.
6) 릴라 간디, 이영욱 역, 『포스트식민주의란 무엇인가』, 현실문화연구, 2000, 17~22면
   참조.
7) 위의 책, 19면.
8) 위의 책, 19면.
9) 위의 책, 32면.
10) 위의 책, 21면.
11) 제1의 자연이 물리적 세계로서의 자연이고 제2의 자연이 작품 속에 모방된 세계로서의
   재현된 자연이라면 제3의 자연이란 분열된 주체가 꿈꾸는 '상상계적 큰타자로서의 자연'
   으로 분류해 본다. 제3의 자연이란 정신분석학적 개념으로 필자가 만들어본 개념으로
   크리스테바의 '잃어버린 어머니의 몸'과 같은, 상상계적 큰타자로서의 유토피아적 공간
   이다.
12) "농촌의 궁핍화는 토지 수용―동양척식주식회사―식량 수탈―고리채 등의 과정을 밟
   아 행해진다. 일본의 한국 토지조사는 1910년에 시작되어 1918년에 끝난다. 그것은 일본
   인의 사적 토지 수탈의 근거를 마련해준다. 그 토지 수탈은 1911년의 토지수용령에서부
   터 본격화된다." 김현·김윤식, 『한국문학사』, 민음사, 1973, 137면. 이러한 토지 수용,
   수탈과 아울러 토지의 일본식 개명 작업도 활발하게 진행되었는데 일제가 왜곡한 '우리
   땅 제이름 찾기 운동'이 아직까지 일어나고 있는 것을 보면 알 수 있다. 『바로잡아야
   할 백두대간 우리 이름―광복 60돌맞이 일제 잔재 청산, 일제 강점기 때 창지개명(創地
   改名)된 우리말 이름 되찾자』 조사보고서 참조.
13) Kristeva, Julia, *Desire in Language*, Kelly Oliver, ed., Portable Kristeva, Columbia University,
   1994. p.94.
14) 박목월, 「시작 노우트―청록집 주변」, 『청록집』, 1946, 106~107면에서 인용.
15) "'강나루' 건너 '외줄기 밀밭길 남도 삼백리' '저녁놀 타는 술익은 마을'은 충분히 향토
   적인 현실의 풍경일 뿐만 아니라, 공간을 초월하여 살아있는 상징적 실재로서의 한국적
   자연인 것이다. 이 자연 속을 '구름에 달 가듯이 가는 나그네' 역시 시간을 초월하여
   살아있는 상징적 한국의 나그네(과객)인 것이다." 정한모, 박목월의 「시작 노우트―청록
   집 주변」, 『청록집』, 109~110면에서 재인용.
16) 위의 책, 109~110면에서 인용.
17) 에드워드 사이드, 『문화와 제국주의』, 창, 1995, 396면.

18) 그 가장 대표적인 이론가로『문화와 제국주의』의 에드워드 사이드를 들 수 있다. 그는 민족주의 이데올로기에 대한 비판을 하면서 '제3세계'들이 전투적이고 비타협적인 토착문화주의(nativism) 형태로 포스트제국주의적 퇴행을 하고 있는 것에 가차없는 비판을 한다. 결과는 반동 정치의 형태인데 이러한 정치의 차이에의 의지는 니체가 원한이라 부르고 아도르노가 부정의 변증법으로 부른 절차를 통해 표현된다. 생고르의 네그리튀드, 힌두 민족주의, 예이츠의 신비주의와 같은 기획들은 한계가 있는데 그들 자신의 사회에 대한, 그와 연계된 '문명화된 서구 모더니티에 대해 본질적으로 부정적이고 수세적으로 파악하고 있기 때문이다. 따라서 예이츠의 신비주의, 그의 향수에 찬 켈트 신화 부흥, 구 아이랜드에 대한 그의 완강한 판타지는 이미 아일랜드의 후진성과 근본적 차이에 대한 식민주의적 인식을 그 근거에 깔고 있다는 것이다. "토착문화주의를 승인하는 것은 …… 제국주의의 귀결들, 제국주의 그 자체에 의해 부과된 인종적·종교적·정치적 분열들을 승인하는 것이다. 네그리튀드, 아이랜드성, 이슬람 또는 카톨릭교 같은 본질의 형이상학을 위해 역사적 세계를 떠나는 것은 인류를 서로 대립하게 할만한 권력을 가진 본잘의 형태를 위해 역사를 포기하는 것이다." 릴라 간디, 앞의 책, 136~137면 인용.

19) 위의 책, 129면.

20) 사이드, 앞의 책, 400면. '흑인성'에 대하여 소잉카도 같은 입장을 취하는데 "유럽 대 아프리카의 대립에서 부차적이고 열등한 용어"라고 비판하고 있다. 사이드는 "토착적인 정체성의 전투적이고 독단적인 초기 단계를 회피하는 것은 불가능하지만—그러한 초기 단계들은 언제나 생겨난다. 예이츠의 초기 시는 아일랜드에 관한 것일 뿐 아니라 아일랜드 성에 관한 것이다.—자기 자신의 정체성을 찬양하는 감정적인 자아 도취에 빠져있지 않고 그런 초기 단계들을 극복할 수 있는 상당한 가능성이 있다. 첫째 분쟁을 일으키는 본질들로 구성되지 않은 세계를 발견할 가능성이 있다. 둘째 모든 민족은 단지 아일랜드인은 아일랜드적이고 인도인은 인도적이라는 등의 단일한 정체성을 가진다고 믿는 제약적이거나 강제적이 아닌 보편주의의 가능성이 있다. 셋째로 가장 중요한 것은 토착주의의 극복은 국적 포기를 의미하는 것이 아니라 지역적 정체성을 포괄적인 것이 아니라고 생각하고 소속의 의식들과 타고난 맹목적 애국주의와 안정이라는 제약적인 의미와 더불어 자신을 그 자신 고유의 영역 속에 구속시키려고 열망하는 것이 아닌 것으로 간주하는 것을 의미한다." 사이드는 '어떤 경우든 토착주의가 유일한 대안은 아니다'라고 토착주의를 비난하면서 "좀더 관용적이고 다원적인 비전을 가진 세계에 대한 가능성을 지적하며 두 번째 계기, 즉 민족주의적 독립이 아니라 해방—파농의 표헌을 빌면 그 본질상 국민의식을 초월한 사회의식의 변형과 관계가 있는 해방—이 새로운 대안이다'라고 말한다. 사이드, 앞의 책, 401~402면.

21) 조지훈의 경우 습작 초기에는 보들레르나 오스카 와일드 같은 탐미주의적 아방가르드 계열의 시들을 많이 읽고 와일드의 탐미주의에 혹하여『살로메』를 번역하기까지 하였다고 한다. 그는『문장』지 추천시 모집에 응모하여 그 제1회로「고풍의상」이 당선되었으나 ("그 작품은 민족문화에 대한 나의 애저, 그중에도 민속학 공부에 대한 나의 관심이 감성 안에서 절로 돌아나온 작품이었다.") 그 계열의 시가 한 편밖에 없어서 3회 추천을 필요로 하는 추천 통과가 자연히 지연되지 않을 수 없었다고 술회한다. "그해 11월에「승무」, 그 이듬해 2월에「봉황수」가 추천되기까지에 열한달이나 경과되었었다"는 그의 말을 통해『문장』지의 추천을 받는 과정에서 그가 보들레르나 와일드 류의 세기말적 탐미주의를 버리고 민족문화적인 방향으로 전환을 하여 추천을 받게 되었음을 알 수 있다. 이는

40년대 전후로 민족문화적 담론을 강하게 표방했던『문장』지의 담론에 시인이 수긍하여 초기 서구문학에의 경도와 민족문화 둘 중에서 민족문화적인 것을 선택한 것으로 볼 수 있다. 조지훈, 「나의 문학 역정」, 앞의 책, 137~139면 참조.

22) 에드워드 사이드, 앞의 책, 379면. 탈식민화의 문화적 저항으로 그 첫째로 공동사회의 역사를 전체적으로 일관성있게 종합적으로 보는 권리에 대한 주장으로서 민족문화는 공동의 기억을 조작하고 지탱하는데 삶, 영웅, 여걸에 대한 복원된 방식을 활용함으로써 풍경을 되살려내고 또 이용하며 그것은 저항과 긍지의 표현과 정서를 형성한다.

23) 박두진, 「초기시의 저변」, 『청록집』, 174면.

24) "그의 기독교는 정지용의 천주교나 김현승의 개인적 초월의 기독교가 아니라 구약시대의 메시야주의에 가깝다. 그의 시적 상상력을 사로잡고 있는 것은 예언자적 분노와 메시아를 기다리는 자의 환회다. …… 그의 초기 시는 현실의 고통을 참고 메시아의 도래를 기다리는 자의 환회를 힘있게 표현한다."(김현·김윤식, 앞의 책, 267면)

25) 마니교적 알레고리(Manichean Allegory)란 잰 모하마드가 마니 교도(3세기에 번성한 페르시아의 종교)의 이분법적 세계관에서 가져온 것으로 고정된 대립을 이분법적으로 물신화하는 경향을 가리킨다. 예를 들어 제국/식민지, 지배자/피지배자를 선/악, 질서/무질서, 가해자/피해자 등의 고정된 대립 구도로 읽는 파라다임을 말한다.

26) 사이드, 앞의 책, 404면.

27) "시의 바탕을 가장 보편적이고 순수하며 자연스럽고 본질적인 데서 구한 나의 문학은 필연적으로 나의 사상의 바탕이 민족적이기 보다는 인류적, 투쟁적이기 보다는 평화적, 미움 보다는 사랑, 현실, 현재 보다는 미래의 영원한 동경, 궁극적인 완성의 세계, 우주적인 대조화에 있게 하였다. 세계주의, 인류애, 평화주의가 초기 청년시대의 나의 모토였고 소박하던 이런 관념을 체계화시켜 준 것이 깊고 거대한 그리스도교적 인류애, 십자가 종교가 표방·추구하는 세계와 우주, 인류 역사의 천국적 완성의 사상이었다. (…중략…) 이러한 결과 필연적으로 이 시기에 내가 부정적 자세로 임하게 한 몇 가지 대상이 있게 했다. 첫째가 민족적 팽창주의에 대한 반발과 비판이었다. 물론 일본에 대한 것으로부터였다. 민족 팽창주의, 침략주의를 배격하는 사상적 바탕이 세계주의에 있음은 말할 것도 없지만, 일본의 1930년대의 횡포를 규탄하려면 약소민족에 대한 강포한 침략을 부정, 비판하는 세계주의적 사상 체계 밖에는 없었기 때문이다. 민족과 민족의 투쟁은 결국 힘과 힘의 대결, 약육강식의 제국주의적 팽창주의 밖에 결과하는 것이 없기 때문이다. 한국 민족을 야만적으로 약탈, 착취하는 것을 규탄하려면 같은 민족주의적 이론과 근거 보다는 더 포괄적인 세계주의가 가장 타당한 이념의 근거를 제공해 주는 것이었기 때문이다."(박두진, 「초기시의 저변」, 앞의 책, 175~176면)

28) 사이드, 앞의 책, 409면.

29) 박두진, 「초기시의 저변」, 앞의 책, 179면.

『백민』과 민족문학

해방 후 우익 문단의 형성

김한식

1. 연구의 방향

이 글에서 우리는 해방 직후의 유력한 잡지 『백민(白民)』을 남한 문단 형성과의 관련 아래에서 살펴보려 한다. 이를 위해 본론에서는 『백민』의 편집 방향과 함께 잡지가 시종일관 주장해온 '민족문학'의 내용과 의의를 중요한 화제로 삼을 것이다. 『백민』의 성격과 '민족문학'에 대한 탐구는 해방기 우익 문단의 논리를 살펴본다는 의미와 함께 1960년대까지 남한 주류 문단의 이론적 배경 또는 이데올로기를 탐구한다는 의미를 갖는다.[1]

해방 직후부터 단독정부가 수립되기까지의 기간이 갖는 문학사적 중요성에 대해서는 새삼스런 강조가 필요 없을 것이다. 새로운 문학을 시작하려는 다양한 시도들이 있었고, 이런 시도들은 어느 시기에도 없었던 활력과 갈등을 낳았다. 그래서인지 이 시기에 대한 연구는 실제 작품보다 비평, 텍스트로서의 비평보다 문단이나 문학운동이라는 제도에 초점을 맞추어 왔던 것도 사실이다. 문단 내의 정치적 대립을 살펴봄으로써 문단 성립의 선과 후, 포섭과 배제를 살펴보는 많은 연구가 축적되었다. 문단과 정치세력의 관계나 문인 개인의 변화와 선택에 대한 연구인 경우, '문학건설본부'(문건)로 대표되는 좌익측과 '청년문학가협회'(청문협)로 대표되는 우익측 문학의 대립과 갈등을 살펴보는 것이 전형적인 접근 방법이었다.

이 경우 문단의 갈등과 대립을 살펴보는 데 빠지지 않고 등장하는 것이 각종 잡지의 생몰에 대한 연구이다. 연구자들에게 해방기 잡지는 문단의 헤게모니를 장악하는 도구, 문인 개인의 영향력을 확대하는 도구로 인식되었기 때문이다. 잡지의 이념이 무엇이었는지, 그 잡지를 움직인 사람들은 누구였는지, 표면에 드러나는 인물들 외에 보이지 않게 잡지 간행과 편집에 관여한 사람은 없었는지 등을 살피는 일이 이 작업에서는 필수적이었다. 이념적으로 대립되는 다른 잡지 또는 다른 잡지의 주체들과 벌인 논쟁을 찾게 된다면 당시의 문단 상황을 이해하는 데 중요한 단서를 잡을 수 있게 된다.

그러나 당시 잡지가 표현 도구 이상의 역할을 담당했음을 간과해서는 안 된다. 정치뿐 아니라 문학 판을 새로 짜야 하는 시기에 잡지는 단순한 도구나 수단 이상이었다. 잡지는 당시 문인 등의 생각을 드러내는 중요한 매체였음은 물론 문학 장을 형성하는 데 크게 기여했던 것이다. 또 잡지를 도구로 사용할 만한 무엇이 당시에 '이미' 갖추어져 있었다고 보기도 어렵다. 문학 이념이 갖추어져 있고 작품이 거기에 맞추어 간 것이 문학사가 아니듯 잡지의 역할 역시 작품의 역할과 유사하였다고 보아야 한다. 조금 과장해서 말하자면 대중들에게 문학에 대한 인식을 심어주고 문학과 문학 아닌 것, 문인과 문인 아닌 이들을 구분해준 것이 잡지였다고 할 수 있다.

문단의 형성과정을 생각할 때도 이러한 관점은 매우 유용하다. 해방기는 기왕에 갖추어진 터전에 문단이라는 이질적인 무엇이 이식된 시기가 아니라 국가(민족국가) 세우기와 문단 만들기가 동시에 진행된 때이다. 당시에는 특별한 준거에 맞추지 않더라도 스스로 만들고 유포한 문학론, 스스로 만들고 유포한 문학작품, 스스로 만들고 출판한 잡지 그 자체가 문단이 될 수 있었다. 따라서 이 시기 문예 잡지는 담론화가 된 무엇을 담아낸 것이 아니라 그 자체로 담론을 생산하고 있었다고 볼 수 있다.2)

이렇게 보면 이후 문단의 중심을 차지하게 되는 '청문협' 중심의 민족문학(순수문학)이 남쪽의 정치적 상황에 의해 선택되었다는 기존의 시각은 그 타당성에도 불구하고 단편적이라 부르지 않을 수 없다. 민족문학(순수문학)은 단순히 정치적 상황에 의해 선택된 따라서 전투 없이 승리한 문학이 아니라 남쪽 사회 전체에 이념을 제공해 주고 스스로의 담론을 생산해낸 문단 형성의 주체였다고 할 수 있다. 담론 투쟁은 그 자체로 정치적 행위가 될 수밖에 없는 법, '청문협'의 민족문학론(순수문학론)은 좌익측과의 대결 뿐 아니라 우익측에서도 헤게모니를 장악하기 위한 담론의 하나로 기능하였다고 볼 수 있다.

이 글에서 『백민』을 통해 확인해 보고자 하는 내용도 위와 관련된다. 주지하다시피 『백민』은 좌우 문인들의 대결이 치열하던 1945~1948년 우익 문학을 대표하는 잡지였고, '청문협'을 비롯한 우익 문인들이 집중적으로 글을 게재했던 잡지이다. 처음에는 종합지로 시작했지만 시간이 지나면서 문학 전문지의 성격으로 변화하였다.3) 문학 전문지가 되면서는 우익적 성격이 더욱 짙어져 남한 정권의 이념을 노골적으로 드러내는 역할을 담당하기도 했다.

본론에서는 잡지 『백민』에 실린 글들을 통해 당시 우익 문단이 어떻게 자기 논리를 세워가는지 그것이 이후 문단의 성립과 분열을 어떻게 예고하고 있는지, 시기별로 살펴나갈 것이다. 두 번째 장에서는 해방기 상황에서 『백민』이 갖는 의미를 살펴보고, 세 번째 장에서는 『백민』이 시종일관 주장한 '민족문학'의 내용을 살필 것이다. 네 번째 장에서는 주로 『백민』의 필자로 참여하던 문인들이 『문예』로 옮겨가는 과정에 대해 다루게 된다.

2. 『백민』이 놓인 자리

1) 창간의 배경과 의미

해방 이후 문단과 출판계에서 선편을 쥔 쪽은 좌익측이었다. 해방 이전 조직 운동을 했던 경험을 바탕으로 임화·김남천 등은 해방 다음 날 문학단체의 깃발을 올리는 신속함을 보여주었다. 단체 조직 후 중도 성향의 문인들을 끌어들이는 데 어느 정도 성공을 거두었고 여러 종의 기관지를 제작 출판하였다. 해방 일년이 지나기 전에 좌익측 문학 단체는 병립·통합·분리가 이루어질 만큼 바쁘게 움직였다. 이에 비해 우익측은 다분히 '대응'의 의미를 갖는 행동으로 일관하였다. 좌익측 단체에 대응하는 '유사한' 범주의 단체를 만들어 그들의 뒤를 따랐다.[4)]

발간된 잡지의 양도 좌익측의 그것이 우익측의 그것에 비해 압도적으로 많았다. 좌익 성향으로 분류되는 잡지는 1945년 11월 발간된 『문화전선』('문건' 기관지)과 같은 해 12월 발간된 『예술운동』('동맹'의 기관지), 1946년 창간된 『문학』('문맹'의 기관지)을 들 수 있다. 이밖에도 『우리문학』 『문학평론』『적성』『예술』『인민』 등도 공식적으로는 아니지만 좌익측의 기관지 역할을 한 잡지들이었다.[5)] 지속적으로 출간되어 나름의 영향력을 발휘한 우익측 잡지는 『백민』과 『문예』『신천지』 정도이다. 이 중

『백민』의 의미는 특별하다 할 수 있다. 『문예』와 『신천지』가 단독 정부 수립 후 안정되고 지극히 우호적인 정치 환경 속에서 발간되거나 영향력을 확대한 잡지인데 비해 『백민』은 1945년 12월에 창간되어 치열한 좌우 대립기를 거쳐 1949년까지 지속된 잡지였기 때문이다.

해방기는 잡지가 갖는 정치적 의미가 가장 두드러진 시기였다고 할 수 있다. 잡지는 곧 문학이라는 제도, 그 제도가 인정받을 수 있는 장을 형성하는 데 결정적으로 중요한 역할을 했기 때문이다. 사실 무엇이 좋은 문학이고 무엇이 그렇지 못한 문학인가를 개념적으로 구분하는 일은 지극히 어려운 일이다. 그렇다면 중요한 것은 문학이라고 '인정'받을 수 있는 제도를 갖는 것이다. 해방 이후 이런 제도에 해당하는 것은 문학 단체와 글을 쓸 수 있는 잡지였다. 이를 이해하지 않고서는 해방 이후 유난히 조직 활동이 활발했던 이유, 잡지의 생몰이 그렇게 잦았던 이유를 설명할 수 없다. 부르디외의 말을 빌리면 "유통지폐의 궁극적인 보증을 모든 신용 행위들의 궁극적 보장이 될 중앙은행의 일종인 교환 관계들의 망"6)에서 확인할 수밖에 없기 때문이다. 이러한 '중앙은행'의 역할을 담당하는 것이 문단인데, 문단은 곧 문학인들의 조직과 잡지였다. 이후 김송의 회고에서 드러나는 잡지 발간에 대한 도저한 자부심은 당시 잡지의 역할이 얼마나 중요했는가를 짐작하게 해준다.7)

잡지 『백민』은 월간으로 계획하였으나 대부분 격월간으로 발행되었으며 김송이 편집인과 주간을 겸하고 박연희 등이 실무를 맡았다.8) 초기에는 문학 작품이 매우 빈약한 종합지 내지 정치 지향의 잡지였으나 이후 문예 중심 잡지를 표방하면서 절반 이상의 지면을 문학에 할애하였다. 후기로 갈수록 재정적 어려움이 커져 잡지는 경무대 일을 보던 김광섭의 도움으로 간신히 유지될 수 있었다. 그러나 이러한 노력으로도 잡지를 발간하지 못하고 『백민』은 김광섭 주간 '중앙문화협회'9) 간행의 『문학』(22호)으로 이름을 바꾸게 된다. 1949년 6월호 후기에서 편집인 김송은 "이것이 나로서는 열아홉 번째 쓰는 編輯後記이며, 아마 앞으로 다시 쓸 수 없을 마지막 종결서일지도 모른다”고 쓴다. 실제로 발행처를 ‘백민문화사’로 한 『백민』은 이때가 마지막이었던 것으로 보인다. 이후 『백민』 20, 21호는 김광섭 주간, 김송 편집, 발행처 ‘중앙문화협회’의 체제로 간행된다. 김송 개인의 노력으로 유지되던 잡지가 김광섭 등의 도움으로 다시 발간되는 것인데, 이 시기에 이르면 ‘중앙문화협회’ 출신 문인들이 잡지의 주요 필자가 된다. 『백민』을 통해 활발한 활동을 보이던 김동리·조지훈·조연현·최태응 등은 이후 글을 싣지 않는다. ‘청문협’ 중심의 문인들은 『문예』로 자리를 옮기기 때문이다. 이렇게 볼 때 『백민』은 1949년 6월 19호를 끝으로 생명을 다한 셈이다.

그렇다면 우리 문학사에서 『백민』이 갖는 의미는 무엇인가. 『백민』이 중요한 까닭은 해방 직후 우익 문인들의 활동을 확인할 수 있는 잡지라는 점 때문이다. 또, 그들이 주장한 ‘민족문학’론의 성립과 함께 거기에 이르기까지의 혼란스러운 과정을 확인할 수도 있는 잡지라는 점도 의미가 있다. 문학에 대한 유사한 생각을 가진 이들이 주도한 잡지가 아니라 좌익에 반대하는 우익 문인들이 서로의 차이를 잠시 접어두고 함께 참여한 잡지가 『백민』이었다. 시기적으로 후에 발간된 『문예』가 순수를 표방하여 『현대문학』으로 이어지는 매개 역할을 했다는 점이 중요하고, 『신천지』가 권력을 잡은 우익의 이데올로기를 드러내는 잡지로서 중요한 의미를 갖는 것과는 크게 대비된다.

2) 창간호의 성격

『백민』이 내세운 것은 처음부터 끝까지 ‘민족’이었다. 발행인 김송의 회고에 따르면 잡지의 제호도 ‘백의민족(白衣民族)’에서 착안하였다고 한다.10) 이미 많이 지적되었듯이 이 시기 ‘민족’의 강조는 순수한 의미로 받아들이기 어렵다. 민족의 호출은 ‘계급’이라는 패러다임을 다분히 의식할 수밖에 없는 상황이었기 때문이다.

> 階級이 없는 民族의 平等과 全世界人類의 평화를 위해 이 땅의 文化는 自
> 由스러이 發展해야 할 것이며 그것을 달성키 위해 『白民』이 微力이나마 피나
> 살이 되기를 바라면서 創刊號를 보내는 것입니다.[11]

평등과 자유를 공동의 가치로 삼아 민족과 세계 인류의 평화를 위해 공헌하자는 창간사로서는 원칙적이고 평범한 내용이다. 이념에 대한 편견을 발견하기 어려울 정도로 당시의 민족적 과제를 포괄적으로 수용하고 있다. 물론 "계급이 없는 민족의 평등"이라는 말이 의미하는 바가 무엇인지 알기 어렵다는 점이 눈에 띠기는 한다. 민족을 계급과 대립시키고 있다는 점은 평등을 위해 계급을 내세우는 다른 쪽의 논리와 분명히 거리가 있다. 엄연히 존재하는 계급 불평등을 고민하는 입장과 달리 계급의 강조가 평등해야 할 민족 구성원 사이에 분열을 불러온다는 우려를 앞세운다. 민족으로 묶을 수 있는 공동체의 개개인을 '평등'한 것으로 본다는 점은 이후 『백민』에 실린 글들에 자주 드러나는 인식이기도 하다.

권말에는 '데모크라시'에 대한 정의가 실려 있다. 서구에서 수입된 용어를 일반인들이 이해하기 쉽게 풀어주려는 의도로 보인다. 이 글은 데모크라시를 민주주의 혹은 민본주의라 부를 수 있다고 하고, 그 기원과 역사에 대해 간단히 설명하고 있다. 그리고 '현재 요구하는' 진보적 민주주의의 성격에 대해 네 가지 정도로 정리하고 있다. 그 내용은 토지는 농민에게 주라, 일절의 대기업은 국영으로 하라, 무산자의 생활을 안정케 하라, 언론집회의 자유를 보장하라 등이다.[12] 경제적·정치적 평등을 요구하고 언론의 자유를 주장하는 '공산주의자'들의 주장과 크게 다르지 않다. 대표적인 민족(우익) 잡지로 분류되는 『백민』에 실리기에 적절한 내용인지 의아스럽기도 하다. 그러나 당시의 분위기에서 데

모크라시에 대한 이러한 요구는 단지 '공산주의자' 들의 선전 문구에
그쳤던 것이 아니라 해방 후 우리 사회의 진로에 대한 일반 대중들의
일정한 '합의'를 반영한 것이었다고 할 수 있다.13) 후기로 가면 적어지
기는 하지만 단정 수립 이전 『백민』은 다양한 인민적 목소리를 여과 없
이 싣기도 하였다.

　그렇다고 『백민』이 편집 방향이 당시 현실의 다양한 논의를 편견 없
이 수용하는 쪽이었다고 볼 수는 없다. 잡지에 실린 각각의 글이 갖는
성격과 무관하게 실제 잡지의 편집을 살펴보면 이 잡지가 지향한 바가
한쪽에 기울어 있었음을 확인할 수 있다. 좋은 예가 창간호의 특집이다.
특집은 "解放後 指導者의 獅子吼"라는 이름으로 당시 '민족지도자'의
글을 모아 꾸며졌다. 순서대로 이승만의 「全國民은 統一하자」라는 연
설문, 「朝鮮人民共和國發足」과 관련된 여운형의 연설, 박헌영의 「朝鮮
共産黨檄文」, 안재홍의 「新民主主義論」이 실렸다. 특별히 청탁해서 글
을 받은 것이 아니라 당시 정치적으로 의미 있는 글들을 모아 재수록한
것이다. 목차만으로 보면 나름대로 정치적인 균형을 이루려 노력했다고
볼 수도 있다. 그러나 주목할 점은 내용의 편집이다. 목차에는 이승만,
여운형, 박헌영, 안재홍의 글이 순서대로 배치되어 있다. 제목 활자는
이승만의 「전국민은 통일하라」가 크게 뽑혔고 다른 글에 부제가 달린
것과 달리 부제가 병기되어 있지 않다. 본문에도 '전국민은 통일하자'라
는 제목을 큰 활자로 뽑았고 사진까지 함께 실렸다. 부제는 '이승만 선
생귀국제일성'이다. 여기서 선생이라는 호칭은 다른 부제에서 여운형과
안재홍을 '씨'라 칭한 것과 대비를 이룬다. 「조선공산당격문」의 경우 목
차에는 박헌영이라는 이름이 병기되었지만 실제 본문에는 이름이 빠져
있고 제목 활자도 이승만 글의 부제만한 크기로 일단 처리되어 있다.
거기에 특집 앞에 실린 첫 번째 글 역시 특정 정치 세력에 대한 우호적
태도를 짐작하게 한다. 「世界에 聲明하는 三千萬의 總意」라는 제목의
글이 창간호 가장 앞에 실렸는데(창간사는 목차와 함께 첫 장에 실려 있다) '독

립촉성중앙협의회’의 회합 장면을 소개하고 거기서 발표된 「李博士起草決議書」 전문이 실려 있다. 삼천만의 총의라는 이름을 걸고 일개 협의회를 소개하는 글을 실었다는 점에서 『백민』의 정치적 성향이 어느 쪽에 기울어 있었는지를 짐작할 수 있다.

특집을 제외하고 창간호에는 제호 ‘백민’에 어울리게 민족이나 전통과 연관된 글들이 다수 실렸다. 신채호의 「大壇君王儉의 建國」과 「史話 藝術家 率居」(윤승한), 연재소설 「乙支文德」(신정언)이 여기에 해당한다. 이밖에도 표지 뒷장에 ‘명작시조선’이라는 이름으로 을지문덕, 남이 장군, 김종서 등의 시조가 실려 있다. 본격적인 문학작품으로는 김송의 소설 「萬歲」가 실렸다. 해방 이전 억압받던 현실과 해방의 감격을 그리고 있는 소설이지만 작품성을 논하기에는 부족함이 많다. 해방의 감격을 그대로 드러내는 수준의 소설이라고 할 수 있다.

잡지의 발행인이자 편집인기도 했던 김송은 『백민』 3호에도 「인경아 우러라」라는 소설을 발표한다. 이 소설은 당시의 상황을 강신행이라는 인물을 중심으로 그리고 있다. 해방의 기쁨과 공장에서 노동자의 권리를 찾은 일, 인공과 임정파로 나뉘어 논쟁한 일 등이 나열된다. 신탁 통치안이 알려지자 주인공 신행이 보신각 종에 들어가 종을 울린다는 내용으로 마무리된다. 신탁통치 반대, 조선의 완전 독립이 주제인 셈이다.

다음은 불란서 혁명을 프롤레타리아 입장에서 분석하고 있는 글이다.

이리하여 불란서 혁명은 직공과 농민대중 희생으로 상공부르죠아지의 해방을 원조하고도 그 밑에 지배되야 그들의 자본주의사회건설의 역할을 했었다. 불란서 혁명의 전목표 자유, 평등, 동포애는 이를테면 부르죠아의 착취와 폭리를 위해서 맨들어진 법률이었다.

현재 자본주의 조직이 푸로레타리아 농민의 손에 依하야 변혁의 과정에 있으며 일부엔 이미 무너진 나라도 있다 여기서 우리는 불란서 혁명이 철저하지 못했든 것을 발견한 것이다. 우리의 갈 길은? 결코 허방다리여서는 안 될 것이다.14)

이 시기는 미소 공동위원회가 시작되었고, 찬탁과 반탁의 대립이 격화되던 때이다. 이 시기에도 글의 성격은 자본주의에 대한 우호 일색은 아니었다. 앞서 언급한 대로 이러한 글이 『백민』의 성격을 규정한다고 보기는 어렵지만 당시의 분위기와 소위 '우익'을 지지하던 세력들의 현실 인식 혹은 지향성을 엿볼 수 있는 간접 자료로서의 역할을 할 만하다. 3호에는 비교적 긴 분량으로 유물론에 대한 설명도 실려 있다. 유물론에 대한 판단은 두드러지게 드러나 있지 않고 학문적인 설명의 성격을 띠고 있다. 노동과 자본의 관계, 생산력과 생산관계 그리고 마르크스 등에 대해 비교적 잘 설명하고 있다. 역시 같은 맥락에서 이해할 수 있다.

이상에서 살펴보았듯이 창간 당시 『백민』은 정치적 현실을 다룬 글이나 민족의 전통과 관계된 글을 주로 싣는 종합지였다. 편집으로 보아 정치적으로 우익(특히 이승만 노선)에 기운 잡지였음에도 불구하고 다양한 현실의 논의들을 소개하기도 하였다. 단정 수립 후에는 좌익측 입장으로 판단되어 분명한 논박의 대상이 되었을 글들이 초기 『백민』에는 다수 실려 있다.15) 이는 『백민』이 특별히 수용적인 잡지였기 때문이기 보다는 당시의 시대 상황을 반영한 결과라고 할 수 있으며, 『백민』 스스로 자신을 내세울만한 필자와 주장을 미처 갖추고 있지 못했기 때문이라고 보는 편이 적절할 것이다. 이런 초기의 모습은 고정 필자들, 특히 문인들이 참여하면서 차츰 정리되어 간다.

3. 『백민』의 민족문학

비록 개인의 노력에 의해 창간되고 운영되는 경우라 하더라도 잡지의 성격은 주요 필자들의 성격에 의해 정해진다. 『백민』의 경우도 크게 다르지 않아서, 우익 문인들이 본격적으로 필자로 참여하면서 잡지의 성격은 분명해져 갔다. 문학과 관련이 비교적 적은 글들이 다양한 관점을 유지하고 있었는데 비해 문학 관련 글들은 '계급'을 지양하고 '민족'을 강조하는 일관된 입장을 보였다. 정치적 의미의 민족이 강조되는 경우와 함께 '민족문학' 안에서의 민족이 강조되는 경우도 많았다.16)

『백민』이 주장한 민족문학은 다분히 좌익측 '계급문학'에 대한 대타 개념의 성격이 짙었다. 그러나 이러한 성격도 초반부터 강하게 드러났다고 보기는 어렵다. 대결의식은 잠재해 있었겠지만 초기에는 좌우의 통일과 민족의 해방이라는 대의를 앞세우는 경향을 보였다.『백민』초기의 글을 통해 확인되지만 좌익측의 논리가 가진 대중적 설득력과 현실적 힘을 완전히 무시할 수 없다는 조건이 어느 정도 영향을 준 것으로 보인다. 계급적 관점을 굳이 이야기하기보다는 분열 자체를 문제 삼는 경향을 보여준다. 그러던 것이 큰 변화를 겪게 되는 것은 정치적으로는 신탁통치 문제, 문단사적으로는 '응향 사건'을 겪게 되면서이다. 좌익측의 '표변'에 대한 우익측의 공격과 함께 응향 사건에 대한 우익 문인들의 궐기는 계급문학을 본격적으로 공격하는 계기가 된다. 이 시기 문단에서는 좌와 우 그리고 민족과 계급의 대립이 본격화되기 시작한다.

1) 민족과 계급

좌익에 대한 공격적인 글이 본격적으로 등장하는 것은 5호(1946년 10월)부터이지만 『백민』에는 여전히 이념적 내용이 다양한 글들이 실린다. 좌우의 대립이 첨예하게 드러나기 이전 갈등을 아우르는 명분은 완전한 해방, 통일, 좌우 합작 등이었다. 이는 각각의 글들이 가진 다양한 성격을 넘어 잡지가 표면적으로 내세우는 주장이기도 했다. 물론 합작의 명분은 '민족'이라는 당위에 있었다. 혈연과 지연 그리고 문화 공동체로서의 민족은 해방, 통일, 좌우 합작을 당연한 것으로 이끄는 전제였다.

1946년 후반에서 1947년 『백민』으로 한정해 볼 때, 좌익에 대한 평가나 태도에서 정치적 발언과 문학적 발언 사이에는 현저한 차이가 존재한다. 민족을 강조하는 경우에도 그 의도나 강조점은 같지 않았다. 이 시기 『백민』에 실린 정치적인 글은 민족을 강조하고 있지만 그 강조는 좌익측에 대한 비판이나 배제보다는 좌우 합작이나 독립 문제로 이어지고 있다. 그러나 문학과 관련된 글에서 '민족'은 좌익 문학과의 대결을 의미했다. 좌익 문학이 정치에 종속되어 있고 그것도 잘못된 정치 이념을 따르고 있다는 관점이 지배적이었다.

『백민』5호와 6호(1947.1)의 권두언은 『백민』의 당시 주장을 확인할 수 있는 글이다. 제5호의 권두언인 「食糧解決과 獨立戰取」의 경우 좌익측에 호의적이라는 어떤 증거도 찾을 수는 없지만 독립, 통일, 좌우합작이라는 명분에서 크게 벗어나지도 않는다. 완전 독립을 이루지 못한 현재 상황을 개탄하고 독립 이전에 식량 부족으로 고생하고 있는 현실을 해결해 줄 것을 정치에 요구하고 있다. 38선을 허물고 통일을 이룰 것을 기대하며 정치가들을 향해 "진실로 조선을 사랑하고 민족의 참된 지도자가 되려거든 먼저 정치야욕과 사리사욕을 버리고 겸허한 마음으로 합작 제휴해"17)줄 것을 요구하고 있다. 제휴의 중심에 '민족'이 놓이는 것은 사실이지만 좌우 한쪽을 향한 적대적 목소리는 두드러지지 않는다. 제6호 서두에 실린 「本誌의 題號에 대하야」는 '백민'이라는 제호를 지은 까닭을 설명하는 글이다. 이 글에도 민족적 입장에서의 좌우 합작 주장은 빠지지 않는다. "허나 衣食住를 비롯하여 文化와 傳統은 한아버님의 子孫인 白衣民族—高潔 溫純 平和를 사랑하는 三千萬의 念願은 오로지 左右의 合作에 있다. 모든 愛國的政治指導者들이 左右南北의 合作統一로써 自主的인 國家를 세우고 이 江山에 平和의 봄이 오기를 渴望하며 苦待하고 있다"18)는 것이 글의 핵심이다. 물론 여기서 이들의 생각이 중립적이라거나 바람직한 합작의 방향이었다거나 하는 사실을 확인하자는 것은 아니다. 자기의 입장을 가지고 있다고 하더라도 그것을 드러내는 명분이 상대방에 대한 배제가 아니라 아우르려는 외양을 하고 있다는 점만을 일단 주목한다. 정치적 판단의 문제는 신념의 차원이기도 하지만 사회적 분위기와도 무관할 수 없기 때문이다. 취향의 문제가 아니라 사회적 인정의 문제이다. 이어지는 권두언은 「獨立 至上 左右合同하라!」(仁旺居士)라는 제목의 글이다. 역시 독립과 좌우합작을 위한 노력을 역설하고 있다.

해방기 대표적 논객이었던 김동리의 글이 『백민』에 처음으로 실린 것은 5호에 와서이다. 「左右間의 左右」라는 짧은 글인데, 흥미로운 것은 이 글이 공격적이기 보다 좌우 합작을 이야기하는 완곡한 주장을 담고 있다는 점이다. 좌우 구별 자체를 의심하고 좌우간 우선 뭉쳐야 한다는 주장을 앞세운다. 김동리는 좌우를 나누는 기준이 무엇인지에 의문을 제기하고 기준이 엄격하지 않을 뿐 아니라 필요에 의해 '左右間' 나눈 듯하다고 의문을 제기한다. 따라서 좌우를 다른 말로 바꾸어도 문제가 없을 것이라고도 한다. 문학과 관련된 논쟁적인 글들과 비교하면 긴장감이 떨어지는 느슨한 글이다. "오늘 날 朝鮮의 政治的 社會的 文化的 經濟的 傾向流波를 規定하는 範疇로서 左右的 槪念을 利用하려는 것은 淺薄하고 無謀하고 不純한 謀略이다"[19]라는 주장은 좌우익을 나누는 것에 대한 반대이고 "左右間 그 目的이 獨立과 解放에만 있다면 우리는 서로 感情的 對立을 버리고 互讓寬容의 길을 擇해야 한다"[20]는 주장은 '左右間' 뭉쳐야 한다는 단순한 내용이다. '좌우'라는 단어를 가지고 말장난을 하고 있다는 인상마저 준다.

김동리의 이런 소박한 접근은 정치를 대하는 태도와 문학을 대하는 태도의 근본적 차이에서 비롯된다. 김동리가 스스로 순수하다고 주장할 수 있는 영역은 문학이었고, 정치의 영역은 그와 달랐던 것이다. 정치가 삶의 문제였다면 문학은 그에게 종교나 철학과도 교통할 수 있는 현실과는 다른 차원의 영역에 속했다. 이런 관점에서 문학에 대한 날카로움과 정치에 대한 범박한 합작론이 이해되고 설명될 수 있다. 사실, 그가 좌익 문학을 비판할 때는 정치와 문학의 관계에 초점을 맞추었을 뿐 정치 자체에 대해서는 목소리를 높이지 않았다. 이는 김동리를 비롯한 '청문협' 문인들에게 매우 중요한 문제인데, 그들이 문학이 정치적 승리자의 그것을 단순히 따르지 않게 되는 결과와 이어지기 때문이다. 물론 그 결과는 순수라는 상징권력으로 이어진다.21) 이들에게는 주어진 체제 안에서 문학이라는 상징권력을 가지는 것이 더 중요한 문제였다. 또 문학 안에서의 순수를 지킨다면 문학 외의 실제 정치는 순수와 다른 차원에서 사고하고 행동할 수 있는 영역이 될 수 있다. 이렇게 될 때 작가의 정치적 행동과 문학의 순수는 조금도 괴리되지 않는 영역이 된다.22)

앞서 말했듯 정치보다 문학 영역에서 좌우의 분리가 보다 분명했던 현상은 김동리에 한정되는 문제는 아니었다. 이후 조지훈·조연현·최태응 등 『백민』의 주요 필자들에게서 공통적으로 나타나는 현상이었다. 단정 이전으로 한정하자면 『백민』에 실린 글들은 정치 문제에 있어서는 비교적 타협적이고 중도적인 '포즈'를 취하지만 문학과 관련되면 좌익 문학은 문학 아닌 것, 노예의 문학, 계급의 이해에만 봉사하는 것으로 폄하되고 비판된다. 이 경우 좌익 문학과 우익 문학은 공존하여 서로 교통해야 하는 것이 아니라 올바른 문학과 그렇지 않은 문학으로 나뉘어지고 만다.

좌익측 문학을 본격적으로 언급한 최초의 글은 주기순의 「문학과 정치」이다. 이 글은 문학과 정치의 연관성을 긍정하고 좌익측에 의해 주도된 해방 이후 일년간의 문단을 돌아보고 있다. 이 시기 『백민』의 다른 글들이 좌우 합작을 내세우는 데 비해 이 글은 합작이 사실은 요원한 일임을 인정하고 민족이 독립을 최우선으로 해야 한다고 주장한다. 반탁에서 찬탁으로 돌아선 좌익과 그들을 추종하는 좌익 문인들에 대한 비판이 전제되어 있는 듯하다. 해방 후 언론과 출판을 장악한 좌익

의 의도를 밝히고 그럼에도 불구하고 민족의 전통을 고수하려 노력한
우익의 노력에 대해서 높이 평가하고 있다. 이와 같은 현실 파악과 민
족과 전통에 대한 강조는 계급 이해를 강조한 좌익들에 대항한 우익 논
리의 전형을 보여준다고 할 수 있다.

> 한 民族에 있어 文化가 있고 傳統이 있는 이상 그 文化的傳統을 포기하고
> 생책이로 他國文化를 呼吸하려는 것은 밥 대신 팡 生活을 强要하는 것과 다
> 름이 없으며 물에서 뭍으로 나온 고기와 같이 모양이 사무랍지 않을까?
> 今日朝鮮民族의 當面한 問題는(親蘇親美도 不可避한 일이나) 朝鮮民族 本
> 然한 魂을 찾고 民族性을 强調하고 三千萬이 굳게 團合하야 獨立을 찾는 데
> 있다. 文學에 있어서도 政治家와 同一路線에서 나라를 찾아야만 할 것이니
> 朝鮮의 얼을 無視한다면 그것은 民族性을 破裂하고 獨立 대신에 依他를 讚
> 美하는 外國 狂信症이 아니고 무엇이랴![23]

좌와 우를 구분하고 좌는 외래적인 것으로 우는 전통적인 것으로 나
누는 이분법을 적용하고 있다. ‘조선의 얼’, ‘민족성’이 독립과 연관된
긍정적인 의미를 띠고 있다면 ‘타국문화’, ‘의타 찬미’는 부정적 의미를
갖고 있다. 이후 “朝鮮의 自主獨立은 三千萬의 念願이며 全民族의 至
上命令이었고 反託 역시 三千萬의 自然發生的 소리였다”[24]는 주장이
이어지는 것으로 볼 때 독립을 저해하는 부정적 세력으로 무엇을 생각
하고 있는지 분명해진다.

조선민족이 잃어버렸던 것을 다시 찾는 부흥운동에서 새로운 문학이
출발해야 한다고 주장하는 함대훈의 글도 민족 전통을 강조하며 자연
스럽게 계급의 강조를 부정하는 글이다. 이 글은 민족의 독립 이전에
계급 없는 사회를 논하는 것에 대해 반대한다. “階級 없는 社會를 論하
기 전에 國土 찾는 民族이 되어야 할 것”[25]이라 주장한다. 민족의 자립
없이 독립 국가의 백성이라 할 수 없고 국기 없는 민족은 유랑민일 따
름이라고 한다. 좌우가 무조건 통합해야 한다는 주장만큼 민족의 독립

을 주장하는 목소리 역시 감정적이다. 어떤 방법으로 독립하느냐가 어떤 형태의 국가를 건설하느냐의 문제와 무관할 수 없다는 점을 생각할 때 특별한 입장 없이 독립 문제에 접근해서는 문제가 해결될 수는 없다. '민족혼'도 강조하고 있는데, 그것의 구체적인 내용에 대해서는 언급이 없다.

위 두 글에서 확인한 전통의 강조는 사실 정치적인 관심에서 한 발 물러서는 결과를 낳을 수밖에 없다. 정치는 현재와 미래의 문제이지 과거의 문제가 아니기 때문이다. 그것이 정치철학적 문제가 아닌 실천의 문제일 경우 더욱 그렇다. 근대 정치의 문제를 체제의 문제로 본다면 문화의 강조를 체제의 문제로 연결시키기는 쉽지 않다. 민주주의라는 것이 외래의 것임에도 불구하고 좌익을 외래의 것으로 우익을 전통적인 것으로 구분하는 것도 적절해 보이지는 않는다. 민족의 강조는 계급에 대한 반대였다고 할 수 있다. 민족을 강조하는 글들은 계급을 강조하면 통일에서 멀어지고 민족의 전통을 강조하면 통일에 조금이나마 가까이 다가갈 수 있을 것 같은 뉘앙스를 풍긴다.

2) 민족문학과 경향문학

1947년 3월 『백민』은 민족문학 특집호로 발간되는데, 이 특집은 『백민』의 성격 변화에서 중요한 의미를 갖는다. 문학으로 특집을 꾸몄다는 점,26) 계급문학에 대비되는 민족문학의 색깔을 분명히 했다는 점, 주요 필진으로 '청문협' 멤버들이 대거 참여하게 되었다는 점이 그것이다. 특집에 참여한 필자는 소설에 김동인, 정비석, 김영수, 박영준, 최태응, 진우촌, 유호, 김송, 계용묵, 김동리, 정인택이고 평론에는 박종화, 백철, 조지훈이 시에는 김안서, 임병철, 박두진, 이흡, 허윤석, 박목원, 김용호, 유치환, 서정주가 참여했다. 소설에 김동인과 시에 김안서, 평론에 박종화가 앞에 놓인 것을 문단 원로에 대한 예우로 생각한다면, 특집의 중심은 소설에 김동리와 최태응 평론에 조지훈 시에 박두진 박목월 유치환 서정주라 할 수 있다. 특집 후 약 1년 동안 『백민』에는 '청문협' 멤버들의 '빛나는' 활동이 이루어진다. 이 시기 『백민』은 본격적인 문예중심 잡지라는 이름에 어울리는 편집을 보일 뿐 아니라, 경향문학 또는 계급문학에 대비되는 민족문학(순수문학)의 성격도 뚜렷이 한다.

이들 중 시인 조지훈이 시를 게재하지 않고 비평문을 실을 것이 눈에 띄는 부분이다. 대표적인 우익 논객이라 할 수 있는 김동리는 소설로 참여했고, 조연현의 글은 실리지 않았다. 특집에 실린 조지훈의 「순수시의 지향」은 이후 우익측 순수문학론의 전개 방향을 짐작하게 해 주는 주목할만한 글이다. 이 글은 당시 좌우익을 막론하고 논의되던 민족시에 대한 부정으로 시작하여 정치와 무관한 순수시만이 진정한 시가 될 수 있다는 주장으로 마무리된다. 우리 시단의 현실은 시 자체의 완성에 힘을 기울여야 하며 그것이 된 다음에야 민족시든 세계시든 될 수 있다는 것이 그 논거이다. 특히 시가 시로서 가진 바 그 본래의 가치와 사명을 몰각하고 부수적이라 할 수 있는 공리성을 추출하여 확대하고 있는 문학을 경계하는데, 이런 시들은 민족문학이 되기는커녕 정치로 추방되어야 할 것이라 주장한다.

이러한 순수시 주장에는 현실로 존재하는 시적 조류에 대한 구체적인 경계가 포함되어 있다.

> 그러므로 나는 政治的 두 潮流로써 곧 民族文學의 두 潮流를 삼는 것을 否認한다. 純粹한 詩精神을 지키는 이만이 詩로써 설 것이오 眞實한 民族精神을 지키는 이만이 民族詩를 이룰 것이니 시를 政治에 파는 傾向詩와 民族의 解體를 目標로 하는 羊頭狗肉의 民族詩인 階級詩의 結託은 도리혀 詩 및 民族詩의 異端이 아닐 수 없다. 時流의 激浪 속에 흔들리지 않는, 변하는 가운데 변하지 않는 永遠히 새로운 것이 詩 本來의 精神이며 이른바 資本主義와

함께 일어나고 그와 함께 사라지는 것이 아니요 언제나 새로운 意義를 가질
수 있는 것이 民族精神이다. 一白步를 讓하야 그들의 論法을 따라도 우리 文
化의 現段階는 民族을 統一體로서 思惟하고 高調할 때다.27)

위 글은 단순히 계급 문학에 반대하고 있다기보다는 정치와 ‘결탁’한
문학을 부정하고 있다. 진실한 민족정신을 살리지 못한다는 의미에서
경향시와 계급시는 동시에 공격의 대상이 된다. 두 가지 조류의 민족문
학을 모두 거부한다고 주장한다. 그런데 실제 구체적으로 확인하게 되
면 아무래도 계급을 내세우는 시에 대한 비판에 주력하고 있음을 알 수
있다. “우리 文化의 現段階는 民族을 統一體로서 思惟하고 高調할
때”라는 주장은 통일체로서의 민족을 거부한다는 공격을 당했던 계급
문학을 겨눈 것이라 할 수 있다. 다른 글에서도 순수문학은 그들이 역
선전하는 사회성과 절연을 기도하는 것이 아니며, “政黨主義에 反抗함
으로써 文學의 獨自性擁護를 그 主眼으로 삼는 것이며 日帝封建國粹
에 대한 反立으로만 서는 것이 아니라 唯物史觀에 對하여까지 反立으
로써 出發”28)한다고 주장 한다.
　정치와 거리를 두는 ‘순수성’의 내용을 판단하는 핵심은 정치를 내세
우는 문학이 부정되는 것인가, 문학이 다루는 정치의 내용이 부정되는
것인가에 있다. 이는 곧 문학이 정치와의 관계를 끊는 것을 명분으로
하는지 아니면 경향이 다른 정치 노선을 선택한 문학을 부정적으로 보
는 것인지의 문제이다. 위 글의 경우는 정치와 관계된 문학 전반에 대
한 부정적 시각을 드러낸 것이라 볼 수 있다. 계급문학에 대한 비판과
함께 민족을 내세운 다른 경향시에 대해서는 나름대로 비판적 견해를
드러내고 있기 때문이다. 그렇더라도 정치적 성향의 양쪽 모두를 비판
하는 시각 역시 다른 정치성을 가질 수 있다는 사실을 간과할 수는 없
다. 정치적 견해가 노골적으로 드러나는 문학과는 다르겠지만 순수 주
장도 체제와는 일정한 관계를 가질 수밖에 없기 때문이다. 단정 수립

이전에는 좌와 우의 문제에 가려 이런 문제들이 잘 드러나지 않았지만 단정 이후에는 '계급'을 반대하는 경향 사이의 차이도 중요한 의미를 갖게 된다.

계급을 내세운 문학에 대한 본격적인 공격은 김동리에 의해 이루어진다. 좌익 문학을 공격하는 그의 많은 글이 『백민』 지면을 통해서 발표된다. 사실 김동리는 『백민』의 주요 필자이기도 했다. 1947년과 1948년 사이 총 열 두 번 간행된 잡지에 김동리의 글은 모두 열 차례에 걸쳐 실렸다.29) 발행인 김송을 제외하고 이런 경우는 찾아볼 수 없다. 그것도 중간에 빠진 호가 있는 것이 아니라 연속 십 회나 실린 것이다. 「좌우간의 좌우」라는 글에서 좌우 합작의 당위를 역설하던 그는 일 년이 채 흐르지 않은 시기에 쓴 「文學과 自由의 擁護」를 통해 좌익 문학에 대한 통렬한 비판을 내놓는다. 원산에서 벌어진 소위 '응향사건'에 대한 비판으로 쓰여진 이 글은 문학을 침해하는 정치적 요소, 구체적으로는 '북조선예술동맹'의 '시집 『응향』에 대한 결정서'의 내용을 문제 삼고 있다. 소련의 경우와 북조선의 경우를 비교하여 "個性의 自由를 封鎖하는 劃一主義的 機械視 속에만 自由가 있고 人間性이 있다는 蘇聯邦主義者와 및 그 走狗들과 우리와의 사이에는 이미 言語가 通치 않게 되었"30)다고 한다. 소연방주의 문학인이라는 과격한 단어를 써가며 결정서의 내용을 반박하는데 김동리가 보기에 '결정서'의 내용은 두 가지로 요약된다. 첫째는 인생에 대한 회의적 염세적 풍자적 비수(悲愁)적 태도를 버릴 것, 둘째로는 문학은 인민에 복무하여 당의 문학이 될 것이 그것이다. 아래 예문은 이 둘에 대한 자신의 생각을 드러낸 부분이다.

> 어느 時代의 어떠한 作品이라도 그것이 永遠性을 가질 수 있고 그것이 優秀한 作品이라고 하면 거기는 반드시 懷疑的이요 厭世的이요 悲嘆的이요 諷刺的이요 否定的인 要素가 旺盛해 있다. (…중략…)
> 그러나 眞實로 文學을 가질 수 있는 作家는 現代의 神 人民도 拒否하지 않

으면 아니 될 것이다. 왜? 文學이란 아무 것에도 服務할 수 없는 것이기 때문이요 있다면 그것은 自己 自身에 還元할 수 있는 人類 全體가 있을 뿐이다.[31]

세계와 삶에 대한 부정적 요소가 빠진 문학이 가능하지 않다는 지적은 그렇다 치더라도 계급문학을 현대의 신(神)인 인민을 섬기는 문학이라 정의하고 이를 거부하는 문학이 진실한 문학이라는 주장은 조금 억지스러워 보인다. 자유가 없이 어딘가에 '복무'하는 문학은 시대와 역사를 떠나서 유사한 문제를 가진 것으로 보는 것이다. '자기 자신'에 환원될 수 있는 인류 전체의 문제를 다루는 문학을 긍정하고, 특정한 가치를 지향하는 문학을 모두 부정하는 '본령 정계의 문학'의 바탕이 마련되고 있는 셈이다. 이런 관점은 조지훈의 앞의 글과 통하는 면이기도 하다. 정치에 복무하는 한 경향문학과 계급문학을 유사한 것으로 보는 「순수시의 지향」과 어딘가에 '복무'하는 문학을 거부하는 김동리의 글은 궁극적으로 보편적인 인류의 정신, 민족의 정신에 닿게 된다.[32]

김동리는 다음 호에 민족문학과 경향문학을 개념적으로 구분하는 글을 싣는다. 순수문학과 경향문학을 나누고 순수문학을 다시 소극적 경향의 예술지상주의 문학과 적극적 경향의 정통문학으로 나눈다. 경향문학에도 두 가지 길이 있다고 하는데 한 가지는 '본격문학'에 통하는 길이요 다른 한 가지는 '당의 문학'에 통하는 길이라고 한다. 경향문학의 극단적인 경향으로 "'문학가동맹'이라는 데서 말하는 소위 '정치주의 문학'"을 든다. 이렇게 문학의 영역을 구분해 놓으면 논리는 복잡해지지만 결국 본격문학과 당의 문학 즉 계급문학을 첨예하게 대립시키는 귀결에 이른다. 현재의 문학이 당면한 문제도 본격문학과 계급문학의 대립이 된다. 김동리는 거기에 한 번 더 유비를 적용해 순수문학과 경향문학의 관계를 민족문학과 계급문학의 관계로 확대한다. 그리고 결론은 "우리가 참다운 文學 그 自體를 가질 수 있는 날, 그것만이 同時에 참다운 民族文學이요 또 朝鮮文學일 수 있을 것"[33]이라는 데 모아진다. 본격문학 혹은 정통문학만이 민족문학을 낳을 수 있으므로 계급문학의 자리는 한참 낮은 곳으로 밀려난다.

이후에도 김동리는 「文學하는 것에 대한 私考－文學의 內容(思想性)的 基礎를 위하여」(『백민』 4권 2호, 1948.3)와 「문학적 사상의 주체와 그 환경－본격문학의 내용적 기초를 위하여」(『백민』 4권 4호, 1948.7)를 통해 좌익 문학에 대한 비판을 이어간다. 두 글 모두 득의의 개념인 '구경적 생의 형식'을 반복하고 있다. "우리에게 賦與된 우리의 이 共通된 運命을 發見하고 이것의 打開에 努力하는 것, 이것을 가리켜 究竟的 삶이라 부"[34]르는 것이다. 그의 주장대로라면 우리에게는 공통된 운명에 있는데 그것은 보편적이고 일반적이고 세계적 성격을 갖고 있으며, 세계적 성격은 민족 단위의 문학에서 비롯된다. 구경적 생의 형식을 추구한다는 것은 본격문학의 과제라 할 수 있는데, 그것만이 '참다운 문학적 사상의 주체'가 될 수 있다는 주장이다. 그것은 "時代와 社會를 超越하여 人間이 永遠히 가지지 않을 수 없는 人間의 普遍的이요 根本的(究竟的)인 問題－다시 말하면 自然과 人生의 一般的 運命－에 對한 獨自的 解釋이나 批評에서만 가능한 것"[35]이다. 문학의 시대적 의의나 공리성 등은 사상의 주체에 비하면 부수적인 것에 그치는 셈이다.

이 시기 김동리 글의 특징은 모두 문학에 대하여 '～은 무엇인가'로 접근하고 있다는 점이다. 이러한 물음은 사실 철학이나 종교와 관계되는 것으로 누구도 정답을 말할 수 없고 누구도 그럴듯한 대답은 할 수 있는 성질의 것이다. '무엇을 할 것인가'로 묻지 않는다는 점에서 이 글은 현실 논쟁의 장에 적극적으로 뛰어들기 어렵다. 자칫 '입장'을 밝히는 글에 그치고 말 가능성도 있다. 현실과의 거리 두기를 목표로 하는 문학론에 나름대로 어울리는 접근 방법이라고 할 수 있지만 활동 영역에 관심을 가질 경우 받아들이기 어려운 접근법이기도 하다.[36]

이상에서 살펴 본 바와 같이 1947～48년 『백민』에는 계급문학에 대한 대응으로 순수문학론이 활발히 발표된다. 순수문학은 때로 민족문학이라는 지향을 드러내기도 하고 그 자체로 민족문학이라 불리기도 한다. 그러나 민족문학이라는 용어는 『백민』 안에서도 단일한 의미로 사용되지 않는다. 사용하는 이들에 따라 차이가 있음은 물론 상반된다고 해도 좋을 만큼 다른 의미로 사용되기도 한다. 단정 수립을 전후하여 『백민』의 민족문학은 민족적 현실과 과제를 강조하는 의미로 쓰인다. 민족문학에 대한 이런 상이한 개념은 단순히 해방기의 혼란을 확인하는 데 그치는 것이 아니라 이후의 문단 분화를 예고하기도 한다. 계급문학에 반하는 민족문학이라는 점에서는 같지만 계급문학의 위세가 꺾이자 민족문학에 대한 견해 차이가 분명히 드러나기 시작하는 것이다.

3) 순수문학과 민족문학

순수문학이 주도한 공리주의 비판은 개념상으로는 좌익 문학만을 공격하는 것이 아니라 문학 외의 다른 무엇에 복무하는 문학 전반에 대한 비판이었다. 그러나 실제 해방 이후 공리주의 문학에 대한 비판은 경향문학에 대한 비판으로 집중되었다. '응향사건'과 같은 돌발 변수까지 더해져 경향문학(계급문학, 당의문학)은 문학의 자유를 빼앗고 문학을 정치에 종속시킨다는 비판을 받게 된다.

그러나 이러한 대립은 단정 수립을 전후해서는 의미가 없어지게 된다. 경향문학은 회고나 일방적 비판의 대상은 될 수 있지만 경쟁이나 논쟁의 상대로서는 의미를 잃게 되기 때문이다. 공리주의 전반에 대한 비판이나 배제가 아닌 자기 긍정의 방식으로 논리를 펼 수밖에 없는 상황에 이르게 된다. 이 때 기존의 우익 문단은 현실에 대한 태도에 따라 다시 두 가지 다른 '민족문학' 경향을 보이게 된다. 공리주의 문학을 거부하고 순수문학을 주장하는 쪽과 민족의 현실 문제에 적극적으로 기여하는 문학을 역설하는 쪽이 그것이다. 인물로 나눈다면 김동리 · 조지훈 등 '청문협' 중심인물과 김광섭·이헌구 등 '중앙문화협회' 중심인물들의 주장 차이이다. 주로 좌익 문인들을 겨냥해 이론 투쟁을 벌이던 젊은 문인들이 순수를 주장했다면, 이들의 배후에서 지원을 해주던 선배문인들은 민족 현실을 강조하였다. 두 문학의 차이는 단순히 문학론의 차이 이상의 의미를 갖는데, 해방 이후 문단의 형성에서 이들이 양대 세력으로 기능하기 때문이다. 이후 좌익 문학이 사라진 자리에서 이들은 헤게모니를 잡을 수 있는 두 집단으로 자리 잡게 되고 그것은 이후에 갈등으로 발전하게 된다. 주지하다시피 김광섭·이헌구 등은 '자유문학가협회'와 『자유문학』의 중심인물이고, 조연현과 김동리는 '한국문인협회'와 『현대문학』의 중심인물이 된다.37)

단정이 수립되기 이전, 『백민』의 중요한 필자로 김동리·조지훈·조연현 등이 참여하고 있을 때 김광섭은 문학의 사회적 임무를 강조하는 글을 쓴다. 문학의 본질을 묻는 데서 시작하는 것이 아니라, '그것이 사회와 민족과 어떻게 유기적으로 교섭해야 하겠는가를 생각함이 더욱 적절한 일'이라 하여 역할과 쓰임에 대해 말하는 것이다. 문학이 현실적일 수밖에 없다는 견해를 내세우고 있어, 순수문학과는 다른 '민족문학'의 가능성을 발견할 수 있는 글이지만, 좌익 문학에 대해서는 매우 비판적이다. 정치에 문학의 관계 자체를 부정하기보다는 어떤 정치와 관계 맺는가에 관심을 갖는다고 할 수 있다. 해방 후 우리 문단의 상황을 소련보다 더 고지식하다고 진단하고, "文學이라는 것이 創造하는 人間의 自由를 위하야 解放이 없고 獨立이 없는 나라에서 鬪爭하는 情神을 表現하는 것이"라거나 "나는 文學은 時代와 함께 움직이고 함께 산다고 본다"고 말하고, "오늘 우리가 文學에 대한 統一된 動機는 文學人의 意識에서 起伏되는 民族意識의 生長과 그 發展强化일 것임은 속일 수 없는 사실일 것"38)이라 주장한다.

같은 해에 실린 다른 글에서 김광섭은 민족문학에 대해 나름의 정의를 내리고 민족문학이 현재 우리 문학이 나아가야 할 길이라는 점을 분명히 한다. 조선 사람이 조선어를 구사하여 완성한 문학이 조선 문학에 속하는 것은 당연할 터이지만 그 중에서 특히 민족문학이라 부를 때는 역사적으로 규정된 민족적 사명이 의의를 갖는다고 한다. 문학이 민족적 사명을 감당해야 한다면 거기에 순수의 논리가 들어설 자리는 없어진다.

> 文學을 하는 사람 가운데는 自己의 作家的 氣質이나 興味에만 依據하야 文學을 創作하는 사람도 있고 또는 階級意識이나 革命과 鬪爭을 위하여서만 文學을 製作하는 사람도 있으나 오늘 우리로서는 적어도 文學에게 어떠한 現實的 能力－社會的 民衆的 心理에 어떠한 影響을 주고 그 感情的 組織에 어떠한 統一性을 줄만한 能力이 있다면 文學은 民族全體를 한 개의 公同된 運命體로서 認識하고 그 知性과 感性을 다하여 民族이 當面한 危機를 克復하여야 할 것이다.[39]

‘민족의 당면한 위기를 극복’하기 위한 문학을 민족문학이라 규정하는 방식은 1970년대 민족문학론에서도 반복하여 나타난다. 현실에 대한 적극적인 관심과 거기에 기여하는 문학을 부르는 이름이다. 여기서 중요한 것은 민족의 위기를 무엇으로 또 어떻게 보고 있느냐가 될 것이다. 위의 인용으로 그 위기의 내용을 확인할 수는 없지만, ‘자주독립’과 ‘통일’이 자주 언급됨을 알 수 있다. 이를 ‘민족의 해방’이라 부르기도 한다. 이것이 “계급의 이익을 옹호하더라도 민족이 해방되지 못한 이상 계급해방이 없다는 관점에서 계급을 위하야 민족은 파괴하여서는 안 될 것”[40]이라는 주장으로 이어지는 것은 매우 자연스럽다. 부정적으로 보고 있는 문학이 무엇인지도 위의 글을 통해 확인할 수 있다. ‘자기의 작가적 기질이나 흥미에만 의거’하여 문학 활동을 하는 사람들과 ‘계급의식이나 혁명과 투쟁을 위해서만’ 문학을 하는 사람은 일단 민족문학으로 수렴되지 못한다. 민족 전체를 하나의 운명체로 인식하고 민족을 하나로 묶어낼 수 있는 문학을 민족문학으로 규정한다.

좀 더 노골적으로 문학의 현실 참여를 이야기하는 글은 「民族主義와
文化人의 建國運動」이다. 이 글에서 김광섭은 문화와 정치를 무관한
것으로 둘 수 없다고 주장한다.[41] 민족을 강조하고 있으나 남한 정권의
정통성에 대해 설명하는 듯한 인상마저 준다. 해방 전이나 해방 후나
세계사적 변동에 관계없이 목표는 문화가 "民族의 永遠한 精神的 生
命體로서의 民族精神을 確立하는"데 기여해야 한다는 것이다. 문학보
다 문화로 초점을 옮긴 후 문화를 국가 이념과 연결시키는 논리 전개를
보인다. 문학과 달리 문화는 사회적·역사적 배경과 직접적인 연관을
가질 수밖에 없는 종류의 것이기는 하다. 김광섭은 문화는 "民族으로서
의 個性을 保全하고 自由를 尊重하며 歷史와 傳統의 地盤 위"에서 이
루어져야 한다고 주장한다. 좌익에 대한 공격도 문학에 한정되지 않는
다. '民族主義의 民主化'와 '共産主義의 獨裁化'를 대비시키는 것은
물론 반탁에서 찬탁으로 변절한 좌익의 태도를 반민족적인 행위로 비
판한 것이다. 이런 정세 파악에 따라 문화의 역할은 매우 중요해지는
바, 이 글은 문화가 어떠해야 하는지까지를 제안한다. "文化는 政治를
無視하거나 政治에 無關心하여서는 안" 되며 "文化人들이 그 潔白性
과 獨自性과 純粹性의 保全을 위하야 政治에 無關心한 態度와 傾向
을 자랑하는 것을 적으나마 한 개의 過誤"[42]로 본다는 것이다.

　김광섭과 함께 '정신'과 '문화'를 기준으로 민족을 강조한 논자는 이
헌구이다. 그 역시 문학이라는 것이 다른 예술보다 한층 더 사실적이고
현실적이요 대중성을 띤 것이라는 인식 아래 민족의 현재에 관심을 가
져야 한다고 주장한다. 「民族文學 精神의 再認識」은 현실적 제약성과
시대적 생명감을 인식하는 것이 중요하다고 주장하는 글이다.[43] 계급
문제에 대한 언급은 없고 민족의 문제만을 언급한다. 그러나 전통이나
집단으로서의 민족이 아니라, 세계사 속에서의 민족이라는 의미가 강조
된다. 민족의 정신을 살리자는 추상적 언급이 아니라 민족적 생존의 문
제에 대해서 말하는 셈이다. "弱小民族 後進民族이 가지는 文學이란

民族 解放을 위한 가장 聖스러운 豫言이요 祈禱요 啓示”라는 점을 강조하고 현재의 문학이 갖는 성격에 대해서 말한다. 다른 글인 「문학운동의 성격과 정신」에서는 앞으로의 문학운동이 어떤 성격을 가져야 할 것인가를 모색한다. 여기서 필자는 해방 이전 문학 경향을 민족을 위한 문학 활동, 예술지상적인 문학 활동, 민족부정적인 문학 활동의 셋으로 나눈다. 여기서 주목해야 할 것은 두 번째 분류이다. 해방을 맞이하여 해방 이전 두 번째 경향에 속한 문인들에 대해 “일부예술지상의 자유주의자, 사회주의자, 친일문인들이 공산진영의 모략에 빠져 또는 그들의 본성대로 자신의 이해에 따라 매명적 自瀆行爲를 감행하게 된 것이요, 따라서 그들로 하여금 민족정신은 일대동요를 일으켜 가지가지의 민족적 불행의 원인이 되었든 것”44)이라고 평가한다. 결국 주장하는 것은 “모름지기 상아탑이나 거리의 휴식처에서 의연히 뛰쳐나와 시시로 변전하는 민족의 운명 앞에 나서 용감히 그 전면모를 바로 잡아드려 민족이 투쟁하고 고민하는 산 기록을 창작”45)해내야 한다는 것이다. 이 글 역시 문학의 사회적 성격을 긍정하고 있는 셈이다.

이들의 주장에서 문화와 전통의 강조가 갖는 정치적 의미를 간과할 수는 없다. 민족의 가장 긴급한 과제가 남북통일임을 누구도 부정할 수 없었던 시기에 남북의 ‘지역적’ 통일 가능성을 외면한 남한 정부에게는 지역적 통일보다 민족의 정신적 통일을 강조하는 논리가 필요했을 것이다. 그것은 정치적으로도 현실적 유효성이 있었다. 당시 남한에서 긴급한 것으로 채택했던 정신적 통일은 지역적 통일의 현실적 난관을 인정한 결과였다. 이는 분단고착화로 이어졌을 뿐만 아니라 민족 내부의 모순을 사상하는 결과를 가져왔다.46) 전통과 민족혼을 강조하는 이런 문학이 이념적으로 현실 정권에 도움이 되었음도 부정하기 어렵다.

김광섭・이헌구로 대표되는 민족문학론은 관변문학으로 떨어질 가능성이 컸다. 민족을 강조하는 쪽을 민주주의로 계급을 강조하는 쪽을 독재로 규정하는 논리가 그렇고 현재 상태에서의 무조건적 단결을 주장하는 듯한 문화론의 내용도 그렇다. 정부 수립 시기를 전후하여 발표된 글들은 사실 논리적 대결이라는 의미보다는 이념의 확산이라는 의미를 더 많이 가지고 있었다. 김광섭이 실제 경무대 근무 경력을 가지고 있다는 점은 이를 더 의심하게 한다. 여하튼 1949년 이후 『백민』에서 영향력이 가장 컸던 인물은 김광섭이었다. 이 시기 『백민』은 순문예지라고 해도 지나치지 않을 정도로 문학 중심의 잡지가 되지만 동시에 논조는 '청문협' 식의 순수에서 어느 정도 멀어져 있었다. 이 시기 순수문학을 주장하던 문인들은 자신들만의 잡지를 갈구하게 된다. 『문예』의 등장은 이런 맥락에 놓인다.

4. 『문예』의 창간과 문단의 분화

앞서 살핀 대로 1949년 이후 『백민』은 김광섭과 '중앙문화협회'에 의해 명맥이 유지된다. 활발히 활동하던 김동리·조연현·최태응 등은 이후 주요 필진에서 빠지게 된다. 이 시기 창간된 잡지가 『문예』이다. 『문예』는 모윤숙이 자금을 대고 김동리·조연현이 차례로 편집을 맡았던 잡지로 순문예지를 표방하였고 신인 추천제 등의 체제를 갖추고 있었다. 자금도 변변히 마련되어 있지 않았고, 자기 지면을 가지고 있지 않았던 '청문협' 출신 문인들에게 자신들이 주도하는 잡지의 창간은 매우 중요한 일이었다. 창간호 후기에서 확인할 수 있는 "권위 있는 순문예지"에 대한 김동리의 오랜 갈망이 여기서 비롯되었다.47)

'청문협'은 외견상 '전조선문필가협회'의 산하 단체였다. '전조선문필가협회'가 전투적인 조직이 아니었기에 좌익과의 논쟁은 젊은 문인들의 모임인 '청문협'이 담당하게 된다. 그렇다고 해도 '청문협'은 문학적 기반은 물론 재정적 기반이 매우 취약한 단체였다. 협회 결성도 '중앙문화협회'의 지원에 의해 이루어져왔을 정도이다.[48] 그러면서도 자신들이 진정한 문학 단체였다는 자부심은 컸던 것으로 보인다.[49] 여기에는 조직 활동으로 좌익과 대결했다는 자부심과 함께 순수문학 중심의 문단을 만들었다는 자부심이 녹아 있는 것으로 보인다.

> 本誌의 使命과 理想은 以上 말 한 바에 있다. 卽 民族文學 建設의 第一步를 實踐하려는데 있다. 本誌가 모든 黨派나 그룹이나 情實을 超越하여 眞實로 文學에 忠實하려 함은 黨派나 그룹보다는 民族이 더 크고 情實이나 私感보다는 文學이 더 높은 것이기 때문이다.[50]

『문예』 역시 민족문학 건설에 대해 말한다. 당파나 그룹이나 정실을 초월한다고 말하는 부분은 어느 정도 사실이다. 왜냐하면 민족이라는 대 전제가 있으므로 그 아래에서 당파나 그룹이나 정실은 존재하지 않기 때문이다. 거기에 계급을 강조하는 문학은 자취를 감춘 상태여서 다른 무엇보다 '문학'을 강조하는 것이면 다 수용 가능한 것이 된다. 창간의 포부가 얼마나 대단했는지는 위 글에 사용된 몇 단어만을 주목해도 알 수 있다. '사명'과 건설의 '제일보'는 자신들이 갖는 과거와의 단절과 현재적 의미를 분명히 인식하고 쓰여졌다고 할 수 있다.

『문예』가 창간에서부터 신경을 쓴 것은 신인추천 제도였다. 시 분야는 서정주, 시조 분야는 이병기, 소설 분야는 김동리가 추천을 담당했다. 이런 구성이라면 신인 추천의 모델로 『문장』의 그것을 떠올리지 않을 수 없다. 알려진 대로 『문장』의 신인 추천은 시조는 이병기, 시는 정지용, 소설은 이태준이 담당하였다. 『문예』는 이 구도를 그대로 옮겨온 것처럼 보인다. 서정주와 김동리가 정지용과 이태준의 자리를 대신하고 있는 셈이다. 신인 추천 규정에서 눈에 띠는 내용은 시나 소설이나 추천을 세 번 받아야 한다는 부분이다. 자신들의 잡지에 대해 가지고 있는 자부심과 문인의 가치에 대한 평가가 꽤 높았음을 짐작할 수 있다.51) 재미있는 것은 다음 호에서 바로 추천 횟수가 2회로 준다는 점이다. 1949년 9월호에서 규정은 "시나 소설이나 추천을 두 번 얻는 작가에게 그 다음부터 기성작가로 대우함(단 시 또는 시조는 이회에 삼 편 이상)"52)으로 바뀌어 있다. 현실을 고려한 수정 조치일 가능성이 크다.

잡지『문예』의 창간과 신인 추천을 통한 인원의 확대는 순수문학이 문학적 영향력을 확대하기 위한 방법이었다고 할 수 있다. 사실 무엇이 문단이고 누가 작가인지는 아무도 확인할 수 없다. 문인과 문단에 대한 보편적 정의라는 것은 애초에 없으며 문인들 스스로 벌인 그것을 얻기 위한 투쟁의 결과만이 있을 뿐이다.53) 문단을 만들고 문인이 된다는 것은 기존에 있던 무엇을 장악한다는 의미이기도 하지만 때에 따라서는 자신들의 이념이 설 수 있는 바탕을 새롭게 조성한다는 의미를 갖기도 한다. 정치 투쟁만을 통해 획득할 수 있는 어떤 권력이 존재하는 것이 아니라 대표성을 가질 수 있는 새로운 장을 만들어 내는 경우이다. 다시 말해 문단의 주도권을 쥐는 일은 자기의 영토를 만들어 내는 일이다. 문단이 만들어질 때는 주도권을 쥔 쪽에 대항하는 세력이 성장할 수 있는 토양도 매우 척박해 진다.『문예』를 중심으로 펼쳐진 순수문학은 새로운 담론을 만들어 내려 한 것이지 예전의 담론의 장 안에서 새로운 무엇을 만들어내려 한 것은 아니었다. 너나없이 영역을 만들어 내야 하는 때에 문학 장에서 그 일을 처음으로 해낸 것이 '청문협' 중심의 세력이었다고 할 수 있다. 나아가 이들은 영향력 있는 매체를 바탕으로 '한국문학가협회'라는 문인단체를 조직해낸다. 이와 같은 조직과 매체를 발판으로 그들의 순수문학론은 한국 현대문학의 강력한 주류로 제도화되고 정통성을 부여받을 수 있는 토대가 마련된다.54)

『백민』과『문예』는 해방기 좌익에 반대했던 문인들이 주로 활약한 잡지였고, 문예 중심으로 편집되던 잡지였다. 그러나 그 성격은 달라서『백민』이 점차 친정부적인 민족문학으로 흐른 데 비해,『문예』는 순문예지를 표방하고 문학 장 안에서의 상징권력을 장악해 나간다. 현실 정치에 참여하던 인물들과 달리 『문예』의 중심인물들은 문학 안에서의 자리를 넓혀나가 길지 않은 연륜과 적은 나이에도 불구하고 기성문인들과 어깨를 나란히 하게 된다. 또 『문예』는 일급 비평가로는 볼 수 없었던 조연현의 문단 내 자리를 확보해주는 중요한 역할을 담당하였다. 논쟁에 있어서나 창작에 있어서나 우익을 대표한다고 할 수 있었던 김동리가 순수문학을 상징했다면 조연현은 '순문예지'를 상징하게 되었다.

5. 우익 문단의 성립

이상 『백민』을 통해 해방 후 우익 문단의 추이를 살펴보았다. '중앙문화협회'로 대표되는 일군의 문인들과 '청문협'으로 대표되는 젊은 문인들의 차이를 확인할 수 있었다. 이를 단순히 세대간의 차이로 볼 수는 없지만 공리주의에 대한 태도 면에서는 30년대 후반 '신세대 논쟁'을 떠올리게 하는 것도 사실이다. 김동리가 순수문학의 이데올로그로 평가될 수밖에 없는 이유도 이렇듯 그의 해방 이전 논리의 계승이라는 측면이 남아 있기 때문이다. '한국문학가협회'와 '자유문학가협회' 혹은 『현대문학』과 『자유문학』이 양립하게 되는 60년대까지의 문단지형이 우연히 형성된 것이 아님도 알 수 있었다.

이후 『문예』와 『신천지』를 주관하면서 조연현과 김동리 등은 문단권력을 차지하게 된다. 많은 '청문협' 문인들이 대학에 자리를 잡는다는 것도 상징권력의 확산에 크게 기여하게 된다. 이에 비해 '민족'의 위기를 강조했던 이들은 당장은 문학권력을 유지하는 듯 했지만 이후 문학 장에서 밀려나게 된다. 문학 외적인 영역에서의 활약에도 불구하고 문학 장의 재생산 과정에서 큰 성과를 올리지는 못했던 셈이다. 민족의 위기라는 담론이 힘을 잃어가면서 문학의 내용도 함께 힘을 잃어간 것이 아닌가 하는 생각을 할 수 있다. 진정한 문단 내 권력(잡지와 재생산을 위한 강단)을 획득하는 일이 변화하는 현실 권력보다 긴 생명력을 가진 셈이다.

해방 이후 우익 문예지를 대표하던 『백민』은 우리 문단의 성립과정과 이후의 분화까지 보여주는 의미 있는 잡지였다. 앞서 말했듯이 문단의 성립은 단순히 정치적 승리의 문제 이상이었다. 민족의 의미나 문학의 의미를 어떻게 만들어가고 발전시켰는가의 문제와 긴밀히 연관된다. 이때 가장 중요했던 것은 '민족'이 갖는 본래적 의미라든가 하는 종류의 것이 아니었다. 민족과 대비되던 '계급'과의 차별화에 어느 정도 성공하고 있느냐가 더 중요한 의미를 갖게 되었던 것이다. 이는 순수문학이 선택한 길이라고 할 수 있는데, 문학으로 무엇을 할 것인가를 가지고 경쟁한 것이 아니라 문학으로는 다른 무엇을 하지 않는 것을 '민족문학'의 무기로 삼았던 것이다. 문학과 사상의 문제, 종교의 문제 등 보편성을 유난히 강조하는 논법은 계급의 강조를 분열과 구분으로 몰아붙이고, '보편성을 공유하는 통일된 민족'이라는 환상을 심어주게 된 것이다.

주석

1) 해방 당시 '민족문학'을 주장한 이들은 같은 단어를 사용하고 있음에도 불구하고 각기 다른 의미를 표현하고 있다. '민족문학'이라는 개념을 먼저 사용한 쪽은 좌익측이었다. 이들에게 민족문학은 민족적 형식에 계급적 내용이라는 사회주의 창작방법과 무관하지 않았다. 이에 비해 우익측에서 사용한 민족문학은 민족적 전통 또는 민족혼을 강조하는 경향으로 영토와 혈통을 바탕으로 한 전통과 역사의 단일성을 강조했다. 주로 현실적 문제보다는 정신적 측면을 강조하는 경향이 강했다. 물론 우익측의 '민족문학'도 단일한 개념으로 사용되지는 않았다. 이에 대해서는 본론에서 살펴볼 것이다. 좌우를 떠나 자기 논리의 정당성을 주장하기 위해서는 '민족'이라는 이름을 사용하지 않을 수 없었던 것

이 당시 현실이었다고 할 수 있다. 이후 해방기 문학운동에 대해서는 신형기, 『해방직후의 문학운동론』(화다, 1988), 김윤식, 『해방공간의 내면풍경』(민음사, 1996), 김윤식, 『한국 근대문학론사연구』 2(아세아문화사, 1994), 김승환, 『해방공간의 현실주의 문학연구』(일지사, 1991), 김영민, 『한국현대문학비평사』(소명출판, 2000)를 참조하였다.

2) 문단 형성에서 잡지가 중요한 이유는 이를 통해 민족과 전통 그리고 이를 아우르는 민족문학을 만들어 나갈 수 있었기 때문이다. 우리 현실과 꼭 맞는다고 볼 수는 없겠지만 민족의 구성에서 출판이 차지하는 위치를 자세히 분석한 책은 베네딕트 앤더슨의 『상상의 공동체』(윤형숙 역, 나남, 2002)이고 소설의 발생에서 출판의 중요성을 재삼 확인해준 책은 이안 와트의 『소설의 발생』(전철민 역, 열린책들, 1988)이다. 해방기 좌익측이 무엇보다 인쇄시설 확보를 서둘렀고 우익측이 좌익측의 출판 장악에 민감히 반응했던 것도 이와 무관하지 않다.

3) 이 점에서 보면 『문예』는 좌우의 대립이 끝나고 난 뒤, 승리한 쪽의 문학을 정비하고 확산하는 역할을 한 잡지라고 할 수 있다. 이봉범은 『문예』의 역사적 의미에 대해 "단정 수립 후 이념대립에 기초한 대타적 동일성을 유지했던 우익 문예 진영이 그 구도가 깨진 이후 나름의 문학주의적 원칙을 가지고 순수문학론의 제도화를 도모했던 매체적 거점"이라고 규정한다.(이봉범, 「잡지 『문예』의 성격과 위상」, 『상허학보』 17집, 2006, 264면)

4) 이에 대해서는 김승환·신형기·김영민의 앞의 글 참조.

5) 해방기 문예지에 대해서는 졸고, 「해방기의 문예지와 문학운동」, 『한국 현대소설의 서사와 형식 연구』, 깊은샘, 2000 참조.

6) 피에르 부르디외, 『예술의 규칙』, 하태환 역, 동문선, 1999, 303~304면.

7) 김송은 「문단의 좌우익 대결과 '백민문학'」(『북한』, 1985.8)에서 좌익문인과 홀로 대결한 『백민』의 역할과 자신의 노력에 대한 자부심을 표나게 드러낸다.

8) 김송은 회고에서 "『白民』의 編輯은 李石勳, 朴淵禧, 柳周鉉, 田炳淳 諸씨가 前後하여 수고했다"고 적고 있다.(김송, 「백민」, 『해방문단 20년』, 한국문인협회, 정음사, 1966, 171면)

9) '중앙문화협회'는 해방 후 최초로 결성된 우익단체이며 이후 '전조선문필가협회'를 주도한 단체였다. 1945년 9월 18일 결성식을 가진 '중앙문화협회'는 특정한 이데올로기에 기반을 둔 단체라 할 수는 없지만, 구성원들의 성향이나 당시 정치권과의 관계로 볼 때 우익적 성향을 띠고 있었다고 보아야 한다. 출범 당시 해외문학파 출신이 핵심을 이루었는데 주요 위원은 이헌구·김진섭·이하윤·서항석·김광섭·양주동·김환기·박종화·변영로·오상순 등이었다.(김영민, 『한국현대문학비평사』, 소명출판, 2000, 19~20면) 이들은 전쟁 중 종군작가단, 전쟁 후 '자유문학가협회'의 주축 멤버가 된다. 안한상은 '문건'이 좌파로 간주된 것이 다분히 '중앙문화협회'의 우편향적 시각 때문이라고 말한다. 처음부터 좌우의 색채를 드러내지 않은 채 좌우합작 노선을 지향했던 '문건'은 우익 단체인 '중앙문화협회'가 생겨남으로서 상대적으로 좌익적 색채를 보이게 되었다는 것이다.(안한상, 「해방 직후의 문단 조직과 노선」, 『선청어문』 21집, 1993, 83면) 이들이 활동이 조직적이었는가는 의문이지만 구성원들의 영향력에 비추어 '중앙문화협회'에 대해서는 본격적인 연구가 필요하다.

10) "『白民』은 白衣民族을 줄여서 붙인 表題이고, 또한 倍達民族을 상징한 標題였다. 그래서 第一號의 表紙畵는 배달의 傳說이 깃든 白頭山 天池를 넣었던 것이다."(김송, 앞의 글, 168면)

11) 「창간사」, 『백민』 창간호, 1945.12, 3면.

12) 「데모크라시」, 같은 책, 50면.

13) 미군정기 남측 일반인들의 체제 선호도는 다분히 사회주의 지향적이었다. 서중석에 따르면 "일반대중의 반자본주의 정서는 다른 데도 아닌 미군정의 여론조사에 잘 드러나 있다. 자본주의체제를 원한다는 응답자가 전체의 14%인 1,189명이고, 공산주의체제를 택한 사람들은 7%인 574명이었는데, 사회주의체제를 선호한 사람은 6,237명으로 전체 응답자의 70%나 되었다"고 한다(서중석, 「국가이데올로기의 등장과 일민주의의 모색」, 『이승만과 정치이데올로기』, 역사비평사, 2005).

14) 박문철, 「불란서 혁명과 우리의 정치 노선」, 『백민』 3호, 1946.4, 9면.

15) 단정 수립 자체를 문학적 상황 변화의 분명한 시기로 삼을 수는 없다. 자유로운 분위기가 급격히 냉각된 것은 여순사건에 이은 국가보안법 제정 등이 이루어진 1948년 말 상황이 결정적이었다고 할 수 있다. 김재용, 「냉전적 반공주의와 남한 문학인의 고뇌」, 『역사비평』, 1996년 여름, 270면과 정병준, 『한국전쟁』, 돌베개, 2006 참조.

16) 당시 발행인은 함께 활동했던 우익측 문인들을 『백민』의 '동인'으로 회고하기도 한다. "백철·이헌구·김동리·김광주·최태응·조연현·조지훈·정비석·최정희·임옥인·김광섭·손소희·서정주·곽종원 등이 『백민』의 동인이었다."(김송, 「백민시대」, 『한국문단 이면사』, 깊은샘, 1999, 333면)

17) 「식량해결과 독립문제」, 『백민』 5호, 5면.

18) 편집국원, 「본지의 제호에 대하여」, 『백민』 6호, 3면.

19) 김동리, 「좌우간의 좌우」, 『백민』 5호, 22면.

20) 위의 글.

21) 상징권력에 대해서는 부르디외의 『예술의 규칙』(동문선, 1999) 참조 부르디외는 아방가르드의 상징권력에 대해 말하고 있지만, 우리 문학사의 경우 순수(민족)문학론에 적용하는 것에 별 무리가 없다고 생각한다.

22) 김동리 문학과 현실 정치의 문제에 대해서는 졸고, 「김동리 순수문학론의 세 층위」(『상허학보』 15집, 깊은샘, 2005), 류찬열, 「문학의 권력화와 정전화에 대한 성찰과 반성」(『한국문학권력의 계보』, 한국출판마케팅연구소, 2004) 참조.

23) 朱基淳, 「文學과 政治」, 『백민』 5호, 18면.

24) 같은 글, 19면.

25) 함대훈, 「作家의 當面 問題」, 『백민』 6호, 24면.

26) 특집 외에 영화 시나리오(최영수, 「청춘」)와 사화(윤승한, 「나당문학가최고운」), 번역문(에드가 스노우, 「미소는 싸울 것인가?」)이 실렸지만 특집에 비해 비중은 거의 없는 글들이다.

27) 조지훈, 「순수시의 지향」, 『백민』 2권 3호, 167면.

28) 조지훈, 「정치주의 문학의 정체」, 『백민』, 1948.5, 6면.

29) 김동리가 『백민』에 게재한 글을 정리하면 다음과 같다. 「좌우간의 좌우」(제5호, 1946년 10월), 「혈거부족」(3권 2호, 1947년 3월), 「운무변증법」(3권 3호, 1947년 5월), 「문학과 자유의 옹호」(3권 4호, 1947년 7월), 「민족문학과 경향문학」(3권 5호, 1947년 9월), 「상철이」(3권 6호, 1947년 11월), 「역마」(4권 1호, 1948년 1월), 「문학하는 것에 대한 사고」(4권 2호, 1948년 3월), 「정치적 감시를 소탕하라」(4권 3호, 1948년 5월), 「문학적 사상의 주체와 그 환경」(4권 4호, 1948년 7월), 「개를 위하여」(4권 5호, 1948년 10월), 「형제」(5권 2호,

1949년 2월).

30) 김동리, 「文學과 自由의 擁護, 詩集 凝香에 關한 決定書를 駁함」, 『백민』 3권 4호, 51면.

31) 김동리, 같은 글, 53~54면.

32) 김동리의 순수문학론에 대해서는 졸고, 「김동리 순수문학론의 세 층위」 참조.

33) 김동리, 「민족문학과 경향문학―문학의 각태」, 3권 5호, 21면.

34) 김동리, 「文學하는 것에 대한 私考」, 『백민』 4권 2호, 44면.

35) 김동리, 「문학적 사상의 주체와 그 환경」, 『백민』 4권 4호, 10면.

36) 4권 2호에 실린 조연현의 글 「論理와 生理」 역시 다른 의미에서 논쟁이 되기 어려운 주제를 다루고 있다. 조연현은 유물사관을 생리적으로 받아들일 수 없음을 이야기한다. 논리와 생리의 영역이 다름은 물론 생리의 영역이 인간의 현실 혹은 삶에 가깝다고 주장한다. 부제가 이야기해주듯 '유물사관의 생리적 부적응성'을 드러내고 있는 글이다. 그의 말대로 생리에 논리로 접근하기는 참으로 어려운 일일 것이다.

37) 한국전쟁 후 문단의 주도권 싸움에 대해서는 조연현, 「내가 살아온 한국문단」, 『조연현 문학전집』 1권, 정음사, 1975; 홍기돈, 「김동리와 문학권력」, 『한국문학권력의 계보』, 한국출판마케팅연구소, 2004; 김명인, 『조연현―비극적 세계관과 파시즘 사이』, 소명출판, 2004; 정규웅, 『글동네에서 생긴 일』, 문학세계사, 1999; 김시철, 「『자유문학』과 김광섭 시인」, 『문단유사』, 월간문학, 2002 참조.

38) 김광섭, 「文學의 現實性과 그 任務」, 『백민』 4권 1호, 4~5면.

39) 김광섭, 「민족문학을 위하야」, 『백민』 4권 3호, 14호, 30면.

40) 위의 글.

41) 이 글이 실린 『백민』 5권 3호(1949년 6월호)는 김광섭의 후원으로 발행되었다. 김송은 후기에서 자신이 쓰는 마지막 후기가 될 것이라 썼다. 따라서 김광섭의 이 글은 『백민』의 새로운 주간이 쓴 글로 이해해도 좋을 것이다. 이후 『백민』의 방향을 짐작하게 하는 글이라 할 수 있다.

42) 김광섭, 「民族主義와 文化人의 建國運動」, 『백민』 5권 3호, 15면.

43) 이헌구, 「民族文學 精神의 再認識」 4권 2호, 5면.

44) 이헌구, 「文學運動의 性格과 精神」, 1950년 3월호, 7면.

45) 위의 글, 8면.

46) 강경화, 「해방기 우익 문단의 형성과정과 정치체제 관련성」, 『한국언어문화』, 한국언어문학회, 2003, 87면.

47) 후기에서 김동리는 "解放以後 四年間 내가 하루같이 되풀이 하여 온 口號는 "權威 있는 純文藝誌를 發行해야 한다"는 것이었다. 그냥 文藝誌도 쉬운 일이 아닌데 하물며 '權威 있는' 그것을 發行하기란 眞實로 想像키도 어려울만한 難事였다"고 기록하고 있다.

48) "협회('청년문학가협회')의 결성에는 중앙문화협회의 협조가 필요했는데, 그중의 하나가 이헌구, 김광섭의 재정적 지원이었다. 경비의 대부분을 지원한 중앙문화협회는 이승만의 정치활동을 측면에서 지원하는 민간외교활동의 추진체 역할을 담당하던 단체였다."(강경화, 앞의 글, 83면)

49) 김동리는 '중앙문화협회'와 '청문협'을 구분하여 다음과 같이 회고한다. "자유진영의 문단(소위 우익문단)으로는, '전국문필가협회'의 문학부에 소속된 문인의 한 집단과, '한

국청년문학가협회'에 소속된 한 집단의 문인들이었다. 이것을 좀더 자세히 말하면 8·15 이후 자유 진영계열의 문인들이 처음으로 단체를 만든 것은 '중앙문화협회'다. 이름은 '중앙'에다 '문화'에다 '협회'하는 따위로 모두 큼직큼직한 것을 붙였었지만, 실질적으로는 과거의 해외문학파에 소속되었던 일부 회원들을 중심한 일개 클럽에 지나지 않았다. (…중략…) 여기에 이러한 '클럽' 내지 '써클'의 성격으로 지양한 자유진영의 문학단체를 실현시키고자 하여 발족된 것이 위에 말한 '한국청년문학가협회'였던 것이다."(김동리, 「한국문학가협회」, 『해방문학 20년』, 146면) 조연현 역시 '중앙문화협회'는 출판활동을 통해 반탁에 앞장섰고, 문학활동보다는 이승만의 정치활동을 측면에서 도와주는 데 주력했다고 회고한다.(조연현, 『내가 살아온 한국문단』, 현대문학사, 1969)

50) 「창간사」, 『문예』, 1949.8, 9면.

51) 창간호에 실린 추천 광고의 내용을 보면 다음과 같다. 1. 當選作品은 本社推薦作品으로 本誌에 揭載하고 旣成作家의 同等한 稿料를 進呈함. 2. 詩나 小說이나 推薦을 세 번 얻는 作家에겐 그 다음부터 旣成作家로서 待遇함. 3. 一切 原稿는 返還치 아니함. 4. 皮封에 『推薦募集原稿』라 쓸 것. 5. 보내는 곳 서울 시 南大門路二街六番地 文藝社 로(「추천 광고」, 『문예』 창간호 136면)

52) 「추천작품모집」, 『문예』, 1949.9, 173면.

53) 피에르 부르디외, 하태환 역, 『예술의 규칙』, 동문선, 1999, 296면.

54) 이봉범, 앞의 글, 245면.

미군정기 소설의 현실인식

서경석

1. 문인의 과제와 창작방법론

본고에서는 해방 직후의 상황을 두 가지 초점, 즉 문인 개인의 차원으로서의 자기비판 및 상황인식 문제와 민족문화 수립을 위한 조직운동상의 문제를 관련지어 검토하려 한다. 이러한 시각설정의 이유는 이 두 문제가 해방 후 미군정기를 통해서 작가의 창작에 긴밀히 관계한다고 보기 때문이다. 즉 진정한 자기비판의 문제는 해방 후 민족문학 건설을 위한 전제가 되었었고 이 자의식을 어떻게 극복하고 새롭게 변모해 가는가가 해방초기 문인의 과제이기도 했기 때문이다.

이러한 시각 하에서 이 글에서는 미군정 시기에 쓰여진, 문학가동맹에 관련된 작가의 소설들로 한정지었다. 그 이유는 첫째로, 미군정기라는 독특한 상황 속에서 문화활동을 전개했다는 점에서 한설야 등과 그들이 구별된다는 점, 둘째로 미군정기의 사회적 여건을 변화시키기 위해, 이를 의식적으로 염두에 두면서 상황에 대처해 나가려 했다는 점에서 문협계열과 구별된다는 점, 셋째로 이 그룹이 자기비판의 문제에 가장 민감했을 뿐 아니라 이를 극복하고 새로운 면모를 보여 주고 있다는 점에 있다. 실제로 새로운 위기가 닥치기 시작하는 1946년 중반 이후 유독 이들의 작품 면모가 변화하기 시작했음은 이들에 대한 검토가 나름의 의미를 줄 수 있을 것이다.

이 작품들을 분석키 위해서 우선 그들이 내세운 창작방법론이 어떻게 구체화되며 이것과 관련하여 1946년 중반 이후 그들의 작품세계가 어떠한 전망 하에 진전되는가를 이 글의 순서로 삼고자 한다.

2. 민족문학 논의의 출발

조선문학가동맹에서 내세웠던 강령은 남로당의 8월 테제와 긴밀한 관계에 있음은 제1회 전국문학자대회석상에서 동맹의 지도자인 임화의 '조선민족문학건설의 기본과제에 관한 일반보고'를 보면 명백히 알 수 있다. 조선공산당(남로당)은 8월 테제에서 조선혁명의 현단계를 부르주아 민주주의혁명단계로 규정하고 그 기본과업을 민족의 완전독립과 토지문제의 완전해결에 두었으며 이를 위해 당면의 임무로서 폭넓은 대중 투쟁을 전개해야 한다고 지적하고 있다. 이에 발맞추어 문학자대회 이후 문학가동맹은 그 활동을 다음과 같이 전개 혹은 계획하고 있다. 즉 문예강연회를 5회 개최했으며(1946년 3월 5일까지) "해방감격시문과 애국가요 제작작업, 문학에 의한 민주주의정신의 앙양을 위한 활동, 문학에 의한 과학적 계몽활동, 문학의 인민적 기초의 확립을 위한 대중활동, 신진 작가 특히 인민층으로부터의 작가적 성장의 육성 문학자의 예술적·사상적 향상 발전을 위한 활동, 기관지 및 필요한 단행본의 출판배포, 민주주의 민족국가 건설 과정에 있어서 다방면에 걸친 협력 및 민주주의 민족전선에 대의원을 선정 참가시킴"[1] 등을 계획 혹은 전개하게 되는 것이다. 이러한 활동가운데 특징적인 점은, 첫째로 문학의 기초를 '인민'에게 두어야 하고 이를 위한 대중활동을 상정했다는 점이다. 제1회 문예강연회의 첫 발표문이 임화의 '문학의 인민적 기초'임은 이를 잘 보여 주고 있다. 둘째 특징은 문학이 싸워야 하는 대상의 문제인데 이를 과거 일제하에서 유지되어 온 봉건잔재, 봉건적 토지소유관계로 보고, 또한 민주주의 건설을 위한 민족문학의 수립을 목표로 하고 있다. 다시 말하면, 주로 남겨진 문제 청산이나 건설의 측면에 중점을 두고 있지 이 건설을 막고 있는 실제적인 장애에 대한 고려가 빠져 있는 것이다. 낙관적 이 측면은 1946년의 '신전술'과 함께 문학가동맹 간부들의 대거월북 이후 그 한계점을 인식하기에 이른다. 세 번째로는 민족문학의 입장 하에서 과거 우리 문학운동사를 바라보고 있다는 점에 있다. 특히 일제하 프로문학 운동을 바라보는 이들의 시각 즉 빈약한 시민층을 대신하여 빈농, 노동자 중심의 프로문학이 민족문학의 발전의 노력을 대신했다고 하는 견해는 일제하 프로문학을 '이제 새로이 생산되는 프로문학의 출발'로 해석하려는 견해와는 상당히 다른 세계관을 지녔다고 할 수 있다.

　이러한 특징들을 안고 출발한 문학가동맹에서 내세운 창작방법론은 '진보적 리얼리즘'이라 불린다. 혁명적 로맨티시즘을 내포하고 있는 이 창작방법론은 한효의 「진보적 리얼리즘에의 길」[2] 김남천의 「새로운 창작방법에 관하여」[3]에서 드러나고 있다. 특히 김남천의 글은 체계적으로 창작방법론이 표명된 글이어서 주목된다. 이 글에서 혁명적 로맨티시즘이 내포된 진보적 리얼리즘이 왜 창작방법론으로 되어야 하는가를 세 가지로 설명하고 있다. 그 첫째로, 현재의 역사적 단계가 진보적 민주주의 혁명 단계이므로, 리얼리즘이라 하더라도 현재적 과제와 결부된 진보적 리얼리즘이어야 이것이 과거 역사 단계에서 드러난 여러 리얼리즘과도 구별된다는 점이다. 두 번째로는 과학적 유물론과 결부되어야 하기 때문이다. 세 번째로는 혁명적 로맨티시즘을 커다란 계기로 하여야, 현실에 만족치 않고 미래로 부단히 전진할 수 있는 민족의 거대한 꿈과 영웅적 정신을 발휘할 수 있기 때문이다.[4]

김남천이 말하는 진보적 리얼리즘이라는 창작방법론은 따라서 현재의 과제가 진보적 민주주의의 건설이라는 점에 기본시각을 두고 현실을 있는 그대로 파악하라는 것이 된다. 이러한 그의 견해는 「대중투쟁과 창조적 실천의 문제」에서 일정한 구체화를 획득하게 된다.

3. 지식인 작가의 초기 작품

1) 모랄의 우위와 완결적 형식

이상에서 간략히 문제삼았던 두 가지 시각―즉 해방 후 지식인 작가가 부딪혀야 했던 두 가지 문제는 자기반성의 문제와 진보적 민주주의 건설을 위한 민족문학 수립―이 작가에게 있어 해방 초기에는 어떠한 모습으로 발현되는가를 보도록 하자.

이 모습은 대략 세 가지 경우로 나뉘어질 수 있다. 그 첫 번째가 안회남·안동수·김학철 등으로 대표되는 모습이다.

안회남은 일제 말기 징용으로 구주탄광에 끌려갔다가 해방 직후 돌아온 인물이다. 따라서 그의 작품들의 초기에는 자신의 경험을 그리면서 일제하 삶을 정리하는 모습이 보인다. 즉 해방 이후 새로운 출발을 하게 되는 이 시기는, 우선 국내에서 과거 친일을 했던 다른 문인보다 많은 글을 쓸 만큼 모랄에서 앞서 있었고, 그만큼 작품이 보이는 세계는 단순하고 완결적이다. 「汚辱의 거리」(1945.11)에서 「炭坑」(1945.12), 「말」, 「섬」, 「쌀」, 「그 뒤 이야기」, 「별」(이상 1946.1), 「쌀」(1946.3), 「소」(1946.3) 그리고 장편 「사선을 넘어서」(1947.1)에 이르기까지 소설의 내용은 거의 모두 구주 탄광에서의 고생과 그곳에서 해방을 맞이할 때의 감격으로 일관되어 있다. 이러한 감격은 물론 8·15해방에서 왔다. 남들보다 더 감격할 수 있었던 것은 그의 징용 경험에서 왔다. 그런데 문제는 해방이 되어서 소위 지식인 작가가 단순히 감격만을 노래해서는 안 되고 현실에 대한, 혹은 미래에 대한 인식이나 전망을 보여 주어야 한다는 데 있다. 이 측면에서 바라볼 때 안회남의 초기 작품들에는 한계가 있다.

안회남은 해방 이전 주로 신변소설적인 작품경향을 지닌 작가였다. 이러한 회남이 탄광에 끌려가서 고생하다 해방을 맞이하였을 때 이 자기탐구의 작가는 현실에 직면하게 되고 자신의 영역에서 벗어나게 된다. 원래 변하는 현실은 자신의 작품세계가 아니었다. 따라서 그는 감격하고 과거의 삶을 회상하는 것 이상을 넘어설 수 없었다. 다만 자기 주위 모습 속에서 몇 가지 관념적인 확인만을 하게 될 뿐이다. 「철쇠 끊어지다」에서 구주탄광에서의 고생과 해방 당시 가슴조리던 모습, 그리고 미군이 일본 동경의 대대목비행장을 점령했다는 소식에 이제 '만사해결'이라고 외치며 기뻐하는 모습, 「말」에서는 일본 군용말과 황생원(지주)을 동일시하면서 기차에 치어죽은 말과 해방을 연결시켰고, 「그 뒤 이야기」(1946. 1)에서는 해방 후 귀향하는 노정 속에서 겪은 이야기와 귀가하여 신문을 보니 '문화건설중앙협의회' 조직결성 소식이 있어 가슴이 뛴다는 사실 등이 그것이다. 「쌀」, 「별」, 「소」에서도 쌀을 소중히 여기는 농민의 모습, 고향을 그리는 징용노동자, 공출된 소와 징용 농민과의 연상 정도에 머물고 있는 것이다.

이러한 초기 작품들의 몇 가지 특징은 우선 구주탄광에서 고생 끝에 해방이 되어 감격했다는 점, 둘째로 같이 고생하던 사람들이 하나같이 농민이고 그들이 '소'처럼 우둔하면서도 순박해 보였다는 점, 따라서 당대에 작가는 주위의 모습을 아직 정리된 시선으로 바라볼 수는 없었다는 점이 그것이다. 농민을 정면으로 못 보고 쌀이나 소나 말을 통해 단편적으로밖에 볼 수 없었던 것이다. 실제로 안회남이 해방 후 현실과 만나게 되는 때는 「불」5)에서이고 미래에 대한 모색에 고민하게 되는 대는 「농민의 비애」6)에서인 점을 주목해 볼 필요가 있다. 즉 아직 해방을 맞이한 작가로서가 아닌 일반인으로서의 감격에 머물렀다는 데 그 한계가 있다. 박노갑의 「환」7)도 이 경우와 다르지 않다. 해방이 되어 징병에 나가지 않아도 된다는 것, 한번 갔다가 병으로 돌아온 주인공이 또다시 징병의 대상이 되었던 시기에 해방이 되었음은 작가가 주인공으로 하여금 목청높게 해방을 찬양할 수 있는 근거이다. 그러나 그 이상도 이하도 아니다.

　안동수의 경우는 이와 좀 다르다. 1930년대의 좌익잡지 『비판』의 편집장을 지낸 그는 일제하에서의 사상운동 경험을 가지고 있어서 해방 이후 그의 소설들은 출옥한 기쁨과 동지들과의 만남으로 채워져 있다. 회남의 경우처럼 자신의 개인적 체험 차원이지만 보다 당대 현실에 밀착되어 있음은 이 때문이다. 「그 전날밤」,8) 「아름다운 아침」9)은 8·15 해방 전날밤과 출옥한 날의 아침을 이야기하고 있다. 출옥자의 아내와 어머니 그리고 동지들이 해방이 온다는 기쁨에 잠 못이루는 밤에, 작가는 처 현숙의 입을 통해 과거 일제하의 탄압받던 운동가의 모습을 보여준다. 아름다운 아침을 기다리던 이들은 「아름다운 아침」에서 남편이 출옥하는 모습을 보게 된다. 이러한 해방 후의 기쁨은 실제로 운동가가 출옥하는 모습 속에서 보이고 있지만 주인공이 현실 속에서 이제 어떤 활동을 해야 할지는 보이지 못하고 있다. 따라서 작품은 심리적 경향을 띠기도 하는데 이에 대한 작가의 고백은 아직 현실 위에 자리잡지 못한 자신을 드러내는 것이기도 하다.10)

김학철의 경우는 중국에서의 경험이 소설의 소재를 이룬다. 해방전 어떻게 살아왔는가를 보일 뿐 아니라 중국에서의 투쟁이 소설 속에 포함된 사실 자체만으로도 의미깊다. 그가 다시 중국으로 돌아갔다는 사실도 그의 경험이 아직 실체로써 현실에 작용하고 있다는 증거일 것이다.『신문학』창간호에 발표된 그의 작품「구열(龜裂)」은 중국내 조선의용군 제X지대에 소속되어 있는 주인공 김학천과 김시광의 이야기이다. 두 사람 사이의 갈등으로 구성된 이 작품은 항일 전투과정에서 두 동지의 의견 대립이 해소되는 모습을 보여 준다. 단결만이 승리를 가져올 수 있다는 확신을 보이고 있고 또한 실제 항일전투에서 얻은 경험이 그려지고 있어서 의미있다. 해방 이후 작가가 현실을 헤치고 나가는 과감한 실천력의 공급소인 이 경험은「밤에 잡은 부로(俘虜)」에서 소설적인 형상을 지니게 된다. 태항산 작전에서 포로로 잡은 일본군 국본, 금전, 향천은 모두 조선인들이었는데 공장주의 아들 국본은 조선의용군에 가담할 것을 거절하고, 소상인의 아들 금전은 두고보자고 하고, 빈농의 아들 향천은 본명 허준을 되찾아 의용군에 가담한다. 소상인의 막내인 금전, 즉 김용구는 포로수용소에 넘겨지기 전에 이에 가담하여 전투에 출전하다 도주한다. 다시 일본군에게 붙잡힌 용구는 개죽음을 당하고 국본은 포로수용소에서 일군의 구출을 광신적으로 기다리다 죽는다. 허준은 전투중 부상하여 일본군의 포로가 되나 끝내 뜻을 굽히지 않고 장렬히 죽는다. 다소 도식적인 인물 설정이긴 하나 작가의 경험이 사회를 전체적으로 전망해 보려는 노력에 의해 체계화되기 시작하고 있다. 이것의 연장선상에「야맹병」11)이 놓인다. 회남이나 안동수의 경험과는 다른 차원의 의미를 지니게 됨은 이 때문이다.

이상에서 본 세 작가는 해방 이후 현실 속에서 즉각적으로 글을 쓸 수 있었고 자기 확인을 할 수가 있었다. 그만큼 일종의 자신감이 배어 있었다고 할 수 있다. 그러나 해방현실을 바라보는 눈이 결핍되어 있었음은 부인할 수 없다.

2) 관념적 자기비판과 추상적 전망

해방 이후 현실에 대한 두 번째 부류의 반응은 이태준의 「해방전후」,[12] 지하련의 「도정」[13)에서 찾아진다.

과거의 삶에 대한 비판 혹은 자기변명 속에서 새 일꾼으로 현실에 참가하려는 모습이 이 두 소설 속에 형상화되어 있다.

해방 이후 조선문학가동맹 중앙집행부위원장을 지낸 이태준은 일제하에서는 『문장』을 주재한 바 있는데 그의 작품 「해방전후」는 이러한 인물인 주인공 현(玄)과 김직원이 등장한다. 현은 일본의 문화탄압 및 징병, 징용 동원 혹은 문인보국회 등의 일에서 피하기 위해 시골에 은둔하며 낚시질로 세월을 보낸다. 한편 마을 서당의 김직원 영감은 구한말 선비로 이씨왕가의 복고를 염원하는 인물인데 민족주의적인 성향이 강하였다. 현은 문인보국회 주최 궐기대회에 거의 강제로 참여케 되고 거기서 '문화의 옹호'보다 관리와 군인의 저속한 비위맞추기에 급급하는 문인들을 보게 된다. 시름 속에서 그리고 동네의 순사 등의 감시 속에서 나날을 보내던 중 해방이 왔다. '지리하던' 날이 가고 해방이 왔을 때 그는 친구의 전보를 받고 문화건설중앙협의회로 찾아갔다. 모든 권력을 '인민'에게 주어야 한다는 슬로건이나 협의회의 주축이 모두 좌익 출신이라 불안하기는 했으나 선언문 초안을 읽어보고는 이내 그들에게 감탄하였다.

신탁통치문제로 한참 떠들썩할 때 김직원이 현을 찾아왔다. 여기서 작가인 현의 대답은 이태준의 현실에 대한 시각을 보여 준다. 즉 "이전엔 공산당이 무산계급혁명으로가 아니라 민족의 자본주의적 민주혁명으로 이미 노선을 밝혀 논 것은 무엇보다도 현명"[14)했다고 하는 대답이나 "지금 내가 변했느니 안 변했느니 하리만치 내가 제법 무슨 뚜렷한 태도를 가졌던 것도 아니"라는 것, 그리고 "해방 후에 의연한 자세로 일하지" 않고 "소극적인 처세가" 노릇을 하는 데는 반대라는 대답이 그것이다.15) 이러한 작가의 말속에는, 「해방전후」의 부제가 '한 작가의 수기'이듯이, 자신의 해방전과 해방후의 변화에 대한 답변을 해놓고 있다. 일제하에서는 뚜렷한 태도를 취하지 않았다는 이야기나 혹은 "그렇다! 나 하나 등신이라거나, 이용을 당한다거나 그런 조소를 받는 것이 문제가 아니다! 그런 것에나 신경을 쓰는건 나자신 불성실한 표다!"16)라는 주인공의 말은 과거 자신에 대한 비판의 결여 혹은 변명에 기반하여 현재의 자신의 행동을 정당화 혹은 다짐하는 뜻을 지닌다. 이러한 시각하에서 '공산혁명이 아닌 자본주의적 민주혁명'이 현재의 과제라고 인식한 것은 확실하게는 아직 현실에 발붙이지 못하고 있다는 증거일 수 있다(「문학」의 같은 호에서 김학철이 보여 준 「담배 국」은 이러한 측면에서 보면 확실히 대조적이다). 작가 이태준이 이후 쓴 「농토」(1948)는 따라서 미군정기의 현실 속에서 뿌리내리지 못한 그가 쉽게 변할 수 있었다는 증거처럼 보인다.

이러한 소시민적 태도가 보이는 작품이 지하련의 「도정」이다. 이현욱이 본명인 그는 이 작품의 부제를 '소시민'으로 달고 있듯이 해방 직후 지식인의 내적 모습을 담고 있다.

> 도라다보면, 지난 륙년동안을 아무리 "보석"으로 나왔다 치구라도, 어쩌면 산사람으로 그렇게도 죽은듯 잠잠할 수가 있었든가 싶고, 또 이리되면 그 자신에 대하여 어뜬 알 수 없는 렴증을 느낀다기보다도 참 용케도 흥물을 피우기기인 동안을 살아왔다 싶어, 먼저 고소가 날 지경이다.17)

주인공 김석재의 자의식의 배후에는 자신의 이러한 삶이 놓여 있었다. 이는 석재가 해방이 되어도 남들처럼 마음놓고 감격할 수 없는 이유이기도 하다. 이러한 자의식을 극복하고 새로운 생활로 나아가는 방법의 발견이야말로 이 소설이 지녀야 할 핵심일 터이다. 여기에 기철이라는 인물이 등장한다. 기철은 일제하에서 원래는 석재의 동지였으나 나중에 광산투기로 돈을 번 자이다. 그가 해방이 되자 재빨리 공산당을 조직했다는 사실이야말로 석재의 자존심 회복 혹은 자의식 극복의 거멀못이다. 장안파 공산당지도자를 연상케 하는 기철에 대해 석재가 느끼는 심정은 이런 것이다.

> 그(석재—인용자)는 뭔지 그저 쾡 해서, 이야기를 듣고 있노라니, 야릇하게도 이 '동무'란 말이 새삼스럽게 비위에 와 부닥친다. 참 희한한 말이었다. 어제까지 고루거각에서 별별짓을 다허든 사람도 오늘 이말 한마디만 쓰고, 손을 잡고 보면 그만 피차간 "일등 공산주의자"가 되고 마는 판이니, 대체 이 말의 조화속을 알 길이 없다기보다도, 십년 이십년, 몽땅 팽개쳤든 이 말을, 이제 신주처럼 들고나와, 꼭 무슨 험집에 고약이나 부치듯, 철석 올려부치고는, 용케도 냉큼냉큼 불러대는 그 염체나 배심을 도통 칭양할 길이 없었다.18)

이렇게 되면 석재가 자신의 과거의 삶을 보다 새로운 해방현실 속에서 비판할 수 있는 계기는 오히려 사라진다. 염체없는 기철에 빗대어 어느 정도 자존심을 회복했고, 이로 인해 입당원서 성분난에 소시민이라고 쓸 수 있었던 것은 현실과의 정면대결이 아닌 기철과의 비교에 의해서였음에 불과했기 때문이다. 이로써 영등포 공장지대로 가는 그가 제2의 기철이 될지, 아니면 소시민성과 정말로 싸우게 될지는 판단할 수 없게 된다. 이 측면이 「도정」의 한계이다. 박노갑의 「역사」19)에서도 이 「도정」과 유사한 내용이 보인다. 주인공 만호는 일제 때 우연히 쟁의의 주모자로 몰려 달포 동안 유치장 신세를 진 인물이다. 이후 징용을 피하기 위해 애국반장 노릇도 하며 지낸다. 이제 해방이 되었다. 과거가 넓은 세계(서울)로의 진출을 망설이게는 하지만 조부와 부의 뜻대로 서울로 온다. 만호는 뜻한 바 있는 정당에 가서 두목을 만나보려 하나 만나주질 않는다. 이때 같은 여관 방에 든 한 인물이 '민중끼리만 모이면 된다'고 설득한다. 과거 자신의 경력이 쑥스러웠으나 정당 괴수의 불손함에 오기가 나고 이 오기는 간단히 과거를 잊게 하며, 낯선 인물

에 설득되어 다시 귀향한다. 계몽운동을 하기 위해서였다. 이렇게 자기
비판이 결여되었을 때 이 인물은 내재적인 동기가 아닌, 간단한 계기에
의해 행동하게 되고 소설 속에서도 정체 모를 계몽운동가로 변신하는
차원을 넘지 못한다(학병의 경험, 그리고 그에 대한 사색이 독특한 형태로 담겨진
안동수의 「경희의 편지」[20]는 이 운동으로의 변신을 좀더 진지하게 보여 준다. 학병으로
나가 억울한 죽음을 당한 남편을 둔 경희가 자기 은사에게 보내는 편지는 박노갑의 「역
사」에 비교되면서도 한 단계 높은 진지함을 지니고 있다고 하겠다).

　「해방전후」나 「도정」 혹은 「역사」에서 보이는 인물들의 '행동의 용
이함'은 해방 후 현실에 대한 작가의 시각이 아직 관념에 머물러 있음
을 보이는 것이다.

　일찍이 「조선민족문화건설의 노선」(잠정안[21])에는 자기비판의 중요함
을 다음과 같이 지적해 놓고 있다.

> 　7. 자기 비판의 문제는 어떤 시기, 어떤 경우를 물론하고 인민적 성실의 최대
> 의 표현이나, 현하의 우리 민족생활 그중에도 특히 개인의 성실성이 강한 정신
> 적 ○○를 갖는 문화분야에 있어 가장 준열하고 성실한 자기비판이 있어야 할
> 것이다. 적지않은 작가, 예술가, 학자가 왜적의 탄압밑에 본의아닌 언행을 하
> 여 소시민 출신의 투쟁적 약성을 노정했음을 솔직이 인정하고 자기 비판하지
> 않으면 아니된다. 우리는 왜적의 강압을 저주하는 동시에 스스로도 많은 책임
> 을 느껴야 한다. (…중략…) 인간의 성실성이 생명인 문학자에 잇서 특히 자기
> 비판을 재출발의 한 원천이 되도록 해야 된다.[22]

　이러한 자기 비판이 창작 소설에서 요청됨은, 소설이 현실을 치밀하
게 파악하여 그려야 하며, 어떤 의도에 의해 왜곡되기 시작하면 작품에
치명적인 손상을 입히기 때문이다. 따라서 해방 직후 우리문단의 자기
비판의 불철저성은 이후 창작을 제약하는 장애로 계속 남게 된다.

　이러한 자기비판의 부족, 그로 인한 행동의 용이함은 허준의 작품과
비교될 수 있다. 세 번째 부류로서 우리는 허준을 들 수 있기 때문이다.

3) 내재적 전망과 현실모색

「탁류」,23) 「야한기」,24) 「습작실에서」25)를 쓴 바 있는 허준은 해방 후 「잔등(殘燈)」26)과 「속 습작실에서」27)를 통해 해방 후 지식인이 변화되어 현실에 바로 서게 되는 과정을 보여 주고 있다. 해방 전 그의 작품의 기본적인 특징은 죽음이나 삶에 대한 허무주의적인 탐구 혹은 집착으로 규정될 수 있다. 「탁류」의 '현철'이나 「습작실에서」의 '남상'은 작가의 분신으로서 이러한 문제에 고민하는 인물들이었다. 이 인물이 해방을 맞이하였다. 해방 후 첫 작품 「잔등」에서 이 인물은 중국땅에 있었다. 고국을 떠나 회색빛 하늘 밑에서 박토를 일구며 어렵게 사는 농민들, 그들의 고향에 대한 그리움을 아는 주인공은 장춘에서 회령을 거쳐 청진으로 오고 있다. 해방 이후 이러한 귀향민들은 이후 해방정국의 커다란 변수가 되었음은 나중에 구체적으로 지적하겠지만, 이들이 객지에서 보다 구체화된 인식을 얻었다는 점은 중요하다. 이러한 양상은 1930년 초반의 소설 속에서도 미미하긴 하지만 나타나고 잇다. 한병도의 「과도기」(1929), 조포석의 「낙동강」(1927), 혹은 민촌의 「고향」(1933)의 주인공이 모두 그러한 인물이라는 점이 그것이다. 「잔등」의 이 주인공은 자신이 '제3자의 정신'이라고 매도해 마지않는 '체념적인 침착함'을 지니고 길을 가고 있다. 친구 방(方)씨와 함께 장춘서 회령까지 온 후 헤어지고 다시 청진까지 오는 길목에서 한 소년을 만나게 된다. 주인공이 금의환향이 아닌 '사루마다환향'이라고 이름붙일 정도로 초라한 귀향이지만 장춘에서 이반이라는 군인에게 받은 양탄자를 지니고 있었는데 이 소년은 이 양탄자가 부러워서 그와 자연히 친해진다. 그 소년을 통해 마을에 친일파 혹은 일본인들이 모두 체포되어 구금되어 있다는 것, 그리고 아오지로 보내지고 있다는 것을 알게 된다. 이 소년이 도망하는 어업조합 조합장을 붙잡아 위원회 김 선생에게 인계했던 일도 알게 되는데 그 어업조합장은 이 소년이 잡은 뱀장어를 잘 사먹었던 이였다(송영의 「고민」[28]과는 다른 차원에서 이 장면에는 민족반역자 문제에 대한 생각이 잠겨져 있다. 전향하여 방직회사 사장이 된 아들을 둔 한 영감의 심정을 그린 「고민」은 영감에 초점이 맞추어져 있어서 부자간이라는 울타리에서 못 벗어나고 있지만, 이 작품은 천진한 소년의 입을 통해 거침없이 이야기되고 있어 흥미롭다). 그러나 작가의 시선은 상당히 절제되어 있을 뿐 아니라 색다르기조차 하다. 모래판에 던져진 뱀장어가 살려고 물을 향해 몸부림치는 모습이 친일파 혹은 일본인들의 모습과 중첩되어 나타나고 있기 때문이다. 이를 작가는 '제3자의 정신'이라 불렀을지 모르지만 이 「잔등」만큼 해방 직후 비참한 일본인들을 그려내고 있는 작품은 드물다. 문제는 작가가 여기에 머물지 않고 비참하게 산다는 것, 혹은 과거에 약자였다가 이제 강자가 되어 과거 강자를 내려다보는 일의 의미를 캐려 했다는 데 있다. 이 부분이 작품의 결말에서 드러나고 있다. 주인공이 청진으로 들어와서 찾아갔던 어느 국밥집의 할머니가 그 고민의 매개적인 인물이 된다. 그 노파는 사상운동을 하다 투옥되어 처형된 외아들을 두고 있었다. 이제 홀로 남아 역전 앞에서 희미한 불빛(잔등)을 밝히고 자기 집만 밤새워 장사를 하는 이유는 무엇일까, 이를 궁금해 하던 차에 노파에게 이야기를 듣게 된다. 자기 아들과 함께 운동하다 같은 운명이 된 일본인 가도오의 존재 그리고 그 가도오에게는 처와 자식이 있었다는 것, 그런데 현재 일본인들이 아주 비참하게 되어 아오지행을 자진할 만큼 되었다는 것, 따라서 이 일본인 거지들을 위해 밤새 공짜 국밥집을 하고 있다는 것 등.

내 새끼를 갖다 가두어 죽인 놈들은 자빠져서 다들 무릎을 꿇었지마는, 무릎 꿇은 놈들의 꼴을 보면 눈물밖에 나는 것이 없이 되었습니다. 그려 애배랄 것 없이 남편이랄 것 없이 잃어버릴건 다 잃어버리고 못먹고 굶주리어 피골이 상접해서 한 너즐떼기 깡통을 들고 앞뒤로 허친거리며, 업고 안고 끌고 주추끼고 다니는 꼴들—어디 매가 갑니까. 벌거벗겨 놓고 보니 매 갈데가 어딥니까.[29]

위 글 속에서는 이미 논했던 안동수의 환희나 감학철의 투쟁, 안회남의 자족감은 찾아볼 수 없다. 해방되었다는 사실에 감격해서 혹은 그들의 세계가 자족적이어서 해방후의 한국현실을 바라다 볼 겨를이 오히려 없었다면 이 글에서는 슬픔 과거에 이어진 현실과 그 현실 속에서 만난 고민들이 보이고 있는 점이 특징이다. 청진을 떠나며 멀어져가는 잔등에 한없이 손을 내젓는 모습은 현실에 가까워지려는 모습에 다름 아닌 것이다. 그리고 이태준, 지하련의 '변화의 용이함' 혹은 '자기비판의 불완전함'과는 달리 제3자의 정신을 인정하면서도 혹은 과거처럼(「탁류」, 「습작실에서」) 회의하면서도 내재적으로 변화하면서 현실에 개방되어 있는 모습이 보인다. 관념이 앞서서 현실과는 따로 자신을 변화시킨다는 것, 그것과는 달리 현실 속의 확인에서 자신이 미미하게 변화하면서 동시에 현실을 고민한다는 점에 이 소설의 가능성이 있다.

이 가능성은 「속 습작실에서」에서 좀더 뚜렷한 형태로 드러나게 된다.

4. 현실의 드러남과 전망의 구체화

1) 인식된 위기의식

1946년 중반에 접어들면서 남한지역은 경제적 궁핍과 정치적 혼란의 와중에 접어들게 된다. 미국의 점령국으로서의 정책은 일제 관료체제의 존속과 함께 지주, 자본가 그룹의 온존을 보장하고 있었고 이에 대립되어 있던 측들은 신탁통치문제를 둘러싸고 그들과 완전히 분리되어 1946년 2월 15일 민주주의 민족전선을 결성하기에 이른다. 5월에 군정당국에 의해 공산당은 불법화되고 박헌영·이강국 등 당간부에 대한 체포

령이 떨어진다. 1946년 7월 미국의 주도하에 좌우합작위원회 구성이 시도되나 실패하면서 공산당(남로당)은 신전술을 채택하기게 이른다. 해방 직후부터 미국과 우의적인 친선관계를 맺기 원했던 남로당의 노선이 변했음을 의미하고 이는 곧 9월 총파업으로 이어지게 된다. "반동세력과의 투쟁에 있어 무자비한 싸움을 전개하여 인민적 민주주의 개혁과 완전독립을 완수할 때까지 우리의 원칙을 위하여 백절불굴하고 전진하여야 한다"[30]라는 표명은 이제 미군정 하에서 더 이상 낙관적인 시각을 지닐 수 없음을 명백히 한 것이다. 이러한 남로당의 움직임과 상황대처에 정확히 부합되는 46년 초·중반의 문학가동맹은, 이에 대한 입장 표명을 다음과 같이 하고 있다.

> 그러나 주지(周知)와 같이 이렇게 위대한 역사적 비약과 성장의 순간에 제회(際會)한 조선의 문화와 예술은 뜻하지 아니한 여러 가지 곤란에 봉착하고 있는 것이다. 이 곤란은 단순히 문화와 예술의 분야에만 국한한 것이 아니요, 오히려 정치와 사회의 영역에서 생성하고 있는 제사정의 반영인 것은 물론이다.[31]

결국 일제의 붕괴로 인해 발생된 예술과 문화의 새로운 발전가능성은 '막연한 약속'으로 바뀌어 버렸고, 따라서 이 발전의 장애가 되는 '반민주주의십자군'의 격파없이는 불가능하다는 것이다. 이러한 위기의식과 상황의 악화는 곧 현실로 드러나고 「남조선의 현정세와 문화예술의 위기에 관한 일반보고에 대한 결정서」[32]에 이르게 된다. 문화옹호남조선문화예술가 총궐기대회 명의의 이 글은 미군정당국에 대한 건의형식임과 아울러 경고의 성격을 지닌 것이었다.

1946년 중반 이후의 이러한 상황 속에서 소위 민족문학 건설이라는 문제가 혹은 문화예술의 위기해결 문제가 '반민주주의십자군의 격퇴' 내지 '조선인민의 자유와 민주건국을 위한 투쟁' 가운데에서만이 해결될 수 있다고 주장하게 되는데 이는 조선문학가동맹의 변화를 보여 주고 있는 것이다.

정치문제가 문화의 문제에 선행된다는 것, 이 점을 문학적 차원에서 다시 설명해야 할 필요성은 내부의 사상적인 통일을 위해서 이제 불가결하였다. 「민족문학의 이념과 문학운동의 사상적 통일을 위하여」[33]에서 임화는 민족문학에 대해 보다 치밀한 개념정리에서 출발하여 이 필요에 답하고 있다. 그에 의하면 민족이라는 개념은 역사·사회적으로 형성되어 온 개념이지 고정된 개념이 아니다. 또한 형성되는 개념이기도 한데 그 범주는 자유와 민주주의에 진보적으로 공헌하는 계급, 즉 인민만이 민족이라는 것이다. 물론 이 인민의 주체는 노동계급이다. 이 노동계급의 이념과 그 지도하에 소시민·농민이 포함된 인민이 민주주의 민족국가 형성의 동력으로 나아갈 수 있도록 도와 주는 것, 바로 그것이 인민의 문학이며 민족문학이라는 것이다. 여기서 빠뜨릴 수 없는 것은 이 현재의 민족문학이 서구의 그것과는 달리 제국주의와 봉건유제에 대한, "노동계급과 그들에게 영도된 인민들의 치열한 투쟁 속에서만 발전할 수 있다"는 지적이다.[34]

이 단계에까지 이르면 초기의 남로당계 문화정책의 모습은 그 면모를 달리하게 된다.

2) 작품행동의 모습과 전망의 구체화

정치적 실천을 통해서만이 창작적 실천의 성과가 담보될 수 있다는 논리는 오해를 불러일으키기에 알맞은 것이기도 했다. 정치적 실천과정 속에서 얻은 깊은 사상적 폭이 문학으로 형상화되어 다시 '인민' 속으로 되돌려지는 것이 아니라 오히려 문학작품 속에서 정치적 실천이 표현되기 때문이다. 이때 정치적 실천 속에서 작품행동과의 통일이라는 목표 달성은 불가능하게 되고 작품 속에서는 의사표명 혹은 주장을 넘어서 사상의 구체적 형상화에는 이르지 못하게 된다. 문학 속에서의 '선언'으로 어떻게 '인민'의 사상적 폭을 감당할 수 있었겠는가. 소시민 출신의 지식인 작가가 작품 속에서 만들어진 '인형' 죽이기에 열중하고 있을 때 실제 현실에서는 그 '인형'이 살아서 칼을 휘두르고 있지 않은가. 작품에서 드러나는 이러한 부정적 양상은 많은 작품에서 보이고 있다. 그러나 이 차원을 극복하면서 새로운 면모를 보여 주는 것이 존재함은 물론이다. 이제 당시 문학가동맹의 소설가들을 중심으로 이러한 양상을 살펴볼 차례다.

해방된 감격만을 노래하거나 이야기하는 차원이 한갓 추상적 작업이었음은 현실 속에서 바로 입증이 되었다. 이러한 현실에 대하여 작가가 대응했던 방향은 여러 가지일 수 있다. 다시 자신의 삶에 대해 고민하거나 혹은 노동자들의 투쟁을 그려내거나 농민들이 삶을 그리거나 하는, 여러 방향에서의 대응이 그것이다. 이러한 작업은 훨씬 더 현실에 철저해지지 않으면 혹은 현실에 대해 바르게 눈을 뜨지 않으면 감당할 수 없는 과제이려니와 한편으로는 해방 이후의 상황 진전이 작가로 하여금 눈을 뜨게 압력을 가한 것에 다름 아니었다.

김영석의 「전차운전수」,35) 「지하로 뚫린 길」,36) 「폭풍」37)은 노동자의 과거의 삶과 현재의 삶, 그리고 노조설립을 위한 투쟁을 그림으로써 해방정국의 투쟁정신을 고취하려 하고 있다. 이 소설들은 공장노동자 혹은 일만 아는 운수노동자의 삶의 현장과 그 투쟁을 그렸다는 점에서 일단 의의가 있다. 그러나 「전차운전수」에서 보여지는 단결을 위한 단결이나 「지하로 뚫린 길」에서 보이는 '만국의 노동자여 단결하라'식을 탈피하지 못하고 있다. 즉 일제하 노동자였던 「지하로 뚫린 길」의 김기주가 「폭풍」에서의 귀득이나 「전차운전수」의 주인공 이우식에 와서도 언제나 똑같은 인물이라는 점, 따라서 이 사이에는 8·15가 가로놓여 있다는 점은 거의 고려되고 있지 않다. 노동자는 언제나 투쟁한다는 작가의 선입견이 작품을 '창조'하고 있는 것이다. 현실에 대한 관념적 접근, 이 수준은 1920년대 후반기 경향소설에서 이미 극복된 것이었다. 노동자를 소재로 한 문학이 의미있는 것은 그것이 지니는 현장성과 생산주체로서의 노동자가 쓴 문학이라는 데 있다. 이 두 요소가 모두 결여되어 있다면 문제는 심각해지는 것이다. 노동자의 삶과 그 투쟁에 대한 깊이 있는 천착과 그 형상화를 당대의 지식인 작가에게 요구한다는 것은 무리일지도 모른다. 허나 농민의 삶을 그린 당대 작품들은 리얼리즘의 이름에 값하는 성과를 내었다고 볼 수 있다. 1930년대 「서화」, 「고향」의 연속선상에서 우리는 안회남의 「불」[38]을 발견할 수 있기 때문이다. 이미 검토했듯이 이 작가의 해방후 초기작품 경향이 일제하 탄광경험으로 일관되어 있다면, 이 「불」에 와서야 비로소 현실과 부딪히게 된다. 이 소설의 주인공은 이서방이다. 작중화자인 '나'가 작가인 것은 이제까지 그의 소설 대부분과 같지만 실제 작품을 끌고나가는 인물은 이서방이기 때문이다. 이서방은 보국대로 태평양의 섬 트라크에 있다 온 인물이다. 농민이었던 그가 토지에서 분리되어 막노동자로서 해외에서 고생하다 다시 귀향한 후의 그의 의식, 그의 면모나 그의 가족을 작가는 면밀히 관찰하고 있다. 그가 보국대로 끌려간 후 결국 그가 죽었을 거라는 풍편 때문에 시어머니가 사위집에 간 사이에 며느리(이서방 아내)는 도망을 한다. 이서방이 귀향한 후 흉가집처럼 되어 버린 자기집과 경작할 토지도 없는 자신의 신세, 그리고 고통스럽게 떠오르는 자신의 과거에 짓눌려 자신의 집에 불을 지른다. 우선 이 작품의 불을 분석할 때 다음과 같은 당대의 사실을 환기할 필요가 있다.

한국에 귀환한 각 개인의 직업, 지위 및 계층이 각기 다름에도 불구하고, 이처럼 대대적으로 귀국한 한국인들에게 있어서 공통적인 특성이 있음을 지적할 수 있다. 그 절대수는 토지의 상실과 인구과잉 때문에 고향을 떠난 농민들이었다. 토지 혹은 경제적인 수단을 상실했거나 징용으로 노동에 동원되었던 그들의 불행은 한편으로 사회적 및 경제적 불리함을 초래하였다. 그들은 한국에서 토지를 상실한 결과 일본의 탄광에서 일하게 되었으며 그로 인하여 경제적 손실 이외에 신분적 격하도 당하게 된 것이다. (…중략…) (따라서—인용자) 이들은 토지분배와 과거 식민지관료들을 축출하는데에 선뜻 앞장서게 된다.39)

해방 후 해외에서 귀국한 이러한 집단들의 의식구조는 어떠한가. 즉 그들이 식민지관료와 토지 재분배를 요구하는 것은 이처럼 당연하였다면, 이러한 의식이 문학에서는 어떻게 포착되었을까. 이것의 포착 가능성은 「불」에서 그 단초가 보이고 있다. 이 이서방이 자기 집에 지른 '불'은 이 의식과 선명한 연관성을 지닌다. 귀향하여 먹고살 걱정이 앞서더니 이제 집에 불을 지르니 과거를 잊게 되고 새롭게 출발할 수 있겠다는 그의 의식의 표출은 그 충동적 측면을 꼬집더라도 당연한 행위일지 모른다. '불지르기'로 상징되는 이서방의 행위는 곧 토지개혁과 친일파 처단으로 방향 지어질 것이 이제 자명하기 때문이다. 안회남은 「불」로 인해 과거 그의 경험의 울타리를 벗어나 현실과 마주 대할 수 있게 되었다.

이후 「폭풍의 역사」40)를 거쳐 「농민의 비애」41)에 이르는 길은 이 작가가 상황에 충실했음을 보여 주고 있다. 농민의 비애에 이르면 '이서방'이 투쟁에 실패하고 비탄에 잠겨 있는 모습을 나이든 농민의 모습 속에서 엿볼 수 있다. 임화가 『문학』(1호)지에서 지적했듯이, 건설하고자 하는 혹은 봉건잔재 및 토지문제를 일소 해결하고자 하는 주체적 욕망이 커다란 장애 앞에, 즉 객관적 세계 앞에 서게 된 것을 이 작품은 보여 주고 있는 것이다. 「불」에서 이서방의 '불지르기'에 해당되는 것이 이 작품에서는 서대웅 노인의 '노루잡기'이다. 배고픔을 면하기 위해서는 이 노루를 잡아야 한다고 서노인은 생각한다. 징용간 아들이 돌아오지 않자 김월봉에게 며느리는 개가하고 서노인은 손녀인 영이만을 데리고 산다. 농민의 자식이건만 경작할 토지가 없었고, 마을은 귀향한 사람들로 북적거려 더욱 어렵게 되어 간다.

서노인은 손녀 영이에게 노루를 잡아 배불리 먹기를 약속한다. 이 노루란, 작가가 빈농의 꿈을 상징하기 위해 설정한 시적인 장치임이 분명하다. 「불」에서의 '불'과도 유사하지만 불은 행동의 출발이었다면 노루는 쉽사리 잡을 수 없는 대상이자 빈농의 꿈이었던 것이다. 농민의 비애가 느껴지는 것이 이 대목이다.

> 하긴 이상해.
> 노루란 놈이 날마다 내려와서 노인을 환장시켰지 …… 모르면 몰라도 영이할 아버지 돌아가신 것을 노루란 놈은 내려와서 달빛에 가만히 방문구멍으로 디려다보구 갔을 거여!42)

난 죽어 노루가 되런다라며 죽은 서노인의 죽음에, 마을사람들이 한 이야기다. 노루라는 '꿈' 혹은 이상은 가난하게 살던 서노인네 앞마당에까지 온다는 것, 이 점을 마을 사람들이 모두 믿고 있었다. 마당에까지 와서 잠든 노인을 몰래 훔쳐보는 이 '이상'은 농민의 마음속에 언제나 존재했음을 뜻한다. 그러나 이것은 달빛 아래서만 왔다 갔다. "8·15이후 잠깐 비쳤던 푸른 하늘이 다시 검은 구름에 휩싸인 지금", 노루가 대낮에 찾아올 가능성은 가라진 지 오래다. 그래도 노루를 찾아 나서는 노인, 그의 죽음—이러한 모습 속에 농민의 비애가 있고 토지개혁의 문제가 놓여있다. 작가가 이러한 의미의 비극을 그리고자 하였음은 노인의 죽음 장면 뒤에 붙여놓은 긴 사설을 보아도 분명하다. 「농민의 비애」에서 보여지는 시적인 모습이 다분히 냉소적인 풍자로서 다시 표현되는 작품으로 채만식의 「논 이야기」43)가 있다. 「맹순사」44)에서 맹순사가 해방 직후 세상에 대해 두려움을 품고 피신했다가 다시 경찰로 입신하는 모습의 구조처럼 이 작품도 동학 이후 식민지기간을 거쳐 해방이 되어서까지 농민이 결국은 당했다는 내용을 담고 있다. 「미스터

방」45)에서 보여지는 풍자적 정신이 이 「논 이야기」에서 번득이고 있다. 주인공 한생원은 부친이 동학에 가담했다는 죄목으로 고을 원에게 감금당하자, 논 열서 마지기로 타협을 보아 부친을 빼내온다. 일본에 합병되자 그놈의 나라, 잘 망했다고 생각하기도 했던 그는 나머지 일곱 마지기를 일본인 길천에게 팔아 버렸고, 그 대금도 빚값기와 이런저런 일에 다 써버렸다. 소작으로 연명하면서 지내던 중 해방이 되었다. 일인들이 다 물러간다는 소식에 토지가 다시 돌아올 줄 알았던 한생원은 길천 농장이 다른 주인에게 합법적으로 넘어가 있었고, 내땅이라고 주장하다 오히려 망신만 당하자 "독립됐다고 했을 때 만세 안 부르기 잘했지"라는 말로 또 한번 분노를 드러낸다. 부정적인 현실에 대해 작가가 내뱉는 이러한 풍자는 해방후의 현실이 이미 새로운 차원으로 기울고 있었음을 극명히 보여 주는 것이다. 풍자정신이란, 어려운 상황하에서 더욱 빛을 발하기 때문이다.

그러나 「농민의 비애」에서 보이는 '이상'에 대한 열정이 논이야기에 오면 세상에 대한 조소로 바뀌게 되고 신념이 허물어지기 시작한다. 풍자정신의 한계가 여기에 있다. 좌익들이 투옥되고 이와 더불어 미군정과의 대립이 심해지는 1948년에 오면 이러한 체념의 양상은 전문단적으로 심화된다. 그러나 이러한 상황 속에서 다시 새롭게 출발하려는 모습이 허준의 「속 습작실에서」46)에 드러남은 주목을 요한다. 주인공 나(남씨)는 고독을 즐기는 인물이다. 「잔등」에서 보이듯이 해방에 대한 감격보다 전제를 우선했던 그가 새로운 전환을 이룩했음이 이 작품의 주제이다. 대학 문과를 졸업하고 "장차 어떻게 될지를 모르는 앞길이 어지러운 한 개 대학생이던" '내'가 할머니 운영의 여인숙에서 기숙하며 일을 돕던 어느 날, 한복을 곱게 차려입은 사상운동가 이병택이 찾아온다. 혼자 방지키기를 좋아하는 '나'에게 불쑥 다가온 그는 '내'가 쓴 시를 평해 주고 일종의 종생사업에 열중해 있는 나에게 바깥세계와의 만남을 권유한다. 항상 회의하고 고독해 하는 '나'는 별로 믿기지는 않으나 그를 한번 따르려고 낚시질에 동행할 것에 찬동한다. 그가 잠깐 다녀온다고 하며 나간 뒤 그는 운동 때문에 투옥된다. 그가 투옥된 후 그의 운동 동료라고 지칭한 '김'이라는 자가 '내'게 돈을 사취해 가고 곧이어 '나'와 이병택은 편지를 교환하기 시작한다. 옥중에서 편지쓰는 대상이 오직 나뿐이라는 것, 그리고 '나'의 '내탄적인' 힘을 그가 믿고 있다는 것, 세상과 만나보라는 것 등을 진지하게 써내려간 그의 편지로 인해 '나'는 조금씩 변해가기 시작한다. 이런 편지를 남긴 그가 사형을 당하고 유품으로 보내온 흰 두루마기를 보는 순간 '나'는 일시에 무너져 내림을 느끼게 된다.

> 나는 눈이 내눈에 시거웁게도 자극이 되어 편떡뛰어 일어나서 방을 나왔다. 그리고 인제는 자꾸만 자꾸만 눈 속으로 형지를 감추어 들어가는 그 한 벌 옷을 향하여 당신이야말로 정말 새롭고 새로운 몸의 상처를 받아 나오기 위해 무수한 허울을 나날이 벗어 나온 분입니다, 하는 언젯 날 부르지즈를 인제야 속으로 브르짖으며 이렇게 속으로 외치었다.[47]

회의하지 않고 믿음을 가지게 되었다는 것, 그리고 더욱 악화된 상황 속에서 이를 이룩했다는 것이 이 작품의 성과이다.

이상으로 보아올 때 해방 이후 소설 속에서 뚜렷한 특징들이 눈에 뜨인다. 안회남에서 보이는 '불지르기'와 '노루잡기' 그리고 허준에게서 보이는 '믿음'이 합치되어 채만식의 풍자대상이던 바로 그 현실과 대립되어 있다는 점이다. 이 현실과 믿음과의 싸움 속에 미군정기가 놓여 있었다는 점이 해방 3년 문학의 결산인 셈이다. 인간의 행위가 객관적 세계와 합치되어 나아간 이태준의 「농토」(1948)의 무대립성을 이들 작품이 지니지 못함은 당대 현실 속에서 당연한 것이었다. 이 대립의 폭발 지점에 6·25가 놓이고 보면, 우리는 여기서 해방 3년 기간의 지식인의 문학이 지닌 의의와 한계를 추측할 수 있게 된다. 상황에 구체적으로 대응하려는 노력이 계속 확보되어 온 점이 높이 평가되어야 할 부분이라면, 위기를 감득하고 이에 대응하기 위해 그토록 희생이 뒤따라야 했는가, 혹은 위기에의 대처가 '불지르기'에서 '노루잡기' 혹은 신념 표명의 수준밖에 이르지 못했음이 그들의 한계에 관계될 것이다. 문학가동맹 작가의 작품 속에서 보이는 이러한 의의와 한계가 바로 남로당의 그것이라는 데에서 우리는 해방공간의 비극을 감지할 수 있는 것이다.

주석

1) 조선문학가동맹운동사업개황보고, 『문학』 창간호, 1946.7, 147~152면.
2) 『신문화』, 1946.4.
3) 『건설기의 조선문학』, 1946.
4) 위의 책, 168~169면.
5) 『문학』 창간호, 1946.7.
6) 『문학』 7호, 1948.4.
7) 『대조』 창간호, 1946.1.
8) 『우리 문학』 창간호, 1946.2.
9) 『문학』 2호, 1946.11.
10) 홍구, 「안동수의 창조적 세계」, 『백제』, 1947.2, 76면.
11) 『문학비평』, 1947.5.
12) 『문학』 창간호.
13) 위의 책.
14) 위의 책, 31~32면.
15) 위의 책, 30면.
16) 위의 책, 27면.
17) 「도정」, 위의 책, 49면.
18) 위의 글, 65면.
19) 『개벽』, 속간 1호, 1946.3.
20) 『인민』 창간호, 1945.12.
21) 『인민평론』 창간호, 1946.3.
22) 위의 책, 26면.
23) 『조광』, 1936.2.
24) 『조선일보』, 1938.9.3~11.11.
25) 『문장』, 1941.2.
26) 『대조』 창간호.
27) 『문학』 8호, 1948.7.

28) 『예술』 창간호.

29) 『잔등』, 을유문화사, 1946, 83면.

30) 박헌영, 「8·15데모의 의의」, 『조선인민보』, 1946.8.19; 김남식 외, 『박헌영노선비판』,
    세계, 1986, 79면에서 재인용.

31) 임화, 「조선에 있어 예술적 발전의 새로운 가능성에 관하여」, 『문학』 창간호, 120면.

32) 『문학평론』, 1947.4.

33) 『문학』 3호, 1947.4.

34) 『문학』 3호, 1947.4., 16면.

35) 『신문학』 2호, 1946.8.

36) 『협동』 2호, 1946.10.

37) 『문학』 2호.

38) 『문학』 창간호.

39) 브루스 커밍스, 『한국전쟁의 기원』, 일월서각, 1986, 97~98면.

40) 『문학평론』 3호.1947.4.

41) 『문학』 7호.

42) 안회남, 『불』, 기민사, 1986, 195~196면.

43) 『협동』 2호.

44) 『백민』 3호, 1946.3.

45) 『대조』 2호., 1946.7.

46) 『문학』 8호.

47) 허준, 「속 습작실에서」, 『문학』 8호, 41면.

장르론의 관점에서 본 해방공간의 희곡문학

김만수

1. 전반적인 상황

해방 직후의 연극과 희곡문학에 대해서는 의외로 알려진 바가 적다. 양승국의 조사에 따르면 이 시기에 발표된 희곡작품 수는 50여 편을 겨우 상회하는 정도이다.[1] 그러나 공연 활동과 극단의 조직은 매우 활발했다. 1945년 8월 20일 전국연극인대회가 열린 이래 조선연극건설본부와 조선프롤레타리아연극동맹이 차례로 발족되었고, 양자의 통합 이후 가진 전국문화단체총연맹 주체의 종합예술제를 비롯, 연극의 운동성을 표방한 극단들의 이합집산이 거듭된 바, 이를 통해 당시 연극계의 역동적인 모습을 짐작할 수 있다. 또한 46년에서 47년까지 두 차례의 3·1절 기념연극대회가 개최되었고, 주요행사 때마다 연극공연이 뒤따랐으며, 자립연극을 표방한 전국자립극경연대회도 성황리에 개최되었다. 이

외에도 '문련'이 주최한 문화공작단의 지방 파견 공연, 해외에서 귀국한 동포 후원 의연금 모집을 위한 공연, 우후죽순 격으로 탄생한 여러 극단의 창립공연이 줄을 이었다. 이러한 사정은 우익의 경우에도 마찬가지였다. 예컨대 토월회가 재건(1946.5)되었다.[2]

이처럼 좌우익을 막론하고 나름대로의 연극 진흥책을 주장하고, 연극의 활성화를 외쳤지만 그 진의와 평가에 대해서는 평가의 유보가 필요하다. 좌익극의 경우 정치역학의 변동에 따라 부침의 굴곡이 심했고 우익극의 경우도 태반은 '염불보다는 잿밥'에 관심이 많았다. 일제 시기에 친일연극에 가담했던 유치진조차도 이렇게 불평했다.

> 무슨 청년단 혹은 군, 경찰, 소방서, 기타 자선단체에서 어떤 기획을 세워 연극공연을 치르게 되면 분산적으로 존재하고 있던 연극인들은 우와(!) 모여서 한 공연을 치른다. …… 비참한 현실이다.[3]

미군정 하에서 적용된 공연법이 일제하의 각종 공연취체법을 그대로 답습하고 있었음은 물론이거니와, 그 후에도 과다한 극장세의 부담이라는 '채찍'과 극우단체의 후원을 빌지 않고서는 도저히 연극활동을 할 수 없게끔 만든 '당근'이 온전한 민족연극의 출발을 저지시킨 것이다. 게다가 미국 상업영화의 상륙은 악덕 극장주로 하여금 연극을 거리로, 지방공연으로 내몰게 했다. 그러나 이러한 삼중고 속에서도 이 땅의 연극인들은 연극을 쟁취해 나갔다.

우리가 살펴보고자 하는 부분은 바로 이 부분이다. "국가라는 가장 원초적인 체제선택이 가능한 희유의 공간"[4]에서 극작가들은 어떠한 길을 걸었는가, 그들의 희곡 속에서 표출된 공간은 과연 무엇을 의미하는가.

본고에서는 해방공간의 희곡문학을 중점적으로 다루기로 한다. 이 시기의 희곡문학은 정치와 문화 전반에 걸쳐서 좌익과 우익의 대결이 전면적으로 돌출한 상태에서 제작된 것으로 그것만으로도 심각한 문제의식을 지니고 있었다. 본고에서는 극양식의 장르론적 특성을 중심으로 논의를 전개할 것이다. 극양식에 대한 이해 없이는 한갓 현상적인 사실의 나열, 혹은 소박한 반영론에 그칠 공산이 크기 때문이다. 논의가 전개되는 과정을 통해 차츰 드러나겠지만, 이 시기의 희곡문학은 다른 문학양식에서 찾을 수 없는 고유한 의미망을 형성하고 있으며, 그 의미망을 발견하는 작업은 '해방공간'의 논의에 보다 발전적이고 개방적인 함의를 제공할 수 있을 것이다.

2. 단막극–해방 감격의 직정적인 표출형태

보게, 우리들은 일본제국주의 밑에서 해방했을 뿐이지 완전한 해방이 온 것은 아니네. 완전한 독립을 위한다면 이 기회를 이용하야 좋은 의자에 앉겠다는 야심을 버려야 하네. …… 그렇지 않으면 마치 이 열차와 같이 이 언덕을 못 넘게 되고 말 것이네.

— 박경창, 〈정객열차(政客列車)〉, 『예술문화』, 1945.12

해방 이후 정치적 야욕에 들뜬 인사들이, 본업인 농사도 제껴 두고 학업도 팽개치고 서울로 향하는 기차를 탄다. 그런데 열차가 화력이 약해서 고갯길을 오르지 못하고 멈춰 선다. 그때 한 인사가 나서서 위와 같이 일장훈계를 한다. 우리는 이 작품을 통해 해방공간의 한 단면을 본다. 그러나 개인적인 야심을 버리고 완전한 해방을 위해 매진하자는 주장이 지나치게 소박하다는 것은 두 말할 필요도 없다. 1쪽 남짓의 '벽희곡'이 담을 수 있는 내용은 애초 이 정도에 그치는 것인지도 모른다. 박경창은 벽희곡이라는 거창한 이름으로 위 〈정객열차〉를 발표한 후

같은 형식의 〈단결〉과 〈우악소리〉를 연달아 발표한다(『예술문화』, 1945. 1~3). 완전한 해방은 일제 잔재의 청산과 새로운 민주국가의 수립 이후에 가능한 터, 그것에의 도달이 그리 만만하지 않다는 것을 우리는 현대사를 통해 확인하고 있다. 사심을 버리고 합심함으로써 완전한 해방이 가능하리라는 인식 정도는 삶의 구체적인 부면을 감당하기에는 실로 역부족인, 한갓 구호의 수준에 그치는 것이다.

이 시기 단막극의 출현이라는 현상을 설명하기 위하여 해방 직전의 연극을 잠시 조감할 필요가 있겠다. 일제말의 이른바 암흑기에 문학인들은 은둔하거나 절필함으로써 작가의 양심을 지켜나간 경우가 있었으나, 연극인들의 경우 친일의 혐의가 없는 자는 거의 없었다. 물론 이 점만을 부각시켜 연극인들의 품성이 문학자들에 비해 훨씬 천박했다거나 인식의 수준이 낮았다고 비판할 수는 없는 일이다. 연극 활동이라는 것 자체가 집단을 통해 이루어지는 만큼 검열이나 탄압의 수위가 훨씬 높았을 것이라는 점을 충분히 이해할 수 있기 때문이다. 또한 집단적인 움직임이 개인적 움직임에 비해 운신의 폭이 훨씬 좁았을 것이라는 상황논리가 가능하다.

이런 연유에서인지 해방 이후에도 연극인들의 친일문제는 정도의 차를 거론하는 정도에서 그쳤다. 예컨대 조선연극협회나 조선문화협회의 이사직을 맡은 자는 친일인사이고, 그렇지 않은 경우에는 용서되는 식이었다.5) 따라서 문학자들이 심각하게 자기비판에 빠져 있던 순간에도 연극인들은 거리를 활보하고 무대에 설 수 있었다. 해방공간에서 전혀 주저함 없이 해방의 감격을 누릴 수 있었던 것은 그들만의 특권이었을지도 모를 일이다.

아무런 유보 없이 해방의 감격에 동참할 수 있었던 것, 우리는 그것을 일단 시적 세계라고 부를 수 있을 것이다. 이러한 해방의 감격은 한 연구자에 의해 '해방공간'으로 명명됐다. 국가의 체제를 선택할 수 있었던 유일무이한 공간으로서의 이 시대는 "시간이 녹아들고 모든 것이 공간으로 전환된" 희유의 공간이었다는 것이다.

이 해방공간은 여러 면에서 '무대 공간'을 연상시킨다. 잠시 탈시간
적 형식으로서의 무대 공간을 살펴보기로 하자. 쏜디에 의하면,

문학 장르 중에서 유일하게 시간의 흐름을 인식하는 장르는 소설이
다. 회상(과거)을 통해 잃어버린 유년 시대를 기억해내는 환멸소설이 그
대표적인 경우이다. 사건을 다루는 시각이 비관적인 것이든 아니면 플
로베르의 『감정교육』이나 도스예프스키의 소설처럼 새로운 국면을 제
시한 것이든 상관없이 소설은 시간의 구성에 얽매여 있다. 소설의 주인
공은 시간의 흐름 속에서 세계를 읽으며, 따라서 시간의 흐름을 주도하
기보다는 이를 따라가는 부차적 인물이 소설의 주인공이 되어야 하는
까닭도 실로 여기에 있다는 것이다. 반면 서정시와 극양식은 시간의 흐
름과 무관하다. 바로 이 점에서 서정시와 극양식은 공통적인 면모를 가
지고 있다. 단막극이 시간의 흐름에서 벗어나 무시간성(無時間性)의 영역
인 시의 차원으로 떨어지는 연유는 여기에 있다. 희곡에서의 시간은 현
재적이라는 것, 현재적인 시간을 담당하는 사건은 어디까지나 전진적인
모티브에 입각한다는 것, 그 전진적인 모티브를 실현하는 것은 세계사
적 개인이라는 것―이러한 장르론의 관점에서 볼 때, '무대 공간'에는
시간을 인식하거나 체험하는 장치가 없다.

우리는 앞에서 국가라는 가장 원초적인 체제 선택이 가능했던 시기
가 해방 직후이며, 이 시기에는 시간의 단절이 불가피했다는 점을 들어,
해방공간이라는 명칭에 동의한 바 있다. 따라서 이러한 체제 선택의 문

제가 무대 위에 올려진 경우에도 그것은 역사의 흐름 위에 놓인다기보다는 한 인물의 심정이나 감격에 좌우될 가능성이 얼마든지 있었다. 우리는 이기영의 〈해방〉(『신문학』 창간호, 1946.1)에서 그 모습을 다시금 확인하게 된다. 대하소설 『고향』의 작가 이기영은 이미 5막에 달하는 매우 호흡이 긴 장막극 《월희》를 통해 카페 여급이 자신의 신분을 자각하고 계급운동의 일선에 나서는 모습을 출중하게 형상화한 바 있다. 그러나 해방의 감격 속에서 그는 『고향』과 《월희》에서 보여준 바와 같은 총체성을 구현할 여유를 갖지 못했다. 이기영은 해방 이후 "소설보다 희곡을 쓰는 편이 낫"7)다고 주장했지만, 해방 이후 그가 쓴 희곡은 무대적 형상화에 대한 자신의 심경을 직정적으로 드러낸 단막극 형태에 불과했다. 거기에는 체제 선택의 감격만 남아 있을 뿐, 이를 가능하게 하는 극적 현재의 토대가 반영되지 못했다.

해방 직후에 쓰여진 그의 작품 〈해방〉을 좀더 살펴보자. 이 작품은 막 해방을 맞은 감방을 묘사하고 있다. 학병기피자 정의수, 징용기피자, 도박상습범, 공출권태자, 창녀 등 〈해방〉의 인물들은 힘과 지혜를 합쳐 감옥을 탈출한다. 그런데 우연하게도 그날 8·15해방을 맞게 된다. 탈옥과 해방의 감격이 상승작용을 일으킴은 당연한 것이겠고 이러한 에피소드의 중첩적인 배열은 해방의 감격을 증폭시켜 표현하기 위한 나름의 배려로 볼 수 있다. 이러한 배려는 다분히 우연적인 요소에 의존하고 있긴 하지만, 그것 자체가 비난받을만한 성격의 것은 아니다. 그런데 극의 결말에서 학병기피자이며 일제하 민족투사였던 정의수는 도박상습범에게는 다시는 도박을 하지 말 것, 공출권태자에게는 열심히 일할 것 등을 일일이 훈시한다. 다시는 담배 꽁초 하나를 두고 서로 싸우지 말라는 것, 일본식 이름을 버리고 새 이름을 지으라는 것(그는 즉석에서 '춘자'라는 이름을 '춘희'라는 이름으로 바꾸어준다), 조선이 새 나라로 되었으니 우리들도 새 마음을 가진 새사람이 되자는 것을 내용으로 한 훈시를 마친 후, '조선 독립 만세'와 '붉은 군대 만세'를 외친다.

시간이 정지되고 공간만 확대된 이러한 세계는 이미 『해방기념시집』(중앙문화협회, 1945.12)을 통해 한껏 표현된 바 있었다. 다음 김광섭의 시 「속박과 해방」은 그 한 예에 불과하다. "이제 / 고민하는 시대는 가고 / 만물은 감격하야 / 우리와 함께 웃고 노래하고 춤춘다 / …… / 조국을 향하여 바치는 / 한 덩어리 열이 되고 힘이 된다면 / 누가 우리의 길을 막으랴." 만물이 인간과 다를 바 없이 "함께 웃고 노래하고 춤추며" 해방의 감격에 춤추고 있는 마당에 성격을 달리하는 극적 개성이 등장할 수는 없는 노릇이다. "누가 우리의 길을 막"을 수 있겠느냐고 호통을 치며 환희할 수는 있었겠지만 어차피 이러한 시적 감정의 고양은 극양식의 미달에 그칠 수밖에 없었던 것이다.

우리는 극양식 미달의 형식에 신고송의 〈서울 갔든 아버지〉(『우리문학』 창간호, 1946.2)를 보탤 수 있다. 슈프레히콜(sprechchor)의 형식이 원용된 이 극도 시의 원용일 뿐, 구체적인 갈등의 모습이 보이지 않는다. 상경하여 방직공장에 취직한 딸이 노조활동을 하다가 감옥살이를 하는데, 아버지가 상경해서 딸의 운동에 동참하게 된다는 이 극의 진행과정에는 극적 개성(예를 들자면 노동자와 농민의 신분적 차이에서 비롯되는)이 등장하지 않는다. 예컨대 아버지에게는 딸에 대한 인습적 의무가 엄연한 것이고, 나름의 생활논리도 있는 법이다. 이러한 과정을 몽땅 생략하거나 무시한 극이 노동자의 만세 삼창으로 끝날 것임은 당연할 터이나, 일제의 청산과 적산의 처분이라는 과제의 해결이 그렇게 손쉽고 간단할 수는 없다는 것을 우리는 이후의 역사전개를 통해서도 허다하게 확인하고 있지 않은가. 이를 보여주지 못한 극이 만세 삼창으로 끝나는 것은 오히려 당연할 귀결일지도 모른다.

이상 거론한 몇 편의 극이 모두 단막극 형식에 의존하고 있음은 무슨 까닭일까. 단막극이 시의 한 하위장르임은 볼프강 카이저에 의해 명확하게 지적된 바 있거니와,8) 단막극에서 표출되는 '순간의 충동'은 온당한 극의 구성을 취할 수가 없는 것이다. 우리는 해방 직후에 씌어진 작품들이 분량이 많고 적음에 상관없이 대부분 단막극의 형식을 취하고 있음을 발견하게 된다.

다만 김사량의 〈봇똘의 군복〉(『赤星』 1호, 1946.3)은 단막극의 형태를 취하고 있으나, 몇 가지 앞으로의 전향적 발전을 예고하고 있어 주목을 요한다. 줄거리는 다음과 같다. ① 징집대상자인 칠성이 탈주하여 만주나 백두산 부근의 의용군을 찾아가기로 결심한다 ② 순사들이 체포하러 온다 ③ 정신미숙아인 칠성의 동생 봇똘은 순사를 살해하고, 칠성의 애인은 주재소의 전화선을 끊는다 ④ 칠성은 의용군을 찾아간다. 이 극에서 ④의 부분은 생략되어 있고 극의 구성도 단막극의 형식을 따르고 있지만, 이 극은 극적 갈등이 얼마든지 확장될 수 있는 가능성을 보이고 있다. 이 작품은 극 자체의 템포가 지나치게 빠르고 비약이 많은 편이지만, 작가는 '군복'과 '호드개 소리' 등의 상징적인 기제들을 훌륭하게 단막극 속에 응축 배열한 점이 특징이다. 다시 말하자면 장막극으로 꾸며졌다면 좀더 구체적인 성과를 거둘 수 있는 작품인 셈인데 아직 그 구체적인 형상화에는 이르지 못한 것이다.

그후 김사량은 낙랑과 전선이 합동공연한 〈호접(胡蝶)〉을 통해 〈봇똘의 군복〉을 민족해방전쟁의 주제에 좀더 근접시켜 나간다. 이 작품은 작가가 연안에 들어가 있을 때 들은 바 있는 조선의용군의 호가장 전투(김학철의 『격정시대』를 보라)를 극화한 것으로 "포연풍우 속에서 호접이 나르는 고향에의 향수를 영원한 꿈으로 지닌 채 조선독립만세를 절규하며 이역에 스러지는 젊은 용사들의 거룩한 죽음을 형상화한 시"로 평가됐다. 그러나 「호접」에서도 "대상하는 적이 등장하지 않아 마치 유황도 전투를 그린 미국 뉴스영화같이 허공에 주먹질하는 감"이 있다는 한계가 지적된다.[9] 아마 김사량의 한계가 이처럼 극의 직접적인 표출을 망설이게 했을지 모른다. 월북 후 김사량은 단막극으로서의 〈봇똘의 군복〉의 한계를 극복해 나간다. 일찌감치 월북한 김사량은 46년 8월 28일 장막극 〈뇌성〉을 북조선 노동당 창립대회 경축공연으로 올린다. 이 극에서 김사량은 "력사적인 보천보전투를 승리에로 이끄시는 수령님이 이 연극을 친히 보아주시고" 김일성의 악수를 받는 영광을 누리게 된다.[10] 김사량은 자신의 연안 체험과 민족해방전쟁의 전개과정, 그리고 나름의 전망 확보를 통해서 단막극의 단계를 극복하고 〈뇌성〉이라는 장막극 형식을 획득하기에 이르는 것이다.

이에 대비할 때 남쪽에서의 김사량은 앞으로의 세계에 대해 아직 확고한 입장을 견지하지 못한 것으로 보인다. 작가 자신의 부르주아로서의 신분적 한계가 이를 방해했을 것임을 막연하게나마 추측할 수 있을 뿐이다. 재미있는 점은 이 작품의 개작이다. 〈봇똘의 군복〉은 이듬해 〈탈주병〉이라는 이름으로 개작되어 공연되는데, 심한 왜곡의 과정을 거친 듯하다. 이승만의 정치적 영향력이 확대된 이후 만주 백두산 일대의 의용군이 남한의 독립투쟁사에서 제외된 데에서 생긴 개작임은 글의 문맥을 보아서도 확연하다.[11] 이 간단한 사실이 〈봇똘의 군복〉과 〈탈주병〉의 거리일 것이다.

3. 역사극–서사적 자아의 개입

해방의 감격을 조급하게 형상화한 작품을 필자는 일군의 단막극으로 묶은 바 있다. 그리고 이러한 단막극들이 해방의 감격을 직정적으로 토로하는 수준에 머물러 있었음을 지적했다. 이제 이 시기에 창작된 역사극을 살펴보기로 하자. 역사극이란 흔히 민족감정의 숭고한 표출을 위해 곧잘 활용될 수 있는 좋은 장치였기 때문에 해방공간에서도 어김없이 많은 역사물이 창작·공연되었다. 좌우익을 막론하고, 역사는 좋은 소재가 된 것이다.

일찍이 루카치는 역사극을 '극양식 미달'로 취급한 바 있다. '극의 절대성'을 포기하고 역사적 사실(과거)을 '지금 여기 있음'의 형식인 무대(현재) 속에 표현하는 것은 극양식의 원리에서 벗어난다는 설명이다.[12] 물론 극의 절대성을 갖춘 연극이 그렇지 못한 연극보다 우수하다는 식의 단순논리는 있을 수 없는 일이지만, 역사극에서는 극의 절대성이 포기되는 대신에 서사적 자아가 등장한다는 점에 대해 일단 주목해 보기로 하자.

헤겔은 그의 미학에서 드라마는 내용 및 형식 면에서 보아 가장 완전한 총체로 완성되기 때문에 시나 예술 일반의 최고 단계로 인정되어야 한다고 말한 바 있다. 연극이 연극다운 소이는, 헤겔에 의하면, 주관과 객관이 일치된 황홀경의 상태에 빠진 주인공이 어느 누구의 통제도 받지 않고 극의 결말로 치닫는 경우라는 것이다. 대부분의 연극이 황당하고 비현실적이며 어딘지 모르게 인위적으로 보이는 이유는 극의 형식이 이처럼 주인공 자신의 추동력에 의한 '운동의 총체성'에 의해 짜여져 있기 때문이다. 이러한 '세계사적 개인'이 한갓 작자 혹은 서사적 자아의 손에 의해 조종되는 인형이라면, 그것은 이미 극이 아니라는 것이 헤겔의 미학을 계승한 초기 루카치의 견해이다.

이를 염두에 두고 다시 해방 직전 시기의 역사극을 살펴보기로 하자. 함세덕의 〈낙화암〉(『조광』, 1940.1~4)은 일제하 최고의 역사극으로 평가되어 왔다. 궁중과 성벽을 포함한 방대한 무대의 스케일, 30여명에 달하는 주요 등장인물의 숫자, 엘렉트라 컴플렉스를 연상케 하는 왕비 시나라와 태자 융의 사랑, 애국적 지조와 충절을 지키다가 거센 운명의 힘에 떠밀려가는 비극적 인물군의 묘사, 외세인 당의 세력을 끌어들여 동족을 침략한 역사에 대한 통렬한 비판의식 등은 이 작품을 사극으로서는 당대의 최고작으로 꼽을 만한 충분한 근거를 보여준다. 그러나 이 작품에는 친일이라는 목적성이 깊숙이 자리잡고 있다. 당시의 낙화암에는 삼국시대 말기의 위난에 빠진 백제를 돕기 위해 일본에서 파병했었다는 역사적 사실을 기념하여 대규모의 신궁이 건축되고 있었다. 이른바 내선일체의 본보기로 낙화암이라는 역사적 사실을 교묘하게 이용된 셈이다. 당시 백철은 부여성지 근로봉사대의 일원으로 이 건축공사에 참여하고 내선일체를 감격어린 문체로 묘사하고 있는데,13) 이쯤이면 이 극이 무엇을 목표하고 있는지 자명해진다. '일본은 백제를 돕고자 하였으나, 사리사욕에 사로잡힌 백제신하들의 내분으로 결국 백제는 패망하고 말았다. 이것이 바로 낙화암의 비극이다'라는 내용을 담고 있는 이 극은 내선일체라는 정책적 목적, 부여신궁 건설이라는 당대의 과제, 조선인은 당파에 빠져 대의를 그르친다는 식민사관을 추종한 전형적인 예인 것이다. 함세덕의 노골적인 친일극에 대해서는 어느 정도 정리된 바 있으나, 이처럼 민족의식을 내세운 극에도 그 이면구조에는 친일을 강요하기 위한 '서사적 자아'가 숨어 있었던 것이다. 당시에 창작된 유치진과 박영호의 숱한 역사극도 모두 이러한 구조를 취하고 있으나 이에 대한 분석이 본고의 과제는 아니므로 일단 생략하기로 한다.

다만 이상의 논의를 통해 해방 직전 시기의 역사극이 노골적인 친일 의도에 의해 제작되었다는 사실, 그리고 역사극이 이처럼 친일의도에 적합하게 이용될 수 있었던 것은 '극의 절대성'의 파괴를 특질로 하는 역사극 일반의 문제로 확대시켜 고찰해볼 수 있다는 점을 생각해볼 기회를 가졌다.

해방 직후에도 수없이 많은 역사극이 창작되었다. 분량이 많아 이에 대해서도 차후의 차분한 점검이 필요하겠지만, 몇 가지 특성만을 추출해보기로 한다. 역사극의 제작·상연은 물론 민족의식의 고취에 일차적인 목적이 있었다. 예컨대 3·1운동의 경우 두 차례의 3·1절 기념공연에서 좋은 소재로 등장했다. 그러나 3·1운동을 보는 시각이 서로 상이했음은 물론이다.

47년 3월 1일 서울에서는 남산 공원과 서울운동장 두 군데서 3.1절 기념행사가 열렸다. 좌익의 민전주최행사는 서울남산공원에서 '3·1기념시민대회'라 이름 붙였고, 우익이 주최한 대회는 서울운동장에서 '기미선언전국대회'라 했다. 하오 3시께 시민대회가 끝나고, 시가행진에 들어간 두 대열이 남대문에서 충돌, 수명의 사상자가 발생했다.[14]

이러한 좌우익의 갈등상황은 연극의 경우에도 마찬가지였다. 양측의 공연에는 각각 테러단의 위험이 뒤따랐는데, 함세덕의 〈3·1운동〉과 유치진의 〈조국〉은 3·1운동을 보는 좌우익의 양극단을 표현한 것이기도 했다.[15] 한편 역사극은 통속과 쉽게 접합될 수 있는 성질의 것이기도 했다. "손수건을 가지고 오시오"라는 선전문을 내건 김춘광의 〈안중근의사〉, 〈김상옥사건〉, 〈단종애사〉는 연일 초만원을 이루었고, 김태진의 〈이순신〉, 자유극장의 〈낙화암〉, 문화극장의 〈김좌진장군〉 등은 "역의 대중성을 표현한 민중을 지도하는 봉화"로 고평을 받기도 했다.[16] 민족의 수난이라는 주제를 신파의 감상성과 연결시킨 이러한 작품은 좌우익 구별 없이 일반대중에게 쉽게 환영을 받을 수 있었던 것이다.

역사극은 이처럼 이념전달의 용이한 수단이 되며, 통속극과 접합이 용이한 까닭에 목적극으로 곧잘 활용됐다. 북한의 극문학에 있어서도 〈이순신〉은 이순신 개인의 영웅적 투쟁이 아니라 민중 승리의 전범으로, 신미양요는 송영의 역사극 〈강화도〉에서 표현된 것처럼 민중들이 합심하여 외세(미제)를 축출한 대표적인 사건으로 각각 활용됐다.[17]

단막극·역사극의 문제는 이 정도에서 그치기로 하자. 다만 비유의 세계는 어디까지나 주관의 세계일 뿐 객관이나 주—객관의 통일에 도달할 수 없다는 점만은 기억해둘 필요가 있다. 비유의 세계는 리얼리즘의 높은 봉우리에 이르기에는 역부족인 것이다. 헤겔의 주—객의 통일인 극양식을 예술의 최고봉으로 평가한 것은 바로 이 대목을 두고 한 말이다. 이제 밝힐 일은 극양식의 한 전범인 '극의 절대성'을 보여주는 희곡이 과연 어디에 있었는가를 찾는 일이다. 해방 직후의 사회현실을 다룬 장막극들은 대체적으로 당대의 사회 현실이라는 '극적 현재'에 놓인 '세계사적인 개인'을 다루고 있다는 점에서 대체적으로 이러한 기준에 부합된다.

4. 장막극(1)-낡은 것과 새 것의 갈등

이 당시의 단막극이나 역사극이 시간의식의 배제, 극의 절대성이 파괴된 서사적 화자의 개입 등으로 인해 해방공간이라는 무대 공간에서 좋은 작품을 양산하지 못했음은 앞에서 지적한 바 있다. 그것은 시의 단계에 그치거나 서사적 자아가 개입하는 이념적인 연극에 그쳤다. 반면 당대의 사회현실을 배경으로 새로운 세계의 출현을 제시한 작품이 있으니, 그 중의 하나가 바로 함세덕의 〈고목〉(『문학』, 1947.4)이다.

이 작품에는 고목을 베려는 인물군과 고목을 지키려는 인물군과의 갈등으로 일관된다. 고목을 베려는 인물들에게는 귀환동포의 집을 마련해주자는 인도적인 동기가 내세워져 있고, 그 배후에는 인민위원회의 조직이 놓여 있다. 반면 친일파인 반동인물들은 사유재산의 논리를 내세운다. 이러한 극의 설정 자체가 좌우익의 대결을 암시하는 만만치 않은 구성임을 알 수 있다. 그리고 극의 결말에 이르러서는 고목이 베어짐으로써 친일파의 몰락이 암시된다. 이 작품의 일차적인 성취는 1946년 당시의 시대상황을 극적 현재로 삼았다는 데에 있다. 물론 그 몰락의 과정은 그간의 팽팽한 대결에 비해서 너무 자의적이고 온정적이어서 비판의 대상이 될 수는 있다. 또한 인민위원회의 위력이 과시되고, 일제하의 낡은 질서가 허물어지고 새로운 것이 세워지는 모습을 그렸다는 점에서는 일정한 성과를 거두고 있으나, 새로운 질서수립의 주체가 누구인가에 대해서는 아직 모호한 상태에 그치고 있는 것이다.18) 막연한 이상주의에 기대고 있는 이주홍의 〈좀〉(『백민』, 1947.5)을 보면, 새로운 질서 수립의 주체를 설정하는 문제가 얼마나 중요한 것인지를 깨닫게 된다. "공부를 열심히 해서 훌륭한 사람"이 되라는 이 극의 설교는 해방공간에 산적된 문제해결에 아무런 도움도 줄 수 없는 도피적인 발상인 셈인데, 이러한 비판을 함세덕의 〈고목〉도 완전히 극복하지는 못했던 것이다.

함세덕의 〈고목〉을 한 단계 넘어서 형상화한 작품의 한 예로 이기영의 〈닭싸움〉(『우리문학』, 1946.12)을 들 수 있다. 마을사람들이 나태와 도박, 극단적인 이기주의에 빠져 있는 상태에서 인민위원회는 속수무책이다. 그러나 사소한 이익을 두고 다투는 '닭싸움'에서 벗어나 새로운 사회를 건설하는 투쟁을 하자는 극의 결말은 잘 계산된 극적 전개에 의해 설득력을 가진 장막극으로 형상화된다. 이 작품에도 '붉은 군대 만세'가 극적인 연관 없이 삽입되는 등 〈해방〉의 문제점을 고스란히 안고 있으며 문제해결 방식도 다분히 관념적이긴 하다. 그러나 공출의 문제, 인민위원회의 위상 문제 등 당대의 시대상황을 닭싸움이라는 사건을 통해 잘 보여주고 있는 점이 특징적이다. 『서화』에 등장하는 노름의 모티브를 여기에서도 솜씨 좋게 사용한 것이다. 이 극은 배경이 철원으로 되어 있고 탈고일도 월북 이후로 되어 있어 북한에서의 인민위원회와 일반 민중들과의 갈등을 다루고 있다는 점을 알 수 있다. 이기영의 〈닭싸움〉이 해방 직후에 씌어진 같은 작가의 〈해방〉과 결정적으로 다른 지점은 당시에 초미의 관심사 속에서 진행된 토지개혁의 문제를 극의 주제로 삼음으로써 격정과 구호에 입각한 단막극의 형식을 넘어설 수 있었다는 점에 있다.

이제 본격적으로 "낡은 것과 새 것의 투쟁"이 본 궤도에 오른 것이다. 그럼 그 양상은 어떻게 전개되었는가. 잠시 루카치의 말을 인용하기로 하자. 루카치에 의하면 근대극의 테마는 '세대간의 갈등'이다.

극적 테마에 있어서 세대간의 갈등은 새로운 드라마에 나타난 가장 현저하고 극단적인 예에 해당한다. 현재의 무대는 동시대에 존재하는 두 쌍의 세계가 서로 교차되고 있음을 보여주는 장치로 바뀌었다. 과거와 미래, 다시 말해 '더 이상 아닌 것(no longer)'과 '아직 아닌 것(not yet)'이 동시적인 시간에 존재하는 것, 그것이 드라마의 영역인 것이다. 우리가 흔히 현재라고 부르는 것은 사실 자기 평가의 경우에만 국한된다. 과거로부터 출생하는 것은 현재가 아니라 미래이며, 이 미래는 예전의 것과 투쟁하면서 전면적으로 그 반대편에 서 있다. 우리는 모든 비극의 마지막에서 한 전체 세계의 몰락을 목도한다. 새로운 드라마는 무엇이 새로운 세계인가를 제시하며, 그 세계의 몰락이 과거의 것과는 다른 질적으로 다른 무엇을 가져왔는가를 보여준다.[19]

과거와 미래의 싸움이라는 이러한 주제는 사실 서사문학 일반의 공통된 특성이기도 하다. 그럼 루카치가 이러한 성배설화의 변형인 새 것과 낡은 것 사이의 갈등을 유독 근대극에서 강조하는 이유는 어디에 있는가. 이에 대해 좀더 정리해 보기로 하자.

우리는 흔히 소설과 희곡은 다르다고 하며, 소설과 다른 희곡의 특성은 연속적 현재의 활용 여부에 있다고 말한다. 무대 위에서 진행되는 사건은 어디까지나 현재 시제에 기반을 두고 있으며, 그 내부에 미래를 배태하고 있는 것이다. 희곡의 특성을 규명하기 위해 소설과 희곡의 차이를 보여주는 대표적인 한 예를 들기로 하자. 예컨대 주인공의 내적 독백을 표현할 경우, 연극에서는 친구를 등장시킨다. 소설에서라면 주인공의 내면을 드러내기 위해서 의식의 흐름이라든지 1인칭 화자의 독백의 수법으로 활용할 수 있을 것이다. 그리고 이러한 독백은 어디까지나 공상에 해당하는 터이어서 시공의 제한을 받을 필요가 없다. 반면에 연극에서는 무대라는 구체적이고 현실적인 제약에 의해 내면적 심리적 독백의 자유로운 독백은 거의 불가능하다. 그러므로 무대에서는 믿을 만한 친구(confidant)에게 주인공이 자신의 내적인 비밀을 토로하는 방식을 취한다. 그 유명한 햄릿의 독백도 사실은 그의 친구인 호라쇼오에게 자신의 내면을 들려주는 방식을 취하고 있다. 이러한 친구의 역할은 하나의 극적 장치로서, 컨피던트(confidant)로 지칭된다.

루카치는 근대극의 특성을 논하는 자리에서 이러한 컨피던트가 근대극의 무대에서 사라지고 있음에 주목하고 있다. 그의 설명에 따르면 근대에 이르러서는 친구가 더 이상 존재할 수 없다. 개인이 타인을 이해해줄 수 있다는 믿음 자체가 사라졌기 때문이다. 루카치는 근대극 이전의 드라마로 〈햄릿〉을 예로 들고 "햄릿은 결코 죽지 않았다"고 감히 단언하고 있는데, 그 이유는 햄릿이라는 한 개인이 죽은 이후에도 햄릿의 정당성을 이해하고 그 가치를 보존해줄 수 있는 친구들이 살아남아 있기 때문이라는 것이다.[20] 그럼 한 개인이 타인을 결코 이해할 수 없는 세계, 자아와 세계가 조화롭게 공존하는 공동체의 질서가 더 이상 존재할 수 없는 세계에서 드라마는 과연 어떤 양상을 보이는가.[21] 컨피던트라는 극적 장치가 사라진 후에도 근대극은 가능한가.

'극의 절대성'을 중심으로 근대극과 과거의 드라마 사이의 차이점을 살펴보기로 한다. 결론부터 말하자면 근대극은 과거의 드라마에 비해 극의 절대성이 훨씬 강하게 드러난다. 그 이유를 위와 연관시켜 살펴보기로 하자. 원래 컨피던트를 활용하는 극에서는 극의 절대성이라는 원리가 상당 부분 훼손된다. "컨피던트를 등장시켜 인물과의 대화를 통해 과거를 보여주는 방법은 지나치게 작위적이며 본질적으로 희곡의 형식과는 모순된 것이다. 행동 대신 말로써 과거를 보이는 것은 어떻지든간에 작자가 개입되어 있다는 것을 의미하기 때문이다."[22]

그러므로 컨피던트 없이 연속적 현재 속에서 진행되는 드라마일수록 극의 절대성이 강조되며 무대 위의 '시간'은 '공간'으로 전환된다. 시간의 개념이 지워진 희곡에서 과거와 미래는 그 자체로서는 의미를 상실하게 되기 때문이다. 다만 그 시간들은 무대라는 공간 속에서의 연속적 현재 속에서만 인식되고 상호충돌하는 것이다. 서사양식이 과거시제를 사용하여 '대상의 총체성'을 묘사하는 데 비해, 극양식이 연속적 현재 속에서 '운동의 총체성'을 표출하게 되는 방식은 이처럼 근대극 이후에 보다 두드러지게 그 차별성이 강조되기에 이르게 된 것이다. 그럼 근대극에서 다루어지는 운동의 총체성은 무엇인가. 루카치는 그것이 '세대 간의 갈등'임을 미리 말한 바 있거니와, 그 갈등의 표출은 인간 내면세계의 갈등이나 개인과 환경 사이의 갈등으로 나타날 수는 없다. 그 갈등은 행동화되어 무대 위에서 드러나는 의지의 갈등인 것이다. 여기에 등장하는 극의 주인공에게 어떠한 윤리적 도덕적 변명을 기대할 수 없다. 주인공은 그저 '자신의 힘으로는 어찌할 수 없는 갈등' 속에 던져져 있을 뿐이다. 다시 말해 극의 주인공에게는 영혼이 없다.

이제 영혼이 없는 주인공이 '세계사적 개인'이 될 수 있는 이유를 밝혀보기로 하자. 주인공은 자기의 힘으로는 어찌할 수 없는 갈등에 휘말리게 된다. 그가 거기에 아무리 저항하려 해도 자신의 행위를 결정하는 것은 자기가 아니다.

> 인간은 어떤 거대한 두 힘이 서로 충돌하는 지점에 놓여 있을 뿐이다. 그의 행위조차 자신의 것이 아니다. 바로 그것이 극적 갈등의 본질이다. 대신 그와 영원히 무관한 것으로 여겨지는 어떤 적대적인 시스템이 그의 의지를 분쇄하며 얽혀 있는 것이다. …… 드라마 속에서 주인공이 가지는 의미라는 것은 단지 주인공 없이는 극이 진행될 수 없다는 것, 즉 주인공은 어떤 무형의 신비로운 것이 구체적 현실로 각인될 수 있게 하는, 말하자면 극의 구성을 가능하게 하는 매개에 그친다는 점이다.[23]

극의 주인공은 이처럼 대립하는 두 개의 외적 세계의 운동을 현실화하는 매개이며, 이 경우 비극은 삶의 선험적(a priori) 형식에 그친다. 이 극의 주인공이 용어를 달리하면 '세계사적 개인'이다. 이 세계사적 개인이 자신의 의지와 내면에 상관없이, 거대한 외적세계의 운동에 휩쓸려 천방지축으로 돌진해나가는 것, 그것이 근대극의 모습이다.

우리는 해방공간에서 그 세계사적 개인을 만나게 된다. 이들 개인은

"어떤 거대한 두 힘이 서로 충돌하는 지점", 즉 국가의 체제선택이라는 괴물 앞에 던져진 근대극의 주인공인 것이다. 그럼 과거와 미래가 맞부딪치는 자리는 어디인가. 우리는 해방공간에서 그 원형을 발견하게 된다. "언뜻 푸른 하늘이 스친 그 자리"에서 일제잔재의 청산과 새로운 민족국가의 건설이라는 민족적 과제는 드라마의 새로운 주제로 떠오르게 된 것이다.[24] 새로운 시대를 표현하기 위해서는 "소설보다 희곡을 쓰는 것이 낫지 않겠는가"라고 이기영이 질문할 수 있었던 것은 이와 같은 맥락에서이다.

5. 장막극(2) – 세대간의 갈등처리 방식

우리는 위에서 낡은 것과 새 것 사이의 갈등을 다루는 근대극이 '세대간의 갈등'을 주로 취급하고 있음을 주목하였다. 다음 몇 편의 장막극을 중심으로 세대간의 갈등이 어떻게 처리되고 있는지 살펴보기로 하자. 1947년을 전후로 대부분의 좌익 작가들은 월북하게 되므로 정통 리얼리즘의 방법을 내세운 남쪽의 나머지 작가들의 작품을 중점적으로 다루기로 한다.

> 인숙 : (황급히 뛰어나온다) 아버지가 엽총으로 자살했어요.
> (…중략…)
> 승룡 : 너의 아버지는 고민하고 고민하든 끝에 천사의 소리가 나는 곳, 동경하든 양심의 나라로 가셨다. 그 얼굴을 보지 못했느냐? 해말숙한 두 눈가 위에 고인 눈물, 조곰도 흐린 점이 없이 거울 같이 나타난 참회의 표현을. 그것은 조선의 얼을 찾는 참회의 눈물이다.[25]

소학교 생도인 인묵은 일제교육의 허위를 견디지 못해 해외로 도망하고 그의 삼촌인 사회주의자 승룡은 옥고를 치룬다. 그러나 이로부터 5년 뒤 해방이 되고, 인묵과 승룡이 나타난다. 일제하에서 정대총회직(町代總會職)을 맡고 있던 인묵의 아버지는 "자신의 재산을 건국사업에 기부"하고 마침내 자살로 자신의 친일을 회개한다. 우리는 여기서 이 극이 터무니없이 비현실적인 구성에 입각하고 있음을 발견한다. 해방 이후 자살로 친일을 회개한 예를 우리는 거의 찾을 수도 없거니와, 재산을 건국사업에 기부한 예도 없었다. 오히려 기득권을 지키려는 그들의 싸움이 얼마나 집요했는지를 확인할 수 있을 뿐이다. 그러므로 위의 극은 친일파처리나 건국사업 어느 편에도 도움이 되지 않을 값싼 신파에 불과하다. 다만 인묵이 가출 이후 북지에서 의용군으로 참전하게 되는 과정, 이 집 머슴인 성삼이 일본에 끌려가 원폭피해자가 되어 돌아온 점, 승룡이 사회주의자로서 꿋꿋하게 일제에 저항했다는 점 등의 묘사를 통해 해방공간의 진상을 부분적으로나마 드러내고 있다는 점에서 리얼리즘 희곡의 한 긍정적인 면모를 확인할 수는 있다.

이에 비하면 오영진의 〈살아있는 이중생 각하〉는 해방 이후 친일파들 나름의 끈질긴 자기보존의 방식을, 작가의 풍자어법을 그대로 빌자면, 친일파들이 이중의 삶을 누리고 있음, 혹은 그 살아있음 자체를 생생하게 보여주고 있다. 이 작품은 1947년 작가가 평야에서 월남할 때 초고를 지니고 온 것으로 1949년 6월 극예술협회가 중앙극장에서 초연한 것으로 되어 있다.26) 자신을 조금도 반성하지 않고 오히려 반민족적인 만행을 서슴없이 저지르는 주인공 이중생은 혼란의 와중에 국유림을 가로채기 위해 유령회사를 차리고 달러를 융자받기 위해 딸을 정부로 내세워 미국원조회사 직원을 사칭하는 미국인에게 접근한다. 그러나 그의 사위와 아들은 이중생의 탐욕을 저지하기 위해 가사상태의 아버지를 오히려 골탕먹이고 새나라의 건설을 다짐한다. 친일파를 몰아내고 "우리를 새로운 권력과 독재자에게 팔아먹으려는 원수"에게 대항해야 한다는 아들의 주장은 매우 구체적이고 정당한 것이어서, 예컨대 그 집의 행랑아범조차도 광복군으로 참전 전사한 아들 용석의 소식을 듣고 "용석아 잘했다, 잘했어. 도련님이 인젠 네 대신 날 돌보아 주시고 네 몫까지 나랏일을 하신다는구나 …… 우리들 늙은 것은 다 죽어도 좋아, 암 어서 죽어야지 …… 우리들이야 뭐 관 속에 한발 들여놓은 송장들인 걸, 헛헛 ……"27) 하며 감탄해한다. 다만 이 극은 가사(假死)라는 작위적 설정이 극의 진행을 무리하게 만들고 있어, 소극적으로 끝나버린 느낌이 적지 않다.

이 외에 해방 공간에 대한 나름의 충실한 묘사에 성공하고 있는 작품으로는 김동식의 〈유민가〉(『희곡문학』 창간호, 1949.5)를 들 수 있다. 이 작품은 당대의 급박한 정세변화에 어울리지 않을 정도로 매우 차분하고 유장하게 씌어진 정통 사실주의 극이다. 전전(戰前)의 동경을 무대로 하여 조선 이주민이 겪는 고통과 애환을 담담하게 그리고 있는 〈유민가〉는 빈곤의 차분한 묘사와 암담한 현실의 통로 없음에 초점을 두고 있어 마치 유치진의 초기작 〈토막〉을 연상시킨다. 더욱이 20명에 달하는 인물이 등장하여 혼기를 앞둔 처녀와 총각 사이의 갈등, 아편과 도박의 유혹에서 벗어나지 못하는 조선인 집단부락의 풍경, 사글세를 둘러싼 마찰 등이 복잡하게 얽힌 채 전개된다. 이러한 복잡갈등은 극의 절대성을 방해하는 요소가 될 수밖에 없는데, 그럼에도 비교적 조선인 집단부락이라는 장소의 단일함 속에서 극의 구성이 잘 통제되어 있다. 창작극이 극도로 빈약한 당시의 실정에서 4막에 달하는 장막극을 이끌어간 솜씨는 상찬할 만하나, 그렇다고 해서 이 작품의 구성에 문제가 없는 것은 아니다.

무엇보다도 이 작품의 두드러진 특징은 노인세대와 젊은 세대가 각기 자신의 목소리를 가지고 무대에 등장한다는 점이다. 노인 이만수는 자작농이었으나 몰락하고 서만복은 딸을 주인집 서기와 결혼시켜 호강해보려고 한다. 아편중독자인 노인 김주사는 여공인 그의 딸 분조에 얹

혀 살고 있다. 노인세대는 일본인 집주인과 서기의 횡포에 대해 유식한 문자를 써서 창피를 준다거나 경로사상을 내세워 일시적으로 위기를 모면하거나 체면을 차린다. 그에 반해 아들세대는 공장에 다니거나 고물상을 하지만, 그것으로는 생계마저 어렵다는 것을 잘 알고 있기 때문에 도둑질과 도박에 기댄다. 이들의 일상은 이 정도에 그치므로 드라마로서의 갈등이 고조될 리가 없다. 이 극 속의 인물은 모두 모순을 타개하려는 극적 의지를 가지고 있지 않은 부정적인 인물에 그치고 있다. 이러한 극은 결국 주인공의 의지가 사회적 환경에 의해 지배되는 이른바 환경극의 양상을 띨 수밖에 없는 것이다.

이 극에서 아버지세대와 아들세대는 각각 상이한 시대에 태어났고, 따라서 상이한 세계관을 획득하고 있으나, 결정적인 세대 간의 갈등을 형성하고 있지는 않다. 갈등이 약화된 이러한 환경극에 활력을 부어넣고 있는 것은 이만수의 3남인 삼홍이 정도이다. 그는 출세를 위해 고학의 길을 택하고 어느 비밀모임에 가입하기도 한다. 그는 아버지세대와 두 형들의 현실안주에 대항하는 것이다. 그러나 결국 정면으로 현실에 대결하는 대신 "이왕 왜놈의 종노릇을 할 바에야 차라리 왜놈이 되어버리는 것"이 좋겠다는 결심을 내리고 일본인에게 양자로 들어간다. 노인 이만수는 아들이 조상을 버렸다는 사실에 분노를 느낄 뿐, 어떠한 문제해결의 길도 찾으려 하지 않는다. 삼홍이 집을 떠날 때 노인은 이렇게 말한다.

> (집안에서는 레코드를 간다. 이번에는 남도민요 농부가다……)
> 만수: 이제는 저런 것하고도 멀어지겠구나. 마지막으로 잘 들어 두어라. 오늘은 추석이란다.28)

문제해결의 실마리를 찾을 수 없을 때 극의 결말은 대단히 작위적이고 어설픈 센티멘탈리즘의 공간으로 떨어진다. 결말의 장면을 추석날로

설정하여 고향의 정경으로 대치함으로써 탈사회적이고 원형적인 공간
으로서의 고향의식으로 마무리하는 것은 결코 우연이 아니다.

　이들 세 작품의 공통적인 특징을 간단하게 정리하면, 세부적인 장면
묘사에는 탁월하면서도 결론에 이르러서는 아무런 전망도 보여주지 못
하고 있음을 들 수 있다. 이는 좌익극이 거칠고 비약이 심하면서도 새
로운 세대의 과업을 선전하는 면에 있어서는 나름의 성공을 거두고 있
는 것과는 대조적이다.

6. 정리 및 요약

　장르의 일반적인 속성을 통해 개별 작품을 분류하고 평가하는 데에
는 상당한 무리가 따른다. 그러나 개별적으로 산재되어 있는 듯 보이는
작품의 의미들 또한 크게 보아 장르의 속성에서 벗어날 수 없으며, 시
대상황에 의해 지배될 수밖에 없다는 점에서 장르를 통한 접근도 유용
할 수 있다.

　본고에서는 해방 직후의 희곡작품을 장르의 내적인 형식에 따라 분
류하였다. 이 시기의 단막극은 해방의 감격을 직정적으로 표출한 까닭
에 시대의 고민과는 동떨어진 구호에 그쳤다는 점, 이 시기의 역사극은
해방과 함께 고양된 역사의식을 표면에 내세웠지만 서사적 자아의 개
입이 두드러져 극의 절대성을 벗어난 이념의 분출에 그쳤다는 점 등이
지적되었다.

　당대의 사회현실을 극적 현재로 삼아 세계사적인 인물을 제시한 작
품들을 극양식의 전형으로 삼는다면, 이 시기에 창작된 함세덕의 〈고
목〉과 이기영의 〈닭싸움〉은 위에 지적된 단막극과 역사극의 한계를 극

복하는 모습을 보여준 작품으로 분류될 수 있으며, 김송의 〈그날은 오
다〉와 오영진의 〈살아있는 이중생 각하〉, 김동식의 〈유민가〉는 낡은 세
대와 새로운 세대 사이의 충돌을 부분적으로 다루고 있다는 점에서, 해
방 직후의 사회현실을 배경으로 한 작품으로서의 일정한 의의를 확보
한 작품으로 분류할 수 있다.

주석

1) 이 시기 북한 쪽의 희곡 문학 자료는 훨씬 많은 편이다. 이를 통해 우리는 그들의 희곡
문학, 영화 문학에 대한 관심을 알 수 있다. 해방 공간의 연극에 대해선 ① 유민영, 「북한
의 희곡」, 『북한의 문학』(권영민 편, 을유문화사, 1990), ② 양승국, 「해방 직후의 진보적
민족연극운동」, 『창작과비평』(1989년 겨울)에 비교적 상세하게 언급되어 있다. 그러나
이 두 논문은 연극 활동의 점검에 중심을 두고 있어 희곡문학 자체에 대한 분석은 이루어
지지 못했다.
2) 함세덕, 「해방 후 문화운동의 방향―연극의 1년 보고」, 『신천지』, 1946.8, 141~143면;
이해랑, 「해방 4년 문화사―연극」, 『민족문학』 창간호, 1949.10, 44~52면; 『국립극장 30
년』, 국립극장, 1980, 576~578면.
3) 유치진, 「연극시평―집단과 이상」, 『문예』, 1949.9, 135면.
4) 김윤식, 『해방공간의 문학사론』, 서울대 출판부, 1990, 18~19면.
5) 함세덕, 앞의 글, 142면; 안영일, 「연극계」, 『예술연감』, 예술문화사, 1947, 48~58면.
6) Peter Szondi, 송동준 역, 『현대 드라마의 이론』, 탐구당, 1984, 73면.
7) 이기영, 「조선문학의 지향―문인좌담회 속기록」, 『예술』, 1946.1, 5면.
8) Wolfgang Kayser, 김윤섭 역, 『언어예술작품론』, 대방출판사, 1982, 515~524면.
9) 함세덕, 앞의 글, 142면.
10) 리명호 편, 『김사량작품집』, 문예출판사, 1987, 4면.
11) 이서향, 「신극」, 『개벽』, 1948.3, 68면.
12) "역사 속에서 표현되는 비극은 결코 순수한 비극은 아니며, 드라마의 그 어떤 기법도
이러한 형이상학적 불협화음을 은폐할 수는 없는 것이다."(루카치, 반성완·심희섭 역,
『영혼과 형식』, 심설당, 1988, 292면)
13) 백철, 「內鮮由綠이 깊은 부소산성―扶餘神宮御造營 문화인부대근로봉사기――石一
瓦에 옛날이 방불하다」, 『문장』, 1941.3, 111~114면.
14) 김남식, 『남로당연구』, 돌베개, 1984, 276면.
15) 이해랑, 「분열과 위축의 연극계」, 『민성』, 1949.8, 86~87면 등 참조
16) 박송, 「민주연극수립에의 제의―주로 '김좌진장군' 극화의 소감」, 『영화시대』, 1947.11.
17) 조선작가동맹출판사 편, 『해방 후 10년간의 조선문학』, 1955, 269~269면.
18) 이후 함세덕은 제주도 4·3투쟁을 형상화한 〈산사람들〉(『문화예술』, 1949.12~1950.1)

속에서 이 문제를 구체적으로 다루게 된다. 신의주에서 도망쳐온 일제 고등계 형사 출신이며 현 화북지서장인 오난수, 제주도 출신 형사 전병술, 평북 지주의 아들이며 현재 서북청년회 감찰부장인 선우기승의 악랄한 폭력에 저항하는 제주도 민중의 모습은 2.7구국투쟁에서 4·3항쟁에 이르는 모습을 자연스러운 극적 고조의 방식으로 보여주고 있다. 그러나 단정선거반대와 이승만-김성수반대 투쟁에서 급작스럽게 붉은 군대 만세를 외치는 장면으로의 전환 과정은 전혀 설득력이 없는데, 이러한 결말은 당시 북한에서 제작된 작품의 한 공식처럼 보인다. 앞서 인용한 이기영의 〈해방〉도 1946년 8·15해방 1주년 기념사업의 하나로 철원극장에서 상연되는데, 이것도 '붉은 군대 만세'로 끝맺음을 하고 있다(한설야(외), 『나의 인간수업, 문학수업』, 인동, 1990, 77면 참조). 함세덕의 〈산사람들〉은 1948년 8월 인공 지지 투쟁과 남로당-북로당연합을 추진한 해주의 '남조선인민대표자대회'에서 성황리에 상연된 적이 있다.(김남식, 앞의 책, 345면)

19) Georg Lukacs. "The Sociology of Modern Drama", Eric Bentley (ed.), *The Theory of the Modern Stages*, Penguin Books. 1978, p.426. 이 논문(이하 SMD로 약칭)은 『영혼과 형식』이 출간된 해인 1909년 헝가리어로 출판된 후, 1965년 영역된 것으로, 루카치의 초기 미학 특히 연극에 관한 그의 견해를 이해하는데 있어서 좋은 자료가 된다. 이 논문은 파킨슨이 정리한 루카치 저작집 목록에서도 빠져 있다.(G. H. R. 파킨슨, 현준만 역, 『게오르그 루카치』, 이삭, 1984, 14면 참조)

20) SMD, pp.438~440.

21) 루카치는 극적 주인공과 근대적 개인의 공통점을 추출한 바 있다. 그 공통점이란 자본주의의 주된 경향에서 시발된 것으로, 자본의 진정한 생산주체는 노동자 개인이 아니라, '대상화된 추상적 자본'일 따름이며, 자본은 자본의 일시적 소유자인 개인과 전혀 유기적 관련을 맺지 않는다. 그러므로 근대적 개인의 개성이란 '전혀 쓸모없는 잉여물'일 뿐이다. 루카치는 근대 가 외양적으로는 극단적인 개인주의를 산출하고 있는 듯 보이지만, 실제로는 보통교육의 확 대와 도시화 및 교통·통신의 발달 등으로 인해, 개성이 상실되고 매우 획일화되어 가고 있 는 경향이 있음을 지적한다. 극의 주인공이 이 성향을 반영함은 당연하다.(SMD, pp.431~444)

22) 소련과학아카데미문학부 편, 김만수 역, 『희곡의 본질과 역사』, 제3문학사, 1990, 11면.

23) SMD, p.438.

24) 한편 '낡은 것과 새로운 것 사이의 중요 갈등'은 북한문학사와 연극사에 있어서도 '가장 중 요한 쩨마'가 되었다. 조선작가동맹출판사에서 간행한 『해방 후 10년간의 조선문학』(1955)은 해방 후 10년을 민주건설시기(1945~1950), 조선해방전쟁시기(1950~1953), 전후복구건설시기(1953~)로 나눈 다음, 민주건설시기와 전후복구건설시기에 있어서 가장 중요한 쩨마를 토지 개혁을 둘러싼 지주와 소작인의 문제 혹은 친일파와 매국적 기회주의자의 청산 등으로 설정 하였다. 다만 민주건설시기에는 낡은 것에 대한 비판이 주조가 되고, 전후복구시기에서는 새 로운 사회를 건설 복구하기 위한 노력대중의 움직임이 보다 강조되고 있다는 차이가 있을 뿐이다.

25) 김송, 〈그날은 오다〉, 『무기없는 민족』, 백민문화사, 1946.10

26) 이근삼·서연호 편, 《오영진전집》 1, 범한서적, 1989, 347면.

27) 위의 책, 102면.

28) 김동식, 〈유민가〉, 《희곡문학》 창간호, 1949.5, 266면.

전후소설의 문학사적 재조명

조현일

1. 서론

　전후소설을 연구할 때 부딪치는 가장 큰 어려움은 전후소설이 문학사적으로 중요성을 인정받지 못하고 있다는 점이다. 연구자들이 개별 작품과 작가들에서 일정한 의의를 발견해 낼 수는 있더라도 전후소설 전체의 문학사적 평가에 이르면 부정적 평가로 기울어버리기 십상이다. 장용학과 손창섭을 중심으로 살펴 볼 경우 알레고리나[1] 관념성[2]에 주목하여 장용학을 재평가하려는 시도, 수사학 내지는 아이러니에 주목하여 손창섭을 재평가하려는 시도[3] 그리고 전후소설의 추상성을 전후라는 시대적 배경 속에서 등장한 고유의 형상화 방식으로 보려는 연구[4] 등이 있었지만 사실상 기존의 문학사적 평가, 즉 실존주의라는 외래사조에 편승한 비주체적 문학으로 간주하거나, 문학사의 두 수레바퀴 중한 축, 리얼리즘 내지 역사의식이 결여된 반쪽짜리 문학이라는 인식을 극복하지는 못했다고 본다.

필자의 판단에 의하면, 이와 같은 부정적 의식이 문학사적으로 확고하게 자리잡은 것은 『68문학』 동인 김현·김주연·박태순과 전후소설가 서기원·선우휘 사이에 있었던 1969년의 논쟁에서부터이다. 어느 편이 논쟁에서 승리했느냐라는 문제를 떠나, 이 논쟁은 전후세대와 4·19세대의 세대적 차이를 분명히 함은 물론 전후소설에 대한 부정적 평가의 원형적 모습을 명확히 보여준다는 점, 그리하여 역으로 전후소설의 문학사적 재평가를 위한 어떤 실마리를 던져준다는 점에서 중요한 의의를 갖는다.

본 연구의 목적은 이와 같은 문제의식 하에 대표적인 전후소설가라고 할 수 있는 손창섭과 장용학을 중심으로 전후소설에 대한 문학사적 재평가를 시도하는 데 있다. 전후소설에 대한 부정적 평가가 1969년 논쟁에서 기원한다고 할 때, 신세대들의 전후소설에 대한 부정적 평가는 두 가지 차원, 즉 그들의 아방가르드적 경향과, 대재앙으로서의 전쟁체험, 이에 기초한 고유의 미의식을 놓친 데서 비롯된다는 것이 본고의 핵심적인 문제의식이다. 손창섭과 장용학이 대표적인 전후소설가라는 것을 인정한다면, 이는 전후소설의 재평가에 있어서 평가의 관건이 되는 사항이라고 할 수 있다. 우선 2장에서 1969년 논쟁 과정을 고찰함으로써 그들이 놓치고 있는 전후소설의 본질적인 두 측면을 도출하고, 3장과 4장에서 손창섭과 장용학을 중심으로 이 두 측면의 구체적인 모습들을 규명하며, 5장에서 이를 기초로 하여 그들의 문학사적 의미에 대한 재평가를 시도해 보고자 한다.

2. 전후소설에 대한 부정적 평가의 기원―1969년 논쟁

1969년 논쟁에서 선우휘는 박태순과, 서기원은 김주연·김현과 대결을 벌이는데, 전자의 논쟁도 지식인의 역할 문제와 관련하여 중요한 의미를 갖지만,5) 본고의 문제의식과 관련하여 특히 중요한 것은 후자의 논쟁이라 할 수 있다. 논쟁의 발단은 『68문학』 동인들의 전후세대 비판에서 비롯되는데 그 논쟁은 크게 두 가지 사항을 중심으로 전개된다

① 50년대의 모든 특징을 가장 잘 갖고 있는 이어령의 말대로 ‘무중력의 상황’에 놓인 50년대의 작가들은 그리하여 눈앞의 현실을 지나치게 위기로 받아들이는 우를 저지른다. 그들에게 있어서 중요한 것은 문학이 언어로 된 하나의 질서라는 사실보다 그들 생애의 충격을 담는 그릇으로 보였다는 점이다. (…중략…) 물론 이들은 실패했다. 한마디로 바탕 없이 들어온 제목만의 사조에 대해 현실과의 관련성이 닿지 않음으로 해서 생긴 물과 기름의 분리가 그들의 몫이 될 수 없었기 때문이다.6)(강조―인용자)
② 필자는 김주연의 생각과 다른 각도에서 ‘그들 생애의 충격을 담은 그릇’을 비문학으로 보지 않는다. 문학은 상상력의 산물이며 언어의 질서임에는 틀림없으나, 그 상상력과 질서의 근원은 곧 현실이며 체험이다.7)(강조―인용자)

첫째, 그들의 논쟁은 전후문학과 신세대문학의 본질을 어떻게 규정할 수 있는가라는 문제를 놓고 벌어진다. 김주연은 ①에서 전후세대가 “문학이 언어로 된 하나의 질서”라는 점을 잊고 “생애의 충격”, 즉 전쟁체험만을 중시하고 있다고 본다. 일상 현실을 무시한 채, 전쟁체험을 표현할 수 있는 외래 사조만을 중시함으로써 “뿌리 없는 각종 언어들이 마치 구호처럼 거리를 뒹굴었다”8)는 것이 비판의 요지라 할 수 있다. 이에 비해 자신들의 문학, 즉 60년대의 신세대의 문학은 ‘자기만의 의식으로 개별화’, ‘소시민의식’을 핵심으로 한다는 점, 체험이 아닌 언어

에 대한 강한 자의식 속에서 시작되었다는 점에서 "문학에 대한 인식의 비로소 싹틈"9)을 의미한다고 주장한다. 반면 서기원은 인용문 ②에서 드러나듯 '언어질서의 근원으로서의 체험과 현실'을 강조한다는 점에서 근본적인 차이점을 보이면서도, 전후문학과 신세대문학 모두 "바로 기존 언어질서에 대한 도전이고 파괴 작용"을 수행하고 있다는 점에서 "한마디로 새 세계의 문학은 전후문학의 '안티테제'나 부정이 아니라 그의 발전적 전개"10)라고 주장한다. 서기원에게 전쟁체험은 포기할 수 없는 사항이었던 데 반해, 『68문학』 동인들은 바로 이 체험 중시의 문학관을 부정하고, 체험 대 언어, 비현실성 대 현실성, 심지어는 문학 이전 대 문학이라는 근본적 단절을 주장하고 있었다고 할 것이다.11) 12)

논쟁의 중심을 이루고 있는 두 번째 사항은 문학가가 역사／현실과 어떻게 관계 맺는 것이 진정한 방식일까라는 문제이다. 서기원의 계승론은 전후문학과 신세대문학 간의 '언어 질서'상의 공통분모를 제시하지 못하는 한 설득력을 가질 수 없었다. 당연히 김현은 "언어에 대한 미분화된 사고"13)라고 비판하는데, 이 과정에서 또 하나의 논쟁거리고 떠오른다.

> 서기원이 비난하듯이 새 시대의 작가들에겐 역사에 대한 '몸부림'이 없다는 것이 사실이다. 그러나 그들은 역사의식이라는 것이 역사에 대한 몸부림, 역사를 살아보겠다는 몸부림이 아니라, 역사를 위한 헌신이라는 것을 알고 있는 것이다. 역사를 몸부림으로 파악하려 할 때, 역사의식은 오히려 없어지고, 감정적인 오기만이 남게 된다. 몸부림이란 워낙 감정적 행위이기 때문이다. 그러므로 중요한 것은 역사를 살아 보겠다는 몸부림이 아니라, 자기의 몸부림이 역사적 의미를 얻기 위해서는 어떤 지적 조작을 겪지 않으면 안 되는가 하는 것이다. 그것은 역사를 위한 헌신이며, 역사를 만들어 나가려는 노력이다.14) (강조—인용자)

서기원은 전후소설의 본질 중 하나를 '역사에 대한 몸부림'으로 규정하면서, 신세대 문학의 소시민의식 주장에는 '역사에 대한 몸부림'이 없다고 비판한다. 이에 대해 김현은 인용문에서 드러나듯 전후소설의 '역사에 대한 몸부림'이야말로 역사의식의 상실을 의미한다고 비판하고, 진정한 역사의식이란 '지적 조작'을 겪어야만 하며 자신들의 문학이야말로 지적 조작을 거친 '역사에 대한 헌신'을 표현한다고 주장한다. 역사에 대한 몸부림이 역사의식의 상실을 의미한다는 김현의 주장과는 달리 서기원과 김현의 대립은 역사의식이 있는가 혹은 없는가라는 차원의 문제를 넘어서고 있다는 점에 주목할 필요가 있다. '역사에 대한 몸부림'이 역사와의 직접적 대면을 함축하고, '지적 조작', '역사에 대한 헌신'이 어떤 매개적 과정을 상정하는 것이라 할 때, 양자의 대립의 핵심에는 오히려 역사/현실의식을 표현하는 방식의 차이, 나아가 역사/현실과 관계하는 방식의 차이가 핵심으로 놓여져 있다고 할 것이다. 결국『68문학』동인들은 역사/현실과 직접적으로 관계 맺는 방식을 부정하고 '지적 조작'이라는 매개적 관계방식만을 진정으로 의미 있는 것으로 평가하고 있다고 볼 수 있는 것이다.

요컨대, 전후세대와 신세대간의 논쟁의 핵심에는 체험·현실 대 언어·문학의 대립 항, 그리고 역사/현실과의 직접적 관계 대 매개적 관계이라는 대립 항이 자리 잡고 있었는데,『68문학』동인들의 견해가 지배적이게 됨으로써, 전후문학에 대한 부정적 평가, 즉 전후문학은 문학 이전의 상태, 혹은 역사의식의 결여태라는 부정적 평가가 확고하게 자리를 잡은 것이라 할 수 있다.『68문학』이 염무웅까지 포괄하고 있었다는 점을 고려한다면, 이러한 평가는 이후 70년대 문학의 두 축,『창작과비평』과『문학과지성』모두 공유하는 문학사적 평가로 자리 잡게 되고, 힘을 발휘하게 된다고 볼 수 있다. '언어·문학'과 '체험·현실', '역사에 대한 몸부림'과 '역사에 대한 헌신' 모두 공히 비유의 차원에 있을 뿐이라고 할 때, 그 구체적인 의미가 무엇인가를 밝히는 것이 6·25 이후 문학을 문학사적으로 자리매기는 핵심적인 작업이 될 것이다. 특히 전후소설에 대한 새로운 접근은 언어·문학, '지적 조작'(역사에 대한 헌신)

을 내세우는 우월한 입장을 버리고 '체험·현실'과 '역사에 대한 몸부림'이 지니는 고유한 의미를 탐구하는 데서 가능해질 것이다. 김승옥과 김현으로 대변되는 개인적 자의식의 문학은 사실상 4·19와 60년대 불붙기 시작한 근대화라는 사회적 배경, 그에 기반한 문학적 제도의 확립을 떠나서는 논의가 불가능하다. 1969년까지도 "6·25전쟁은 과거에 지나쳐 버린 기억과 체험이 아니라, 지금 이 시간에도 살아 있는 현실이라고"15) 생각하고 있는 전후세대와 4·19 체험이 내면화되어 있는 신세대는 철저한 단절을 이루고 있는 것이며 신세대의 관점으로는 전후세대의 역사/현실에 대한 고유의 관계 방식, 그 바탕을 이루는 체험의 성격과 이에 기초한 미의식을 파악하는 데는 한계가 있을 수밖에 없다.

손창섭과 장용학을 중심으로 볼 때, 『68문학』 동인들이 놓치고 있는 것은 다음 두 가지이다. 첫째, 서기원의 '역사에 대한 몸부림', '현실에 대한 발언'에서 포착되는, '역사', '현실'에 대한 손창섭과 장용학 고유의 발언 방식, 관계 방식이다. 그들은 전통을 부정하고 새로움을 추구하는 현대성에 대한 지향을 가지고 있었고 그로 인해 제도 예술을 부정하고 예술과 생활을 결합하려는 아방가르드적 의식의 싹을 보이고 있다. 둘째, 전후소설의 핵심으로 간주되는 '체험'의 성격과 그것에서 비롯된 독특한 미학적 범주에 대한 간과이다. 전후 세대의 '체험'이란 실존과 관련된 것이라기보다는 김병익도 지적한 바 있듯이 '대재앙으로서의 전쟁체험'을 의미하며 이것이 야기하는 '전율'의 체험에 입각하여 '심미적 슬픔', '디오니소스적 심미적 현상'이라는 독특한 미학적 범주를 산출하고 있다는 점을 간과하고 있는 것이다.

3. 전후세대의 반전통의식과 아방가르드적 경향

손창섭·장용학 등 전후소설이 등장했을 때, 주요한 비평의 화제 중 하나는 '새로움'이었다. 구세대 비평가들과 작가들은 그들의 새로움이 대체로 일본의 모방이거나 이상(李箱)의 아류에 불과하다고 혹평한다. 그러나 장용학은 일본의 전후문학을 접해 본 적도 없으며, 그것과 우리의 전후문학의 유사성은 동시대성에서 오는 것이지 모방에서 오는 것이 아니라고 주장한다. 또한 이상(李箱)의 경우 그의 새로움이 한 개인의 기질에서 오는 것이라면, 전후소설가의 새로움은 세계성을 획득한 새로움으로서 현대사회의 부조리에서 유래하는 것이기에 아류일 수 없다고 본다.16) 장용학 자신의 주장과는 달리, 전후소설의 새로움은 유종호에 의해 "다다이즘적 쇼맨쉽"을 되풀이하고 있는 것으로 혹평되기도 한다.17) 그러나 중요한 점은 그들의 새로움 추구가 작품 자체에서 어느 정도 실현되었는가, 과연 새롭기는 한 것인가에 대한 평가와 상관없이 우리 문학사에서 '현대성modernity'의 핵심범주인 '새로움the new'을 본격적으로 제기하고 있다는 점이다.

아도르노의 견해에 따르면 '새로움'은 기법상의 새로움이나 연대기적 차원의 새로움을 넘어서서 특정 전통이 아니라 전통 자체를 부정하는 가운데 생산되는 질적인 차원의 새로움을 의미한다. 따라서 '새로움'이라는 미학적 범주는 "어떤 앞 시대의 예술적 실천을 부정하는 것이 아니라 전통 자체를 부정하는 것"에 핵심이 있으며 새로움은 모든 예술작품에 통용되는 전통, 규범을 부정하고 각각의 작가, 매 작품마다 새로운 규범을 창조하는 데서 비롯된다고 할 수 있다.18)

전후소설의 '기법상의 새로움'은 일반적으로 인정되는 사실인데, 보다 중요한 것은 그것이 이상과 같은 反전통의식의 소산이라는 점이다. 기법상의 새로움 그 자체만을 놓고 볼 때, 그들의 기법 그 자체는 그리

대단한 것이라고 하기는 어려울뿐더러 이것만을 강조할 때 결과적으로 전후소설의 부정적 평가에 동조하게 된다. 반면 그들이 反전통의식에 기초한 '새로움'을 주장했다는 사실은 그들의 새로움 추구가 단순한 기법상의 새로움을 넘어서, 현대예술을 특징짓는 근본적 범주로서의 '새로움'에 접근해 있었음을 보여준다고 할 수 있다.

신진층의 일반적 특색을 들면 그 고립성에 있다. 그들은 한국문학사와 단절된 세대라는 점이다. 그들은 한국문학사의 유산은 거의 물려받은 것이 없다. 따라서 한국문단사에 관여하려고 하지 않는 것은 자명한 이치일 것이다. (…중략…) 물론 패기와 의도만으로 문학이 된다는 것은 아니지만 신진들이 기성을 불신하는 것은 능력을 가지고서가 아니라 그 의욕에서이다. 한 걸음 나아가 말한다면 아량의 좁음에서이다. 역사를 두려워 할 줄 모르는 그 사고방식에 대해서이다.19)(강조—인용자)

인용문에서 드러나듯 장용학은 신진층의 일반적 특색으로 한국문학사와의 단절, 즉 전통과의 단절을 주장하며, 기성을 불신하는 능력보다는 불신하고자 하는 의욕, 즉 과연 얼마나 전통 단절(새로움)을 이루어 냈는가보다는 얼마나 전통을 철저하게 거부하고자 하였는가가 중요하다고 본다. 그들은 전통 거부의 충동으로부터 문학을 시작하였던 것이고 문학적 '능력'도 중요하지만 그들에게 더욱 중요한 것은 '패기와 의도', 즉 반전통의식이라 할 수 있다. 이와 같은 반전통의식에 입각할 때, 김동리와 백철로 대변되는 기존의 문학은 궁극적으로 '자연주의'에 뿌리를 둔 근대문학을 의미하게 되고 전후소설은 반자연주의문학으로서 "현대문학"20)을 의미하게 된다.21)

'자연주의', '현대문학'의 구체적 내용이 무엇인가를 밝히는 것도 중요하지만 여기서 일차적으로 주목해야 할 것은 이와 같은 대립항의 설정에 전통부정의 강렬한 충동이 작용하고 있다는 점이다. 아도르노에 따를 때 '새로움'은 그것 없이 현대예술이 성립할 수 없는 필연적인 역

사철학적 범주이자, 미학적 범주로서 개인에 따라 적당히 빗겨갈 수 있
는 성질의 것이거나 인기를 끌려는 문학외적인 시도의 차원의 것이 아
니라는 점에 중요성이 있다. '새로움'이 현대 예술의 핵심적 미학적 범
주라고 할 때, 장용학이 지적하고 있는 전통부정의 강렬한 충동은 곧
이러한 새로움에 대한 충동을 의미한다는 점에서 중요한 의의를 갖는
것이다.

　기존의 것을 부정하려는 강렬한 충동은 단순한 선언에 그치지 않고
그들의 작품 세계, 창작과정 그리고 문학과 현실／역사의 관계에 대한
관점을 지배하고 있다. 우선 작품세계를 보면 손창섭은 철저한 인간 모
멸을, 장용학은 '인간적'에 대한 비판을 보여주는데, 공통점은 기존의
휴머니즘적 인간관에 대한 철저한 부정, 기존의 가치관에 대한 철저한
부정으로서의 허무주의적 세계관을 표현하고 있다는 점이다.

　　①이와 같이 새로운 '나'와 '남'의 발견은 결과적으로 나에게 인간 및 사회에
　대한 불신과 반발심을 길러 주었고, 심지어는 신에 대한 원망마저 품게 하였던 것
　이다. (…중략…) 어딜 가나 멸시와 배척을 당할 뿐이었다. 이렇듯 나와의 공존
　과 공감을 허용하려 하지 않는 기성사회, 기성 권위에 대한, 억압된 나의 인간적
　자기 발산이 문학형태로 나타난 것이 말하자면 나의 소설이라 하겠다.[22](강조−인
　용자)
　　② 문제는 1＋1＝2라는 공식에 있는 것이 아니겠는가, 현기증은 1＋1＝2 위에
　이루어지는 세계에서는 면할 수 없는 것인지도 모른다. 이런데서 우리는 1＋1＝3
　의 세계를 갈망해 보게 되는 것이다. 그러나 역설적이 되지만, 우리가 1＋1＝3의
　세계를 갈망하게 된 것이 1＋1＝2의 세계에서 1＋1＝3의 현상이 공공연하게 자
　행되고 있기 때문이라면, 1＋1＝3의 질서를 갈망한다는 것은 바꾸어 말하면 액
　면대로 1＋1＝2가 되는 세계를 갈망한다는 것이 된다.[23](강조−인용자)

　인용문을 고려할 때, 그들 특유의 반휴머니즘은 손창섭의 경우 사회
로부터의 멸시와 배척에서 싹튼 "사회에 대한 불신과 반발심"의 표현이

며 장용학의 경우 1+1=2라는 인과율, 이성에 지배당하는 인간에 대한 비판의식의 표현이다. 양자 모두에게 문학은 더 이상 어떤 휴머니즘적 인간상을 탐구하거나, "자연과의 미메시스적 교류, 연대의식이 있는 공동생활"[24] 등 시민사회의 잔여적 요구를 표현하는 공간이 아니라는 점이 중요하다. 시민사회의 잔여적 욕구, 즉 현실 속에서 실현 불가능한 휴머니즘적 이상들을 문학 속에서 구현함으로써 이루어지는 근대 시민문학과는 달리, 이들은 오히려 현실의 부정성을 문학 속에 그대로 드러냄으로써 역으로 유토피아에 대한 강한 열망을 보여주고 있다. 그들은 현대문학은 유토피아의 표현이 아니라 "경직되고 소외된 것에 대한 미메시스를 통해서만 현대적"[25]게 된다는 아도르노의 명제를 잘 보여주는 문학적 창작을 수행하고 있다고 볼 수 있는 것이다.

　현실의 부정성을 드러냄으로써 대사회적 발언을 하는 것, 이것이 서기원이 언급한 전후소설 고유의 '역사에 대한 몸부림', '현실에 대한 발언' 방식이다. 이는 김동리로 대표되는 순수문학은 물론이고 '지적 조작'이라는 매개과정을 중시하는 『68문학』과도 전혀 다른 방식으로 현실／역사와 관계한다. 시민 사회에서 예술의 자율성이 사회적 무기능성을 전제로 한다고 할 때, 순수문학은 물론이고 『68문학』 동인들의 자의식의 문학 모두 방식은 다르지만 근본적으로 시민사회에서 예술이 갖는 자율성을 실천하고 있다고 볼 수 있다. 사회적 무기능성에 대하여 아무런 문제의식도 느끼지 못하는 순수문학은 말할 것도 없고 『68문학』 동인들의 자의식의 문학 역시 궁극적으로는 예술의 사회적 무기능성이라는 제도적 틀 속에서 활동하고 있는 것을 의미한다.[26] 이와 같은 비판은 현실참여를 주장했던 『창작과비평』 중심의 문학에도 해당한다고 볼 수 있다. 『창작과비평』 중심의 문학 역시 비록 문학 내용상 혹은 문학 밖에서 현실 참여를 주장했을지는 몰라도 예술의 사회적 무기능성을 대가로 해서 얻어진 예술의 자율성 자체의 부정, 즉 근대 시민문학의 제도적 틀에 대한 비판으로 나아가고 있지는 않기 때문이다. 뷔르거에 따르면 시민사회의 잔여적 욕구를 만족시키는데 멈추지 않고, 예술의 자율성과 사회적 무기능성의 결합으로 이루어진 틀(제도 예술) 자체를 붕괴시켜 예술을 실제생활과 결합시키려 했던 것이 역사적 아방가르드다. 물론 전후소설이 뷔르거의 역사적 아방가르드와 완전히 일치하지 않는다.27) 그러나 전후소설은 문학 및 사회에 대한 강렬한 반전통의식 속에서, 시민 사회의 잔여적 욕구가 실현되는 공간으로서의 문학(순수문학, 자의식의 문학)을 거부하고 있다. 무엇보다도 현실의 부정성을 그대로 드러내고 있다는 점이 중요한데, 이는 문학이라는 공간을 통해 간접적으로 현실과 접촉하는 것이 아니라 현실과의 직접적 접촉을 추구하는 것으로서 넓은 의미에서 생활과 예술의 결합을 추구하는 아방가르드적 경향을 보여주는 것이라고 할 수 있을 것이다.

이와 같은 관점에서 바라볼 때, 『68문학』 동인들에게 그렇게 비판받았던 체험 중시의 문학관이나 '역사에 대한 몸부림' 즉 역사 / 현실과 직접적으로 관계 맺는 방식에 대한 재평가가 가능할 것이다. 우선 장용학 소설의 생경한 철학적 언설을 다시 생각해 볼 필요가 있다. 그것은 이제까지 장용학 소설을 비판하는 데서 주요한 근거가 되어 왔다. 철학적 언설을 끝없이 늘어놓음에도 불구하고 형식의 차원에서 볼 때 언어 감각이 결정적으로 부족하고, 내용상의 차원에서 볼 때 비판의 대상인 도구적 이성을 지나치게 단순화시키고 있어 사상적 깊이를 갖지 못한다는 것이 비판의 주된 이유이다. 그럼에도 불구하고 장용학이 그토록 줄기차게 철학적 언설을 고집한 이유는 무엇일까? 그것은 비문학적 철학적 언설을 그대로 들여옴으로써 문학과 비문학의 경계를 제거하려는 아방가르드적 경향 때문일 것이다. 또한 손창섭이 "소설이란 이렇듯 작자의 인생 체험의 반영이요 표현임은 중언할 여지가 없을 것 같다"28)라고 하면서 자신을 영원한 '아마추어 작가'라고 주장할 때, 이는 『68문학』 동인들이 주장하는 것처럼 '문학이전의 태도, 작가로서 할 수 없는 발언' 등으로 평가할 성질의 것이라기보다는 문학과 삶을 분리시키는

경향, 즉 문학적 전문화에 대항하려는 문학관의 산물이라고 할 수 있을
것이다.

> ① 그러기 위해서는 인간의 기성적 의미를 분산시켜, 무의미한 면에 새로운
> 가치를 부여함으로써 창작상의 효과를 노려보자는 것이었다. 그것은 필연적으
> 로 작품의 성과에 있어서 시궁창 같이 구질구질한 군소리의 흐름을 면할 수
> 없게 하였다. 왜냐하면 작자가 내세우는 명확한 목적, 즉 선명한 의미를 위한
> 집중적 표현을 피하고, 그 의미를 문장 전체 속에 용해시켜 버리는 수법을 쓸
> 수밖에 없었기 때문이다.[29)]
>
> ② 완성된 작품을 「十」이라고 하면 붓을 들 때 작자인 내 수중에 미리 갖추
> 어져 있는 것은 「三」 정도의 것이다. 나머지 「七」은 써 나가는 사이에 생겨나
> 주어야 하는 것이다. 샘이 마르면 그 「七」이 생겨날 데가 없어, 작품은 「三」으
> 로 끝나고 만다. (…중략…) 작품을 쓰고 있을 때의 나는 '밤의 나'요 평소의 나
> 는 '낮의 나'라고 한다면 어느 것이 정말의 나인가 할 때 '낮의 나'가 나요 '밤
> 의 나'는 우연에 지나지 않는다. 그래서 '예술은 우연이다'라는 것이 나의 지론쯤으
> 로 되어 있다. 작품 자체가 우연의 소산이라 하겠지만 장면 장면도 그렇다.[30)](강조
> ―인용자)

손창섭과 장용학이 고백하는 고유한 창작방식에도 주목할 필요가 있
다. 아방가르드적 경향은 필연적으로 유기적 작품 개념을 붕괴시키고
비유기적 작품 개념을 확립하는데, 인용문 ②에서 제시되듯 장용학의
창작방식은 비유기적 작품 개념을 그대로 보여주고 있다. 장용학의 경
우 그 동안 많은 연구가 이루어졌던 알레고리와 더불어 이와 같은 '우
연'에 대한 강조는 작품 제작에서 우연과 알레고리에 의존하는 아방가
르드의 근본 경향[31)]과 정확히 일치한다. 문제는 오히려 손창섭의 창작
방법, 즉 '의미를 분산시켜 문장 전체 속에 용해시켜 버리는 수법'이다.
'의미의 분산'이 의미의 비완결성을 가리키고 '문장 전체 속에 용해시
켜 버린다는 것'이 이러한 비완결성이 문장의 차원에까지 침투해 들어
가게 함을 의미한다고 할 때, 이러한 모습은 행위의 무의미성을 표현하

는 서사구조, 작품 속에서 '것이다'라는 문체의 사용 등에서 증명된다고 볼 수 있다. 물론 그의 작품들의 완결성을 고려할 때, 그의 작품이 비유기적 작품 개념을 구현하고 있다고 평가할 수는 없다. 그러나 손창섭의 창작방식이 폴 드 만이 지적한 바 있는 아이러니적 글쓰기를 보여주며, 그의 소설이 아이러니적 글쓰기를 통한 절대희극의 경지, 즉 타자가 아니라 바로 자기 자신의 무너짐을 바라보면서 웃음 짓고 있는 경지에 접근해 있다고 할 때, 이때의 창작주체의 상태가 장용학에서 나타나는 알레고리적 글쓰기의 주체와 유사한 차원이라는 것은 중요한 의미를 갖는다고 할 것이다.32) 아이러니적 글쓰기이건 알레고리적 글쓰기이건 완결된 주체를 상정하지 않고 의미의 불확실성을 지향하고 있다는 점에서는 공통되기 때문이다. 그러나 손창섭의 아이러니와 장용학의 알레고리가 폴 드 만의 아이러니 및 알레고리와 결정적인 차별성을 보인다는 점을 분명히 해야 할 필요가 있다. 폴 드 만의 아이러니, 알레고리 개념은 '현대'에서 일반적으로 주체가 처해 있는 상황을 토대로 이론화하고 있는 반면 손창섭과 장용학의 창작에는 그 근저에 대재앙으로서의 전쟁체험이 놓여 있기 때문이다.

　손창섭과 장용학에서 나타나는 새로움의 추구와 아방가르드적 경향성은 많은 한계를 갖고 있다. 우선 그들의 전통부정은 '특정한 전통의 부정'과 '전통 자체의 부정'의 경계선에 있었다고 할 수 있다. 앞서 지적하였듯이 현대성의 핵심 범주로서 '새로움the new'이란 단순한 기법상의 새로움이 아니라, "어떤 앞 시대의 예술적 실천을 부정하는 것이 아니라 전통 자체를 부정하는 것"에서 성립된다. 전후 백철과 김동리로 대변되는 문학이 가로막고 있을 때, 그것은 단순한 '어떤 앞 시대의 예술적 실천'일 뿐만 아니라 '전통 자체'에 해당하는 것이기도 하다는 점에서 「요한시집」이나 「미해결의 장」 등은 어느 정도에 있어서는 현대문학의 핵심범주인 새로움을 구현하고 있었다고 할 것이다. 그럼에도 백철과 김동리로 대변되는 문학이 제도예술의 온전한 모습을 구현하고 있었는가라고 반문할 때는 긍정적이지만은 않다. 신세대들이 표 나게 내세우듯 자의식의 문학으로서의 면모가 부족하기 때문이다. 이점을 고려하면 전후소설이 '전통 자체', 즉 제도 예술 자체의 부정으로서는 많은 한계를 가질 수밖에 없었다는 점은 오히려 당연한 결과인 듯하다. 더욱이 전통 자체를 부정한다는 것의 핵심적 의미는 어떤 규범성도 상정하지 않고 매번 새로운 규범을 창조하는 것이라 할 때, 손창섭과 장용학은 이에 대한 명확한 의식을 갖고 있었다고 보기 힘들다고 평가할 수 있다.

4. 카타스트로피 체험과 미·시간의식

전후소설을 전쟁체험과 분리시켜 논한다는 것은 거의 불가능한 일이다. 전후세대는 크게 두 부류로 나누어지는데,[33] 이봉래의 다음과 같은 발언에 분명히 드러나듯 그들 모두는 전쟁 체험에 사로잡혀 있었다.

신세대라고 불리우고 있는 20대, 30대의 세대는 그 정신의 발육기를 전쟁이라는 악몽의 계절 속에서 보내왔다. 그네들이 국민학교의 교문에 발을 디뎠을 때 또는 그네들이 모태로부터 인간의 세계에 고고지성을 질렀을 때, 일본제국주의의 침략 정책은 이미 만주사변을 일으키고야 말았던 것이다. 1920년으로부터 현재의 1956년에 이르기까지 신세대는 전쟁의 초연 속에서 그네들의 육체를 성장시켜 왔고 그네들의 청춘을 영위하여 왔다. 과거도 없고 또한 미래마저도 아득한 농무 속에서 잠겨버린 허탈적인 풍토 속에서 그네들은 자멸의 예감에 허덕이면서 상처받은 자아를 고독한 현실세계의 폐허 위에 확인하였다. 일제의 가혹한 식민지 교육은 그네들의 머리에서 민족·국가·자유·역사 등의 일체의 관념을 약탈하였고 심지어는 '한글'마저도 빼앗아 버렸던 것이다.[34](강조—인용자)

이봉래의 지적에 따르면 전후세대는 한글을 빼앗겨 민족어에 대한 감각을 연마할 수 있는 기회를 갖지 못했다는 점, 전쟁체험에서 유·소년기를 보내었기에 이성·민족·자유·역사 등에 대한 관념을 갖고 있지 않다는 점을 특징으로 한다. 그 내면화의 정도에 있어 전후 2세대 작가들에 비해 전후 1세대 작가들, 즉 손창섭·장용학이 훨씬 심하였다고 볼 수 있다. 손창섭과 장용학은 각각 1922년과 1921년 생으로서 10대 때 중일전쟁(1937)을 겪었고, 20대 때 태평양전쟁(1941)을 겪었으며 30대 때 한국전쟁을 겼었다. 한국전쟁은 수 십 년간의 전쟁, 즉 중일전쟁, 태평양전쟁의 연속선상에 있는 또 하나의 전쟁으로서 그들에게 민족국가의 수립을 놓고 벌어진 두 가지 방향성(사회주의의 길과 자본주의 길)간의 무력 대결 이전에, 한 인간 개체에게 그의 의지나 이성과는 무관하게 무자비한 가해지는 엄청난 폭력과 대재앙, 즉 카타스트로피(catastrophe)를 의미하였다. 전후문학이 손창섭과 장용학으로 대변된다고 할 때, 그들의 체험은 한마디로 철저한 대재앙으로서의 전쟁 체험, 주체의 의사와는 전혀 무관하게 외부로부터 가해진 대재앙의 충격이었다는 데 본질이 있는 것이다. 한국전쟁은 좌우익의 이념적 대립이 전쟁으로 발전한 것이라고 파악할 수도 있지만, 이는 민족 내부의 전쟁을 넘어서는 한국전쟁의 세계대전적 면모를 설명하지 못한다. 민간인과 군인의 구별 없이 대량 학살을 낳는 현대전의 면모로 인해서, 그리고 냉전체제, 즉 외부에서 기인한 세계사적 사건이라는 점으로 인해서 6·25전쟁은 그들에게 해방이나 자유 수호라는 어떤 정치적 이념도 사실상 무색하게 만드는 대재앙이었던 것이다.[35]

주목할 점은 손창섭과 장용학 소설의 핵심에 놓여 있는 대재앙으로서의 전쟁체험이 그들 고유의 미의식을 산출하고 있다는 점이다. 대재앙으로서의 전쟁체험이 모든 가치의 붕괴를 낳았을 때, 그들은 허무주의로 나아가게 되며 이 허무주의에 기초한 고유한 미의식을 작품 속에서 구현한다. 구체적으로 손창섭의 경우 '심미적 슬픔(die ästhetische Trauer)'[36]과 '희극적 미의식'을, 장용학의 경우 '심미적 현상으로서의 디오니소스적인 것(the Dionysian as the aesthetic phenomenon)'37)과 '알레고리'를 본질로 한다. 그들의 미의식은 각각의 고유성에도 불구하고 도덕과 이성을 부정하는 악마적 성격을 띠고 있다는 점, 대재앙의 충격에 기초한 미의식을 보여준다는 점에서 공통된다. 손창섭의 작품이 구현하고 있는 심미적 슬픔이 대재앙으로서의 한국전쟁으로 인한 가치의 붕괴에 기초하고 있는, 그리고 권태와 폐쇄적 침묵을 특징으로 하는 악마적 성격의 심미적 슬픔이라면, 장용학의 작품이 구현하고 있는 '심미적 현상으로서의 디오니소스적인 것'은 근대적 이성과 도덕 너머에 존재하는 초인의 영역으로서, 이성적 주체 부재 상태의 갑작스러운 전율과 디오니소스적 황홀을 특징으로 하는 심미적 현상이라고 볼 수 있다. 이에 대한 분석은 이미 상세하게 이루어졌기 때문에 본고에서는 고유의 시간의식을 중심으로 논의를 진행하고자 한다.38)

날쌔게 방바닥에 뛰어오른 그는 바닥에 굴러있는 낡은 댓자루를 집어들고 툇마루로 한발 내디뎠다. 누워만 있었던 다리는 가슴의 분노가 무거웠던지 후들후들 떨린다. 무슨 김에 이리로 몰린 반장의 그 약한 강자만이 가지고 있는 번들번들 하면서 찌그러진 표정. 그 찰나였다. 단절이었다! 시간과 공간은 파편처럼 날리고 행하니 몸둥아리가 방바닥에 딩굴었다. 요란스러히 그릇이 깨어지는 소리 양푼이 구르는 소리 기둥의 사개가 빠지는 소리, 또 무슨 소리, 도깨비의 칼춤이 주위를 지배했다. 그런데 천장은 기울어지지 않았다. '그럼 반장네 집인가?' (…중략…) 이래도 하늘에는 달이 구름사이에 여전하겠구나 생각하니 분한 생각이 왈칵 이는 것이었지만 저 쪽에서 모기 우는 것 같은 소리가 나타나기 시작하면 모든 것을 팽개치고 간은 다시 한 번 뱃속에서 땅에 달라붙는 것이었다. 날이 밝으면 홍두깨 같은 고통은 잦아지나 사람은 몸을 햇빛아래에 내놓는 것을 두려워 했다. 집집마다 서로 떨어진 孤島의 생활이고 땅바닥을 의지하는 혈거 생활이었다. 지상의 주인공이 바뀌어진 것이다. 人道가 없어지고 彈道가 그물을 쳤다. '자유를 위하여 정의를 위하여 항구적 평화를 위하여 ……' 그러나 이런 소리가 들리지 않는 고도나 동굴 속에서 사람들은 시시각각으로 동물로 동물로 돌아가고 있다.39)(강조—인용자)

인용문에서 단적으로 표현되듯, 이 대재앙의 충격은 마치 폭탄이 떨어졌을 때와 같은 충격으로서 기존의 '인간적' 관계와 감정(제자 영애와 스승인 나의 윤리적 관계, 인민군의 앞잡이 노릇을 하는 반장에 대한 분노)을 완전히 붕괴시키고 주체로 하여금 완전한 "단절", "최후의 날",40) "시간과 공간이 파편처럼 날리"는 체험을 하게 한다. 이는 곧 "모기 우는 것 같은 소리"에도 간이 콩알만해지는 공포와 경악의 순간이며 과거와 미래로부터 분리된 철저한 '현재—점(present-point)'41)의 시간이다. 장용학의 초기작들 「지동설」(『문예』, 1950.5), 「미련소묘」(『문예』, 1952.1)에서는 이러한 장면이 등장하지 않지만 이는 등단을 위해 모더니즘적 포즈를 취할 수밖에 없었다는 점을 고려할 때 오히려 당연한 것이고 공들여 창작하였다는 「찢어진 윤리학의 근본문제」(『문예』, 1953.6), 「사화산」(『신천지』, 1954.9) 등에서는 대재앙의 체험을 재현하는 장면이 작품의 중심에 자리잡고 있다. 「요한시집」(『현대문학』, 1955.7)에서 등장하는 직선적 시간관에 대한 비판, 즉 거꾸로 흐르는 시간에 대한 표상 역시 대재앙으로서의 전쟁체험에 기초한 카타스트로피의 '순간'에 기반하고 있다. 「비인탄생」(『사상계』, 1955.10~57.1)과 「역성서설」(『사상계』, 1958.3~6)의 경우는 폭격의 순간이 아니라 전후현실의 폭력성과 접할 때의 순간으로 외피만 바뀔 뿐 근본적으로는 대재앙의 충격에서 근원하는 '현재—점'의 순간을 되풀이하고 있다. 특히 녹두대사와 삼수의 대결이 벌어지는 「역성서설」의 시·공간은 곧 대재앙의 순간에 대한 알레고리라고 할 수 있을 것이다.

그렇게 어둡고 무겁기만 한 귀로에서 '최선을 다한 나의 노력은 오늘도 수포로 돌아갔다'는 생각이 어쩔 수 없는 결론이나처럼 선명하게 의식되는 것이었다. 수포라는 통속적 한자어는, 어둠 속에서 무수히 떴다 사라지는 물거품을 그에게 거푸 보여주는 것이었다. 한편 그러한 그의 헛수고는 비단 오늘이라는 시간을 기준으로 출생 이전의 무한한 공간에서부터 이랬고 앞으로는 또 죽은 뒤에까지도 영원히 이렇게 불행할 것만 같았다.[42](강조—인용자)

　손창섭의 경우 작품 전체를 지배하고 있는 무시간적 진공상태,[43] 즉 인용문에서 단적으로 표현되고 있는 "출생 이전의 무한한 공간에서부터 이랬고 앞으로는 또 죽은 뒤에까지도 영원히 이렇게 불행할 것만 같았다"란 시간감각은 바로 전쟁이라는 대재앙을 겪었을 때, 그 충격으로 인해 발생한 의식 내부의 현상을 형상화한 것이라고 할 수 있다. 폴 드 만에 따르면 알레고리와 아이러니의 주체는 성찰이 존재하지 않는 무시간적 순간에 공통적으로 처해 있는데, 손창섭과 장용학의 아이러니와 알레고리적 글쓰기는 이와 같은 현대에서 주체가 처해있는 일반적 상태의 글쓰기를 넘어서, 엄청난 충격으로 인한 주체의 시간적 단절 상태에서의 글쓰기라 할 수 있을 것이며 아도르노가 지적한 바 있는 신화적 무시간성을 표현한다고 볼 수 있다.[44] 새로움을 창조하는 순간이란, 반전통의 힘이 이전의 모든 낡은 것을 삼켜 버리고 이제까지의 시간적 연속성을 파괴하는 순간으로서 일종의 신화적 무시간성에 도달하는 것을 의미하는데, 손창섭과 장용학의 시간의식은 바로 이러한 신화적 무시간성을 표현한다고 볼 수 있는 것이다.

　손창섭과 장용학 소설은 대재앙으로서의 전쟁체험에서 비롯되는 미의식을 표현하고 있고, 그 핵심에는 이상과 같은 고유의 시간의식이 놓여 있다고 볼 수 있다. 그리고 이와 같은 시간의식은 현대적 예술의 미학적 본질을 특징짓는다는 점에서 중요한 의미를 갖는다. 보러는 푸르스트의 『잃어버린 시간을 찾아서』와 조이스의 『젊은 예술가의 초상』을 중심으로 자신의 '순간' 개념을 정초하고 있다. 그의 '순간' 개념의 핵심은 그것이 '기억'(푸루스트)과 '예감'(조이스)에 의해 주체의 행복을 실현하는 '전율의 순간', '유토피아적 순간'을 의미한다는 점에 있다.[45] 벤야민이 초현실주의를 분석하면서 발전시킨 '지금시간Jetztzeit' 역시 예외는 아니다. 벤야민은 정치성을 주장한다는 점에서 보러의 '순간' 개념과 차이를 보이지만, 진보적 시간관을 폭파시킴으로써 갑작스럽게 등장하는 구원을 주장한다는 점에서는 보러와 동일하게 행복의 실현, 유토피아를 상정하고 있다.46) 손창섭과 장용학의 시간의식은 바로 이러한 현대적 예술의 시간의식을 표현하고 그들의 미의식의 기초를 이룬다는 점에서 중요한 의미를 갖는다. 그러나 손창섭이나 장용학의 '순간'은 전쟁체험에 입각한 카타스트로피의 순간에 기초한다는 점에서 일반적 현대적 예술의 시간의식과 결정적인 차이를 보인다. 그것은 카타스트로피의 체험에서 비롯된 극도의 고통의 순간이면서 동시에 역설적으로 행복의 순간이라는 독특한 성격을 보여주는 것이다. 이점을 고려하면 그들의 시간의식은 보러보다는 벤야민의 순간 개념에 특히 접근해 있다고 할 수 있다. 손창섭과 장용학의 순간 개념은 '새로움'이라는 미학적 범주와도 밀접한 관련을 갖는다. 아도르노는 '새로움은 전율을 야기한다'고 주장하고 있는바,47) 그들이 작품 속에서 공포와 경악의 순간을 되풀이하여 표현한다는 것은 그들이 이룩한 새로움의 충격, 즉 반전통의식을 실천하는 데서 오는 전율과 그로 인한 행복의 순간을 되풀이하는 것을 의미한다고 볼 수도 있을 것이다.

5. 결론—전후소설의 문학사적 자리매김

전후소설은 『68문학』 동인들에 의해 문학 이전의 상태라는 부정적 평가를 받았다. 언어상의 결정적 결함, 체험에 얽매인 문학, 역사의식의 결여 등 전후소설은 1969년 논쟁 이후 그 문학사적 의미가 회복할 수 없을 정도로 결정적으로 훼손되었다고 할 수 있다. 그러나 이러한 평가가 결정적으로 놓치고 있는 것은 전후문학이 근본적으로 대재앙으로서의 전쟁 체험에 기반하고 있다는 점이다. 비록 5·16으로 인해 좌절되었다고 하나 내면에 잠재해 있는 4·19의 해방적 체험, 근대화를 배경으로 하는 자의식 문학은 근본적으로 진보론적 감각에 입각해 있는 것이며 이것의 관점으로는, 전쟁 체험에 입각해 이 진보론적 감각을 철저히 배격하고, 아방가르드적 경향, 고유의 미의식을 실천하였던 전후소설을 올바로 평가할 수 없는 것이다.

이와 관련하여 69년 논쟁을 마무리하면서 김병익이 제기했던 전후소설의 문학사적 자리매김은 매우 시사적이다.

비극적인 시대에 현실적인 패배를 감수해야 했던 50년대 작가의 문학이 우선 그 자체로 정당히 평가돼야 할뿐더러 그들의 역사에 대한 오열과 사회에 대한 반감이 60년대의 참여문학계로 이월되는 현상과 그것만으로는 불가능했던, 혹은 결여했던 미의식과 개인주의의 각성이 상대적으로 안정된 시대에 살았던 60년대의 자각에 의해 새 물결로 제기되는 현상을 우리는 60년대의 가장 중요한 소득으로 쳐야 할 것이다. 50년대와 60년대 사이에 암흑의 단절이 없었던 것처럼 50년대 문학의 존재 이유를 거쳐 60년대의 존재이유가 수긍되어야 한다는 것이다. 양자는 대립적이 아니라 상관적으로, 단절의 아닌 계승으로, 배제적이 아니라 종합적으로 설정돼야 한다.48)(강조—인용자)

김병익의 발언에서 50년대와 60년대가 단절이 아니라 계승의 관계에 있다는 평가는 '계승'의 외연을 좀 더 확대하여 내린 평가에 불과하고49) 중요한 것은 50년대 문학의 "사회에 대한 반감"이 60년대의 참여문학으로 이어진 반면 그것이 결여했던 미의식과 개인주의가 『68문학』 동인들을 중심으로 한 신세대들에 의해 개화하였다는 평가이다. 전자가 『창작과비평』을 의미하고 후자가 『문학과지성』을 의미한다고 할 때, 50년대 문학은 전자에서 계승되었다는 지적이다. 이는 50년대 문학과 60

년대의 참여문학, 자의식문학과의 관계를 넓게 조망할 때, 전후문학이 참여문학과 친연성이 있었음을 지적하는 매우 뛰어난 통찰이라 할 수 있다. 그럼에도 이후『창작과비평』으로 대변되는 참여문학의 발전경향을 볼 때, 두 가지 사실을 덧붙일 필요가 있을 듯하다. 전후소설의 핵심에 대재앙으로서의 전쟁체험에 기초한 고유의 미의식과, 새로움에 대한 추구·아방가르드적 경향이 놓여 있다고 할 때, 전쟁체험에 기초한 미의식은 60년대 이후 완전히 단절되었다는 점이 하나라면, 아방가르드적 경향은 일정한 가능성을 갖고 있었는데, 김수영의 실천이 그 실례였다는 점이 다른 하나이다.

필자의 판단으로 현대문학의 '새로움'을 가장 잘 이해하고 있었던 작가는 김수영이다. 손창섭·장용학 소설의 '새로움' 이해에서 결정적인 한계는 매번 새로운 규범을 가져야하는 창조성을 잃어버리고 매너리즘에 빠져 버렸다는 점이다. 반면 김수영은 그의 평론에서 매너리즘에 빠지지 않는 끊임없는 '새로움'을 주장하고 있다. 김수영은 새로움의 추구를 현대성의 핵심으로 놓고 있으며 새로움을 획득하는 순간을 절대적 완성, 창조를 수행하는 순간, 즉 자유를 이행하는 순간으로 규정한다. 그는 트릴링에게 영향 받았으면서도 한걸음 더 나아가 있었던바, '새로움=자유'라는 인식에 도달하고 현대적 정신을 추구하며 현대성의 급진화, 아방가르드로의 경향성을 보여준다.[50] 우리 문학사에서 상대적으로 미약한 아방가르드적 경향은 그의 죽음 이후『창작과비평』에서 계승되지 못했다. 이는『창작과비평』에 의해 추구되었던 리얼리즘 소설을 고려한다면, 비단 시의 문제만이 아니라 소설의 문제이기도 하며 소설의 경우 오히려 더 심각한 문제라고 할 수 있다. 전후소설에 대해 부정적으로 평가하던『문학과지성』의 소위 모더니즘 계열의 문학에서도 사정은 마찬가지라고 할 때, 전후소설이 보여주고 있는 아방가르드적 경향, 전후소설 고유의 미의식의 싹을 개화시키는 문제는 현재에서도 유효한 과제로 남아 있다고 할 것이다.

1) 김윤식, 「우화성과 이데올로기 비판」,『속 한국현대작가론』, 일지사, 1980; _____, 「90년대 연구진과 알레고리론」,『문예중앙』, 1996년 겨울; 방민호, 「전후소설에 나타난 알레고리 연구」, 서울대 석사논문, 1993; 서영채, 「알레고리와 계몽」,『소설의 운명』, 문학동네, 1996; 김건우, 「장용학 소설 연구」, 서울대 석사논문, 1995; _____, 「장용학의 '원형의 전설'론」,『한국 전후문학의 분석적 연구—학천 박동규 교수 회갑기념논문집』, 월인, 1997; 이현석, 「전후소설의 서사구조와 수사적 성격 연구」, 서울대 석사논문, 1997.

2) 장수익, 「한국 관념소설의 계보」,『1960년대 문학연구』, 예하, 1993; 황순재,『한국 관념소설의 세계』, 태학사, 1996; 유철상, 「한국 전후소설의 관념지향성 연구」, 서울대 박사논문, 1999; 이정숙, 「코페르니쿠스적 전환과 관념의 소설화—장용학론」,『한국현대소설연구』, 깊은샘, 1999.

3) 한상규, 「손창섭 초기 소설에 나타난 아이러니의 미적 기능」,『외국문학』, 1993년 가을; 조현일, 「주체의 분열과 아이러니에 관한 고찰」,『현대소설연구』, 한국현대소설학회, 1996.6; 배개화, 「손창섭 초기 소설에 나타난 아이러니 구조」,『한국 전후문학의 분석적 연구』, 월인, 1999.

4) 김동환, 「한국 전후소설에 나타난 현실의 추상화 방법 연구」,『한국의 전후문학』, 한국현대문학연구회, 1991.

5) 선우휘, 「현실과 지식인」,『아세아』, 1969.2; 박태순, 「젊은이는 무엇인가—선우휘씨의 '현실과 지식인'에 대한 반론」,『아세아』, 1969.3.

6) 김주연, 「새시대 문학의 성립—인식의 출발로서의 60년대」,『아세아』, 1969.2, 254면.

7) 서기원, 「전후문학의 옹호」,『아세아』, 1969.5, 232면.

8) 김주연, 앞의 글, 253면.

9) 위의 글, 253면.

10) 서기원, 앞의 글, 232~233면.

11) 김치수(「한국소설의 과제」,『68문학』, 1969)는 김현·김주연과 유사한 입장에 서 있었다면, 김병익(「60년대 문학의 위치」,『사상계』, 1969.12)은 단절이 아닌 계승을 주장하면서 전후소설을 상대적으로 고평하는 입장을 취하고 있다는 점에서 차이점을 드러낸다.

12) 2장에서 이 부분까지는 조현일, 「손창섭·장용학 소설의 허무주의적 미의식에 대한 연구」, 서울대 박사논문, 2002, 5~6면을 수정하여 게재하였음을 밝혀둔다.

13) 김현, 「분화 안 된 사고의 흔적」,『서울신문』, 1969.5.6.

14) 김현, 「세대교체의 진정한 의미」,『세대』, 1969.4, 205면.

15) 서기원, 앞의 글, 231면.

16) 장용학, 「감상적 발언」,『문학예술』, 1956.9, 172면.

17) 유종호는 전후소설가의 새로움을 독창성이 부족한, 다다이즘의 쇼맨십의 되풀이로 평가하는 반면, 이봉래는 역사적 필연성의 소산으로서 질적 새로움을 의미한다고 본다. 유종호, 「새로운 우상」,『세대』, 1964.10, 196면; 이봉래, 「신세대론」,『문학예술』, 1956.4, 131면.

18) T.W. Adorno, *Aesthetic Theory*, trans. Robert Hullot-Kentor, Minnesota : University of Minnesota Press, 1997, pp.19~33.

19) 장용학, 앞의 글, 170면.

20) 장용학, 「작가의 시각」, 『사상계』 특별증간호, 1962, 280면.

21) 3장에서 이 부분까지는 조현일, 앞의 논문, 142~143면을 수정하여 게재하였음을 밝혀
둔다.

22) 손창섭, 「아마튜어 작가의 변」, 『현대한국문학전집 3권-손창섭』, 신구문화사, 1968,
474면.

23) 장용학, 「감상적 발언」, 175~176면.

24) 뷔르거에 따르면 근대 시민문학은 현실 속에서 실현하기 불가능한 유토피아적 영역을
문학에서 표현함으로써 가능해졌다. 잔여적 요구란 현실 속에서 실현 불가능한 휴머니
즘적 이상을 의미한다. P. Bürger, 최성만 역, 『전위예술의 새로운 이해』, 심설당, 1986,
42면.

25) T.W. Adorno, *Aesthetic Theory*, p.21.

26) 뷔르거에 따르면, 시민사회에서 예술의 자율성 확립과정은 곧 사회적 무기능성의 확립
과정이다. P. Bürger, 앞의 책, 78면.

27) 뷔르거에 따르면 역사적 아방가르드의 자기 비판, 즉 예술과 생활의 결합은 예술의
사용목적, 생산, 수용이라는 차원 모두에서 변화를 야기한다. 반면 장용학과 손창섭의
소설은 이와 같은 전면적인 모습을 보이지 않는다.

28) 손창섭, 앞의 글, 473면.

29) 손창섭, 「작업여적」, 『한국전후문제작품집』, 신구문화사, 1962, 406면.

30) 장용학, 「작가의 시각」, 279면.

31) P. Bürger, 앞의 책, 111~117면.

32) 조현일, 「주체의 분열과 아이러니-미해결의 장을 중심으로」, 『현대소설연구』 4집,
한국현대소설학회, 1996.6 참조.

33) 장용학은 '신진'과 '신인군'이라는 표현을 사용하였는데, 손창섭(1922), 장용학(1921),
김성한(1919) 등 신진은 30살 전후에 한국전쟁을 맞고 전쟁을 전후해서 등단한 작가이며
이호철(1932), 서기원(1930), 오상원(1930) 등 신인군들은 20살 전후에 한국전쟁을 맞고
휴전 후 등단한 작가들이다. 장용학, 「감상적 발언」, 『문학예술』, 1956.9, 170면.

34) 이봉래, 「신세대론」, 『문학예술』, 1956.4, 132면.

35) 4장에서 이 부분까지는 조현일, 「손창섭, 장용학 소설의 허무주의적 미의식에 대한
연구」, 143~144면을 수정하여 게재하였음을 밝혀둔다.

36) L. Heidbrink, Melancholie und Moderne : Zur Kritik der historischen Verzweiflung, Munchen,
1994, S.78.

37) K.H. Bohrer, "Asthetics and Historicism : Nietzsche's Idea of Appearance", *Suddenness*, trans.
R-Croweley, Columbia University, 1994, p.123.

38) 손창섭과 장용학 소설의 미의식에 대해서는 조현일, 「손창섭, 장용학 소설의 허무주의
적 미의식에 대한 연구」, 서울대 박사논문, 2002 참조.

39) 장용학, 「찢어진 윤리학의 근본문제」, 『문예』, 1953.6, 144~145면.

40) 장용학, 「사화산」, 『문학예술』, 1955.10, 50면.

41) K.H. Bohrer, "Utopia of the Moment and Fictionality", *Suddenness*, p.206.

42) 손창섭, 「혈서」, 『현대문학』, 1955.1, 169면.

43) 손창섭 소설의 시간의식의 이러한 특성은 이미 지적되어 왔는데 대체로 부정적인 평가
로 귀결된다. 서준섭, 「정지된 세계의 소설-손창섭론」, 『한국 전후문학의 형성과 전개』,

태학사, 1993; 정호웅, 「50년대 소설론」, 『1950년대 문학연구』(문학사와비평연구회 편), 예하, 1987.

44) T.W. Adorno, *Aesthetic Theory*, p.23.

45) K.H. Bohrer, "Utopia of the Moment and Fictionality", pp.205~218.

46) K.H. Bohrer, 최문규 역, 「시간과 상상력」, 『절대적 현존』, 문학동네, 1998, 265~276면; W. Benjamin, 반성완 역, 「역사철학테제」, 『발터벤야민의 문예이론』, 민음사, 1983 참조.

47) T.W. Adorno, *Aesthetic Theory*, p.20.

48) 김병익, 「60년대의 문학」, 『사상계』, 1969.12, 220면.

49) 50년대 문학에서 "불가능했던 혹은 결여했던 미의식과 개인주의의 각성"이 신세대의 자의식의 문학에서 개화하였다고 주장하고 있는 만큼 김병익의 계승론은 사실상 다른 신세대 평론가들의 단절론과 크게 다를 바 없다.

50) 조현일, 「김수영의 모더니티관에 대한 연구」, 『작가연구』, 1998.5 참조.

전후 알레고리 소설에 관한 연구
장용학 · 김성한 · 유주현 소설을 중심으로

방민호

1. 문제제기

알레고리는 통상 문학적으로 열등한 창작원리로 알려져 왔다. 그 주요한 이유는 작품의 형상적 완결성, 곧 총체성을 문학적 평가의 주요한 잣대로 제시하는 리얼리즘의 뿌리깊은 전통 때문이라고 볼 수 있다. 특히 우리 문학에서 알레고리는 대체로 한 번쯤 시도해 볼 수 있는 흥미로운 실험 정도의 의미를 부여받고 있을 뿐인데, 이는 그만큼 우리 문학에서 리얼리즘의 전통이 견고함을 시사하는 것이다.

그러나 그럼에도 불구하고 알레고리는 우리 문학 속에서 상당히 중요한 창작원리로 기능해 왔음을 확인할 수 있다. 이 글의 주요한 해명 과제가 되겠지만 1950년대 전후 신세대 작가들의 전후소설 속에서 알레고리는 하나의 중요한 경향으로 자리 잡고 있다. 또 모더니즘적인 경

향이 현저했던 1950년대의 전후소설에 나타난 알레고리 양상을 그 배
경 및 의의와 연관지어 구체적으로 검토해 보고자 한다.

2. 전후 현실과 알레고리 소설의 대두

한국전쟁이 결과한 것은 손우성이 지적했던 것처럼 '영도의 지점'[1]
이었다. 이 말은 제2차 세계대전 후의 독일문학으로부터 빌려 온 용어
지만, 전후의 한국 현실을 표현함에 있어 더 이상 적실한 상징을 찾기
어려울 만큼 풍부한 함축을 지니고 있다. 죽음과 폐허, 궁핍, 정치적 혼
란, 도덕의 파괴와 인간 가치의 절하로 특징지어지는 전후의 극한 상황
은 하나의 정지된 공간이나 다름없었다. 물론 이러한 지적은 상당히 수
사적인 차원의 것이라 볼 수 있을 것이다. 왜냐하면 전후의 몇 년간은
한국 사회의 자본주의적인 재편성이 이루어지던 시기였을 뿐 아니라.
이러한 경제적 사실을 반영하면서 신흥 대자본에 뿌리를 둔 자유당과
토착 지주 및 도시민 계층에 지지기반을 둔 민주당의 권력 투쟁이 치열
하게 전개되었던 격동의 시대였기 때문이다. 그러나 고은의 『1950년
대』와 박인환의 「검은 신이여」가 보여 주는 것처럼 전후의 문학적 상상
력은 죽음과 절망으로 채색된 것이었으며, 모든 것은 이 상상력의 지배
하에서만 기능했다고 보아도 무방했다. '영도의 지점'이란 이러한 내포
적 의미를 함유하고 있는 것이며, 이러한 상황의식이야말로 전후 문단
과 그 문학적 행위의 인식론적 출발점을 이루고 있다고 볼 수 있을 것
이다.

한편 이러한 상황 속에서 전후 문단은 『문학예술』(1954), 『현대문학』(1955),
『자유문학』(1956)과 같은 순문예잡지의 발간을 맞게 된다. 그것은 문단의

복구를 의미하는 것이자 새로운 작가들이 발표 지면을 확보하게 되었음을 의미하는 것이었다. 그리고 이를 전후로 하여 다수의 신세대 작가들이 대두하게 된다. 이들을 분류하는 기준은 여러 가지가 있겠지만 무엇보다 이들 작가들의 작품 스타일 상의 공통점과 차이점을 지적해 볼 수 있을 것이다. 물론 특정 문학작품이란 그 자체로서 내용과 형식의 불가분한 통일성 속에서 존재하는 것이다. 그러나 이때 내용이란 형식화된 내용이며 또한 형식이란 내용화된 형식이다. 그리고 이때 작품을 다른 작품과 최종적으로 구분해 주는 것은 그 작품의 한도를 이루는 부분인 형식적 측면이라고 볼 수 있다. 따라서 특정 작가에게서 특정한 형식이나 기법이 반복적으로 발견된다면 그것은 그 작가의 본질적 경향으로 간주되어야 한다. 작가의 스타일 상의 반복적인 특징은 그 작가의 정신적인 본질, 사유방법상의 특성을 반영하는 것에 다름아니기 때문이다. 이런 관점에서 전후의 신세대 작가들을 분류한다면 특히 작품 형식상의 개성적 특징을 강하게 갖고 있는 작가들로 김성한·손창섭·장용학·선우휘·유주현·오상원·최상규 등을 얻을 수 있다. 이들의 공통점은 그들의 강렬한 주제의식이 모두 새로운 기법의 수용 및 실험과 밀접한 관계를 맺고 있다는 사실이다. 이 점은 일찍이 백철에 의해 「신인 작가들과 현대의식―위기에 대처할 진리의 옹호를」(『조선일보』, 1955.10.27)에서 제기되었으며 김윤식 또한 『한국현대문학사』(일지사, 1983.4)에서 신세대 작가의 독특한 형식적 특성들을 주제와 기법의 대응관계라는 측면에서 설명하고 있다.

이런 관점에서 볼 때 신세대 작가들의 작품에서 나타나는 스타일 상의 두드러진 공통점으로 알레고리를 발견할 수 있다는 것은 논의의 필요를 요하는 것이라 판단된다. 1955년을 전후하여 유주현의 「유전24시」(『사상계』, 1955.5), 김성한의 「제우스의 자살」(『사상계』, 1955.1), 「오분간」(『사상계』, 1956.6), 장용학의 「요한시집」(『현대문학』, 1955.7) 등이 집중적으로 발표되고 있다. 그리고 그 이후에도 이들의 알레고리적 창작은 지속적으로 이루어지고 있음을 볼 수 있다.

한편 이와 더불어 그러한 작품에 대한 관심도 일찍부터 표명되어 왔다. 곽종원은 「1955년 창작계 별견」(『현대문학』, 1956.1)에서 김성한의 「제우스의 자살」과 「오분간」을 '상징소설'로 파악하면서 논의를 개진하고 있다. 그러나 이는 알레고리 소설의 하위범주로서의 우화소설과 상징소설의 차이를 명확히 이해하지 못했음을 보여 주는 것이라고 판단된다. 곽종원과 마찬가지로 아주 일찍 신세대 작가들의 개념틀을 제시했던 백철 또한 「신인작가들과 현대의식」에서 신세대 작가의 작품을 일별하면서 이들을 하나의 일관된 경향으로 묶어내고 있다. 그는 여기서 신인들의 작품을 제1차 세계대전을 전후로 한 제임스 조이스·로렌스·버지니아울프·프루스트 등의 인간의식의 내면탐구와 연관지어 "하나의 그늘진 특수지대에 피어난 푸른 꽃"이라고 규정하고 있다. 이러한 규정 속에서 그는 이들 손창섭·장용학·오상원·김성한 등 신세대 작가의 창작 경향을 주관주의적 의식소설 혹은 관념소설로 파악하고 있다. 이러한 분석은 일단 신세대 작가의 일반적 공통점을 추출해 내고 있다는 점에서는 중요하지만 그 공통적 의식이 작품으로 구체화되는 방식의 상이함에 대해서는 충분한 주의를 기울이지 않고 있음을 보여 준다. 실제로 이들 작가들의 창작방법상의 입지점은 저마다 아주 다름에도 불구하고 그는 이 특수성에 대해서는 충분히 천착하고 있는 것 같지 않다. 다만 이를 모두 내면탐구의 기록이라는 점에서 일반화해 내고 있을 뿐인 것이다.

그런데 문제는 곽종원과 백철의 분석 관점이 그 이후 지금까지도 계속 이어지고 있다는 사실이다. 전후문학기에 발표된 장용학과 김성한, 유주현 등의 알레고리 소설들은 대체로 우화로 다루어지거나 아니면 의식소설적 관점에서 위치 지어졌다. 그러나 기존 연구는 한편으로는 개별적 특성에 너무 치우치는가 하면 다른 한편으로는 매개없는 일반화에 빠지고 있음을 볼 수 있다. 결국 이러한 분석은 전후 신세대문학

연구에 있어 하나의 방법론적 결함이 아니었던가 생각된다. 이러한 결함을 극복할 수 있는 방법은 개별 작가의 작품들과 전후의 시대의식을 매개할 수 있는 창작원리를 잡아내는 것이고, 장용학과 김성한 및 유주현에 있어 이러한 창작원리는 곧 알레고리이다. 이 개념은 일반적으로 우화를 아우르는 상위개념으로 자리를 잡고 있으며, 최근 들어서는 현대의 정신사적 특성을 드러내 주는 창작 방법으로 주목받고 있다. 그러므로 이들의 작품 경향을 알레고리라는 보다 특수한 범주로 유별해 낸다면 당대의 시대정신과 신세대 작가들의 작품들이 맺고 있는 보다 깊은 연관이 파악될 수 있지 않을까 생각된다.

3. 알레고리의 의미와 전후 알레고리 소설의 범위

1) 알레고리적 창작방법의 의미

이처럼 알레고리를 장용학·김성한·유주현 등 신세대 작가들의 방법론적 특수성으로 위치 짓는다면 무엇보다 먼저 그 개념적 함의를 구체적으로 검토할 필요가 있을 것이다.

알레고리를 간단하게 정의한다면 비유적으로 말하거나 혹은 다른 말로 말하는 것이다. 더 구체적으로 본다면 알레고리[寓喩, 寓意]는 행위자와 행동, 때로는 그 배경까지가, 축어적이거나 일차적 수준에서 일관된 의미를 구성하고, 또 행위자와 개념과 사건의 이차적이고 상호연관적인 수준을 의미하도록 고안된 서사물이라고 정의할 수 있다. 그런데 이러한 알레고리의 의미는 상징과 대비하여 파악하고자 할 때 보다 분명해진다. 왜냐하면 상징 또한 넓게 정의되면 그 자체 이외의 것을 가리키는 것, 어떤 대상이나 사건을 의미하면서 또 그것을 넘어서는 어떤 것을 총칭하기 때문이다. 이 양자는 모두 다 어떤 것에 대하여 말하면서 동시에 다른 어떤 것을 지칭할 수 있는 방법이다. 그러므로 상징과 알레고리는 자주 혼동될 수 있다. 그러나 상징과 알레고리는 분명히 다른 성격을 갖는 인식 행위이자 표현방법이다. 이들이 갖는 차이는 보편성과 개별성의 범주를 통해 보면 분명해진다.

알레고리는 개념과 사실, 개념과 그 실례의 관계 속에서 존재한다. 그러므로 알레고리는 보편적인 관념을 위해 특수한 사실을 단지 실례로서 제시하는 서사물이다. 즉 알레고리가 성립하기 위해서는 축어적인 의미 연관과 함께 이차적인 의미 연관이 존재해야 함은 물론이지만, 그때 이 양자의 관계는 개념과 사실, 개념과 그 실례의 관계가 되어야 하는 것이다. 이러한 관계로서 서사물이 제시될 때 비로소 이를 알레고리라고 지칭하게 되는 것이다. 그런데 알레고리의 의미가 이러하다고 할때, 중요한 점은 작품 내에서의 축어적인 의미연관은 단지 그 전달자가 자신의 보편화된 관념(=개념)을 드러내기 위한 매개물에 지나지 않는다는 사실이다. 즉 상징이 '사실'과 그 정신적 의미를 동시에 던져 주고 이 양자의 일치를 추구하는 것이라면,2) 알레고리는 매개vehicle를 먼저 드러내고 그것의 해석으로서 의미tenor를 부여하는 방법인 것이다.

그러므로 알레고리에서 작품 자체는 해석되어야 할 어떤 것에 불과하다. 알레고리에서 중요한 것은 이 작품을 통해 제시하고자 하고 육화해 내고자 하는 보편적 관념인 것이다. 그런데 이때 알레고리가 보여주는 보편적 관념이란 알레고리의 기원이 신화와 성경에 대한 주석에 있는 것에서 알 수 있는 것처럼 오랜 세월을 거쳐 많은 사람들에 의해 갈고 닦여짐으로써 결국은 객관적인 외관을 갖고 나타나는 자연과 역사에 대한 해석이다. 알레고리에서 알레고리화되는 보편적 관념은 자연과 역사의 의미를 파악하기 위한 인류의 노력의 축적 산물로서 이미 어느 정도 확정적인 해석적 의미를 갖고 있는 것이다. 루카치가 벤야민의 견해를 따라 "신학적으로 결정된 주관성"이라고 지칭한 것은 바로 이러한 보편적 관념이었던 것이다.3) 그러므로 그 기원상 알레고리는 무엇보다 알레고리를 통해 제시되는 의미가 진리이며 절대적인 것이라는 관념에 입각해 있다고 볼 수 있을 것이다.

그런데 문제가 되는 것은 현대에 있어서는 이렇게 많은 사람들에 의해 인정되는 진리나 보편적 관념이 더 이상 폭넓은 신뢰를 얻지 못하게 되었을 뿐 아니라 문학의 관심사로 인정을 받지 못하게 되었다는 사실이다. 그러므로 현대의 작가들이 알레고리를 작품의 창작원리로 수용하기 위해서는 이 보편적 관념을 대신할 무엇인가를 선택하지 않으면 안 된다는 것을 알 수 있다. 실제로 현대의 알레고리 작가들은 보편적 관념의 자리에 자신의 개인적이고 주관적인 관념을 상정한다. 현대의 알레고리 작가들은 대체로 자신의 주관적 세계 해석을 절대적인 세계의 상으로 간주하고 이를 제시하기 위해 세계에 대한 자신의 경험적 사실들을 이리저리 재구성하여 작품화하게 되는 것이다. 즉 현대소설 속에서 알레고리가 성립하기 위해서는 작가의 창작행위 속에서 두 개의 과정이 선행되어야 한다. 그 하나는 현실을 주관적으로 수용하여 세계상에 대한 절대적인 모델을 설정하는 것이며 다른 하나는 이를 육화시키기 위해 현실에 존재하는 이러저러한 사실들을 자신의 의도에 맞게 '짜깁기' 하는 것이다. 그러므로 현대의 알레고리 작가들의 작품세계는 곧 그들 자신의 세계관의 예시물, 혹은 비유물로서의 위치를 갖는다고 할 수 있다. 그리고 루카치가 알레고리를 모더니즘의 내재적이고 경향적인 특질로 파악한 것은 바로 이점 때문이었다. 그는 카프카의 모더니즘을 중요한 예로 간주했다. 그에 의하면 카프카의 작품은 초월적 힘Nothingness에 대한 카프카 자신의 신념에서 기인하는 것이며, 따라서 카프카의 세계는 초월적 무(無)의 알레고리이다. 카프카에 있어 세계의 이러저러한 모습들은 세계 자체의 완전한 황폐함과 무용성이라는 '절대적이고 보편적인 진리'의 현현에 다름아니라는 것이다. 이러한 루카치의 견해는 모더니즘과 알레고리적 창작원리의 친화성을 해명해 준다는 점에서 전후의 알레고리 소설들의 문학사적 의미를 규명하는 데 중요한 시사점을 던져 주는 것이라 하겠다.

한편 알레고리적 창작방법의 이러한 내포적 의미로부터 자연스럽게 알레고리 소설들의 형식상 특징들이 연역될 수 있을 것 같다. 관념으로부터 출발한다는 점에서 알레고리 소설은 리얼리즘 작품들의 형식상 특징과는 전혀 다른 입각점을 갖고 있는 셈이다. 리얼리즘 소설은 현실에 대한 천착으로부터 관념 혹은 이념을 획득해 가는 과정을 형상화하는 것이며, 따라서 자연스럽게 현실에 대한 총체적이고 객관적인 반영을 목적으로 한다. 이러한 방법론이 작품의 통일적이고 유기적인 구성을 요구한다는 점은 분명한다. 그러나 알레고리의 미학적 규범은 이와 전혀 상반된 성격을 갖고 있다. 여기서 중요한 것은 현실이 아니라 작가 자신의 관념이다. 따라서 작품은 이 관념을 잘 육화하는 것이면 된다. 따라서 작품은 현실의 논리와 과정에 의해서가 아니라 주관적 관념의 그것에 의해 구성된다. 그 결과 알레고리 작품은 불가피하게 두 가지 형식적 특성을 갖게 된다. 그 하나는 작가의 목소리가 작품 내적으로 용해되지 못한 채 직접 독자들 앞에 노출되거나 경향적이고 관념적인 인물들을 통해 직설적으로 전달된다는 사실이다. 다른 하나는 알레고리 작품이 불가피하게 비유기적이고 '짜깁기'적인 구성을 취하게 된다는 점이다. 알레고리 작품의 전형적인 구성방식이 모자이크나 몽타주로 현상하는 것은 바로 이러한 이유 때문이라고 할 수 있을 것이다. 리얼리즘의 미학적 관점에서 볼 때는 거의 반미학적인 결함을 드러내는 작품이 되어버리는 것이다. 그리고 그러한 이유들로 인해 알레고리 작품은 무엇보다 외적이고 형식적인 특성에 의해 여타의 작품들과 현저한 거리를 갖게 된다. 벤야민이 그 자신의 독특한 알레고리적 관점 속에서 문학에 대해 논했던 것처럼 알레고리 작품들은 "붕괴와 몰락의 파편과 잔해로 구성"되는 것이다.4)

2) 전후 알레고리 소설의 범위

알레고리의 내포와 그 외화형태가 이와 같다고 할 때, 장용학·김성한·유주현 등의 전후 작품 속에서 알레고리 소설로 포괄하여 다룰 수 있는 작품들은 훨씬 커다란 분포를 보이게 된다.

먼저 장용학의 경우를 살펴보자.

그의 소설이 갖는 알레고리적 성격은 대체로 「요한시집」이나 「비인탄생」에서 볼 수 있는 토끼와 동굴의 우화 및 아홉시병에 관한 우화를 중심으로 해서 논의되어 왔다. 그리고 그때 「요한시집」에서의 토끼와 동굴의 우화, 「비인탄생」에서의 아홉시병에 관한 우화는 이 작품에 대한 해석으로 향하는 중요한 단서로서 취급되었다.5) 그러나 이러한 연구는 장용학 소설에 있어서의 알레고리가 작품 전 부분에 걸쳐 지속적이고도 다양한 형태로 나타난다는 점에 충분히 주의를 기울이지 못했다고 볼 수 있다. 이 점에서 볼 때 김송현의 「장용학론―'태양의 아들'까지」(『현대문학』, 1970.5)는 아주 중요한 연구물이다. 그는 여기서 장용학 소설이 '성서적 패러블'을 '데포르메'하여 차용하고 있음을 밝히고 있다. 그에 의하면 「원형의 전설」, 「비인탄생」, 「상립신화」 등은 모두 성서적인 비유담을 변형시켜 작품을 구성하는 주요한 부분으로 수용하고 있다. 그 한 예는 「원형의 전설」에서 나오는 복숭아의 이미지이다. 「창세기」 3장에서 "동산 중앙에 있는 나무의 열매"로 나타나는 복숭아는 이장(李章)이 오택부의 별장에 감금되어 있을 때 행하는 독백 부분, 이장이 이복동생 안지야(安池夜)와 함께 오택부의 별장으로 밀월여행을 떠나는 부분, 이장이 죽음을 맞는 소설의 마지막 부분 등에서 모두 중요한 의미를 띠고 나타난다. 이들 부분에서 복숭아는 현대문명이라는 '원죄'이전의 본원적 인간으로 회귀하고자 하는 장용학 소설의 주제의식을 표상하는 주요한 소재로서 나타나고 있다. 이들 성서적 비유담이 알레고리의 주요한 하위 형태임은 잘 알려진 사실이다.6) 그러므로 김송현의 연구가 알려 주는 것은 장용학 소설이 갖는 알레고리적 성격이 단지 우화적 형태를 갖는 부분에서만 나타나는 것으로 볼 수 없다는 사실이다.

성서적 비유담의 차용과 마찬가지로 장용학 소설이 지속적으로 채택하고 있는 알레고리는 윤리적 문제를 비유적 의미로 사용하는 것이다. 그 중요한 것으로는 '어머니의 죽음'과 '근친상간' 모티프가 있다. 어머니와의 관계 및 어머니의 죽음에 관한 모티프는 「요한시집」, 「비인탄생」, 「현대의 야」 등에서 쉽게 확인할 수 있다. 「비인탄생」은 그 중요한 예가 된다. 이 작품에서 어머니의 죽음은 주인공 지호가 그를 둘러싼 현실 사회 제도와 결별하고 비인으로 재탄생하게 되는 과정을 보여 주기 위한 극단적인 예로서 제시된다. 어머니의 죽음은 그를 사회와 연결지어 주었던 마지막 끈이 끊어짐을 의미한다. 여기서 어머니를 '묵시의 벽' 앞에서 화장하는 지호의 행위는 사회적 윤리체계와 단절한 비인의 탄생을 알리는 일종의 의식(儀式)이다.[7]

근친상간 모티프에서도 이와 유사한 상황이 존재하게 된다. 근친상간 모티프는 이미 희곡인 「일부변경선 근처」에서 남매간의 결혼이라는 모습을 띠고 나타나지만, 이를 가장 선명히 보여 주는 것은 역시 「원형의 전설」이다. 이 작품의 주인공 이장은 사생아이다. 그의 아버지 오택부(吳澤富)는 자신의 누이동생인 오기미(吳起美)를 강간하여 그녀를 임신시키게 되는데, 그는 이 사실이 알려질까 두려워하여, 그녀를 방골이라는 시골에 보내어 애를 낳게 한다. 그리고 그 아이가 바로 이장이다. 이장이라는 이름은 오택부가 그를 이도무(李道武)의 양자로 보냄으로써 얻어진 것이었다. 그런데 이러한 근친상간의 모티프가 현실 내재적인 의미를 추구하는 사실적 의도에서 비롯된 것이 아님은 이 소설의 첫머리에서 작가가 스스로 해명하고 있다.

자유와 평등의 대립은 고양이 한 마리도 죽일 필요가 없는 대립입니다. 그것은 남매라기보다 하나로 결합해서 서로 자기를 완성시키는 부부와도 같은 것

이었습니다. 그런데도 그들의 자유를 취하려면은 평등을, 평등을 취하려면은
자유를 버려야 한다고 생각하였습니다. 자유 안에서의 평등, 평등 안에서의 자
유라야 참다운 평등이고 참다운 자유일 것입니다. 그들이 내세운 자유나 평등
은 참다운 자유, 참다운 평등이 아니었습니다. 그렇기 때문에 그렇게 피투성이
가 되어 싸울 수 있었다고 하겠습니다.[8]

그리하여 이 이후에 전개되는 이장의 모든 편력과정, 특히 오택부의
배다른 딸인 마담 바타플라이(安池夜)와의 관계 및 오택부와 이장의 갈
등과 대립은 자유와 평등이라는 현대사의 양대 이념 지표 사이의 대립
과 갈등을 비유하고 그 해결에의 전망을 예시하는 비유담의 성격을 갖
게 된다. 근친상간 모티프는 그 부도덕한 행위에 대한 고발의 차원에서
설정된 것은 전혀 아니며 이러한 행위가 가능하게 되는 사회적 조건에
대한 관심에서 비롯된 것이라고 볼 수도 없다. 작가는 기존 사회제도가
허용하는 윤리적 한계치를 넘어서는 것으로 근친상간을 설정하고 이를
넘어섬으로써 자신의 초월의지를 표현하고자 했던 것이다.

이처럼 장용학 소설의 중요한 모티프들은 그 자체의 내재적인 의미
를 추구하기 위해서라기보다 비유적 의미를 추구하기 위해서 설정된
것이고 따라서 단지 기법적인 차원보다는 사유 구조적인 차원에서 그
의 알레고리를 해석하는 것이 필요하다고 할 것이다.

다음으로 김성한의 경우를 살펴보자.

그의 작품들 중에서 이미 오래 전부터 그 우화적인 성격으로 인해 주
목의 대상이 되어 온 작품들은 「제우스의 자살」, 「오분간(五分間)」, 「풍
파」, 「중생(衆生)」이 있다. 이 작품들은 전형적인 우화의 형태를 띠고 있
다. 이 작품들 중에 「제우스의 자살」이나 「풍파」, 「중생」 등은 이솝우화
와 같이 동물우화의 형태를 취하고 있으며, 「오분간」은 프로메테우스와
제우스의 신화에 바탕해서 주제를 전달하고 있다. 이들 작품에 대한 지
금까지의 연구는 주로 풍자적 기법에 대한 천착 속에서 이루어져 왔다.

그러나 풍자와 알레고리의 기법적인 친화성을 생각해 볼 때 김성한 소설에서 나타나는 풍자나 풍자적 알레고리의 독특한 양상은 따로 검토할 필요를 요하는 것으로 생각된다. 원래 풍자는 일반적으로 작가가 현실과 이상의 차이를 날카롭게 의식하는 데서 발생하는 것으로 이해되어 왔다.[9] 풍자가는 자신의 이상에 비추어 교정되어야 할 현실을 웃음을 동반하면서 비판하고자 하는 것이다. 그런데 여기서 풍자가의 이러한 목적이 '본질과 현상의 직접적인 대조'를 통해서 이루어진다는 점에 주의할 필요가 있다.[10] 풍자는 문학적 형상화의 중요한 요소인 매개적 사실들에 대한 풍부한 형상화를 배제하고 현상과 본질을 직접적으로 대립, 시킴으로써 효과를 얻는다. 그러므로 풍자에서의 인물들은 총체적이거나 풍부하게 구현되기보다는 예시적이고 개별적인 성격으로 나타나게 된다. 그들은 당대 사회의 본질을 감각적이고도 직접적으로 드러내 주는 극단적이고 개별적인 예들인 것이다. 바로 이 점에 풍자와 알레고리의 친화적 성격이 있다고 볼 수 있다. 알레고리 또한 그 개념에서 볼 때 일반적이고 보편적인 관념을 개별적인 예와 비유로서 제시하는 것이다. 그러므로 양자는 모두 일반적인 것과 개별적인 것, 본질과 현상, 이상과 현실의 직접적인 대조와 통일을 그 방법으로 하고 있으며, 이 점에 이 두 방법이 결합될 수 있는 현실적 가능성이 담지되어 있다고 볼 수 있다.[11] 이러한 결합의 가능성을 보여 주는 것이 바로 「제우스의 자살」, 「오분간」, 「풍파」, 「중생」 등이다.

　다음으로 문제가 되는 것은 역사적 인물들을 다룬 김성한의 단편소설들이다. 패전을 앞둔 히틀러의 어머니 로오자의 심경의 변화를 그린 「선인장의 항의」(일명 「로오자」), 헨리 4세가 통치하고 있는 1410년의 영국을 무대로 교회의 전제적인 독단에 저항하는 재봉직공 바비도를 주인공으로 한 「바비도」, 을미사변 직후 아관파천 속에서 백성들에 의해 죽음으로 내몰리면서도 초연한 자세를 유지하는 김홍집의 모습을 그린 「광화문」 등은, 「이성계」와 같은 그의 역사소설의 단초를 보여주는 것으로만 평가되어서는 안 될 것이다. 이들 인물은 모두 역사적 전환기, 가치관의 전환기에 선 인물들이며 그 속에서 참된 신념을 갖기 위해 분투하는 인물들이다. 이러한 공통점은, 김성한이 이들 소설을 통해 전후의 어두운 현실과 그 속에서의 태도의 문제를 우회적으로 드러내려고 했다는 해석을 가능하게 해주는 것이다. 이 소설들은 과거의 중요한 역사적 사건 및 상황을 통해 전환기로서의 전후 현실을 암시적으로 제시하고 그 속에서 신념을 견지하고자 하는 인물을 내세움으로써 현실에 대한 작가의 비판적이고 저항적 태도를 암시적으로 전달하고 있다고 해석할 수 있는 것이다. 그러므로 이들 소설 또한 알레고리 소설의 한 부분을 차지할 수 있다고 판단된다. 김성한의 단편 중에서 「개마고지의 전설」이나 「난경(亂景)」(일명 「24시」)과 같은 작품은 앞서의 역사적 단편소설에서 나타나는 역사적 인물들의 실명성이 거세되고 허구적으로 창도된 익명의 인물들로 대체되는 모습을 보여 주고 있다. 그러나 이 작품들 또한 현실에 대한 비유를 의도하고 쓰여진 것으로 파악되어야 할 것이다. 이들 작품은 모두 '역사적인 여기 그리고 지금' 혹은 '과거라는 환경이 작중인물들의 성격과 운명을 역사적으로 규정하기에 필요하고도 충분한 환경으로서 파악되어야' 하는 것으로 규정되는 역사소설적 규범과는 거리가 있는 것으로서 알레고리적 범주 아래에서만 효과적으로 의미를 추출할 수 있는 것이다.

마지막으로 유주현의 「잃어버린 눈동자」, 「잃어버린 여정(旅程)」, 「육인공화국」, 「유전24시」 등이 알레고리의 경향을 갖는 소설의 범주 안에 귀속될 것이다. 「잃어버린 여정」은 미래의 도시를 배경으로 K동의 검찰관 이상철의 경험세계를 통해 현대세계의 비인간적 현실을 비극적인 파국의 관점에서 알레고리화한 것이라고 파악된다. 미래의 도시와 그 동(洞)들이 현재의 세계와 국가들을 기호화한 것이고 거기서 벌어지는 모든 사건들은 현재적 현실의 비인간성을 폭로한 것임을 비교적 쉽게 간파할 수 있다. 「잃어버린 눈동자」 역시 "현실은 꿈이라는 유복양을 사산했다. 그러나 아직 맥박은 있었다”라는 구절이 암시하듯이 경쟁적인 메커니즘으로 인해 질식되어 가는 현대사회와 그 질곡 속에서 상처받는 인간의 모습을 비유적으로 표현한 작품이다. 현실의 사회는 여기서 대열로 상징화되어 있고 구체적인 세부묘사는 모두 생략되어 있음을 볼 수 있다. 또「육인공화국」은 유종호가 풍속도냐 알레고리냐」(신구문화사 편,『현대한국문학선집』 4)에서 지적하고 있듯이 알레고리적인 해석의 여지가 있으며, 사월혁명의 영향 하에서 쓰여진 것이지만 유주현에게서 나타나는 알레고리화의 경향을 보다 분명히 드러낼 수 있는 작품이라고 생각한다. 마지막으로「유전24시」는 김성한의 우화소설「풍파」에서 이가 맡은 역할을 지폐가 대신 수행하는 역시 우화류의 소설이다.

4. 전후 알레고리 소설의 형식적 특징과 두 유형

1) '반자연주의'와 그 소설적 특징

장용학이나 김성한과 같은 알레고리 소설 작가들이 김동리와 같은 구세대 작가들에 대한 부정 속에서 제시한 소설적 방법은 '반자연주의'[12]였다. 특히 장용학은 '자연주의적 묘사'가 곧 '리얼'한 방법이라고 할 수는 없다고 주장하면서, 현대의 메커니즘이라는 부조리 속에서 불행을 겪고 있는 신세대들에 있어서 주요한 창작방법은 묘사가 아니라 표현이라고 하였다. 이때 '리얼'이란 말이 의미하는 바가 과거의 것과 다름은 말할 것도 없다. 그에게 있어 '리얼'이란 기성 문인들의 안이하고 고답적인 작풍에서 벗어나 그들이 실감하고 있는 부조리와 절망을 표현해내는 것을 의미했다. 그런 의미에서 그의 '리얼' 개념은 알레고리적인 창작방법과 전혀 모순되지 않았다고 볼 수 있을 것이다. 더욱이 그가 김동리나 염상섭·이무영과 같은 작가들의 작품을 '자연주의적인 모사'라고 비판했을 때, 그 자연주의란 전통적인 의미를 벗어나 그 자신의 추상주의적이고 관념주의적인 창작방법을 옹호하기 위한 대타개념에 지나지 않음을 유의할 필요가 있다. '반자연주의'란 알레고리적 창작방법을 옹호하기 위한 구호적 의미를 갖는 것으로 보아야 하는 것이다.

한편 이를 염두에 두면서 이들의 알레고리 경향 소설을 분석함에 있어 먼저 지적되어야 할 것은 비의(秘義) 전달자의 존재이다. 알레고리에서 특징적인 것 중의 하나는 그것이 공공연한 말하기의 행위 속에서도 비밀을 지니는 경향이 있다는 것이다. 알레고리의 이러한 비의적 성격은 알레고리가 종교적인 기원을 갖는 데서 연유한다. 종교나 신화 속에서 제사장이나 사도의 형태로 나타나는 비의전달자의 존재가 전후의 알레고리 소설 속에서도 그대로 확인된다고 할 수 있다. 그것은 대체로 주석적 서술자라 불릴 만한 것으로 장용학의 거의 모든 작품은 주석적 서술자의 보고적 기술이나 참견을 주요한 특징으로 하고 있다. 다음은 「현대의 야」의 마지막 부분이다.

> 이리하여 한 인간의 역사는 끝났다. 가을밤의 사늘한 공기에 조는 듯한 등불빛 아래, 사지를 가두고 기도드리듯 쓰러져 있는 죄인, 그것은 화석도, 태아도 아니고, 다자란 현대인의 주검이었다. 어머니의 부고를 손에 들고 집을 나온 이래 무덤에서 기어나와 겪은 일, 경찰에 붙잡혀 가서 당한 수모, 그리고 거기서 받은 상처, 그 아픔은 비단 그만이 겪고 당하고 느낀 아픔은 아니었다. 현대에 생이 주어진 모든 인간이 깊거나 얕거나 당하고 있는 수모요, 상처요, 아픔이었다. 다만 그것이 미미하거나 마음이 살쪘거나 중독이 되어서 느끼지 못하고 있을 따름이었다.13)

이와 같은 서술방식은 현우의 죽음까지의 과정이 장용학의 알레고리적 의도 하에서 진행되어 온 작위적인 산물임을 확인하게 해준다. 「원형의 전설」 역시 동일한 서술자의 존재를 보여 준다. 이 작품의 서술자는 현대사가 끝난 지점에서 독자들에게 지나간 역사를 평가, 설명, 전달해 주는 자이다. 앞에서 인용했던 「원형의 전설」의 앞부분은 그 전형적인 실례가 된다.

김성한의 경우에도 역사적 순간을 다룬 일련의 작품들, 즉 「바비도」, 「광화문」 등과 「오분간」, 「개구리」와 같은 풍자적 우화 등에서 주석적 서술자가 주요한 역할을 하고 있다. 일례로 「오분간」을 보면, 여기서 서술자는 제우스와 프로메테우스의 대화를 내려다보는 위치에 서서 그들의 이야기를 전달해 주고 있다. 그런데 여기서 문제적인 것은 가공의 창조물이어야 할 주석적 서술자가 실은 작가 자신과 거의 동일화되어 구별이 불가능한 현상까지 나타난다는 점이며, 따라서 소설 속에서 작가의 직접적인 목소리가 아주 노골적으로 작품에 개입하고 있다는 점이다. 이러한 현상은 주로 에세이적 서술방식과 언어의 시적인 사용을 통한 관념과 실제의 혼합 등을 통해 나타나며, 이는 장용학 소설의 주요한 특징이 되고 있다.

이와 관련지어 검토해야 할 것은 알레고리 경향 소설들 속에서 인물들의 성격이 갖는 특징에 대한 것이다. 이들 소설 속의 인물들은 현저히 '경향성'을 띤 메가폰적 인물들로 나타난다. 그리고 이러한 특성은 이들의 작품을 혹평하는 한 기준이 되기도 했다. 즉 장용학의 작품은 그 난해성과 함께 인물들의 관념성과 사실성 부족을 반복하여 지적받아 왔으며, 김성한의 인물들은 평면적 인물이 갖는 단순성으로 인해 현대적 성격의 인물창조에는 미달한다는 것이었다. 그러나 이들 소설 속에서 나타나는 인물의 성격과 행위의 문제를 리얼리즘적 잣대 속에서 외적 비판을 가하는 것은 생산적이지 못한 것 같다. 왜냐하면 그들에게 있어서는 앞에서 얘기한 것처럼 현실은 그 자체로 문제되지 못하며, 따라서 인물들의 행위와 사건 역시 작품 외부에 존재하는 진리에 대한 관념을 육화시키기 위한 도구로 작용하는데서 그치고 있기 때문이다.

김성한이나 유주현의 우화소설의 등장인물들 역시 예시적이고 비유적인 목적을 위해 설정되었다는 점에서 위의 작품들과 다르지 않다. 그들에게 있어 인물의 현실적 성격이 중요하지 않다는 사실은 「풍파」, 「중생」, 「유전24시」에서 동물이나 지폐와 같은 비인간적 존재가 인간과 마찬가지로 사고를 하게 되는 우화적 측면에서 단적으로 드러난다.

마지막으로 지적할 수 있는 것은 이들 작품에서 나타나는 현실의 모자이크적 구성이다. 문학적 방법으로서의 알레고리가 바로크 시대의 모자이크와 원리상으로 공통점을 갖고 있다는 것은 주지의 사실이다. 알레고리에서 개별적 현실은 그 자체로선 아무런 의미연관을 지니지 못한다. 현실의 세부적 사실들은 오직 비의전달자의 의도에 의해 배열, 조립되어 하나의 의미의 통일성으로 용해될 때 비로소 의미있는 부분들로 된다. 이렇게 알레고리의 내부 질서 속에서 모자이크화한 현실의 단면들에 대해 루카치는 전형성 개념과 구별지어 추상적 특수성이라고 불렀다. 그의 비판적인 관점에 의하면 알레고리는 세계가 갖고 있는 일관성을 파괴함으로써 세부묘사를 단순한 특수성의 차원으로 전락시킨다는 것이었다. 알레고리에서 세부적 사실들은 그것을 넘어서 존재하고 있는 의미의 추상적 기능으로서 존재하는 것이지 현실을 구성하는 불가분의 한 부분으로서 현실적 의미를 지니면서 존재하지는 않는 것이다. 이 점 때문에 알레고리의 비판자들은 알레고리를 기계적이고 경직되었으며 살풍경한 것으로 간주했던 것이다.

전후 알레고리 소설들에서는 이러한 모자이크적 구성이 뚜렷한 모습을 갖추고 있다. 장용학의 소설들은 현실의 관점에서 보면 거의 관련이 없는 이야기들의 조합으로 이루어져 있다. 이들 소설에서 사실 혹은 사건들 간의 '필연적' 전개는 중요하지 않다. 「원형의 전설」이나 그 밖의 작품에서는 사건의 우연적 전개가 비일비재하게 확인되는데 이는 장용학의 관심이 현실 자체에 있지 않음을 보여준다. 예를 들어 「요한시집」에서 토끼 및 누혜, 동호, 유태의 선지자 요한 등은 그 작품 속에서가 아니라면 어디에서도 그들간의 필연적이고 유기적인 연관을 찾을 수 없을 것이다. 그 인물들은 오직 장용학이 자신의 주제의식을 비유적으로 전달하기 위해 이리저리 짜맞춘 한에서만 의미를 갖고 있는 것이다. 마찬가지로 「비인탄생」 및 「역성서설」에서의 지호와 녹두노인 또한 그러한 신화적 세계가 아니라면 어디에서도 대면할 수 없는 인물들이다.

이러한 측면은 김성한 소설에서는 「오분간」, 「24시」 등에서의 몽타주적 기법으로 나타나고 있다. 다음은 「24시」의 한 대목이다.

> 반백 머리칼을 바람에 나부끼면서 김총무는 힘없이 발길을 옮겼다. 강만기는 또 다시 실신하였다. 두루마기들은 나까자와 앞에서 싹싹 빌었다. 삼돌이의 맏딸은 밥을 달라고 어머니를 졸라댔다. 미까사노미야 부처는 아다미로 차를 달렸다. 학만은 산봉우리 숲속에서 마을 동정을 살피고 김총무는 걸으면서 피신할 곳을 궁리했다.14)

이와 같은 이야기들의 조합은 그 각각이 단지 김성한의 의도 속에서만 서로 연관될 수 있고 무엇인가를 의미할 수 있게 되는 것들이다.

이러한 구성상의 특징은 현실의 고안이라고 할 수 있을 만한 공간설정의 작위성으로 나타나기도 한다. 그 대표적인 예는 유주현의 「잃어버린 눈동자」와 「육인공화국(六人共和國)」이다. 특히 「육인공화국」은 그 현저한 세태지향적인 성격에도 불구하고 구성상의 현저한 작위성을 보여준다.

2) 전후 알레고리 소설의 두 유형

한편 이들의 알레고리 소설은 크게 두 유형으로 나눌 수 있다. 그 하나는 알레고리의 전제로서 가능하는 보편적 관념이 이미 이념의 차원으로까지 상승하여 적품이 그것의 역사철학적인 예시물로서 제시되는 것인데, 이는 주로 장용학의 작품들이라고 볼 수 있다. 그의 작품들은 현실의 신화성에 대한 인식과 그 초월을 향한 시도라고 규정할 수 있다. 그에게 있어 현대사회는 "「합리적」이라는 관형사가 붙은 신화(神話)"15) 다. 여기서 신화라 함은 현대사회의 제도화된 규범과 메커니즘의 지배를 지칭하는 것이다. 그에게 있어 현대는 이들의 지배 속에서 인간이 더 이상 그 본래적인 가치를 실현할 수 없는 공간이다. 그런데 이 현대를 낳은 것은 바로 인간의 합리적 이성이었다. 르네상스의 인간적 가치 발견 아래 합리적 이성은 과학문명의 발전을 가져왔으며 한편으로는 자유와 평등이라는 이념적 가치를 내세워왔다. 그러나 이 과학문명의 발전은 오히려 인간을 전쟁의 참화와 인간적 가치파멸로 이끌었고 이러한 비극을 잉태한 것은 곧 제도화한 규범과 가치였다. 그러므로 장용학에게 있어 이러한 현대에 대한 대안은 니체적 생철학의 뉘앙스를 갖는 '인간 그 자체'로 돌아가는 것이다. "인간성은 더 이상 인간 그 자체는 아니었던 것이다." 그러나 이제 인간 그 자체로 돌아가는 길은 어디에 있는가. 길의 구체적 모습은 드러나지 않는다. 길에 앞서 세계로부터의 초월의 모습만이 존재하는 것이다. 그에게 있어 현실을 초월한 세계는 「비인탄생」, 「역성서설」에서는 기계문명 전체를 상징하는 녹두노인과 투쟁을 벌이지만, 이러한 비유가 현대세계를 진정 현실적으로 구원해 줄 수 있는가는 의문스럽지 않을 수 없다. 그 길은 관념속에서 추상적으로만 존재하는 것이다. 여기에서 장용학의 알레고리적 사유가 보여주는 초월의지의 한계를 읽을 수 있다. 이것은 신화적 세계의 본모습을 이념의 이름 하에서 이루어지는 체제와 권력의 논리로 파악하고 이와 전면적으로 대결하고자 한 「원형의 전설」에서도 마찬가지이다. 그 주인공인 이장과 안지야는 비극적으로 죽을 수밖에 없는 운명에 빠지게 되는데, 이는 장용학 자신에게 남은 마지막 초월의 방법이 죽음밖에 없음을 시사하는 것에 다름 아니다. 이 지점에서 주목되는 것은 그의 알레고리의 한계성이다. 그는 현대세계의 부조리를 극복하기 위해 여러 가지 형태의 알레고리를 복합적으로 제시하지만 이것들은 모두 장용학 개인의 경험적 한계 내에서 구해진 것들이다. 자주 등장하는 주인공의 직업이나 신분이 그러하며 여성인물들의 모습은 거의 언제나 어떤 실재적 모델과 동일한 모습을 띠고 있다. 또 근친상간 모티프와 성서의 패러디가 자주 등장하는 것도 그의 현실인식이 독서경험과 상상의 차원에 머물고 있음을 확인하게 해주는 것이다.

다음 하나의 유형은 현실의 부조리에 대한 저항의식이 이념적 차원으로까지 상승하지는 못한 채 주로 비판·폭로·고발을 위해 작품으로 구체화되는 것이다. 김성한의 「바비도」, 「광화문」, 「로오자」, 「개마고지의 전설」, 「난경」과 같이 역사적 순간을 포착한 작품들이나 「제우스의 자살」, 「오분간」, 「풍파」, 「중생」과 같은 풍자적인 우화들, 그리고 유주현에 있어서 「잃어버린 눈동자」나 「유전 24시」, 「잃어버린 여정」, 「육인공화국」과 같은 작품이 이 범주에 속한다고 할 수 있다. 물론 여기서 그들의 소설이 이념적이고 역사철학적인 차원으로까지 상승하지 못 했다는 것이 곧 소설의 우열을 평가하는 잣대가 되어서는 안 된다는 점을 지적할 필요가 있을 것이다. 그들의 창작은 장용학과 같이 이미 비판, 폭로, 풍자하기 위해 이루어졌다고 보아야 하기 때문이다. 그들의 알레고리가 갖는 특수성은 김성한의 현실정치 지향적인 측면과 유주현의 현실주의적 문학 태도가 낳은 자연스러운 결과물이다. 특히 유주현의 경우, 그는 이영일의 「유주현론」(『문학춘추』, 1965,2)에서 확인할 수 있는 것처럼 초기의 스타일리스트적인 단편소설로부터 「조선총독부」(신태양사, 1967)로 대표되는 역사소설가에 이르기까지 지속적인 변모를 보여준 작가지만, 그 주요한 변화 방향은 결국 리얼리즘적인 것이었다는 점에 유의할 필요가 있다. 그러므로 그의 알레고리 소설들은 이러한 전체적인 면모를 통해 위치지어질 필요가 있는 것이다.

그러나 그럼에도 불구하고 이들의 알레고리 또한 현대세계에 대한 추상적 일반화 경향을 내포하고 있으며 그로부터의 초월의지를 포기하지 않고 있음을 지적할 필요가 있다. 「오분간」에서 제우스가 인간의 이성주의를 대표하는 프로메테우스와의 담판이 결렬된 이후에 "아! 이 혼돈의 허무 속에서 제3존재의 출현을 기다리는 수밖에 없다. 그 시비를 내 어찌 책임질쏘냐"라고 독백하는 부분과 '제우스의 자살'에서 초록이가 "인간의 이성이 조작해 낸 환각"에 불과한 제우스를 파괴하는 부분, 그리고 「잃어버린 여정」에서 주인공 이상철이 윤리적으로 파탄한 존재인 수 (壽)부인을 살해하는 시점에 인류 역사가 핵전쟁으로 비극적 종말을 맞게 되는 것은 현대세계에 대한 치열한 비판의식이 비관주의적 역사관으로 상승해 가는 과정을 보여준다. 현저히 현실적인 비판을 목적으로 한 작품들 속에서도 이러한 부분들이 존재한다는 것, 그것은 결국 알레고리적 사유방식의 내포적 함의가 당대의 강력한 사유구조로 자리를 잡고 있었음을 시사하는 것일 수 있겠다.

5. 전후 알레고리 소설의 소설사적 의미

전후에 나타나는 알레고리 소설들의 소설사적 의미를 규명하게 위해서는 먼저 전후 문단을 지배했던 인식소들이 무엇이었는지를 파악하는 것이 필요할 것이다.

이때 이어령으로 대표되는 신세대 비평가들과 장용학, 김성한, 유주현과 같은 신세대 작가들의 세계 인식에 있어 중요한 의미를 담고 있는 것이 신화—저항—실존 과 같이 서로 밀접하게 연계된 용어들임을 주목할 필요가 있다. 그들에게 있어 이들 용어는 풍부한 상징적 의미와 상호연관을 가진 것이었다.

장용학의 알레고리를 검토하면서 살펴본 것처럼 신세대들에게 있어 현실과 기성세대는 하나의 신화로서 존재하는 것이었다. 신화라는 말이 갖는 의미를 보다 명확히 밝히기 위해서는 니체의 담론으로까지 분석을 소급할 필요가 있겠지만, 그 곳까지 이르지 않는다 하더라도 신화가 갖는 상징적 의미는 어느정도 해명이 가능하다. 과학문명의 발달로 특징지어지는 시대에도 여전히 신비에 싸인 채 절대적인 권력을 행사하고 있는 신들. 그것은 바로 인간의 소외 위에 군림하고 있는 현대사회의 매커니즘이다. 그러므로 장용학이 현대사회를 "합리적이라는 관형사가 붙은 신화"라고 규정했을 때, 그것은 그들 앞에 절대적인 권위를 행사하며 군림하고 있는 현실에 대한 강렬한 부정의식을 함축하고 있는 것이라 할 수 있다. 그들에게 있어 절망적 현실은 부조리 그 자체였고 저항해야 할 대상 그 자체였던 것이다.

그러나 현실과 기성문단이 곧 신화라고 하는 규정 속에 현실에 대한 신세대 작가 및 비평가들의 추상적이고 형이상학적 사유방식이 자리잡고 있음을 간과해서는 안될 것 같다. 그들은 부정적이고 부조리한 세계를 구체적이고 현실적으로 파악하지는 않았다. 신화라는 말은 바로 이러한 사유방식과 사유구조가 반영되어 있다. 현실은 신화라는 상징적이고 함축적인 기호를 통해 수용되었으며 그것으로 충분했다. 그리고 그들의 문학은 바로 이 절대적 판단으로부터 출발하는 것이었다. 바로 이 대목이 당시 신세대 작가들과 알레고리적 창작 방법 사이에 놓여 있는 밀접한 연관성을 설명해 주는 일차적 계기가 될 수 있을 것이다. 현실에 대한 신화인식과, 추상적이고 상징적으로 획득된 세계인식으로부터 작품을 연역적으로 구성화하는 알레고리적 방법 사이에는 놀라울 만큼의 유사성이 존재하는 것이다.

신세대 작가들의 저항이 이렇게 한계지어진 원인을 제1공화국의 권위주의적 성격으로부터 설명할 수도 있을 것이다. 그러나 더욱 본질적인 이유는 그들의 실존주의 수용에 있다고 보아야 할 것이다. 그들의 신화의식이나 저항의식은 본질적으로 니체·까뮈·싸르트르 등의 영향

하에서 형성된 것이었다. 물론 이러한 수용은 당시 한국적 현실의 실존
주의적인 성격이 전제됨으로써 가능했던 것이라 봐야 한다. 당시 한국
은 서구의 실존적 상황보다 더 실존적이고 더 절망적인 상황에 처해 있
었기 때문이다. 그들은 그러한 세계를 인식하는 유효한 방법으로서 실
존주의를 인정했던 것이고, 그러한 전제 위에서 실존주의는 신세대 작
가들의 세계인식과 그 세계상 모델의 이론적 기초가 될 수 있었던 것으
로 보아야 한다. 그러나 일단 실존주의가 유효관 세계관으로 기능하기
시작하자마자, 신세대 작가들은 실존주의 인식론으로 세계를 사유하지
않으면 안되었다. 실존주의의 인식론은 훗설에서 시작된 현상학적 사유
방법에 다름아니었다. 실존주의의 인식론은 훗설에서 시작된 현상학적
사유방법의 전통 위에서 축조된 것에 다름 아니기 때문이다.16) 여기서
알레고리적 사유방식과 현상학적 사유방식의 공통적 특질에 유의할 필
요가 있다. 현상학적 방법이란 대상과 내용들을 대함에 있어 그것들의
가치나 실재성 또는 비실재성을 따지지 않고, 그것들이 스스로를 드러
내는 그대로 서술함으로써 그 의미를 드러나게 하는 것으로 정의된다.
이러한 정의에 따르면 의식은 그 자체로서는 무(無)이며 세계가 곧 이
무를 채워 주는 실체가 된다. 그런데 이러한 현상학적 사유방식은 원래
주관의 개입에 의해 왜곡되지 않은 객관적인 세계인식을 목표로 한 것
이었다. 그러나 현상학은 보다 넓은 범주에서 보면 철학의 두 가지 근
본범주인 주체와 객체를 경험일원론적으로 해결하고자 한 것이다. 그리
고 이때 주체의 의식의 내용으로 되는 세계는 결국 헤겔적으로 보면 주
관적으로 형성된 세계에 대한 관념이며, 칸트식으로 해석하면 오성의
힘에 의해 질서 지어진 현상의 체계화라 할 수 있다. 그러므로 현상학
적 방법이 아무리 자신을 객관적인 인식방법으로 위치 지운다 하더라
도 결국 그러한 인식을 통해 획득된 내용은 인식 주체의 경험의 산물이
며 그 체계화에 다름 아니다. 그것은 세계에 대한 주관적 체계화에 다
름 아닌 것이다. 바로 이 점에서 현상학적 사유방식과 알레고리적 방법

의 친화성이 드러난다. 알레고리가 모더니스트들의 주관성이 낳은 본질적 경향이라는 점에서 보면, 실존주의가 내포하고 있는 현상학적 특성이 장용학, 김성한 , 유주현과 같은 신세대 작가들의 알레고리적 지향을 자극했다고 볼 수 있는 것이다. 그리고 이 대목에서 전후 알레고리 소설의 문학사적 의미가 보다 구체적인 모습을 드러내는 것으로 판단된다. 전후의 알레고리는 그 시대를 풍미했던 실존주의적 사유방식과 깊은 연계성을 갖고 있었던 것이다. 물론 이러한 결론은 아직 보다 엄밀하고 폭넓은 연구를 필요로 하는 가설적 견해에 지나지 않을 수 있다. 그러나 알레고리적 방법이 출현했던 문학사적 시대들 속에서 주관주의와 상대주의의 주류화를 목격하고 입증할 수 있다면, 이러한 결론이 무의미하지만은 않을 것이다.

주석

1) 손우성, 「주류의 생성전기」, 『사상계』, 1955.6.
2) "Symbol, where the 'material' base and the 'spiritual' meaning are thrown together, as the name suggest, with some implication of overlapping, consubstantiality, or participation.(J. Hillis Miller, *The Two Allegories*, Harvard University Press, 1981, p.357)
3) 루카치, 『모더니즘의 이데올로기』, 인간사, 1986, 42면.
4) 김영옥, 「벤야민의 문예이론과 알레고리 개념」, 서울대 석사논문, 1985, 35면.
5) 김현의 「에피메니드의 역설」과 김윤식의 「우화성과 이데올로기 비판」, 염무웅의 「실존과 자유」, 김동환의 「한국 전후소설에 나타난 현실의 추상화 방법연구」 등이 모두 이러한 관점을 취하고 있다.
6) 존 맥퀸, 송낙헌 역, 『알레고리』, 서울대 출판부, 1983, 22~43면.
7) 김미리, 「장용학소설론」, 전남대 석사논문, 1986, 11면.
8) 장용학, 「원형의 전설」, 『현대한국문학전집』 4(신구문화사 편), 14면.
9) Arthur Pollard, 송낙헌 역, 『풍자』, 서울대 출판부, 1986, 4면.
10) 루카치, 「풍자에 대하여」, 『루카치 문학이론』, 세계, 1990, 50면.
11) Arthur Pollard의 『풍자』는 3장 「풍자의 양식과 방법」에서 풍자적 알레고리의 다양한 양상을 제시하고 있는데, 이는 풍자와 알레고리가 갖는 친화성의 실제적인 예들이라고 생각할 수 있을 것이다(39~56)면.
12) 장용학, 「감상적 발언」, 『문학예술』, 1956.9, 172면.
13) 장용학, 『현대한국문학전집』 4, 신구문화사, 1981, 364면.

14) 김성한, 『김성한단편집』(하), 홍성사, 1992, 45면.
15) 장용학, 「감상적 발언」, 『문학예술』, 1956.9, 175면.
16) 피에르 테브나즈, 심민화 역, 『현상학이란 무엇인가』, 문지사, 1998, 57~67면.

전후 한국시에 나타난 현실인식의 정신사적 연구

박윤우

1. 전후 현실인식의 성격과 조건

1950년대 우리 시의 전개과정을 역사적 관점에서 파악하고자 할 때 무엇보다 중요하게 부각되는 것은 한국전쟁의 의미가 시의 창작 주체 및 시문학 전반에 어떻게 수용되었고 의식화되었는가의 문제이다. 한국 전쟁 직후 시인들의 정신적 상황은 대체로 전쟁의 참혹성에 대한 피해 의식과 그로 인한 상실감이 지배적이었다고 할 수 있다. 그런 의미에서 "'아아, 50년대!'라고 말하지 않으면 안 된다. 모든 논리를 등지고 불치의 감탄사로서 말하지 않으면 안 된다"[1]라는 이 시기 문인의 토로는 전쟁기와 전후 상황을 통해 만연된 비극적 시대인식의 심층부를 선명하게 드러내 준다.

이러한 고백투의 진술은 전쟁이 부여하는 논리 이전의 감수성, 즉 체험적 인식의 강도 혹은 진실성을 상징적으로 말하는 것이지만, 한편으로는 그러한 심정주의적 표출 방식이 이 시기 시의 한 주류 내지 전형으로서 소위 '비관주의' 내지 '허무주의'의 인식 태도를 초래했음을 보여주기도 한다. 그러므로 전후 시의 역사적 의미를 규명하기 위해서는 우선 이러한 인식의 배경에 잠재되어 있는 한국전쟁을 바라보는 그 나름의 논리를 고려해야 한다.

한국전쟁은 동족상잔의 전쟁이라는 면에서는 그야말로 우리 민족에 있어 가장 커다란 현대사의 비극이지만, 전쟁이 발생하게 된 역사적 추동력 및 전쟁 발생 주체의 책임성, 전쟁의 결과가 한국 사회에 미친 영향력 등과 같이 전쟁을 둘러싼 제반 요소들을 고려할 때[2] 그것은 단순히 비극성과 피해의식만을 초래한 하나의 역사적 사건으로 의미를 한정할 수만은 없는 중요성을 지닌다. 즉 한국전쟁은 잠정적인 분단 체제라는 국내 상황의 연장선에서 발발한 것이고, 전쟁의 결과 분단 체제는 더욱 고착됨으로써 민족적 모순을 심화시키는 방향으로 그 성격이 규정되었음을 볼 때, 한국전쟁과 관련하여 1950년대의 시대성을 인식하는 데 있어 이 시기를 특정한 역사적 공간으로 단절시켜 파악하려는 태도는 민족사의 흐름에 대한 객관적 인식을 제약하는 결과를 초래한다. 이 시기에 순수문학론이 부각된 것이나, 문인들이 감상주의적 태도를 일관한 것도 상황에 대한 시적 대응 논리에 있어서 민족사에 대한 정당한 인식을 결여한 때문이라 할 수 있다.[3]

이러한 관점에서 볼 때, 1950년대 시문학 전반을 꿰뚫고 있는 '허무주의'의 핵심은 무엇이며, 그것이 이 시기 시문학의 주된 성격으로 자리매김하게 된 원인은 무엇인지를 규명할 필요가 있다. 분단의 현실을 객관적으로 인식하고 극복하는 시대적 과제와 그에 대한 의지는 이러한 허무주의를 극복하려는 시적 인식 태도와 관련되기 때문이다. 하나의 세계관으로서 허무주의는 일정한 사회적·지적 요소와 연관된 문학의 한 양상이며 제도적 속성을 지닌 것이다. 즉, 사회적 다양성과 가변성에 직면한 개인이 그에 대응하여 특정한 행동을 요구받을 때, 분명히 그려진 사회적 모델을 가지지 못한 상태에서 그의 사상 속에 존재하는 다양한 문화 양식은 불투명해지며, 그로 인해 그는 결국 모든 행동을 실존적 결단에 맡기게 된다.[4]

전후 시의 현대적 면모를 부각시킨 일련의 모더니즘 시들은, 1930년 대 모더니즘 시가 추구했던 단순한 문명비판이나 현실비판의 측면과 달리, 서정성의 회복을 궁극적 목표로 했다는 점[5]에서 이시기 시의 허무주의적 성향의 한 단면과 그것이 지닌 본질적 성격을 엿볼 수 있는 전형적인 경우이다. 이는 곧 당시 시단에서는 조향(趙鄕)이나 김경린(金璟麟)의 시처럼 시적 방법론과 감각에 의존한 모더니즘 시보다 박인환(朴寅煥)·전봉건(全鳳健)·김종삼(金宗三) 등의 시에 반영된 실존적 시각이 전후의 비극적 인간 조건을 드러내고 극복의 지평을 탐구하는 데 보다 유의미한 방향으로 생각하였음을 뜻하는 것이기도 하다. 이런 의미에서 1950년대 시의 정신적 지향과 현실인식의 변모 양상을 살펴보는 일은 이 시기 시 전반에 중요한 계기가 된 허무의식이 어떻게 창작의 방법에 틈입되고 구현되었는가를 점검해봄으로써 구체화될 수 있다.

2. '전쟁시'[6]의 관념주의와 탈이념화의 지향

1950년대의 '전쟁시'는 대체로 두 부류의 성향으로 나누어 볼 수 있 다. 그 하나는 전쟁 현장에서의 절박한 체험 상황을 형상화하거나, 적에 대한 적개심과 승전 의식 내지 반공의 이념을 고취하는 일련의 목적시 들이며, 다른 하나는 그러한 전쟁 체험을 바탕으로 그 비극성을 심정적 인식과 휴머니즘적 논리에 의거해 표백하는 시들이다. 특히 양적으로

'전쟁시'의 대부분을 차지하는 전자의 경우 전시에 국방부 정훈국의 지시에 의해 결성된 문총구국대와 육군 종군작가단의 시인들이 쓴 격시(激詩)와 선전시라는 점에서 정치적 냉전의식에 철저히 종속된 시적 인식을 보여주며, 이후 1950년대를 일관하여 사회 전반에 확산된 반공 이데올로기를 현실인식의 철학적 범주로 일반화시키는 데까지 이르는 원인을 제공했다는 점에서 문제적이다.7)

김순기(金淳基)의 『용사의 무덤』, 『이등병』이나 장호강(張虎剛)의 『총검부』, 이영순(李永純)의 『연희고지』와 같은 시집들은 모두 전투에 임한 병사의 입장에서 현장 체험을 극화하는 시들로 일관하고 있는데, 이러한 시에서 강조되는 것은 전쟁 자체의 치열함과 절박함, 그것이 당사자에게 부과하는 승리에의 강박 관념 및 그 열정적 추동력뿐이다. 특히 대표적인 목적시로서 모윤숙(毛允淑)의 「국군은 죽어서 말한다」는 전쟁 의욕과 적개심을 고취시킴과 아울러 전쟁에 대한 예찬과 당위적 긍정이라는 왜곡된 현실인식을 보여주는 데까지 이른다.

이러한 전쟁시들이 맹목적 반공 이데올로기에 기반한 피상적 현실인식을 보여준다면, 전쟁의 직접적 체험을 시인의 의식 속에 내면화하는 과정에서 쓰여진 시들은 기본적으로 전쟁이 인간에게 주는 허무의식의 문제를 탐색함으로써, 비록 현상적 차원과 심정적 인식에 의거해서나마 한국전쟁의 세계사적 의미, 즉 냉전 체제의 구축이라는 외부 현실에 대한 인식을 드러낸다는 점에서 의의가 있다.

> 이슬 젖은 하얀 촉루가 뒹구는 저 능선과 골짜구니에는 그리도 숱한 풀과 나무와 산새와 산새들의 노래소리와 나비의 날개에 사운대는 바람과 바람결에 묻혀가는 꿈과 생시를 산은 잘 알고 있다.
> (…중략…)
> 산이여!

나도 알고 있다.
네가 알고 있는 것을
나도 역력히 알고 있는 것이다.
—신석정, 「산의 서곡」 부분

조그만 마을 하나를
자유(自由)의 국토(國土) 안에 살리기 위해서는

한해살이 푸나무도 온전히
제 목숨을 다 마치지 못했거니
(…중략…)
살아서 다시 보는 다부원(多富院)은
죽은 자(者)도 산 자(者)도 다 함께
안주(安住)의 집이 없고 바람만 분다.
—조지훈, 「다부원에서」 부분

오호, 여기 줄지어 누웠는 넋들은
눈도 감지 못하였겠구나.

어제까지 너희의 목숨을 겨눠
방아쇠를 당기던 우리의 그 손으로
썩어 문드러진 살덩이와 뼈를 추려
그래도 양지 바른 두메를 골라
고이 파묻어 떼마저 입혔거니,

죽음은 이렇듯 미움보다 사랑보다도
더욱 신비스러운 것이로다.
—구상, 「적군묘지 앞에서—초토의시 7」 부분

이들 시에는 죽음(전쟁)을 인간사를 넘어서는 것, 즉 이데올로기 이상의

원초적인 문제로 바라보려는 태도와 인식이 공통적으로 깔려 있다. 말하자
면 죽음의 허무, 그 무상감 앞에서 현실적 이데올로기의 문제는 비본질적인
것이 됨을 깨닫는 현실적 주체의 자각 과정을 보여주고 있다는 것이다.

이러한 탈이데올로기적 인식 경향은 궁극적으로 휴머니즘에 입각한
현실인식으로 귀결된다. 그러나 이러한 휴머니즘적 지향이 전쟁의 참혹
성이나 인간성 파괴라는 비합리성에 대한 고발로서 보편적인 반전주의
의 이념을 기저로 하는 한, 결국 형이상학적이고 사변적인 관념의 세계
에서 벗어나지 못하는 현실인식상의 한계를 드러낼 수밖에 없다. 그것
은 이들 시가 보여주는 현실의 본질적 측면에 대한 인식이 허무주의로
부터 비롯된 데 그 원인이 있다.

이처럼 전쟁의 현실에 대응한 허무주의적 인식이 바로 전후시의 정
신사적 기반을 이룰 때, 민족적 시각에서 바라보는 현실의 문제는 오히
려 탈역사화의 결과를 빚고 만다. 이런 의미에서 1950년대의 '전쟁시'들
은 당시의 현실참여적인 의도에 내포된 이데올로기적 허상에 대해 나
름의 자각을 수반하였다는 점에서는 전후 현실인식에 있어서 일정한
가능성을 보이기는 하지만, 그것이 실존적 태도를 동반한 순수 서정 내
지 관념의 세계를 심화시키는 방향으로 전후시의 성격을 이끄는 계기
가 되었다는 점에서는 냉전의식이라는 상황적 제약으로부터 자유로운
것은 아니라 할 수 있다.[8]

따라서 전쟁과 분단으로 이어진 당대 현실을 객관적으로 인식하고자
하는 시적 주체의 노력은 무엇보다도 냉전의식의 탈각 여부와 동시에
휴머니즘적 지향에 내포되어 있는 내면화의 관점이 어떻게 심정적 분
출로부터 사회역사적 구도를 동반한 비판적 시각으로 전이되는가의 문
제로 귀착되지 않을 수 없다. 그러나 이러한 당위는 현실의 비극성을
탈이념화의 인식 방법으로 대응하려는 시적 주체의 갈등을 동반한다는
점에서, 전후시의 지향을 현실의 본질에 대한 탐구의 방향으로 내면화
시켰음도 아울러 주목할 필요가 있다.

3. 실존의식과 휴머니즘의 탐구

1) 존재의 탐구와 초월에의 의지

전쟁의 비극성으로부터 현실인식의 핵심을 포착하려 할 때 외부적 현실을 주체의 내면으로 끌어들여 개인의 체험적 인식으로 재구성하게 됨은 앞서 살핀 '전쟁시'에 속하는 시편들로부터 확인한 바 있다. 그런데 현실의 비극적인 체험이 부조리한 현실에 대한 인식으로 전환되는 과정에서 현실 속의 개인은 흔히 진실을 찾기 위해 자신의 존재에 대한 탐구의 태도를 취하게 마련이다. 그런 의미에서 전후의 시대 상황에서 실존주의 사조가 사회 전반에 폭넓게 수용되는 과정은 바로 이처럼 개인의 내면적 상황 인식에 대한 요구가 전면에 부각되면서 자연스럽게 나타난 현상이라 할 수 있다.

이러한 현실에 대한 실존적 인식 태도는 곧 휴머니즘의 가치를 상황 인식의 전면에 부각시키게 되는 바, 여기서 현실은 전적으로 파편화되고 해체된 무질서의 세계로 규정되며, 따라서 실존적 인식 주체에게는 정신적 질서의 회복만이 진정한 가치로 받아들여지게 된다.[9] 이러한 '실존적 수정'[10]의 태도를 통해 시적 주체는 진정한 실존을 회복할 수 있는 내적 계기를 마련할 수 있는데, 그 결정적 동기가 된 것이 죽음에 대한 사유 방식이다. 죽음의 현실을 시적 주체의 내면으로 받아들여 성찰하는 태도야말로 주체적으로 현실에 대한 객관적 존재 기반을 확보하는 것이 되기 때문이다.

전쟁 체험을 토대로 한 박인환(朴寅煥)의 전후시는 「신호탄」, 「서부전선에서」, 「새로운 결의를 위하여」, 「이 거리는 환영한다」와 같이 이데올로기에서 벗어나지 못한 당대 현실의 이념성을 드러내는 경우도 있지만, 대체로 전쟁 자체의 역사적 의미에 대한 관점을 드러내는 대신 그러한 현실에 대한 주체의 관념적 사유 과정을 형상화하는 데 주력한다.

    저 묘지에서 우는 사람은 누구입니까
   저 파괴된 건물에서 나오는 사람은 누구입니까
    검은 바다에서 연기처럼 꺼진 것은 무엇입니까
    인간의 내부에서 사멸된 것은 무엇입니까.
    일년이 끝나고 그 다음에 시작되는 것은 무엇입니까.
    전쟁이 뺏아간 나의 친우는 어디서 만날 수 있습니까.
    슬픔 대신에 나에게 죽음을 주시오
    인간을 대신하여 세상을 풍설로 뒤덮어 주시오
    건물과 창백한 묘지 있던 자리에
    꽃이 피지 않도록

    하루의 일년의 전쟁의 참혹한 추억은
    검은 신이여
    그것은 당신의 주제일 것입니다.

—「검은 신이여」 전문

   여기서 전쟁은 민족 분단이라는 정치적 차원의 문제가 아니라 인간성을 말살시키는 반문화적 관념으로 나타난다. 즉 박인환의 시에서 실존의 문제가 갖는 현실성의 의미란 곧 혼돈과 무질서, 좌절과 같은 비합리적이고 부조리한 존재 조건이 되는 것이다. 근본적으로 실존주의가 형성하는 비극적 세계상의 기초로서 실존의식이란 시간과 공간의 접점에서 인간의 숙명에 대해 자각하고 실존의 불합리성에 대해 인식함으로써 드러난다는 점에서 볼 때,11) 전쟁의 현실을 "인간을 대신한 세상"으로 파악하는 것은 타당하다. 그러나 본래적인 의미에서 실존의 탐구가 현실의 모든 우연성이나 모순과 대결하는 주관의 도전을 필요로 하는 한,12) '검은 신'의 존재란 현실적이기보다는 초월적인 것에 대한 의식을 보여준다는 점에서 문제를 드러낸다. 이것은 박인환이 추구한 현실성의 구현 방식으로서 실존의식이 그가 견지하고 있던 대립적 현실 인식에 기반한 때문으로 볼 수 있다.

> 우리가 걸어온 길과 갈 길, 그리고 우리들 자신의 분열한 정신을 우리가 사는 현실 사회에서 어떻게 나타내 보이며 순수한 본능과 체험을 통해 본 불안과 희망의 두 세계에서 어떠한 것을 써야 하는가를 항상 생각하면서 여기에 실은 작품을 발표했었다.
>
> ─『선시집』 후기

이러한 자기 표명에서 "불안"과 "희망"이란 존재하는 현실과 지향해야 할 이상으로서 연결되는 것이라기보다는, 오히려 그 대립적 현실에 대한 갈등을 드러내는 요소로 나타나 있다. 말하자면 그는 구원의 가능성에 대한 회의를 고백함으로써 철저하게 현존재의 시공간적 단절성을 드러내 보이는 한편, 그로 인해 역설적으로 전쟁의 불합리한 인간 조건을 극복하겠다는 의지를 밝힌 셈이 된다. 신의 존재를 집요하게 추구한 「미래의 창부」나 「밤의 미매장」과 같은 작품은 화자의 우울한 시선을 통해 '불쌍한 자아'13)와 대립하는 신의 모습을 '미래의 창부'와 '죽은 천사'의 모습으로 형상화함으로써 이러한 의도를 실현한다.

요컨대 "현재의 시간과 과거의 시간은 거의 모두가 미래의 시간 속에 나타난다"는 엘리어트의 말을 인용하면서 시작한 「살아있는 것이 있다면」에서 존재의 현실을 "나와 우리들의 죽음보다도 / 더한 냉혹하고 절실한 / 회상과 체험"이라고 밝히고 있듯이, 전후시의 관점에서 박인환의 시가 제기하는 실존의 문제는 단절된 시간관과 함께 그러한 존재구속적인 인간의 초월적인 가능성에 초점이 맞추어진 것이며, 그런 의미에서 그의 시적 지향은 '실존적 휴머니즘'14)을 기반으로 한 것이라고 할 수 있다.

그럼에도 불구하고 불합리한 현실을 드러내는 방식으로써 주관적 관념을 강조할 때 시적주체의 인식은 필연적으로 '회상'의 형식에 얽매일 수밖에 없으며, 실존의 문제는 감상성의 차원으로 전락할 위험을 내포하게 된다. 존재 현실을 탐구하는 시적 주체의 감상성은 실존적 초월의 가능성을 죽음의 일상성에 함몰시켜버리는 결과를 가져옴으로써, 허무주의를 개인의 내면에 성찰의 대상으로 객관화하지 못하고 외부적인 것이자 보편적인 실체로 일반화하게 되는 것이다.

> ······ 등대에 ······
> 불이 보이지 않아도
> 그제 간직한 페시미즘의 미래를 위하여
> 우리는 처량한 목마 소리를 기억하여야 한다
> 모든 것이 떠나든 죽든
> 거저 가슴에 남은 희미한 의식을 붙잡고
> 우리는 버지니아 울프의 서러운 이야기를 들어야 한다
> 두 개의 바위틈을 지나 청춘을 찾은 뱀과 같이
> 눈을 뜨고 한 잔의 술을 마셔야 한다
> 인생은 외롭지도 않고
> 그저 잡지의 표지처럼 통속하거늘
> 한탄할 그 무엇이 무서워서 우리는 떠나는 것일까
> 목마는 하늘에 있고
> 방울 소리는 귓전에 철렁거리는데
> 가을바람 소리는
> 내 쓰러진 술병 속에서 목메어 우는데
>
> ─「목마와 숙녀」 후반부

이 시에서 현실을 성찰하는 시적 주체의 태도는 절망과 허무의 색채를 짙게 풍기고 있다. 그러므로 "~해야 한다"는 당위적 진술을 반복하는 고백의 어조는 곧바로 현실의 억압과 위악을 체념의 포즈를 통해 벗어나고자 하는 반어적 표현과 결부된다. 여기서 "희미한 의식"과 "기억"

으로 대변되는 대상으로서의 현실을 허무주의에 의한 초월 의지로 극복하려는 시적 주체의 의도가 드러남은 물론이다. 그렇지만 그 초월의 인식적 근거가 현실을 일상으로서 파악하려는 것, 즉 일종의 인생론적 차원에서 자기 존재를 일반화시키려는 입장에 서 있다는 점에서 보면, 박인환의 시가 보여준 실존적 휴머니즘은 초월에의 가능성보다 오히려 현실적 차원에서 머물고 마는 한계를 드러낸다.

2) 현실의 무화와 방법적 휴머니즘

허무주의의 정신적 지향을 토대로 전후의 비극적 현실인식을 구체화하는 과정에서 박인환이 시적 주체의 내면 탐구에 중점을 두었다면, 전봉건(全鳳健)은 대상으로서 세계의 비극적 외면을 드러내기에 치중한 경우에 해당한다. 그의 시는 전쟁 체험을 의식의 대상으로 설정하여 그 의식에 포착된 현실의 모습을 사물화된 감각적 형상으로 치환시켜 보여준다는 점에서 현실에 대한 일정한 의미화가 아닌 몰가치한 일상의 세계로서의 무화된 현실인식만을 추구한다. 잔장의 현실을 소재로 한 「ONE WAY」, 「장난」, 「0157584」, 「철조망」 등은 모두 이런 의미에서 가치중립적인 세계관을 바탕으로 한 일종의 '기호'의 세계로서 표현된 작품들이다.[15]

> 100야드 나는 포복하였다
> 90야드
> 나는 사정을
> 80야드로
> 압축시켰다
> 65야드
> 나는 60야드로

압축시켰다
나는 저격병의 정조준 위에 놓였다
나는 마지막 수류탄을 던졌다

—「0157584」 부분

이 시의 제목이 상징적으로 보여주듯이 전쟁의 현실에서 인간은 군번이라는 기호에 의해서 움직이는 추상적인 존재이자 더 나아가서 소외되고 사물화되며 파괴되는 비존재이다. 여기서도 물론 화자로서 제시된 개인은 실존적 모습을 취하고 있다. 그러나 그 실존은 전장의 절박한 현실감이나 구체성으로부터 나온 것이 아니라 단순한 '병정놀이'의 장난감과도 같이 물화된 존재에 불과하다. 마치 꿈꾸는 듯이 스쳐가는 기억의 일단을 펼쳐놓는 이러한 감각적 방법은 대상으로서의 현실 역시 비실재화함으로써 그 무의미성을 강조하는 역할을 한다.

이처럼 현실 속에 소외된 인간의 초상을 그려보인다는 것은 휴머니즘에 대한 역설적 의지와 통한다. 전봉건의 시가 현실의 억압과 부조리를 극복할 수 있는 가능성을 보일 수 있었던 요인은 바로 휴머니즘에 대한 개인적 의지를 방법적인 문제로 치환시켜 탐색한 데 있다. 그것은 고립과 소외를 뛰어넘어 단절된 시공간 의식을 잠재적 의식의 연속성에 의지하는 것과, 죽음의 비극적 일상성을 사랑의 몽환적 초월성으로 대체시키는 것이다.16)

잃어진 것은 없었다

그것은
눈물이었다 나의 눈시울에 따시한
그것은

성좌의 푸름에서 하나의

별도 잃어진 것은 없었다
하나의
별도 그렇다
잃어진 것은 없었다

강물은 흐르고

꿀보다도 달고 순결한 청록색이 넘쳐 아스라히 아스라히 굽이치는 너의 목
덜미에서 가슴과 아스라히 꿀보다도 달고 순결한 청록색이 넘쳐 아스라히 굽
이치는 허리와 무릎 그리고 입가에서
······ 바다를 보듬은
태양같은 ······ 나의 전부에서
너는
(···중략···)
아지랑이에 젖는 하늘의
푸름같은 무수한 무늬와
무늬로
이루어진 미소로
속삭이며
젊은
수줍은 여신이었다

—「강물이 흐르는 너의 곁에서」 부분

전봉건의 시에서 전쟁의 현실에 직면한 시적 주체의 태도가 현실적
고통에서 비껴서 있다는 느낌을 준다는 것은 전쟁으로 인한 존재의 파
괴로부터 인간과 시를 구원받으려는 정신적 노력의 소산이라는 점에서
고통의 치유 방식으로 이해할 수 있다.[17] 즉 사물화된 인간의 실존적
모습을 통해 대상을 무화시킬 때 필연적으로 드러나는 현실적 허무의
식과 그로 인한 감상성의 위험을 극복하는 길은 존재의 내면에 정신적

질서를 회복하는 것임을 인식함으로써 시적 방법론에 의거한 의식 내부의 휴머니즘적 지향의 실체를 표현할 수 있게 된 것이다.

위의 시에서 보듯이 화자의 의식은 잠재된 욕망을 끝임없이 언어화하여 분출시키는 과정에서 현실의 단절감이나 부정적 인식을 초월할 수 있는 공간을 확보한다. 의식의 자유스런 흐름에 의지하여 현실과 꿈, 추악함과 아름다움, 비인간성과 인간다움을 넘나들 수 있는 내부적 언어 표현이야말로 존재의 연속성을 확보할 수 있는 인식적 장치가 된다. 특히 이러한 자유로운 연상은 감각적 이미지를 통해 다분히 유미적인 어조로 구체화되고 있다는 점에서 고통의 치유라는 의지를 실현하는 데 기여한다. 한편 위의 시에서 화자가 추구하는 '소녀'의 이미지는 기본적으로 비극적 현실성을 대신하는 구원의 대상이면서도 감각적인 사랑의 언어 표현을 통해 인간 회복을 꿈꾸는 시적 주체의 의지를 대변한다. 그리고 아울러 이러한 시적 주체의 의지는 '청록색'의 밝은 색채감과 부드러운 감각적 이미지를 통해 억압적인 현실인식으로부터 해방되는 가능성을 열어주는 것이다.

4. 분단 현실의 사회역사적 인식과 허무주의의 극복

1) 현실의 비판적 객관화와 모더니즘의 혁신

휴전 이후 분단현실에 대한 인식은 체험적인 것으로부터 벗어나 지적인 통제를 거침으로써 보다 객관화된 모습을 갖추게 된다. 전후 모더니즘 시의 흐름에 있어서 현실에 대한 비판적 인식을 드러내는 경향이 송욱(宋稶)과 김수영(金洙暎)의 시를 통해 나타난 것이 그 대표적인 경우이다. 송욱은 시집 『하여지향(何如之向)』(1959)의 시편들에서 전통적인 조사법을 파괴한 실험적 언어 사용과 풍자적 방법을 동원하여 현실의 불합리성과 부패성을 과감하게 고발하였으며, 김수영의 시 역시 감상주의나 피상적 기교주의를 지양하면서 일상에 대한 자의식적 태도를 통해 현실의 모순에 대한 비판적 관심을 보여준다. 이들의 작품은 모두 전후의 허무의식을 극복하는 방법론을 현실의 중심에서 찾고자 한 결과라는 점에서 의미를 갖는다.

고독이 매독처럼
꼬여박힌 팔자면
청계천변 작부를
한아름 안아보듯
치정같은 정치가
상식이 병인 양하여
포주나 아내나
빚과 살붙이와
현금이 실현하는 현실 앞에서
다다른 낭떠러지! 。

—송욱, 「하여지향 5」 부분

눈은 살아있다
죽음을 잃어버린 영혼과 육체를 위하여
눈은 새벽을 지나도록 살아있다

기침을 하자
젊은 시인이여 기침을 하자
눈을 바라보며
밤새도록 고인 가슴의 가래라도
마음껏 뱉자

　이들 작품은 비록 언어 구사에 있어서 지적 인식과 사변적 태도를 동반하고 있지만, 전후의 현실을 막연한 상실감을 가지고 바라보거나 현실을 초월하는 내면 공간에 침잠하려는 태도에서 벗어나 있다는 점에서 현실을 보다 적극적으로 탐색하려는 의지를 보여준다. 여기서 문제가 되는 현실은 관념적 현실이 아니라 전후 분단국가에 살고 있는 구성원들의 사회적 삶의 현실이다. 그리고 그러한 현실을 바라보는 태도에 있어서 부정적인 측면을 인식하고 극복하려는 의지를 동반하고 있다는 점도 주목할 수 있다. 요컨대 전후의 사회적 현실이란 전쟁의 비극성을 딛고 일어서려는 내적 의지와 함께 사회의 구조적 변화, 즉 자유민주주의 체체로 편입된 이후 정착된 종속적 산업화 및 정치적 폐쇄성에 따른 외적 모순과 갈등을 수반한 것이라는 점에서,[18] 그러한 갈등의 요인에 대한 비판적인 시각의 확보가 분단 현실을 객관적으로 인식할 수 있는 가능성을 제시하고 있는 것이다.

　그런데 송욱의 인용시에서 보듯 사실상 이들의 시적 인식에 있어서 문제가 되는 당대의 현실이란 정치적 부패나 경제적 궁핍과 같은 제도적 측면이며, 아울러 그것이 사회구성원으로서 개인의 삶과 의식에 미치는 부정적 영향력의 측면이다. 따라서 특히 송욱 시의 경우 비판과 저항의 태도로 나타나는 현실에 대한 인식은 근본적으로 일상화된 의식의 자유 혹은 안정성을 희구하는 소시민적 태도와 동일한 목소리의 소산으로 볼 수 있다. 다시 말하면 전쟁의 비극성 극복이라는 시대적 과제를 분단 현실의 극복이라는 역사적 명제로 발전시키지 못하고, 단지 허무와 패배의식으로부터 벗어나 건전한 사회구조를 삶의 현실에 구현시키는 것을 시적 인식의 궁극으로 삼았다는 것이다. 민주적 사회 형성에의 열망과 통하는 이러한 비판적 인식은 근본적으로 민주주의의 파괴에 대한 저항이라는 점에서 분단의 현실, 즉 냉전의식이 내면화된 사회구조가 철저히 일상화된 상황적 제약19)으로부터 자유롭지 못함을 반영한다. 오히려 김수영과 같이 '바로 보려는' 태도만을 강조하는 것이 이러한 상황 극복의 현실적 갈등을 정직하게 반영한 것이라 할 수 있다.

2) 분단 시대의 민족사적 성찰과 극복 의지

전후 삶의 현실을 제약하는 모순 갈등의 근본적인 원인 구조를 남북 분단과 그에 따른 민족적 정체성의 훼손으로 파악하려는 태도가 1950년 대 후반부터 나타나기 시작한 것은 신진 시인들의 등장과 맥을 같이 한 다. 1956년 「휴전선」으로 등단한 박봉우를 위시한 박성룡·박용래·신 경림 등과 1959년 「진달래 산천」으로 등단한 신동엽은 기존의 모더니즘 과 전통주의라는 시적 이념의 전형적인 대립을 지양하고 새로운 현실적 서정의 세계를 개척함으로써 더욱 발전된 시적 형상을 보여준다.

특히 박봉우는 「휴전선」 외에도 「나비와 철조망」과 같은 시를 통해 분단 현실의 역사적 의미를 성찰하는 계기를 마련하였으며, 이러한 현 실인식의 태도는 이후 신동엽에 의해 민족사적 관점으로 확대되어 표 출됨으로써 1960년대 이후 본격화된 '참여시' 내지 '저항시'의 논리를 소시민적 지식인의 비판적 인식에 머무르지 않도록 하는 현실인식의 토대를 마련해준다.

산과 산이 마주 향하고 믿음이 없는 얼굴과 얼굴이 마주 향한 항시 어두움 속에서 꼭 한번은 천둥 같은 화산이 일어날 것을 알면서 요런 자세로 꽃이 되 어야 쓰는가.

저어 서로 응시하는 쌀쌀한 풍경. 아름다운 풍토는 이미 고구려 같은 정신도 신라 같은 이야기도 없는가. 별들이 차지한 하늘은 끝끝내 하나인데 …… 우리 무엇에 불안한 얼굴의 의미는 여기에 있었던가.

모든 유혈(有血)은 꿈같이 가고 지금도 나무 하나 안심하고 서 있지 못할 광장. 아직도 정맥은 끊어진 채 야위어 가는 이야기뿐인가.

언제 한 번은 불고야 말 독사의 혀같이 징그러운 바람이여 너는 이미 아는 모진 겨우살이를 또 한 번 겪으려는가 아무런 죄도 없이 피어난 꽃은 시방의 자리에서 얼마를 더 살아야 하는가 아름다운 길을 이뿐인가.

산과 산이 마주 향하고 믿음이 없는 얼굴과 얼굴이 마주 향한 항시 어두움 속에서 꼭 한번은 천둥 같은 화산이 일어날 것을 알면서 요런 자세로 꽃이 되어야 쓰는가.

—박봉우, 「휴전선」 전문

길가엔 진달래 몇 뿌리
꽃 펴 있고,
바위 모서리엔
이름 모를 나비 하나
머물고 있었어요

잔디밭엔 장총(長銃)을 버려 던진 채
당신은
잠이 들었죠

햇빛 맑은 그 옛날
후고구렷적 장수들의
의형제를 묻던,
거기가 바로
그 바위라 하더군요.

기다림에 지친 사람들은

산으로 갔어요
뼛섬은 썩어 꽃죽 널리도록.

—신동엽, 「진달래 산천」 부분

　인용시에서 보듯 강렬한 비판과 염원의 어조를 동반한 박봉우의 시
는 "별들이 차지한 하늘"처럼 하나가 되지 못하고 살아가야만 하는 우
리 민족의 현실에 대한 자각의 깊이를 자연적 심상에 의거한 서정적 사
색을 통해 여실히 보여준다. 특히 자연적 사정의 태도가 시적 주체의
사회적 삶의 현실과 그에 대한 인식을 표현하는 방법론으로 사용되었
다는 점에서 그의 시는 모더니즘 시의 현실비판이 이르지 못한 정서적
환기력과 대중적 효과를 가능케 한다.

　신동엽의 시 역시 그 연장선상에서 현실을 객관화할 수 있는 보다 확
실한 시적 장치를 보여주고 있다는 점에서 주목된다. 그것은 바로 극화
된 여성 화자의 선택을 통해 '전쟁'이라는 하나의 서사적 사건에 보편
화된, 그리고 의미화된 상징성을 부여할 수 있는 상상력을 개입시키고
있는 점이다. 아울러 동족 상잔의 비극을 고구려의 전설과 연결시킴으
로써 현실적 비극성은 객관적 사색의 대상으로 전이되는 모습을 보이
는 바, 여기서 분단 현실의 극복이라는 현실인식은 보다 큰 민족적 전
망으로 승화되고 있는 것이다.

5. 결론

　이상에서 살펴본 바 전쟁 체험이 정신사적 동기가 된 1950년대 전후
시의 흐름은 전쟁이 지닌 역사적 함의와 그에 따른 사회의식의 현실적

추이에 비추어볼 때 현실의 논리에 대한 일종의 안티 테제로서의 독특한 의미를 띠고 전개되었음을 알 수 있다. 그것은 먼저 전쟁을 매개로 한 현실의 본질이 억압적이고 폭력적이며 부조리한 것으로 규정됨으로써 시인들의 현실인식을 배타적인 것으로 만들어버렸다는 데서 찾을 수 있다. 현실을 파편화되고 해체된 것으로 파악할 때 현실을 바라보는 주체의 의식은 단절되는 바, 이러한 현실인식의 토대를 이룬 것이 허무주의이다. 따라서 허무주의적 태도에 의거한 시적 주체의 인식은 현실과 대립하는 반문화적 지향을 보이게 된 것이다.

한편, 현실인식상의 반문화적 지향은 냉전의식과 맞물린 탈이데올로기적 성향으로 현실화된다. 이념으로써 현실의 의미를 파악할 수 없다는 관념은 개인의 내면적 의식을 주체적으로 의미화하려는 태도를 강화시킴으로써 존재의 사유를 통한 실존의식의 탐구가 중심적인 시적 과제로 부각된 것이다. 박인환과 전봉건의 시에서 보듯이, 이러한 존재 탐구의 태도는 비극적 현실을 극복할 수 있는 정신적 가능성을 휴머니즘의 추구에서 찾았고, 그 이면에는 비록 대립적 현실관과 사물화된 현실관, 조화로운 질서의 세계관이 복합적으로 작용했을지언정, 존재의식을 언어화한다는 현대적 서정시의 명제를 확보해내는 데 중요한 역할을 했다고 할 수 있다.

그럼에도 불구하고 이러한 실존적 지향의 시들은 전쟁기 및 전후의 현실성을 실체로서 의미화하는 데까지는 이르지 못하는 한계도 아울러 지닌다. 즉, 현실을 움직이는 역사 과정으로서 파악하지 못함으로써 개인의 현실적 존재성이 갖는 의미에 대한 반성적 사유를 결여하는 결과를 초래하게 되었다는 것이다. 이러한 한계는 이후 송욱과 김수영 등 이 시기 비판적인 모더니즘 시인들에 의해 현실의 모순성에 대한 지적 인식과 해부의 방식으로 극복되는 모습을 보여준다.

현실에 대한 체험적 인식을 대신하여 지적인 분석력을 시에 동원함으로써 분단 현실에 대한 시적 인식이 객관화되는 과정은 1950년대 후반에 이르러 분단의 민족사적 비극을 역사적인 관점에서 조망하려는 새로운 현실인식으로 이어지면서 보다 구체화되었다. 박봉우와 신동엽의 시들은 창작 주체가 민족사적 현실 감각을 견지함과 아울러, 시적 방법론에 있어서 전통적인 서정의 세계를 심화·확대시켰다는 점에서 현실적 의의를 갖는다. 그것은 우선 역사적인 관점에서 현실을 인식함으로써 허무주의적 현실인식으로 인한 폐쇄적 자의식의 세계를 지양하고 냉전의식에 의한 이데올로기적 허상을 극복하는, 적극적이고 미래지향적인 현실인식을 가능하게 했다는 점에서 찾을 수 있다.

또한, 전통적 서정의 방법론은 안정된 시형을 바탕으로 공동체적 정서를 구현함으로써 민족 분단의 시대 현실을 통찰할 수 있는 삶의 이상을 확보하는 데 기여했다는 점을 지적할 수 있다. 이런 의미에서 1950년대 시에 있어서 전쟁 체험이 객관화되는 시적 인식의 과정은 해체의 현실에서 정신적 질서를 회복하는 과정이자, 동시에 그러한 정신적 질서가 현실에 대한 비판적 인식으로 발전할 수 있는 토대로서의 궤적을 보여준다고 하겠다.

주석

1) 고은, 『1950년대』, 민음사, 1973, 22면.
2) 한국전쟁이 한국 현대사에 있어서 민족공동체적 운명에 심대한 영향력을 미친 역사적 계기라는 점에서 그 역사적 위상을 정립하는 문제는 전쟁의 기원에 대한 명확한 해명이 수반되어야 한다. 한국전쟁의 기원에 관해서는 전통적인 냉전 논리에 입각한 대리전론, 북한의 민족해방전쟁론, 내전론 등의 다양한 관점이 제기되어 왔으나, 이들 입장은 모두 기본적으로 전쟁의 발발을 둘러싼 상황적 요인으로서 해방 후 분단으로 이어진 체제의 모순에 대한 민족적 극복 요구라는 내적 지향성과, 전후 체제 및 질서의 재편과정에서 빚어진 냉전 체제라는 외적 영향력 사이의 상호 관련의 문제를 전제할 때 일정한 의미를 가질 수 있다.(이에 대해서는 최봉대, 「한국전쟁의 기원과 그 성격을 둘러싼 몇 가지 문제」, 『한국전쟁연구』(최장집 편), 태암, 1990, 15~23면 참조)
3) 이영섭, 「1950년대 남한의 현실인식과 시적 형상」, 『1950년대 남북한 문학』(한국문학연구회 편), 평민사, 1991, 73~75면 참조.
4) 고스드불롬, 천형균 역, 『니힐리즘과 문학』, 문학과지성사, 1988, 140~141면.

5) 전후 시론의 핵심적 논의로서 '현대성'을 확보하는 문제가 기존 모더니즘의 반서정주
  의 및 반전통주의와는 달리 새로운 서정의 세계를 구축하는 데 초점이 모아졌다는 것은,
  전쟁 체험을 실존적 상황성과 동일한 것으로 인식하고, 그러한 상황성에 대한 내적 의미
  규명을 통해 허무주의적 성향의 논리적 근거를 확보하려 한 결과라 볼 수 있다. 이러한
  현대시의 서정성 확보와 관련된 논의로는 다음과 같은 글들을 참조할 수 있다. 이봉래,
  「현대시의 새로운 가능성」, 『자유세계』, 1952.4; 박인환, 「현대시의 변모」, 『신태양』,
  1955.2; 최일수, 「현대시의 순수 감각 비판」, 『현대문학』, 1956.2; 홍사중, 「리리시즘의
  영토」, 『자유문학』, 1958.4; 고석규, 「현대시의 형이상성」, 『시작업』 1집, 1959.
6) '전쟁시'의 개념은 단순히 전쟁을 소재로 한 시만을 의미하는 것뿐만 아니라, 한국전쟁
  이 진행되는 동안 쓰여진, 일종의 '전쟁기 시'의 개념을 동시에 포괄한다. 물론, 북한의
  경우 '전쟁기'는 '조국 해방전쟁의 시기'로서 역사 서술상의 합목적적 단계 설정이 문학
  형태를 규정함으로써 강렬한 전투 추동력의 시 창작이 이루어진 반면, 남한의 경우 상실
  과 비감의 정조를 주로 한 일종의 '반전(反戰)' 이념을 기반으로 한 시가 주로 쓰여졌다는
  점에서 엄밀한 의미의 전쟁시는 존재하지 않는다는 견해(한형구, 「1950년대의 한국시-
  전쟁시 혹은 전후시의 전개」, 『1950년대 문학 연구』(문학사와비평연구회 편), 예하, 1991,
  62~63면)도 있으나, 그러한 관점 역시 '전후시'라는 개념의 설정을 위한 대립항으로서의
  의미를 전제로 한 것이라는 점에서 충분한 이유를 제공하고 있다.
7) 전쟁을 냉전의식 혹은 양진영관의 시각에서 바라보는 이러한 태도는 결과적으로 당대
  지식인들로 하여금 이원론적 세계관의 선택을 강요하는 결과를 초래한 바, "자유·공산
  세계의 대립은 정치·사회 이념상의 대립일 뿐만 아니라, 철학적 방법과 입장의 대립이
  다."(이종우, 『사상계』, 1963 특별증간호)는 발언에서 알 수 있듯이 현실의 제 갈등을 흑
  백 논리로 도식화하여 파악하려는 이데올로기를 보다 강화시키는 데 기여하였다. 남궁
  곤, 「1950년대 지식인들의 냉전의식」, 『1950년대 한국사회와 4·19혁명』(이종오 외), 태
  암, 1991, 129~131면 참조
8) 이에 대해서는 이 시기 소위 일군의 '순수 서정시인'들이 표방한 탈이데올로기의 세계
  를, 당시 자유민주주의를 표방한 자유당 정권의 문화정책에 일정하게 공헌한 것으로 평
  가한 관점이 유용한 근거를 제공한다. 윤여탁, 「1950년대 한국 시단의 형성과 참여시의
  잉태」, 『문학과 논리』 3호, 태학사, 1993, 122~127면 참조.
9) 1930년대 주지주의 문학론을 소개한 선구로서 최재서가 이 시기 간행한 『문학원론』은
  '체험의 질서화'를 기본 원리로 하는 소위 '질서의 시관'을 집대성하고 있는 바, 이 시관
  이야말로 조화와 종합, 통제를 인식적 기반으로 함으로써 당대 현실에 대한 비판적, 단절
  적 의식을 역설적으로 반영한다.
10) '실존적 수정'이란 역사적 현실이 개인에게 강요한 부조리한 현실을 인식하고 세계
  속에서 자신의 태도를 변화시키는 존재인식의 태도를 의미한다. 카렐 코지크, 박정효
  역, 『구체성의 변증법』, 거름, 1985, 75면.
11) 찰스 그릭스버그, 이경실 역, 『20세기 문학에 나타난 비극적 인간상』, 종로서적, 1983,
  122면.
12) 위의 책, 121면.
13) 한계전, 「한국 전후시에 있어서 모더니즘적 특성과 그 가능성」, 『시와 시학』 2호,
  1991.6, 409면.
14) J. P. 싸르트르, 김영숙 역, 「실존주의는 휴머니즘이다」, 『실존과 혁명』(G.노바크 편),

한울, 1983, 83면 참조.
15) 김윤식, 「해방 공간의 시적 현실」, 『해방 공간의 문학사론』, 서울대 출판부, 1991, 246면 참조.
16) 조영복, 「1950년대 모더니즘 시에 있어서 '내적 체험'의 기호화 연구」, 서울대 대학원, 1992, 52면.
17) 김재홍, 『한국전쟁과 현대시의 응전력』, 평민서당, 1978, 191면.
18) 김진균·조희연, 「분단과 사회 상황의 상관성에 관하여」, 『분단시대와 한국 사회』(변형윤 외), 까치, 1985, 412면.
19) 위의 글, 417면.

웃음의 시학과 탈근대성
전후 모더니즘 시를 중심으로

남기혁

1. 들어가는 말–주체의 분열과 웃음의 전략

미증유의 살상과 파괴를 체험한 전후시인들은 죽음의 불안과 공포, 시대의 광기와 타락한 현실을 관조할 수 있는 비판적 거리를 확보하게 됨에 따라 현실에 대해 보다 적극적으로 발언할 가능성을 얻게 되었다. 다만 전후시인들이 가부장적 독재정권 하에서 '아버지'의 권위에 도전할 수 있는 집단적 주체를 발견할 수 없었던 점은 간과할 수 없는 시대적 제약이었다. 그들은 자신의 담론을 지지해 줄 동질적인 이념의 공동체를 확보하지 못한 상태에서, 반공 이데올로기나 전통적 관습에 얽매인 무지하고 냉담한 대중들 사이에 고독한 존재로 내던져졌다. 때문에 그들은 자신의 실존 위기를 냉담하게 인식하는 비판적 주체의 위악적 포즈를 통해서 현실에 대응할 수밖에 없었다. 뿐만 아니라 그들은 전후 현실에 대해 적극적으로 저항하지 못하는 자기 자신에 대한 혐오감에 휩싸일 수밖에 없었다.

이와 같이 외적 세계에 대한 환멸과 고립된 내면세계에 대한 자기 부정의 감정은 전후 모더니즘 시의 시적 주체가 견지하고 있던 냉소적 태도의 근본 요인이라고 할 수 있다. 이 냉소적 주체들은 빈곤한 세계의 견고한 질서가 왜소한 주체의 의지로는 어찌해볼 수 없는 것이라 판단하면서 결국은 세계의 관습적 질서를 인정하거나 동조하게 된다. 그들의 냉소는 세계에 대한 주체의 우월성을 주장하는 웃음이지만, 이 웃음에 동조할 수 있는 공동체 즉 웃음을 공유할 수 있는 집단주체를 상정하지 않는다. 냉소적 주체의 이러한 웃음은 근본적으로 자기기만에 빠질 수밖에 없다.

본고는 송욱과 김수영의 시 창작에 나타난 웃음에 관한 사유를 분석하려 한다. 특히 이들의 시 창작에 나타난 냉소적 주체의 허위의식과 그 극복가능성을 점검함으로써 전후 모더니즘 시가 보여준 근대성 비판과 탈근대적 사유의 가능성을 확인하고자 한다.[1] 냉소적 웃음(더 나아가 웃음에 관한 담론)은 전후의 시적 주체들이 직면한 주체의 분열이 포착되는 지점이다. 철학적 측면에서 근대란 주관성의 원리 즉 인간의 사유가 자신을 자유로운 존재로서 의식하고 세계 해석의 중심 원리를 점유할 때 시작된 존재론적 역사의 변화 과정을 의미한다.[2] 가령 데카르트의 코기토적 주체, 즉 의식 활동의 주체로서의 자아는 사유와 존재의 근원적 동일성을 전제로 한다. 계몽이란 이러한 자기 동일적 주체의 사유를 통해 대상세계에 대한 앎을 획득하고, 인간의 자기 유지를 위해 대상 세계를 합목적적으로 지배하고 변형시키는 과정을 가리킨다. 문제는 근대의 계몽 이념이 자기의 한계를 드러내는 지점이다. 한국전쟁은 근대성의 이념이나 진보의 믿음이 파국으로 귀결될 수 있음을 보여준 역사적 사건이었다.[3] 전후시인들은 전쟁의 참상을 목도하면서 근대의 파산을 예감하였고 인간을 해방시킬 수 있는 이념이 아니라 또 다른 억압과 차별, 감시와 처벌, 진리의 은폐를 시도하는 근대의 양면성에 전율하게 되었다. 근대라는 이 거대한 괴물, 자기 내부에 간직된 모순과 위기를 조절하면서 타자들을 자신의 질서 아래 굴복시키는 근대의 저 엄청난 위력 앞에 전후시인들은 무력감을 느낄 수밖에 없었던 것이다.

전후 모더니즘 시의 냉소적 웃음은 이러한 근대성 비판의 맥락에 연결되어 있다. 전후 모더니스트들은 자신을 비루하고 무기력한 존재로 위축시키는 전후 현실을 향해 위악적 포즈를 취하였다. 특히 송욱과 김수영 같은 전후 모더니스트들은 냉소적 웃음을 통해 부정적 대상을 야유·조롱함으로써 자신의 왜소함과 비루함이 근본적으로 세계의 빈곤에 기인한 것임을 고발하고, 이를 통해 자신의 내면에 간직된 죽음의 공포와 불안을 해소하고자 했다. 뿐만 아니라 그들은 주체의 자기동일성을 부정함으로써 계몽적 이념의 허구성을 폭로하고자 했다. 이러한 웃음의 전략이 진정한 현실 부정 및 극복으로 이어졌는가에 대해서는 다양한 평가가 가능할 것이다. 비판적 주체의 냉소적 웃음에도 불구하고 웃음의 대상이 되는 현실은 변화하지 않은 채 그대로 남아 있게 마련이며, 현실에 대한 냉소적 부정은 끝내 "현실이란 원래 그 따위일 뿐이지"라는 방식의 현실 순응주의로 귀결될 가능성이 높기 때문이다.

2. 냉소적 주체의 현실 비판과 풍자적 웃음

참혹한 전쟁을 겪어낸 전후시인들은 전쟁의 상처를 미처 치유할 틈도 없이 전후의 분열되고 타락한 현실에 직면하였다. 송욱의 풍자의 시학은 전후의 환멸스러운 현실을 배경으로 성립되었다.[4] 송욱은 근대적 사회 체제, 특히 가부장적 권력과 타락한 부르주아적 가치가 지배하는 전후적 현실을 향해 카메라의 시선을 들이댄다. 송욱 시의 시적 주체는 시궁창 같은 서울의 거리와 뒷골목을 냉담한 시선으로 거니는 산책자의 형상으로 작품에 등장한다. 냉담한 산책자의 눈에 포착된 "만화경" 같은 현실은 본래적 가치가 사라지고 교환적 가치가 지배하는 타락한 세계이다. 가치가 전도된 세계에 대해서 어떤 애정도 느낄 수 없는 냉담한 산책자는 비판적 거리를 유지한 채 현실을 관조하거나 개탄할 뿐 부정적 현실에 발을 들여놓으려 하지 않는다. 그는 자신이 타락한 세계의 외부에 위치한 우월한 존재라 여기고, 또 그러한 거짓된 믿음에 안도한다. 산책자는 분열된 내면의식이나 해체된 자아―서사를 숨긴 채 짐짓 자신이 자기동일성을 유지하는 주체인 양 여기면서 타락한 세계의 외면을 미끄러져 들어갔다.

가령 「하여지향・1」에서 시적 주체는 "솜덩이 같은" 피곤한 육체로 삶의 고뇌와 역경을 헤쳐나가야 하는 존재로 설정되어 있다. 그는 "트는 싹"으로 상징되는 새로운 시간에 대한 희망을 지니고 있지만, 지금은 "矛盾이 꿈틀대는" 현실을 줄타기하듯 살아가야 한다. 시적 주체가 직면한 현실이 "모순"인 이유는 무엇인가? 시적 주체는 지금 "아닌 것"에 의해 둘러싸여 있다. 화해할 수 없는 것, 긍정할 수 없는 것으로서의 "아닌 것"과 "아닌 것"들은 서로 대립하고 충돌한다. "눈 앞에서" 아기가 또렷하게 웃고 있지만 뒤통수는 "온통 피 먹은 白丁"인 세계에선 어느 무엇도 자신의 진정성을 주장할 수 없다. "子宮에서" 자라는 새로운 생명에서조차 미래에 대한 희망을 찾을 수 없는 세계가 바로 시적 주체가 대면하고 있는 모순의 세계인 것이다.

그런데 "亡種이 펼쳐 가는 萬物相" 같은 이 세계는 시적 주체에게 "계집과 술 사이를 / 돈처럼 뱅그르르 / 돌며 살라고"(「하여지향・1」 중에서) 권면한다. 하지만 시적 주체는 타락한 세계가 내미는 손, 즉 현실 순응의 요구를 받아들일 수 없었다. 그래서 그는 자신이 이 세상에 설 자리가 "자꾸만 좁아들"어간다는 것을 한탄하고, 마침내 "내가 길이 아니면 길이 없겠"다는 인식에 도달하게 된다. 망종이 지배하는 타락한 현실 세계에서는 더 이상 설 자리가 없기 때문에, 오로지 자기 자신이 "길"이 되어 시대의 역경을 헤쳐 나가야 한다는 것이다. 이러한 부정적 현실 인식의 저변에는 화해 불가능한 세계에 대한 시적 주체의 절망감이 자리 잡고 있다. 이제 새롭게 트는 "싹"으로 시선을 돌려 다가올 시간으로의 초월에 대한 기대를 품는 시적 주체는 인간의 삶을 억압하는 모순된 현실을 아무런 가치가 없는 것, 정신적으로 고려할 필요가 없는 것으로 여긴다. 세계에 대한 주체의 우월감은 「하여지향」과 「해인연가」 연작시의 풍자가 성립될 수 있는 절대적인 근거가 된다.

물론 「하여지향」의 시적 주체가 단일한 의식과 정체성을 지닌 존재로 작품에 등장하는 것은 아니다. 오히려 시적 주체는 가치론적으로 저열한 세계(타락한 세계)에서 무기력하고 비겁하게 살아갈 수밖에 없는 경험적 자아와, 경험적 자아의 곤경을 초래하는 궁핍한 세계를 동시에 야유하고 조롱하는 성찰적 자아로 이중화되어 있다.[5] 그런데 「하여지향」의 시적 주체는 경험적 자아의 입을 빌어 말하는 것이 아니라, 경험적 자아를 포함하여 세계 전체를 비판적으로 관조하는 성찰적 자아의 입장에서 말을 한다. 이 성찰적 자아는 현실 세계의 타락한 질서를 냉담한 시선으로 바라보고, 일체의 권위적 담론을 가치론적으로 전복시켜 야유하고 조롱하는 냉소적 주체이다. 가령 「하여지향·3」에서 시적 주체는 "動亂을 거쳐 / 목이며 四肢가 / 갈라지며 합치고 하는 사이에 / 歷史가 넣은 주릿대가 늘리는데"라는 표현을 통해, 전쟁을 통해 표출된 광기의 역사를 고발하고 있다. 특히 인간의 몸이 여러 장기(臟器)들, 예를 들면 위장·뇌수·義眼·義肢 등으로 절단되는 신체 이미지는 자아의 파괴와 사회의 전체성 상실을 비판하기 위한 것[6]으로 보인다. 한편 「하여지향·4」에서 시적 주체는 "會社 같은 社會"라는 말장난을 통해 타락한 전후 사회를 비판하고 있다. 시적 주체에게 전후의 한국 사회는 "法律"이 사람을 등지고 "돈" 때문에 현실에 순응해야 하며, 성모랄이 극도로 타락한 "修羅場" 같은 세상이다. 이렇게 "修羅場" 같은 서울의 거리를 산책하던 시적 주체는 「하여지향·5」에선 서울의 가장 번화한 거리 "명동"에 도달한다.

"명동"이란 어떤 곳인가? 「하여지향·5」에서 시적 주체는 명동의 "그림자진 / 거리"에 "梅毒"처럼 퍼져나가는 그 음탕하고 불순한 "고독"의 냄새를 맡으면서 "淸溪川邊 酌婦"를 한 아름 안아 보는 환상에 빠져든다. 이 환상은 타락한 현실에 대한 절망감에서 비롯하는 것이다. 그를 시대 현실로부터 소외된 고독한 존재로 만드는 것은 "痴情 같은 政治가 / 常識이" 되어버린 사회, 현금이 모든 것을 "實現하는 現實"이다. 진정한 가치가 사라지고, 타락한 가치가 마치 자신이 정상(혹은 상식)인 양 모든 것을 실현하고 군림하는 가치의 전도 현상을 목도하면서, 이제 시적 주체는 자신이 "낭떠러지"에 다다랐다는 위기의식을 드러낸다. "영혼"(진정한 가치)를 팔아버린 물화된 세계에서는 더 이상 발을 딛고 서 있을 수 없다고 느끼기 때문이다. 「하여지향」의 냉소적 주체는 "영혼을 판 시대"를 향해 냉담한 시선을 던진다. 그의 냉담한 시선은 「하여지향」의 독특한 풍자구조를 성립시킨다. 냉소적 주체는 타락한 현실에 대해서는 일말의 애정도 갖고 있지 않다. 때문에 자신이 몸을 내던져 현실과 맞서 싸우거나 그것을 교정하려는 의지도 없다. 그는 타락한 현실과 융합할 수 없는 자기 자신을 "고독"한 존재로 여길 뿐이다. 고독한 존재는 타락한 세계에 비해 자신을 우월한 존재로 간주하고, 이 세계를 조롱하고 야유할 뿐이다.

하지만 「하여지향」의 언어유희를 접하는 독자가 보낼 웃음 역시 차가운 웃음일 뿐이다. 독자의 웃음은 언어의 충격적인 결합을 접하고 대상에 대한 새로운 인식에 도달하는 데서 비롯하는 깨달음의 웃음이다. 그러한 웃음은 결코 오래 지속될 수 없다. 웃음을 유발하는 부정적 대상에 대한 혐오로 인해 시적 주체와 독자는 모두 대상에 대해 우월감을 느끼지만, 웃음이 터져 나오는 순간에 웃는 주체 또한 자신이 웃음의 대상으로 전락할 수 있다는 사실7)을 깨닫게 된다. 웃는 주체와 웃음을 공유할 주체(독자), 웃음의 대상이 서로 거리를 유지한 채 융합되지 못하는 상황에서 웃음은 차가운 것이 될 수밖에 없다. 따라서 「하여지향」은 웃는 주체와 웃기는 주체 그리고 그 웃음을 함께 나눌 독자가 함께 어우러져 가치의 융합을 경험하고, 신체 내부에서 호탕하게 터져 나오는 웃음을 통해 일체의 자아를 없애버리는 해소와 배설의 웃음, 즉 키니시즘(Kynicism)8)적인 웃음을 결여하고 있다고 말할 수 있다.

키니시즘적 웃음이 결여된 「하여지향」의 풍자와 냉소는 냉소적 주체의 허위의식을 보여준다. 이 시는 서울의 거리를 산책하는 행동의 주체와 서울의 거리에서 마주치는 시대의 풍경을 부정적으로 인식하고 반성하는 주체 간에 선명한 분열이 발생한다. 시적 주체는 결코 행동과 인식의 간극을 메우려 하지 않는 '시닉'이다. 시닉, 즉 냉소적 주체는 계몽된 존재인 까닭에 바보라고는 할 수 없다. 오히려 그는 자신의 지적 우월성에 대한 견고한 믿음을 가지고 있다. 하지만 그는 시대의 부정적 실상을 비판적으로 인식하는 데 그칠 뿐 결국 현실의 생존논리에 기계적으로 복종할 수밖에 없다. 이런 이유로 「하여지향」의 냉소적 웃음은 결코 부조리한 현실에 충격을 주지 못한다. 냉소적 주체가 다만 "우울해하고 경멸하는 듯한 미소"9)를 짓는 것—가령 「하여지향·5」의 "미친 微笑"가 여기에 해당된다—, 이 "웃기는 슬픔의 우울한 광경"은 시니시즘의 전형적인 미적 경지를 보여주는 것이다.

송욱의 풍자적 웃음은 냉소주의의 한계10)에 갇혀있는 웃음이다. 송욱 시의 냉소적 주체는 언제나 우울하다. 냉소적 주체의 우울은 시인이 고독한 정신의 소유자임을 보여주는 것이다. 그의 고독은 타락한 현실과 자신을 맞세우는 데서 비롯하는 것이지만, 더 근본적으로는 세상과 자신을 맞세우는 과정에서 자신을 뒷받침해줄 타자를 발견하지 못하였기 때문에 발생한다. 송욱은 냉소적 웃음을 통해 진지한 것들의 무거움을 조롱하고 전도된 가치의 재전복을 시도하였지만, 실제로 그는 냉소적 주체 자신의 '웃음의 정신'을 함께 나눌 타자를 발견하지 못했다. 함께 웃어줄 집단주체와의 연대를 상정할 수 없을 때 냉소적 주체의 웃음은 냉소적 주체의 경계 안에서 메아리치는 웃음에 머물고 만다. 독자 역시 냉소적 주체의 냉소적 언어에 쓴 웃음을 짓지만, 그 웃음에 동조하지는 못한다. 자기 자신이 냉소적 웃음의 대상이 되는 것을 순간적으로 알아차리기 때문이다.

이와 같이 송욱의 풍자시는 풍부한 내적 대화성의 요소를 갖추고 있음에도 불구하고 끝내 닫힌 풍자에 머물 수밖에 없었다. 그의 풍자시의 소통구조를 보면 웃음을 공유할 수 있는 타자에 대한 배려나 다양한 대화적 목소리의 교향을 위한 장치를 찾아보기 어렵다[11]. 단지 냉소적 주체의 단일하고 건조한 목소리가 대상을 지적으로 조작하고 기괴하게 변형시켜 차가운 웃음을 이끌어낸다. 타자를 함께 끌어안지 못하는 냉소적 주체는 그래서 고독하다. 바흐친적 의미에서 축제의 웃음[12]이란 웃는 주체와 웃음을 당하는 대상, 웃는 주체와 그것을 보는 주체가 함께 어우러져 웃고, 그 어우러짐을 통해 억압된 감정—가령 죽음의 공포와 같은—의 순화와 재생은 물론 새로운 가치 세계로의 비약을 맛보는 웃음을 가리키는데, 송욱의 풍자시는 이러한 축제적 웃음을 결여하고 있는 것이다.

다만 송욱의 연작시가 근대적 이성과 사회 체제를 비판하면서 탈근대의 상상력으로 비약할 가능성을 보여준 점은 높이 평가할 수 있다. 가령 「하여지향·11」에서 시적 주체는 "NÉANT가 / No / 怒한다"는 언어유희를 통해 허무의식에 빠져들 수밖에 없는 냉소적 주체의 현실 부정 의식을 보여주는 동시에, "COGITO를 砲擊"하고 "萬有引力에 대항한다"는 말로 해방 이후 '나라만들기' 과정에 등장했던 일련의 역사적 사건과 계몽담론에 대한 부정의 태도를 명확히 표현하였다. 이제 그는 "超現實을 뛰어 넘는 / 現實"(「하여지향·12」), 가치가 전도된 역사적 현실에서 벗어나 보다 초월적인 세계에 대한 욕망을 분명히 드러낸다. "쫄

仙하고 싶었"(「하여지향·8」)다는 진술은 바로 냉소적 주체의 이룰 수 없는 초월에 대한 욕망을 보여주는 것이다.

이러한 초월의 욕망은 「해인연가(海印戀歌)」 연작시에서 보다 분명하게 표출된다. 「해인연가」 역시 「하여지향」 연작시처럼 부정적인 시대현실에 대한 냉소적 비판과 풍자가 등장한다. 하지만 「하여지향」에 비해 그 풍자와 냉소의 열도는 가라앉아 있다. 「해인연가」에서 언어유희나 알레고리적 표현, 몽타지적 구성이 현저히 감소하고 있는 것도 이 때문이다. 그 대신 시적 주체는 종교적(특히 불교적) 명상과 신화적 상상력을 빌어, "戰爭이 / 더럽힌 / 世代 年代 時代가 / 총알이 박힌 時間"(「해인연가·4」)을 "無時間"의 지평으로 투사한다. 그에게 역사적 시간이란 "죽음으로 말려드는 時間"에 불과하다. 시적 주체는 이 시간의 사슬에서 벗어나 무시간적인 세계로 나아가려 한다. 이 무시간의 세계가 바로 「해인연가」가 그려내는 "바다"의 세계이다. 서울의 명동거리와 뒷골목에서 벗어나 저 광활하고 푸르른 바다로 나아가는 것, 그 바다 같은 "非非想處에서 / 독수리가 / 鶴이 날 듯이" 초월의 날개를 펼치는 것, 그것은 「해인연가·7」에 언급된 "眞如"(TATHATA)로 나아가는 것을 의미한다. 불교설화를 빌어 표현되는 "眞如"의 세계는 「해인연가·8」에 그려진 "脊髓神經이 / 動亂으로 마비"되어 버린 국토나 조국의 현실과 극적으로 대비를 이룬다. 이러한 진여의 세계를 체험한 시적 주체는 더 이상 냉소적 주체로 머물 필요를 느끼지 않는다. 그는 타락한 현실 세계를 산책하는 산책자이기를 멈추고 진여로 표상되는 초월 세계를 찾아 모험을 떠나는 영웅적 인간으로 변모하더니, 어느새 냉소적 사유의 과정에서 "망각한" 참나(眞我)를 다시 만나게 된다. 그러니까 「하여지향」과 「해인연가」의 시적 주체는 "참나"를 찾기 위한 여정을 밟아 온 것이라 할 수 있다. 참나를 되찾은 시적 주체는 이제 비로소 "입을 막고 신음하는 우리 겨레를 / 궁둥이를 껴안았다"고 선언하게 된다.

하지만 「해인연가」의 시적 주체 역시 계몽된 허위의식을 완전히 벗

어던질 수 없었다. 타락한 세계의 관습적 질서를 냉소하면서도 끝내 그
것을 인정할 수밖에 없었던 「하여지향」의 시적 주체는 계몽된 허위의
식에서 벗어나기 위해 선적인 깨달음을 추구하였고, 더 나아가 "진여"
로 표상되는 근원적 진리의 세계로 초월하고자 했다. 하지만 이러한 정
신주의적 초월은 독자의 광범위한 공감을 얻어내는 데 실패하였다. 여
전히 그는 냉소적 웃음을 공유할 타자를 찾아내지 못한 채 타락한 세계
의 외부(초월적 세계)에 고독하게 머물러 있을 뿐이다. 현실에 대한 보다
극단적인 해체 작업은 냉소적 주체가 자기보존의 본능을 버리고, 자신
이 단일한 의식의 주체임을 부정하며, 마침내 자기 자신이야 말로 진정
한 부정의 대상임을 고백할 때 비로소 가능하다. 축제적 웃음, 즉 가치
전복적이고 카니발적인 웃음은 바로 계몽된 허위의식을 극복할 때에야
도달할 수 있는 것이다.13)

3. 김수영 시의 자조와 냉소적 주체의 자기극복

1) 自嘲 —시대의 우울과 주체의 설움

　냉소적 주체의 단일한 의식을 통해 전후의 현실을 풍자했던 송욱과
달리, 김수영은 타락한 현실세계로부터 비루한 소시민의 삶을 살아가야
하는 자기 자신에게로 냉소적 시선을 옮겨 놓았다. 그는 부르주아의 속
물적 가치가 지배하는 전후의 일상적인 현실에 대해 절망하였지만, 그
보다 더욱 문제가 되는 것은 일상적인 삶의 질서를 승인하고 자신에게
부과된 생활의 무게를 감당해야 한다는 중압감이었다. 그의 전후시에는
'우울'(혹은 '설움')의 정조가 자주 등장하는데, 이 우울은 김수영이 생활

인이자 가장으로서 가족의 생계를 떠맡아야 한다는 책임감과 자신이 서책 속에서 만난 "偉大한 古代彫刻의 寫眞"(「나의 家族」 중에서)에 대한 시적인 동경 사이의 갈등을 보여주는 모순된 감정이다. 김수영의 시에서 '우울'은 체계가 강요하는 혹은 가족이 욕망하는 생활의 수락 때문에 무한성의 이념을 더 이상 견지할 수 없다는 인식에서 기인한다. 무한성의 이념, 시의 이념을 포기하지 못하는 주체가 가치론적으로 저열하고 '유한한 것'에의 굴복을 관조할 때 생겨나는 감정이 바로 우울인 것이다. 우울한 주체는 이제 유한한 현실에 굴복할 수밖에 없는 자기 자신을 부정적으로 바라보는 자아와, 그러한 자아를 멸시하면서 "위대한 소재"를 꿈꾸는 자아로 급격하게 분열된다. 이런 주체의 이중화에서 비롯하는 웃음이 바로 자조이다. 그렇다면 자기 자신을 웃음거리로 만듦으로써 시인이 얻을 수 있는 것이 무엇인가? 그것은 일차적으로 자기 자신에 대한 부단한 성찰이다. 그의 초기시에는 자유의 이념을 부정하는 체계의 폭력성에 대한 비판과 함께 근대의 일상적 질서와 사유체계 혹은 문명에 대한 비판이 등장한다. 이것이 김수영 특유의 자기 성찰과 결부되면서 시의 내면성을 풍부하게 만들고 있다. 그는 자기 자신을 웃음거리로 만듦으로써 시대의 부조리한 현실을 우회적으로 비판하고 조롱하면서 가치의 전복을 꿈꾸고 있는 것이다.

김수영은 현실과 이상, 소시민적 생활과 지식인의 양심, 일시적인 것과 영원한 것, 현재와 미래 등과 같이 상이한 가치 사이를 대립시키면서도, 그 모순에 대한 인식과 극복 방법을 끊임없이 경험적 현실 세계 내부에서 찾았다. 이러한 부정의 정신은 자기 동일적 자아에 대신에 분열된 주체를 작품 전면에 드러내는 데서도 확인된다. 여기서 우리는 시적 주체의 형상과 기능에 주목할 필요가 있다. 김수영의 냉소적 주체는 시대 현실에 대해 냉담한 시선을 던지는 관찰자이며, 속물적 가치가 지배하는 서울의 거리를 "서늘"한 마음(「거리(二)」)으로 바라보는 산책자이다. 하지만 송욱과 달리 김수영의 냉소적 주체는 궁핍한 세계가 강요하

침투하여 일상적인 삶을 파편화시켰기 때문이다. 이제 시적 주체가 욕망하던 옛날의 그 "귀중한 생활", "아름다웠던 생활"은 "부박한 꿈"(6연)으로 간주되고, 시적 주체는 시대의 속도에 발맞추어 자신의 육체를 "쉴사이없이" 끌고 가야 한다. 따라서 "구슬픈 肉體"라는 진술은 잠시의 휴식도 허락하지 않는 속도의 압박, 혹은 생활세계를 식민화하는 근대의 추상 체계의 억압성에 굴복할 수밖에 없는 시적 주체의 운명을 자조하는 표현이라고 할 수 있다. 또한 시적 주체는 "조화를 원하는" 정신과 "구슬픈 육체"로 이중화된 주체를 폭로함으로써 궁극적으로는 조화와 총체성이 사라진 전후 현실을 비판한다.

> 음탕하리만치 잘 보이는 유리창
> 그러나 나는 너를 통하여 아무것도
> 보지 않고 있는지도 모른다
> 두려운 세상과같이 배를 대고 있는
> 너의 대담성—
> 그래서 나는 구태여 너에게로 더 한걸음 바싹 다가서서
> 그리움을 잊어버리고 웃는 것이다
> — 「너는 언제부터 세상과 배를 대고 서기 시작했느냐」(1955) 중에서

위에 인용한 작품에서 웃음이 발생하는 양상은 보다 복잡하다. 이 작품에서 웃음의 대상은 일차적으로 "유리창"(너)이지만, 유리창 밖의 "세상"과 유리창을 바라보는 "나" 역시 웃음의 대상이 된다. 우선 '유리창'의 경우를 보자. 이 작품에서 '유리창'이 웃음의 대상으로 간주되는 것은 시적 주체의 조롱 섞인 묘사 때문이다. "유리창"은 "세상과 배를 대고 서" 있다. "배를 대고" 있다는 말은 성적인 결합을 비하하는 표현이다. 이 시의 2연에서 시적 자아는 이러한 성적 상상력을 통해 "유리창"을 향해 "짓궂은 웃음"을 웃는다. "유리창"이 "짓궂은 웃음"의 대상이 되어야 하는 이유는 그것이 "너무 밝아서"이다. 유리창은 너무 밝아서

세상이 "음탕하리만치 잘 보이"게 한다. 시적 화자에게 "세상"은 배를 대고 있기엔 너무나 "두려운" 것인데, 유리창은 감히 그 세상과 배를 대고 있다. 때문에 부끄러움도 모르고 오직 밝은 빛으로로만 살아온, "透明의 代名詞"인 유리창의 "대담성"은 어리석은 순진함을 보여주는 것이다. 유리창의 대담성이란 결국 타락한 세계에 대해 비판적 거리를 유지할 수 있는 자기조절 능력의 결핍에서 기인하고, 그 결과 "유리창"은 자신이 배를 맞대고 서 있는 "세상"만큼이나 음탕하고 타락한 존재로 전락할 운명에 빠져든다. 시적 주체는 이러한 '유리창'을 통해, 부정의 전략을 갖추지 못한 채 타락한 세계에 손쉽게 야합하는 순진한 정신을 향해 경멸의 웃음을 던지고 있는 것이다.

한편 이 작품의 3연에서 시적 주체는 자조의 웃음을 짓는다. 시적 주체 자신이 웃음의 대상이 되는 이유는 "나"의 어리석음 때문이다. "나"는 세상이 너무 두렵기 때문에 감히 유리창에 빠짝 다가서서 세상 밖을 내다보려하지 않는다. 오히려 "나"는 모든 빛을 통과시켜서 "투명의 대명사"가 되어버린 유리창이 시적 주체 자신을 세상과 분리시켜 안식을 가져다 줄 수 있는 "隱蔽物"이라 생각하고 "安堵의 歎息을 짓는다." 시적 주체의 웃음은 사실 이러한 "나"를 향해 있다. 무서운 세상과 직접 대면하지 않고 단절된 세계로 숨어들어가는 도피의 정신, 자신에게 전혀 은폐물이 되어주지 못하는 것을 은폐물로 생각하는 허위의식이 바로 웃음의 폭로를 감당해야 하는 것이다. 이러한 자조적 웃음은 계몽된 허위의식에 대한 고발인 동시에, 자신을 계몽된 허위의식 안에 가두는 "유리창"과 "세계"의 야합 즉 순진한 정신과 타락한 세계의 불순한 결합에 대한 고발이라 할 수 있다.

이와 같이 김수영의 시적 주체는 자신을 '시닉'으로 만드는 현실의 생존논리에 기계적으로 복종하기를 거부하고, 시대 현실은 물론 냉소적 주체의 자기동일성을 해체하려 한다. 그는 현실의 광포함을 부정하지 않을 뿐만 아니라 내면의식 속에 숨어 있는 소시민성을 은폐하지 않는

다. 오히려 그는 광포한 현실과 자신의 소시민성을 내 안에 있는 타자
(적)로 간주하면서, 그 적에 대한 부정과 긍정을 동시에 수행한다. 그 적
은 타자인 까닭에 부정되어야 하지만, 내 안에 있는 것이기에 '사랑'해
야 한다.15) 그러니까 웃음의 대상에 대한 냉소적 거리화, 비판적 거리화
를 통해 현실을 방관하는 것이 아니라,16) 부정과 극복을 통해 내가 도
달해야 할 이상으로 적을 변모시키는 것 즉 자기해체와 자기창조의 부
단한 변증법을 통해 보다 고양된 주체와 대상으로 거듭나게 하는 것.
이것을 김수영은 '사랑'이라고 말한 것이다. 실제로 김수영의 시에는 부
정적인 것에 대한 '사랑'이 여러 차례 진술되고 있다. 가령 「나의 가족」
(1954)에서 시적 주체는 가족에 대한 사랑을 "낡은 것"이지만 "좋은 것"
이라 자조하고 있다. 그는 근대적 가족 체계의 허구성을 냉소적으로 비
판하지만, 자신이 가족을 '내 안의 타자'로서 사랑할 수밖에 없음을 고
백한다. 하지만 정신의 "위대한 소재"에 대한 갈망, 혹은 계몽적 충동에
사로잡혀 있는 시적 주체는 자신을 끊임없이 가족이라는 공동체에 종
속시키려는 체제의 의지를 '적'으로 간주하고, 자신의 내부로 침투한
'적'에 대한 사랑과 미움의 변증법을 통해 상징계적 질서의 외부를 상
상하는 작업을 지속하였다.

「謀利輩」(1959)는 적에 대한 정신현상학이 보다 세련된 형태로 드러
난 작품이다. 이 작품에서 시적 주체는 "모리배"로 대표되는 부정적 현
실을 내 안에 있는 적으로 간주한다. 모리배는 결코 용납할 수 없는 대
상이지만, 주체는 모리배를 주체 내부로 끌어들여 그것으로부터 "言語
의 단련"을 받는다. 이 말은 시의 언어를 일상의 수준(2연의 "생활")으로
끌고 내려와 타락시킴으로써 그 언어를 통해 타락한 현실에 맞선다는
의미가 될 수도 있고, 일상적 자아의 타락한 욕망을 새롭게 조정된 언
어의 질서를 통해 해체한다는 의미가 될 수도 있다. 시적 주체는 이렇
게 언어를 단련시켜 주는 적(敵)17)이야말로 본원적인 것("하이덱거를 / 읽"는
행위가 암시하는 것)에 대한 그리움을 다시 일깨워주는 반면교사라고 말하

고 있는 셈이다. 내 안에 있는 반면교사, 그 "유치한 것"은 그래서 이제 내가 "사랑하지 않을 수 없"는 것, "나의 화신"으로 바뀐다.

　김수영이 '내 안의 적'18)을 자신의 또 다른 얼굴로 자조하고 냉소할 수 있는 자기풍자의 힘은 근본적으로 웃음을 공유할 수 있는 타자들, 특히 부정적 현실을 함께 뛰어넘을 수 있는 집단주체를 발견하였기 때문에 가능한 일이었다. 이 경우에 시적 주체의 목소리는 고독한 예언자의 그것을 닮아 있다. 특히 그는 예언을 성취해 줄 타자를 발견함으로써 냉소적 주체의 계몽된 허위의식을 극복할 수 있는 토대를 구축하게 된다. 작품 「꽃」에의 경우, 웃음을 함께 나눌 타자는 추운 겨울을 이겨내기 위해 헐벗은 산의 나무마저 거두어 가야 하는 가난한 "동네아이들"로 등장한다. 그리고 작품 「광야(曠野)」에서는 "다같이 산등성이를 내려가는 사람들"로 등장한다. 가난하고 헐벗은 이웃들은 시적 주체가 떠맡아야 할 "共同의 運命"을 환기하는 존재들이다. 시적 주체는 그들의 고통을 나의 고통으로 받아들이고, 그들의 얼굴을 나의 또 다른 얼굴로 간주한다. 그들이야 말로 "汚辱의 歷史"를 함께 극복해야 할 존재이기 때문이다. 이제 시적 주체는 무지하고 궁핍한 타자들의 얼굴19)을 외면하거나 그들의 비참한 현실로부터 도피하는 것이 아니라, "微笑"를 띠고 그들의 얼굴과 그들이 처한 현실을 받아들인다. 이 "미소"는 공동의 운명에 대한 깨달음, 더 나아가 타자와의 연대를 통해 부정적인 것을 함께 부정하는 연대의 정신을 상징적으로 보여주는 것이다. 시적 주체는 이제 냉소의 주체에서 벗어나 미소의 주체로 거듭남으로써, 자신이 부정적 현실에 대한 인식·반성의 주체일 뿐만 아니라 타자와 더불어 행동하는 주체임을 선언하고 있는 셈이다.

4. 냉소적 웃음을 넘어서는 사랑

전후시인들은 전쟁·국가·민족과 같은 거대 담론들 앞에 지나치게 위축되었으며 개인의 실존을 진지하게 탐색하는 실존주의 철학에 과도할 정도로 압도되었다. 그들은 전후적 상황을 근대성의 위기로 인식하고 적극적으로 비판했지만 근대성 담론을 전면적으로 해체하기보다, 그 자체의 논리에 매몰되거나 개인적 초월을 감행하려 했다. 이렇게 진지하고 무거운 정신에는 축제적 웃음이 깃들 여지가 없다. 특히 전후 모더니즘 시인들은 죽음과 파괴의 공포가 만연하는 전쟁의 현실, 더 나아가 개인의 삶을 가부장적 독재권력 및 부르주아적 합리성의 질서 속에 편입하는 큰 '타자'의 감시체계와 폭력 앞에서 절망할 수밖에 없었다. 이 절망감은 위악적인 포즈와 냉소, 자조와 자기모멸로 이어졌다.

다만 김수영은 예외적으로 부단한 자기 성찰과 타자에 대한 긍정을 통해 냉소의 긴 터널을 벗어날 수 있었다. 이 예외성은 그의 목소리에 예언적 무게를 더해준다. 그것은 새로운 시대에 대한 예감이고, 역사적 시간의 폭파를 선취하는 목소리이기 때문이다. 그리고 이것이 4·19혁명을 통해 시인의 눈앞에 실현된 것이다. 4·19의 거센 격랑 속에서 김수영은 절대 권력에 대한 공격적 풍자와 야유의 언어를 유감없이 구사하였다. 「우선 그놈의 사진을 떼어서 밑씻개로 하자」(1960)에서는 가부장적 권력을 행사하던 전직 대통령을 "그놈"이라 비하하고, "선량한 백성이 하늘같이 모시고/ 우러러보던" 전직 대통령의 "점잖은 얼굴의 사진"을 떼어내어 "밑씻개"로 사용하자고 선동한다. 가장 가치 있고 권위 있던 것이 일순간에 가장 저급한 것으로 전락하는 이러한 가치의 재전도, 부정적인 대상에 대한 교정은 풍자적 웃음의 고유한 기능을 잘 보여준다. 이 풍자적 웃음을 통해 주체의 내부에 자리 잡고 있던 긴장과 불안은 일시에 해소되고, 그 대신 "인제는 상식"이 된 민주주의적 질서 아래 모든 사람이 "自由"를 마음껏 누리게 된다.

「나는 아리조나 카보이야」(1960) 역시 절대 권력을 상실한 구정권에 대한 노골적인 희화화를 통해 웃음을 유발한다. 이 웃음은 권위를 가진 대상에서 권위의 광휘와 허식을 벗겨내는 방식으로 대상에 대한 막연한 두려움을 없애는 해방적 기능을 갖고 있다. 뿐만 아니라 희화화의 웃음은 권위 있는 대상을 비판적 의식을 가지고 상대화해서 볼 수 있는 의식의 갱생 기능을 갖고 있다.[20] 냉소적 이성을 넘어서는 이러한 풍자적 '웃음'의 시학은 고도의 정치적 기능을 떠맡게 된다. 4·19로 열린 희유의 역사적 체험, 시간의 진행이 멈추고 초역사적인 것이 현현된 혁명의 시공간 속에서 김수영은 웃음을 공유할 타자를 발견하였다. 하지만 4·19혁명은 불완전하고 깨지기 쉬운 것이었다. 군사쿠데타로 시민적 자유의 이념이 전면적으로 부정되자 김수영은 또다시 자조적 언어와 자기풍자로 되돌아갈 수밖에 없었다.

가령 「어느날 古宮을 나오면서」(1965)의 시적 주체는 일상적 자아의 왜소함과 비겁함을 자기풍자의 언어로 고발한다. 시적 주체는 "왕궁"의 음탕에 분개하는 대신에, 언론의 자유를 요구하고 월남 파병에 반대하는 대신에 내가 누려야 할 사소한 이익과 권리에 눈이 어두워 이웃을 욕하고 증오하는 자신의 모습에 자기모멸감을 느낀다. 소시민적 정체성에 대한 이러한 자기고발은 자조적 웃음을 유발한다. 이는 김수영의 1950년대 시 창작에서 흔히 발견할 수 있는 자기성찰의 연장선상에 있는 것이다. 다만 1960년대 초반 김수영의 시 창작에 나타난 자조는 주체를 이중화하는 전략의 궁극적 목적을 시대적 현실에 대한 풍자에 두고 있다는 점에서 1950년대의 자조와 구별된다. 이는 4·19의 체험, 공동의 운명을 들었던 경험을 그 밑바탕에 깔고 있는 것이다. 김수영은 자조를 통해 근대성의 기초가 되는 개인 주체의 단일함과 유일함에 대한 신념을 해체하고, 근대를 해체하여 탈근대화하는 파괴적인 힘을 웃음에 부여한다.

「우리들의 웃음」(1963)은 이성중심주의에 대한 해체로서 자조적 웃음이 담당할 수 있는 기능에 대한 무엇인지 잘 보여준다. 이 작품에서 시적 주체는 자신 있게 "우리 나라가 종교국"이라 판단하고, 그 사실에 "絶望"(1연)한다. 여기서 "종교국"이란 하나의 독단적 이념이 지배하는 사회, 허위의식이 지배하는 닫힌 사회에 대한 알레고리로 보인다. 시적 주체가 우리 나라를 종교국이라고 판단한 계기는 "아이들을 가르치면서"부터이다. "머리가 나쁜" 선생과 어머니가 강요하는 죽은 지식에 맹목적으로 순응하는 아이들, 기성세대가 강요하는 질서에 맹목적으로 굴복하는 아이들은 획일적 이념에 지배되고 있는 군사정권하의 한국사회를 떠올리게 한다. 종교국 같은 한국사회는 시적 주체에게 "想像을 그치라는 信號"로서 마당에 서리가 내리게 한다. 한 사회의 지배적 질서체계와는 다른 새로운 질서를 상상하는 행위는 반체제적인 것이다. 따라서 서리의 그 칼날지고 차가운 이미지에서 떠올릴 수 있는 것처럼, 시적 주체는 앞마당에 내린 서리를 보고 새로운 세계에 대한 상상을 "그치라는" 권력의 억압적 명령을 읽어낸다. 하지만 시적 주체는 "새벽의 꿈"만은 생생하게 기억한다.

이제 시적 주체는 "상상"을 멈추라는 권력의 명령을 피해서 "구체적이고 선명"하게 기억되는 새벽의 꿈을 상상한다. 그 꿈은 비록 "상상"과는 다른 것이지만, 꿈속에서 구체적이고 선명하게 본 것을 "그리는 것"은 상상에 해당되기 때문이다. 이제 꿈속에서 무엇을 보았는가는 더 이상 중요하지 않다. 단지 꿈꾼 것을 상상할 수 있는 자유, 권력의 "시선"을 피해 상상 그 자체를 상상할 수 있는 자유가 중요할 뿐이다. 새로운 세계에 대한 상상이 허락되지 않는 상황에서도 "꿈을 그리는 것"에 대한 상상만이라도 붙들고 늘어지는 것이다. 유토피아에 대한 이러한 강렬한 충동이 "想像이 나를 想像"하는 역설적 상황을 만들어낸다. "想像이 나를 想像"하는 단계에서는 상상 속의 "나"와 현실 속의 "나"가 서로 경계를 허물게 된다. 그것은 시적 주체의 사유와 행동의 자기동일성이 무너지고, 새로운 세계와 새로운 주체에 대한 상상이 현실 속의 그것들을 대체하는 단계에 돌입하게 된 것이다. 이런 단계에서 "종교국"의 견고한 언어와 질서는 급격하게 무너지고, 그래서 그것은 더 이상 "무섭지 않다." 무겁고 진지한 것들이 더 이상 무서움을 주지 않는 이유는 그것의 비본래성이 폭로되었기 때문이다. "모두가 거꾸로다"라는 표현은 바로 무겁고 진지한 것들의 가치전도에 대한 선언인 것이다. 이제 유일한 진리에 대한 절대적·맹목적 믿음이 거짓 믿음으로 드러나는 상황에서 시적 주체는 본래적인 것을 회복하기 위해서 가장 원초적이고 순수한 형태의 믿음으로 되돌아가야 한다고 말한다. 종교 이전의 종교로 되돌아가는 것, "새의 울음"을 들을 수 있는 원초적 "靜寂으로 되돌아가는 것"이 필요하다는 것이다.

하지만 모든 것이 폭로되었다고 하더라도 시적 주체는 결코 "태연할 수" 없다. 시적 주체의 웃음에 대한 사유가 시작되는 부분은 바로 이 곳이다. 결코 태연할 수 없는 사태를 앞에 두고 시적 주체는 자신이 "태연할 수밖에 없다"고, "웃지 않을 수밖에 없다"고 말한다. 그러니까 사태를 냉정하고 무관심하게 바라보는 "태연함"이란 결코 자발적인 것이 아니라 강요된 것이며, "웃지 않"음 역시 웃음을 가로막는 현실의 억압성에서 기인한 것이다. 이 강요된 태연함과 웃음의 억제는 팽팽한 시적 긴장을 유발하게 된다. 이제 시적 주체의 억눌린 웃음 자체를 관조하면서 "웃지 않을 수 없다"고 고백하는 또 다른 주체의 언어가 작동하기 때문이다. 마지막 행에서 "웃지 않을 수 없다"고 고백하는 주체는 자신의 웃음을 숨겨야 하는 일상적 자아의 자기동일성을 해체하는 자조의 주체인 동시에, "종교국"의 저 엄숙주의를 야유하고 조롱하는 냉소의 주체이다. 이제 김수영은 모든 진지한 것을 까발리고, 그 허구성을 폭로하는 전법이 근대성을 폭파하는 시적 전략이 된다는 인식에 도달하는데, 그것은 자기 자신을 비롯하여 자기 주위의 모든 것이 지니고 있는 기만과 허위에 대한 전면적인 비판과 현실참여로 나아가는 것이다. 이미 두 해 전에 발표한 「누이야 장하고나!—신귀거래·7」에서 천명한 풍자의 세계가 그것이다.

「누이야 장하고나!」에서 시적 주체는 누이의 방에 걸어 놓은 동생의 사진을 "곰곰히 正視"하다가 마음이 거북해져 방에서 뛰쳐나온다. 시적 주체가 전쟁 때 실종된 동생의 사진을 정면으로 응시할 수 없는 이유는 "十年"이란 세월로도 치유되지 않는 "상처", 즉 정신적 외상 때문이다.21) 그것은 상징계적 질서, 아버지의 질서로 편입되지 못하고 문턱에서 좌절하는 어린이의 모습을 떠올리게 한다. 아버지를 거부할 수 없는 억압의 주체로서 인식하는 아이, 그러나 아버지의 이름이 강요하는 관습적 질서를 수용할 수 없는 아이는 「아버지의 寫眞」(1949)의 시적 주체처럼 아버지의 얼굴을 정면으로 바라보지 못하고 "모든 사람을 피하여" 숨어서 바라볼 수밖에 없다. 그런 아버지가 죽었을 때 아버지를 위해 부르는 "鎭魂歌"는 "우스꽝스러"운 것이 아닐 수 없다. 아버지의 권위에 압도되어 있지만 아버지의 권위를 도저히 인정할 수 없는 아이는 죽은 아버지를 위해 "엎드리"고 "무조건 숭배하"고 "진혼가"를 부르는 것은 하나의 "습관"에 지나지 않는다고 생각한다. 기계적 반복의 맹목성은 웃음을 자아낸다.22) 그러니까 "모르는 것", 아니 그 권위를 인정할 수 없는 "아버지의 이름"과 아버지가 강요하는 관습적 질서에 대한 맹목적 "숭배"는 "웃음을 자아낸다." 참다운 생명의 경화(硬化)를 비웃는 웃음은 맹목적인 복종을 행하는 "나"뿐만 아니라, "나"의 맹목적 복종을 강요하는 아버지의 "죽음"과 절대적인 것의 그 "높음"을 향해 양방향의 운동을 전개한다. 그리고 그 운동의 궁극적 귀결은 "높다는 것"에 대한 풍자와 함께, "높다는 것"에 맹목적으로 복종하는 일상적 자아에 대한 자기 풍자이다.

그러니까 「누이야 장하고나!」에서 김수영이 말하는 "풍자"란 부정적 현실의 관습화된 질서를 받아들이는 냉소주의의 계몽된 허위의식을 고발하고, 웃음의 해방적·가치전복적 기능을 최대화하여 근대적 이성주의를 해체한다는 의미를 지닌다. 그는 아버지가 강요하는 상징계적 질서의 바깥에서 사유하면서, 상징계적 질서에 대한 교정의 의지를 포기하지 않는다. 그것은 김수영이 자유의지를 억압하는 논리나 기제 자체를 해체하려는 타나토스적 충동과 함께, 자유의지라는 욕망을 실현할 수 있는 사회에 대한 계몽적 충동을 가지고 있었던 시인임을 의미한다. 전자가 냉소적 주체로 발현되는 것이라면, 후자는 계몽주의자의 단면을 보여주는 것이다.[23]

이 상이한 두 가지 충동이 하나의 주체 속에 공존하고 있는 점이야말로 김수영이 전개한 탈근대적 사유의 진면목일 터인데, 이것을 가능하게 한 것이 앞서 언급한 김수영 특유의 "사랑"의 담론이다. 그는 현실을 교정하려는 열정이 있는 따듯한 모더니스트였던 셈이다. 이 따듯함은 가령 김춘수가 선택한 해탈의 길과 선명한 대조를 이룬다.[24] 풍자와 마찬가지로 김춘수의 해탈은 '웃음의 미학'에 맞닿아 있다. 그의 웃음은 언어의 무의미성을 극단화함으로써 얻어지는 웃음이다. 의미를 포기한다는 것, 다른 말로 하면 언어의 청각적 영상으로 환원되는 말의 새로운 질서(시니피앙의 유희)를 통해 진지한 것의 진지함을 해체하는 작업은 근대적 이성을 넘어서는 또 다른 방법론일 수 있다. 거기에는 달관과 체념의 웃음이 자리 잡고 있다. 하지만 달관과 체념의 웃음은 계몽된 허위의식의 변종이라 할 수 있다. 어떤 맥락에서 보면 그것은 자학적이면서도 나르시시즘적인 정신이 만들어내는 도착적인 웃음이다. 가령 「타령조(5)」에서 "애비의 불알 먹는 새끼들"의 "쓸개빠진 웃음"처럼 말이다. 이 "쓸개빠진 웃음"은 웃음을 유발하는 상황의 긴장성을 무화하는 웃음이며, 웃음이 가져야 할 윤리적 책임에서 벗어나려는 방관자적이며 일탈적인 웃음이다.

송욱의 '초월'과 김춘수의 '해탈'이 결여하고 있는 것, 그들의 웃음에 부재하는 것은 결국 미래에의 의지라 할 수 있다. 유토피아적 세계에 대한 희망을 발견할 수 없었던 송욱과 김춘수가 끝내 '적'으로부터 도

피하는 데 골몰하였던 것과 달리, 김수영은 현실의 '적'을 자기 내부의 '적'으로 끌고 들어와 그 적에 대한 사랑과 미움의 변증법을 전개하였다. 그는 적에 대한 미움을 사랑으로 바꾸고, 그래서 내 안에 있는 타자에 대한 계몽을 통해 나와 타자를 모두 바꿈으로써 아직 오지 않은 시간에 대한 희망을 노래한다. 「풀」에 등장하는 견인주의적 웃음, 울음을 웃음으로 전환하는 상상력이 주목되는 것은 이런 이유 때문이다. 김수영이 새롭게 발견한 '웃음'은 거짓 화해를 강요하는 현실에 맞서 창조적 부정을 시도하는 웃음이며, 주체 내부에 간직된 불안과 긴장을 생성의 에너지로 전환시키는 해방적 웃음이다. 주체의 자기긍정으로 인도되는 「풀」의 웃음은 자기보존의 욕망에서 비롯되는 소극적 웃음이 아니라, 자기를 부정하는 것("바람")에 맞서 비판적 주체로 거듭난 자의 깨달음에서 기인하는 창조적 웃음이다. 이 웃음이 지니고 있는 해방적·갱생적 기능은 근대성 비판의 사유를 전개할 수 있는 토대로서 근대의 타자(즉 민중 공동체)를 발견하였기 때문에 가능한 것이었다.

5. 맺음말

전후 모더니즘 시인들이 보여준 풍자의 양상은 다양하다. 우선 송욱은 다양한 언어유희와 역설적 수사 등을 동원하여 말의 질서와 사물의 질서 사이에 균열을 초래함으로써, 독자로 하여금 부정적 현실에 대한 인식의 탈자동화를 유도한다. 따라서 송욱 시의 웃음은 말과 사물의 교란에서 빚어지는 깨달음의 웃음이라 할 수 있다. 하지만 그의 웃음은 냉소주의의 한계를 벗어나지 못하는데, 이는 근본적으로 시적 주체가 우월한 자아의 목소리를 통해 시대 현실을 냉소하는 데 집중하였기 때문이다. 그의 냉소는 부정적 대상과 독자를 모두 웃음의 소통구조로부터 배제시킨다. 따라서 웃음을 통한 상이한 가치의 융합은 가로막히고 냉소적 주체의 단일한 목소리가 서정시의 전면에 부각되는 결과를 낳는다. 웃음을 공유할 수 있는 집단주체를 발견하지 못한 냉소적 주체는 이제 타락한 현실 세계의 관습적 질서에 순응하는 '계몽된 허위의식'에 빠져들거나(「하여지향」 연작시), 혹은 경험적 세계의 외부에 자리 잡고 있는 이상적 세계로 수직적 초월(「해인연가」 연작시)을 감행해야 한다. 어떤 경우이든 현실은 변화되지 않은 채 그대로 남게 되며, 시적 주체의 냉소는 고독한 정신을 증명하는 목소리로 머물게 된다. 전영경의 경우와 마찬가지로 송욱의 풍자시가 전후시단에 신선한 충격으로 받아들였음에도 불구하고, 1960년대 이후 웃음의 시학을 보다 발전된 경지로 이끌어 올리지 못한 이유가 여기에 있다.

한편 김수영은 송욱의 냉소적 주체와 달리 주체의 분열을 보다 적극적으로 폭로하는 전략을 구사하였다. 그는 전후 현실 속에서 부르주아 문명의 타락상과 허구성을 발견하지만, 그것이 지니고 있는 견고한 구조 앞에 절망하였다. 이런 절망감 속에서 그는 현실 세계가 강요하는 소시민적 삶의 압박을 '우울'과 '설움'의 감정을 가지고 받아들인다. 여기서 냉소적 주체는 성찰적 주체로 거듭난다. 그는 전후의 부조리한 현실에 대한 비판의 시선을 주체 내부에 간직된 이중성에 대한 비판으로 옮겨온다. 그의 전후시에서 자조적 웃음이 빈번하게 등장하는 이유는 이 때문이다. 그의 자조는 인식과 실천, 성찰과 행동 사이의 간극을 메우려는 지식인의 부단한 자기고발의 정신을 보여주는 것이다. 김수영은 끊임없는 자기고발을 통해 결국 "공동의 운명"을 들을 수 있게 되었다고 선언하면서, 부정적인 시대현실에 대한 풍자로 나아간다. 4·19 전후 발표된 작품들 속에서 절대권력에 대한 야유와 조롱, 새로운 유토피아에 대한 갈망이 동시에 나타날 수 있었던 것이 좋은 예이다. 혁명의 이상이 군사쿠데타에 이어진 이후에도 그는 산문적인 언어와 요설을 통해 단일한 이데올로기가 지배하는 60년대 현실을 풍자하거나 비판하였다.

이 풍자와 비판의 정신이 송욱의 경우와 구별되는 것은 웃음을 공유할 수 있는 집단주체를 발견하였다는 점에 있다. 김수영은 '내 안에 있는 적'에 대한 긍정을 통해 '적'의 부정을 시도하였고, '적'의 부정을 함께 추구할 웃음의 공동체를 시에 끌어들임으로써 냉소적 주체의 계몽된 허위의식에서 벗어날 수 있었다. 결국 그의 웃음의 시학은 개인의 자유의지를 억압하는 한국적 근대성을 해체하는 작업과 자유의지의 욕망을 실현할 수 있는 사회에 대한 갈망을 동시에 모색한 것이라고 할 수 있다. 그것은 모더니즘의 완성을 통해 모더니즘의 해체를 시도한 것이라 말할 수 있다. 「풀」에 나타난 견인주의적인 웃음은 모더니즘의 해체가 결국 웃음을 공유할 새로운 집단 주체(민중)에 의해서 수행될 수 있음을 보여주는 좋은 사례이다. 1960년대말~70년대의 민중시에서 민중적 풍자 양식, 즉 판소리나 민요의 말하기 방식과 풍자성을 수용하여 키니시즘적, 축제적 웃음의 시학이 펼쳐질 수 있었던 것도 이런 맥락과 무관하지 않을 것이다.

주석

1) 1950년대 시에 나타난 웃음의 시학에 대한 논의로는 다음을 참고할 수 있다. 이승하, 『한국의 현대시와 풍자의 미학』, 문예출판사, 1997; 이순욱, 『한국 현대시와 웃음 시학』, 청동거울, 2004; 박슬기, 「한국 전후시의 그로테스크 시학 연구」, 서울대 대학원, 2004; 신진숙, 「전후시의 풍자연구—송욱과 전영경의 시를 중심으로」, 경희대 대학원, 1994.
2) 김상환, 『해체론 시대의 철학』, 문학과 지성사, 1996, 360면.
3) 한국전쟁이 한국사회에 초래한 사회변동에 대해서는 『한국사 17—분단구조의 정착』 1(한길사, 1994)에 실린 오유식의 논문 「1950년대의 정치사」와 박명림의 논문 「한국전쟁의 영향과 의미」 참조.
4) 송욱의 풍자시가 성립되는 데 있어서 엘리어트의 영향을 간과할 수 없다. 이에 대해서는 송욱, 『시학평전』, 일조각, 1963, 323~355면 참조.
5) 주체의 이중화(dédoublement)에 대해서는 P. de Man, "The Rhetoric of Temporality", *Blindness and Insight*, Univ. of Minnesota Press, 1983, pp.212~213 참조.
6) Linda Nochlin, 정연심 역, 『절단된 신체와 모더니티』, 조형교육, 2001 참조.

7) 독자 역시 웃음의 대상이 되는 인물처럼 주체의 분열을 경험할 수밖에 없다는 것에 대해서는 윤혜준, 「웃음, 주체, 시니시즘」, 『문학동네』 15, 1998, 462면 참조.

8) P. Sloterdijk은 일체의 주체, 일체의 자아를 없애버리는 해소와 배설의 웃음, 즉 키니시즘 적 웃음을 통해 냉소주의(시니시즘)의 저 우울한 웃음을 치유할 수 있다고 보았다. 이에 대해서는 P. Sloterdijk, *Critique of Cynical Reason*, Univ. of Minnesota Press, 1987, p.5; S. Zizek, 이수련 역, 『이데올로기라는 숭고한 대상』, 인간사랑, 2002, 60~64면 참조.

9) P. Sloterdijk, *op.cit.*, p.104.

10) 행동의 주체와 인식과 반성의 주체 간에 선명한 분열이 생겼으면서도 그것이 메워지지 않은 채 그냥 순응하며 살아가는 모습을 P. Sloterdijk은 "계몽된 허위의식"이라 부른다. 이에 대해서는 윤혜준, 앞의 글, 465면 참조.

11) '내적 대화성'에 대해서는 M. M. Bakhtin, 전승희 외역, 『장편소설과 민중언어』, 창작과 비평사, 1988, 87면 참조.

12) M. M. Bakhtin, 이덕형·최건영 역, 『프랑수아 라블레의 작품과 중세 및 르네상스의 민중문화』, 아카넷, 2001, 148~153면 참조.

13) 김수영은 송욱이 두 편의 장편 풍자시 이후 안이한 시 창작으로 일관한 것을 들어 그의 주지주의적 실험시가 "실험을 위한 실험을 亂行하다가 지쳐 떨어진 수많은 소위 모더니스트들과 정도의 차이는 있지만 똑같은 실수를 범하고 있다"고 비판한 바 있다. 김수영, 「현대성에의 도피」, 『김수영전집』 2―산문, 민음사, 1981, 359면 참조.

14) 송욱의 시니시즘은 자유의지에 대한 욕망을 실현할 이상 사회에 대한 갈망 대신에, 자유의지를 억압하는 논리나 기제 자체를 해체하고자 하는 타나토스적 충동이 더 강하 다. 반면 김수영의 시니시즘은 자유에 대한 욕망을 실현할 수 있는 사회에 대한 갈망(에 로스적 충동)이 보다 강하게 드러난다. 즉 김수영은 시니시스트이면서 동시에 계몽주의 자인 것이다. 한편 한국문학의 정치적 무의식으로서 '시니시즘'이 계몽정신에 대해 갖는 관계에 대해서는 류보선, 「시니시즘의 이율배반」, 『문학동네』 15, 1998 참조.

15) 김수영 시에서 '사랑'의 의미에 대해서는 유성호, 「타자 긍정을 통해 '사랑'에 이르는 도정」, 『작가연구』, 1985.5 참조.

16) 「폭포」(1957)에 등장하는 "곧은 소리", 즉 소시민적인 '나타와 안정'을 질타의 목소리는 이런 맥락에서 이해할 수 있다.

17) 1960년대에 들어와 김수영은 '敵'을 소재로 여러 편의 시를 발표하였다. 그에게 '적'은 "나의 良心과 毒氣를 빨아먹는 문어발같"(「敵」, 1962)은 것이지만, 이 "敵"을 통해서만 또 다른 "敵을 쫓을 수도 있"(「적(1)」, 1965)고, "偶然한 싸움에 이겨"(「적(2)」, 1965) 볼 수 있다.

18) 문혜원, 「아내와 가족, 내 안의 적과의 싸움」, 『작가연구』, 1985.5 참조.

19) E. Levinas, 강영안 역, 『시간과 타자』, 문예출판사, 1996 참조.

20) 비속어가 공식적 문화에 대해서 갖는 관계에 대해서는 R. Lachman, 「축제와 민중문화」, 『바흐친과 문화이론』(여홍상 엮음), 문학과지성사, 1995 참조.

21) 김수영의 전기적 사실에 대해서는 최하림, 『김수영평전』, 실천문학사, 2001 참조.

22) H. Bergson, 정연복 역, 『웃음―희극성의 원리에 대한 시론』, 세계사, 1992, 32~37면 참조.

23) 류보선, 앞의 글 참조.

24) 이에 대해서는 남기혁, 『한국 현대시의 비판적 연구』, 월인, 2002의 제2부 참조.

1950년대 희곡의 실험적 성과

김미도

1. 50년대의 연극과 극작가

해방후 좌·우익 대립기를 거치며 뚜렷한 구심점을 찾지 못하고 방황하던 연극계는 1950년대로 접어들면서 국립극장 개관과 함께 모처럼 활기를 되찾는다.[1] 정부수립을 즈음하여 국립극장 설치 문제가 간헐적으로 논의되다가 1949년 말에 드디어 대통령령으로 국립극장이 창설되기에 이른다. 구 부민관이 국립극장으로 결정되었으며 초대 극장장에 유치진(柳致眞)이 임명된다.

국립극장은 연극공연 임무를 관장하는 기구로 '신극협의회(新劇協議會, 약칭 新協)'를 설치하였다. '신협'에는 40년대 후반기의 연극계를 주도했던 '극예술협회(劇藝術協會, 약칭 劇協)'[2]의 멤버들이 대거 참여하였다. '신협'은 개관 기념공연으로 1950년 4월 30일부터 일주일간 유치진 작, 허석(許碩)·이화삼(李化三) 공동연출의 〈원술랑(元述郎)〉을 상연하였다. 같은 해 6월에는 조우(曹禺) 작 〈뇌우(雷雨)〉를 유치진 연출로 상연하였다. 그러나 〈뇌우〉 공연이 끝난 지 불과 며칠만에 6·25가 터짐으로써 국립극장 개관의 감격은 난폭한 포화에 묻히게 된다.

9·28 수복 후, '신협'은 육군 정훈국 문예중대에 소속되어 대구로 내려가 활동을 재개한다. '신협'은 대구 키네마를 근거지로 삼아 비록 분장실에 가마니를 깔고 합숙생활을 시작했지만 여기서 화려한 레퍼토리를 쌓으며 전성기를 구가했다. 1951년 8월에 공연된 〈햄릿〉, 10월에 공연된 〈오셀로〉 등이 당시 가장 인기를 끌었던 작품들이다. 전쟁 중의 불안한 상황이었음에도 불구하고 관객들의 호응은 대단했다. 당시 피난민들에게는 연극, 악극, 여성국극 등이 가장 큰 볼거리요 위안거리였기 때문이다. '신협'은 이듬해인 1952년 상반기에 〈수전노〉와 〈멕베스〉를 공연하기도 했다. 서울이 안정을 되찾아감에 따라 '신협'은 8월부터 서울 공연을 재개했고 '신협' 내에서 유치진의 위상은 절대적으로 확대되었다. 그러나 귀경 후의 '신협'은 대개 재공연으로 일관하면서 침체에 빠져들었고 관객들의 반응도 피난지만 못하였다.

한편, 피난지에서는 1951년부터 국립극장 재건 문제가 활발히 논의되고 있었다. 국립극장은 1953년 초에야 대구에서 재건되었고3) 극장장직에는 이미 사표를 냈던 유치진 대신 서항석(徐恒錫)이 임명되었다. 새로 출범한 국립극장은 1953년 2월 13일에 윤백남(尹白南) 작, 서항석·이진순 연출의 〈야화(野花)〉로 개관공연을 가졌다. 이들은 전속극단을 두지 않고, 프로듀서 시스템으로 공연을 기획해나갔는데 '신협'의 명성을 따라가기에는 역부족이었다. 환도 직전에야 비록 전속은 아니지만 유기적 관계를 맺을 수 있는 극단으로 '민극(民劇)'이 조직된다. '민극'은 첫 작품으로 메테를링크의 〈파랑새〉를 공연하였다. 이러한 일련의 과정 속에서 유치진과 서항석의 관계가 악화되기 시작했고 '신협'과 국립극장 및 '민극' 사이에도 묘한 경쟁심과 반감이 싹트기 시작했다.

전쟁 후의 연극계는 전반적으로 기성극단들이 매너리즘에 빠져들면서 영화가 위세를 떨치기 시작하자 심각한 불황의 늪으로 빠져들었다. 이러한 시점에서 1956년에 창단된 '제작극회(制作劇會)'가 새 바람을 몰고 왔다. 구선모(具善謨)·김경옥(金京鈺)·오사량(吳史良)·임희재(任熙宰)·전근영(全槿暎)·차범석(車凡錫)·조동화(趙東華) 등 패기 만만한 젊은 연극인들로 구성된 '제작극회'는 선배들의 무기력하고 무성의한 연극제작 행태를 비판하면서 참신한 개혁과 실험을 시도하였다.

1957년에는 국립극장이 환도하여 시립극장(구 시공관)의 일부를 사용하였다. 오랫동안 대립 관계를 가졌던 '신협'도 이때 국립극장 전속으로 조직된 '국립극단'에 참여함으로써 일시적으로 화해의 기미를 보인다. 그러나 소위 "〈왜 싸워?〉 사건"이 터짐으로써 유치진과 서항석의 대립이 다시 격화된다.

유치진은 1956년 6월부터 미국 록펠러 재단의 초청으로 약 1년간 미국을 비롯한 세계 연극계를 시찰하고 돌아온 후, 『자유문학』지4)에 〈왜 싸워?〉를 전재했다. 그런데 〈왜 싸워?〉는 일제시대에 친일극으로 창작된 〈대추나무〉의 개작이라는 점이 문제시되었다. '현대극장'에서 〈대추나무〉를 연출했던 서항석이 유치진과의 시비에 선두로 나서게 되었고 이는 '국립극단' 소속의 구 '신협'단원들이 대거 이탈하는 사태로까지 확대되었다.

국립극단을 빠져나온 단원들은 다시 '신협'을 재건하고 1958년 9월에 유치진 작, 이해랑 연출의 〈한강은 흐른다〉를 시공관 무대에 올린다. 이러한 극계의 분열과 대립 양상은 '국립극단'과 '신협' 모두를 약체화시키는 결과를 초래한다. 이는 '국립극단' 해체론으로까지 이어지게 된다. 다급한 국립극장에서는 다시 '신협'을 포섭하게 되고 1959년 10월 30일부터 국립극장은 '신협'과 '민극'의 두 전속극단 체재로 개편된다.

1950년대 희곡에 관한 연구는 아직 황무지와 같은 상태이다. 기존의 연구로는 이미원의 「전란이 남긴 희곡」5)과 「6·25와 분단희곡」6)이 있다. 이미원의 연구는 50년대의 연극과 희곡을 개괄적으로 정리한 첫 성과라는 점에서 주목되기는 하지만 주요 작가의 주요 작품들을 열거하는 수준에 머물고 있다. 그밖에 오영미의 「1950년대 후반기 한국희곡의 변이 양상」[7]에서는 50년대 후반에 등단한 신인작가들의 작품을 중심으로 새로운 실험적 기법들을 추출하고자 했다. 그러나 이 연구는 몇 가지 단편적 기법들을 추출하는 데 그치고 있으며 양식적 또는 사조적 측면에서의 해명이 결여되어 있다.

개별 작가론으로는 유민영의 『한국현대희곡사』[8]에 수록된 연구가 선구적이다. 그러나 이는 개별 작가론을 나열한 것이어서 1950년대 희곡만의 총체적 양상을 파악하기 어려운 난점이 있으며 각 작가론은 소재 중심의 작품 분류와 스토리 요약 차원에 머물고 있다. 1950년대에 국한된 개별 작가론으로는 양승국의 「유치진 희곡을 통해 본 분단현실과 전쟁 체험」[9] 정도가 고작이다. 1950년대에 한정된 것은 아니지만 1950년대 주요 작가들의 작품세계를 엿볼 수 있는 연구로는 한상철의 「이용찬론」과 김미도의 「하유상론」이 있다.[10]

기존의 연구성과를 종합해보면 50년대 연극과 희곡의 윤곽을 간신히 짐작해볼 수 있는 뼈대만을 갖추고 있는 셈이다. 개별 작가의 연구에 있어서도 유치진에 관한 연구를 제외하면 거의 성과가 없는 실정이다. 따라서 50년대 희곡의 총체적 양상을 심도 있게 조망하기에는 많은 어려움이 있다.

이에 본고에서는 1950년대 희곡들 중에서 전 시대와 달리 새로운 실험을 감행하고 있는 작품들에 특별히 주목하여 1950년대 희곡의 새로운 변화 양상을 추적하고자 한다. 사실, 1950년대 전반기에 활동한 극작가로는 유치진이 독보적이고 당시 그의 작품들은 주로 사실주의 양식에 입각해 있다. 따라서 1950년대 중반 이후에 나타나는 유치진 희곡의 변화 및 새로 등장한 신인작가들의 실험적 기법들을 분석하는 것은 1950년대 희곡의 전반적 면모를 해명하는 데 매우 유익하리라 기대된다.

2. 새로운 실험의 양상

1) 유치진의 〈한강은 흐른다〉―영화적 기법과 뮤지컬의 영향

〈한강은 흐른다〉(『사상계』, 1958.9)는11) 유치진의 이전 작품들에 비해 현저히 달라진 면모를 보인다. 1930년대 극작활동을 개시한 이래 유치진은 철저한 사실주의 양식의 신봉자였다. 그러나 그는 1956년 6월부터 약 1년간 구미 연극계를 시찰하고 돌아온 후 처음 발표한 희곡 〈한강은 흐른다〉에서 완강한 사실주의의 틀을 벗어난다.

〈한강은 흐른다〉는 우선 종래의 막 구성을 지양하고 무려 22경에 이르는 장면구성을 취하고 있다. 전통적인 5막구성이나 3막구성은 대개 '발단―상승―위기―하강―파국'의 5단계 구성 원리에 의한 팽팽한 플롯(tight plot)을 노정하지만 장면에 의한 구성은 상대적으로 느슨한 구성(loose plot)을 나타내게 된다. 유치진 자신은 이러한 새로운 구성 방식에 대해 "종래 내가 시도해오던 구심적(求心的)인 삼일치식 고전극 형태의 작법을 지양하고 각 장면을 풀어헤친 원심적(遠心的) 수법을 써본 첫 솜씨"12)라고 밝힌 바 있다.

〈한강은 흐른다〉에서 중심 갈등은 철과 희숙의 애정관계로 성립되지만 이들을 둘러싸고 있는 다양한 인물 군상들의 행태가 오히려 중요한 의미를 갖는다. 전선에서 파편에 가슴을 잃은 희숙은 인민군에 끌려갔다 천신만고 끝에 돌아온 철의 사랑을 끝내 받아들이지 못하고 자살한다. 희숙이 철을 거부하는 데에는 가슴을 잃은 수치심 외에도 철의 밀고로 인민군에 끌려간 오빠에 대한 죄책감이 동반되고 있다. 철과 희숙 사이의 밀고 당김은 이 작품의 골격을 이루는 최소한의 스토리에 지나지 않는다.

이들 주변에는 전쟁의 폐허 속에서 살아남기 위해 발버둥치는 여러 유형의 삶들이 다채롭게 제시된다. 그 하나의 유형은 미군부대에서 나온 쓰레기로 꿀꿀이죽을 끓여 팔면서 밀수를 하고 있는 전재민구호소 소장을 중심으로 한 인물군이다. 그 밑에서 일하는 삼룡이는 바보스러우리만치 선한 인물로 희숙을 짝사랑하고 있다. 소장과 뒷거래를 하는 부산 손님과 그 부하 똘만이도 등장한다. 다른 유형은 전문 소매치기인 미스 클레오파트라와 미꾸리이다. 두 사람은 동거 중인데 클레오파트라가 철에게 매료되면서 삼각관계가 발생한다. 또 다른 유형은 댄스홀의 가수 로오즈매리와 댄서들로서 이들은 몸을 팔기도 한다. 로오즈매리는 생존을 위해 창녀가 되었으나 어렵게 모은 돈을 구호소 소장에게 떼이고 만다.

이 작품은 22개나 되는 장면의 전환을 원활히 하기 위해 조명효과를 십분 활용한다. 작가는 작품의 말미에 "이 연극의 연출은 되도록이면 단일장치로서 막 대신에 조명과 음악을 사용하여 막간 없이 진행되었으면 한다"13)는 의견을 첨부하고 있다.

희숙 : 으아!(솟구치는 울음을 그치지 못해 마침내 딩굴다시피 몸부림치는 동안에 음악이 곁들며———FO

六
익일 새벽, 아직 깜깜하다.

조명이 국부에 FI. 거기엔 두더지, 그의 어린 것과 겹쳐서 자고 있다. 소장, 전재민 구호소에서 나와 하품을 한다. 철, 등장.

철 : (이층을 향하여)희숙이———. (하고 부른다)
소장 : (종을 흔들며)자아 시민 여러분, 거리를 청소합시다. 비를 들고 나오십시요. 우리의 서울을 우리가 깨끗이해야 합니다. 여기는 전재민 구호소 특별선전반입니다. (미꾸리 기타, 이웃 사람들 비를 들고 나온다. 희숙이 자기 방에

서 힘없이 내려온다)14)(강조는 인용자)

인용부분은 5경이 끝나면서 6경이 시작되는 곳이다. 여기서 영화 장면 처리의 용어인 F.O나 F.I를 이용해서 조명의 꺼짐과 켜짐을 지시하고 있는 것이 주목된다. 이는 유치진이 미국 순방 중에 미국연극계의 새로운 기법과 헐리우드 영화에서 자극을 받은15) 결과로 볼 수 있다. 이 작품에서는 마치 영화에서 카메라가 회전 또는 이동하듯이 신속한 장면 변환이 이루어진다. 뿐만 아니라 자세히 눈여겨보면 5경 끝에서 희숙의 방이 암전되는 것과 거의 동시에 같은 건물의 지하 방공호에 잠들어 있는 두더지와 어린 아이에게 스폿 라이트가 들어오고 이어서 그 옆의 구호소 건물로 조명이 확대되면서 이웃 사람들이 모두 나올 때쯤에는 무대 전체가 밝아지게 된다. 이는 영화에서 클로즈샷이 미디엄샷으로, 다시 롱샷으로 변화하는 기법과 흡사하다. 유치진이 미국에서 돌아온 직후 시나리오 〈논개〉와 〈단종애사〉를 집필하고 영화화에 직접 참여했던 사실은 〈한강은 흐른다〉에 끼친 영화의 영향을 더욱 확신하게 만들어준다.

〈한강은 흐른다〉에는 영화의 영향 뿐 아니라 뮤지컬의 영향이 확연히 나타난다. 작품 곳곳에서 유행가가 불려질 뿐 아니라 댄스홀에서 흘러나오는 음악도 큰 비중을 차지하며 장면변환에서도 적절한 음악을 사용하도록 지시하고 있다.

이때에 밴드는 옛날을 추억하는 슬픈 곡으로 응한다.

부산손님 : 부인, 저 곡에 맞춰서 한번 —

부산 손님, 클레오파트라에게 춤을 청한다. 클레오파트라, 눈물을 씻고 응한다. 부산 손님, 상대를 위로하듯 꽉 껴안고 돈다. 홀 안에 있는 손님과 땐서들 모두 도취한 듯 짝을 지어 춤춘다. 그러나 철만은 혼자서 술만 켠다.
로오즈매리의 노래에도 애조가 넘친다.

철 : 그런 죽어가는 소린 질색이다. 다른 곡! 다른 곡! 막 때려 부시는 걸 ……
자아! 부셔라!(혼자 나서서 미친 듯이 지르박의 춤을 춘다)

반주 지르박의 곡으로 변한다. 로오즈매리, 신이 나서 철의 상대로 나선다.
다른 손님들 따라서 춤춘다. 광선이 어슴푸레해지며 광기가 홀을 뒤덮을 때에
부산 손님, 갑자기 소리친다.16)

이처럼 이 작품에서 음악은 극중 인물들의 심리상태를 반영하거나
극적 갈등을 고조시키는 효과적인 수단이 된다. 음악뿐 아니라 춤이 등
장하는 것도 이전 연극에서 찾아보기 어려운 일이다. 이 작품은 비록
본격적인 뮤지컬은 아니지만 요소요소에서 뮤지컬의 흉내를 내고 있으
며 뮤지컬로 발전할 수 있는 가능성을 충분히 내포하고 있다.17) 인용부
분에서 목격되는 화려하고 다이내믹한 스펙터클 역시 뮤지컬의 영향으
로 볼 수 있다. 이 장면 외에도 이 작품에서는 난폭한 격투 장면이나 아
찔한 총격전, 활기 넘치는 군중장면(mob scene) 등이 연출된다. 유치진이
미국에 건너갔던 1950년대는 걸작 뮤지컬들이 양산되던 시기였다.
　유치진은 〈한강은 흐른다〉를 통해 구미연극에서 자극받은 영화적 기
법과 뮤지컬 기법들을 성공적으로 활용하며 사실주의 양식으로부터 비
약적으로 탈피한다. 그러나 그의 첫 이탈은 마지막 이탈이 되었다. 그는
이 작품 이후 드라마센터 운영에 골몰하며 연극교육에 남은 정열을 쏟
았기 때문이다.

2) 이용찬의 〈가족〉—미스테리 플롯과 회상기법

　이용찬(1929~)은 1957년에 장막극 〈가족〉으로 데뷔하여 〈모자〉 〈기
로〉 등을 연이어 발표한다. 이용찬을 흔히 '가족'의 작가로 부르는 것은

그의 데뷔작이자 대표작이 〈가족〉일 뿐만 아니라 그의 모든 작품 세계와 의미가 한결같이 가족을 중심으로 전개되기 때문이다. 그에게 있어 '가족'은 한국 전통사회의 기본 단위로 파악되고 가족의 윤리는 곧 사회의 윤리로 인식되고 있으며 가족 내 모랄의 변화는 곧 전통사회가 지녔던 도덕적, 윤리적 가치의 붕괴를 의미한다.[18]

이용찬의 대표작 〈가족〉은 1957년 국립극장 장막희곡 공모에 당선되었고 1958년에 이원경 연출로 '국립극단'에 의해 공연되었다. 이 작품은 고리대금업자 임봉우의 변사 사건에 연루된 박기철 일가의 가정풍경을 담고 있다. 스토리의 순서대로라면 해방 직후 정치에 야심을 가졌던 박기철이 국회의원 선거에 두 번이나 낙선하고 빚에 시달리던 중, 고리대금업자인 임봉우가 술집 계단에서 굴러 떨어져 죽은 사건이 발생하자 유력한 살인 용의자로 지목된다. 그러나 임봉우의 죽음은 실상 아버지의 짐을 덜어주려 한 아들 종달의 우발적 범행이었으며 아들의 고백을 통해 이러한 사실을 알게 된 기철은 심장마비로 사망한다.

이 희곡은 이러한 스토리의 순서를 따라가지 않고 독특한 미스터리적 플롯을 따라 전개된다. 첫 장면은 의사가 기철의 사망을 선언하는 것으로 시작된다. 기철의 죽음 앞에서 형사 김석근은 종달에게 더 이상 사건을 캐지 않겠다는 언질을 주는데 종달은 부친이 결국 살인자로 몰리게 되는 것에 심한 자책감을 느낀다. 종달의 고통스런 몸부림 속에 장면은 과거로 회귀하여 이들 가족 내부의 미묘한 애증관계를 추적하게 된다. 이 작품은 표면상 3막 구성을 취하고 있으나 각 막은 다시 많은 장면들의 집합으로 이루어져 있다. 이를 정리하면 다음과 같다.

〈1막〉 ⇐(10년쯤 전)　　　〈2막〉　　⇒(다시 10년쯤 후) 〈3막〉

「1장」(1947년경)

① 종달의 방(현재)	① 종달의 방	① 종달의 방(1막의 ⑦ 다음)
② 기철의 방(며칠 전)	② 기철의 방	② 기철의 방
③ 형사실	③ 산길	③ 형사실
④ 종달의 방	④ 종달의 방(③과 비슷한 시간)	④ 빠아
⑤ 빠아(범행 당일)	⑤ 산길(③의 바로 다음)	⑤ 종달의 방(1막 ①의 전후)
⑥ 기철의 방(④의 이튿날)	⑥ 기철의 방	
⑦ 종달의 방	⑦ 애리의 방	
	⑧ 연희의 방	
	⑨ 종달의 방	

「2장」(6·25 전후)

①종달의 방(선거 후)
②기철의 방
③연희의 방
④종달의 방(전쟁발발)
⑤연희의 방
⑥종달의 집

　이상에서 보듯이 1막의 ①과 3막의 ⑤가 엄밀한 의미에서의 극중 현재 시간이다. 작가는 1막의 ①에서 느닷없이 기철의 사망과 살인 문제를 제시함으로써 강렬한 흥미와 써스펜스를 유발한 후 과거의 미로 속을 더듬다가 작품의 맨 끝에서 다시 첫장면을 반복하며 마무리하는 수법을 쓰고 있다. 1막의 ②로부터 ⑦까지는 임봉우가 죽은 지 며칠 지난 날로부터 시간 순서대로 진행되며 10년 전의 과거로 소급하는 2막에 의해 일시 단절되었다가 다시 3막의 ①로 이어져 계속 시간의 흐름을 쫓아 현재에 이르러 끝나게 된다. 다만 1막 중간에서 종달이 임봉우가 죽던 날의 기억을 잠시 회상하는 장면이 삽입되고 있다. 2막은 무려 10여년 전의 과거로 거슬러 올라가는데 이는 1막의 ⑦에서 종달이 친구인 진상에게 자신과 아버지의 관계를 술회하는 과정에서 자연스럽게 도입되며 3막의 ①은 다시 1막의 ⑦ 이후로 연결된다.

이처럼 무려 27개에 이르는 소규모 장면들이 무리없이 연결될 수 있는 것은 무대장치와 조명 활용에 대한 작가의 세심한 계산이 전제되었기 때문이다.

> 무대 전면 약간 왼쪽 위켠으로 일정한 처소 이것은 박기철 부부의 거실. 그 옆 무대 중앙에 걸쳐서 조금 앞으로 얕게 또한 스페이스 이것은 박종달 내외의 방. 바른 쪽 위켠으로도 일정한 처소 이것은 제1막·제3막에서는 형사실, 제2막에서는 연희의 방이 된다. 박기철 방과 형사실 사이는 교외의 산길. 형사실 뒤쪽으로 층계가 있고 그 위가 제1막과 제3막에서는 빠아, 제2막에서는 애리의 방이 된다. 정면이나 뒤켠은 각각 필요에 따라 층계 등으로 관계장면을 잇는다.[19]

여기서 보듯이 무대는 층을 달리하는 몇 개의 구획을 나누어 놓고 최소한의 세트와 소품들만을 이용하여 특정한 장소를 나타내도록 고안되어 있다. 경우에 따라서는 하나의 구획이 형사의 취조실에서 일반적인 방으로 변환되기도 한다. 인접한 구획들에서 잇따라 벌어지는 장면들을 신속하게 연결하고 정돈할 수 있는 것은 물론 조명의 기능이다. 부분 조명이나 스폿 라이트를 이용함으로써 관객들의 시선은 작은 장면들의 유로를 자연스럽게 쫓아갈 수 있다.

작가는 비슷한 시간에 진행되고 있는 동시적 장면을 연출하기도 한다. 2막의 ③에서 종달은 애인 연희와 산행 중인데 다음 장면 ④에서는 같은 시간에 집에 남아있는 기철,종수,애리 사이의 대화가 잠시 비춰지고 곧이어 ⑤의 산행 장면으로 다시 연결된다.

> (기철, 나가고 종수의 애기 떨어지면서 이 장면 어두워지고 산길이 다시 밝

아진다. 진상이 무거운 걸음으로 앞서 나타나고 이어 연희의 모습이 보이면서 뒤에서 종달이 넘어지는 소리와 함께 카메라가 바위에 떨어지는 소리)[20]

이러한 장면처리는 기철과 종달 사이의 미움을 증폭시킨 '카메라 사건'을 강조하는 효과를 가져온다. ③에서 카메라 셔터 누르는 소리와 함께 다음 장면 ④로 넘어가 기철의 존재를 부각시켰다가 다시 이어지는 장면 ⑤에서 곧바로 카메라가 망가져버리기 때문이다.

작가는 또 미묘한 조명효과와 음향처리를 통해 일정 정도의 시간을 훌쩍 뛰어넘기도 한다.

> 종달과 연희가 어깨를 나란히 손을 맞잡고 나타나 저쪽 끝으로 사라진다. 사라질 동안 엷은 라이트, 이들을 쫓는다. 종달과 연희, 안 보이고 나면 산길 아주 어두워졌다가 밝아진다. 맑은 날씨. 흐린 날씨로 변하였다가 비바람. 비 멎고 어두워졌다가 다시 밝아진다. 다시 서서히 어두워지면 종달의 방이 밝아진다. 덕실. 종수. 애리. 몹시 초조한 빛. 서성거리고 바깥을 내다보고. 포소리가 은은하게 멀리서 또는 한결 가깝게 교차하며 들려온다.[21]

이 무대지시문에서 앞부분은 전쟁이 나기 얼마 전 종달과 연희의 단란한 한때를 보여준다. 그러나 이내 조명의 밝기와 음향효과를 이용한 날씨의 변화를 통해 일정 시일의 경과를 나타낸다. 동시에 궂은 날씨로써 심상치 않은 분위기를 조성하는 가운데 포소리를 통해 전쟁이 터졌음을 알리고 있다.

1막의 끝에서 종달이 회상에 잠기며 10여년 전의 과거로 소급 되는 플래시백(flashback) 기법은 우리 현대극에서 새롭게 시도되는 기법임에도 불구하고 지극히 자연스럽게 처리된다.[22] 2막의 회상 장면들은 1막에서 촉발된 박기철 일가의 복잡한 애증관계의 내막을 서서히, 교묘히 풀어가는 과정으로 되어 있다. 박기철은 일제시대에 친일 성향을 갖고 치부에 열을 올리다 해방이 되자 정치적 야심에 사로잡혀 있는 현실주의자이다. 그는 아들 종달을 어린시절부터 지나치게 과잉보호하면서 개성을 묵살했기 때문에 결국 종달은 독립성이나 자립심을 키울 수 없었다. 현재적 장면에서 아버지의 사인은 아들의 범행에 대한 충격으로 나타나지만 회상 장면에서는 아들 종달이야말로 아버지의 과잉된 욕망과 허세에 떠밀려 추락한 희생양임을 보여준다. 그러나 더욱 깊은 잠재의식의 수면 아래 움츠리고 있던 아버지에 대한 사랑은 빠아 계단에서 임봉우를 만난 순간 종달로 하여금 자신도 모르게 그를 떠밀도록 만든다.

〈가족〉에 나타나는 플래쉬백 기법은 아서 밀러의 〈세일즈맨의 죽음〉(Death of a Salesman, 1949)과 유사한 면모를 보인다.23) 〈세일즈맨의 죽음〉에서도 현재의 행동은 주인공 윌리 로만이 자신의 실패를 깨닫고 자살에 이르는 하루 이내의 시간에 이루어지지만 과거 장면들의 범위는 20년이 넘는다. 악의 결말을 목전에 두고 오랜 세월의 과거를 더듬어 악의 근원을 찾아내는 구성 방법은 소포클레스의 〈외디푸스 왕〉이래 입센의 〈유령〉에 이르기까지 하나의 극적 전통을 이루고 있다. 그러나 〈외디푸스 왕〉과 〈유령〉의 장면들은 모두 현재의 시간 속에서 진술이나 고백 등을 통해 과거의 악을 들춰내는 데 비해 〈세일즈맨의 죽음〉에서는 윌리의 고뇌를 이용하여 관객을 시간적으로 역행시켜 과거의 장면들을 직접 목도하도록 만든다. 〈세일즈맨의 죽음〉의 회상 장면들은 단순한 회상을 넘어 윌리 로만이 자신의 과거를 정당화시키려는 주관적인 내면 의식에 따라 표현주의적으로 형상화된다. 이에 비하면 〈가족〉은 객관적인 회상의 차원에 머물고 있다.

박기철과 종달의 관계는 〈세일즈맨의 죽음〉에서 제시된 윌리와 비프의 관계를 연상시키기도 한다. 그러면서도 〈가족〉에 나타난 가족관계는 지극히 한국적이다. 박기철이 종달을 잘못 인도한 것은 아들을 너무 사랑했기 때문이며 종달이 부친을 미워하는 것은 지나친 구속에 대한 불만과 반발의 차원이다. 〈세일즈맨의 죽음〉에서는 자살로써 아들에게 보험금을 타주려한 윌리의 의도를 끝내 가족들이 간파하지 못함으로써 윌리의 인생이 철저한 실패로 끝나지만 〈가족〉에서는 결국 종달이 아버지의 사랑을 사무치도록 깨닫게 된다. 〈가족〉에는 자식에 대한 절대적 사랑과 부모에 대한 절대적 효라는 한국 고유의 유교적 가족 윤리가 깔려 있다.

3) 임희재의 〈꽃잎을 먹고사는 기관차〉―풍부한 시청각적 상징

임희재(1922~1971)는 1955년 『조선일보』 신춘문예에 단막극 〈기류지(寄留地)〉가 당선되어 데뷔했다. 연이어 〈복날〉 〈고래〉 〈무허가 하숙집〉 〈꽃잎을 먹고 사는 기관차〉를 발표했으나 1960년대 이후로는 시나리오와 방송극 대본에만 몰두했다. 그의 유일한 장막희곡이자 대표작인 〈꽃잎을 먹고 사는 기관차〉는 1956년 7월 극단 '신협'에 의해 초연되었다.

〈꽃잎을 먹고 사는 기관차〉(전 6경)는 전쟁의 상흔이 가시지 않은 서울역 부근의 무허가 판자촌을 배경으로 삼고 있다. 무대의 중심은 주위의 판자촌과 대비되는 고풍스런 기와집인데 이집도 반쯤 파괴된 상태이다. 마흔살이 넘은 윤시중과 젊은 후취인 김영애가 이집의 주인이고 여기에 퇴직군수 송선생, 낙선 민의원 이선생, 실명 상이군인 박형래, 철도국원 한창선 등이 하숙을 들어 있다. 이러한 등장인물들은 이집을 둘러싸고 있는 황폐한 분위기만큼이나 인생에서 실패하고 낙오된 사람들이다. 사실 퇴직군수라거나 낙선 민의원이라는 이들의 과거는 그 어느 것도 분명치 않으며 현재에도 정해진 일이 없이 방황하는 상태이다. 단, 한창선이 현재 기관차 운전수라는 점만은 확실하다.

이 집에 '구석구석 고루하고도 황량하며 음산한 분위기가 저회하고'[24] 있는 것과 대조적으로 한창선의 방 옆으로는 늙은 벚꽃나무 한그루가 꽃이 만발하여 구름처럼 지붕을 덮고 있다. 이는 마치 유진 오닐의 〈느릅나무밑의 욕망〉(Desire under the Elms, 1924)에 나오는 거대한 느릅나무를 연상시킨다. 〈느릅나무밑의 욕망〉에서 한 농가를 양쪽에서 에워싸고 있는 두그루의 커다란 느릅나무는 '그 형세가 짓눌러 부술듯이 질투에 골몰하는 불길한 모성(母性)의 양상을 띠고 있다.'25)

〈꽃잎을 먹고 사는 기관차〉에서도 흐드러지게 만발한 벚꽃나무는 성불구인 윤시중 몰래 육욕을 달래는 김영애·한창선 사이의 위험한 욕망과 다른 인물들의 사악한 물욕이 한데 뻗쳐오름을 상징한다. 벚꽃나무 바로 아래 위치한 한창선의 방 역시 전반적인 분위기 대조되는 자극적인 색채와 디자인으로 꾸며져 있다. 방 안에 붙어있는 마리린 몬로의 사진이나 잘 발단된 근육이 노출된 그의 사진 등이 매우 육감적인 분위기를 풍긴다. 이와 함께 방 안을 밝히는 파란 불빛이나 방 앞에 걸려 있는 새장 등으로 인해 그의 방은 사실적인 무대 안에서도 비사실적인 분위기를 풍긴다. 비사실적인 분위기에 가세하는 또 다른 존재는 서커스단이다.

> 박형래, 시름없이 생각에 잠겨있다. 서어커스단에서는 아까부터 남녀의 싸움이 벌어진 모양. 각창에 사내가 계집의 머리채를 잡고 마구 패는 그림자가 비치며 절규와 폭언과 비명 그리고 세간이 부서지는 소리가 뒤범벅이 되어 들려온다. 한편 내실 창에는 윤시중의 괴상망칙한 여러 모양의 그림자가 한동안 비친다.26)

근처 판자촌에 기거하고 있는 서커스 단원들이 빚어내는 웃음소리, 울음소리, 음악소리, 절규와 비명 등은 윤시중의 집안에서 벌어지는 상황들의 분위기를 적절히 보강하거나 강화해주는 기능을 담당한다.

우울과 불안에 휩싸여 있는 이 집에 김영애의 이복동생 김영자가 등장함으로써 작은 파문이 일기 시작한다. 10여 년 만에 언니를 찾아온 김영자의 과거는 어느 것 하나 확실치 않다. 촌스럽고 천박한 옷차림이나 흑인병사랑 함께 찍은 사진 등은 그녀의 전력을 의심스럽게 한다.

더구나 신문에는 술집 춘향관 주인이 김영자를 찾는다는 현상수배 광고가 게재되어 돈이 아쉬운 송선생, 이선생, 윤시중의 각별한 주의를 끌게 된다. 전쟁 중에 눈을 잃고 얼굴까지 만신창이가된 박형래는 그녀를 자신이 몇년 동안 찾아 헤메던 애인 김영자라고 단정한다.

이러한 김영자의 애매모호성은 극의 마지막까지도 명백히 풀어지지 않는다. 그녀는 박형래의 아내였다가 전쟁통에 양공주로 전락했으며 현재는 춘향관의 수배를 받고 있는 인물일 수 있다. 아니면 그녀의 주장대로 남편과 헤어진 후 보육원에 근무해 왔으며 흑인병사와의 사진은 보육원 업무 관계로 찍은 사진일 수도 있다. 극의 끝부분에서 윤시중과 송선생의 신고로 나타난 춘향관 주인이 자기가 찾는 김영자가 아니라고 말함으로써 적어도 춘향관의 김영자는 아님이 밝혀지지만 아무래도 김영자의 정체성은 뚜렷이 해명되지 않는다.

야성미가 넘치는 한창선은 김영애와 불륜관계를 맺고 있다가 김영자의 등장으로 새로운 사랑에 눈뜨게 된다. 이들 사이의 삼각갈등 속에서 질투심에 불타는 김영애는 한창선이 아끼는 새를 날려 보내버린다. 김영애는 새장 안에 갇힌 새를 자신과 동일시했기 때문이다. 그러나 한창선은 김영자에게 그 새가 죽은 옛 애인의 분신임을 고백한다. 삼년 전 자신이 몰던 기관차가 사고를 내는 바람에 수많은 사람이 죽었고 거기엔 자신의 애인도 타고 있었다는 것이다. 한창선은 그 이후 기관차를 몰 때마다 애인의 넋을 위로하기 위해 기관차 앞에다 꽃을 꽂고 달려왔다. 마지막에서 한창선이 김영자를 뒤따라 나서는 장면은 죽은 희망이 아닌 '산 희망'으로서의 새로운 새를 찾을 수 있을지도 모른다는 여운을 남겨놓는다.

이 작품은 테네시 윌리암스의 〈욕망이라는 이름의 전차〉(A Streecar Named Desire, 1947)를 연상시키기도 한다. 극의 전개과정은 서로 판이하지만 김영애―한창선―김영자의 기본적인 관계설정은 언니와 동생의 관계만 뒤바뀌었을 뿐 「욕망이라는 이름의 전차」에서 스텔라―스탠리―불랑쉐의 구도를 따른 듯 하다.27) 특히 한창선의 야수적이고 거침없는 성격은 스탠리 코왈스키의 이미지를 짙게 풍긴다.

〈꽃잎을 먹고 사는 기관차〉가 〈욕망이라는 이름의 전차〉에서 영향 받았을 가능성은 작품 내에도 구체적으로 나타나 있다.

> 영애 : 그럼 살지 않구…… 애두 어쩌면 그렇게 깜찍하니? 죽었는지 살았는지 편지 한장두 없이…… (두사람 눈물을 거두고 안으로 들어간다)
> 한창선 : (매얄 매얄 웃으며) 언젠가 아주머니와 같이 시공관에서 구경한 그 욕망이라는 이름의 전차의 한 장면 같은데. 언니와 동생이 만나는 장면 말이요? 하하하…… (그 바람에 그들의 감정은 명랑하게 바꾸어진다)(강조는 인용자)28)

임희재가 등단하던 해인 1955년에 극단 '신협'이 〈욕망이라는 이름의 전차〉(8월)와 〈느릅나무 밑의 욕망〉(12월)을 연이어 공연했던 사실도29) 두 작품과의 영향관계를 고려하도록 만든다.

두 작품과의 영향관계에서 중요한 것은 〈꽃잎을 먹고 사는 기관차〉가 사실주의에 기반을 두고 있으면서도 상징주의와의 절충이 두드러지는 점이다. 유진 오닐의 작품세계는 크게 표현주의와 자연주의로 대별되지만 그의 초기 단막극와 장막극들은 자연주의적 경향을 주조로 하면서도 상징주의 기법이 가미되어 있다.30) 테네시 윌리암스의 경우에는 거의 모든 작품에서 입센과 체홉식의 상징주의가 발견된다.31) 즉, 〈꽃잎을 먹고 사는 기관차〉는 완전한 상징주의 작품은 아니지만 사실주의에 입각한 상징주의 작품들의 영향으로 풍부한 시청각적 상징을 활용한 것으로 보인다.

〈꽃잎을 먹고 사는 기관차〉에는 벚꽃나무나 새장 속의 새가 갖는 상징 외에도 여러가지 측면에서 행위의 의미들을 확장시켜주는 다양한 상징들이 등장한다. 극의 초반에서 영애는 한창선에 대한 사랑의 표시로 꽃병에 꽃을 꽂아주는데 한창선의 마음이 영자에게 쏠릴 때쯤 시든 꽃은 한창선에 의해 무참히 버려지고 대신 영자가 꺼어온 싱싱한 꽃이 화병에 꽂히게 된다. 한창선의 불같은 성격은 기관차에 비유되기도 하고 영자의 뜨내기 인생은 간이역에 비유된다. 애욕에 굶주린 영애의 갈증은 그녀가 애독하는 『차탈레이 부인의 사랑』과도 같다. 그리고 이들 모두의 삶은 일종의 서커스이다.

> 영자 : 정말 전쟁이란 무서운 거예요. (사이) (서어커스단을 가리켜) 저 사람들은 왜 자지 않을까? 서어커스단패라죠?
> 박형래 : 인생은 서어커스죠. 서어커스!
> 영자 : 서어커스!
> 박형래 : 아슬아슬하고도 재밌구 우섭구 우스워두 웃구 나면 어쩐지 슬퍼지구. (조용히 웃는다)
> 영자 : 이젠 서어커스 구경을 가두 어쩐지 재미도 없고 우습지두 않더군요
> 박형래 : 남의 인생을 구경하는 것은 흥미있어두 제 자신의 인생을 구경한다는 것은 괴로운 거니까.[32]

이 작품의 등장인물들에게 공통적으로 내재해 있는 상실감, 허무감, 고독감 등은 전쟁이 남긴 상처이기도 하지만 본질적으로 삶 자체가 외줄타기같은 아슬아슬한 서커스 놀음이라는 인식으로부터 배어나온다.

4) 오학영의 〈꽃과 십자가〉―표현주의 기법과 실존주의의 영향

오학영(1937~1988)은 『현대문학』 1957년 11월호에 〈닭의 의미〉와 1958년 5월호에 〈생명은 합창처럼〉이 추천되어 등단했다. 곧이어 발표되는 〈꽃과 십자가〉는[33] 앞서 발표한 두 작품에 이어지는 연작형태의 소품이다. 그러나 세 작품이 일관된 양식이나 연속적인 스토리를 유지하고 있는 것은 아니어서 각기 개별적인 작품으로 보아도 무방하다.

〈닭의 의미〉에서 환상 장면을 도입했던 오학영은 〈꽃과 십자가〉에서 보다 복잡하고 다각적인 실험을 시도하고 있다. '극적 액숀의 편리상 다면적이고 입체적인 구성을 필요로' 하는 무대는 오른쪽에 교수대가 위치해있어 사형장을 상징하며 중앙 뒷쪽에는 검은색 중간막이 드리워져 있다. 이 중간막은 과거장면이나 환상장면을 연출하는 데 이용된다.

인물 설정에 있어 특이한 점은 사형수인 주인공 상화를 현실적 인물인 '상화(尚和)' 외에도 지성을 대표하는 분신으로서의 '상화지(尚和知)'와 양심을 대표하는 분신인 '상화심(尚和心)', 그리고 환상적 분신인 '상화상(尚和像)'으로 분리해놓고 있는 것이다. 또, 상화의 내면심리를 시적으로 해설하는 해설자 '나'가 등장한다. 상화가 〈생명은 합창처럼〉에서 살해한 모델 아란(阿蘭)은 환상적 인물과 시체로 등장한다. 그밖에 변호사, 간수, 다수의 수인(囚人)들이 등장한다.

사형장에서 '생명의 물'을 가져다 달라고 절규하던 상화는 사형대에 세워지는 순간 심각한 자아 분열을 일으킨다.

> 간수는 상화를 끌어다 올개미줄 밑에 세운다.
> 번개불이 번쩍인다. 뇌성 요란하게 들려오고―. 불협화된 음악과 뇌성과 명멸하는 Light.
> 라이트 한곳으로 집중한다. 그러면 뒷 막에 크로즈―업 되는 「나」의 모습.
>
> 나 : 그의 내부는 어느덧 해질 무렵 발밑에 밟히는 낙엽빛으로 변했다. 그 강열한 색조는 그의 의식에 번져 얼룩지고, 그의 고통은 핏멍울 맺히는 것이다. (라이트와 함께 슬며시―)
>
> 어둠 속에서 암전.
> 불빛이 점점 밝아지면 황혼의 강렬한 색조가 물들어 있다.
> 왼편쪽에 누워있던 尚和知 천천히 일어난다. 마치 의식이 유동하는 것 같다.
> 상화한테 가까이 간다.[34](강조는 인용자)

이 작품에서 시시때때로 터져 나오는 번개불과, 불협화된 음악, 명멸하는 라이트 등은 주인공의 혼란스러운 의식을 상징해준다. '황혼의 강렬한 색조'는 현실세계로부터 환상세계로의 진입을 암시해준다. 이처럼 비사실적인 무대와 꿈같은 분위기, 인물의 내면의식을 상징하는 강렬한 음향과 조명효과, 시적이며 광상적인 대사, 분열된 자아의 설정 등은 표현주의 양식의 기법들로 볼 수 있다.[35]

상화의 분신인 상화지와 상화심은 상화에게 회개나 변명을 종용한다. 그들 사이의 실랑이 속에 변호사와의 마지막 면회장면이 재현되는데 상화는 끝내 회개도 변명도 하지 못한다. 상화지는 마침내 번민하는 상화 앞으로 아란의 시체를 끌고 나온다. 상화가 참혹하게 변색해가는 아란의 시신을 목격하고 괴로움에 몸부림치는 순간 장면은 다시 현실의 사형장으로 되돌아간다. 상화의 환상 속에서 상화상과 아란의 에로틱한 장면이 떠오른다. 상화는 죽음도 두려워하지 않는 아란의 사랑 앞에서 진정한 사랑의 의미를 깨닫고 그 순간 '사랑과 생명을 구가하는 합창이 웅장하게 들려온다.' 상화는 상화지나 상화심과의 갈등을 극복하고 떳떳이 죽음을 맞이한다.

> 상화 : …… 전존재를 불살러 버리는 사랑은 나의 신념이고 용기야. 나의 전 의지야 전 생명이야. 의지와 생명은 너같이 교활하거나 어릿광대도 아니다. 외부의 조건을 초월하는 모든 법측의 모든 원리의 근원이야. 나를 누가 재판하느냐. 나를 재판하는건 나하나 뿐이야. 나는 무죄다. (시체를 안어들고 걸음을 옮긴다)[36]

상화는 지성과 양심이 시키는대로 회개나 변명을 통해 사형을 면할 수 있음에도 불구하고 이를 모두 거부하며 전 존재를 불사르는 사랑을 최후의 구원으로 받아들인다. 지성이나 양심을 부정했기에 그는 현실적으로 죽음을 맞이하면서도 새로 깨달은 사랑의 의미에 의해 새 생명을 얻는다고 자각한다.

〈꽃과 십자가〉는 파격적인 실험을 감행하고 있으면서도 여러가지 허점을 노출시키고 있다. 상화知와 상화心이 각기 주인공 내면의 지성과 양심을 대표하는 것으로 설정되어 있지만 두 분신 사이의 변별성은 별로 두드러지지 않는다. 오히려 상화知는 현실과의 타협을 부추키는 간교한 마음으로 표출되며 상화心은 상화知를 거드는 정도의 역할밖에 하지 못하고 있다. 3명의 분신을 활용함에 있어 관객들이 이를 분신으로 인식할 수 있는 가면이나 의상, 분장의 효과는 거의 고려되지 않고 있다. 무엇보다도 상화로 하여금 이처럼 심각한 자아분열을 일으키도록 만든 외부의 억압조건이 잘 드러나지 않음으로써 상화의 주관적 심리를 객관화시키지 못하고 있다.

이 작품이 기법적 측면에서는 표현주의의 영향을 힘입고 있으나 철학적으로는 실존주의의 영향을 드러내고 있다.

> 상화 : 사회는 달팽이 소굴이 아니오? 달팽이란 탈을 쓰고 꼼지락대고, 습지만 찾아 돌면서 음모를 하거던요. 이 사회에 인간은 없어요. 달팽이 뿐이고 달팽이가 주인이오. 이것을 의식한 후부터는 구역질 밖에 별 느낌이 없오 난 그 달팽이 속에 섞여 딩굴지 못한 고독을 맛보았오 아마 이 고독이 저항하는 힘일 것이요.[37]

상화가 인식하고 있는 세계는 음습한 곳에서 음모만을 일삼는 달팽이들의 소굴이다. 합리적 질서와 가치가 사라진 세계 속에서 인간 존재는 본질적으로 부조리하고 고독할 뿐이다. 〈닭의 의미〉에서도 주인공 상화는 '부조리한 현실과 맞대거리하여 찢기우면서 저항하는 닭의 자세'[38]를 끊임없이 동경한다. 그리고 '나는 무엇이냐 말이다. 나는 무엇인데 여기 이렇게 있느냐, 도대체 의미가 없지 않느냐'[39]는 실존적 질문들을 스스로에게 던지고 있다.

이 작품이 실존주의 철학과 더 밀접한 연관을 맺고 있는 부조리극의 형태로 표출되지 않은 것은 부조리극이 당시 한국에는 아직 상륙하지 않았기 때문인 것으로 보인다.40) 그러나 부조리극의 모태가 되는 실존주의 사상과 실존주의극은 이미 한국에 소개되고 있었다. 우리 나라에서 공연된 최초의 실존주의극은 1951년 12월에 부산에서 상연된 사르트르의 〈붉은 장갑〉(원제 : 더러운 손(Les Mains sales), 1948)이다.

오학영의 희곡은 1926년에 창작된 김우진의 〈난파〉와 〈산돼지〉 이후 처음으로 재시도된 표현주의극으로 볼 수 있다. 그러나 그 성과는 실험을 위한 실험의 차원에 머물고 있으며 표피적인 실존주의 사상과 어설프게 맞물려 있다. 그의 실험은 1960년대에 본격적으로 시도되는 이근삼의 표현주의나 오태석의 부조리극으로 나아가는 과도기적 위치를 갖고 있다.

3. 실험의 성과와 의미

1950년대의 희곡은 우선 양적인 면에서 극히 빈약하다. 이는 물론 전쟁과 전후의 혼란 속에서 극작가들에게 폭넓은 무대가 제공되지 못했기 때문이다. 1950년대 전반기는 유치진의 활약만이 두드러지고 1950년대 후반에 들어서서야 몇몇 신인 작가들이 출몰한다. 1950년대 후반기의 희곡은 유치진이 퇴장하고 신인작가들이 갓 데뷔하는 과정에서 산출된 것들이기에 질적인 면에서도 별로 풍요롭지 못하다. 다만 몇몇 대표작들과 문제작들에 나타난 실험적 기법들을 중심으로 그 성과를 정리할 수 있겠다.

첫째, 소재면에서 사회적,현실적 문제보다 가정 내부의 문제와 인간 내면의 문제로 선회하고 있는 현상을 볼 수 있다. 특히 이용찬이나 하유상의 작품들에서는 가족 성원간의 갈등이 두드러지면서 '응접실 희곡'의 양상이 본격적으로 대두되고 있다. 이는 한국내에서 일부 중류 이상의 주거환경이 응접실 중심으로 변화하고 있는 것과도 관련이 있다.

둘째, 사실주의 양식으로부터 탈피하려는 움직임이 일어난다. 이는 1920년대 이후 우리 희곡의 창작기법을 강력히 지배해온 사실주의 양식의 제한으로부터 비로소 보다 폭넓은 표현의 장으로 나아가는 계기를 마련하고 있다. 사실주의로부터 탈피하는 과정에서 상징주의, 표현주의 양식과의 절충이 이루어진다. 그러나 새로운 양식은 전면적으로 실험되지 못한 채 부분적인 차용에 머물고 있다.

셋째, 전통적인 막 구성방식으로부터 벗어나 장면에 의한 구성방식이 활용되고 있다. 장면에 의한 구성은 막 구성이 치중하는 분규의 진전과 해결보다는 특정한 분위기와 정감을 표현하는 쪽으로 나아갔다. 장면에 의한 구성은 치밀하게 계산된 사실적 무대가 아닌 간략하게 양식화된 무대를 발전시켰다. 〈가족〉에서처럼 무대는 단의 높이를 달리하는 몇개의 구획으로 대략 구분되며 많은 장면을 수용하기 위해 하나의 구획이 여러 장소를 표방하는 가변적 활용이 시도되기도 한다. 장면의 전환을 원활히 하기위해서는 조명효과가 세심하게 계산되지 않을 수 없다. 〈한강은 흐른다〉와 〈가족〉에서처럼 조명효과는 작은 장면들을 신속히 연결하는 가장 유용한 수단이 된다.

넷째, 인물들의 심리 상태나 극중 분위기를 포용하는 조명과 음향효과 및 음악에 대한 고려가 현저히 확대되었다. 특히 〈꽃잎을 먹고사는 기관차〉에서 서커스단이 빚어내는 여러가지 소리와 기관차 소리 등은 등장인물들의 욕망 및 갈등의 심화를 효과적으로 뒷받침하고 있다. 〈꽃과 십자가〉에서는 광란적인 조명과 뇌성, 불협화음의 음악 등이 주인공의 자아분열 상태를 충격적으로 강화해준다.

다섯째, 외국극과의 영향관계에서는 특히 미국극과의 교접이 두드러진다. 이는 미군정과 전쟁을 겪으면서 미국문화의 유입이 급격히 이루어진 때문으로 보인다. 이러한 미국연극의 영향은 이후로도 오랫동안 한국연극 전반이 브로드웨이식 연극에 고착되는 결과를 가져오며 유럽쪽의 다양한 실험을 수용하는데 장애요인이 되기도 한다. 50년대의 우리 희곡이 미국극으로부터 여러가지 영향을 섭취하고는 있으나 전체적인 작품성에 있어서는 한국적 현실을 토대로 한국적인 색채를 충분히 드러내고 있다.

1950년대의 희곡은 전체적으로 과도기적 성격을 갖고 있다. 유치진은 〈한강은 흐른다〉를 통해 사실주의로부터 벗어나지만 이후 극작을 중단한다. 유치진을 잇는 사실주의 작가인 차범석의 〈불모지〉와 하유상의 〈딸들의 연인〉41) 정도가 50년대 사실주의극의 대표작으로 꼽을만하다. 50년대 중반 이후에 새로 등단하여 대표작을 남긴 이용찬과 임희재는 60년대에 들어서 더 이상 주목을 끌지 못한다. 오학영의 서툰 실험도 60년대로 연장되지 못한다. 결국 50년대에 새로운 실험을 감행했던 작가들은 50년대의 마감과 더불어 단명하게 된다. 그러나 이들이 마련한 실험적 토대는 60년대의 새로운 작가들에 계승되어 우리 희곡문학이 비약적으로 상승하는 계기를 마련하고 있다. 60년대에 들어서면 극단 '실험극장'과 드라마센터를 중심으로 제4세대 연극인들이 성장하여 한국연극의 본격적인 중흥기를 맞게 되며 특히 이근삼·박조열·윤대성·오태석 등에 의해 반사실주의 연극의 조류가 급격히 확산된다.

주석

1) 이하 1950년대의 연극적 상황은 다음과 같은 문헌들을 참조하였다. 이진순(李眞淳), 『한국연극사 제3기』(1945년~1970년), 예술원, 1977; 김미도, 「증언으로 찾는 연극사—2) 김동원 선생과 함께 ②해방기의 '극협'과 피난시절의 '신협'」, 『월간 한국연극』, 1992.7; 김미도, 「증언으로 찾는 연극사—4) 이원경 선생과 함께 ②극계의 분열과 대립」, 『월간 한국연극』, 1992.11.

2) '극예술협회'는 1930년대의 '극예술연구회'를 계승한 단체라고 할 수 있다. 해방 후 한동안 칩거하다 연극활동을 재개한 유치진의 주도로 1947년 5월에 창단되었다.

3) 당시 대구 문화극장을 수리하여 '중앙국립극장'이라는 간판을 내걸었다.

4) '전국문화단체 총연합회'(약칭 문총)의 기관지.

5) 현대문학연구회 편, 『한국의 전후문학』, 태학사, 1991.4.

6) 『한국현대문학사』(28인 공동집필), 현대문학, 1989.

7) 한국극예술학회 편, 『한국극예술연구』 2집, 태동, 1992.3.

8) 유민영, 『한국 현대희곡사』, 홍성사, 1982.

9) 현대문학연구회 편, 『한국의 전후문학』, 태학사, 1991.4.

10) 한국연극평론가협회 편, 『한국현역극작가론』 2, 예니, 1988.

11) 이 작품은 '신협' 재건 공연으로 1958년 9월 26일부터 시공관에서 공연되었으며 이해 랑이 연출을 맡았다.

12) 유치진, 『유치진희곡선집』, 성문각, 1959, 297면.

13) 『유치진희곡전집』 下, 성문각, 1971, 201면.

14) 위의 책, 149~150면.

15) 유치진, 『동랑자서전』, 서문당, 1975, 299~324면 참조.

16) 『유치진희곡전집』 下, 154면.

17) 실제로 이 작품은 1988년에 윤대성 각색, 김우옥 연출로 '88서울예술단'에 의해 뮤지컬 화된 바 있다.

18) 한상철, 앞의 글 참조.

19) 이용찬, 「가족」, 『한국의 현대희곡』(서연호 편), 열음사, 1986, 112면.

20) 위의 책, 139면.

21) 위의 책, 149면.

22) 플래쉬백 기법이 우리 희곡에서 최초로 사용된 것은 채만식의 「제향날」(1937)이다. 이 작품에서는 3·1운동 이후의 일제 치하를 극중현재시간으로 설정하고 갑오농민전쟁 이나 3·1운동 당시의 장면들을 회상하도록 고안되어 있다. 따라서 이용찬의 「가족」이 플래쉬백 기법을 사용한 최초의 작품이라는 기존의 견해(한상철·이미원)는 타당하지 않다.

23) 〈세일즈맨의 죽음〉의 한국 초연은 1954년 '데아트르 리이블'에 의해서였다.

24) 임희재, 「꽃잎을 먹고사는 기관차」, 『희곡선집』 2, 어문각, 1982, 330면.

25) 유진 오닐, 「느릅나무밑의 욕망」, 『세계의 현대희곡』(손홍기 편), 열음사, 1989, 15면.

26) 유진 오닐, 「느릅나무밑의 욕망」, 『세계의 현대희곡』(손홍기 편), 열음사, 1989, 15면.

26) 『희곡 선집』 2, 어문각, 1982, 343면. 이하 『희곡 선집』으로 표기함.

27) 여석기, 「한국신극의 영미극 수용」, 『동서연극의 비교연구』, 고려대 출판부, 1987, 284 면 참조.

28) 『희곡선집』 2, 338면.

29) 이진순, 앞의 책, 73면 참조.

30) 신숙원 편, 『유진 오닐』, 문학과지성사, 1988, 14면 참조.

31) Oscar G. Brockett, 김윤철 역, 『연극개론』, 한신문화사, 1989, 492면 참조.

32) 『희곡선집』 2, 361면.

33) 이 작품은 '중앙예술극회'(1960.10)와 극단 '八月'(1961.11)에 의해 공연된 바 있다.

34) 『현대문학』, 1958.8, 70면.

35) J. L. Styan, 윤광진 역, 『표현주의 연극과 서사극』, 현암사, 1988, 14면 참조.

36) 『현대문학』, 1958.8, 82면.

37) 위의 책, 74면.

38) 『현대문학』, 1957.11, 84면.

39) 위의 책, 87면.

40) 부조리주의(absurdism)란 용어는 1950년대에 베케트·이오네스꼬·쥬네 등의 작품을
    통해 나타난 일련의 경향을 지칭하기 위해 1960년경 마틴 에슬린(Martin Esslin)에 위해
    정립되었다(Oscar G. Brockett, 앞의 책, 515면 참조). 부조리극이 한국에 유입되는 것은
    1960년 이오네스꼬의 〈수업〉 공연이 최초이며 1965년에는 올비의 〈동물원 이야기〉가
    공연된다(여석기, 앞의 논문, 281~282면 참조).

41) 이 작품은 1957년 국립극장의 제1회 장막극 현상모집에 당선되었으며 후에 〈딸들 자유
    연애를 구가하다〉로 개명되었다.

근대문학에서의 '전통' 인식
1950년대의 비평담론을 중심으로

한수영

1. 전통 인식과 이데올로기

'전통' 논의처럼 생산적인 결론을 이끌어 내기 어려운 일도 달리 없을 듯하다. 그것은 '전통'이란 것이 하나의 실체를 지닌 개념으로 뭉뚱그리기 어려운 까닭이다. '전통'이란 마치 그릇에 담기는 물과 같아서, 물 자체의 형태가 본래 있는 것이 아니라 담기는 그릇의 형태에 따라 그 모양을 달리하는 이치와 같이, 물의 형태를 말한다는 것이 결국 그릇의 형태를 말하는 일이 되기가 십상이다. '전통이 무엇인가?'하는 물음에 관한 논의는 이런 어려움을 안고 있지만, '전통이 과연 있는가?'하는 물음에 부딪치면 논의는 한결 복잡해진다. 이를테면 '전통이 있는지는 모르지만 오늘날의 문화나 예술, 심지어는 사람들의 삶과는 아무 관련이 없다'고 하는 '전통단절론'이나, '전통이란 본디 계승하고 받아들이는 쪽에서 발견하는 '계승할 만한 가치'를 말하는 것인데, 우리에게 그러한 의미의 전통은 없다'고 선언하는 '전통부재론'과 같은 경우는 '무엇을 전통으로 볼 것인가?' 하는 물음과는 전혀 논의의 지형이 달라진다고 할 수 있다.

다구나 근대에 들어와 정치적 목적과 이데올로기의 작용에 의해 의도적으로 전통이 날조되거나 창안되는 경우와 맞닥뜨리게 되면 '전통'에 관한 논의는 한층 복잡한 양상으로 전개될 수밖에 없다.[1]

우리의 경우, '전통'이 문학이나 비평 담론 안에서 본격적으로 거론되기 시작한 것은 근대 이후의 일이다. 근대 이전에는 '정통인가 아닌가'에 관한 논의는 있었지만, '전통'에 관한 논의는 없었다. 이것은 결국 '전통'이란 곧 '근대'와의 상관 관계 속에 형성된 개념임을 의미한다. 그러나 이럴 경우, '전통'의 대립 개념인 '근대' 역시 '전통' 못지 않게, 또는 그 이상으로 명확히 그 개념적 실체를 파악하기가 어렵다는 것이 문제가 된다. 특히, 우리처럼 이른바 '근대적인 것'과 부딪쳐서 삶의 제반 영역이 그 영향력 아래 포섭되는 과정이 매우 타율적이고 급격하게 이루어진 경우에는 '근대'에 내포된 '전통'과의 상관성이 때로는 '서구적인 것'을 표상하기도 하고, 때로는 '자본주의적인 것'을 표상하기도 하며, 경우에 따라서는 '속악한 모든 것'을 표상하는 경우도 있기 때문이다.

이 글은 우리의 근대비평 담론에서 '전통' 인식이 어떻게 이루어져 왔던가의 궤적을 재구성하기 위해 쓴다. 따라서, '전통이란 무엇인가?' 하는 질문이 전제되기보다는 '전통'을 문제삼는 방식과 그 배면에 놓인 이데올로기의 내용을 검토하는 것이 중심 내용을 이루고 있다.

'전통'이란 '근대'와 대화적 관계에 놓여 있다. 그것은 곧 시간성을 내적 계기로 삼고 있다는 뜻이기도 하다. 즉, '시간의 이쪽'이 '시간의 저쪽'과 서로 상관한다는 뜻이다. 그럴 경우, 왜 시간의 이쪽편에서 시간의 저쪽편을 문제삼게 되는가? 그것은 분명히 시간의 이쪽편이 지니고 있는 일정한 이데올로기의 작동이 근저에 놓여 있음을 뜻하는 것이 아닌가. 한편으로는, 전통이란 그 내부에 고유성을 내적 계기로 삼고 있다. ‘고유성’이란 본디 배타적 규정이다. 다른 것이 지니고 있지 않는 자기 만의 것이 곧 ‘고유성’인 까닭이다. 결국에 ‘전통’을 고유성을 계기로 하여 범주화한다는 것은, 곧 ‘고유한 것’과 그렇지 않은 것을 구별한 뒤, ‘고유하지 않은 것’을 배제한다는 것이므로 이런 의미의 범주화 또한 이데올로기적인 것이 아닐 수 없다. ‘전통’ 논의가 필연적으로 ‘민족주의’와 연결되는 지점이 생기는 까닭이 곧 ‘전통’이 지닌 이러한 배타적 자기 동일성의 확보 논리 때문이다. ‘제 것을 업수이 여기고 남의 것을 무턱대고 좇는 것’에 대한 저항과 거부의 논리가 ‘전통’의 인식에 소박하게 자리잡고 있는 것은 분명한 사실이다. 그러나, 이 때 ‘제 것’과 ‘남의 것’을 구별하는 기준과 그 근거가 얼마나 정확한가의 문제가 새로운 논의거리로 나타날 수밖에 없다. 그리고 필경 이 ‘제 것’을 규정하는 일은 이데올로기적인 일이 아닐 수 없는 것이다. 이런 맥락에서 ‘전통’ 논의의 이데올로기적 허구성을 들어 그것의 불필요함을 강조하는 논리도 생겨난다.

문제는 다음과 같다. 한국 또는 중국, 혹은 영국 문화란 무엇인가? 그것은 1993년에 한국 또는 중국, 혹은 영국에 사는 사람들의 다수가 권고하고, 어느 정도 준수하는 가치와 관습의 집합인가? 아니면 한국 또는 중국, 혹은 영국 사람들 중 다수가 권고하고, 어느 정도 준수하는 가치와 관습 중 1993년의 것과 1793년의 것, 또는 1993년의 것과 993년의 것의 부분집합인가? 우리가 관용적으로 ‘한국적’ 또는 ‘중국적’ 혹은 ‘영국적’ 문화라고 지정한 문화는 조금도 자명하지 않다. 더구나 이러한 형용사에 의해 지시되는 단일한 문화가 있다는 것조차 전혀 자명하지 않다. 문화는 그 명칭에 의해, 그리고 물론 계급에 의해 규정되는 경계들 내에서도 시대에 따라, 지역적 공간에 따라 다르다. 그래서 우리가 마거릿 미드처럼 문화적 가치들을 존중해야만 한다고 말할 때, 우리가 누구의 문화적 가치 또는 어떤 문화적 가치를 말하고 있는지를 알아야 한다. 그렇지 않다면, 준거가 너무 모호해진다.2)

　문화의 국적(國籍) 혹은 민족적(民族籍)을 따지는 것이 '전통' 논의의 필수불가결한 논리 전개의 과정임을 생각하면 월러스틴의 이러한 비판적 시각은 그러한 논의가 지닌 이데올로기의 편재성을 정확히 지적한 것이라고 생각된다. 그러나 월러스틴의 이러한 비판적 발언은 그 맥락의 전후를 따져 볼 때, '전통'이나 문화의 민족적 지표가 지닌 추상성을 극복하기 위해서 민족 내부의 '계급'과 '지역'을 문제삼을 때라야만이 그러한 논의가 일정한 의미를 지닌다는 뜻이 깔려 있다. 그의 '문화지정학'의 개념이 담고 있는 내용이 곧 이것이기도 하다. '전통' 논의 안에 이러한 인식이 전혀 없었다고는 하기 어렵다. 예컨대 근대 이전의 민중문화로부터 '민중성'과 '혁명적 에너지'를 중심으로하여 '전통'의 합리적 핵심을 추출하고자 노력한 일이 분명히 있기 때문이다. 전통에 관한 인식은 이처럼 '시간성'과 '고유성' 그리고 '계급성' 등을 내적 계기로 하여 다양한 논의의 지류를 형성해 나갔다. 이 글에서는 그러한 전통 인식의 담론 계보 중에서 1950년대의 '전통론'을 중심으로 그 논의의 전개 과정과 이데올로기적 내용을 검토해 보기로 한다. 문학사나 비평사에서 '전통'이 문제가 되었던 것은 비단 이 시기에 국한된 일은 아니다. 이를테면 1920년대 중반 이른바 '시조부흥운동'을 계기로 한 국민문학파의 형성도 필경에는 전통 논의와 결부될 수밖에 없으며, 1930년대 후반 이른바 '세대논쟁'을 통해 부각되었던 김동리의 주술적 샤머니즘에 기반한 '신화성으로의 회귀'도 이 문제와 아주 다른 층위에 놓인 것은 아니다. 비슷한 시기에 『문장』을 중심으로 모였던 문인들의 복고적 움직임 역시 '전통론'과 밀접한 관련이 있다.3) 이렇게 검토해 나가다 보면 실상 우리 근대문학사에서 어느 한 시기도 이 전통 논의로부터 완전히 자유로웠던 때가 없었음을 알 수 있다. 그러함에도 굳이 1950년대의 '전통론'을 검토하려는 것은 무엇보다도 이 시기의 전통 인식이 근대문학사에서 나타나는 다양한 담론의 유형 중에서도, 중요하고도 본질적인 몇 개위 원형들을 압축하여 보여준다는 점 때문이다. 우리 근대문학의 담론들을 돌이켜 볼 때 의미있는 전통 인식은 대체로 세 가지의 성격으로 나누어 볼 수 있다. 그 하나는 우리 문화나 문학의 통시적인 보편성을 추출하여 그것으로 배타적인 '자기동일성'의 근거로 삼으려는 태도이다. 일찍이 1910년대에 이광수나 최남선이 시가(詩歌)를 통해 민족의 원형을 형상화해 보려고 시도한 일―이를테면 이광수의 시가에서 '범'이나 '곰'을 시적 대상으로 삼는다든지, 최남선이 '태백산'을 민족의 성산(聖山)으로 삼아 「태백산부」 연작을 씀으로써 훼손된 민족의 자존심을 그러한 원형적 심상을 통해 회복하려고 시도한 일부터 시작하여, 이러한 '보편성론'의 맥락은 지금까지 계속 끊어지지 않고 이어져 내려오고 있다. 최근의 '단군성조숭배운동' 또한 그 이데올로기적 기반에 근거할 때 이러한 범주에 해당한다고 볼 수 있다. 전통에 관한 인식이 민족주의 이데올로기와 밀접한 관련을 맺는 것도 이 유형의 큰 특징이다.

두 번째는 전통에 관한 인식이 반근대성을 내적 계기로 삼는 경우이다. 앞의 경우가 주로 전통 담론을 서구문학에 대한 대항적 논의로 시작하는 것에 비하면, 이 경우는 '근대적인 것'에 대한 회의와 부정이 전통을 인식하게 만드는 중요한 요인으로 작용한다는 점이 다르다. 1930년대 후반에 김동리가 「무녀도」, 「황토기」, 「바위」 등의 작품과 '세대논쟁'에 적극적으로 참가하면서 펼쳤던 일련의 논의들을 이 계보의 선두에 놓을 수 있다면, 1950년대의 비평 담론은 이러한 문제의식의 연장선상에서 전통에 관한 인식을 펼쳐 보이고 있다. 이 유형의 전통 인식은 특히 최근 우리 사회에 해체주의나 포스트모더니즘과 같은 이른바 '탈근대 담론'이 풍미하는 것과 맞물려 예술이나 비평 담론의 여러 부면에서 다시 문제적인 논의로 부각되었다. 이것은 대체로 근대문학을 형성하고 있는 근대적 특징들, 예컨대 합리주의나 과학적 세계인식, 인과적

기율, 실재론적 세계관 등을 부정하고 근대 이전의 설화나 신화의 세계로 복귀하려고 애쓴다. 즉, 그러한 근대 이전의 문학 장르나 작품에서 근대문학이 스스로 '근대성'에 의해 유폐시킨 자유자재한 상상력, 인간과 자연의 조화로운 소통 등을 해방시킬 수 있는 가능성들을 읽어내려고 한다.

　마지막으로, 전통을 민족의 문학유산으로부터 추출해 내되, 통시적인 보편성이나 근대 이전의 신화성 혹은 샤머니즘으로의 복귀가 아니라 현재 민족이 놓여 있는 상황을 극복하기 위한 역사적 자양분을 적극적으로 발굴·계승하려는 유형을 들 수 있다. 이러한 유형의 앞머리에 벽초 홍명희의 전통 인식을 놓을 수 있다. 벽초가 육당 최남선의 시조집 『백팔번뇌』의 발문을 쓰면서 보여준 육당 류(類)의 전통 인식에 대한 비판적 태도와 그 자신 명종조 군도(群盜)의 우두머리였던 임꺽정을 소설화한 일을 서로 비교해 보면, 그의 전통에 대한 인식이 육당과 서로 다른 자리에 서 있음을 확연히 짐작할 수 있다. 벽초는 육당의 작업이 모두 '그의 구경적 님인 '조선'에 대한 사랑'에서 비롯된 것이라고 전제한 후, "내 말과 같이 육당의 님의 이름이 '조선'이라 하면 육당을 허깨비와 씨름하는 장사와 같이 말할 사람이 없지 아니할 것이나 사랑은 그 길을 밟은 사람이라야 말할 자격이 있다 하니 …… 또 사랑의 나라에는 사랑 그것을 사랑하는 사람도 있다 하니, 이로 보면 육당의 사랑은 훌륭한 구체적 대상이 아니랴"[4]고 말한다. 그런 다음에 시조 장르에 대한 벽초 자신의 다소 가혹할 정도의 비판론을 펼쳐 보이고 있다. 이 맥락을 찬찬히 짚어 읽어가보면, 육당처럼 조선을 사랑한다는 명분 아래 보편적인 특질을 찾으려는 예술적·이론적 작업은 '허깨비와 씨름하는 장사'로 볼 수도 있음을 지적하고, 비록 그것이 문제라고는 하지만 '사랑을 사랑하는 관념주의'에 비하면 그래도 '구체적인 대상을 사랑하는 것'이니 봐줄 만한 것이 아닌가 하는 뜻이 숨어 있음을 헤아리기 어렵지 않다. 보는 관점에 따라 그가 『임꺽정』을 집필하면서 내세운 '조선적 정조'운운 하는 대목도 얼핏 육당의 전통 인식과 같은 것으로 읽힐 수도 있지만, 천민 백정 출신을 주인공으로 삼아 봉건 체제에 저항하는 왕조시대의 의적을 소설로 옮긴 배경에는 반체제적 저항의 전통을 역사의 먼지더미로부터 건져내어 그것을 민족해방의 의지로 잇게 하려는 의도가 깔려 있었고, 이러한 전통 인식은 통시적 보편성을 추출하는 작업과는 달리 구체적인 민족 현실에서 출발하여 그때그때의 역사적 상황으로부터 전통을 해석하고 인식하려는 자세라고 이해할 수 있다.

전통 인식의 이러한 유형은 경우에 따라 첫째 유형과 겹치는 부분이 생겨나는데, 그것은 '민족주의'의 넓은 외연에 함께 걸쳐 있기 때문이다. 그러나 앞의 것이 주로 '원형 민족주의'에 기반해 전통을 창출하려는 것이라면, 뒤의 것은 실재하는 억압과 수탈로부터 벗어나려는 피억압자의 해방의지에 의해 형성된다는 점에서 차이가 있다. 전후(戰後)에 공전을 거듭하던 전통 논의가 한 차원 도약하게 되는 것은 1960년대 후반에 들어서서 일련의 전통 논의 가운데에서 민족의 당면한 현실과 전통적 자양을 연결지어 이해하려는 노력들이 뚜렷한 모습을 드러내기 시작하면서부터였다. 군사정부의 주도에 의해 박제화된 전수 차원에서 이루어지던 전통 계승 작업이 아연 활기를 띠면서 대학 공간을 중심으로 활발한 민중문화적 전통의 재해석과 재창조 작업이 이루어졌던 197,80년대의 일련의 전통문화 재해석 작업은 이러한 유형의 가장 가까운 현상으로 이해할 수 있다.

모든 전통 논의 및 인식의 계보가 앞서 정리한 세 유형에 모두 포괄된다고 단정하기는 어렵다. 또한 이 세 유형은 조금씩 겹쳐 있는 부분이 있어서 완전히 이질적인 유형이라고 보기 어려운 대목도 있음이 사실이다. 그러나, 대체로 우리 근대문학에서 전통 인식은 이러한 세 유형을 근간 내지는 원형으로 하여 전개되어 온 것으로 보는 것이 크게 무리한 유형화는 아니라고 생각한다. 이 각각의 유형들을 다시 통시적·공시적으로 면밀하게 검토하는 일이 필요하나, 여기서는 우선 세 유형의 동시대적 길항들을 보여주는 1950년대의 비평담론을 조망하는 것으로 대신하고자 한다.

2. 전통 인식의 대립적 지형과 전통 단절론

1950년대의 전통 인식을 이해하기 위해 우선 전통부정론(혹은 전통단절론)과 전통계승론이라는 두 개의 커다란 논의축을 살펴보는 것이 필요하다.

> 역사가 있고 과거가 있다고 해서 거기에 반드시 전통이 있으리라고 생각하는 것은 큰 잘못이다.
> 과거의 문화형태에 있어서 가치의 원천이 되고 그 낡은 문화형태에 가치의 잔영을 남기고 있는 소위 문화적 유산을 전통이라고 할 수 없기 때문에 나는 서슴지 않고 우리의 문학에 전통이 없다고 주장하는 것이다.
> 우리의 고전문학에 있어서 신라향가, 백제시가, 고려장가, 이조가사를 비롯하여 시조 등 시문학형식에 의한 시적 유산, 그리고 춘향전으로 대표된 설화전의 소설형식에 의한 문학적 유산은 얼마든지 있지만 솔직히 말해서 우리들은 거기서 '전통의 주체'를 발견할 수 없는 형편이다. 바꾸어 말하면 우리들은 그러한 고전에서 우리의 문학적 유산이나 문학정신이나 또는 문학적 영향이나 하는 것을 조금도 물려 받은 적이 없다는 것이다(……)지금 소설을 쓰고 있는 작가치고 춘향전이나 심청전이나 그리고 이인직의 작품에서 문학적인 영향을 받은 사람이란 거의 없을 것이다.[5]

인용문은 이 당시에 전통부정론의 논리적 핵심을 보여주고 있다. 즉, 전통은 단지 축적된 과거의 문학유산도 아니며, 그러한 문학유산 중의 확고불변한 어떤 유형적 특질이나 보편성도 아니라는 것이다. 전통은 현재의 작가들에 의해 확보되는 것이며, 현재의 작가들이 창작과정에서 의식하지 않으면 안되는 '현재성'으로 존재하는 '과거'일 때라야만이 비로소 '전통'이 될 수 있다는 것이다. 이러한 논리는 1960년대 초반에 다시 재현되는 '전통논쟁'[6]에서도 그대로 이어지게 된다.

대체로 전통단절론자들의 전통 개념은 엘리어트에서 비롯된 것이다. 두루 알다시피 엘리어트의 「전통과 개인의 재능」에서 시도한 새로운 '전통'의 개념은 이 당시 많은 모더니스트를 비롯한 비평가들의 '전통' 이해에 하나의 금과옥조로 자리잡게 되었다.[7] 그것은 '역사의식'이라는 개념으로 압축되는데, 엘리어트의 풀이에 따르면 '과거가 과거로서 존재하고 있을 뿐만 아니라 현재에도 존재하고 있다는 의식이며, 한 작가가 글을 쓸 때 작가의 골수 속에 자신의 세대뿐 아니라 호머 이후의 전 유럽 문학과 자기 나라 문학 전체가 동시적인 질서를 형성하고 있다는 자각을 갖게 만드는 것이고, 시간과 초시간적인 감각의 합치이면서 작가가 시간 속에서의 자신의 위치와 자신이 속하고 있는 시대성을 더욱 명확하게 의식하도록 만드는 것'[8]이다. 결국 이것은 '전통은 상속되는 것이 아니라 획득되는 것'이라는 그의 말로 바꾸어 표현할 수 있는 내용이다. 이러한 전통 개념에 입각해 있는 한, 문학의 역사가 아무리 장구하고, 축적된 유산의 질과 양이 아무리 풍부한 것이라 해도, 현재의 작가에게 획득해야 할 아무런 필연성을 불러 일으키지 못한다면, 그것은 죽은 유산에 불과할 뿐 살아있는 '전통'이라고 할 수는 없게 된다. 이봉래나 유종호 모두 자신의 주장에서 '오늘의 작가가 창작을 하면서 고전시가나 고전소설을 조금이라도 의식하는가'하는 현실론을 자신의 중요한 논거로 제시하는 이유가 여기에 있다.

전통 계승을 주장하는 쪽에서도 단지 전통이 과거 문학유산의 퇴적을 의미한다고 생각하지는 않았다. 오히려 전통이란 과거와 현재를 넘나드는 살아있는 '활물적(活物的)' 존재임을 늘 주장했다. 그러나 왜 우리의 고전 작품이 현재의 작가들에게 아무런 영향을 주지 못하는가에 대해서는 설득력있는 대답을 내놓지 못했고, 그 대신에 우리 문학유산을 제대로 알아야 하며 그로부터 무엇을 계승해야 할 것인가를 고민해야 한다는 당위론을 내세워, 문학유산에 대한 폭넓은 지식과 이해가 부족한 현대 작가들의 반성을 촉구했다. 전통부정이나 전통단절을 주장하는 쪽이 빠져있는 논리의 맹점은 우리의 전통문학이 성공적으로 근대와 현대에 이어지지 못했던 역사적 과정을 전혀 고려하지 않는다는 데 있다. 현재의 작가가 과거 작품을 전혀 의식하지 않고서도 창작하는 데 아무런 문제가 없다는 것은, 과거 작품이나 문학 유산의 문제라기보다는, 과거 작품과 전혀 상관없이 창작이 가능할 수 있을 만큼 철저히 과거와 유리되고 단절되었던 인위적인 역사적 과정에 문제가 있는 것이다. 특히 일본 제국주의의 우리 민족문화 파괴 정책과 식민지 자본주의로의 강제적인 편입에 의해 왜곡된 형태로 근대문학이 뿌리내릴 수밖에 없었던 과정을 정확히 인식하지 못하는 오늘날의 작가들에게 문제가 있는 것이다. 엘리어트의 표현을 빌어 이 문제를 뒤집어 표현한다면, '과거의 작품이 오늘날의 작가에게 어떤 영향을 끼치는가?'보다도 '오늘날의 작가가 과거의 작품을 어떻게 이해해야 하는가?' 하는 문제가 더 우선적이라고 볼 수 있는 것이다. 엘리어트의 '역사의식'이란 개념도, 문학의 변화와 운동에 역사 일반의 운동과 변화가 어떻게 매개되는가를 인식해야 한다는 뜻, 즉 상부구조로서의 문학과 토대로서의 사회경제적 여러 관계의 인과적 관련 양상이나 매개양상을 바르게 인식해야 한다는 뜻이 아니라, 어떤 점에서는 오히려 그 반대의 입장에 서 있는 것으로, 과거와 현재의 시간을 초월한 상호교섭의 가능성을 강조할 뿐, 오히려 역사학 분야에서 말하는 '진보'나 '발전'의 의미를 거부하고 있는 것을 볼 때, 역설적으로 그의 '역사의식'은 반역사적인 개념이라고도 할 수 있다.

이 당시에 엘리어트로부터 '전통'의 개념을 빌려와, 그것을 전가(傳家)의 보도(寶刀)처럼 전통단절과 전통부정의 이론근거로 휘둘렀던 많은 논자들이 빠져있던 하나의 맹점도 바로 이 지점에서 발생한다고 할 수 있는데, 그들은 엘리어트의 '전통론'으로부터 현재와 활발히 교섭할 수 있는 '현재적인 과거'라는 외연을 읽어오는 데는 성공했으나, 정작 엘리어트의 '전통'개념이 성립하게 되었던 좀더 근본적이고 확장된 이데올로기적 연원을 파악하지는 못했던 것이다. 엘리어트의 비평에서 제시되는 전통은 '역사의식'으로 요약되는 초시간적이며 비개성적인 통일적 질서라고 뭉뚱그릴 수 있지만, 실제로 그가 밀튼과 낭만주의자들을 격하하고 17세기의 형이상학파 시인들과 제임스 1세 시절의 극작가들을 복권시키면서 영문학에서 새로운 전통의 질서를 형성한 것은 철저히 이데올로기적인 작업이었다. 그는 산업자본주의사회의 지배이데올로기로 부상한 중산계급의 자유주의에 환멸을 느끼고 있었으며, 그 대안으로 소수에 의해 주도되는 전통적인 유기체적 사회의 회복을 설정하고 있었다. 그는 낭만주의, 프로테스탄티즘, 경제적 개인주의 등도 자유주의와 마찬가지로 개인적 자원말고는 기댈 곳이 없는, 유기체적 사회에 대해서는 반동적 입장에 서있는 교리라고 보았다. 그런 까닭에 비인격적(impersonal) 질서를 위해 인격(personality) 혹은 개성을 희생해야 한다는 논리가 성립한다. 유명한 그의 '몰개성론'은 사실상, 귀족주의에 기반을 둔 전통적인 유기체적 사회의 문화형태를 염두에 두고 만들어진 것이며, 그가 새롭게 질서잡은 '전통'은 그의 이념적 반영의 결과라고 할 수 있다.9) 엘리어트의 비평이 전체 영미 비평의 역사적 전개과정에서 차지하는 위상과 의미, 또는 비평의 이데올로기적 지형을 충분히 고려하지 않고, 다만 '현재와 활발히 교섭하지 않는 전통이란 죽은 전통'이라는 추상적 외연에만 골몰하는 한, 정작 교섭을 위한 질서의 형성이 철저히 현재적인 '주체'에 의해 형성되는 것이라는 엘리어트 '전통'개념의 또다른 중요한 측면은 보지 못하게 된다. 사실상 전통론의 핵심적인 문제는 전통을 운위하는 현재의 '주체'에 놓여 있는 것임에도 불구하고, 이에 대해 충분한 고려없이 곧장 전통단절을 부르짖었던 것이 이 무렵 단절론을 내세운 여러 논의들의 근본적인 한계였다.

3. 전통계승의 당위성에 관한 논의

이상에서 살펴본 바와 같이, 전통단절론과 전통계승론은 개념의 이해를 둘러싸고 논의의 출발부터 일정한 평행선을 긋게 되었다. 그러므로 문학유산의 해석문제와 계승문제는 전통계승을 주장하는 논자들과 민족문학론을 제기한 논자들의 몫으로 넘어오게 되었다. 이 시기에 비평을 전문으로 하지 않는 국문학자로서 전통론에 적극 개입한 사람들이 여럿 있는데, 그 중에서도 조윤제와 정병욱이 대표적이다. 특히 정병욱은 고전의 해석과 전통계승에 관해 매우 유연성 있는 자세로 논의를 전개해 이 시기 전통론에 활기를 불어 넣었다. 그는 먼저 「고전과 현대문학의 제과제」에서 현대 작가와 고전연구가가 똑같이 잘못을 저지르고 있다고 비판하면서, 고전연구가는 고문학이라는 개념과 고전 개념의 구분도 하지 않을 뿐더러 고문학을 현대적 관점에서 해석하고 평가하는 작업에 관심없이 단순한 정리작업에 국한하고 있는 현실을 지적했다. 현대의 작가는 우리 문학 유산에 대해 잘 알지 못하는 것이 큰 병폐로, 자신의 빈약한 국문학 지식을 가지고 우리 문학의 유산이 빈약하다는 타령만 하고 있다고 나무랐다. 그는 고전의 현대화가 이루어지기 위해서는 고전연구가와 현대작가의 쌍무적 작업이 이루어져야 한다는 과제를 제시하면서, 이는 결코 어느 한 쪽의 작업만으로 이루어질 일이 아니라고 했다.10)

정병욱의 활발한 문제제기에 가장 적극적으로 호응한 현역 비평가는 백철이라고 할 수 있다. 그는 정병욱의 문제제기가 있기 전부터 「한국문학과 풍유」, 「현대문학과 전통의 문제」 등의 글을 통해 고전문학의 현대적 해석과 전통 계승에 대한 논의를 시도해 온 터였다. 「현대 문학과 전통의 문제」에서 고전에 대한 연구의 활성화와 현대작가의 고전에 대한 관심을 촉구하는 원론적 주장을 펼친 후, 비교적 구체적으로 고전에 대한 접근 방법을 제시한다. 고전의 연구는 우선 한문문학보다는 한글문학을 중심으로 이루어져야 하며, 둘째 근조(近朝)의 문학, 예컨대 영정조 시대의 실학파적 문예부흥등을 중심으로 이루어지는 것이 바람직하며, 셋째 양반문학보다는 서민문학을 중심으로 이루어져야 함을 강조하고 있다.11) 그리고 당시 시조시인이자 국문학자인 이태극이 주도하고 있던 '시조부흥론'을 잘못된 전통계승 작업의 구체적 사례라고 비판하면서, 그 까닭은 이태극의 '시조부흥론'이 이미 1920년대에 역사적 시효가 다 한 국민문학파의 시조부흥운동의 연장선상에 놓인 것이며, 그 당시 실패의 원인이 그렇듯이 현대적 조건과 문제의식을 외면한 기계적 부활이며 회고취미이기 때문이라고 논박했다.12)

정병욱과 백철의 논의를 중심으로 살펴본 이상의 논의들은 전통계승론의 입장에서 고전문학 연구의 필요성과 전통 계승의 당위성을 강조하고 있으며, 경우에 따라 연구와 계승의 방법론까지도 어느 정도 구체화하려고 시도했다.

4 전통 인식의 유형적 특징

위에서 살펴본 바와 같이, 전통계승의 필요와 당위성이 원론적 성격을 띠고 제기되었다면, 그 방법론의 문제는 좀더 구체적인 형태를 띠고 논의되었다. 그러나 정작 논의가 다양한 갈래로 뻗어 나가 좀처럼 좁혀지지 않았던 대목은 과거 문학유산으로부터 '무엇을' 계승할 것인가 하는 문제였다. 다시 말하면, 무엇을 우리 문학의 '전통'으로 파악할 것인가 하는 문제라고도 할 수 있는데, 엄밀하게 말하면 이 두 가지 문제는 다소 성격이 다르다. 그 이유는 '무엇을 계승할 것인가'는 계승하는 주체의 입장이 반영된 것이지만, '무엇이 우리 문학의 전통인가'하는 질문은 '전통'의 보편성이 존재한다는 것을 미리 전제하고서야 가능한 물음이기 때문이다. 이 문제야말로 '역사에 있어서의 일정한 주체'와 직접 관련되는 문제였으며, 민족문학이 앞으로 나아갈 지향과도 밀접한 관련을 가진 문제이면서, 동시에 앞에서 제시한 두 가지 문제의 서로 다른 성격으로 인해 다양한 논의가 나타날 수밖에 없는 문제이기도 했다. 크게 나누어보면 이 문제와 관련해서 이 시기의 전통론은 세 가지 방향으로 나아갔다고 할 수 있다.

1) 보편성론

그 첫번째 논의는 '전통'의 내용과 성격을 우리 문학의 역사에서 항구불변하는 요소로 규정하는 보편성론으로 제시되었다. 이 보편성론은 이데올로기적 성격상 부르주아 민족주의와 가장 친연성이 높다. 홉스봄이나 베네딕트 엔더슨 같은 역사학자 내지는 민족이론가들은 유럽에서의 '민족'이란 근대 이후에 부르주아 계급들의 이해 관계에 의해 만들어진 것이며, 이 과정에서 실제로 있지 않은 민족적 동질성, 즉 혈통·언어·문화·역사에 있어서의 동질성이 '민족'을 창출해 내기 위해 날조되거나 왜곡된 면이 많다고 주장한다.[13] 우리의 경우는 홉스봄이나 엔더슨이 대상으로 삼았던 유럽의 경우와 달라서, 민족의 동질성이 비교적 오랜 시간에 걸쳐 유지·보존되어 왔던 터라 이러한 유럽에서의 '민족' 개념의 형성과정을 곧바로 대입하기는 어렵다. 더욱이 그러한 종족적 동일성에 근거한 민족 인식은, 서구처럼 자본주의의 발전 과정에서 형성·발달한 것이 아니라, 서구 열강과 일본 등의 제국주의의 침략에 맞서, 즉 세계 자본주의체제로의 강제편입이라는 외적 계기에 맞서 '자기보존의 논리'로 개발되었다는 역사적 사실, 그리고 이것은 식민지

로부터 해방되고 나서도 끊임없이 '민족주의'의 거듭되는 출현의 정당
성을 부여해주는 역사적 배경으로 작용하고 있다는 점이 유럽의 경우
와 다르다고 할 것이다.14) 그런 연유로 문학유산으로부터 보편적 자질
을 추출하려는 시도는 한결 강한 설득력과 흡인력을 지니는 전통 인식
이 아닐 수 없게 된다. 이러한 논의의 선편을 쥐었던 것은 국문학자 조
윤제였다.

조윤제는 문학의 전통성이란 시간이 변하더라도 바뀌지 않는 한 민
족의 항구불변한 문화적 특질을 가리킨다고 전제한 후, 우리 한민족의
문학 전통을 세 가지로 범주화했다. 그것은 곧 '은근과 끈기' '애처럼과
가냘픔' '두어라와 노세'로 표현되는 것이다.15)

나는 졸저『국문학개설』에서 국문학의 특질로 '은근과 끈기' '애처럼과 가냘
픔' '두어라 노세'를 들어 말하였으나, 만일 이것이 (하필 내가 말한 이런 것이
아니라도) 국문학의 특질이 되어 역대의 문학에 흘러나리는 핏줄기가 되어 있
는 것이 사실이라 한다면 이것은 강력한 외국문학의 영향에도 쉽사리 끊어질
리가 없는 것이고 또 여기에 국문학은 여하한 외국문학의 영향을 입었다 하더
라도 국문학의 독자성을 유지할 수도 있어 이것을 우리 문학의 하나의 전통이
라고는 할 수 없을 것인가. 만일 이것을 하나의 전통이라고 가상한다면 국문학
은 이것이 있었으므로서 사실상 생생한 발전을 하여 왔다 하여도 가하다.16)

조윤제에 따르면, 위의 세 요소가 우리 문학의 전통으로 굳건히 자리
잡고 있었던 덕분에 질과 규모면에서 비교할 수 없을 정도로 우위에 있
는 중국문화의 영향 아래에서도 외래문화의 영향에 완전히 종속당하지
않고 고유성을 유지할 수 있었다는 것이다.

이희승은 조윤제의 '은근과 끈기'에 해당하는 전통인자로서 '멋'론을
제시한다. 그는 '멋'이 우리 문화의 가장 뚜렷한 특징이라고 한 뒤, '멋'
이란 '흥청거림'이며 실용적 필요와는 상관없는 비실용적인 '필요이상
인 것'이라고 그 성격을 규정했다.17) '흥청거림'이란 중국의 '풍류'에

비하면 해학미가 높고, 서양의 '유모어'에 비하면 풍류적인 격이 높다고 하고, 그 안에 소박성·순진성·선명성·첨예성·곡선성·다양성 등을 지니고 있다고 했다. '필요이상'이란 뜻은, 실용적 필요보다 더 넉넉한 여유를 가리키는 것인데, 실용적인 관점에서만 보자면 '멋'은 비실용적인 것이며 때로 불편하기조차 한 것이지만, 다른 민족에게서 발견할 수 없는 우리 고유의 쾌락적 요소라고 정의했다.

'멋'이 역시 우리 문학과 문화의 보편적 특질이며 전통요소임을 주장하되, 이희승의 '멋'론과는 다소 다른 방향에서 논의를 펼친 것으로 정병욱의 '멋'론을 꼽을 수 있다.

정병욱은 고대부터 우리 문학은 주변의 외래문학과 활발한 교섭 아래 이루어졌음을 전제한 후, 그러한 외래문학이 우리의 토착문화로 전환하는 과정에 '데포르마시옹'이 놓여있으며, 바로 이 '데포르마시옹'에 의해 외래문화는 주체적으로 변용될 수 있었다고 주장한다. 그는 '데포르마시옹'의 결과로 나타난 외래문화의 토착화가 '멋'이라고 규정하고, 이를 일종의 미의식에 해당하는 것이라고 보았다. 그러나 내용상 이것은 외래문화를 수용하는 하나의 '방법'으로 설명되고 있다고 보는 것이 더 정확하다.

> '멋'은 조화를 기저로 하면서 원상이 약간 '데포름'되었을 때에 느껴지는 일종의 미의식을 뜻함이다. 바꾸어 말하면 '멋'이란 결코 평범하고 정상적인 상태에서 느껴지는 것이 아니라 정상적인 상태에서 약간 벗어나서 그것이 전체적인 조화를 해하지 않을 때에 느껴지는 것이고 그것이 극치의 경지에 이르렀을 때에 우리는 그런 상태를 일컬어 '깜찍하다'고 한다. 따라서 이 '깜찍함'은 곧 '멋'의 극치를 이른다 할 것이다. 그런데 이 '깜찍하다'는 뜻은 소규모의 것이 대규모의 것을 교묘하게 재현시켰을 때에 이루어지는 개념이다.
> 이같이 소규모의 것이 대규모의 것을 교묘하게 재현하기 위하여서는 결코 정상적인 방법으로는 불가능하다. 그것을 가능하게 하기 위하여 우리의 선민들은 '데포르마시옹'으로서의 '멋'을 발견하였다. 바꾸어말하면 끊임없이 흘러

들어오는 외래문화를 받아들이면서 주체성을 잃지 않고 그 외래문화를 우리의 전통 속에 조화시키기 위하여 '멋'을 부리지 않을 수 없었다. 그 '멋'으로 하여 우리는 외래문화를 '깜찍하게' 새겨낼 수 있었던 것이다. 이같이 '데포르마시온'으로서의 '멋'의 형성은 곧 우리 문화의 후진성의 축적이 낳은 하나의 방법상의 특징이라는 각도에서 이해할 수 있다고 본다.[18]

조윤제와 정병욱의 논의는 지나치게 중국문화 내지는 중국문학을 의식하고 있다. 우리 전통문화는 넓은 의미에서 한자문화권에 속하고, 한자문화권의 종주국이라 할 수 있는 중국문화의 주변문화 내지는 아류문화에 지나지 않는다는 전통부정론을 너무 강하게 의식하다 보니, 우리 문화에서 중국문화와 다른 특질을 찾아내려 애쓰다가 이런 무리한 해석을 시도하게 된 것이라 생각한다. 먼저, 조윤제의 경우에는 이 세 가지의 전통인자가 자의적이라는 비판을 벗어나기 어렵다. 동시에 세 가지 모두 소극적이고 수동적이며 체념적 성격을 담고 있는 것들이다. 당시에도 이런 전통 해석이 자의적이라는 비판이 제기되었지만, 이런 방법으로 찾아내자면 수 천 가지를 만들어낼 수도 있을 것이다.[19] 그러나 무엇보다도 우리 문학의 전통 안에 엄연히 살아있는 진취적이고 능동적인 기상과 내용들은 이 세 가지 보편인자에 포함될 자리가 없다는 것이 문제다. 정병욱의 경우도 조윤제와 마찬가지로, 중국문화를 지나치게 대타적으로 의식하고, 중국문학의 질과 규모에 비해 우리 문학은 후진적인 것이 분명하다는 의식에 묶여있다보니, 애초에 전통 논의의 진정한 의도와는 상관없이 그 후진성을 합리화시키는 쪽으로 이야기가 나아가고 말았다. 따라서 이러한 전통계승론은 이미 당대에도 제기된 바 있는 다음과 같은 비판, '임진, 병자 양란 이후 본격적으로 대두된 평민 문학 속에서 우리의 고유한 것을 너무 과소평가하고 있으며, 식민 문단 속에서 무리하게 우리의 고유한 것을 찾으려 애쓴 나머지 역사적으로 별 가치가 없는 풍류객들의 유한문학 속에서 멋만 찾으려 했다'[20]

는 비판을 면하기 어렵다.

중국문학 내지는 서구문학에 맞서 우리 문학의 고유성을 확인하려는 시도 자체는 매우 소중하다고 볼 수 있으나, 이러한 보편성론은 결과적으로 '민족'을 초역사적인 실재로 상정하고 그러한 초역사적 실재로서의 민족의 문학 유산에 내재한 고유성 역시 초역사적인 성질로 파악함으로써 국수주의적 성격을 띨 수밖에 없는 한계를 안고 있다. 서구문학을 하나의 보편적 잣대로 설정하고 전통적인 문학 유산으로부터는 어떠한 요소와 내용도 계승할 만한 것이 없다고 주장하는 전통단절론자나 전통부재론자들이 빚어내고 있는 관념적인 보편성에 비하면 이것은 어떤 의미에서는 바람직하다고 볼 수 있으나, 결과적으로는 서구추수주의와 국수주의는 동전의 양면처럼, '전통'을 둘러싼 균형잡힌 인식이라고 보기는 어렵다. 그럼에도 불구하고, '전통'에 관한 이러한 인식의 생장력은 끈질긴 데가 있어, 오늘날까지 우리에게 영향력을 미치고 있는 민족주의와 결합하여 여전히 문화적 정체성을 이해하는 하나의 방법 내지는 인식 태도로 받아들여지고 있다.

2) 반근대적 전통 인식

두번째 논의는 전통의 계승을 '신화성(神話性)'으로 되돌아 가는 것이라고 주장하는 경우이다. 이 경우에는 '계승'이란 말이 다소 어울리지 않고 '복귀'나 '회귀'라는 용어가 더 어울릴 법하다. 계승의 주체의 입장에서 '신화성으로의 복귀'라는 말을 바꾸어 표현한다면, 현대문학에 '신화성을 회복하는 것'이라고 할 수 있을 것이다. 이 논의는 엘리어트의 전통 이해 방법이나 국문학자 중심의 전통 이해 방법과도 상당히 다르며, 일종의 문명비판적 입장에 서 있는 '근대 부정론'과 밀접한 관련을 지니고 있다. 김상일은 「고전의 전통과 현대」에서 근대 이후의 현실주의 문학은 인간과 자연, 주체와 객체, 자아와 타아를 철저히 분리시킨 이원론적 세계관에서 비롯된 것이라고 하고, 현실주의 문학관이 지배하게 되면서 로만이나 신화의 진정한 허구성이 훼손되었으며, 인간과 자연이 우주의 전체적인 질서 속에서 하나로 융합되는 길이 봉쇄되었다고 주장한다. 그것을 회복하는 길은 로만이나 신화가 지닌 허구성을 현대문학이 다시 회복하는 길밖에 없으며, 그것은 또 근대 이후의 자연관이나 주체관을 수정해야 가능하다고 주장한다.

> 황당무계한 「홍길동전」, 기괴한 「구운몽」, 염정적인 「춘향전」이었을 것이다. 진부한 주제, 불합리한 구성, 무의미한 수사를 얼마든지 비난할 수 있을 것이다. 허나 고전은 그러한 근대의 문학개념에 의해서 처리할 수 없는, 그 밖의 예술로서 본질적인 매력을 지니고 있지 않을까. 고전은 현실과는 다른 차원 위에 성립하고 있었기 때문이다. 고전의 작가들은 그렇다, 자유스럽게 허구의 세계를 비상하고 있었다, 라고 하면 그러한 고전이 황당무계한 '로만'에 불과하다고 냉소할 순 없지 않는가. '로만'이 황당무계한 '판타지'로밖엔 해석할 수 없는 근대인들은, 그들의 문학개념이 완고한 현실주의에 의해서 무장되고 있었기 때문일 것이다.21)

그는 『홍길동전』이나 『구운몽』에 나오는 여러 전기적(傳奇的) 요소들, 가령 구름을 타고 난다거나 천상에서 지상의 세계로 환생하는 따위들이 예술을 예술답게 만드는 진정한 '허구'의 요소라고 강조한다. 좀더 나아가면, 현실주의 예술이 주장하는 예술의 공리성마저도, 현실을 객관적으로 '분석'하는 데서 이루어지는 것이 아니라, 고대소설처럼 주술적 힘에 의해 '초월'하는 쪽에서 더 확보된다는 것이다.

문덕수의 논의도 이런 연장선상에 놓여 있다. 그는 근대과학의 자연관 때문에 전통적으로 우리 민족이 누려오던 자연과의 혼연일체된 세계관이 파괴되었으며, 이로 인해 '정신의 고향'을 상실하게 되었다고 본다. 현대문학이 과거의 문학으로부터 계승해야 할 것은 바로 이러한 자연관 내지는 세계관이며, 그래야 상실한 세계를 회복할 수 있다는 것이다. 그가 말하는 자연관이나 세계관은 현대인이 단순히 '미신'이라고 치부해버리는 풍수지리설이나 샤머니즘, 점성술 같은 것에 내재해 있는 것이다. 그는 미신을 되살리자는 것이 아니라 미신 안에 흐르는 자연관이나 우주관을 되살리자는 것이니, 그 둘을 분명히 구별해야 할 것이라고 했다.22) 김상일과 문덕수의 논의는 엄밀한 의미에서 똑같은 것이라고 할 수는 없다. 그러나 현대문학이 근대 이후의 이성중심의 문학이며, 그것이 현실주의 문학으로 대표되는 바, 현대문학의 이원론적 세계관을 극복하는 방법으로서 신화와 로만의 '판타지'를 회복하기를 주장한다는 점에서 근대부정의 논리에 서있다는 공통점을 지니고 있다. 문학사적으로 볼 때, 1930년대 후반 이후 김동리에 의해 주창되었던 순수문학론의 이론적 연장에 해당하며, 근대예술의 현실주의를 부정하고 주술적 세계나 운명론적 모티프를 선호한다는 점에서 김동리의 예술관과 매우 비슷한 논리를 구사하고 있다.

> 근대주의의 말로에서 도달된 과학만능주의와 기계문명주의 등은 고대에 있어서의 신화적 미신적 제신(諸神)의 우상처럼, 중세에 있어서의 계율화한 전제신의 압제처럼, 또 다시 한개 새로운 근대적 우상이 되어 인간에게서 꿈과 신비와 낭만과 그리고 구경적인 욕구를 박탈하게 되었다. 여기서 인간은 이 과학주의 물질주의 기계주의를 비판하고 이를 초극하고저 하는 새로운 의욕에 도달하게 된 것이며 이것이 곧 제3휴맨이즘이란 표어로서 대표되는 제3세계관에의 지향이라 일컫는 것이다 (…중략…) 그 정치제도와 경제기구와 '생활자료 산출방법'에 있어서의 갖은 모순과 죄악과 불합리 불공평들을 과학적으로 구체적으로 통렬히 해부비판한 맑시즘 체계의 세계관은 그 체계구성의 조직과 방법에 있어, 또 그 유물론적 인식론적 태도에 있어 완전히 과학주의, 물질주의, 기계주의를 취하게 되었던 것이므로 그 사회관에 있어서는 근대주의(자본주의사회)에 강경히 항거하였음에도 불구하고 그 유물론적 인식론적 본질에 있어서는 당연히 양기(揚棄)되어야 할 근대주의의 연장과 그 여식의 응결에 불

과하게 되었던 것이니 (…중략…) 제3휴맨이즘은 이와 같이 자본주의사회의 모순과 결함을 근본적으로 시정하는 일방, 맑시즘 체계의 획일적 공식적 메카니즘을 지양하는 데서 새로운 고차원의 제3세계관을 확립하려는 데에 그 지향이 있다'23)

해방 직후에 김동리가 발표했던 이 글은 그의 이른바 '제3휴머니즘론'의 요체를 피력하고 있다. 그는 자본주의적 근대와 그것의 대안으로 나타난 맑스주의적 근대를 모두 근대주의의 산물로 범주화하고, 그러한 근대주의의 과학만능주의·물질주의·기계문명주의를 부정한 뒤, 그 대안으로서 '제3휴머니즘'을 제시한다. 그의 '제3휴머니즘'이란 근대에 의해 박탈된 '인간의 꿈과 신비와 낭만과 구경적 욕구'를 회복하는 것이다.

김동리의 이러한 논리는 19세기 말의 니체의 철학과 매우 유사한 발상형식을 보여준다. 니체 또한 지식과 실재에 바탕한 현대문명의 병적 징후를 치유할 유일한 대안으로서 '신화로의 복귀'를 주장한다. 니체는 "결코 충족되지 않은 저 거대한 역사적 욕구, 수많은 이질 문화의 수집, 타는 듯한 인식욕 등이 신화의 상실, 신화적 고향의 상실, 신화라는 어머니 품안의 상실을 의미하지 않는다면 무엇을 의미하겠는가?"24)라고 반문하면서 현대 서구문명의 남상인 소크라테스 이후의 서구 철학의 자리에 신화의 복원을 꾀한다.

신화성의 복원을 근간으로 한 반근대적 전통 인식은 6,70년대를 거치면서 전통 논의의 계보에서 거의 영향력을 상실하는 듯 하다가 1990년대 들어와 새로운 형태로 나타나게 되었다. 1990년대는 7,80년대의 비평담론에서 큰 영향력을 행사해 왔던 민족문학론과 리얼리즘 논의가 현실사회주의의 붕괴와 국내 정치 지형의 변화에 따라 담론으로서의 헤게모니를 상실하고 그 공백을 포스트모더니즘과 해체이론이 대신 메꾸는 현상이 나타났다. 포스트모더니즘이나 해체이론에 기댄 90년대의 비평담론이나 예술현상을 전통 인식이라고 부르기는 어렵지만, 근대 사회 및 근대 예술에 대한 이들의 태도와 논리는 반근대적 전통론과 상당히 겹치는 부분이 많은 것 또한 사실이다.

근대 사회의 여러 억압기제와 불모성에 대한 환멸 의식으로부터 비롯된 이러한 유형의 '전통' 인식은 딱히 '민족'을 그 사유의 중심항에 두지는 않지만, 서양과 동양이라는 이분법적 발상 형식을 근간으로 한다는 점에서는 문제가 적지 않다. 김동리에게서 가장 대표적으로 드러나듯이, 이른바 '제3휴머니즘' 내지는 그 에피고넨들의 논리의 저변에는 결국 자본주의적 근대든 그것의 대안으로 등장한 맑스주의적 근대든, 모두 서양의 물질중심주의와 합리주의의 소산인 점에서는 동일한 범주에 속하는 것이며, 궁극적으로 이것을 극복할 대안이 더 이상 서구의 사유방식이나 인식틀로서는 어렵다는 생각이 암암리에 작동하고 있다. 극단적으로 단순화한 '서구=물질, 동양=정신'이라는 이 이분법적 발상은, 사이드가 분석한 바 있듯이, 서구의 아시아 인식을 아시아인 스스로가 자신의 정체성으로 삼는 오리엔탈리즘의 역삼투의 한 증좌라고 할 수 있다. 근대의 폐해와 근대성의 부정적 측면을 문제삼기로 한다면, 우리의 전통적인 삶과 그에 내재된 세계관 중에서 자본주의적 근대에 감염되기 이전, 우리 민족이 유지해 왔던 공동체적 삶의 풍부한 유산과 그 습속들을 되살려 내어 근대적 삶의 피폐함을 극복할 대안으로 어떻게 그것을 계승될 것인지를 고민하는 것이 구체성을 확보한 태도라고 할 것이다. 신화성의 복원을 근간으로 한 반근대적 '전통'인식은 그것이 비판하고 있는 '근대성' 자체의 추상성 못지 않게, 그 대안으로 내세운 신화로의 복귀 역시 지나치게 관념적이며 초월적이란 점을 한계로 지적하지 않을 수 없다.

3) 전통의 현재성

전통계승론의 세번째 방향은 바로 위의 두 논의의 오류를 비판하면서, 그것을 극복하려는 시도로부터 비롯된다. 이러한 전통 인식 유형에서 가장 주목할 만한 발언은 최일수에 의해 제기된다. 그는 「민족문학과 세계문학」, 「현대문학의 근본특질」, 「우리 문학의 현대적 방향」「우리 문학의 고유성」 등의 글을 통해 전통논의에 적극적으로 참여하게 되는데, 그는 우선 전통논의의 생산적인 진전을 위해 장애가 되는 네 가지 편향을 다음과 같이 지적한다.

> 고유성을 확립하는 작업 앞에는 너무도 많은 장애가 가로놓여 있다. 첫째는 유사한 고유성을 내세우는 시조의 현대화 작업이요, 둘째는 '멋'과 '맛'을 내세우는 일부 국문학자들의 고집이요, 세째로는 신라의 샤머니즘으로 되돌아가자고 외치는 전통주의요, 네째로는 무색주의를 표방하는 소시민의 문학이다.[25]

그의 관점에 따르자면, 우리가 앞에서 논의한 조윤제와 정병욱, 김상일과 문덕수 등의 전통론은 모두 비판되어야 할 전통논의의 장애요소에 해당하게 되는 것이다. 그가 이 네 가지 경향을 모두 비판하는 이유는 진정한 전통을 모색하지 않는다는 것 때문인데, 그가 모색하는 전통은 『춘향전』과 같은 작품에 내포되어 있는 특질에서 찾을 수 있다는 것이다. 그 첫째 이유는 『춘향전』과 같은 작품은 일정한 작자가 없고 순전히 평민들간에 발생되고 창작되고 성장한, 철저한 평민문학의 성격을 지니고 있는 작품이며, 둘째는 우리글로 된 문학으로서 한문학의 압박에 반항하면서 우리 문학의 독자성을 확립한 작품이라는 점 때문이다. 즉, 『춘향전』 같은 작품에서야말로 '인간평등' 정신과 '민족고유성'이 통일되어 있다는 것이다.[26] 그는 한문문학의 높은 품격과 완결된 형식미를 인정하지만, 근본적으로 중국 문학의 내용과 형식을 모방하거나 변형한 데 불과하기 때문에『춘향전』과 같은 한글로 된 평민문학이 갖는 민족문학으로서의 전통성에는 도달하지 못한다고 본다. 그가『춘향전』을 통해 추출해내는 '전통'의 특질이란 결국 인간불평등 구조에 대한 '저항정신'이며, 한글 표기를 통한 '민족적 형식'의 문제로 귀결된다고 할 수 있다. '저항정신'과 '민족적 형식'을 전통의 특질로 설정하는 그의 전통론은 궁극적으로 당대의 현실에 대한 역사적 인식에서 비롯된 것이다.

> 현대에 있어서 민족의식의 문제는 곧 우리 문학의 고유성의 확립 문제와 일치된다. 현대적인 민족의식이 없고서는 우리 문학의 무엇이 고유한 것인가를 알 수 없을 것이다. 그러므로 우리 문학의 고유성을 확립하기 위해서는 오늘 이 시점에서 우리 민족이 서 있는 분단된 상황부터 의식해야 할 것이다.
> 오늘의 분단된 상황을 먼저 의식하지 않고서는 우리가 무엇인지 알 수가 없는 것이다. (……) 오늘의 분단된 현실을 인식하지 않고 오늘과 단절된 박물관 유적 속에서 찾아낸 그 어떠한 것도 그것은 진보적인 고유성은 되지 못한다. (……) 우리 문학의 고유성은 그러한 반역사적인 운동 속에서 찾아지거나 확립될 수는 없다. 요는 우리 문학의 모든 유산이 오늘의 분단된 현실의 시점에서 재정리하고 재통일을 함으로써 참된 고유성이 무엇이며 그것이 어디에 있는가를 찾아내야 할 것이다. 그리하여 확립된 우리의 고유성을 분단에서 통일로 지향하고 역사적 현실의 발전과정에서 키워 나가야 할 것이다. 그러므로 우리 문학의 고유성은 분단의식 다시 말하면 통일로 향하는 그 정신풍토에서부터 이야기되어야 할 것이다.27)

전통이 오늘을 사는 현대의 작가에 의해 확립되어야 한다는 당위론은 이 당시에도 매우 흔한 것이었지만, 그럴 경우에도 전통의 확립을 요구하는 구체적인 '오늘의 현실'은 무엇인가에 대해서는 거의 논의가 없었다는 점을 생각한다면, 최일수가 전통을 분단현실의 극복과 통일지향이라는 구체적인 역사적 과제 위에서 고민하고 있음을 보여주는 위의 인용문은 주목할 만한 대목이 아닐 수 없다. 물론 최일수의 전통론

속에는 연암의 소설이나 다산의 시와 같이, 한문문학이면서도 충분한 진보성을 내포하고 있는 문학유산들이나, 더 거슬러 올라가 악부시와 같이 민중의 노래를 담은 한시들이 들어설 여지가 없다는 점에서 분명한 한계를 안고 있기는 하나, 전통이란 과거의 문학이 당시의 악습과 낡은 제도에 저항했던 정신의 계승을 의미하는 것이며, 그런 점에서 오늘날 한국인의 온당한 삶을 방해하는 가장 커다란 역사적 장애이자 방해요소인 분단상황을 극복하기 위한 전통의 모색이라는 논리야말로 당시 논의되었던 전통론의 차원을 한 단계 높이는 것인 동시에, 민족문학론의 하위 논의구조로 자리잡았던 전통론의 위상에 걸맞는 통찰이라고 하지 않을 수 없다.

최일수의 이러한 선도적인 문제의식은 60년대 전통론 가운데에서 정태용의 「한국적인 것과 문학」(1963), 장일우의 「한국적인 것과 전통적인 것」(1963) 등의 논의를 통해 맥락이 이어진다. 정태용은 전통을 논의할 때의 시간성이란 자연적 시간이 아니라 역사적 시간이며, 따라서 진정한 민족적인 것이 전통이 되며, 그때의 민족적인 것이란 민족의 구체적인 현실로부터 비롯된 것이 아니면 안된다는 사실을 강조했다.[28] 장일우는 한국적인 것을 서구인들에게 없는 특수한 것에서만 구하려는 노력을 사대주의적 발상이라 비판하고, 진정한 '한국적인 것'은 서구문학에 없는 토속적 폐쇄성이 아니라 한국문학에 내재한 보편성에서 찾아야 한다고 했다.[29] 그러나 전통에 관한 논의를 구체적인 민족현실의 당면과제와 결부시켜 이해하려는 이러한 문제의식이 폭넓은 반향을 얻게 되는 것은 훨씬 뒤의 일이다. 당시로서는 평민문학이 지닌 저항성을 반봉건성에 연결지어 이해하거나, 더욱이 그것을 분단현실을 극복하는 저항정신의 계승으로 발전시킨 논의로 확대·발전시키기에는 냉전의식의 영향력이 너무 막강했거니와, 비평가나 국문학연구자들도 그토록 강고한 현실의식의 추동력에 의해 움직여졌던 것이 아니기 때문이다. 최일수 등의 문제제기를 이어받아 전통논의가 한 고비 정리되는 것은 조동일의 「전통의 퇴화와 계승의 방향—한국문학사에서 전통문제를 어떻게 다룰 것인가」(1966)에 와서였다고 생각한다. 이 글에서 비로소 문학사의 실증을 통해 전통계승의 논리와 그 현대적 계승의 가능성 등이 전체적으로 점검되기에 이른다. 그러나 전통을 둘러싼 여러 형태의 논의들을 밑거름으로 하여 실제로 문학과 문화 여러 방면에 걸쳐서 활발한 전통계승이 이루어졌던 것은 1970년대에 와서였는데, 예를 들면 판소리의 정신과 기법을 계승한 김지하의 「오적」, 「비어」 등의 담시와, 조선 후기 탈춤의 형식과 내용을 계승해 대학을 중심으로 광범위하게 확산된 마당극 운동 등이 그 예라고 할 수 있다. 70년대의 이러한 전통문화의 르네상스야말로, 전통이란 가장 현재적인 작업이며, 박제화된 박물관의 유산이 아니라 살아 움직이는 것임을 보여준 적절한 예인 동시에, 50년대 이후의 그 다양한 전통논의 가운데 어떤 논리가 가장 정당한 것이었는지를 사후에 입증해주는 문화사적 사례라고 할 수 있을 것이다.

　민중문화의 정체성을 중심으로 '역사의 진보적 지향'과 '민중성'을 통해 전통을 추출하려는 작업은 1960년대 후반 이후부터 뚜렷한 성과를 내면서 한국문화의 저변에 강력한 대항문화(count-culture)적 기반을 확보하게 된다. 그러나 한편으로는 이러한 대항문화로서의 '전통'의 현재성에 대한 인식은 몇 가지의 현실적 과제를 우리에게 제기하고 있는데, 우선 자본주의적 삶의 양식이 전일적으로 관철되는 가운데에서 전근대적 공동체의 삶의 양식에 기반한 민중성 내지는 공동체적 지향을 어떤 방식으로 계승할 것인가, 혹은 그것의 계승은 가능한가 하는 것이다. 실제로 전통 논의가 가장 문제되는 지점도 여기라고 하지 않을 수 없는데, 계급적 연대나 '민중 연대'의 가능성이 과연 이러한 전통 인식으로부터 문화적으로 이월될 수 있을 것인가 하는 점은 깊은 탐구를 필요로 한다. 특히 7,80년대는 '공동체 담론'이 '개인'에 대한 천착을 바탕으로 하지 않았던 까닭에 대항문화가 지닌 전체주의적 혹은 집단주의적 한계가 드러나는 문제점도 야기했다. 두번째로는 이러한 논의 역시 첫째 항의

'보편성론'과 정도의 차이는 있지만 '민족주의 이데올로기'의 영향 아래 놓여 있다는 점이다. '고유성'을 확보해 내는 이론적 작업의 맨 외곽에 '민족적 삶의 고유성'이 놓여 있다. 따라서, 맑스의 『공산당선언』에서 이야기되는 바와 같이, 부르주아적 삶의 양식이 전지구적으로 관철되면서 민족적, 부족적 고유한 삶의 양식이 필연적으로 해체될 수밖에 없으리라는 예견[30]을 떠올리고, 실제 지구에 살고 있는 세계인의 삶이 그런 방향으로 흘러가도록 자본의 요구가 한층 강화되고 있는 현 시점에서 전통의 이러한 인식 근거는 어떻게 정당성을 확보할 수 있을 것인지에 대한 좀더 확장된 논의가 필요해진다.[31]

4. 맺음말

전통 인식은 궁극적으로 민족문화에 대한 정당한 평가와 계승을 의미하는 것이며 나아가서는 민족의 주체적인 삶을 위한 역사적 근거가 된다는 점에서 매우 중요하다고 할 수 있다. 그러나 안타깝게도 민족문화 및 문학 유산의 발견과 계승, 그리고 유지와 보존의 과정이 원만하게 진행되어 오지 못한 까닭에 오늘날 우리의 전통 인식 및 논의는 상당히 심각한 편향과 왜곡의 상황에 맞닥뜨리게 되었다. 우선, 오랫동안 지배권력에 의해 전통이 '날조'되어온 일이 많았기 때문에 그러한 지배권력의 날조된 전통의 강요를 경험한 사람들 중에는 '전통'이라거나 '민족문화'라고 하면 무조건 지배이데올로기를 정당화하는 도구 내지는 수단으로 인식하는 경향이 강하게 형성되었다. 또다른 편향은 '세계화(globalization)'의 추세에 편승해 '민족 담론' 내지는 '민족적인 것'에 관한 일체의 논의를 시대착오적인 것으로 몰아붙이는 태도를 들 수 있다. 이러한 편향과는 반대의 지점에서 여전히 '민족'을 신성화하고 배타적인 고유성, 즉 민족문화 전통의 '자기동일성'을 추출해 그것을 영속적인 민족 형성의 인자로 만들려는 시도 역시 끊임없이 계속되고 있다. 이러한 여러 편향들은 대체로 '서구중심주의'에 함몰되어 '서구적인 것'을 곧 보편성으로 대체함으로써 생겨나거나, 거꾸로 '서구중심주의'에 대항하려던 것이 오히려 서구의 '오리엔탈리즘'을 비서구권 문화(내지 전통)의 자기동일성으로 인정해버리는 어리석음을 저지른 데서 비롯되는 경우가 대부분이다. 무엇보다도 20세기 후반 들어 현실사회주의권이 붕괴하고, 탈근대 담론이 서구는 물론이고 비서구권 지식인들에게도 지배적인 영향력을 발휘하게 되면서, 진정한 해방을 위해 역사로부터 무엇을 배우고 계승할 것인가에 대한 분명한 기준과 전망의 확보가 몹시 어려워졌다는 점이 전통 논의의 생산적 전개를 가로막는 중요한 요인이 되고 있다. 그런 점에서 앞의 논의를 통해 검토해 본 세 유형의 전통 인식은 생산적인 전통 논의 및 인식을 위해 다시한번 검토하고 넘어가야 할 시금석이라고 할 것이다.

주석

1) E. J. Hobsbawm · T. Ranger ed., *The Invention of Tradition*, Cambridge University Press, 1984. 이 책은 19세기 후반부터 20세기 전반에 걸쳐 유럽과 아프리카에서 지배계급에 의해 전통이 만들어지는(혹은 날조되는) 역사적 과정과 정치적 이데올로기의 작용을 분석한 것이다. 우리말 번역본으로 최석영이 옮긴 『전통의 날조와 창조』(서경문화사, 1995)가 있다.

2) 이매뉴얼 월러스틴, 강문구 역, 『자유주의 이후』, 당대, 1996, 233면.

3) 『문장』지를 중심으로 한 전통 복귀의 움직임에 대해서는 황종연의 「한국문학의 근대와 반근대─1930년대 후반기 문학의 전통주의 연구」(동국대 박사논문, 1991)를 참조할 것.

4) 홍명희, 『"백팔번뇌" 발문』, 동광사, 1926.12.

5) 이봉래, 「전통의 정체」, 『문학예술』, 1956.8.

6) 1950년대는 '전통론'이 논쟁의 형태로 이루어지지는 않았다. 여러 논자들이 개별적인 주장을 펼친 논의가 활발했다고 보는 것이 정확하다. 이것이 논쟁의 형태로 전개된 것은 1960년대에 와서였다. 논쟁의 계기는 1962년 『사상계』 5월호의 '현대시 50년' 주제의

좌담회였다. 이에 대해서는 임헌영 편,『문학논쟁집』의 「전통의 추구」편과 손세일 편,
『한국논쟁사』 제2권을 참조할 것. 다만 이 두 책에 수록된 글들은 거의 대부분 60년대의
글들이어서 50년대 전통론의 내용을 확인하기는 어렵다는 점을 밝혀둔다. 1960년대 비
평에서의 '전통론'은 한강희의 「1960년대 한국문학비평 연구」(성균관대 박사논문, 1997)
를 참조할 것.

7) 이 당시 전통론에 참가한 논자들 중에는 영문학자들이 많았다. 한교석 · 김종문 · 김용
권 등이 대표적이다. 이들은 거의 예외없이 엘리어트의 전통론에 입각해 있었다. 한교석,
「전통과 문학」,(『사상계』, 1955.7), 「전통의식과 창작」,(『사상계』, 1955.8), 김종문, 「T. S. 엘
리어트의 전통정신」(『문학예술』, 1957.6), 김용권, 「전통－그 정의를 위하여」,(『지성』,
1958.6) 등을 참조할 것.

8) T. S. Eliot, "Tradition and The Individual Talent", *The Sacred Wood*, Butler & Tanner Ltd, Frome
and London, 1972. p.49. 이경식 편역, 『문예비평론』, 범조사, 1985, 13면 참조.

9) 엘리어트 비평관의 보수성에 대한 비판은 테리 이글턴의『문학이론입문』(김명환 외역,
창작과비평사, 1986) 제1장의 53~59면을 참조할 것. 이 책에서 이글턴은 엘리어트의 이
데올로기가 지닌 보수성과 반동성은 나중에 그가 파시즘 운동의 일종인 '악씨옹 프랑세
즈(Action FranÇaise)'에 동조한 것이나, 신학 지성인들의 엘리트 소집단에 의해 운영되는
농촌사회를 옹호하는 등의 일련의 사회적 지향과 연결되는 것이라고 보았다. 그리고 엘
리어트의 이런 보수적이고 귀족적인 이념의 지향이 뉴크리티시즘에도 그대로 계승된다
고 했다. 엘리어트의 이데올로기가 좀더 명시적으로 드러나는 저작으로는 *The Idea Of
A Christian Society*(기독교 사회의 이념)과 *Notes Towards The Definition Of Culture*(문화의 정의를
위한 노트)를 들 수 있다. 이 책에서 나타나는 엘리어트의 문화관과 사회적 이념의 문제
점과 모순에 대한 비판적 평가는 레이몬드 윌리엄즈의『문화와 사회－1780~1950』(나영
균 역, 이화여대 출판부, 1988)의 제3부 '엘리어트' 항목을 참조할 것. 엘리어트의 두 책
중에서 *Notes Towards The Definition Of Culture*는 『문화의 이론』이란 제목으로 1958년 김용권
에 의해 번역되어 국내에 소개되었다.

10) 정병욱, 「고전과 현대문학의 제과제」, 『사상계』, 1956.12.

11) 백철, 「현대문학과 전통의 문제」, 『조선일보』, 1956.1, 6~7.

12) 백철, 「고전부활과 현대문학」, 『현대문학』, 1957.1.

13) E. J. 홉스봄, 강명세 역, 『1780년 이후의 민족과 민족주의』, 창작과비평사, 1994를 볼 것.

14) 졸고, 「민족주의와 문화」, 제50차 한국문학연구회 학술심포지움(1999.8.12) 발표문을
참조할 것. 이 글에서 나는 민족주의의 현상 형식으로서의 문화의 다양한 스펙트럼과
착종의 내용들을 포괄적으로 검토해보려고 했다.

15) 조윤제, 『국문학개설』, 동국문화사, 1955, 468~491면.

16) 조윤제, 「현대문학의 전통론」, 『자유문학』, 1958.5.

17) 이희승, 「멋」, 『현대문학』, 1956.3. 처음에는 원고지 10 매가 채 되지 않는 아주 짧은
수필을 통해 제기되었던 그의 '멋'론은, 시간이 한참 지난 뒤 조윤제의 비판을 받게 되었
고, 조윤제는 「'멋'이라는 말」(『자유문학』, 1958.11)에서, 이희승의 '흥청거림'과 '필요이
상'이라는 것은 '멋'을 느끼도록 만드는 요소이지 '멋' 자체를 설명한 것은 아니라고 지
적하고, '멋'이 취향이나 기호(嗜好)에 해당하는 말이라면, 이런 '멋'은 세계 어느 민족의
문화에나 존재하는 것이므로, 딱히 한국문화의 특질이라고 볼 수 없다고 비판했다. 이런
비판에 대해 이희승은 「다시 '멋'에 대하여」(『자유문학』, 1959.2~3)를 발표하여 재반박

을 시도하지만, '멋'에 대한 애초의 성격규정에서 크게 나아가지 못했고, 다만 '멋'이 발현되는 풍부한 문화적 사례를 거론하는 정도의 진전을 보였다. 이희승은 이 글에서 '은근과 끈기'라는 조윤제의 소론을 문제삼아 '은근'은 한국문학의 특질이 아니라 오히려 동양문학의 특질이라고 공박하고, 그 전거로 중국의 시와 일본 고전문학을 제시했으며, '끈기'가 우리 문학이나 문화의 특질이라고 볼 만한 보편타당한 근거를 찾을 수 없다고 '끈기'의 특질론을 부정했다.

18) 정병욱, 「우리 문학의 전통과 인습」, 『사상계』, 1958.10.

19) 실제로 이 당시에 여러 논자들이 제각기 한 두가지씩 전통인자를 들고 나왔다. 예컨대, 서정주의 '초연(超然)', 조지훈의 '고삽미(枯澁美)', 이희승의 '맛과 멋', 이은상의 '얼과 넋' 등을 들 수 있다. 이에 대한 총괄적인 비판은 최일수의 「우리 문학의 고유성」(『현실의 문학』, 68~80면)에서 이루어진 바 있다. 김동욱은 『국문학개설』(민중서관, 1962)에서 한국문학의 특질을 '멋'으로 규정하는 학설에 이의를 제기했다. 그는 '멋'이란 경험적이고 구상적이며 감각적인 것이지 문예일반의 미적 범주가 될 수는 없다고 했으며, 넓게 보면 '멋'이란 유·불·선의 영향을 받은 동양 문화의 특질이 변용된 것 중의 하나에 불과한 것이라고 주장했다. 그러나 그는 우리 문화의 성격에서 '가냘픈 멋'과 '은근한 멋'이 있음을 부인할 수 없다고 함으로써 조윤제의 주장을 상당히 받아들이는데, 그런 점에서 그의 한국문학 특질론 역시 이상에서 논의한 보편성론의 한계를 공유하고 있다.

20) 최일수, 『현실의 문학』, 형설출판사, 1976, 73~74면.

21) 김상일, 「고전의 전통과 현대」, 『현대문학』, 1959.2.

22) 문덕수, 「전통과 현실」, 『현대문학』, 1959.4.

23) 김동리, 「본격문학과 제3세계관의 전망」, 『문학과 인간』, 백민문화사, 1948, 127~129면.

24) 니체, 『비극의 탄생』. 여기서는 앨런 매길의 『극단의 예언자들—니체·하이데거·푸코·데리다』(정일준·조형준 역, 새물결, 1996), 144면에서 재인용함.

25) 최일수, 앞의 글, 79면.

26) 최일수, 「우리 문학의 현대적 방향」, 『자유문학』, 1956.12.

27) 최일수, 「우리 문학의 고유성」, 앞의 책, 79~80면.

28) 정태용, 「한국적인 것과 문학」, 『현대문학』, 1963.2.

29) 장일우, 「한국적인 것과 전통적인 것」, 『자유문학』, 1963.6.

30) 『공산당 선언』의 해당 구절을 옮기면 다음과 같다. ① 부르주아지는 생산 도구들에, 따라서 생산 관계들에, 그러므로 사회적 관계들 전체에 끊임없이 혁명을 일으키지 않고서는 존립할 수 없다. 이와는 반대로, 이전의 다른 모든 산업 계급들에게는 낡은 생산양식의 변합없는 유지가 그 제1의 존립 조건이었다. 생산의 끊임없는 변혁, 모든 사회 상태들의 부단한 동요, 항구적 불안과 격동이 부르주아 시대를 이전의 다른 모든 시대와 구별시켜 준다. 굳고 녹슨 모든 관계들은 오랫동안 신성시되어 온 관념들 및 견해들과 함께 해체되고, 새롭게 형성된 모든 것들은 정착되기도 전에 낡은 것이 되어버린다. 모든 신분적인것, 모든 정체적인 것은 증발되어 버리고, 모든 신성한 것은 모독당한다. (강조는 인용자) ② 부르주아지는 농촌을 도시의 지배 아래 복속시켰다. 부르주아지는 거대한 도시들을 만들고, 도시 인구의 수를 농촌 인구에 비해 크게 증가시켰으며, 그리하여 인구의 현저한 부분을 농촌 생활의 우매함으로부터 떼어 내었다. 부르주아지는 농촌을 도시에 의존하게 만든 것과 마찬가지로 야만적 및 반야만적 나라들을 문명국들에, 농업 민족들을 부르주아 민족들에, 동양을 서양에 의존하게 만들었다(Karl Marx & Fredric

Engels, "Manifesto of the Communist Party", *Karl Marx Fredric Engels Collected Works*, vol.6 (Progrss Publishers, Moscow, 1976, pp.488~60). 우리말 번역은『칼맑스·프리드리히 엥겔스 저작선집』1(박종철출판사, 1991), 404~10면. 물론『공산당선언』에서 나타난 맑스의 비서구에 대한 인식과 민족문제에 대한 인식은 그 이후에 가서 상당한 변화를 보여준다. 여기에서 『공산당선언』을 인용하는 것은 맑스의 비서구관에 전적으로 기댄다는 의미가 아니라, 맑스의 그러한 예견과 매우 흡사한 방식으로 오늘날 지구 전체에 대해 요구되고 있는 '세계화'의 내용은 150년전의 그 예견과 거의 진배없는 형국으로 진행되고 있음을 강조하기 위한 것이며, 동시에 그러한 서구중심적인 자본의 요구에 맞서 각 민족들이 어떻게 자신의 문화적 특수성과 전통들을 유지·보존하고 발전시켜 나가야 할 것인지는 더욱 중요하고도 어려운 과제로 제기되고 있음을 말하기 위해서이다.

31) '전통'에 관한 논의와 직접적인 관련은 없지만, 민족문학론의 지평 위에서 '민족주의' 및 '민족의식'의 상이성을 통해 전통 이해의 한 단면을 분석한 글로 김재용의「민족문학론과 주체의 문제―비환원적 통일성으로서의 연대」(『실천문학』, 1999년 봄)를 주목해 볼 필요가 있다. 그는 "민족문학론은 전근대의 민중적 전통을 근대의 감옥으로부터 벗어남에 있어 큰 자산으로 활용하는 일에 인색하지 않다. (…중략…) 그러나 전통주의를 행함으로써 민족적 정체성을 찾는 것이 다른 억압을 재생하는 일로 통하는 것에 대해 철저하게 경계하면서 연대하는 것이 민족문학론의 길이다"(311면)라고 규정했다.

4·19혁명과 한국문학의 신개지
1960~1969

4·19와 한국문학의 방향
홍정선

불안한 주체와 근대
1960년대 소설의 미적 주체 구성에 대하여
김영찬

파우스트의 시대
김광식·김동립·남정현·박태순·김정한 소설 재론
김형중

자유의 시학과 미적 현대성
김수영과 김춘수 시론에 나타난 '무의미'의 문제를 중심으로
이광호

1960년대 '저항시'의 위상
박봉우·신동문·신동엽의 시를 중심으로
이숭원

한국 현대비평사의 기원
1960년대 비평의 성과와 의미
권성우

1960년대 희곡의 정치적 무의식과 알레고리
박조열·신명순·윤대성을 중심으로
박명진

4·19와 한국문학의 방향

홍정선

1. 4·19 이전의 문학적 상황

한반도의 분단과 한국전쟁은 작가들로 하여금 자신들이 살고 있는 현실에 대한 비판적 성찰을 오랫동안 불가능하게 만들었다. 분단과 한국전쟁은 해방 직후 유동적이었던 이데올로기 선택을 절대적인 것으로 만들었을뿐만 아니라, 남북의 대립적 체제를 절대화시키면서 작가들이 쓸 수 있는 영역을 제한하는 결과를 낳았다. 이 제약이 얼마나 컸었는지는 남쪽의 경우 1960년 4·19혁명 이후 최인훈의 「광장」이 발표될 때까지 남북의 체제나 이데올로기 문제를 객관적으로 다룬 작품이 거의 한 편도 제대로 발표되지 못했다—아니 발표될 수 없었다—는 사실로 미루어, 그리고 1970년대에 이르기까지 무시간의 세계 속에서 정한의 세계를 다루고 있는 작품들이 한국소설의 주류를 이루고 있었다는 사실로 미루어 충분히 짐작할 수 있다. 그 때까지 우리들이 살고 있는 세계와 현실에 대한 문학적 질문은 대체로 일상적 테두리에 한정되어 있었으며, 그 범주를 벗어난 언어들도 공식적인 언어이거나, 기껏해야 현상적인 권력을 비판하는 언어에 불과했다.

또한 분단과 한국전쟁은 그때까지 한국 근대문학이 걸어온 도정, 특히 진보적 근대문학이 걸어온 도정을 표면에서 거의 전적으로 무화시켰다는 사실을 지적할 수 있다. 해방 직후 식민지시대 문학을 비판적으로 계승하면서 동시에 "한민족을 통일된 민족으로 형성하는 민주주의적 개혁과 그것을 토대로 한 근대국가의 건설"을 바탕으로 수립하고자 했던 민족문학건설의 이념은 분단으로 말미암아 과거형에 지나지 않게 되었다. 분단과 한국전쟁은 해방 후의 민족문학 이념을 강제로 사장시킴으로써 민족문학 이념을 머릿속에서만 그리는 유토피아적 대상으로 만들어버렸을 뿐만 아니라, 그 이전의 과거 사실들까지도 오랫동안 없었던 것으로 만들어버렸다. 과거의 진보적인 프롤레타리아 문학과 같은 문학사적 사실에 대한 모든 논의를 철저히 차단함으로 말미암아 그와 관련된 과거 문학 전체가 설명할 수 없는 비논리적인 모습이 되어버린 것이다.

그 결과 50년대에 문학활동을 시작한 신예들은 자신들 앞에 존경할 만한 선배도 이어받을 전통도 없는 난감한 상황에 처하게 되었고, 이같은 단절의 상황 속에서 가령 이어령 같은 사람은 "우리는 애비 없는 자식이다" 혹은 "우리는 화전민이다"라고 절규하게 된 것이다. 같은 맥락에서 이들이 서양으로부터 받아들인 모더니즘과 실존주의도 고립된 섬과 같은 존재로서의 개인의 고뇌를 부각시켰을 따름이지 상황에 스스로 책임져야 하는, 실존의 윤리적 의미를 제대로 깊이있게 작품화하는 데에는 역부족인 상태에 머물렀다.

50년대 내내 역사와 현실에 대한 자유로운 비판적 접근은 마치 교환가치 아래에 깔려 있는 사용가치처럼 추상적 의식의 형태를 벗어나지 못하고 있었다. 한국문학이 역사와 현실이 거세된 아득한 무시간의 심연으로부터 빠져나와 개인과 사회, 세계와 민족, 언어와 삶에 대해 본격적인 성찰을 다시 시작할 수 있게 된 것은 4·19와 4·19세대에 의해서였다. 4·19의 위대함은, 한국문학의 입장에서는, 박봉우가 노래한 것처럼 "'참으로 오랜만에' / 하늘과 세계와 시와 언어를 찾은" 데에 있었다.

2. 4·19와 4·19세대의 의미

4·19의 성격에 대한 사회과학쪽의 평가는 아직도 분명하지 않다. 해방 50년, 4·19 35주년이 되는 1995년에 비로소 정부는 '4·19혁명'이라는 명칭을 공식화 했지만 그러한 명칭을 뒷받침하는 설득력 있는 논리는 아직도 만들어져 있지 않다. 4·19 직후에 최문환은 "4월혁명은 '밑에서의 혁명'도 아니고 '위에서의 혁명'도 아니다. 이 혁명은 '옆에서의 혁명'이며 혁명에 참가한 계급은 지식계급이다"[1]라고 말하면서 본업이 수업인 학생들이 혁명의 담당자가 될 수 없는 사실을 지적했다. 그러면서 그 대안으로 "부르주아 계급과 농민·노동자 계급의 지도자와의 동맹에 의한 강력한 민족국가의 수립"을 제시한 바 있다. 또한 김승옥에 의하면 4·19는 자신들이 학교에서 배워온 교과서적인 민주주의가 "사기당한 데 대한 분노의 표현"이며, 그럼에도 자신들은 그러한 표현을 통해 "국민학교 때부터 배워온 교과서에의 교육이 4·19에 의하여 완성될 수 있었기 때문에" 행복한 세대에 속한다고 말하고 있다.[2] 이상에서 지적된 것처럼 4·19는 권력을 쓰러뜨린 주체가 집권은 하지 않은, 그러면서도 그 주체세력은 혁명의 성공에 대한 자부심을 자랑스럽게 기억하는 세계사에서 보기 드문 혁명이라 할 수 있다.

　이런 점에서 4·19의 의미는 성공한 혁명이냐, 실패한 혁명이냐를 따지는 이론적 논쟁 자체에서 찾는 것보다 이 사건이 가져온 이후의 여러 가지 변화에서 찾는 것이 더 생산적이다. 4·19의 의미는 첫째 그것을 가능하게 만든 정치·사회·문화 등 각 분야에서의 인식의 전환, 둘째 거기에 참여한 사람들이 가지게 된 특별한 자부심(역사의식)에 있다. 4·19는 분명히 우리 문학사에 커다란 영향을 미친 여러 역사적 사건 가운데서도 성격이 특이한 사건이다. 4·19는 8·15해방처럼 어느 날 갑자기 도적처럼 찾아온 것도 아니며, 6·25전쟁처럼 오로지 이데올로기 대립과 생존에의 의지만 극대화시키는 결과를 낳은 것도 아니다. 4·19는 국민의 의지가 역사의 흐름을 뒤바꾼 현실이었으며, 반공이라는 정치적 상징을 권력장악의 수단으로 삼는 것을 용납하지 않는 각성의 표출이었고, 그것을 행동에 직접 옮긴 사람들은 여론을 등에 업은 학생들이었다. 따라서 한국문학에서 4·19의 의미를 찾는 것은 4·19로 말미암아 가능해진, 4·19를 체험한 세대들에 의해 만들어진 인식의 전환과 현실 변혁의 의지가 어떤 문학적 형태로 나타나는지를 고찰하는 일이다. 이데올로기 대립과 6·25전쟁과 자유당 독재라는 값비싼 대가를 치르고 체득한 근대적인 자유의 의미는 문학작품 속에 어떤 양상으로 배어들어 있는가? 자유롭게 한글로 사유하며 글을 쓰기 시작한 첫 세대라고 자부하는 4·19세대의 글쓰기는 발상과 문체에서부터 과연 다른 점이 있는가? 글쓰기의 역할과 의미, 작가의 존재에 대한 인식은 바뀌었는가 등의 질문을 그렇기 때문에 우리는 4·19 이후의 한국문학을 향해 던져 보아야 하는 것이다.

　4·19세대들은 시대에 대한 절망이 기교를 낳는다고 말한 식민지시대의 문학인들이나 애비 없는 자식의 반항과 외로움을 토로한 50년대의 전후문학인들과 다르다. 그들은 자신들이 한국문학을 다시 일으켜 세우고 만들 수 있다는 자신감을 가진 세대이다. 이들에게 권력이나 사회는 절대적인 힘을 지닌 실체가 아니라 능동적으로 바꿀 수 있는 가능

한 형태이다. 다시 말해 이 세계는 주어진 절대적 현실, 실증적 현실이 아니라 재해석하고 재구성할 수 있는 가능태로서의 현실이다. 그래서 그들은 그같은 자세와 정신으로 과거를 다시 읽고 현재를 탐구하기 시작했다. 4·19정신의 문화적 확산이라고 말할 수 있는 이 작업은 이를테면 1960년 후반부터 그 모습을 드러내기 시작하는데, 사학계에서는 근대의 기점 문제에 대한 새로운 검토, 조선 후기 사회 속에서의 봉건체제의 해체과정과 주체적 근대화 과정에 대한 탐구 등으로 나타났으며, 문학분야에서는 한편으로는 조선 후기의 민중들과 비판적 지식인들의 예술작품에 대한 학문적 연구로, 다른 한편으로는 김지하·이청준·김승옥·박태순 등의 작품창작으로 나타났다.

3. 4·19의 문학적 의미

1) 4·19의 직접적 표현

4·19의 문학적 의미를 당시에 씌어진, 4·19 자체를 다룬 문학작품에서만 찾는 작업은 범위를 지나치게 제한하는 일이고 또 그다지 생산적이 못되는 일이다. 그것은 4·19의 담당세력이 당시에 대부분 학생들이었으며, 기껏해야 습작단계에 있던 사람들이라는 사실과 무관하지 않다. 4·19 직후 나온 작품들의 대부분은 상당한 문단적 위치를 확보하고 있던 기성작가들이 쓴 행사시 혹은 기념시 부류들이어서, 절실한 체험이나 확고한 신념에서 우러나온 작품도 문학적 성취도가 높은 작품도 아니다. 그 대부분은 4·19가 가져온 자유의 분위기에 편승하거나 휩쓸린 작품이라고 말할 수 있다.

4·19에 대한 감격이 감정의 차원에서 이성과 논리의 차원으로 전환하기 위해서는 상당한 시간이 필요했다. 4·19 즉시 터져나온 기념시들은 사실 방관자의 뒤늦은 박수, 일종의 '뻐꾸기 소리'3)에 지나지 않는다고 혹평할 수도 있다. 작품의 표면을 뒤덮고 있는 열광적 찬사는 작가의 고유한 목소리라기보다는 분위기의 들뜸이며 성공한 혁명에 대한 기웃거림이었다. 그렇기 때문에 4·19에 대한 감격적 어사(語辭)가 동반되지 않은, 감정의 침전과 여과를 거쳐 4·19 자체가 전면에 등장하지 않는 이후의 작품 속에서 더 큰 의미를 찾을 수 있는 경우가 많다.

우리들의 목표는 조국의 승리
우리들의 목표는 지상에서의 승리
우리들의 목표는
정의, 인도, 자유, 평등, 인간에의 승리인.4)

1960년 6월에 나온 기념시집에 수록된 박두진·유치환·성찬경·신동문·조지훈 등의 시들은 대체로 위의 작품과 같은 경향을 보이고 있다. 혁명의 성공에 대한 감동과 흥분, 그리고 들뜸이 적나라하게 드러나 있는 이런 작품들을 문학적 형상화의 수준에서 논의할 때 김윤식의 "고함만 남았다"는5) 신랄한 지적처럼 비판받을 수 있는 소지가 다분히 있다. 그러나 이런 시들을 통해 우리가 반드시 기억해야 할 것은 김수영의 말대로 "그 당시에 위대했던 것은 한국 시인이 아니라 자유"6)라는 사실이다. 거기에는 모처럼 되찾은 자유의 분위기, 박봉우의 표현을 빌리면 "누구보다 먼저 / 죽었어야 할 시인이 / '참으로 오랜만에' / 하늘과 세계와 시와 언어를 찾은" 분위기가 들어 있다.

2) 4 · 19가 가능하게 만든 표현

4 · 19가 문학인들에게 가져다 준 가장 큰 선물은 이데올로기 콤플렉스로부터의 탈출이라고 부를 수 있는, 표현의 자유였다. 50년대 내내 줄곧 작가들을 짓눌러왔던, 쓸 수 있는 것과 없는 것의 경계선이 4 · 19에 의해 상당 부분 제거된 것이다. 물론 그러한 4 · 19의 선물은 1년 후에 일어난 5 · 16에 의해 다시 반납당하지만 그렇다고 이전처럼 막무가내로 압수할 수 있는 상황은 아니었다. 그것은 60년대의 김수영과 이어령의 불온성 시비에서 드러나듯, 또 70년대의 자유에 대한 고도의 지적인 탐구를 거듭하는 이청주의 소설이 보여주듯 권력이 금을 그어놓은 테두리 안에 작가의 정신을 가두려는 시도는 테두리의 안과 밖에 있는 사람 모두에게 얼마나 불편하고 역겨운 것인지를 작가들이 충분히 인식하게 되었기 때문이다.

4 · 19가 준 선물을 남 먼저, 가치있게 향유한 작가는 김수영과 최인훈이었다. 김수영은 4 · 19에 의해 자기 시작의 방향을 새롭게 잡은 대표적인 시인이다. 그는 4 · 19를 계기로 그전까지 견지해온 모더니스트의 측면과 요설적인 성격을 지닌 시세계를 뛰어넘어 현실적인 의미가 훨씬 풍부해진 시와 산문을 쓰기 시작한다. 다시 말해 사소한 문제들에 시달리는 일상적 자아의 세계와 언어적 유희에서 벗어나 자유의 정신으로 현실을 사유하는 작품을 쓰고자 노력했던 것이다. 그가 '산문정신의 확대'라고 부르는, 현실적인 자유의 정신은 그 결과 그의 시에 있어서 의미의 측면에 대한 뚜렷한 강조로 나타나게 되는데, 그 모습은 그로 하여금 "나는 소설을 쓰는 마음으로 시를 쓰고 있다"고 말하게 만들 정도의 경지로 나아간다. 그리하여 "산문의 편, 즉 현실의 편에서도 하나의 작품은 자기의 전부"[7]라고까지 선언하게 만든다. 그러므로 그가 시와 시인, 내용과 형식의 일치를 주장하는 것은, 다른 방식으로 말하면 시와 행동의 일치를 말하는 것이 되고, "모기소리보다도 더 작은 목소

리로” “자유의 과잉, 혼돈을 시작”8)하는 것이 된다. 그렇지만 이러한 의식적인 노력에도 불구하고 그의 시에는 여전히 모더니스트로서의 세련된 포즈가 숨어 있었고 이 점이 그의 시를 여전히 정직하지 못한 지적 조작처럼 느껴지게 만드는 요인이 되었다. 김수영이 후에 7,80년대의 후배들에게 수용과 극복의 대상이 되는 것은 이 때문이다.

최인훈이 『광장』 『회색인』 등을 통해, 비록 후에 관념적이라는 비판을 받게 되긴 하지만, 남북의 이데올로기 문제에 대해 일정한 비판적 거리를 유지하며 보여준 반성적 시각은 4·19가 아니었으면 접하기 어려운 모습이었다. 고뇌하는 60년대 지식인의 전형이라 할 수 있는 독고준과 이명준이 처음 접하는 지적인 언어로 우리 앞에 펼쳐 보이는 자본주의와 공산주의, 혁명과 개인, 우상과 현실, 개인과 사회에 대한 발랄하고 자유로운 사색은 4·19정신의 문학적 표현인 동시에 4·19가 작가에게 불어넣어 준 생명력이라 할 수 있다.

최인훈의 소설에는 한국적 현실에 대한 지식인의 허무의식과 무력감이 주인공의 사유 속에 배어 있으며, 사회와 이념으로부터의 이러한 절망을 어떻게 헤쳐 나가야 할지에 대한 고뇌가 개인의 방황과 선택으로 나타난다는 점에서 이후의 소설들과 구별된다. “곤색 스커트 무르팍에서부터 내민 다리는 뚝 끊어져서 조용히 안치된 토르소였다. …… 그는 손을 뻗쳐 다리를 만져보았다. ‘이것이야말로 확실한 진리다.’ 이 매끄러운 감촉, 따뜻함, 사랑스러운 탄력, 이것을 의심할 수는 없다.”9) 『광장』의 주인공은 이처럼 이데올로기에 대한 절망을 여인에 대한 사랑을 통해 넘어서려 한다. 그러나 4·19의 정신을 집단적인 민중적 세계에서 재발견하고, 사회에 대한 윤리적 책임을 소설에 부여하려는 70년대 작가들은 이러한 방향을 비판하고 부정한다.

최인훈으로 대표되는 60년대 문학의 개인적 세계, 지적인 자유의 세계는 약 10년의 세월이 흐르면서 다시 자유 민주주의의 의미를 묻고 소외된 집단에 대한 윤리적 책임의 의미를 강조하는 작품들로 이어지고

변형되었다. 이 사실은 우리가 최인훈의 『광장』『회색인』과 황석영의
『객지』「삼포 가는 길」을 동시에 떠올리며 비교해보면 잘 알 수 있다.
최인훈의 작품들이 지니고 있는 이데올로기에 대한 개인적 고뇌가 얼
마만큼 집단적인 현실의 문제로 바뀌어가고 있는지에 대한 해답을 우
리는 10년 후의 황석영 소설에서 읽을 수 있는 것이다. 우리는 이러한
차이를 50년대에 이데올로기 콤플렉스의 극복을 정신적인 차원에서 꿈
꾸었던 세대와 4·19 이후 6·3을 거치면서 현실변혁의 가능성을 현실
속에서 확인한 세대의 차이라고 볼 수 있을 것이다. 이 차이, 다시 말해
주어진 세계와 리얼리즘적인 표현방법에 대한 논란이 70년대 이후 한
국문학의 방향을 뚜렷하게 구분지은 것은 그러므로 이미 앞에서 예견
된 일에 속한다고 할 수 있다.

따라서 40년대 후반에, 분단이 고착화되면서 자취를 감추었던 리얼리
즘 논의가 다시 본격적으로 부활하기 시작하는 것 역시 4·19와 일정한
관계가 있다고 할 수 있다. 60년대 후반은 다양한 형태로 확산되고 심
화된 4·19정신이 여러 분야에서 그 모습을 드러내기 시작하는 시점이
라 할 수 있는데, 리얼리즘 논의의 부활은 이와 무관하지 않은 까닭이
다. 60년대 후반에 치열하게 벌어진 순수·참여 논쟁과 4·19세대들이
주축이 된 '68문학'의 등장, 그리고 앞으로 리얼리즘의 대명사가 될『창
작과비평』의 창간 등이 그 사실을 말해주는 것이다.

3) 4·19세대들의 문학적 방향

4·19세대들은 60년대 후반부터 서서히 본격적인 활동을 시작해서
70년대에 이르면 한국문단에서 주도적인 위치를 확실하게 차지하기 시
작한다. 김지하, 신동엽, 신경림, 황동규, 김승옥, 이청준, 박태순, 황석
영, 김원일, 이문구, 김현, 백낙청, 김병익, 김치수, 김주연 등 수많은 작

가와 평론가들이 다양한 방식의 글쓰기와 이념을 가지고 등장하기 시작해서 60년대 후반 이후의 한국문단을 풍요롭게 만들기 시작한다. 감수성의 혁명이라고 불리는 김승옥의 감각적인 문체(이후에 최인호·한수산 등에 의해 계승된다), 분단의 모순을 명증하면서도 힘있는 언어로 형상화한 신동엽의 서정시, 판소리의 가락과 풍자정신을 날카로운 현실성으로 벼려놓은 김지하의 담시, 산업화의 진전에 따른 계급모순을 모범적인 서사구조로 바꾸어놓은 황석영의 소설, 예술가와 예술, 혹은 예술가와 그를 둘러싼 상황과의 관계를 집요하게 탐구해 들어간 이청준의 자유의 언어 등이 바로 그것들이다.

　다시 말하지만 역사책으로 중대한 사건이 문화적으로 표현되기 위해서는 상당한 시간이 필요하다. 4·19정신이 혁명기념시 류의 흥분상태를 벗어나 역사·철학·문학 등의 각 분야에서 이론적으로 천착됨으로써 학문의 기저 층으로부터 작용하기 시작하는 것은 대체로 60년대 후반부터이다. 70년대 문학을 형성하고 주도하는 데 결정적인 역할을 하는 『창작과비평』과 『문학과지성』의 정신은 4·19정신의 이러한 심화과정과 밀접히 관련되어 있다. 예컨대 60년대 후반에 순수·참여의 논쟁이 가열되었고, 백낙청이 '민족문학'을 제기했으며, 김현과 김수영이 월평(月評)에서 맞씨름을 하고 있었다는 것을 상기하는 일은 4·19정신의 심화라는 점에서 대단히 중요하다. 백낙청·염무웅 등이 주도하게 될 『창작과비평』과 김현, 김병익 등이 주도하게 될 『문학과지성』의 정신적 기반은 이미 이러한 과정을 통해 60년대 말에 정립되기 시작한 때문이다. 또한 이들이 가지고 있는 4·19정신을 계승하고 '4·19세대를 옹호' 하겠다는 동질성과 그럼에도 이들 사이에 놓인 4·19정신의 문학적 실천에 대한 방법적 차이 역시 60년대 말부터 개별적 구성원들의 지적 성향 속에서 조금씩 예비되고 있었다. 이런 점에서 4·19세대의 주축이 되는 이들에 대해서는 좀더 자세히 살펴볼 필요가 있다.

　『문학과지성』 그룹에 속하는 검병익·김치수·김현·김주연, 이 네

사람의 평론가는 70년대 초반에 『한국문학의 이론』이라는 책을 간행한
바 있으며, 거기에서 자신들의 세대, 다시 말해 4·19세대를 옹호하겠
다는 의도를 분명히했다. 이들 그룹에서 주도적인 역할을 수행한 인물
은 김현인데 그의 주장은 그 책 이전에 쓴 다음과 같은 글 속에 선명하
게 드러나 있다.

> 가장 저급한 유의 평론가들에 의해서 야기되는 도전은, 소위 식민지 문화에
> 소속된 모든 시에 대해서 무조건 칼을 휘두르는 경우에 받게 되는 그것과 서
> 구문화에 탐닉한 나머지 고대문학에 대한 여지없는 무시 내지는 경멸로 인해
> 서 생기는 그것이다.10)

김현이 '저급의' '가장 악질적인' 등 격렬한 형용사를 동원해가며 비
난하고 있는 비평은 구호비평이다. 문학을 질식시키는 도그마적인 발언
에 대한 분노와 '새것 콤플렉스'라고 명명하는 사대주의적 발상에 대한
혐오는 김현에게 있어서 가장 중요한 정신적 기반이 되고 있다. 도그마
적인 것에 대한 분노는 그 반대의 것에 대한 강조, 예컨대 '부드러움'
'열린 마음' 등으로 나타나며, 새것 콤플렉스에 대한 혐오는 '문화의 고
고학적 태도'로 나타난다. 문화의 고고학적 태도는 "한국에서 글을 쓴
다는 것이 외국 문학의 모방에 지나지 않기" 때문에 "자기가 서 있는
상황을 투철히 인식하고 그것을 고려하여 극복해나가려는 태도"(『예술
계』 1978년 봄호)를 말하는 것이다.

이와같은 정신적 기반의 문제는 김현이 어떤 특정한 이데올로기에
경도하고 있는가 하는 문제를 따지는 일과는 전혀 다르다. 실존적 정신
분석·구조주의·기호학·상상력·문학사회학 등등으로 현란하게 변
해가는 것처럼 보이는, 김현을 중심으로 한 『문학과지성』의 정신적 방
랑을 지탱해주고 있는 기반이 바로 인간에 대한 '부드러움' '열린 마음'
이며, 편견없는 이해이기 때문이다. 물론 이때 우리는 다음과 같은 문제

에 부딪힌다. 그들 자신의 정신적 편력은 과연 새것 콤플렉스(김현이 그토록 강렬하게 부정한)와 무엇이 다른가? 도그마적 비평에 대한 분노는 『창작과비평』 그룹과의 사이에서 어떤 긴장을 야기하게 되는가? 이같은 문제에 대한 대답은 70년대 비평의 전개과정 속에서 그 모습을 여실히 볼 수 있다.

1966년 『창작과비평』의 창간호에 백낙청이 발표한 「새로운 창작과 비평의 자세」라는 글은 새롭게 음미해볼 만한 여러가지 함축성을 지니고 있다. 필자가 생각하기에 백낙청의 이 글은 당시 김현의 발상과 일정부분 상당한 유사성을 가지고 있었다.

> 따라서 역사주의적 문학비평이 흔히 범하는 잘못, 즉 작품의 예술적 가치를 그 사회적·사상적 배경에 의해 정해버리는 잘못은 정작 역사의식이 투철한 비평에서 찾아보기 힘들다. 반면에 요즈음 우리 주변에서 '참여'의 이름으로 행해지는 많은 비판은, 순수주의에 숨겨진 사회적 배경과 정치적 향배를 들춰내는 데 날카로운 대신 작품의 실지 비평에 이르러 소재 본위 혹은 피상적 경향성 본위의 도식화에 그치는 경우가 대부분인 것 같다.11)

> 순수시파에 속하는 사람들의 내면의 탐구라는 미명 밑에 내란, 내부, 의식, 달빛……등의 몇십개의 어휘를 조립하여 환상적인 세계를 꾸며내는 데 주력한다. ……그래서 ……내부의 경직화 현상이 고조된다. 반면에 참여시파에 속하는 시인들은 현실에 대한 탐구라는 미명 밑에 '독한' 언어를 되는 대로 나열한다… 참여시파의 저항은 순수시파의 내면의 탐구가 그러했듯이 내부와의 끊임없는 충돌, 긴장을 유지하지 못하고 제스처로서 패턴화되어버린다.12)

60년대 후반기 한국의 문학풍토는 제정러시아의 문학계를 연상시키며 그러한 이분화 현상을 역사적 산물로 바라보고 순수와 참여를 객관적 거리에서 평가하려는 백낙청의 건실한 비평은 김현의 주장과(김현의 문체가 훨씬 패기에 차 있기는 하지만) 그다지 먼 거리에 있지 않다. 70년대 후반기에 『창작과비평』 그룹의 비평이 어떻게 이념적 성향을 강화해 가는가, 옹호하는 작품이 어떻게 소재주의적 측면을 보이게 되는가 라는 비판적 선입관을 떨쳐버리고 백낙청의 이 글을 읽으면 우리가 상식적으로 생각하는 현재 『창작과비평』파의 이미지와 이 글의 의미는 상당히 다르다는 것을 알 수 있을 것이다. 에컨대 다음과 같은 글에서 우리는 좀 더 확실하게 그러한 면모를 발견할 수 있다.

> 이성간의 사랑을 비롯한 모든 참된 인간관계가 고도의 기술과 훈련을 요하는 작업인 동시에 하나의 유희요, 인간과 자연 세계의 관계가 또한 그러면 인간과 연장의 관계 역시 그래야 옳을 것이다. 역사를 만드는 고된 일에도 예술가가 작품을 만들 때의 기쁨과 너그러움이 살아야 참된 창조가 되고, 공장의 일꾼이 기계를 돌리는 중에도 그와 똑같이 공리적 계산을 초월한 즐거움을 느끼는 사회가 인간의 본성을 되찾은 사회일 것이다.[13]

여기에서 백낙청이 말하는 '너그러움' '즐거움'은 사실상 김현의 여러 주장 속에 되풀이해 나타나는 '부드러움' '열린 마음'과 그다지 동떨어진 것처럼 보이지 않는다. 『창작과비평』의 초기 단계에 김현·유종호·김우창 등이 필자로 가담해서 함께 일하고 있었고, 김승옥이 「다산성」과 같은 작품을 발표하고 있었다는 사실은 바로 이러한 점과 무관하지 않았을 것이다.

그러나 겉보기에 같은 씨앗으로 보이는 것들도 성장하면 조금씩 차이가 나는 법이다. 4·19정신의 확산과 심화는 4·19로부터 거리가 멀어질수록 그 정신을 이어받은 사람들 속에서도 방법의 차이와 함께 본질의 차이를 가져오게 된다. 본질은 고유한 것이 아니라 실천적인 행위 속에서 형성되는 까닭이다. 70년대 비평의 전개과정 속에서 우리는 그러한 모습을 뚜렷하게 감지할 수 있다. 4·19세대들이 주도하는 이 두 그룹의 방향이 현실주의 혹은 민중주의 노선이라고 부를 수 있는 방향과, 자유주의 혹은 지성주의라고 부를 수 있는 방향으로 나아가게 된 것이 바로 그렇다.

　기존의 문단과 구별되는 『창작과비평』과 『문학과지성』의 진보성은 각각 현실에 대한 민중적 실천과 방법적 접근으로 나타났다. 현실 개혁 의지를 문학을 통해 실천하고자 하는 『창작과비평』과 문학의 끊임없는 자유로움으로 경직화된 현실과 맞서고자 한 『문학과지성』은 유신체제라는 폭력적인 상황 속에서도 충실하게 자신들의 입장을 지켜나갔다. '민족·민중문학'을 내세운 전자는 "문학은 분단모순과 계급모순의 해결을 위한 부단한 실천"이라는 태도를, '정신의 리버럴리즘'을 내세운 후자는 "문학은 그 속성에서 영원히 비체제적"이라는 태도를 보여주었으며, 이로 말미암아 문학과 현실의 관계에 대한 새로운 문학적 흐름을 형성했다. 동시에 전통적인 인간관계에 얽매여 있던 기왕의 문단풍토를 혁파해나가면서, 문학과 사회의 관계에 대해 서로 대립적인, 그러면서도 상호 보완적인 길을 걸음으로써 이후의 세대들에게 지대한 영향을 미쳤다.

4. 4·19가 남긴 문제들

　1970년 4·19 10주년을 맞이하여 『사상계』지에서는 '4·19혁명과 한국문학'이라는 제목으로 좌담을 개최한 바 있다. 여기에서 제기된 문제 중에 중요한 것은 문학의 파시즘화에 대한 경계였다. 4·19정신의 문학적 계승자들은 70년대와 80년대 내내 문학을 통해 정치적 파시즘화에 대항해 싸웠다. 그러면서 스스로도 모르는 사이에 문학 자체 내에 파시즘적인 요소를 키운 것 또한 사실이다. 이제 우리는 우리 속에 자라는 이같은 요소와 다시 싸울 때가 되었다. 리얼리즘 논의를 비롯한 과거의 모든 문제들을 해방 50년을 맞는 이 시점에서 되돌아보며 우리 속의 온갖 억압적인 요소들을 우리는 다시 제거해야 한다. 그것이 4·19가 우리에게 남긴 자유의 정신이기 때문이다.

주석

1) 최문환, 「4월혁명의 사회사적 성격」, 『사상계』 1960.7, 222면.
2) 김승옥, 「4·19에 대하여」, 『현대문학전집』 44권, 삼성출판사, 383면.
3) 유종호·염무웅 편, 『한국문학의 쟁점』, 전예원, 1983, 167면.
4) 박두진, 「우리들의 깃발을 내린 것이 아니다」, 『4월혁명 기념시집』, 4월혁명기념사업회, 1960.6.
5) 유종호·영무웅 편, 앞의 책, 188면.
6) 김수영, 『시여 침을 뱉어라』, 민음사, 1975, 165면.
7) 위의 책, 125면.
8) 위의 책, 129면.
9) 최인훈, 『광장』, 민음사, 1976, 144면.
10) 김현, 「서문」, 『문화비평』 1969년 봄호.
11) 백낙청, 「새로운 창작과 비평의 자세」, 『창작과비평』 1966년 창간호, 10면.
12) 김현, 「글은 왜 쓰는가」, 『상상력과 인간』, 일지사, 1973, 24~25면.
13) 백낙청, 앞의 글, 33면.

불안한 주체와 근대
1960년대 소설의 미적 주체 구성에 대하여

김영찬

1. 1960년대 근대와 문학적 주체

해방 이후 한국문학사에서 1960년대는 특히 흥미로운 시기다. 4·19
를 시작으로 열린 1960년대는 전후의 폐허와 허무를 딛고 자유와 민주주
의라는 근대적 가치에 대한 열망이 확산된 시기이자 동시에 곧바로 이어
진 5·16으로 인한 그것의 굴절과 좌절이 교차하는 시기다. 그리고 거기
에 의식적이든 무의식적이든 동시대의 정신구조를 지배하는 6·25의 치
유되지 않은 트라우마(trauma)가 한데 겹쳐지고 있다는 것도 이 시기의 중
요한 특징이다. 이 시기는 또한 정치·경제·문화를 비롯한 거의 모든
분야에서 오늘날 한국사회 근대성의 지배적인 특징이 조금씩 주조(鑄造)
되기 시작한다는 의미에서 한국적 근대의 기점이면서, 그러한 근대화의
시작으로 인한 불안과 기대, 동요와 순응이 미묘하게 뒤얽힌 복합적인

의식구조가 복류(伏流)하는 불확실한 미결정의 시기이기도 하다.

1960년대를 특징짓는 것은 그러한 복합적인 요소들이 한데 뒤얽히고 때로 충돌하면서 만들어내는 역동적인 긴장이다. 물론 그 역동성은 예컨대 정치적 공간에서 정치적인 활력과 함께 외적으로 표출되기보다는 문화적·심리적·담론적 공간 안에 갇혀 있는, 그리고 본질적으로 또다른 의미 있는 행위로 전화할 가능성이 희박한 그런 것이었다. 그러나 문학의 영역으로 시선을 돌려보면 사정은 달라진다. 가령 이 시기에 등장한 최인훈·김승옥·이청준·박태순 등의 소설이 갖는 고유한 특성은 바로 그곳에서 발화한 것이었으며, 특히 '60년대적'이라는 기표로 포괄할 수 있는 이 시기 그들 소설의 특정한 성과도 많은 부분 거기에서 비롯된 것이라고 할 수 있기 때문이다. 박정희 독재체제가 공고화되면서 산업화가 본격적으로 진전되고 그에 따라 자본주의의 모순이 한층 심화되어가는 1970년대의 문학과 이 시기의 문학을 질적으로 뚜렷하게 구별지을 수 있는 근거는 거기에서 찾을 수 있다.

그런 까닭에, 1960년대의 문학을 전후문학이 보여주었던 문제의식의 심화라는 관점에서 1970년대 산업화시대 문학의 전단계 정도로 가볍게 위치짓는 문학사적 배치[1]는 물론이고, 이 시기 문학의 특성을 '근대화'라는 사회경제적 지표의 반영이라는 측면을 중심으로 구성하는 논의[2] 역시 똑같이 그러한 시기적 특성에서 비롯된 1960년대 문학의 고유하고도 독자적인 질적 특성을 간과할 위험이 있기는 마찬가지다. 물론 1960년대 문학의 의미를 4·19의 정신적·문학적 반향 정도로 단순화하는 논의도 그 점에서는 예외가 아니다.[3]

중요한 것은 문학사적으로 이 시기에 이후 한국문학의 큰 틀을 만들어간 문학적 주체성의 형성이 시작되었다는 점이다. 달리 말한다면, 1960년대는 사회경제적인 차원에서뿐만 아니라 문학사적인 측면에서도 이후 한국문학의 근대성의 기본구조가 형성되고 정착하기 시작하는 기점이라는 측면에서 중요한 시기다. 일차적으로 지금에 이르기까지 한국

사회의 영향력 있는 문학장(literary field)을 형성해왔던 이들은 주로 이 시기에 등단한, 넓은 의미에서 4·19 세대라고 할 수 있는 작가와 비평가들이며, 어떤 의미에서든 한국문학의 근대성이라 일컬을 수 있는 일련의 특징들은 그곳에서부터 비롯된다고 할 수 있기 때문이다.

이 글에서는 그런 관점에서 1960년대에 본격적으로 개화하기 시작한 문학적 주체성의 차원에 주목하여, 그 중에서도 특히 최인훈·이청준·김승옥 등 흔히 '문지 계열'로 일컫는 작가들의 소설을 중심으로 1960년대 미적 주체의 특성을 밝히고자 한다. 지금까지 그들의 소설에 대한 대부분의 연구에서 발견되는 문제점 중 하나는, 김현을 비롯한 4·19 세대 비평가들의 세대론적 자기규정에 기초한 평가에 견인되거나 고착되어 그것을 세공(細工)하는 주석의 수준에서 벗어나지 못하고 있다는 점이다. 특히 그들의 소설에서 4·19가 갖는 의미를 지나치게 확대해석하는 것도 그러하지만, 거기에는 이른바 '미적 근대성'을 근대에 대한 미학적 저항이라는 일면적 차원으로 단순화하여 그 둘의 복합적인 상호작용과 세세한 뒤얽힘을 간과하는 단순한 이해도 함께 작용하고 있다. 이 글에서는 그 점을 고려하면서, 1960년대 소설의 미적 주체가 한국적 근대와 맺고 있는 복합적인 상호작용과 그것을 통해 구성되는 주체성의 성격을 객관적으로 헤아려보고 그 의미를 밝힐 것이다.

특히 1960년대 최인훈·이청준·김승옥의 소설을 살펴볼 때, 그 미적 주체성의 근원은 상당 부분 작가의 심리와 의식을 투사한 것으로 보이는 인물들의 의식구조와 행동양식에서 뚜렷하게 암시된다. 이 글에서는 거기에서부터 출발하여 그들 소설에서 나타나는 미적 주체성의 심리적·인식적 근원과 그 성격을 살피는 데로 나아갈 것이다. 그것은 궁극적으로 그들 소설의 미적 근대성이 구체적으로 어떤 모습으로 발현되고 있으며 1960년대의 한국적 근대와 어떠한 관련을 맺고 있는가를 밝히는 작업이 될 것이다.

2. 큰 타자의 응시 앞에 선 주체의 공포

겉으로 보기에 최인훈과 이청준·김승옥의 소설은 하나의 범주로 포괄하여 논할 수 없는 각기 고유한 특성을 지니고 있다. 이들이 모두 나름의 자기세계와 작가적 개성, 그리고 문학적 방법론을 확보하고 있는 작가들이라는 점을 고려할 때 그것은 너무도 당연하다. 그럼에도 불구하고, 그들의 소설에 등장하는 인물들의 심리를 자세히 들여다보면 거기에는 의미심장한 공통성이 발견된다. 그것은 그들 소설의 대부분 인물들이 그 내용과 형식은 다르지만 어떤 형태로든 일종의 불안에 사로잡혀 있다는 점이다. 그들의 소설에는 그 불안이 하나의 심리적인 구심점으로 자리잡고 있으며, 서사는 그것을 동력으로 삼아 전개되어나간다. 그렇다면 그 불안은 어디에서 오는 것이며 그것의 정체는 무엇인가? 이 점을 상세히 밝히기 위해서는 우선 그들의 소설에서 공통적으로 나타나는 하나의 흥미로운 모티프를 우회할 필요가 있다.

최인훈과 이청준·김승옥의 소설에는 똑같이 주인공이 일종의 응시(gaze)에 노출되는 장면이 등장한다.[4] 인물들은 어느 순간 무력하고 수동적인 상태에서 그 응시를 경험하며, 그것은 그들을 견딜 수 없는 공포에까지 이르게 하는 대상으로 나타난다. 그리고 그들의 많은 소설에서 이로 인한 트라우마는 변형된 형태로 반복적으로 회귀하면서 소설 속 인물들의 의식과 경험을 결정적으로 지배한다.

우선 최인훈의 『회색인』과 『서유기』에서, 그것은 주인공 독고준이 W시에서의 어린시절에 학교에서 자기비판을 강요당하는 형태로 나타난다. 『회색인』에서 어린 독고준은 국어시간에 「봄」이라는 제목의 작문을 제출한 뒤부터 "소년단 지도원 선생의 까닭 모를 박해"[5]에 시달린다. 지도원 선생은 그의 출신성분을 문제삼으며 "컴컴한 교실에서 촛불을 켜놓고"(『회색인』, 50면) 끊임없이 자기비판을 강요한다. 어린 독고준은,

그의 생각은 어떠하며 그의 출신성분이 그의 의식에 불건전한 영향을 끼치지는 않았는가 등을 자백하기를 강요하는 지도원 선생의 차디찬 "눈초리" 앞에서 무서움을 느낀다. 그래서 "대답하는 그의 혀는 더듬거리고, 그러면서 지도원 선생이 알고자 하는 바를 소롯이 다 불었다. 이야기가 끝났을 때 지도원 선생의 얼굴은 차디찼다. 그는 문득 공포를 느꼈다."(『회색인』, 50면)

이러한 자기비판의 경험은 이후 『서유기』에서도 똑같이 환상 속에서 벌어지는 재판의 형태로 재현된다. 그리고 『광장』에서 월북한 이명준이 처음으로 쓴 기사로 인해 자기비판을 강요받는 대목도 이 장면의 변형이다. 이처럼 최인훈의 소설에서 자기비판 장면이 반복적으로 등장하는 것은 그것이 작가에게 일종의 트라우마로 작용하고 있다는 것을 의미하는 것이다.6) 실제 작가 스스로도 "이후의 나의 무의식 속에서는, 이 장면은 제한 없는 무급심(無級審)으로, 상시 계류 상태인 재판 같았다"7)라고 진술하고 있듯이, 그런 타자의 응시 앞에 선 주체의 무력감과 공포는 1960년대 최인훈 소설의 심층에 자리하고 있는 중요한 의식적·심리적 근원이라고 할 수 있다.

고백을 강요하는 타자의 응시 앞에 노출된 무력한 자아라는 모티프가 등장하는 것은 이청준의 소설에서도 마찬가지다. 타자의 응시라는 모티프는 그의 등단작인 「퇴원」(1965)에서 '강요된 침묵'과 '자기망각'을 환기시키기는 대상으로서 "집요하게 나를 간섭해 오"며 "나를 응시하"는 창문 밖의 "두 바늘을 잃어버린 시계"8)의 이미지에서 이미 나타나고 있지만, 그와는 또다른 맥락에서 전형적인 응시의 모티프는 '진술의 불가능성'이라는 토픽과 결합하여 나타난다. 가령 『쓰여지지 않은 자서전』에서, 잡지사를 다니다 열흘간의 유예 휴가를 받고 다방을 들락거리며 소일하던 '나'는 어느 날 환상 속에서 심문관을 만나게 되는데, 정체를 알 수 없는 그 심문관은 '나'에게 일방적으로 사형선고를 통보하고 그 결정을 번복하게 할 수 있는 자기진술을 강요한다. '나'는 정체를 알 수 없는 상대에게서 이유도 모른 채 '진실'을 말할 것을 강요받는 상황에 처하는 것이다. 그리고 '나'의 자기진술은 끊임없이 그 심문관의 일방적인 판단과 평가에 내맡겨진 채 그것을 의식하면서 이루어진다. '나'의 의식 속에서 스스로 연출하고 있는 상황으로 표현되고 있지만, 이는 그 자체로 주체를 무력한 상태로 몰아넣고 압박하는 폭력적인 큰 타자(Other)의 응시에 대한 비유적 재현이다.

이청준의 소설에서 다시 그 응시는 전형적으로 상대방은 어둠 속에 몸을 숨긴 상태에서 주체를 비추는 전짓불로 재현된다. 일찍이 「퇴원」에서 광속에 숨어 은밀한 욕망을 즐기는 어린 '나'에게 비추어진 아버지의 폭력적인 전짓불은, 『쓰여지지 않은 자서전』에서는 전쟁의 와중에 불빛 뒤에 얼굴을 숨기고 '나'를 추궁하는 "무시무시한 전짓불"9)의 모습으로 다시 나타난다. 그리고 대답을 강요하는 그 전짓불의 응시 앞에서 '나'가 느끼는 것은 극도의 공포와 무력감이다. 이 전짓불은 이후 『소문의 벽』(1971)에 이르러 한층 구체화된 형태로 소설의 중심 모티프로 등장하거니와, 이청준의 소설에서 그것은 주체를 무력감 속으로 몰아넣어 '자기진실'의 자유로운 표현을 봉쇄하는 폭력적인 힘의 상징으로 작용한다.

최인훈과 이청준의 소설에서 큰 타자의 응시에 대한 주체의 경험이 이처럼 일정한 서사적 틀을 갖추고 '고백' 혹은 '이야기하기'라는 토픽과 결합하여 나타나는 반면, 김승옥의 소설에서는 조금 다르다. 김승옥의 소설에서, 큰 타자의 응시는 정체를 알 수 없는 현기증에 사로잡히게 만드는 한 순간의 강렬한 이미지로 등장한다. 「乾」에서 모습을 드러내는 그것은 밤새 죽어간 빨치산의 시체 옆에서 '나'를 엄습하는 빨간 벽돌더미의 이미지다.

내가 몸을 돌렸을 때 두어 발자국 저편에 벽돌이 쌓여 있는 더미의 강렬한 색깔이 나의 눈을 찔렀다. 엉뚱하게도 나는 거기에서야 비로소 무시무시한 의지(意志)를 보는 듯싶었다. 적갈색과 자주색이 엉겨서 꺼끌꺼끌한 촉감의 피부를 가진 괴물이, 밤중에 한 남자가 몸을 비틀며 또는 고통을 목구멍으로 토하며 죽어가는 것을 바로 곁에서 묵묵히 팔짱을 끼고 보고 있다가 그 남자가 드디어 추잡한 시체가 되고 그리고 아침이 와서 시체를 구경하러 사람들이 몰려들었을 때, 나는 모든 걸 다 보았지, 하며 구경꾼들 뒤에서 만족한 웃음을 웃고 있었다.

　　나는 고개를 얼른 돌려버렸다. 다시 시체가 있었다. 그리고 그 시체가 누운 거기에서 풀밭이 시작되었고 풀밭이 끝나는 곳에는 벽돌 만드는 흙을 파내오는 주황빛 언덕이 있었다. 그리고 그 언덕에서부터 까만색 레일이 잡초를 헤치고 뱀처럼 흐늘거리며 이쪽으로 뻗어오고 있었다. 아무래도 설명할 수 없는 감정을 던져주는 구도(構圖)였다. 방금 잠깐 쑤시고 간 그 강렬한 색채들 때문에 나의 눈은 눈물이 나도록 쓰리었다. 나는 한 손으로 이마를 두드려 어지러움이 가시게 하며 휘청휘청 학교로 돌아왔다.10)

이때 '나'의 눈을 찌르고 "고개를 얼른 돌려" 버리게 만드는 "괴물" 같은 벽돌더미와 그 주변풍경의 강렬한 색채 이미지는 의식하지 못한 채 '나'의 무의식에 침입하는 큰 타자의 응시라고 할 수 있다. 여기에서 '나'는 그것을 "무시무시한 의지(意志)"로 경험한다. 「乾」에서 빨치산의 시체에 신경질적으로 돌팔매질을 하는 것이나, 형과 그 친구들이 윤희 누나를 윤간하려는 계획을 도와 발벗고나서는 것은 모두 이 "무시무시한 의지"로 '나'를 압박하는 큰 타자의 응시에 응답하는 무의식적인 과잉방어라고 할 수 있다. 라캉(J. Lacan)의 표현을 빌려 말한다면, 그러한 '나'의 행위는 자신을 보고 있는 큰 타자의 응시를 의식함으로써 구성되는 상징적 주체성11)의 연출행위다.

「乾」에서 '나'를 응시하는 그 "무시무시한 의지"는 개인의 삶을 폭력적으로 파괴하는 전쟁의 경험, 나아가 정체를 드러내지 않은 채 그 삶을 해체의 위험 앞에 노출시키는 파괴적인 근대 경험의 상징이다. 최인훈과 이청준의 소설에서는 무력감과 공포를 야기하는 큰 타자의 응시 앞에 노출된 주체의 상황이 반복적으로 재현되면서 많은 소설의 라이트모티프(leitmotif)를 형성하고 있는 반면, 김승옥의 경우 그렇게 「乾」에서 처음 인상적으로 등장한 그것은 이후 소설들에서는 변형된 형태로라도 다시 나타나지 않는다. 그러나 김승옥의 소설에서 대부분 인물들의 의식과 행위는, 어떤 측면에서 상황과 맥락을 달리하여 모습을 숨긴 채 현실에 잠재하는 그 큰 타자의 응시에 대한 의식적·무의식적인 반응이라고 할 수 있다. 달리 말해, 그의 소설에서 '자기세계'의 소유에 강박적으로 집착하는 인물들의 모습은 「乾」에서 큰 타자의 응시에 응답하는 과잉방어로써 주체성을 구성하는, 그럼으로써 위악적인 가면(假面)의 삶을 선택하는 '나'의 행동양식이 그대로 변주되고 있는 것이다.

3. 불안과 강박, 주체성의 연출과 구성

이처럼 1960년대 최인훈·이청준·김승옥의 소설에서 큰 타자의 응시 앞에서 느끼는 무력감과 공포는 소설 속 인물들의 의식과 행위에 결정적인 영향을 끼친다. 그리고 그러한 장면이 등장하지 않는 소설에서도, 대부분 인물들의 의식과 행위 속에서 그것은 어떤 형태를 띠든지 간에 의식적·무의식적으로 내면화되어 있다. 그리고 그러한 외상적 상황(traumatic situation)은 그대로 작가 자신의 체험에 기반해 있는 것이거나 그와 유사한 심리구조를 연출하고 있는 것이다.[12]

그들의 소설에서 인물들이 겪는 불안은 그러한 상황을 자아의 해체 위험으로 지각하는 주체의 심리적 반응이다.[13] 중요한 것은 그 불안이 인물들의 수동적인 내면에서 더욱 확대재생산되고 나아가 여타 상황에 대한 반응을 조건짓는 실존적 의식의 토대로 내면화된다는 점이다. 그것은 층위를 달리하여 작가적 의식의 차원에서 보더라도 마찬가지다. 실제로 최인훈과 이청준, 김승옥은 그들 소설의 인물이 경험하는 큰 타자의 응시를 그 장면의 구체적인 세목을 떠나 작가 자신의 주체성을 압박하는 모든 현실적 요인으로까지 확장하여 일반화하고 있으며, 그 속에서 겪는 자아 해체에 대한 불안을 다른 소설들의 인물에게까지 형태를 달리하여 투사하고 있기 때문이다.

물론 그 불안은 항상 뚜렷한 형태로 표현되는 것은 아니다. 그것은 때로 소설의 표면에 눈에 띄게 드러나는 경우도 있지만 오히려 상당 부분 인물들의 의식구조나 행동양식의 근원으로 거슬러올라가 징후적으로 발견할 수 있는 것이다. 최인훈·이청준·김승옥의 소설에서 인물들이 보여주는 각기 고유한 인식이나 태도는 그 내용과 방식은 다를지언정 심층적인 차원에서는 어떤 형태로든 모두 이 불안에 의해 동기화된 것이라 보아도 크게 틀리지 않다. 그것은 특히 작가의 의식이 투사된 많은 인물들의 의식과 태도, 행위양식 등에서 나타나는 강박증적인 성격의 과잉에서 간접적으로 확인된다. 그것을 일러 증상(symptom)이라 할 수 있다면, 이를 불안에 대한 일종의 방어기제로 파악할 수 있는 근거는 충분하다.14)

최인훈의 대부분의 소설에서 인물들이 보여주는 자아에 대한 강박적인 집착 역시 본질적으로 이 불안에 대한 방어기제로 작동하는 것이라고 할 수 있다. 『회색인』에서 어린 독고준은 자기비판을 겪은 후 더욱더 책 속으로 '망명'하여 그 속에서 세계에 대한 자기의 "소유권"(『회색인』, 45면)을 굳히는 데 몰두한다. 이것은 독고준의 표현대로 자아에 대한 "맹렬한 집념"(『회색인』, 39면)의 표현이다. 이런 어린 독고준의 모습은 최인훈의 인물들에게서 공통적으로 나타나는 '자아완성'에 대한 집요한 욕망의 원형과도 같은 것이다. 특히 『광장』의 이명준에게서 전형적으로 나타나는 자아에 대한 강렬한 집착과 나르시시즘적 고착은 최인훈의 대부분 소설들에서 인물들의 의식과 행보를 결정짓는 중요한 동기로 작용한다. 그 이면에 존재하는 것은 물론 자아 해체에 대한 불안이다. 근본적으로 "갈래갈래 찢긴 나"15)에 대한 불안은 최인훈의 소설에서 "밀실 가꾸기"(『광장』), "보편과 에고의 황홀한 일치"와 "체계(體系)"에 대한 욕망(『회색인』) 등을 낳는 심리적 근원이다. 『회색인』에서 독고준 스스로 그것을 "소속할 체계를 잃은 에고가 자기 분열을 막기 위해서 환경과의 사이에 벌이는 본능의 싸움"(『회색인』, 170면)이라고 설명하는 것에서도 알 수 있듯이, 최인훈 소설의 인물들은 자아 해체에 대한 자신의 불안까지도 논리적으로 체계화하여 도식 속에 위치짓는 그런 인물이다.

「그레이구락부」, 「라울전」, 「가면고」, 『광장』, 『회색인』, 『서유기』 등 등단작에서부터 1960년대에 발표된 최인훈의 일련의 대표적인 소설들에서, 이러한 '자아완성'에 대한 주인공의 집요한 욕망과 그에 대한 직접적인 서술은 형태를 달리하여 끈질기게 반복된다. 작가의식의 차원에서 보더라도 이러한 끈질긴 반복(repetition)에서 이미 그 강박적 성격을 간접적으로 확인할 수 있거니와, 그 근원에 자아의 해체에 대한 불안이 있다는 것은 말할 것도 없다. 그리고 그 점은 다음과 같은 작가의 직접적인 진술에서도 어렵지 않게 확인된다. "결국 작가인 내가 인간으로서의 아이덴티티라고 하는 것에 집착하는 것은 스스로 어떤 인격적인 통합이 없다고 하는 것, 그런 공포에 직면해 살아왔다는 증거라고 할 수 있겠죠."16)

반면 이청준 소설의 인물들이 보여주는 갈등은 언뜻 최인훈 소설의 인물들이 겪고 있는 불안과는 그 성격이 다른 듯 보인다. 그렇지만 이청준 소설의 많은 인물들 역시 한결같이 어떤 불안에 사로잡혀 있기는 마찬가지다. 이청준의 소설에서 현실에 적응하지 못하고 소외된 많은 인물들에게서 보이는 광기와 불안에 대해서는 이미 적절한 지적이 있었으나,17) 이 글의 맥락에서 중요한 것은 작가의 의식이 투사된 지식인 인물들에게서 나타나는 불안이다.18) 간단히 말한다면, 그 불안은 많은 부분 '자기보존(Selbsterhaltung)'의 문제와 관련되어 있다.

이청준 소설의 인물에게서, 그러한 문제가 발현되는 양상은 다소 복잡하다. 이 지점에서 주목해야 할 것은 특히 그 인물들이 공통적으로 결정이나 선택을 미루면서 망설임을 거듭한다는 점이다. 「병신과 머저리」의 '나'는 그리다 만 그림을 앞에 두고 "아무것도 하지 못하고 초조하게 망설이고"[19] 있으며, 「쓰여지지 않은 자서전」의 '나'는 끊임없이 선택을 유보하면서 "결단의 문제로 돌아오기를 망설이고"(『쓰여지지 않은 자서전』, 220면) 있다. 써야 할 소설을 쓰지 못한 채 '조율'만으로 시간을 보내며 결단을 망설이는 『조율사』의 소설가 '나'는 물론이고, 「줄」과 「소문의 벽」 등에 등장하는 인물들 역시 모두 모종의 선택과 결단을 하지 못한 채 주저하고 있기는 마찬가지다.

선택이나 결단을 하지 못하고 끊임없이 망설이고 주저하는 것은 근본적으로 강박증적 태도의 핵심이다.[20] 그렇다면 그들은 왜 그렇게 망설이고 주저하는가? 이청준은 『쓰여지지 않은 자서전』에서 그 원인을 4·19의 가능성과 5·16의 좌절 사이에서 방황하는 4·19 세대의 세대적 특성에서 찾고 있지만[21], 오히려 이청준 소설의 인물에게서, 그리고 작가 자신에게서 그보다 더 중요하게 심층에서 작동하고 있는 것은 큰 타자의 응시를 끊임없이 의식하는 자기의식의 작용이다. 그리고 거기에는 "심문관의 정체를 알 수 없는 데서 오는 본능적인 불안"[22]이 있다. 이청준 소설의 근원으로 흔히 거론되는 "환부다운 환부가 없는" "아픔"(「병신과 머저리」, 111면)은, 정체를 드러내지 않고 개인의 삶을 휩쓸어가는 그 근대적 상징질서의 실체를 파악할 수 없다는 데서 오는 불안과 그 앞에서 더이상의 인식적 판단을 중지하는 무기력함이 뒤섞여 있는 심리의 표현이라고 할 수 있다.

그들이 보여주는 망설임은 정체를 파악할 수 없는 이 근대적 상징질서의 폭력에 한편으로는 순응하면서도 그와 함께 자신의 '개인적 진실'을 수동적으로 주장하는 행위이며, 역설적으로 그렇게 하는 자기 자신의 의식을 곱씹는 반성적 자기의식의 공간을 확보하는 것을 통해 자기의 존재를 확인하고 보존하는 일종의 선택이다. 이청준에게서, 주체성을 압박하는 근대적 상징질서의 위협에 대한 불안은 항시 그와 뒤섞여 존재한다. 다시 말해, 그것은 불안을 넘어서기 위한 반응인 동시에 또 그 자체가 강박증적인 불안의 기표이기도 하다.

김승옥 소설의 키워드로 거론되는 '자기세계' 역시 최인훈과 이청준 소설의 인물들과는 또다른 방식으로 겪는 불안의 산물이다. 앞에서 잠시 언급했듯이, 「乾」에서 위악적인 방식으로 자신의 정체성을 정립하는 '나'는 '자기세계'의 확립에 집착하는 김승옥적 인물들의 원형이다. 김승옥의 소설에서, 그 '자기세계의 확립'을 위해 흔히 동원되는 것은 타자에 대한 가학(加虐)이다. 예컨대 「환상수첩」에서 자신의 여자친구인 선애를 오영빈에게 넘겨주는 '나'(정우)나, 「생명연습」에서 약혼자를 범하고 홀로 유학길에 오르는 한(韓) 교수 등의 행위는 「乾」의 '나'의 행위와 마찬가지로 가학을 통한 위악적 정체성의 획득 과정을 전형적으로 보여준다. 이때 그들에게 그 가학의 대상은 주로 근대적 상징질서에 적응하고 그 안에 편입되기 위해서는 버려야만 하는 내면의 가치와 의미론적으로 연결되어 있다는 의미에서, 그들 행위의 심층에는 그것이 큰 타자의 응시에 응답함으로써 가까스로 획득한 정체성을 위협하거나 아예 그것을 불가능하게 할지도 모른다는 무의식적 불안이 자리잡고 있다. '자기세계'는 그러한 불안에 대한 가학적-자학적 방어를 통해 형성되고 있는 셈이다. 김승옥 소설에서 '자기세계'에 대한 집착이 본질적으로 강박증적인 성격을 갖는 것은 그 때문이다.23) 그렇게 보면, 거기에 "번득이는 철편(鐵片)"과 "눈뜰 수 없는 현기증", "끈덕진 살의"와 "마음을 쥐어짜는 회오(悔悟)"24)와 같은 격한 감정이 뒤섞이게 되는 것은 당연하다.

이처럼 1960년대 최인훈·이청준·김승옥 소설의 중심에는 각기 그 형식은 다를지라도 일종의 불안이 자리잡고 있으며, 그것은 그들 소설의 성격을 결정하는 중요한 심리적 근원이 되고 있다. 작가의 의식이 투사된 그들 소설의 인물들이 한결같이 강박신경증적인 의식구조와 행동양식에 의해 지배되고 있는 원인은 거기에 있다. 그들 인물의 의식과 행위는 적극적이든 수동적이든 이 불안에 대한 나름의 반응이면서, 동시에 그 자체가 불안의 표징이기도 하다. 그리고 그 근원을 거슬러올라가 보면 우리는 작가의 의식이 투사된 일종의 외상적인 원초적 장면(primal scene)을 발견한다. 왜소한 개인을 압박하는 큰 타자의 응시로 요약되는 그것은, 그것이 표면에 등장하는 소설에서는 물론이고 그렇지 않은 이 작가들의 대부분의 소설에서도 그 심층을 복류(伏流)하면서 소설 전반에 일종의 강력한 부재원인(absent-cause)과 같은 것으로 작용하고 있다. 이청준 소설의 표현을 빌린다면, 그것은 그들 "소설의 곳곳에서 무섭게 번쩍이고 있"(「소문의 벽」, 355면)다.

1960년대 최인훈, 이청준, 김승옥의 소설에서 많은 인물들은 그 큰 타자의 응시에 대한 응답으로서 그들의 주체성을 연출하고 구성한다. 그들의 내면은 그로 인한 공포와 불안, 신경증적 강박이 한데 뒤섞인 복잡한 모습을 띠고 있으며, 거기에 그러한 자기 자신의 상황을 곱씹는 반성적인 자기의식이 개입한다. 그리고 소설 속 인물들이 보여주는 주체성의 연출과 구성 과정에서 벌어지는 이러한 정황은 그대로 작가들 자신의 그것과 무관하지 않다. 그렇다면 이 모든 것의 현실적 근원은 어디에 있으며 그것을 통해 구성되는 미적 주체의 특성은 또 어떠한가?

4. 내면성의 구조와 미적 주체성의 성격

앞에서도 잠시 암시했지만, 최인훈·이청준·김승옥의 소설에 공통적으로 나타나는 외상적 장면은 그들이 겪은 한국적 근대의 경험과 밀

접한 관련이 있다. 그것은 주체를 짓누르거나 보이지 않는 위협 속에
몰아넣는 폭력적인 근대의 경험을 집약하고 있는 일종의 은유적 기표
다. 특징적인 것은 그것이 처음부터 작가들 자신에 의해 단지 의식적
혹은 논리적으로 한국적 근대를 상징하기 위한 지적 조작의 과정에서
제시되기보다는 한 개인의 일상적인 경험이 반영되고 심리적 리비도
(libido)가 투여되어 있는 구체적인 사건으로 형상화된다는 점이다. 거기
에는 작가들 자신이 폭력적인 근대에 노출되어 있는 무력한 한 개인으
로서 경험하는 공포와 불안이 투사되어 있다.

주목해야 할 것은 그 외상적 경험의 내용이 이데올로기 대립이나 전
쟁과 밀접하게 관련되어 있다는 사실이다. 최인훈의 소설에 나타나는
자기비판의 경험은 그 이데올로기 대립의 와중에서 개인이 겪는 정신
적 폭력이다. 그것은 개인의 내면을 억압하고 짓누르는 집단적 전체성
의 논리이며, 개인의 진실이 설 자리를 허용하지 않고 상징질서 밖으로
밀어내는 알 수 없는 힘이다. 이청준의 경우에도 그 점은 마찬가지다.
어둠 속에서 정체를 드러내지 않고 진술을 강요하는 전짓불의 폭력의
근원은 6·25로 더욱 격화된 이데올로기 대립에 있다. 김승옥의 「乾」에
서 '나'가 경험하는 "무시무시한 의지(意志)" 역시 개인들을 죽음과 공포
로 몰아넣는 정체 모를 거대한 힘 앞에서 겪는 무력한 개인의 심리가
투사된 것이며, 6·25는 그 역사적 근원이다.

1960년대 이들 작가의 소설에서, 이러한 외상적 경험의 자장이 소설
전체에 걸쳐 영향을 미치고 있는 것은 단지 그것이 갖는 심리적 강도
(intensity) 때문만은 아니다. 여기에는 어떤 근본적인 정신작용이 있다. 그
것은 그 외상적 장면의 핵심구도와 그곳에서 파생된 심리적 강도를 그
대로 1960년대 근대의 현실로 전이(轉移)시키는 것이다.

가령 최인훈의 경우 "두 개로 쪼개어진 이 자기"(『회색인』, 171면)라는
진술에서 드러나는 자아인식은 1960년대 소설 전체에 걸쳐 일관되는
것이거니와, 그것은 단지 "삶의 불확실함"25) 속에서 주체를 확고한 토

대 위에 온전하게 구축하기 힘들다는 인식에서 오는 것만은 아니다. 그 근원을 거슬러올라가보면 그것은 어린 독고준의 자기비판 장면에 맥이 닿는다. 지도원 선생이 알고자 하는 바를 자발적으로 고백하고 다른 한 편으로는 책 속으로 망명하여 자기세계를 구축하는 독고준의 행보에서 드러나는 것은 일종의 분열이다. 즉, 거기에서 벌어지는 것은 현실의 법 칙에 순응하는 경험적 자아와 내면의 윤리적 법칙을 따르는 선험적 자 아의 분열26)이다. 1960년대 최인훈의 소설은 그런 구도와 의식 아래 전 개되어나간다.27) 최인훈에게 1960년대 근대는 알 수 없는 힘으로 개인 을 짓눌러 분열을 강요하고 또다른 한편으로 그 분열된 자아의 통합을 갈구하게 만드는 어떤 억압적인 실체이며, 그의 글쓰기는 그 큰 타자의 응시를 의식하면서 이루어지는 것이다.28)

이청준의 경우는 더욱 분명하다. 1960년대 이청준의 소설에서 '전짓 불'은 '개인적 진실'의 자유로운 진술을 가로막는 현실의 억압적인 실 체로 그 의미가 확장된다. 『쓰여지지 않은 자서전』과 「소문의 벽」의 심 문관과, 「소문의 벽」에서 치료라는 명목으로 소설가 박준을 더욱 심한 광기로 몰아넣는 김 박사의 전짓불 등은 '개인적 진실'을 억압하는(혹은 그렇다고 생각하는) 1960년대 근대의 시대적 상황을 상징하는 기표로 자리 잡는다. 그것은 김승옥의 경우도 예외가 아니어서, 벽돌더미의 "무서운 의지(意志)" 앞에서 느끼는 불안과 공포는 1960년대 근대에 그대로 전이 되어 그의 소설 전체를 지배하는 무의식으로 작용하고 있다.29) 「무진기 행」 첫머리의 안개 이미지에서도 암시되듯 그에게 근대가 정체를 드러 내지 않고 개인의 삶을 휩쓸어가는 불안하고 불투명한 실체로 지각되 는 것은 거기에 그 "무서운 의지"의 인상이 의식적·무의식적으로 겹쳐 지고 있기 때문이기도 하다.

단적으로 말해, 그들의 의식 속에서 1960년대 근대에 대한 인식 혹은 정서는 이데올로기 대립과 6·25에서 비롯된 외상적 장면에서 주체가 경험하는 그것과 정확히 겹쳐진다. 그들의 소설에 나타나는 큰 타자의 응시는 이 1960년대 근대의 대체표상(Ersatzvorstellung)으로 작용한다. 그들에게 4·19와 5·16, 이어진 국가주도 근대화와 개발독재 등으로 특징지어지는 1960년대 근대가 개인의 삶을 짓누르면서 알 수 없는 불안과 공포, 무기력함으로 몰아넣는 불투명한 실체로 다가오는 근본적인 원인 중 하나는 그러한 의식작용에 있다.[30] 이렇게 볼 때, 그들의 소설에서 1960년대 근대는 4·19와 5·16, 근대화, 억압적인 주변부 근대체제 등과 같은 어느 하나의 단일한 기표로 환원될 수 있는 것이 아니다. 그들의 의식 속에서 1960년대 근대는 근본적으로 과잉결정(overdetermination)되어 있으며, 그 모순의 성격과 구조를 결정하는 최종심급은 6·25에 있다.[31] 1960년대 그들 소설의 배면에 깔려 있는 불안을, 1960년대 근대의 상황 자체를 그렇게 6·25에서 극적(劇的)으로 집약되는 자기상실에 대한 위험신호의 반복(repetition)으로 감지하는 심리와 경험구조에서 나오는 것으로 볼 수 있는 것은 그런 까닭에서다.[32]

이러한 사실에서 분명해지는 것은, 이 작가들이 1960년대의 근대현실을 구조화하는 방식이다. 그들의 소설에서 1960년대 근대는 개인의 삶을 좌절과 무기력 속으로 몰아넣는 보이지 않는 어떤 힘이 뭉뚱그려진 불투명한 전체(totality)로서 그려진다. 최인훈이 근대현실에 대한 지각을 "어느 보이지 않는 손"(「하늘의 다리」, 127면)에 대한 "감각적 공포"(「하늘의 다리」, 132면)로 요약하는 것이나, 이청준이 그 현실을 '전짓불'이라는 기표로 수렴시키는 것, 또 김승옥이 그것을 "사람들의 힘으로써는" "헤쳐버릴 수 없는"[33] 불투명한 안개의 이미지와 "회색빛 괴물"[34]로 지각하는 것은 그 대표적인 예라고 할 수 있다. 그리고 그 현실의 반대편에는 그에 짓눌려 좌절하고 회의하거나 방황하는, 그리고 그런 자기 자신의 상황을 응시하고 반추하는 무기력한 주체가 있다.

이 점은 정확히 1960년대의 객관적 현실이 갖는 특성이나 작가들 자신의 경험 그 자체에서만 기인하는 것은 아니다. 지젝(Slavoj Žižek)의 표현을 빌리자면, 이때 진실은 형식 속에 있다. 다시 말해, 그들이 파악하는

1960년대 근대는 그 자체로 객관적인 실재라기보다는 주체의 '형식적 행위(formal act)'를 통해 '산출'되고 정립된 현실이다. 그러한 방식으로 세계의 구조와 그에 대한 지각을 사전에 구조화하는 '형식적인' 행위는, 현실에 대한 그들 자신의 수동적이고 순응적인 태도가 정당하게 자리매김될 수 있는 공간을 마련하면서 한편으로 그 상징구조 속에서 그런 글쓰기 주체로서 자신의 위치와 역할을 정립하고 언표하기 위한 것이다.35)

　따라서 그런 형식적 행위는 그 자체로 자기 자신의 주체구성 행위와 다르지 않다. 그것은 1960년대의 근대적 상징질서라는 큰 타자(Other)의 응시에 대한 응답으로 구성되는 주체다. 이때 그 응답은 두 개의 계기로 구성된다. 그 하나는 1960년대 근대현실을 개인으로서는 어쩔 수 없는 불가항력적인 힘으로 받아들이고 그에 순응하는 것이다. 이것은 그들이 1960년대 근대에 대한 지각을 구조화하는 방식 자체에서 이미 분명하게 드러난다. 다른 하나는 그럴 수밖에 없는 자기 자신을 응시하면서 그 속에서 반성하고 회의하는 내면성을 통해 자신의 존재근거를 확인하는 것이다. 그리고 거기에 상보적(相補的)인 그러한 두 가지 형식의 수동적인 태도를 일종의 방법적 태도로 전화시켜 그것에 상징적 가치를 부여하고 미학화(aestheticization)하는 상징행위가 개입된다.

　최인훈과 이청준·김승옥 소설의 인물은 이러한 주체구성 과정을 수행적(performative)으로 연출해나간다. 작가들 자신이 거기에 자기 자신의 의식을 그대로 투사하고 있다는 점을 고려한다면, 그것이 그 작가들 자신에게서 벌어지는 일이기도 하다는 것은 분명한 사실이다. 그 과정에서 나타나는 반성적 자기성찰의 형식과 내용,36) 그리고 그 배면에서 작동하는 심리적인 불안과 동요, 분열이 1960년대 최인훈·이청준·김승옥 소설의 미학적 질을 형성하는 중요한 요인이라고 할 수 있다. 요컨대 이것이 1960년대 소설의 미적 주체가 구성되는 방식이며, 그들의 글쓰기 의식은 이곳에서 비롯된다.

이때 그 미적 주체는 그러한 과정에서 형성되고 표현되는 내면적 개인의 자율적 가치를 자기 존재의 원천으로 삼고 있다는 점에서 근본적으로 근대적 주체성의 또다른 표현이다. 그 점은 가령 최인훈과 이청준이 합리적 이성과 회의(懷疑)를 통한 반성적 자기성찰을 그들 소설의 중요한 소설적 원천이자 내적 원리로 삼고 있는 것에서도 분명히 드러난다. 김승옥의 경우도 그 나름의 방식으로 자기 자신을 의식에 현전 (self-presence)시켜 자기탐구와 자기표현의 길을 열어나가는 자기정의적 (self-definitive) 주체37)로서의 한 면모를 보여준다는 점에서 역시 마찬가지다. 그들 소설의 미적 근대성은 1960년대 근대에 대한 반응으로서 분열과 불안을 안고 전개되는 이 근대적 주체의 자기근거 확인을 위한 문학적 자기탐구의 산물이라고 할 수 있을 것이다.

중요한 것은 앞서 밝힌 그들의 '형식적 행위'에서도 암시되듯, 폭력적인 한국의 근대 그 자체가 그러한 그들 주체성의 구조 안에 이미―항상 그것을 주조(鑄造)하는 본질적인 구성요소로 내면화되어 있다는 점이다. 달리 말한다면, 정체를 알 수 없는 폭력적인 근대가 없다면 미적 주체로서 그들의 주체성도 없다. 그들의 주체성 자체가 1960년대 근대를 거부할 수 없는 불가항력적인 것으로 수락하고 그에 순응하면서 이루어지는 수동적이면서도 능동적인 일종의 반응형성물(reaction-formation)인 한에서, 주체성을 위협하는 한국적 근대라는 파괴적인 힘이야말로 그들 주체성의 실정적(positive) 조건이다.38) 1960년대 소설의 미적 주체가, 혹은 그 미적 근대성이 폭력적인 한국적 근대와 길항하면서도 동시에 공모(共謀)하고 있다고 볼 수 있는 것은 그런 까닭에서다.

1960년대 미적 주체의 '자율성'이라는 이념 혹은 가치는 이러한 토대 위에 정초되어 있는 것이다. 미적 주체로서 그들의 자율성은 1960년대 근대의 억압적 상징질서의 강박을 자기 자신의 본질적 구성요소로 받아들이는 한에서만 가능한 것이었고, 또 그 한가운데서 형성되는 자기의식의 분열과 굴절의 효과로 구성되는 특정한 내면성을 역으로 적극적인 상징적 가치로 전화시킴으로써 성립하는 것이었다. 그런 측면에서 그들의 소설은 1960년대 주변부 근대의 모순에 '개인'과 '내면'의 가치를 고수하며 문학적으로 반응한 근대적 주체의 자기의식의 산물이면서, 동시에 그 자체로 그 '개인'과 '내면'에 새겨진 한국적 근대의 그늘을 보여주는 하나의 뚜렷한 증상이기도 하다.

5. 1960년대 미적 주체의 위상

1960년대 소설의 미적 근대성은 6·25에서 시작하여 5·16을 거쳐 국가주도 근대화의 경제적·사회문화적 결과가 조금씩 자리를 잡아나가고 있던 시기, 그러한 한국적 근대에 대한 의식적·미학적 반응의 산물이다. 그리고 거기에는 '자유'와 '민주주의'라는 근대 자유주의적 이상의 좌절을 안고 근대에 짓눌리고 그와 얽히면서 자기의식을 가다듬고 펼쳐갔던 미적 주체의 문학적 탐구가 있었다. 탐구와 성찰의 시선을 안으로 돌려 짓눌린 자기의식을 응시하며 그것을 통해 내면적 자기확인의 길을 걸었던 그들의 소설은 한국적 근대에 대한 성찰적 반응이며, 또다른 한편 그 근대의 일부를 이루는 하나의 증상이기도 하다. 자기응시와 자기탐구를 통해 우회적으로 한국적 근대를 성찰하면서 동시에 은연중 그 근대와 공모하고 그 일부로 얽혀 들어간 1960년대 미적 주체의 운명은 '또다른 근대'를 상상할 수 없었던 본질적인 한계에서 비롯된 것이다. 헤겔(G. W. F. Hegel)의 표현을 빌리자면, 그것은 그들이 '자기의식의 배후'39)를 볼 수 없었기(혹은 보지 않았기) 때문이다.

'1960년대 소설'이라는 연대기적 기표로 불리는 하나의 문학사적 흐름은 그런 미적 주체의 문학적 자기의식의 전개를 통해 형성된 것이다.

물론 1960년대 소설의 전체적인 좌표와 의미가 이들의 문학을 통해서만 가늠될 수 있는 것은 아니다. 다른 한편에는 이른바 '창비 계열'이라고 일컫는, 넓은 의미에서 리얼리즘적 경향이라고 할 수 있는 흐름 또한 존재하기 때문이다. 그러나 최인훈, 이청준, 김승옥의 문학이 문학사적인 평가에서나 실제적인 측면에서 그들과 함께 1960년대의 문학장을 형성한 중요한 핵심축 가운데 하나였고 또 '1960년대 소설'이라는 기표에서 흔히 연상되는 특정한 미학적 질을 대표하고 있다는 점을 일단 인정한다면, 이들의 소설은 '1960년대 소설'이 갖는 인식적·정치적·미학적 특성의 한 축을 보여주는 거울이 될 수 있다. 이 글에서 주목한 것은 바로 그 점이었다.

물론 이 글에서는 그들의 소설이 각기 갖는 미학적 특징의 가닥을 하나하나 세세하게 헤아리지는 않았다. 그것은 일단 이 글의 논의 구도를 벗어나는 일이다. 다만 그 미학적 특징이 앞에서 살핀 미적 주체의 특성을 나름의 개성적인 방식으로 가다듬어간 문학적 탐구의 결과라는 당연한 지적만을 덧붙일 수 있을 따름이다. 그리고 그것이 각기 고유한 문학적 원리와 미학적 자질로 나타나고 있음은 물론이다. 그에 대한 상세한 논의는 차후에 다른 기회를 기약하고자 한다.

주석

1) 권영민의 『한국현대문학사』(민음사, 1993)는 이러한 관점에 선 문학사 서술의 대표적인 예라고 할 수 있다.
2) 진영복, 「한국 자본주의 형성과 60년대 소설」, 『1960년대 문학연구』(민족문학사연구소 현대문학분과), 깊은샘, 1998. 그 외에도 최근 이러한 관점은 특히 김승옥에 대한 작가론에서 반복적으로 나타나고 있는데, 거기에는 1960년대의 복합적인 시기적 특성을 '근대화'라는 지표로 단순화하는 논의의 전제가 알게모르게 깔려 있다고 볼 수 있다.
3) 이에 대한 비판과 함께 문학사적인 측면에서 1960년대가 갖는 전반적인 의미에 대해서는 김영찬, 『근대의 불안과 모더니즘』(소명출판, 2006)의 1부 제2장을 참조할 것.
4) 이때 응시는 주체를 규정하고 무엇보다도 그런 사실을 드러내지 않으면서 주체를 보여지는 존재로 만들어버리는 것이다(자크 라캉, 민승기·이미선·권택영 역, 「시선과 응시

의 분열」, 『욕망 이론』, 문예출판사, 1994, 198면). 이 글에서 응시는 주로 주체가 경험하는 상징질서의 응시, 즉 큰 타자(Other)의 응시라는 맥락에서 사용하며, 그런 측면에서 그것은 시각적 은유를 포함한 보다 넓은 의미를 함축한다.

5) 최인훈, 『회색인』, 문학과지성사, 1977, 43면. 이후 특정한 작품을 인용한 뒤에 다시 같은 작품을 인용할 때는 인용문 뒤에 작품명과 책의 면수를 부기하는 것으로 대신한다.

6) 트라우마(trauma)는 주체가 적절하게 반응할 수 없는, 주체에게 오랫동안 지속적인 효과를 야기하면서 주체의 삶을 강력하게 지배하는 사건으로서, 그 상황을 이후에도 끊임없이 자신 속에 위치짓는 강박적 반복행위 속에서 주체에게 반복적으로 되돌아오는 강렬한 경험이다. J. Laplanche and J.-B. Pontalis, *The Language of Psycho-Analysis*, Trans., Donald Nicholson-Smith, W・W・Norton & Company・Inc・, New York, 1973, pp.465~469 참조.

7) 최인훈, 『화두』 2권, 민음사, 1994, 77면.

8) 이청준, 「퇴원」, 『별을 보여드립니다』, 일지사, 1971, 7면.

9) 이청준, 「쓰여지지 않은 자서전」, 『소문의 벽』, 민음사, 1972, 106면.

10) 김승옥, 「乾」, 『김승옥 소설전집』 1, 문학동네, 1995, 54면.

11) 다리안 리더, 이수명 역, 『라캉』, 김영사, 2002, 50면 참조

12) 이에 대한 작가들 자신의 언급은 다음과 같은 자전적 소설이나 좌담에서 확인할 수 있다. 최인훈, 『화두』, 민음사, 1994; 이청준, 「전짓불 앞의 방백」, 『키 작은 자유인』, 문학과지성사, 1990; 김병익・김승옥・염무웅・이성부・임헌영・최원식(좌담), 「4월 혁명과 60년대를 다시 생각한다」, 『4월 혁명과 한국문학』(최원식・임규찬 편), 창작과비평사, 2002.

13) 위험에 대한 반응으로서 불안의 성격에 대해서는 지그문트 프로이트, 황보석 역, 『억압, 증후, 그리고 불안』, 전집 12권, 열린책들, 1997, 293면과 310~315면 참조.

14) 예컨대 임상적인 측면에서 볼 때, 강박신경증을 포함한 모든 신경증에서 증상은 불안에 대한 방어기제다. 카렌 호니, 이혜성 역, 『문화와 신경증』, 문음사, 1994, 22~23면 참조.

15) 최인훈, 「그레이구락부 전말기」, 『총독의 소리』, 1968, 홍익출판사, 17면.

16) 최인훈・한승옥, 「대담―신화의 진액을 퍼올리는 고독한 예술가의 초상」, 『동서문학』, 1989년 8월호, 41면.

17) 김현, 「장인의 고뇌」, 『사회와 윤리』, 일지사, 1974.

18) 예컨대 정과리는 「조율사」를 분석하면서 지식인인 '나'의 무기력과 불안이 자기 정립에 실패한 시민의 '소시민의식'에서 비롯된 것이라고 하고 있으나, 이 글에서 관심을 갖는 것은 그보다는 그 이면에서 작동하는 심리적 메커니즘이다. 정과리, 「지식인의 사회적 자리」, 『존재의 변증법』 2, 청하, 1986, 114면.

19) 이청준, 「병신과 머저리」, 『별을 보여드립니다』, 일지사, 1971, 108면.

20) 레나타 살레클, 이성민 역, 『사랑과 증오의 도착들』, 도서출판b, 2003, 22면 참조.

21) 이청준, 『쓰여지지 않은 자서전』, 『소문의 벽』, 민음사, 1972, 116~121면.

22) 이청준, 「소문의 벽」, 『소문의 벽』, 민음사, 1972, 358면.

23) 이에 대한 상세한 분석과 함께 김승옥 소설에서 불안을 통해 형성되는 '자기세계'의 성격에 대한 전반적인 설명은 김영찬, 「김승옥 소설의 심상지리와 병리적 개인의식의 현상학」, 『비평극장의 유령들』, 창비, 2006 참조.

24) 김승옥, 「생명연습」, 『김승옥 소설전집』 1, 문학동네, 1995, 30면.

25) 최인훈, 「하늘의 다리」, 『하늘의 다리―두만강』, 전집 7권, 문학과지성사, 1978, 40면.

26) Andrew Feenberg, *Lukacs, Marx and the Sources of Critical Theory*, Rowman and Littlefield, pp.111~112.

27) 이는 다음과 같은 최인훈의 진술에서도 확인할 수 있다. “이 재판이 나를 떠나지 않는 더 중요한 까닭은 이후의 나의 생애 전체를 통하여 내가 성인으로 살아가는 현실도 이 재판의 모습으로 진행되었고, 나의 직업상의 경력도 이 재판을 빼다꽂은 듯한 유사성을 가지고 진행되었다.” 최인훈, 『화두』 2권, 민음사, 1994, 77면.

28) 최인훈의 경우에는 여기에 ‘LST 체험’에 대한 자의식이 더해진다. 이에 대해서는 이창동·최인훈(대담), 「최인훈의 최근의 생각들」, 『작가세계』 1990년 봄호, 50면 참조

29) 다음과 같은 김병익의 진술도 이 점을 지적하고 있는 것이다. “이청준과 김승옥이 세계를 강박적인 공포와 현란한 불안으로 인식하고 있다면 그것은 세계를 처음 알기 시작한 소년기의 체험에서 빚어진 것이다.” 김병익, 「분단의식의 문학적 전개」, 『상황과 상상력』, 문학과지성사, 1979, 24면.

30) 1960년대 문학의 형성조건을 설명할 때 6·25 혹은 1950년대를 결정적인 지배소로 고려하지 않고 있는 최근 1960년대 문학에 대한 대부분의 연구는 이 점을 간과하고 있다.

31) 과잉결정에 대해서는 Louis Althusser, *For Marx*, tran. Ben Brewster, NLB, 1977, pp.101~113 과 pp.200~217 참조.

32) 프로이트에 따르면, 불안은 외상적 순간이 반복될 수 있다는 위험 신호다. 지그문트 프로이트, 임홍빈·홍혜경 역, 『새로운 정신분석 강의』, 전집 3권, 열린책들, 1996, 136면.

33) 김승옥, 「무진기행」, 『김승옥 소설전집』 1, 문학동네, 1995, 126면.

34) 김승옥, 「차나 한 잔」, 위의 책.

35) ‘전제의 정립’이라 할 수 있는 이런 ‘형식적 행위’의 메커니즘에 대한 조금 다른 맥락에서의 상세한 설명은 슬라보예 지젝, 이수련 역, 『이데올로기라는 숭고한 대상』, 인간사랑, 2002, 359~370면 참조.

36) 이에 대한 상세한 논의는 김영찬, 『근대의 불안과 모더니즘』의 제1부를 참조할 것.

37) 자기정의적 주체에 대해서는 황종연, 「내향적 인간의 진실」, 『비루한 것의 카니발』, 문학동네, 2001, 117~122면 참조

38) 이러한 논리는 부정성이 일관된 동일성의 실정적 조건이 된다는, 헤겔의 ‘부정의 부정’에 대한 지젝의 해석 논리를 그 본래 맥락에서 떼어내어 달리 전용한 것이다. 슬라보예 지젝, 앞의 책, 288~299면 참조

39) G W. F. 헤겔, 임석진 역, 『정신현상학』 I, 지식산업사, 1988, 239면.

파우스트의 시대
김광식 · 김동립 · 남정현 · 박태순 · 김정한 소설 재론

김형중

1. 60년대 소설을 보는 관점

1960년대 소설을 개관하는 한 편의 글에서 서경석은 다음과 같이 쓴다.

> 60년대 소설들 가운데 몇 부분을 검토하는 자리의 결론이란 엄격히 말하자면 '70년대의 소설'로 표현할 수밖에 없다. 60년대의 결론이란 70년대의 소설이며 60년대 소설의 성과와 한계란 곧 70년대 소설로 이어진다는 것, 그것이다. 한 평론가는 이를 '60년대는 씨앗이다'라고 지적했듯 이제 70년대 소설은 60년대의 가능성들을 모조리 현실화시키기 시작한다.[1]

그에게 한국의 1960년대 소설이란 1970년대에 가서야 맺게 될 결실을 예비하는 일종의 파종(播種)작업이다. 이 논지대로라면, 이후 시대와의 비교 속에서 좀(혹은 많이) 모자라거나, 아니면 다소(혹은 놀라울 정도로)

예언적이랄 수는 있되, 그 자체로서 문학사적 의미를 지니기는 힘든 것
이 60년대 소설이다. 서경석이 유독 단정적인 어투를 사용하고 있달 뿐,
다른 연구자들에게서도 60년대 소설사를 전미래 시제로 쓰려는 관습적
서술 태도가 읽혀지기는 마찬가지다. 정희모는 "60년대 서사적 소설은
50년대 서사 중심의 소설을 이어받고 있으며, 70년대 민중적인 리얼리
즘 소설로 건너가는 징검다리의 구실을 하게 된다"2)라고 말하고, 하정
일은 "(60년대 소설에서) …… 민중의 발견은 그런 점에서 7,80년대 문학에
등장하는 '실천의 서사'를 가능케 해 준 원동력이 되었다고 할 수 있
다"3)라고 말한다.

　이처럼 한 시대의 소설사를 전미래 시제로 쓰려는 의도의 이면에는
한국의 문학사 연구가 아직 벗어나지 못하고 있는 어떤 뿌리 깊은 관습
이 작동하고 있는 것처럼 보인다. 그것은 선조적(線條的)이고 목적론적인
문학사 서술의 관습이다. 이 관습에 따르면 50년대 한국 소설은 전쟁의
트라우마에서 벗어나지 못한 연유로 어떠한 전망도 없는 절망과 신음
의 문학이었다. 그리고 4 · 19와 함께 시작된 60년대 한국문학은 50년대
의 절망을 딛고 나이브한 수준에서나마 민중을 발견한다. 혹은 개인의
내면을 발견한다. 이어 70년대 개발독재의 전성기에 이르면 한국 소설
곳곳에서 민중적 현실이 탐사되고, 5 · 18 민중항쟁과 함께 시작된 80년
대에 이르면 드디어 계급적 각성을 이룬 민중문학이 만개한다…….

　거대서사의 종언 운운하는 추상적인 논의는 제쳐두더라도, 60년대의
개별 작가와 작품을 연구함에 있어 이런 식의 목적론적 문학사 서술은
득보다는 실이 많아 보인다. 가령 우리 문학사가 박태순을 『무너진 극
장』의 작가보다는 '외촌동 연작'의 작가로 기억하게 된 사정, 남정현의
그 숱한 정신병리적 주인공들은 허술하게 다루면서 「분지」의 반미주의
만 특권화 시켜 다루게 된 사정, 김정한의 「제3병동」이 민초들의 가난
에 대한 이야기란 점은 지적하되, 그 작품이 품고 있는 '파우스트적 고
뇌'에 대해서는 주의조차 기울이지 않게 된 사정이 모두 여기서 비롯되

었다고 해도 과언이 아니다. 또한 김동립의 「대중관리」(1959)나 김광식의 「213호 주택」(1956)처럼 50년대에 발표된 소설로서는 예외적이라 할 만큼 '근대적'인 작품들에 대해서는 거의 언급조차 이루어지지 않은 것도 같은 이유에서였을 것이다. 목적론적 역사는 항상 예외를 배제한다. 70년대 한국소설을 과연 '민중의 등장'이란 단선적 키워드로 정리할 수 있겠는가는 별도로 하더라도, 70년대 소설을 잣대로 60년대 소설을 바라보면 정작 60년대 작가들이 자신의 시대와 맞대면하면서 벌인 고투는 희석되거나 사상되기 마련이다. 이 글은 이런 문제의식 하에 김광식·김동립·남정현·박태순·김정한 문학을 전미래시제가 아닌 바로 60년대 당대의 관점에서 재론해 보고자 씌어진다.

2. 60년대 소설의 기점 재론

그러나 70년대 문학의 전미래가 아닌 '60년대, 바로 그 당대의 문학'의 범위와 특징을 설정하는 일 또한 쉬운 일은 아니다. 60년대 문학은 언제 시작되어 어떤 방식으로 당대의 시대 현실과 고투를 벌이다가 이후 시대에 자리를 내주게 되는 것일까? 흔하게 제시되는 답이 4·19가 바로 60년대 문학의 기점이자, 60년대 문학의 형질을 결정했다는 시각이다. 그러나 제아무리 거대한 변화를 촉발했다 하더라도 단일한 정치적 사건이 곧바로 문학사상의 중요한 변화를 가져온다는 판단은 어딘지 단선적이고 결정론적인 데가 있어 보인다. 게다가 4·19혁명 자체가, 모든 혁명들이 다 그렇듯이 어느 순간 갑자기 발생했다기보다는 오랜 역사적 계기들의 누적이 특정 시점에 이르러 폭발한 사건이란 사실을 상기하면, 60년대를 1960년 4월의 어느 날에 시작되었다고 보기는 더욱

더 힘들어진다.

그렇다면 4·19 이전, 즉 50년대 문학 속에서 '60년대적인 것'의 징후를 찾는 것이 보다 합리적이고 합당한 태도가 되는 것이 아닐까? 그런 점에서 하정일이 50년대 후반 소설들에서 나타나는 '결별의 모티브'에 각별한 주의를 기울인 사실은 주목을 요한다. 그는 "50년대 후반에 두루 발견되는 '결별'의 모티프에 주목할 필요가 있다. 결별의 모티프란 한마디로 과거와는 다른 삶을 살려는 의지의 표현이다. 곧 삶의 좌표를 잃고 절망과 좌절 속에서 허우적대던 과거를 탈피해 새로운 삶을 살아가겠다는 의지가 결별의 모티프로 표현된 것이다"라고 말하면서, 그 예로 이범선의 「오발탄」, 손창섭의 「유실몽」, 이호철의 「탈향」, 그리고 가장 중요하게 박경리의 「불신시대」의 결말부를 거론한다.4) 「불신시대」가 57년에 발표되었으니 이때 이미 전후세대와 50년대 작가들로부터 자신이 속했던 시대와 결별하려는 시도들이 있었다는 것이다.

그러나 한 시대와의 결별이 다음 시대를 즉각적으로 배태하는지는 미지수다. 게다가 하정일이 이후 논의에서 전형적인 60년대 작가들로 거론하고 있는 최인훈, 김승옥, 이청준, 박태순, 김정한 등은 결별의 모티프를 작품화한 작가들이 아니란 점도 고려할 필요가 있다. 정작 50년대와 결별한 작가들은 60년대적인 문학의 개시에 그다지 기여한 바 없다는 이야기인데, 그렇다면 '60년대적인' 문학은 결별의 모티프와는 별도로, 다른 곳에서 다른 방식으로 시작했다고 보아야 한다는 말이 된다.

그간 문학사에서 자주 언급되지 않았지만, 이 지점에서 거론되어 마땅한 두 작가가 김광식과 김동립이다. 김광식의 「213호 주택」(1956)과 김동립의 「대중관리」(1959)는 50년대와의 결별을 소리 높여 선언하지 않으면서도 단호하게 50년대적인 정조를 벗어나 60년대 이후 현재까지 한국 사회의 가장 큰 사회적 화두가 될 '한국적 모더니티'의 문제를 소설적 화두로 제기한다.

3. 전쟁 외상의 종결과 근대 앞의 공포—김광식·김동립·남정현의 경우

1960년대 소설이 김광식의 「213호 주택」과 김동립의 「대중관리」에서 징후적으로 출현한다고 하는 이유는 이 두 작품의 근저에 놓인 시대적 트라우마가 50년대 작가들의 그것과는 전혀 다른 곳에서 비롯되기 때문이다. 대상 세계로부터 모든 리비도 에너지를 철회해 버린 듯한 손창섭의 우울증적 글쓰기나 현실 적부심을 완전히 무시한 채 오로지 사변으로 이루어진 장용학의 망상적 글쓰기는 트라우마로서의 전쟁 체험을 그 기원으로 삼고 있다. 정도의 차이는 있다 하더라도 50년대 한국소설을 지배했던 절망과 우울, 병리와 불구의 정조 이면에는 항상 전쟁이 트라우마로써 작용하고 있었다. 그러나 김광식과 김동립의 이 두 작품에서 이제 전쟁 트라우마는 '근대에 대한 공포'로 '대체'(극복이 아니라)된다.

김광식의 「213호 주택」은 하정일이 주목한 박경리의 「불신시대」와는 다른 측면에서 '전후소설'의 시대가 끝나가고 있음을 예견한 작품이다. 물론 이 작품에도 전후소설에서 흔하게 발견되는 정신병리의 징후는 나타난다. 그러나 김광식의 작품에 나타난 정신병리는 전후소설의 그것과 사뭇 다르다. 증상이 다른 것이 아니라 그 증상을 유발한 시대적 트라우마가 다르다. 다음을 보자.

> 눈을 감고 걷던 김명학씨는 육십 미터쯤에서 눈을 떴다. 틀림없는 자기 집 앞이었다. 그는 현관에 들어가 웃저고리를 벗어 던지고 곳간으로 나가 삽을 들고 나오는 것이었다. 그리고 길가에서 현관으로 들어가는 뜰길에 발자국을 내어놓고 그 발자국 하나하나를 파내는 것이었다.
> 아내는 보다 못해,
> "여보, 왜 이러세요, 왜 이래요"
> "왜 이러긴 뭐가 왜 이래."
> 그는 곳간 담밑에 가서 벽돌을 안고 왔다. 벽돌을 수없이 날라놓고 그 발자

국 구멍에 벽돌 둘씩을 가지런히 놓고 발돋움길을 만드는 것이었다.

아내는 무슨 영문이지 모르고 이러한 남편이 슬프게만 보였다.

"여보, 당신, 정말 이게 뭐에요 사람이 돌기도 한다더니 정말 돌았수."

"돌아? 누가……돌지 않기 위해서 이렇게 해놓는 거야."

그는 발돋움길이 되자 몇 번이고 그 발돋움길을 걸어본다. 또 눈을 감고 걸어본다.

아내는 남편이 가엾었다.

김명학씨는 다시 부엌으로 들어가 식칼을 들고 나오는 것이다. 그의 아내는 깜짝 놀랐다. 아내는 남편의 칼 든 손을 붙들고 그 칼을 뺏으려 했다. 무슨 영문인지 몰랐다. 그는 아내를 밀어버리고 현관문의 손잡이 근방을 깎아내는 것이다. 마치 일본 빨래판 모양 손잡이 부근을 깎아내고 파내는 것이었다. 그리고 그는 눈을 감고 손잡이 부근을 쓸어보는 것이다.

김명학씨는 다시 길가로 나와 현관 발돋움길을, 눈을 감고 걸어가 문의 손잡이 부근을 쓸어보고, 문을 드르륵 하고 열어보는 것이다.

몇번이고 몇번이고 같은 동작을 계속하는 것이다.

그의 아내는 형용할 수 없는 서로운 눈물에 흐느꼈다.[5]

인용문으로 미루어 보건대, 「213호 주택」의 주인공 김명학씨는 일종의 강박신경증을 앓고 있는 것으로 보인다. 아무런 의미 없는 행위, 즉 강박행위(정확한 보폭의 발자국을 새겨 집까지의 거리를 완벽하게 보폭과 일치시키려는 행위와 현관 문 손잡이에 표시를 해 자신의 집임을 확인하려는 행위)를 반복하고 있기 때문이다. 그러나 그의 증상은 전쟁 체험으로부터 비롯된 것이 아니다. 그의 증상의 기원에는 전쟁이 아니라 실직 체험이 있다. 즉 느닷없는 실직이 그의 증상을 일으킨 트라우마다.

그가 실직한 것은 정확하게 구분된 시간, 일상의 계획표, 조직생활의 규율 등에 그가 적응하지 못했기 때문이다. 그는 동일한 크기, 동일한 형태로 지어진 주택단지에서 길을 잃은 바 있고, 또한 동일한 일과표 동일한 노동이 계속되는 직장에서도 밀려난 참이다. 따라서 그의 증상은 가령 손창섭의 작품 「잉여인간」의 봉우가 보여주는 것과 유사하지만, 증상을 일으킨 병인은 사뭇 다른 데서 찾아야 한다. 전쟁 중 도피체험을 반복하는 봉우와 달리 김명학씨의 자아는 전후에 재편되기 시작한 자본주의적 규율권력에 제대로 대응하지 못한 탓에 강박증을 보이고 있다. 그렇다면 그가 보여주는 강박신경증은 전쟁으로부터 온 것이 아니라 획일과 정확성을 강요하는 자본주의적 일상으로부터 온 것이다. 그가 강박적으로 '정확성'을 추구하고, 제 집 찾기(곧 자아정체성 찾기)에 몰두하는 것은 바로 그 자본주의적 정확성에 심리적으로 패배했기 때문이다.6)

김동립의 「대중관리」 역시 마찬가지다. 이 작품의 두 주인공 창수와 이계장이 보여주는 불안히스테리는 전쟁과는 무관하다. 창수가 새로 취직한 의류공장에서 졸도하기 직전에 본 것은 다음과 같다.

> 작업표—여직공 H의 실례가 도표화되어 있다.
> 1. 작업 내용, '소매 만들기'.
> 2. 한 건의 소요시간, 5분 30초.
> 3. 하루의 작업시간, 7시간 10분.
> (이 작업시간은 아침 8시부터 오후 6시 퇴근할 때까지 점심시간 한 시간과 오전 10시에서 15분, 오후 3시에서 15분, 합계 30분간의 휴식시간에다가 재봉틀에 기름 주는 시간과 변소에 가는 시간을 합한 20분을 빼고 난, 순전히 작업에만 소요하는 시간을 말함.)
> 4. 따라서 H가 생산하는 하루의 생산량은 '소매 만들기' 78개.
> 5. 잉여시간, 5초.7)

이미 푸코의 『감시와 처벌』에 익숙해진 우리에게 이 장면은 '근대적 규율권력'이 작동하는 전형적인 사례로서 모자람이 없다. 이 작품 속에서 공장은 일종의 판옵티콘으로 제시되고, 그 안의 노동자들에게는 초단위의 일과표와 심지어 매 순간의 노동 동작에 대한 치밀한 강제마저 주어진다. 창수를 불안 히스테리에 시달리게 한 것은 바로 그 근대적 규율권력에 대한 공포다.

요컨대, 이 두 작품에서 외상으로서의 전쟁은 후경으로 밀려나고 대신 이제 막 산업사회에 진입한 한국 사회의 자본주의적 일상이 전경에 나타난다. 그런 의미에서 이 두 작품 속의 주인공들은 전후소설의 주인공들보다는 김승옥이나 박태순 소설 속의 무미건조한 '서울 생활자'들을 닮아 있다. 김광식과 김동립의 작품을 50년대에 씌어진 60년대 문학의 징후라고 말한 이유가 여기에 있다.

김광식과 김동립의 작품을 60년대 소설의 징후라고 볼 경우, 이 두 사람이 제기한 근대 규율권력과 현대인의 심리 문제를 계승하고 확대한 작가는 다른 누구보다도 남정현으로 보인다. 남정현의 소설은 60년대 한국의 개발독재가 개인의 심리에 가한 폭력의 문제를 마치 임상 사례 보고서를 방불케 할 정도로 많은 병리적 주인공들을 등장시켜 탐구하고 있기 때문이다. 그러나 그간 남정현 문학에 대한 연구들은 거의 예외 없이 이 점을 간과하거나 무시해왔다. 대부분의 남정현 연구들은 문학사회학적인 견지에서, 특히 「분지」를 중심으로 이 작품이 본격적인 반미문학의 효시를 이룬다는 측면을 주로 다루어 왔다.[8] 물론 「분지」 필화사건이 불러일으킨 사회적 파장[9]이나 남정현 소설의 선명한 정치적 주제의식 등은 고려해야 하겠으나, 그럼에도 불구하고 이런 방식의 연구 이면에 예의 그 목적론적 문학사 서술 태도가 가로놓여 있다는 사실을 부인하기는 힘들다. 남정현의 「분지」는 80년 오월 항쟁 이후 본격화될 반미소설(김인숙·정도상 등의)에 대한 일종의 전미래 형태로 이해되어 왔던 것이다.

남정현 소설 전체를 일별할 때, 정신병리적 상태에 있는 주인공이 등장하지 않는 작품은 없다. 심지어 반미소설의 효시를 이룬다는 「분지」의 주인공조차도 일종의 과대망상적인 인물로 그려진다.

활빈당(活貧黨)의 수령으로서 호풍환우(呼風喚雨)하는 둔갑술이며 신출귀몰

하는 도술(道術)로써 썩고 병든 조정(朝廷)의 무리들을 혼비백산케 하신 제 선
조인 홍길동의 비방(秘方)을 최대한으로 활용함으로써 사후(死後)의 당신이나
마 저도 한 번 부모님을 기쁘게 해드릴 생각으로 저의 가슴은 지금 출렁거리
는 것입니다. 기대하여 주십시요. 어머니.10)

위의 인용문은 「분지」의 주인공 홍만수가 어머니에게(남정현 소설에 자
주 등장하는 부자간·모자간·부부간 갈등과 애증의 문제, 곧 오이디푸스적 테마는 따로
분석을 요한다)에게 보낸 편지의 일부이다. 홍길동과 자신을 동일시하면서
그가 보여주는 과대망상, 혹은 구세주망상은 그를 반미투쟁의 선구적
인물로만 보기 힘들게 한다. 즉 알려진 바와는 달리, 남정현의 풍자 속
에서는 긍정적인 인물이든 부정적인 인물이든 하나같이 신경증 환자들
로 그려지고, 바로 거기서 남정현 소설 특유의 '정신병리적 풍자'가 발
생한다. 사실 남정현의 소설 세계는 홍만수가 보여주고 있는 망상과 편
집증으로 시작해서, 여러 도착(특히 好糞症)적 증세들과 강박 및 불안에
이르는 다양한 신경증 징후들의 진열장이라고 해도 과언이 아닐 정도
로 정신병리의 모티브에 깊게 침윤되어 있다.11) 그 중 특별히 거론할
만한 것은 위생에 대한 강박이다. 아래는 위생과 현대의 관계에 대한
남정현식 고현학이 전형적으로 드러나는 부분이다.

관수는 이게 혹시 매일 아침 한국식 변소라는 델 드나든 죄로 박테리아의 피
해를 혼자서만 입고 있는 증거인지도 모르겠다는 두려움에 순간 가슴이 섬뜩해
지던 것이다. 그러나 박테리아의 피해를 입으면 입었지 단박에 지금 현대인으
로 승격하기 위해 차마 방안에서 그 짓만은 못 할 노릇이라고 생각한 것이다.
왜 그런지 관수는 방 한가운데서 요강을 잡아타고 몸을 뒤트는 그 꼴이 '현대
인'이 추구하는 모습이라기엔 참으로 어울리지 않는 것 같아서 아내를 쳐다보
다 실없이 웃어 버리고 말았던 것이다. 아내는 그때 관수의 웃음이 혹시 만학의
기쁨이라도 표시하는 것으로 짐작했던지 금방 눈살을 부드럽게 굴리며.
"글쎄 말여요. 당신도 이제 위생학에 관해서 그만한 상식쯤은 항상 몸에 지
니도록 노력하세요 내가 다스리는 식모애의 태도를 좀 보란 말예요 얼마나

정결한가를. 그게 다 내 위생학의 표현인 줄을 원 아시는지 모르시는지.”12)

「너는 뭐냐」의 신옥은 위생 강박증 환자의 전형적인 예라 할만하다. 신옥은 ‘현대’의 위생학을 이유로 들어 바이러스 감염에 대한 극도의 혐오증을 보인다. 그리하여 이로부터 발생하는 불안을, 식모에게 마스크 씌우기, 요강에 배변하기 등의 강박 행위로 대체한다. 그녀에게 현대는 곧 위생이다. 남편에 대한 그녀의 현대적 위생 강의는 계속 이어진다. 위생은 신체에 대해서뿐만 아니라 대 사회적활동에 대해서도 지켜져야 하는데, 그래서 그녀는 남편에게 인정도 동정도 버리고 기계처럼 조직적이고 빈틈없는 삶을 살 것, 미국을 본받을 것, 현대적 데모크라시를 배울 것, 금전 거래 방식에 익숙해질 것, 여인을 아끼는 부르주아적 에티켓을 습관화할 것 등등을 강요한다.

문제는 그녀의 남편이자 주인공인 관수이다. 그는 아내가 강요하는 바로 그 현대적 위생학 앞에서 항상 주눅들고 불안하다. 관수의 태도는 이제 막 불어 닥치기 시작한 있는 근대화 바람 앞에서 채 그 근대에 적응하거나 맞설 준비가 되어 있지 않았던 60년대 한국인들의 내면세계가 어떠했던가를 풍자적으로 보여준다. 소설 말미 결국 견디지 못한 관수가 아내의 멱살을 부여잡고 외치는 “너는 뭐냐?”라는 말은 곧 근대성의 본질은 무엇인가에 대한 질문이자, 반항이며, 엄청난 속도로 시작된 한국적 근대 앞에서 정체성을 찾을 길 없는 병리적 주체의 발악으로 읽힌다.

그렇다면, 남정현의 경우를 두고 볼 때, 근대성이라고 하는 타자의 ‘응시’가 60년대적 작가들의 작품 속에서 항상 등장인물과 작가의 불안 의식으로 나타난다는 김영찬의 논의13)는 반드시 최인훈이나 김승옥·이청준에게만 적용되는 것이 아니다. 김동립이나 김광식이 그랬듯, 근대라는 거대한 타자의 응시 앞에서 불안해 하기는 남정현의 주인공들도 마찬가지다. 그런 측면에서라면 이들 작가들이 딱히 60년대 한국의 근대 논의와 관련해 부차적인 작가로 취급될 이유가 있어 보이지는 않는다. 그들 문학의 기저에도 분명 근대의 응시에 대한 불안이 존재하기 때문이다.

오히려 그들의 한계로 지적될 것이 있다면, 그것은 불안의 유무가 아니라 불안의 성격이다. 그들이 보여주는 불안은 분명 즉자적이고 일면적인 데가 있다. 왜냐하면 그들은 근대의 양면성, 곧 생산과 파괴의 변증법적 과정에 대한 깊은 이해에 도달했다기보다는 주로 닥쳐올 근대가 가져올 재앙에 대해서만, 그것도 대부분 알레고리나 풍자의 형식으로 대응했기 때문이다. 다른 말로 하자면 그들에게는 괴테가 일찍이 『파우스트』를 쓰면서 도달했던 근대의 변증법에 대한 감각이 결여되어 있다. 버먼이나 모레티가 공히 지적하듯이, 괴테는 파우스트를 '피가 뚝뚝 듣는 본원적 축적의 시'로 썼을 뿐만 아니라, 끝없이 자기를 성찰하는 근대성의 비극적 고뇌에 관한 시로 쓰기도 했다.

> 파우스트 : 하지만, 저주스러운 곳이다!
> 바로 이곳이 참을 수 없도록 날 괴롭히고 있다.
> 만사에 능한 자네에게 고백하거니와11235행
> 내 가슴을 쿡쿡 찌르는 것이 있어,
> 그것을 도저히 참을 수가 없다!
> 이런 말 하는 것이 부끄럽지만,
> 저 언덕 위의 노인들을 몰아내고
> 보리수 그늘을 내 자리로 삼고 싶다.11240행
> 내가 갖지 못한 저 몇 그루 나무들이
> 세계를 차지한 보람을 망치고 있구나.
> 저곳에서 사면을 둘러보도록
> 나뭇가지 위에 발판을 만들고 싶다.
> 멀리까지 시야가 터지게 해서11245행
> 내가 이룬 모든 것을 바라보겠다.
> 현명한 뜻으로 백성을 위해

넓은 복지의 땅을 마련해 준
인간 정신의 걸작품을
한눈에 둘러보고 싶단 말이다.11250행

부유한 가운데 결핍을 느낀다는 건
우리의 고통 중에 가장 혹독한 것이다.
저 종소리와 보리수 향기
교회와 무덤 속인 양 나를 휩싸는구나.
더없이 강력한 의지의 선택도11255행
이 모래에 부딪히면 산산이 부서진다.
어찌하면 마음속에서 몰아낼 수 있으랴!
저 종소리 울리면 미칠 것만 같구나.14)

인용문에서 파우스트는 거대한 바다를 메우는 '근대적 사업'을 지휘
중이다. 메피스토펠레스에게 영혼을 판 행동주의자 파우스트는 인간의
힘에 의해 정복당하지도 않으면서(자연의 정복이야말로 근대성의 가장 큰 주제
이다), 거대한 불멸의 리듬으로 인간을 자주 전근대적 '숭고'의 감정으로
몰아넣는 바다에 대해 푸념한다. 그러나 동시에 그는 바로 그 자연 속
에서, 근대와는 아무런 상관없이 전근대적 평화를 누리며 살아가는 바
우키스와 필레몬 노인들에 대해 부끄러움을 느낀다. 근대의 사업은 분
명 생산이란 이름으로 뭔가 고결하고 파우스트를 부끄럽게 만드는 가
치들을 파괴한다. 생산이 곧 파괴가 된다. 그 파괴에 대한 자각이 괴테
로 하여금 근대에 대해 양면적인 입장을 취하게 한다. 근대적 사업의
위대성을 포기하지 않으면서도, 그는 "이런 말 하는 것이 부끄럽지만"
이라고 말하는 것이다. 보리수나무와 종소리 때문에 미칠 듯 괴로워하
고, 자신의 건설이 곧 그것들을 파괴할 것임을 자성한다. 그 전근대적
가치들에 대한 부끄러움과 근대화에의 결의 간 갈등과 균열이 바로 파
우스트를 고뇌하는, 비극적인, 미워할 수 없는 근대적 개척자로 만든다.

버먼에 따르면 20세기 이후의 현대인들이 망각한 것이 바로 그 변증법적인 태도이다.

> 현대성에 대한 20세기의 작가와 사상가의 말에 가까이 귀기울이고 또 이들과 1세기 전의 작가와 사상가를 비교해 본다면, 상상 영역의 전망과 축소에 대한 근본적인 단조로움을 발견하게 될 것이다. 우리들 19세기의 사상가들은 현대 생활의 애매모호성과 모순에 대해서 필사적으로 씨름하면서 살아가는 그러한 생활의 추구자인 동시에 적대자였던 것이다. 이들의 아이러니와 내적긴장은 이들의 창조력의 1차적 원천이었다. 이들의 20세기 후계자들은 엄격한 대립과 진부한 총력화를 위해서 이들보다 훨씬 더 많이 투쟁하였다. 현대성은 맹목적이고 무비판적인 열성과 결합하지도 않았고 신올림피아적인 추락과 경멸을 저주하지도 않았다. 어떤 경우이든 간에 현대성은 현대인에 의해서 형성될 수도 없고 변경될 수도 없는 폐쇄된 '모노리드(monolith)'라고 생각되었다. 현대 생활에 대한 개방적인 비전은 폐쇄된 비전에 의해서, 즉 '둘 다 / 모두'는 '둘 중 하나 / 또는'에 의해서 대체되었다.15)

19세기의 위대한 모더니스트들에게서 보이는 생산과 파괴의 변증법, 즉 '둘 다 / 모두'의 태도는 20세기에 이르면 '둘 중 하나 / 또는'의 태도에 의해 대체된다. 근대는 지독한 부정의 대상이 되거나, 아니면 분별없는 찬양의 대상이 된다. 그리고 바로 그 전자의 태도야말로 김광식, 김동립, 남정현의 소설이 공히 취하고 있는 태도이기도 하다. 그들은 이제 시작되고 있는 사이비 파우스트의 시대 초입에서 그것을 두려워하고, 불안해하고, 병리적일 정도로 격렬하게 부정할 뿐 그것이 가져다 줄 비극적 풍요에 대해서는 말하지 않는다. 근대에 대한 파우스트의 양가적 태도, 그 비극적 풍모가 그들에게는 부재한다.

4. 파우스트의 시대—박태순·김정한의 경우

두 가지 근대, 즉 사회주의적 근대와 자본주의적 근대 사이에서 방황했던 『광장』의 주인공 이명준, 근대적 낙원의 건설이 곧 낙원의 파괴이기도 하다는 사실을 이해했던 『당신들의 천국』의 조원장, 그리고 근대화란 곧 고향 무진에도 속물성과 자살충동과 위악이 존재하게 만드는 과정에 다름 아니라는 사실을 깨닫는 「무진기행」의 화자, 이들의 고뇌는 그런 의미에서 최인훈·이청준·김승옥이 바로 남정현이 도달하고 머문 자리에서 시작한 작가들임을 보여준다. 그러나 이 글은 그들 세 작가에게 할애할 지면을 준비해 두지 않았다. 첫째로, 그들 세 작가에 대해서는 이미 충분히 많은 연구들이(근대성과 문학의 관계란 관점에서, 그것도 마치 근대적 내면은 이들에게서만 탄생했던 것처럼) 진행된 바 있기 때문이고, 둘째로, 이 글의 남아 있는 지면은 앞서 말한 대로, 박태순·김정한의 작품들을 기존의 독법과 다른 방식으로 읽는 데 있기 때문이다. 물론 이때의 기존 독법이란 민중의 발견, 리얼리즘 전통의 계승이라는 목적론적이고 관습적인 독법을 말한다.

목적론적 관점과 거리를 두고 60년대 작품들을 달리 읽을 때, 박태순은 사실상 김승옥이나 최인훈과 많은 점에서 차이를 보이지 않는다. 그 또한 60년대 한국의 개발독재와 모더니티 앞에서 서구 자본주의의 본원적 축적기에 괴테가 보여준 고뇌의 면모를 동일하게 보여준다. 가령 문제작 「무너진 극장」의 일부를 보자.

사람들은 관람석을 분해시켜 그곳의 효용 가치를 파괴시키는 무질서에의 작업을 열렬한 흥분 속에서 감행하고 있었다. …… 그리하여 사람들은 이러한 파괴에서 묘한 쾌감조차 느끼고 있는 것이었으나, 반면에 붕괴되고 있는 저 굉음에 대하여는 어떤 본능적인 공포를 자극받았다. 그들은 공포를 느낄수록 더욱

집착하고 있는지 모른다. 어떤 절망 같은 것, 이 세계가 이것으로 끝나버릴지
도 모른다는 아득한 허탈감 속에 너무나도 깊이 빨려들어가 있었다.[16)

과연 이 밤은 지나갈 것인가? 사람들이 아픔을 느끼며 희구해 마지않았던 새
날은 찾아올 것인가? 능히 무질서를 수용하며 그것을 승화시킬 수 있는 새로
운 질서는 찾아올 것인가? '희망을 말하는 자는 누구를 막론하고 도적놈들이
다'라고 어떤 시인이 쓴 말은 과연 정확한 것이다? 1950년대에 사람들은 전쟁
이라는 것을 통하여 잔학한 무질서를 익혔었다. 그리고 1960년대로 넘어가는
이 해에는 한국에 있어서 또 하나의 크나큰 변혁이 오고 있었다. 이 변혁을 정
치적인 의미로만 해석해버리기 이전에, 사람들은 그들이 어째서 질서를 파괴
하고 있는가를 깨닫게 될 것인가? 화석(化石)과도 같은 질서 …… 마치 죽어가
는 나비를 대(臺) 위에 고정시켜놓은 나비 채집가의 핀과도 같은 질서를 파괴
하였을 때, 사람들은 이를 능히 감당해낼 수 있을 것인가! 나는 볼기를 맞고 있
는 그러한 사람의 자세로서 객석 위의 넓은 공간을 응시하고 있었다.[17)

그간 이 구절들은 대개 4·19혁명의 직접 체험이 형상화된 희귀한
예, 혹은 4·19가 60년대 세대에게 가한 충격의 증거 등으로 그 문학사
적 의의를 인정받아 왔다.[18) 그러나 이 구절에 대한 다른 독법도 가능
하다. 우선 첫 인용문에서 눈여겨 볼 점은 구질서를 파괴하면서 느끼는
파괴자들의 공포다. 그것은 자신이 파괴하고 있는 전근대적 공동체를
내려다보면서 파우스트가 느꼈던 부끄러움과 공포에 정확히 대응한다.
두 번째 인용문은 보다 더 직접적이고 명료하게 4·19가 열어 젖혔다고
말하는 60년대에 대한 작가의 양면적 기대가 드러난다. 시선의 주체이
자 응시의 주체로서 작가는 과연 자신들이 감행하고 결과한 파괴와 무
질서를 스스로 감당할 수 있겠는가고 자문한다. 바로 이러한 양가적 전
망이야말로 김동립과 김광식, 그리고 남정현에게는 없었던, 그러나 버
먼이 괴테에게서, 마르크스에게서, 그리고 니체와 도스토예프스키에게
서 찾아냈던 자기 성찰적 근대의 비전이다. 근대 초창기 독일의 괴테가

놓여 있었던 바로 그 상황에, 60년대 한국의 박태순도 놓여 있었다.

60년대 후반에 씌어진, 그러니까 '외촌동' 연작과는 달리 자의식적이고 내면탐구적인 경향을 보였던 『무너진 극장』의 여러 단편들에서 박태순이 탐구하고자 했던 오로지 하나의 주제가 바로 이것이다. 이 시기 그의 거의 모든 작품들은 '파우스트적 균열'의 테마를 되풀이한다. 근대식으로 지어진 새 집과 고택, 양옥과 한옥, 재래식 변소와 근대식 변소 사이에서 균열되어 있었던 「서울의 방」(1966)의 주인공, 끊임없이 들리는 초자아의 문장('세현이 …… 이제 앞으로 무슨 일을 하려는가?')을 이명처럼 앓으며 60년대 서울의 겨울 밤 골목을 헤매고 다니는 「동사자」(1966)의 주인공, '파충류적 적응'과 '현실이 없는 이륙' 사이에서 경멸과 경탄을 동시에 경험하는 「이륙」(1967)의 주인공, 이들 모두가 근대와 전근대 사이에서 갈등하는 파우스트적 주체들이다. 또한 그들은 도스토예프스키적인 의미에서 모두 지하생활자들이기도 한데, 저개발의 근대성 특유의 '행위에 대한 사유의 우위'라는 테마를 이들은 전형적으로 보여준다. 그들은 느닷없이 닥친 근대성 앞에서 가늠하고, 절망하고, 기대하느라 현실적인 행위에 동참하지 못한다. 「생각의 시체」(1967), 「도깨비하품」(1968)의 인물들이 특히 그렇다. 그들은 「지하로부터의 수기」에 등장하는 러시아식 근대 지하생활자들의 후예들이다.

그렇다면 이 시기 박태순은 개발독재하 한국의 근대를 두 가지 방식으로 동시에, 즉 '둘 중 하나/또는'의 방식이 아니 '둘 다/모두'의 방식으로 겪고 있었다고 말할 수도 있다. 한 가지 방식은 물론 '외촌동 연작'이 시도한 방식, 곧 세태소설과 르뽀소설의 방식이다. 그러나 같은 시기에(실제로 외촌동 연작과 『무너진 극장』에 실린 단편들은 거의 비슷한 시기에 씌어졌다) 그는 다른 방식으로도 근대를 겪고 있었다. 그것은 파우스트의 방식, 곧 근대의 양가성, 생산과 파괴의 변증법을 좇는 방식이었는데, 최소한 「제3병동」과 「인간단지」에서의 김정한이 염두에 두었던 것도 이것으로 보인다.

「제3병동」은 우선 소설 초두부터, 이 작품이 근대와 전근대의 전투장이 될 것임을 암시한다.

제3병동이라 하면, 새로 선 현대식 고층건물인 1,2병동의 북쪽 뒷구석에 남아 있는 구식 건물로, 의사들뿐만 아니라 간호원들까지도 들어가기를 꺼리는 곳이다. 현재 헐려가고는 있지만 남쪽에 있는 역시 낡은 보일러실과 소독실을 겸한 2층 건물에 가려 햇빛조차 제대로 들어오지 않는 아래층은 더욱 그러했다.
아마 2층 세면소가 있는 짬이리라. 천장에서 무시로 물이 뚝뚝 새로 떨어지게 마련인, 어둠침침한 골마루부터가 그렇다. 게다가 밟으면 삐걱삐걱 소리가 나는, 시커먼 마룻바닥! 대체로, 축축한 그 청 밑에 미라같이 말라붙은 시체라도 누워 있어서, 날씨가 덜 좋은 밤중이면 도깨비라도 불쑥 튀어나와서 저편에서 어슬렁어슬렁 걸어올 듯한—그런, 묵고 퀴퀴한 집이다.[19]

영화로 치자면 설정 샷에 해당하는 이 장면은 이후 소설의 이야기가 펼쳐질 공간의 설명을 통해 주제를 미리 암시한다. 제3병동은 현대식 고층 건물 사이에서 마모되어가는 낡고 초라한 구식 건물이다. 이러한 포위 구도는 작중 심작은돌 노파의 딸 강남옥이 진찰실 앞 대기 벤치에 앉아 있는 장면에서 되풀이됨으로써 그 상징성을 더한다. "귀 뒤를 돌아 턱밑께로 흘러내린 두 가닥의 새앙머리채에 허름한 한복차림을 하고서 무릎이 쑥쑥 드러나는 미니스커트와 긴 치마 틈새기에 맥없이 끼여 앉아 있는 몰골"[20]의 그녀는 현대식 건물에 포위당한 제3병동과 동일하게 근대에 포위당한 전근대적 가치의 체현자가 된다. 그 전근대적 가치란 무엇인가? 이 작품에서 파우스트의 배역을 맡은 젊은 의사 김종우는 그것을 이렇게 말한다.

'그런 것쯤은 알아요! 그러나 우짜란 말입니꺼!'이런 뜻으로도 해석되었다. 어머니와 같이 죽어도 좋다는 거라고.
더구나 의사 김종우씨를 놀라게 한 것은, 그녀가 어머니에게 미음을 떠먹일 때 자기도 그 숟가락으로 먹어대는 태연한 광경이었다. 물론 그런 명령까지도 아예 개의치 않았다. 그렇게 명령한, 바로 그 의사가 보는 데서 예사로 그것을 거역하고 있는 것이었다.

'바보 같은 계집애!'

뒈져라 싶었다.

그러나 이상하게도 그 순간 이후, 의사 김종우씨는 엉뚱한 회의에 사로잡히기 시작했던 것이다—병을 겁내지 않는 애! 죽음까지도!

그저 얌전하고 착실한 의사의 아들로서 이른바 일류의 중학, 고등학교를 마치고 대학까지 일류란 데를 나온 레지던트 코스의 젊은 의사 김종우씨는 단순한 생각으로서는 얼른 이해가 가지 않았다. 사람의 명과 생명을 대상으로 하는 의학……눈알까지 해 넣고 심장 이식까지 할 수 있게 된 놀라운 현대 의학이론으로도 그러한 인간 행위만은 진단할 길이 없었다—효도니 뭐니 하는 그런 너절한 것이 아니다! 훨씬 본질적인 것, 어쩜 과학 따위에 의해서, 혹은 현대인의 그 약삭빠른 비굴성이랄까, 거짓 이기주의……아무튼 눈에 보이지 않는 그런 것들에 의해서 말살되어 가고 있는, 그런 무엇이 아닐까?[21]

근대성의 충격을 묘사하기 위해 병원을 무대로 삼은 점이 선구적이거니와(근대란 의학권력의 도래와 함께 온다고 말한 것은 『임상의학의 탄생』과 『광기의 역사』의 푸코다), 김종우가 강남옥에게 보여주는 양가적인 태도는 파우스트가 바우키스와 필레몬 노인에게 보여주던 태도를 정확히 반복한다. 근대적 의학 지식이란 전혀 갖추고 있지 않은 그녀는 우선 바보처럼 보인다. 그러나 그녀에 대한 김종우의 이후 태도는 경멸을 가장한 일종의 '숭고'에 가깝다. 목숨도 아까워하지 않고 어머니를 돌보는 그녀의 태도는 그에게 어떤 회의를 불러일으킨다. 그것은 개척자 파우스트의 눈에 비친 전근대풍 언덕의 종소리, 그것이 불러일으키던 정서 그것에 다름 아니다. "훨씬 본질적인 것, 어쩜 과학 따위에 의해서, 혹은 현대인의 그 약삭빠른 비굴성이랄까, 거짓 이기주의……아무튼 눈에 보이지 않는 그런 것들에 의해서 말살되어 가고 있는, 그런 무엇"에 대한 이와 같은 매혹과 공포의 양가성이야말로, 김정한 문학이 도달한 가장 심원한 경지는 아닐까 싶다.

사실 이 작품의 가장 빛나는 대목도 이와 같은 파우스트적 주제를 여러 소설적 장치들을 통해 자연스럽고도 복합적인 방식으로 변주하는 장면들이다. 작품 한 복판에서 강남옥 처자가 앓기 시작(전근대적 전염병과 근대적 의약물의 투쟁)하는 순간부터 수수께끼처럼 등장하는 불도저 소리(이 기계야말로 가장 근대적인 발명품일 것이다), 그리고 그 불도저 소리에 맞서기라도 할 듯 밤새 몰아치는 비바람(자연과 문명의 격렬한 투쟁), 그리고 죽음에 대한 근대인들과 전근대인들의 상이한 이해 방식에 대한 에피소드들이 적재적소에 배치되면서, 이 소설은 그대로 근대성의 가장 중요한 주제들에 대한 소설적 해부대처럼 변해간다. 게다가 작가는 근대성 일반에 대한 탐구 한편에 60년대 한국적 근대의 특수성에 대한 천착 또한 빼놓지 않는다.

> 첫길이라 얼떨떨해 있던 강남옥 처녀도 창밖을 유심히 내다보았다. 아닌 게 아니라 세상 물정을 모르는 그녀로서는 조금 이상한 생각이 들었다—멀리 뵈는 들 끝 초가집들은 내처 게딱지처럼 다닥다닥 땅에 붙어 있는데, 차에서 이내 내다보이는 가까운 철길가 집들은 거의 일률적으로, 그것도 부락 따라 시멘트 기와 혹은 슬레이트로 고쳐 이어졌고, 이쪽을 향한 벽들도 흰 횟가루 도배가 되어 있었다. 가끔 그녀에게도 미소를 자아내게 하는 것은 어떤 집들은 차창에서 보이는 부분만이 기와나 슬레이트고 나머지는 찌그러져 가는 초가 그대로 남겨 두었는가 하면 벽도 역시 보이는 짬만이 회칠이 되어 있는 광경들이었다.22)

마치 영화 세트장 짓기를 방불케 했던 개발독재의 이면을 날카롭게 포착한 장면이거니와, 이런 식의 한국적 근대에 대한 비판은 그대로 「인간단지」의 주제가 된다. 알다시피 나환자들(요즘식으로 얘기하면 '호모 사케르')의 공동체 만들기란 소재를 다루고 있는 「인간단지」는 의학과 권력의 유착, 개발논리와 독재의 함수관계, 부정과 부실로만 지탱되는 한국적 근대화, 산업화와 환경 문제 등의 주제들을 전면화한다. 구모룡이 지적하듯이[23] 만약 김정한 문학이 아직도 현재적이라면, 그것은 그가 가난한 민중을 발견해 70년대 문학에 넘겨주었기 때문이라기보다는, 이처럼 지금에도 유효한 여러 중요한 주제들을 이 작품에서 우리 소설사의 화두로 등장시킨 바 있기 때문이다.

5. 사이비 파우스트와 60년대 소설

버먼은 파우스트의 비극적이고 양면적인 고뇌와 대조하여 저개발국가에서 20세기에 여러 방식으로 나타났던 개발독재를 일컬어 '사이비 파우스트'적 전망이라 부른다.

> 오늘날의 수많은 지배 계층은 그것이 우익적인 식민주의자이든 좌익적인 인민주의자이든 간에 똑같이, 파우스트의 과학적 역량과 기술적 역량이 없는, 사람들의 실제 욕망과 필요에 대한 조직적인 천재성이나 정치적인 감각이 없는, 그 자신의 모든 과대망상증과 잔인성을 구체화하는 거대한 계획과 캠페인 때문에, 치명적인(자기 자신들에 대해서보다는 자신들의 주체에 대해서 더 치명적인) 약점을 보였다는 점이다. 수백만 사람들이 불행한 개발정책, 즉 과대망상적으로 생각되었고 겉치레적이고 무감각하게 실행되었던 개발정책 때문에 희생되었다.[24]

버먼의 위와 같은 정식화는 박정희가 주도한 한국의 60·70년대 개발독재에도 그대로 적용 가능해 보인다. "파우스트의 과학적 역량과 기술적 역량"도 없이, 오로지 "과대망상증과 잔인성을 구체화하는 거대한 계획과 캠페인"(경제개발 5개년 계획! 새마을 운동!)으로 이루어진 한국식 개발독재가 시작되던 시기, '바로 그 시기'에 남정현과 박태순과, 김정한이 살았고 작품을 썼다. 그런 이유로 우리는 그들의 작품을 이후 시대 문학에 대한 전미래로서가 아니라 바로 그 사이비 파우스트에 맞선 문학적 기록물들로 읽어 줄 필요가 있다.

그렇게 읽을 때, 60년대 소설의 기점에는 김광식이나 김동립의 작품이 놓인다는 점, 남정현의 풍자는 반미문학의 효시이기 이전에 근대성이 개인에게 가하는 심리적 폭력에 대한 풍자적 고발이라는 점, 그리고 박태순과 김정한의 작품은 70년대 민중적 리얼리즘으로 향하는 가교라기보다는 박정희식 개발독재에 맞서 근대의 비극적 변증법을 통찰해낸 값진 작업이었다는 점 등이 밝혀진다는 것이 이 글의 논지였다. 그러나 이 시론적 성격의 글을 통해 그러한 사실들이 엄밀하게 밝혀졌는지에 대해서는 자신하기 힘들다. 후속 연구를 약속하면서 글을 마친다.

주석

1) 서경석, 「60년대 소설 개관」, 『1960년대 문학연구』(문학사와비평연구회 편), 예하, 1993, 47면.
2) 정희모, 「60년대 소설의 서사적 새로움과 두 경향」, 『1960년대 문학연구』(민족문학사연구소 현대문학분과), 깊은샘, 1998, 70면.
3) 하정일, 「주체성의 복원과 성찰의 서사」, 민족문학사연구소 현대문학분과, 위의 책, 16면.
4) 하정일, 앞의 글, 19면.
5) 김광식, 「213호 주택」(『문학예술』, 1956.6), 『한국현대대표소설선』 9(임형택 외 편), 창작과비평사, 1996, 388~389면.
6) 이상 「213호 주택」에 나타난 강박증에 관한 논의는 졸저 『소설과 정신분석』(푸른사상, 2003) 167~170면 참조.
7) 김동립, 「대중관리」, 『사상계』(임형택 외편), 1959.12, 앞의 책, 400면.
8) 윤병로의 다음과 같은 논의가 대표적이다. "60년대에 있어서 이러한 현실비판문학의 최정점은 남정현에게서 이루어진다. 1965년 3월에 『현대문학』지에 발표한 「분지」로 이른바 반공법 위반의 '분지파동'을 일으킨 남정현은 「父主前上書」(64.6)에서 미국의 문제를 정면으로 제기하고 있을 뿐 아니라 정치권력, 사회부조리에 대한 비판을 과감하게 행하고 있다. 특히 「분지」는 최근까지도 금기시되었던 외세문제를 표면화시킨 작품으로 당시의 시대적 분위기를 감안하면 매우 예외적인 작품이라 할 수 있다. 직설적인 서술을

피하고 우의적인 수법으로 접근해 들어간 이 작품에서 남정현은 미군 주둔에 의해 파괴
된 한 가족의 삶을 통해 외세문제를 민족 전체의 문제로 끌어올리려 시도했다."(윤병로,
「새세대의 충격과 60년대 소설」, 『한국현대문학사』(김윤식 외), 현대문학사, 2002. 394면)
 9) 「분지」 필화사건의 자세한 진행 경과에 대해서는 『남정현 문학전집』 3(국학자료원,
    2002)의 부록 참조.
10) 남정현, 「분지」(『현대문학』, 1965.3), 『남정현 문학전집』 1, 국학자료원, 2002, 377면.
11) 여러 증상들 중 박해편집증, 혹은 반공편집증이라 불러 좋을 만한 증상은 60년대 한국
    과 관련하여 주목을 요하지만, 이 글에서는 지면 관계상 생략한다. 이를 포함하여, 남정
    현 문학에 나타나는 다양한 병리적 증상들에 대한 자세한 분석은, 졸고 「남정현 소설의
    정신분석학적 연구 시론—풍자와 정신병리」(『한국문학이론과 비평』 26집, 2005) 참조.
12) 남정현, 「너는 뭐냐」(『자유문학』, 1961.3), 앞의 책, 179면.
13) 김영찬, 「불안한 주체와 근대」, 『근대의 불안과 모더니즘』, 소명출판, 2006, 258~259면.
14) 요한 볼프강 폰 괴테, 정서웅 역, 『파우스트』 2, 민음사, 1999, 348~349면.
15) 마샬 버먼, 윤호병 역, 『현대성의 경험』, 현대미학사, 1994, 24면.
16) 박태순, 「무너진 극장」(1968), 『무너진 극장』, 책세상, 2007, 304면.
17) 위의 글, 312~313면.
18) 황정현, 「4·19 체험과 현실 비판 정신의 계승」, 『현대문학이론연구』 25집, 현대문학이
    론학회, 2005 참조.
19) 김정한, 「제3병동」(1969), 『사하촌』, 문학과지성사, 2004, 181면.
20) 위의 글, 187면.
21) 위의 글, 186면.
22) 위의 글, 196면.
23) 구모룡의 김정한 문학의 현재적 가치를 환경문학, 소수자문학, 지역문학 등의 관점에
    서 재조명한다. 흥미로운 점은 그간의 평가와 달리 김정한 문학이 견고한 계급 범주와
    리얼리즘의 규범에 얽매이지 않았기 때문에 더욱 현재적인 문제들을 탐구할 수 있었다
    고 말한다는 점이다.(구모룡, 「21세기에 던지는 김정한 문학의 의미」, 『창작과비평』 2008
    년 가을호, 361면 참조)
24) 마샬 버먼, 앞의 책, 93면.

자유의 시학과 미적 현대성
김수영과 김춘수 시론에 나타난 '무의미'의 문제를 중심으로

이광호

1. 김수영과 김춘수 시론의 현대성

김수영과 김춘수는 한국 현대시의 미학이론 정립에 중요한 계기를 마련한 시인들이다. 두 사람은 혁신적인 시적 문법을 통해 한국시에 새로운 현대성을 부여했을 뿐만 아니라, 자신의 창작방법론에 대한 부단한 이론적 점검을 통해 한국 현대시의 이론 구축에 기여했다. 이들은 한국시의 재래적인 형태와 가치에 대해 비판적인 입론을 전개하면서 한국 현대시가 진정한 현대성을 성취해야만 한다는 당위에 대해 창작과 이론의 양 측면에서 자기 존재를 전면적으로 투여했다. 두 시인은 한국 현대시의 창작과 이론에 있어서의 미적인 차원의 '자유'의 극한을 시험했다고 평가된다.

1930년대 김기림 등으로부터 발흥한 한국 현대시의 현대성에 관한 자기의식이 명료한 이론적 표현과 창작방법론에 대한 자각을 얻은 것이 1960년대 이후라고 한다면, 이 두 시인의 시론은 그 중심에서 움직였던 것이라고 할 수 있다. 또한 이들이 제시한 현대시학의 핵심적인 주제어들과 창작방법론들은 여전히 한국 현대시의 미학적 현대성의 자장 안에서 주요한 위치를 점유하고 있다. 이들의 시학은 시 장르의 자율성과 자기 부정의 정신에 대한 치열한 탐구를 통해 시적 자유의 최대치를 시험하려 했다는 측면에서, 미적 현대성의 한 논리를 드러낸다.

그러나 이들에게 있어 현대적인 미학의 방향에 관한 구체적인 내용은 달랐다. 김수영이 '현대성'과 '자유'의 문제를 중심으로 사유했다면, 김춘수는 시의 '이미지'와 '순수'의 주제에 깊이 천착했다. '무의미 시'의 개념은 김춘수에 의해 보다 적극적으로 부각되었지만, 김수영 역시 시에서의 언어 작용과 무의미 시학의 효과라는 문제에 대한 상당한 이해에 도달했다. 두 사람의 시론은 모두 '억압적인 의미'의 초극이 현대시의 중요한 미학적 지향점이라는 것을 인정하고 있다고 볼 수 있다. '무의미'의 주제는 이들에게 시 장르의 미학적 자율성과 실험성의 문제와 연관되는 중요한 미학적 사안이었다. 그래서 '무의미'라는 개념을 둘러싼 김수영과 김춘수의 시론은 이들의 시학의 상관성과 차별성을 설명해주는 핵심적인 고리가 된다.

이 글은 1960년대~70년대의 대표적인 시론이라고 할 수 있는 김수영과 김춘수의 시론을 비교함에 있어 '무의미' 시학의 개념을 중심으로 그 논의를 전개하고자 한다. 두 사람이 시론에 나타난 시 언어의 작용과 효과에 대한 이해의 수준을 분석하고, 나아가 이런 입론들이 두 사람의 시학 전체에서 어떤 이론적 동선을 따라 전개 되고 있는가를 살펴보겠다. 이것은 이들의 시학에서의 '시적 자유'의 미학적 내용과 창작방법론을 분석하는 작업이기도 하다. 나아가 한국 현대시학의 정립에서 이 두 사람의 이론적 정초가 어떤 기여를 하고 있으며, 그것이 한국 현대시의 '미적 현대성'의 어떤 국면에 닿았는가를 밝혀 보고자 한다. '미적 현대성'이 문학의 자율성에 대한 인식을 바탕으로 장르의 문학성에 대한 끊임없는 갱신을 밀고 나가려는 정신과 연관된다면, 김수영과 김춘수의 시론은 그 모험의 모순된 의미를 날카롭게 드러내주는 현대적인 시학을 구축했다고 볼 수 있다.

2. 김수영 시론과 '의미와 무의미의 변증법'

김수영 시론 전체를 통해서 '무의미'라는 개념은 전면적으로 부각되는 주제어는 아니다. 하지만 김수영은 시의 의미작용과 언어적 효과에 대해 깊은 이론적 이해에 도달한 시인이었고, 당대의 서구시론과 한국시론에 대해 끊임없이 대화적이고 비판적인 관점을 견지했다. 우선 김수영에게 있어 전위문학의 문학적 성취는 '자유의 이행'이라는 개념으로 언표 되고 있는데, 이 때 자유의 이행은 일부의 오해처럼 단순히 사회참여적인 문제가 아니라, 시의 '새로움'에 관한 문제였다.

> 그는 언어를 통해서 자유를 읊고, 또 자유를 산다. 여기서 시의 새로움이 있고, 또 그 새로움이 문제되어야 한다. 시의 언어서술이나 시의 언어의 작용은 이 새로움이라는 면에서 같은 감동의 차원을 차지하게 된다. 따라서 우리의 생활현실이 담겨 있느냐 아니냐의 기준도, 진정한 난해시냐 가짜 난해시냐의 기준도 이 새로움이 있느냐 없느냐 에서 결정되는 것이다. 새로움은 자유다, 자유는 새로움이다.[1]

김수영에게 있어 자유의 문제는 우선적으로 언어의 차원의 문제이다. 물론 그 언어의 층위에는 현실의 맥락이 개입되어 있지만, 시인에게 자유의 이행적 실천은 무엇보다 언어적인 층위의 문제라는 것이 김수영 시론의 전제 중의 하나이다. 자유를 새로움의 문제로 인식한 김수영에게 있어 그 새로움은 시적 언어로서의 실천이 된다. 김수영의 시론은 단지 참여시냐 난해시냐의 문제가 아니라, 시가 새로움으로서의 자유의 이행을 실현하는가의 문제에 그 초점이 맞추어져 있다. 이런 입장은 김수영의 시론을 단지 '참여시의 논리'라고 인식하는 편협된 이해를 넘어서 있다. 그는 문학의 현대성이 끊임없이 미학적 자기갱신을 통해서만 추구되는 미적 모험의 차원에 있다는 문맥에서의 '미적 현대성'의 논리를 선명하게 인식한 시인이다. 그런데 그 새로움의 언어적인 맥락에서 김수영은 '언어 서술'과 '언어 작용'이라는 두 가지 측면을 동시에 말한다.

> 대체로 그는 이 현실을 이기는 시인의 방법을 시 작품 상에 나타난 언어의 서술에서 보고 있지만, 나는 그것이 언어의 서술뿐만 아니라 (시작품에 숨어있는) 언어의 작용에서도 찾아져야 한다고 생각하는 것이다. 이러한 언어의 서술과 언어의 작용은 시의 본질에서 볼 때는 당연히 동일한 비중을 차지해야 할 것이다. 그런데 전자의 가치에 치우친 두둔에서 실패한 프롤레타리아 시가 많이 나오고, 후자의 가치의 치우친 두둔에서 사이비 난해시가 많이 나온 것을 볼 때, 비평가의 임무는 전자의 경향의 시인에게 후자를 강매하거나 후자의 경향의 시인에게 전자의 경향을 강매하는 일보다도 오히려, 제각기 가진 경향 속에서 그 시인의 양심이 살려져 있는지 아닌지를 식별하는 일에 있는 것이라고 믿어진다. 그리고 이러한 식별의 눈은 더욱이 우리 시단과 같은 整地작업이 되어 있지 않은 곳에서는 아무리 섬세하게 작용되어도 지나치게 섬세하다는 핀잔은 받지 않을 것이다.[2]

비평가 장일우의 글을 논하면서 개진된 위와 같은 글에서 김수영은 자신의 논리가 평면적인 참여시의 논리와 어떻게 변별되는가를 보여준다. 장일우가 난해시를 비판하고 오늘의 한국의 현실을 반영하는 시를 요구한 것에 대해, 김수영은 그 기본 전제를 인정하면서도 비판적으로 부연한다. '현실을 이기는 시인의 방법'에 대해 장일우는 '언어 서술'의

문제에만 관심이 있지만, 김수영은 '언어 작용'의 문제를 함께 부각시킨
다. '언어 서술'이란 시가 현실의 문제를 담아내야 한다는 서술적 실천
의 문제라면, '언어 작용'이란 시 언어가 그것이 지칭하는 대상 혹은 의
미와 상관없이도 작동할 수 있는 언어적 효과에 관련된 문제일 것이다.
이 두 가지 문제를 다른 방식으로 해석한다면, '시가 어떤 의미를 구현
하는 공간이 되는가' 아니면, '시 언어가 어떤 언어적 효과로서 작용 하
는가'의 문제들일 것이다. 물론 참여시의 효용을 주장하는 논자들에게
'언어 서술'이란 시의 가장 중요한 미학적 방법이다. 그런데 김수영은
의미론적 차원의 실천이 아니라 음운론 차원의 작동 효과에 관한 관심
도 중요한 문제라고 본다. 그가 실패한 '프롤레타리아 시'와 실패한 '난
해시'를 똑같이 인식하는 것도 이런 맥락에서 의미가 있다. "내가 보기
에는 우리 시단의 시는 시의 언어의 서술 면에서나 시의 언어의 작용면
에서나 다같이 미숙하다"3)라는 진단도 이런 논리의 연장에서 가능한
것이다. 요컨대 김수영은 시가 현실을 반영함으로써 그 의미전달에 기
여해야한다는 측면과 시의 기호적인 가치에 대한 문제를 동시에 사유
한다. 그리고 이 두 가지 층위에서의 '새로움'을 동시에 밀고 나가는 것
으로 시의 현대성을 인식한다.

　가령 그는 박태진의 시를 논하면서 "이 작품들에서는 그의 여러 발음
들이 본질적인 현대성을 바탕으로 하고 유니크한 효과를 거두고 있다.
이 시에 나타나는 현대성은 육체에서 나오는 것이다. 그것은 시를 쓰기
전에 준비되어 있는 것이다. 우리 시단에서 가장 아쉬운 것이 이것이다.
진정한 현대성은 생활과 육체 속에 자각되어 있는 것이고, 그 때문에
그 가치는 현대를 넘어선 영원과 접한다"4)라고 진단한다. 이와 같은 표
현은 김수영의 현대성을 논할 때 중요한 단서를 제공한다. 그가 박태진
의 시에서 문제 삼고 있는 현대적인 유니크함의 핵심은 '발음'의 문제
이다. 발음이란 의미와 내용의 영역이 아니라, 시니피앙 자체의 효과와
관련된 것이다. 그는 시에서의 현대성의 문제를 단순히 현대적인 생활

현실을 시 속에서 반영하는 차원의 문제로만 인식하지 않았다. 그는 시 언어 자체의 현대적인 자질에 대해 사유하는 시인이었다. 이 표현 속에 등장하는 '육체'라는 개념 역시 같은 맥락에서 이해될 수 있다. '육체' 는 기본적으로 감각의 문제이고 시의 현대성이란 의미와 내용의 문제 가 아니라 언어의 전면적인 육체적 감각의 문제라는 것이 김수영 시론 의 한 논지이다. 김수영은 시언어가 그 감각적 혁신을 통해 현대라는 시대를 비판하고 넘어설 수 있는 가능성을 염두에 두고 있다.

그는 자신의 시 「電話 이야기」에 관한 시작 노트에서 '소음'과 '요설' 의 문제를 말한다. 「電話 이야기」의 분열증적인 화법은 김수영 시의 현 대적 창작 방법의 한 극단에 서있는 것이고, 이것은 80년대 이후 한국 현대시의 중요한 문법으로 자리 잡게 된다.

> 나의 시 속에서 饒舌이 있다고들 한다. 내가 소음을 들을 때, 소음을 죽이려 고 요설을 한다고 생각해주기 바란다. 시를 쓰는 도중에도 나는 소음을 듣는 다. 한 1초나 2초가량 안 들리는 순간이 있을까. 있다고 하기도 없다고 하기도 말하기 어려운 문제이다. 이것을 말하면 '문학'이 된다. 그러나 내 시 안에서 요설이 있다면 '문학'이 있는 것이 된다. 요설은 소음에 대한 변명이고, 요설에 대한 변명이 '문학'이 된다고 말할 수 있다. 「詩 노우트」같은 것을 원수같이 생각하는 이유가 여기에 있다.[5]

여기에서 김수영이 말하는 '요설'의 문제는 위에서의 '발음'의 문제 의 연장선에 있다. 그에게 '소음'이란 구체적으로 "집 바로 옆의 청창 만드는 공장의 땜질하는 소리"이고, 그 소음은 생활의 소음이다. 그런데 시인은 그것은 "문학하지 말라는 소리"로 듣고 있으며, "이 소리를 듣 고도 안 들릴만한 글을 써야 한다"라고 다짐한다. 생활의 소음은 시 쓰 기를 저해하는 요소인데, 때문에 그 소음과 맞서기 위해 그가 선택한 것이 '요설'인 것이다. 요설이란 수다스러운 지껄임이고 이것 역시 일종 의 언어적인 소음의 한 형태이다. 생활의 소음에 대응하는 시적 소음으

로서의 '요설'은 김수영의 시적 언어관을 상징적으로 보여준다. 생활현
실의 소음과 대결하는 시적 요설이라는 미학적 기획은 시 언어의 창작
이 소음으로 소음을 극복하는 과정이라는 것을 암시한다. 김수영은 이
렇게 시에서의 내용 자체의 문제 보다는 그 언어체의 문제를 중요한 미
학적 실천의 거점으로 생각하고 있다. 이런 맥락에서 그의 시론의 한
정점인 「詩여, 침을 뱉어라」의 논리가 성립된다.

詩에 있어서의 모험이란 말은 세계의 開陣, 하이데거가 말한 '大地의 은폐'
의 반대되는 말이다. 엘리오트의 문맥 속에서는 그것은 의미 對 음악으로 되어
있다. 그리고 엘리오트도 그의 온건하고 주밀한 논문 「詩의 音樂」의 끝머리에
'詩 는 언제나 끊임없는 모험 앞에 서있다'라는 말로 '意味'의 토를 달고 있다.
나의 시론이나 시평이 전부가 모험이라는 말은 아니지만, 나는 그것들을 통해
서 상당한 부분에서 모험의 의미를 연습해보았다. 이러한 탐구의 결과로, 나는
시단의 일부의 사람들로부터 참여시의 옹호자라는 달갑지않은, 분에 넘치는
호칭을 받고 있다.
산문이란, 세계의 개진이다. 이 말은 사랑이 留保로서의 '노래'의 매력만큼
매력적인 말이다. 시에 있어서의 산문의 확대작업은 '노래'의 유보성에 대해서
는 侵攻적이고 의식적이다. 우리들은 시에 있어서의 내용과 형식의 관계를 생
각할 때, 내용과 형식의 동일성을 공간적으로 상상해서, 내용이 반 형식이 반
이라는 식으로 도식화해서 생각해서는 아니 된다. '노래'의 유보성, 즉 예술성
이 무의식적이고 隱性的이기는 하지만, 그것은 반이 아니다. 예술성의 편에서
는 하나의 시작품은 자기의 전부이고, 산문의 편, 즉 현실성의 편에서도 하나
의 작품은 자기의 전부이다. 시의 본질은 이러한 개진과 은폐의, 세계와 대지
의 양극의 긴장 위에 서있는 것이다.[6]

위의 글은 하이데거와 엘리어트의 문맥이 뒤섞여 있어서 오해의 소
지가 적지 않다. 과연 김수영이 하이데거와 엘리어트의 개념과 그 이론
적 변별성에 대한 명료한 이해에 도달하고 있는가는 의문스럽다. 어쨌
든 그는 이런 서구의 이론으로부터 한국 현대시의 현대성의 논리를 발

견하기에 이른다. 김수영은 '개진/은폐' '의미/음악' '산문/시', '예술성/현실성'이라는 대립항들을 서로 연관 짓고 있다. '시-음악'은 '대지의 은폐'에 해당하고, '산문-의미'는 '세계의 개진'에 해당한다. 그런데 시에서의 모험이란 '세계의 개진' 다시 말하면 '산문-의미'를 실험하는 작업이 된다. 김수영의 문학적 실천은 이렇게 '산문적'인 것을 밀고 나가는 모험을 의미한다. 그가 쓰는 '시론'과 '시평' 역시 산문적인 모험의 의미를 연습하는 작업이라고 시인은 말한다. 그리고 그런 실험 때문에 '참여시의 옹호자'라는 칭호를 듣게 되었음을 토로한다. 여기서 주목할 것은 김수영의 기본적인 장르의식이다. 그는 '시/산문'의 형식적 언어적 구별을 비교적 분명히 하고 있으며, '시-음악-노래-예술'을 하나의 장르적 계열로 인식한다. 물론 이런 장르의식은 김수영에게 독창적인 것은 아니다. 김수영에게 문제적인 것은 이런 장르관 위에서 시의 모험을 '개진과 은폐'의 긴장 위에서 산문적 실험을 밀고나가는 것으로 이해하고 있다는 점이다.

같은 글에서 그는 "나는 소설을 쓰는 마음으로 시를 쓰고 있다"라고 표현한 것 역시 이런 문맥에 해당한다. 더 나아가 그가 '자유의 서술'과 '자유의 이행'을 구분해서 말하고 자신의 시론에 대해 "여직까지의 자유의 서술이 자유의 서술로 그치고, 자유의 이행을 행하지 못한데에 있다, 모험은, 자유의 서술도 자유의 주장도 아닌 자유의 이행이다"[7]라고 진술한 것 역시 그 연장에서 이해될 수 있다. 김수영에서 시적 자유의 이행은 단지 자유를 서술하고 언표 하는 행위에서 실천되는 것이 아니다. 그것은 자유를 '형식'과 '내용'의 전부에서 밀고 나가는 것을 의미하며, 따라서 그것은 '형식-내용의 자유'이다. 여기서 시의 모험이란 이중적인 의미를 띤다. 그것은 일차적으로 시 장르의 장르적 특성을 넘어서 산문적인 실험을 밀고 나가는 것이다. 그러나 그것은 또한 단순히 산문적인 현실을 서술적으로 드러내는 작업이 아니라, '언어의 작용'과 '언어 효과'의 측면에서 시의 자유를 밀고 나가는 것이 된다. 그는 현대시가 부단한 자기 부정을 통해 문학의 자유를 이행하지만, 그런 자기 부정의 모험 자체가 이미 현대시의 미적 현대성의 한 '본질'에 속한다는 아이러니를 포착한다. 김수영의 이런 시론이 김춘수의 시론의 '무의미 시학'과 연결되고 또한 구별되는 지점은 다음의 글에서 명료한 표현을 만난다.

金春洙가 그의 압축된 詩形을 통해서 되도록 '의미'를 배제한 시적 經濟를 도모하려는 의도는 짐작할 수 있는데, 그의 시나 그의 시에 대한 주장을 볼 때 아무래도 고개를 갸우뚱하지 않을 수 없다. 그는 자기의 입으로도 시는 넌센스를 추구하는 것이라고 말하고 있는데, 이런 좋은 의미의 넌센스는 진정한 시에는 어떤 시에나 있는 것이다. 그가 말하는 넌센스는 시의 승화작용이고, 설사 시에 그가 말하는 '의미'가 들어있든 안 들어있든 간에 모든 진정한 시는 무의미한 시이다. 오든의 참여시도, 브레이트의 사회주의 시까지도 종국에 가서는 모든 시의 미학은 무의미의—크나 큰 침묵—의 미학으로 통하는 것이다. 이것은 예술의 본질이며 숙명이다. 그런데 金春洙의 경우는 이런 본질적인 의미의 무의미의 추구를 하는 것이 아니라, 먼저부터 '의미'를 포기하고 들어간다. 물론 의미를 포기하는 것이 무의미의 추구도 되겠지만, '의미'를 껴안고 들어가서 그 '의미'를 구제함으로써 무의미에 도달하는 길고 있다. 그리고 실제에 작품 활동에 있어서 한 사람이 꼭 이 두 가지 방법 중에 하나만 지켜야 한다는 법도 없다.[8]

여기서 김수영은 김춘수의 시론을 정면으로 문제 삼는다. 그 이론적 전선은 비교적 선명하다. 그는 김춘수가 주장한 '무의미 시학'이 모든 '진정한 시'에 이미 들어 있는 것으로 파악한다. "모든 진정한 시는 무의미 시이고"이고, 모든 예술의 본질은 '크나큰 침묵의 미학'이라는 것이다. 김수영은 '본질적인 의미'의 무의미 시학을 말하고 있는데, 이것은 그의 시 장르에 대한 기본적인 미학적 전제 위에서 이해될 수 있다. 시가 궁극적으로는 의미의 초극으로서의 '예술성—음악'을 지향한다고 한다면, 이런 지향의 방식에는 이미 무의미 시학이 들어있다는 논리가 된다. 다르게 말한다면 김춘수가 의식적인 차원의 창작방법론으로서의 무의미 시학을 말했다면, 김수영은 무의식적이고 본질적인 차원의 무의미 시학을 말고 있는 것이다. 김춘수에게 무의미가 시인 의식과 지향의 문제라면, 김수영에게는 궁극적인 시적 효과의 문제이다. 그러나 이들은 억압적인 의미의 초극이 현대시의 중요한 미학적 지향점이라는 점을 똑같이 인식하고 있었다고 볼 수 있다.

> 작품 형성의 과정에서 볼 때는 '의미'를 이루려는 충동과 '의미'를 이루지 않으려는 충동이 서로 강렬하게 충돌하면 충돌할 수록 힘있는 작품이 나온다고 생각된다. 이런 변증법적 과정이 어떤 先入主 때문에 충분한 충돌을 하기 전에 어느 한쪽이 약화될 때 그것은 작품의 감응의 강도에 영향을 줄 뿐만 아니라 작품의 성패를 좌우하는 치명상을 입히는 수도 있다.[9]

위에서 '무의미 시학'을 둘러싼 김수영의 창작방법론은 선명하게 제시된다. 그것은 '의미를 이루려는 충동'과 '의미를 이루지 않으려는 충동'이 강렬하게 충돌하는 '변증법적 과정'으로 요약된다. 이것은 김춘수의 무의미 시학을 본질적인 차원의 개념으로 돌린 다음, 창작방법론 상에는 '의미와 무의미의 변증법'을 말하는 이원적인 논리 구조라고 할 수 있다. 그리고 이런 의미와 무의미의 변증법은 위에서의 '개진과 은폐의 긴장'이라는 시학이라는 맥락과 연관되어 있음은 물론이다. 이런 미학적 입장 위에서 김수영은 이른바 순수시와 참여시를 동시에 비판하는 비평적 전선을 마련하게 되는 것이다. "사회현실에 관심을 갖고 있는 시들이 새로운 시적 현실을 발굴해나가는 것과 같은 비중으로 존재의식을 상대로 하는 詩는 새로운 폼의 탐구를 시도해야하는데, 우리 시단에는 새로운 시적 현실의 탐구도 새로운 시 형태의 발굴도 지극히 미온적이다"[10]라는 발언 역시 그래서 가능한 것이다. 의미와 무의미의 변증법, 혹은 개진과 은폐의 긴장을 밀고 나간다는 것은 새로운 시적 현실과 시적 형식을 탐구하는 것이며, 이것을 전면적으로 밀고 나가는 것이 시의 새로움을 실천하는 것이 된다. 그래서 김수영이 "진정한 폼의 개혁은 종래의 부르주아 사회의 美—즉 쾌락—의 관념에 대한 부단한 부인과 전복에 의해서만 이루어진다"[11]라고 표명했을 때, 이것은 '미적 현대성'의 정치적 의미에 대한 통찰의 결과라고 할 수 있다. 김수영에게 있어 혁명적인 시적 실천의 진정한 내용은 재래적인 부르주아적 미 관념을 넘어서는 형식의 전복을 의미하는 것이고, 그것은 이미 내용의 전복이기도 한 것이다. 김수영은 시 장르의 근본적인 예술성과 자율성이 '음악' 혹은 '무의미'의 추구에 있다는 것을 인정하면서도, 그 진정한 미학적 현대성은 장르의 문학성을 갱신하는 反詩的인 모험에 있다는 것을 사유한 시인이다. 이것이 그의 反詩論이 시적 자유의 이행에 헌신하는 이유이다.

3. 김춘수 시론의 '무의미'와 그 허무

김춘수는 많은 시론들을 통해 자신의 시적 지향점과 방법론을 점검한 시인이다. 그의 시론들은 『한국 현대시 형태론』(1958), 『시론—작시법을 겸한』(1961), 『시론—시의 이해』(1972), 『의미와 무의미』(1976), 『시의 표정』(1979), 『시의 위상』(1991), 『김춘수 사색 사화집』(2002)에 이르기까지 오랜 기간에 걸쳐 많은 저작을 통해 표출되었으나, 그의 '무의미 시학'의 핵심적인 전언들은 60년대 이후의 그의 시론을 정리한 『의미와 무의미』를 통해 비교적 논리적인 표현을 드러내고 있다고 볼 수 있다. 특히 「한국 현대시의 계보」, 「대상 무의미 자유」, 「의미에서 무의미까지」 등의 글들은 김춘수 시론의 핵심적인 주제들이 선명하게 진술된 글들이다.『한국 현대시 형태론』에서 한국 현대시를 '형태론'의 측면에서 사적으로 정리한 김춘수는, 초기의 언어형식에 대한 관심을 적극화하여 60년대 후반 이후 보다 적극적으로 자신의 시학을 정립하기에 이른다. 그리고 이 시기는 시집『打令調, 기타』(1969) 등을 통해 소위 '관념시'에서 '무의미시' 로의 전환을 시도하던 시기이기도 하다. 시에서 추상적인 관념과 정서를 제거하고 감각적인 이미지와 리듬의 미학을 구축하려던 시인에게 '무의미 시학'은 자신의 창작 방법론을 점검하고 언표하는 중요한 방식이었다고 볼 수 있다. 김춘수가 무의미 시학을 구축하는 기초는 이미지의 두 가지 유형에 대한 전제와 연관된다. 그는 이미지를 '서술적인 것(descriptive)'과 '비유적인 것(metaphorical)'으로 구분하고 전자를 관념을 무시하고 '은유의 세계'가 지닌 이미지만을 보는 것으로 이해한다.

> 시 작품을 해석(또는 음미)하는 입장과는 다른 경우인 시 작품을 제작하는 입장에 있어서도 이미지를 위와 같이 다룰 수가 있다. 이러할 때 그 다루어진 이미지는 순수한 것이 된다. 다시 말하면 이미지 자체가 목적인 이미지가 된다. 이와는 달리 이미지가 어떤 관념을 위하여 쓰여 지는 경우가 있는데, 이러할 때 이미지는 불순한 것이 된다. 이미지가 관념의 도구 또는 수단이 되고 있기 때문이다. 전자를 서술적 이미지라고 불러두고 후자를 비평적 이미지라고 불러두기로 한다. 12)

김춘수의 이미지 분류법은 비교적 단순하다. 이미지가 관념을 대변하는 경우와 그렇지 않은 경우를 구분하고 있기 때문이다. 그는 이렇게 관념을 위해 이미지가 봉사하는 경우를 '불순한 것'이라고 표현하고 있는데, 이 표현은 상당히 가치지향적인 성격을 갖는다. 그는 '이미지 자체가 목적인 이미지'의 순수성을 현대시의 중요한 가치로 설정하고 있다. 그러나 이 구분은 실제적인 시 언어의 창작과 효과의 측면에서는 여러 가지 복잡한 문제들을 거느린다. 우선은 이 이분법이 창작자의 의도와 해석자에게 발휘되는 효과 사이의 모순의 문제이다. 창작의 의도와 그것의 수용차원의 효과는 다른 층위의 문제이며, '서술적 이미지' 문제 역시 이 중에서 어떤 층위에서 분석되는가 하는 것은 보다 복잡한 문제이기 때문이다. 그래서 그는 다음과 같이 부연한다.

> 하나의 난점은 이미 말한 대로 분명히 관념을 위하여 씌어진 비유적 이미지인데도 관념을 보지 않고 이미지만을 보려는 경우가 있듯이, 분명히 이미지만을 위하여 씌어진 이미지인데도 관념을 보려고 하는 경우가 있을 수 있다는 그 사실이다. 그러나 전자는 특수한 개인의 취향에 따른 해석(또는 음미)의 방법이고, 후자는 해석(또는 음미)의 미숙이나 지나친 관념벽에서 나온 과산증 현상이라고 해야 할 것이다. 전자의 경우에는 시를 시로서 대한다는 하나의 입장이 될 수가 있지만, 후자의 경우는 산의 분비가 너무 지나쳐 종내는 그것을 갉아먹게 되어 시를 병들게 할 위험이 있다. 제작자의 의도가 관념을 무시하고 있을 때 시 해석도 관념을 말하지 말아야 한다. 그러나 제작자의 의도가 관념을 무시하고 있다고 하여 그 제작자의 그러한 의도까지를 어떤 관념에 맞추어 말하지 말라는 것은 아니다.13)

김춘수는 서술적 이미지의 문제를 의식적인 창작의도의 층위로 보았다. 그러나 그 창작의도가 제대로 읽히지 않을 가능성에 대해서도 염두에 두었다. 그 해석적 오류의 유형에 대해서도 그는 '관념을 배제한 독해'에 대해 상대적으로 긍정적인 태도를 취한다. 이를테면 비유적인 이미지를 구사한 시인데도 관념을 배제하고 시로 읽는다면 그것은 '특수한 개인의 취향'일 수가 있고, "시를 시로서 대하는 하나의 입장"이 될 수 있다는 것이다. 이것은 김춘수가 시에서 관념을 개입시키는 것에 대해 창작과 해석의 양면에서 얼마나 부정적으로 인식했는가를 알 수 있는 사례이다. 그런데 위의 글에서 그는 이미지의 두 가지 유형과 관련하여 "이미지에 대한 뚜렷한 자각은 30년대 들어서서의 일이다"라는 주장으로 한국 현대시의 형성과 계보를 분석한다. 서술적인 이미지에 대한 자각을 한국 현대시의 근대성 혹은 현대성의 기준으로 인식한 것이다. 현대시의 현대성이 '서술적 이미지'의 자각이라는 척도로 평가하는 김춘수의 논리는 한국 현대시의 역사를 바라보는 하나의 선명한 관점을 체계화하게 된다.

> 이미지를 서술적으로 다룬 시들 중에는 대별하여 두 개의 유형이 있다. 그 하나는 대상의 인상을 재현한 그것이고 다른 하나는 애상을 잃음으로써 대상을 무화시킨 결과 자유를 얻게 된 그것이다. 이 후자가 30년대의 이상을 거쳐 50년대 이후 하나의 경향으로서 한국 시에 나타나게 된 무의미의 시다. 그러니까 시사적으로 한국의 현대시가 50년대 이래로 비로소 시에서 자유가 무엇인가를 경험하게 되었다고 하겠다. 그러나 이 경우에도 완전한 자유에 도달하였다고 말하기는 어려울 것 같고, 비교적 자유에 접근해간 경우가 있었다고 해야 할는지 모른다. 자유를 위장해서라도 대상으로부터 자유로워지고 싶어 하는 그런 경우가 훨씬 더 많을는지도 모른다. 이런 사정들을 식별하기란 매우 어려운 일이다. 그것은 시인의 창작 심리와 밀접한 관계가 있기 때문이다.[14]

그는 여기에서 한국 현대시의 이미지의 계보를 명료하게 정리한다. 비유적인 이미지와 서술적인 이미지가 있고, 다시 서술적인 이미지에는 '대상의 인상을 재현한 것'과 '대상을 무화시킨 것'이 있다. 그는 이 '대상을 무화시킨 것'으로서의 서술적 이미지의 시를 '무의미시'라고 규정한다. 김춘수는 이 글에서 시에서의 '자유'에 대해 비교적 분명한 태도를 보여주는데, 이와 같은 무의미 시를 현대시에서 경험하는 자유에 해당한다고 말한다. 그러나 그에게 그 자유는 쉽게 도달할 수 있는 그런 차원이 아니며, 무의미 시의 추구는 쉽게 도달하기 힘든 미학이라는 것이다. 그는 그 미학을 시인의 창작 심리의 문제와 연관짓고 싶어 한다. 무의미 시학을 시의 효과 보다는 창작의 의도라는 측면에서 개념화하는 김춘수 시론의 특징이 다시 드러나는 대목이다.

자유의 관념에 비추어 본 김춘수의 시적 척도의 체계는 비교적 명료하다. "자유라는 측면에서 바라볼 때, 대상을 놓친 서술적 이미지의 시와 모든 비유적 이미지의 시는 양극이라고 할 수 있고, 대상을 가지고 있는 서술적인 이미지의 시는 그 중간에 자리한다고 할 수 있다. 왜냐하면 그는 대상을 가지고 있는 만큼 그만큼 자유롭지 못하다"[15]라는 주장이 그것이다. 따라서 시적 자유의 최대치는 시인이 시적 대상을 얼마나 무화시킬 수 있는가에 달려 있다. 이런 관점에서 가장 자유로운 '대상을 놓친 서술적 이미지의 시'와 가장 자유를 갖지 못한 '비유적 이미지의 시'가 양극에 놓이게 된다. 그 자유의 최대치로서 그의 '무의미 시'가 자리 잡는 것은 그래서 당연하다. 그런데 그는 다시 이와 같은 시에서의 대상의 문제를 시인의 심리적인 구조와 연관시키는 논리로 나아간다.

> 대상이 있다는 것은 대상으로부터 구속을 받고 있다는 것이 된다. 그 구속이 긴장을 낳는다. 긴장이 몹시 팽팽해질 때 반 고흐의 풍경이 된다. 그것들은 물론 풍경(대상)이긴 하지만 풍경 이상의 그 무엇이다. '무의미'라고 하는 것은 기호논리이나 의미론에서의 그것과는 전연 다르다. 어휘나 센텐스를 두고 하는 말이 아니라, 한 편의 시작품을 두고 하는 말이다. 한 편의 시 작품 속에 논리적 모순이 있는 센텐스가 여러 곳 있기 때문에 무의미하다는 것은 아니다. 그런 데가 한 군데도 없더라도 상관없다. (그러나 '무의미 시'에는 실지로 논리적 모순이 있는 센텐스가 더러 끼이고 있다). 그러니까 이 경우에는 '무의미'라는 말의 차원을 전연 다른데서 찾아야 한다. 다시 말하면, 이 경우에는 반 고흐처럼 무엇인가 의미를 덮어씌울 그런 대상이 없어졌다는 뜻으로 새겨야 한다 (왜 이런 일이 생겼는가는 나중에 언급하기로 하고, 여기서는 잠시 접어두기로 한다). 대상이 없으니까 그만큼 구속의 굴레를 벗어난 것이 된다. 연상의 쉼 없는 파동이 있을 뿐 그것을 통제할 힘은 아무데도 없다. 비로소 우리는 현기증하는 자유와 만나게 된다. [16]

김춘수는 대상이 있는 시의 문제를 심리적인 구속과 억압의 문제로 해석한다. 대상을 갖는다는 것은 '억압'이 있다는 것이고, 대상을 갖지 않는다는 '억압 없는 시 쓰기'를 실현하는 작업이 된다. 그리고 그것은 의미론과 기호논리의 문제, 다시 말하면 언어 일반론의 층위가 아니라, 한 편의 시 작품 속에서 실현되는 것임을 분명히 한다. 그런데 이런 사례를 그림과 음악 등 다른 예술장르의 경우를 예로 들어 설명하려 한다. 반 고흐의 그림뿐만 아니라, 모차르트의 음악 등에서 대상이 없는 예술이 누리는 자유의 최대치에 대해 설명하고 있다. 그러나 몇몇 논자들이 지적한 것처럼, 시 장르의 '무의미' 문제를 다른 예술 장르의 경우와 비교하는 것은 논리적 어려움이 따른다. 물질적인 색채와 소리라는 질료를 사용하는 예술영역과 이미 일정한 '의미'를 보유한 기호로서의 언어를 질료로 삼는 문학을 같은 관점에서 비교하는 것은 무리가 따른다. 그럼에도 불구하고 그가 굳이 음악과 그림에서 대상이 없는 예술의 사례를 가져온 것은, 억압 없는 자유로운 예술에 대한 그의 열망의 수준을 보여주는 것이면서, 시를 산문적인 세계가 아닌 절대적인 순수예술의 경지로 상정하고 있음을 나타내 준다. 그러나 여전히 문제는 남는다. 언어라는 질료를 사용하는 시가 어떻게 대상과 의미를 배제한 절대적인 예술성을 실현할 수 있을까? 언어란 물질적인 색채나 소리와는 달리 이미 처음부터 의미와 대상으로부터 오염된 것이라면, 무의미 시학은 처음부터 불가능한 꿈이 아닌가? 여기서 '위장'의 문제가 등장한다.

> 시에는 원래 대상이 있어야 했다. 풍경이라도 좋고 사회라도 좋고 신이라도 좋다. 그것들로부터 어떤 구속을 받고 있어야 긴장이 생기고, 긴장이 있는 동안은 이 세상에는 의미가 있게 된다. 의미가 없는데도 시를 쓸 수 있을까? '무의미 시'에는 항상 이러한 의문이 뒤따르게 마련이다. 대상이 없어졌다는 것을 짐작하고 있으면서 이 의문에 질려 있고, 그리고도 시를 쓰려고 할 때 우리는 자기를 위장할 수밖에는 없다. 기교가 이럴 때에 필요한 것이 된다. 그러니까 이 때의 기교는 심리적인 뜻의 그것이지 수사적인 뜻의 그것이 아니다. 그러나 그 위장이라고 하는 기교가 수사에서 그대로 나타나게 되는 것은 어쩔 수 없는 일이다.[17]

‘의미가 제거된 시가 가능할 수 있는가’는 무의미 시론이 마주한 가장 핵심적인 딜레마이다. 이 딜레마는 무의미 시학 자체가 처음부터 불가능한 시도를 하고 있다는 의구심을 포함한다. 이미 의미로 오염된 언어라는 질료를 사용하는 시 쓰기는 어떻게 절대적인 순수 예술에 도달할 수 있는가? 이 지점에서 ‘위장’과 ‘기교’의 문제가 대두된다. ‘위장’의 개념이 의미가 개입되어 있는 언어를 질료로 사용하는 시가 마치 의미가 없는 것처럼 보이게 하는 것을 말하는 것이라면, ‘기교’는 그 위장을 위해 필요한 언어적인 테크닉을 말할 것이다. 시에서 완벽하게 의미를 제거하는 것은 위장의 전략을 통해서만 가능하다. 왜냐하면 그것은 관념으로 오염된 언어를 통해서 그 오염을 제거하려는 모순 된 기획이기 때문이다. 그런데 시인은 다시 이 층위를 ‘수사적’인 층위가 아니라 ‘심리적인’ 층위에서 설명하려 한다. 그는 항상 무의미를 향한 시적 실험을 수사의 문제가 아니라 시의 심리적 욕망의 차원으로 몰고 가려는 의도를 드러내는데, 그에게 있어 무의미는 무엇보다 먼저 ‘시인의식’의 문제에 속한다는 입장 때문이다. 그런데 이 ‘위장’의 ‘기교’가 구체적인 창작과정에서 어떻게 실현될 수 있는 것인가?

> 시는 진보하는 것이 아니라 진화한다는 것이라는 가설이 성립된다고 한다면, 어떤 시는 언어의 속성을 전연 바꾸어 놓을 수도 있지 않을까? 언어에서 의미를 배제하고 언어와 언어의 배합, 또는 충돌에서 빚어지는 음색이나 의미의 그림자나 그것들이 암시하는 제2의 자연 같은 것으로 말이다(이런 시도를 상징파의 유수한 시인들이 조금씩은 하고 있었다). 이런 일들은 대상과 의미를 잃음으로써 가능하다고 한다면, ‘무의미 시’는 가장 순수한 예술이 되려는 본능에서였다고 할 수 있을는지 모른다. 18)

시인은 ‘진화’를 말하고 있지만, 그 진화는 ‘언어의 속성’을 바꾸는 작업을 의미한다. ‘언어와 언어의 배합, 또는 충돌’에서 빚어지는 음색 등의 효과를 시인은 ‘제2의 자연’이라고 말한다. 의미와 대상을 포함한 언어가 순수한 자연으로부터 멀어진 불순한 언어라면, 그 언어들의 낯선 배합과 충돌을 통해 새로운 자연의 상태로 돌아가는 것, 그래서 '순수한 예술적 유희'의 경지를 회복하는 것이 무의미 시학의 기획인 것이다. 이 기획은 언어들의 새로운 배합과 충돌을 통해 그것의 의미지향성을 해체하는 작업을 의미한다. 물론 그것은 '상징파' 시인들의 작업과도 연결되며, 러시아형식주의자들이 말하는 '낯설게 하기' 효과와도 연관될 수 있다. 일상적인 언어 사용과 다른 언어들의 조합을 통해 단일하고 고정된 의미의 산출을 유예시키는 시적 기획인 것이다. 언어의 이질적인 배합을 통해 통일된 의미와 대상을 지우려는 김춘수의 창작방법론은 다음에서 보다 구체적인 설명을 만난다.

> 이미지란 대상에 대한 통일된 전망을 두고 하는 말이라면 나에게는 이미지가 없다. 이 말은 나에게는 일정한 세계관이 없다는 것이 된다. 즉 허무가 있을 뿐이다. 이미지 콤플렉스 같은 것은 두말할 나위도 없이 나에게는 없다. 시를 말하는 사람들이 흔히 이미지를 수사나 기교의 차원에서 보고 있는 것은 하나의 폐단이다.
> 나에게 이미지가 없다고 할 때, 나는 그것을 다음과 같이 말할 수 있다. 한 행이나 또는 두 개나 세 개의 행이 어울려 하나의 이미지를 만들어가려는 기세를 보이게 되면, 나는 그것을 사정없이 처단하고 전연 다른 활로를 제시한다. 이미지가 되어 가려는 과정에서 하나는 또 하나의 과정에서 처단되지만 그것 또는 제3의 그것에 의하여 처단된다. 미완성 이미지들이 서로 이미지가 되고 싶어 피비린내 나는 칼싸움을 하는 것이지만, 살아남아 끝내 자기를 완성시키는 일이 없다. 이것이 나의 수사요 나의 기교라면 기교겠지만 그 뿌리는 나의 자아에 있고 나의 의식에 있다.[19]

시인 자신은 '대상에 대한 통일된 전망'으로서의 이미지를 갖고 있지 않기 때문에, '일정한 세계관'이 없다고 선언한다. 다른 방식으로 말한다면, 시인에게 이미지의 문제는 세계관의 문제이고, 자신은 고정된 세계관을 갖지 않기 때문에 이미지가 없다는 말이 된다. 이미지와 무의미의 문제를 수사의 차원이 아니라, 시인의 심리적 차원이나 세계인식의 문제로 격상시키려는 김춘수의 노력은 여기에서 또다시 발견된다. 또한 시가 특정한 세계관을 드러내는 것은 불순하다는 김춘수 특유의 강박증이 확인된다. 그는 '세계관'의 개념을 아주 좁게 보고 있다. 시 작품을 통해 드러나는 단일한 관념 혹은 이념을 세계관의 문제로 규정하지만, 넓은 의미에서 보면 김춘수의 탈관념적, 탈현실적 시인의식 자체도 하나의 뚜렷한 정치적 세계관이다. 그런 의미에서 김춘수의 순수시론 역시 하나의 이념형에 봉사하는 것이라고 할만 하다.

그런데 시에서 일정한 세계관을 드러내지 않는 방법으로 그가 구사하고 있는 구체적인 방법은 이미지의 의미연관을 의도적으로 교란하는 방식이다. 이미지들의 논리적 연관을 차단하고 이질적인 이미지들을 병치시켜 하나의 이미지가 구축되는 것을 끝임 없이 유예시키는 것이다. 이 때 시는 "미완성 이미지들의 피비린내 나는 칼싸움"의 현장이 된다. 그 현장은 시인의 수사와 기교가 만들어낸 것이지만, 궁극적으로 그것은 김춘수의 시적 자아와 의식의 소산이다. 어떤 세계관도 용납하지 않는 시적 공간에서 결국 김춘수가 만나는 최후의 관념은 이른바 '허무'라는 것이다.

> 허무는 글자 그대로 모든 것을 없는 것으로 돌린다. 나무가 있지만 없는 거나 같고, 사회가 있지만 그것도 없는 거나 같다. 물론 그가 그렇게 생각한다고 실지의 나무와 실지의 사회가 없어지는 것은 아니겠지만, 그의 의식 속에서는 어떤 가치도 가지지 못한다, 즉 허무는 자기가 말하고 싶은 대상을 잃게 된다는 것이 된다. 그 대신 그에게는 보다 넓은 시야가 갑자기 펼쳐진다. 이렇게 해서 '무의미 시'는 탄생한다. 그는 바로 허무의 아들이다.[20]

'허무의 아들'로서 김춘수가 나아간 방향은 한국 현대시에서 의미와 대상을 소거함으로써 시가 억압적인 관념들로부터 해방되는 '자유'와 순수한 '허무'에 도달하는 것이다. 하지만 그 허무 역시 어떤 관념과 이념의 한 유형이라고 한다면, 김춘수 시론의 현대성은 다른 맥락에서 평가되어져야 할 것이다. 그는 한국 현대시의 현대성을, 시언어가 특정 관념과 대상에 예속되지 않는 자유의 상태를 지향하는 지점으로 보았고, 그것은 현대시에서의 미적 현대성의 한 중요한 논리를 제공했다.

4. 현대시의 자율성과 억압 없는 언어의 꿈

김수영과 김춘수의 시론은 두 가지 측면에서 기본적인 모순과 한계를 지니고 있다. 먼저 이들의 이론이 상당부분 수입되고 번역된 것이었는데, 이 과정에서 서구와 일본의 이론에 대한 오독과 오해가 포함되어 있다는 점이다. 그래서 개념과 용어상의 혼선과 모호함이 적지 않게 발견된다. 두 번째는 이들의 시론과 창작방법론이 자신의 실제 창작과정에서 관철되는 과정의 문제이다. 두 시인은 자기이론의 정립과 시적 실험을 동시에 밀고 나갔는데, 그 둘 사이에는 모순과 괴리가 존재할 수밖에 없었다. 시인의식과 창작의도, 그리고 시의 언어적 효과와 해석방식은 다른 층위의 문제이기 때문이다. 시론이란 시인의식과 개념적 인식에 해당하는 문제이지만, 창작은 무의식적 감각의 영역을 포함하는 문제이다. 그래서 시론이 창작에 비해 너무 앞서가서나 역으로 시론이 창작에 대한 자기합리화의 수준의 머무는 경향이 있다. 하지만 이런 문제들 때문에 이들의 시론이 밀고 나갔던 한국 현대시에 있어서의 시적 모더니티를 둘러싼 모험이 무의미한 것이었다고 볼 수는 없다.

이들의 시론은 현대시에서 '억압적 의미의 초극'이 중요한 미학적 지향점이라는 점을 인정하고 있다. 김춘수가 의식적인 차원의 창작방법론으로서의 무의미 시학을 말했다면, 김수영은 무의식적이고 본질적인 차원의 무의미 시학을 사유했다. 김수영에게 중요한 것은 무의식적인 무의미의 추구에 의해 결과적으로 나타나는 무의미의 효과에 관한 것이었고, 반대로 김춘수는 무의미를 의식적으로 추구해야하는 시인의식과 창작의도의 문제로 부각시킨다. 김수영은 '의미와 무의미의 변증법', 혹은 '개진과 은폐의 긴장'을 밀고 나가는 것이 새로운 시적 현실과 시적 형식을 전면적으로 탐구하는 것이며, 이것을 시의 새로움 혹은 시의 현대성을 추구하는 것으로 보았다. 그는 시 장르의 근본적인 예술성과 자율성이 음악 혹은 무의미의 추구에 있다는 것을 인정하면서도, 그 진정한 미학적 현대성은 장르의 문학성을 갱신하는 '反詩的'인 모험에 있다는 것을 간파한 시인이다. 김수영에게 있어 혁명적인 시적 실천의 진정한 내용은 재래적인 부르주아적 미 관념을 넘어서는 형식의 전복을 의미하는 것이고, 그것은 이미 내용의 전복이기도 한 것이다.

　김춘수는 '이미지 자체가 목적인 이미지'의 순수성을 현대시의 중요한 가치로 설정한다. 현대시의 현대성이 '서술적 이미지의 자각'이라는 척도로 평가하고, 무의미 시를 현대시에서 경험하는 자유에 해당한다고 주장한다. 그는 그 자유를 시의 효과 보다는 창작자의 의식이라는 측면에서 개념화하려 했다. 그의 시론이 나아간 방향은 한국 현대시에서 의미와 대상을 소거함으로써 시가 억압적인 관념들로부터 해방되는 자유와 순수한 '허무'에 도달하는 것이다. 이미지들의 논리적 연관을 차단하고 이질적인 이미지들을 병치시켜 하나의 이미지가 구축되는 것을 끝임 없이 유예함으로써 '순수한 예술적 유희'의 경지를 회복하는 것이 무의미 시학의 기획인 것이다. 그는 한국 현대시의 예술성과 자율성을 시언어가 특정 관념과 대상에 예속되지 않는 자유의 상태를 지향하는 지점으로 보았다.

　'미적 현대성'이 제도로서의 문학성에 대한 끊임없는 갱신을 통해서 자유의 모험을 밀고 나가려는 정신과 연관된다면, 김수영과 김춘수의 시론은 그 모험의 모순된 의미를 날카롭게 드러내주는 현대적인 시학을 구축했다고 볼 수 있다. 한국 현대시에서의 '현대성/근대성'의 논리가 처음으로 의식적인 논리적 표현을 얻은 것이 1930년대의 김기림·정지용·임화 등에 의해서라면, 그것이 미적 현대성에 관한 자기의식과 창작방법론에 대한 구체적인 자각을 얻은 것이 1960년대 이후라고 할 수 있다. 1930년대의 시론이 현대성과 전통의 문제에 관련된 모호한 수준의 논리를 제공했다면, 김수영과 김춘수는 보다 의식적으로 시의 현대성과 자율성의 문제를 사유하고 그것을 창작방법론과 연관지으려 했다. 그것은 70년대 이후의 한국시의 보다 탄력적인 미학적인 시도들을 가능하도록 하는 논리적 계기를 제공해준 것이라고 할 수 있다.

특히 이들의 시론에서 현대시의 '미적 자율성'을 둘러싼 명료한 의식이 발견되고 있는 것은 주목을 요한다. 김수영과 김춘수는 외부 현실과 지배적 가치들로부터 독립적인 시의 자율적 공간에 대해 깊이 인식했다. 김수영이 그 미적 자율성을 무기로 시가 사회현실에 대한 정치적 실천행위가 될 수 있음을 인식했다면, 김춘수는 그 자율성 자체를 극한으로 추구함으로써 산문적인 관념과 이념의 세계로부터 독립적인 절대적 예술 공간을 꿈꾸었다. 이들의 시학은 시 장르의 자율성과 자기 부정의 정신에 대한 치열한 탐구를 통해 시적 자유의 최대치를 추구했다는 측면에서, 미적 현대성의 한계를 시험한 것이다. 동시에 그것은 근대 이후의 제도적 문법에 대한 근원적인 의문을 동반한 것이기 때문에, 이미 그 안에서 '모더니티'를 넘어서려는 논리가 스며들어 있다고 볼 수 있다.

김수영의 '자유의 이행'과 김춘수의 '의미로부터의 탈피'는 억압적인 언어체계로부터 벗어나려는 시적 시도였다. 이들의 시학은 지배체제의 제도화된 언어체계로부터 끊임없이 자리를 이동함으로써 '억압 없는 언어'를 꿈꾼 것이다. 이런 미학적 기획은 어떤 이데올로기적인 결론에 안주함이 없이 그 내부의 모순의 동력으로 억압 없는 언어를 향한 영구적이고 불가능한 모험을 지속하는 것이다. 이들은 언어를 통해 언어를 넘어서려는, 그리고 모더니티 안에서 모더니티를 넘어서려는 모순 된 이론적 실험을 보여주었다. 이러한 모순의 모험은 현대적인 동시에 탈현대적인 것이다.[21] 이와 같은 시적 혁명은 한국문학의 제도적 모더니티로부터 탈주하려는 모험이기도 했다. 그것은 한국현대문학사의 가장 강렬한 이론적 경험 중의 하나로 남아있다.

주석

1) 김수영, 「生活現實과 詩」, 『김수영전집』, 민음사, 1997, 196면.
2) 위의 글, 193면.
3) 위의 글, 194면.
4) 김수영, 「진정한 현대성의 지향」, 앞의 책, 214면.
5) 김수영, 「詩作 노우트 7」, 위의 책, 307면.
6) 김수영, 「詩여, 침을 뱉어라」, 위의 책, 250~251면.
7) 위의 글, 252면.
8) 김수영, 「변한 것과 변하지 않은 것」, 위의 책, 244~245면.
9) 김수영, 위의 글, 245면.
10) 위의 글, 245면.
11) 위의 글, 245면.
12) 김춘수, 「한국 현대시의 계보」, 『김춘수시론전집』 1, 현대문학사, 2004, 506면.
13) 위의 글, 507면.
14) 위의 글, 520면.
15) 위의 글, 520~521면.
16) 김춘수, 「대상 무의미 자유」, 위의 책, 522면.
17) 위의 글, 522~523면.
18) 위의 글, 523면.
19) 김춘수, 「의미에서 무의미까지」, 앞의 책, 537~538면.
20) 김춘수, 「대상, 무의미, 자유」, 앞의 책, 524면.
21) 김수영과 김춘수의 시론에는 탈구조주의적 혹은 탈현대적인 것이라 말할 수도 있는 문학적 모험의 단초가 들어있다. 물론 그들이 '텍스트', '저자의 죽음','시니피앙의 관능적인 유희' '기호학의 놀이','언어 자체의 권력성' 같은 개념에 대한 명확한 인식을 보여준 것은 아니지만, 적어도 다음과 같은 롤랑 바르트의 표현들은 이들의 자유의 시학의 한 문제의식과 연결되어 있다. "언어체는 필연적으로 예속과 권력이 뒤섞여 있습니다. 만약 우리가 권력으로부터 벗어나는 힘뿐만 아니라, 특히 그 누구도 굴종시키지 않는 힘을 자유라 부른다면, 자유는 언어 밖에서만 존재할 수 있습니다. 그러나 불행하게도

인간의 언어에는 출구가 없습니다. 그것은 유폐된 문입니다. 우리는 거기서 불가능의
대가를 치르고서야 빠져 나올 수 있습니다. (…중략…) 그러므로 우리에게는 언어체를
가지고 속임수를 쓰는 일, 언어체를 속이는 일만이 남아 있습니다. 이 구원의 속임수,
이 도피, 이 놀라운 술책이 바로 우리로 하여금 언어의 영속적인 혁명의 그 찬란함 속에
탈권력의 언어체를 이해하게 해주며, 나로서는 이것을 문학이라 부릅니다."(롤랑 바르트,
김희영 역, 『텍스트의 즐거움』, 동문선, 1997, 122~123면)

1960년대 '저항시'의 위상
박봉우 · 신동문 · 신동엽의 시를 중심으로

이숭원

1. 논의의 전제

5 · 16이 일어나기 한 달쯤 전 담론의 자유가 확보되었던 시기에 신동엽은 1960년대 시단의 경향을 구분하고 자신의 의견을 개진한 글을 『조선일보』(1961.3.30~31)에 발표하였다. 1959년 1월 『조선일보』 신춘문예로 등단한 신진 시인 신동엽이 당시 시단의 중심인물인 김남조 · 조병화 · 유치환 · 황금찬 · 김수영 · 박목월 등의 실명을 거론하며 자신의 견해를 밝힌 것은 매우 대담한 일이었다.

그는 이 글에서 당시의 시단을 크게 두 경향으로 나누었다. "하나는 시정적(市井的)인 생활, 사회적인 현실에 중탁(重濁)한 육성으로 저항해 보려는 경향의 사람들이며, 또 하나는 예술지상주의적 경향에 몸 적신 사람들"[1]이라고 두 개의 흐름으로 파악하였다. 여기서 신동엽이 사용한

'저항'이란 말은 자신의 시작 태도를 강하게 드러내려는 의도가 담긴 것인데, 5·16 이전 사상의 무풍지대였기에 선택 가능한 단어였다. 그는 이 두 경향을 다시 다섯 개의 하위 유형으로 구분하였다. 예술지상주의적 경향을 '조선족인 향토시', '문명도시적인 현대감각파', '순전한 언어세공가'의 세 유형으로 나누고, 현실주의적 경향은 '도시 소시민적 생활시인'과 '역사에의 저항파'로 나누었다. 이 다섯 개의 유형 중 신동엽 자신은 '저항파'에 귀속되며, 당연히 그 유형에 가장 큰 가치를 부여하였다. 비록 그들의 기교가 거칠고 수법이 파격적이지만 이것은 "정신에 치중하는 사람이 가지는 어쩔 수 없는 결함"이며 그것보다는 조국과 민족과 인간의 고통을 직시하고 사회와 현실 속에서 시정신의 뿌리를 찾으려는 그들의 능동적인 자세를 높이 평가해야 한다고 말하였다.2)

신동엽이 '저항파' 영역에 넣은 작품은 전영경의 「조국상실자」(『현대문학』, 1959.2), 박봉우의 「휴전선」(『조선일보』, 1956.1), 작자 미상의 「파고다 공화국은 위험선상」 등 세 작품이다. 이 외에도 많다고 토를 달았지만, 눈을 씻고 찾아도 현실과 역사에 저항하는 시인이나 작품은 그 자신의 것을 제외하면 거의 찾을 수 없었을 것이다. 전영경은 1950년대 중반 이후 현실 풍자시를 활발하게 발표하였으나 4·19를 넘어서면서 "신세 한탄의 수준"으로 주저앉고 말았다.3) 박봉우는 「휴전선」으로 등단하여 분단 상황에 놓인 한민족의 역사적 비극성을 노래했는데,4) 4·19를 체험하면서 1960년대 초까지 현실인식을 담은 시편을 발표하였고 그 성과는 세 번째 시집 『4월의 화요일』(1962)로 집결되어 출간된다. 이 시집은 "4·19를 체험한 시인의 환희와 좌절이 간결한 시 형태를 통하여 형상화된 소중한 결실"5)이라 할 수 있다. 따라서 그의 시는 신동엽이 생각한 1960년대 초의 '저항파' 시 범주에 포함시킬 수 있다. 신동엽에 대해서는 거론하지 않았지만, 1956년에 「풍선기」라는 모더니즘 계열의 시로 출발한 신동문 역시 4·19 이후 혁명의 감격을 토로하는 시를 쓰기도 하고, 현실의 불안한 정황을 다각도로 풍자하여 비판적인 "정치풍자시의 선구적인 모형"을 제시하기도 했다.[6] 그의 풍자시가 "자유민주주의를 억압하는 사회현실에 대한 강한 관심과 참여"[7]의 경향을 비췄기에 '저항파' 시 범주에 넣을 수 있다.

이렇게 되면 신동엽이 개념과 범주를 설정한 저항시에 박봉우, 신동문, 신동엽 세 시인의 작품을 넣을 수 있다. 이 중 박봉우는 1962년 세 번째 시집 『4월의 화요일』을 간행한 이후로는 정신질환에 시달리며 시를 거의 쓰지 못했고 신동문 역시 1966년 이후로는 전혀 시를 발표하지 않았다. 이런 점에서 보면 박봉우와 신동문은 1960년대 저항시의 한 전사(前史)를 보여준 것이라 하겠다. 1959년 1월에 신춘문예로 등단하여 1969년 4월 타계할 때까지 자신의 관점이 투영된 작품을 지속적으로 발표한 신동엽이야말로 가장 전형적인 60년대의 저항시인이라 할 만하다. 이 글에서는 이 세 시인의 60년대 발표작을 중심으로 저항시의 양상과 특성, 문학적 한계와 문학사적 위상 등을 검토해 보려 한다. 여기서 말하는 '저항시'는 일반적인 의미의 저항시가 아니라 신동엽이 규정한 잠정적 의미로서의 저항시, 즉 '조국과 민족과 인간의 고통을 직시하고 사회와 현실 속에서 시정신의 뿌리를 찾으려는' 경향의 시를 의미한다.

2. 저항시의 단초―박봉우와 신동문

1956년 『조선일보』 신춘문예에 당선된 박봉우의 「휴전선」은 그 발상과 형식에서 선구적인 면모를 보여주었다. 휴전 협정이 조인된 지 3년밖에 지나지 않아 반공 이데올로기가 사회 전면을 장악하고 있던 상황에서 "별들이 차지한 하늘은 끝끝내 하나인데"라는 통일에의 염원을 표현한 것은 분명 새로운 지평을 개진한 것이다. 당시 심사위원은 양주동과 김광섭인데, 이 시의 예언자적 개성을 포착한 김광섭은 심사평에서 셸리 (Percy Bysshe Shelley)의 「서풍부」를 인용하며 많은 시인들이 쓰는 '아름다운 이야기'와는 다른 '죽음에의 산화'를 발견하였음을 토로하고 있다. 전쟁이 끝난 지 얼마 안 되는 시점에서 분단 상황에 대한 날카로운 인식과 통일에의 염원을 담은 작품을 신춘문예 당선작으로 선정한 것이 분명 이채로운 일이었기에 김광섭은 자신의 소감을 분명히 피력했던 것이다.

이 시의 1연에서 시인은 휴전선으로 가로 막힌 분단의 상황을 어둠 속에 믿음이 없는 얼굴과 얼굴이 마주 향하고 있는 모습으로 나타냈다. 시인은 분단 상황을 정면으로 거론하면서 "꼭 한 번은 천둥 같은 화산이 일어날 것을 알면서"도 아무 것도 모른다는 듯 휴전선에 꽃이 피어 있는 이율배반적인 모습을 제시했다. 2연에서 화자는 "서로 응시하는 쌀쌀한 풍경"의 휴전선의 모습을 통하여 팽팽한 긴장감으로 대립하고 있는 남과 북의 현실을 이야기하면서 당시의 분단 상황에 대한 굴욕감과 배반감을 토로한다. "별들이 차지한 하늘은 끝끝내 하나인데" 하나가 되지 못한 민족의 모순에 격렬한 통증을 느끼는 것이다. 3연에서는 이 땅에서 일어난 전쟁을 벌써 망각해 가고 있는 일상인들의 마비된 의식을 지적하면서 "정맥은 끊어진 채 휴식"을 취하는 모순된 양상을 비판한다.

4연에서는 본질을 회피한 채 비겁하게 살다가는 종국에는 다시 전쟁을 불러오고야 말리라는 준엄한 경고를 내놓는다. 지금은 표면적으로 꽃이 피어 있지만 "독사의 혀 같은 징그러운 바람"에 휩쓸려 "모진 겨우살이"를 겪게 될 것이라고 경고한다. 이것은 분단과 통일에 대한 인식을 민족 모두가 철저히 가져야 한다는 당위성을 강조한 것이다. 요컨대 시인은 일상적 삶 속에서 전쟁과 분단을 잊어 가는 소시민들의 안이한 의식을 비판한 것이다. 당시의 상황에서 이러한 시인의 태도는 분명 시대를 앞서간 점이 있다. 시인은 현실에 안주해 가는 나태한 삶에 반기를 들고 분단 현실이 지닌 비극성을 첨예하게 드러내고자 했다.

민족 현실과 통일 문제에 뚜렷한 자각을 가진 박봉우의 시정신이

4 · 19의 용광로를 그냥 지나칠 수 없었다. 1960년 4월 25일자 『동아일보』에 4 · 19 영령에 대한 추모의 감정을 담은 기념시 「젊은 화산」을 발표한 박봉우는 「소묘」라는 제목으로 4 · 19를 주제로 한 연작시를 썼다. 그 중 다음의 시편은 격정이 가라앉은 차분한 어조와 "이전의 시에서 보기 어려운 절제되고 긴장감 있는 형식"[8]으로 4 · 19의 역사적 의미를 표현한 작품이다.

우리의 숨막힌 4월은
자유의 깃발을 올린 날.

멍들어버린 주변의 것들이
화산이 되어
온 하늘을 높이 높이 흔드는 날

쓰러지는 푸른 시체 위에서
해와 별들이 울었던 날.

시인도 미치고,
민중도 미치고,
푸른 전차도 미치고,
학생도 미치고,

참으로 오랜만에,
우리의 얼굴과 눈물을 찾았던 날.

—「소묘 33」 전문

이 시의 문맥에 의하면 4 · 19는 그 이전과 이후로 확연하게 나뉘는 민족사의 선명한 분기점이다. 그 이전의 삶은 모든 것이 멍든 상태이며, 거짓 눈물과 거짓 얼굴을 보이던 상황이다. 4 · 19의 함성이 있음으로 해서

멍들고 상처 입은 것들이 화산처럼 장엄하게 하늘로 분출할 수 있었으며 자유의 깃발 아래 모든 사람들이 미쳐 돌아가는 것 같았지만 그날은 참으로 오랜만에 우리의 진정한 얼굴을 되찾은 날이며 우리 얼굴에 참된 눈물을 흘리게 된 날이다. 4·19의 감격 속에서는 분단의 비극도 잠시 잊고 혁명의 전열에 피 흘린 젊은 영령들의 죽음도 "푸른 시체"라는 긍정적 이미지로 제시된다. "푸른 시체"와 "푸른 전차"는 젊은이들의 희생과 일시적인 혼란에도 불구하고 미래의 이상향에 대해 희망과 기대를 품고 있음을 드러낸다. 그러나 우리가 다 알고 있는바 역사의 진전은 인간에게 만족보다는 환멸의 경험을 더 많이 심어준 것이 사실이다. 4·19 이후의 현실적 정황 역시 젊은 세대들이 순수하게 생각했던 방향으로 순조롭게 흘러가지 못하였다. 자유와 평등의 일방적 요구는 집단의 이익을 추구하는 사회적 혼란으로 돌출되고 말았다. 이러한 상황에 직면한 박봉우의 시는 다시 비탄의 어조로 격렬한 염세의 정서를 드러낸다.

> 4월의 피바람도 지나간
> 수난의 도심은
> 아무렇지도 않은
> 표정을 짓고 있구나.
>
> 진달래도 피면 무엇하리.
> 갈라진 가슴팍엔
> 살고 싶은 무기도 빼앗겨버렸구나.
>
> 아아 저녁이 되면
> 자살을 못하기 때문에
> 술집이 가득 넘치는 도심.
>
> 악보다도
> 이 고달픈 이야기들을 들으라

멍들어가는 얼굴들을 보라.

어린 4월의 피바람에
모두들 위대한
훈장을 달고
혁명을 모독하는구나.

이젠 진달래도 피면 무엇하리.

가야할 곳은
여기도,
저기도, 병실.

모든 자살의 집단 멍든 기를 올려라.
나의 병든 '데모'는 이렇게도
슬프구나.

—「진달래 피면 무엇하리」 전문

감격적인 4·19의 도정에서 그가 보았던 "푸른 시체"와 "푸른 전차"는 다시 "멍든 기"와 "병든 데모", "수난의 도시"로 변해 버렸다. 보이는 것은 모두 "병실"뿐이다. 남북의 통일은 고사하고 남쪽마저 정치모리배들의 모략으로 사분오열이 되어 있는 상황이다. 젊은 청년들이 4월의 여린 하늘 속에서 무엇을 위해 죽어갔는가를 생각하면 분통이 터지고 피가 거꾸로 솟는다. 4·19의 열매만 따먹은 사이비 정치배들이 "위대한 훈장을 달고 / 혁명을 모독하는" 상황에서 시인은 자살 충동까지 느낀다. 시인만이 아니라 다수의 시민들도 그러한 환멸을 느끼기에 저녁이면 술집에 몰려들어 자살하지 못한 자신의 비겁한 가슴을 술로 찢고 멍든 하늘에 멍든 깃발을 올릴 뿐이다. 국토와 도시 전체를 병실로 보고 모든 시민을 병든 존재로 보는 시인의 부정적 자의식은 절제의 어조에도 불구하고 부정의 극점을 지향하고 있다. 이미 나아갈 길을 잃은 병적 자의식이 민족의 희망조차 부정하고 있는 형국이다.

시인은 이때 이후 정신질환을 앓으며 입원과 퇴원을 반복하는 투병의 길을 걷는다. 「휴전선」에서 분단의 비극과 통일의 염원을 노래하고 「소묘」에서 4·19의 감격을 노래한 시인은 「진달래 피면 무엇하리」에서 현실과 역사에 대한 환멸을 토로하며 '자살'과 '병실'이라는 극한적 자의식의 세계로 퇴행해 버린다.

이와 유사한 궤적을 보인 시인이 신동문이다. 그는 4·19의 현장을 목격한 충격을 10연 108행이나 되는 장형의 작품으로 강렬하게 표현하였다. 그것은 1960년 6월 『사상계』에 발표한 「아― 神話같이 다비데群들」이라는 작품이다. 이 시의 주제와 형식이 얼마나 강렬했으면 1960년의 시단을 시종일관 비판적으로 조명한 유종호가 이 시에 대해서만은 "혁명시편의 대부분이 혁명 비참가자(非參加者)의 혁명찬가임에 반하여 씨의 시에는 데모대의 함성 같은 직접적인 육성이 있다"9)는 우호적인 단언을 했을 정도다.

　　멍든 가슴을 풀라
　　피맺힌 마음을 풀라
　　막혔던 숨통을 풀라
　　짓눌린 몸뚱일 풀라
　　포박된 정신을 풀라고
　　싸우라
　　싸우라
　　싸우라고
　　이기라
　　이기라
　　이기라고

아— 다비데여 다비데들이여
승리하는 다비데여
싸우는 다비데여
쓰러진 다비데여
누가 우는가
너희들을 너희들을
누가 우는가
눈물 아닌 핏방울로
누가 우는가
역사가 우는가
세계가 우는가
神이 우는가
우리도
아— 신화같이
우리도
운다.

—「아— 神話같이 다비데群들」 부분

　여기서 '다비데'란 구약성서에서 거인 골리앗과 싸워 이긴 목동 다윗을 지칭한다. 다윗은 개인이었지만 독재정권에 저항하여 승리한 시민은 다수이기에 '다비데群'이란 명칭을 쓴 것이다. '신화같이'라는 수식어는 4·19가 지닌 이념적 신성성과 순결성을 암시한 것이다. 그런데 우리는 "이 날것 그대로의 육성"[10]이 과연 많은 혁명 기념시 중에서 "가장 역동적이고 인상 깊은 작품"[11]인지 반성해 볼 필요가 있다. 유종호와 유성호의 긍정적인 평에도 불구하고 이 시를 정독해 보면, 동어반복에 의해 행의 수만 늘어났을 뿐 유사한 내용과 호흡이 지루하게 이어지고 있음을 보게 된다. 이것은 시인의 감격벽의 무절제한 표출이고 감정적 흥분상태가 의미를 대치하고 있는 형국이다.

　정치상황의 변화에 의해 감정의 흥분상태가 가라앉고 현실을 냉정하게 볼 수 있는 거리가 형성되었을 때 신동문은 박봉우처럼 현실에 대한 환멸을 고통의 언어로 표출하게 된다. 4·19가 일어난 지 일 년 후에 목도한 현실은 "이렇게 시름시름 몸살을 앓듯 못 견디게 못 견디게 심심한 하루 하루 해를 종일토록 못 갖고 마는 앗뜩한 나의 부재(不在) 주인 없는 나"라는 자아 부정의 상황이며, "위장(僞裝)"과 "죽은 음모(陰謀)"(「春困」)에 지나지 않는 배반의 역사였다. 이런 점에서 보면 그의 현실에 대한 관심과 저항은 표피적인 것이라고 진단할 수 있다. "현실의 추상적 인식과 그에 따르는 강렬한 파토스"12)로 시를 밀고 나갔을 뿐 현실의 모순을 정시할 만한 인식능력이 부족했던 것이다. 그의 현실인식이 단선적이지만 그러기에 오히려 저돌적인 용기를 갖게 했던지 그는 당시의 정치현실을 직선적으로 풍자한 다음과 같은 시를 1963년 4월 『사상계』에 과감하게 발표한다.

> 더더구나 밤낮 없이
> "앞으로 갓"
> "뒤로 갓"
> 사슬보다 무거운
> 호령이 뒤바뀌는데
> 너는 답답치도 않느냐
> 내 조국아
>
> 그리고
> 죄도 벌도 없는
> 우리의 입 귀 눈을 막고
> 후렴이나 부르며
> 따라오라는데
> 너는 분하지도 않느냐
> 내 조국아

아니면
낡은 망령
탐욕한 정상배(政商輩)가
헐벗은 국토에서
또다시 아귀다툼
투전판을 벌이는데
너는 억울치도 않느냐
내 조국아

더더구나
노회(老獪)한 매국(賣國)의 무리들이
민의(民意)를 가장한 플래카드를
서울의 복판에서 내저으며
국민을 혼란으로 우롱하는데
너는 슬프지도 않느냐
내 조국아

—「아아 내 조국」 부분

이 시도 70행이 넘는 장형의 작품인데, 5·16 주도세력인 군부의 정치참여를 정면으로 신랄하게 비판하고 있다. 쿠데타 주도세력에 의해 언론이 통제되고 자유가 억압당하고 무엇보다 4·19의 이념이 퇴색되는 현상을 주시하고 비분의 감정을 담아 장형의 시로 표출한 것이다. 요컨대 이 시는 "4·19를 정면으로 뒤집은 5·16이라는 시대적 굴절 상황에 대한 혹독한 비판을 감행한"[13] 드문 작품의 하나다. 당시의 군부 통치가 과도기적인 면을 지니고 있었으나 시민의 동향을 주시하고 예민한 대응을 하고 있었음을 감안하면 이러한 시의 창작이 대단한 용기를 필요로 하는 일이라는 것을 이해할 수 있다. 그럼에도 불구하고 이 시의 형식 역시 「아— 神話같이 다비데群들」처럼 고조된 감정을 동어 반복에 의해 지루하게 이어가고 있는 것을 볼 수 있다. 고양된 주제를 뒷받침할 만한 형상화의 요건이 갖추어지지 못했음을 발견하게 된다. 이것을 "정신에 치중하는 사람이 가지는 어쩔 수 없는 결함"14)이라고 합리화하는 것은 온당한 일이 아니다. 시는 단순한 발언이 아니라 언어적 형상화의 과정을 요구하는 문학양식이다. 따라서 정신이 치열하다고 해서 언어와 형식에 대한 무감각이 용인될 수는 없는 것이다.

3. 저항시의 전개–신동엽

1950년대에 의미 있는 작품으로 등단하여 4·19의 기폭 작용에 의해 저항시를 썼던 박봉우와 신동문이 자신의 역량을 지속적으로 이어가지 못한 데 비해 신동엽은 1969년 타계할 때까지 뚜렷한 문학관을 가지고 민족의 역사와 현실에 바탕을 둔 저항시를 썼다. 민중적 역사의식이 기반이 된 그의 시 작업은 1967년 장편서사시 『금강』의 완성으로 하나의 문학사적 사건으로 자리 잡았다. 이 작품에 담긴 민중적 역사의식은 동시대의 김수영은 꿈도 꾸지 못한 것이고 70년대의 김지하보다 시대를 앞선 전위성을 보였다. 장편서사시 『금강』은 하루아침에 완성된 것이 아니라 1959년 등단 이후 그가 추구한 역사적 서정시의 종합적 결실이었다. 그의 등단작 「이야기하는 쟁기꾼의 대지」(1959.1)와 그 이후에 쓰여진 「진달래 산천」(1959.3), 「풍경」(1960.2), 「정본 문화사대계」(1960.6) 등에는 모두 그의 독특한 역사의식과 세계사적 정치의식이 투영되어 있다.

4·19를 치르며 다른 시인들이 모두 감격과 추모 일변도의 작품을 썼지만 그의 혁명기념시 「아사녀」(1960.7)에는 일방적 감정 표출의 구호는 거의 없고 오히려 특유의 역사의식과 민중적 연대의식이 전면에 드러나 있다. 그는 흥분한 소년의 심정이 아니라 성숙한 어른의 시점으로

4·19를 정시하고 있는 것이다.

　　죽지 않고 살아 있었구나
　　우리들의 피는 대지와 함께 숨쉬고
　　우리들의 눈동자는 강물과 함께 빛나 있었구나.

　　4월 19일, 그것은 우리들의 조상이 우랄고원에서 풀을 뜯으며 양달진 동남아
하늘 고흔 반도에 이주 오던 그날부터 삼한으로 백제 고려로 흐르던 강물, 아
름다운 치맛자락 매듭 고흔 흰 허리들의 줄기가 3·1의 하늘로 솟았다가 또
다시 오늘 우리들의 눈앞에 숫구쳐 오른 아사달 아사녀의 몸부림, 빛나는 앙가
슴과 물굽이의 찬란한 반항이었다.

　　물러가라, 그렇게
　　쥐구멍을 찾으며
　　검불처럼 흩어져 역사의 하수구 진창 속으로
　　흘러가 버리려마, 너는.
　　오욕된 권세 저주받을 이름 함께.

　　어느 누가 막을 것인가
　　태백줄기 고을고을마다 봄이 오면 피어나는
　　진달래, 개나리, 복사

　　알제리아 흑인촌에서
　　카스피 해 바닷가의 촌 아가씨 마을에서
　　아침 맑은 나라 거리와 거리
　　광화문 앞마당, 효자동 종점에서
　　노도처럼 일어난 이 새피 뿜는 불기둥의
　　항거……
　　충천하는 자유에의 의지……

—「아사녀」 부분

여기서 보는 것처럼 그는 4·19를 갑자기 솟아난 시민혁명으로 보는 것이 아니라 한민족의 역사적 전개 과정 속에서 형성된 민중의 저항적 궐기로 보고 있다. 더 나아가 프랑스 식민지인 알제리의 흑인촌라든가 유럽·중동·중앙아시아의 복잡한 문제가 얽힌 카스피 해변 마을의 민중의 삶과 연관지어 4·19가 지닌 항거의 의미를 이해하려 한다. 한민족의 현실을 역사적·사회적 관계 속에서 변증법적으로 인식하려는 태도를 보이는 것이다. 그는 외세에 의존한 신라의 통일이 "우리 민족사의 주체성 상실의 뿌리가 되었고, 이로써 끊임없는 역사의 악순환으로 이어지게" 된 것을 비판적으로 인식하고 있다.15) 위의 시에서 삼한으로부터 이어지는 한민족의 역사 전개를 말하면서 "백제로 고려로 흐르던 강물"이라고 하여 신라를 제외시킨 것도 신라에 대한 부정의식이 투영된 것이다. 4·19시민혁명을 기념하는 일종의 행사시에도 그의 역사의식과 사회의식은 선명하게 드러나 있다. 백제인인 아사달과 아사녀는 지역성을 벗어나서 사랑하는 남녀의 전형적 인물로 "순수한 우리 민족의 남성과 여성을 상징"16)하는 의미를 지닌다.

신동엽은 박봉우나 신동문처럼 4·19 이후 5·16으로 이어진 정치적 상황의 변화에 대해 별다른 반응을 보이지 않았다. 그는 정치적 상황의 사소한 변화보다는 민족의 통일이라는 커다란 역사적 문제에 관심을 가졌다. 그것은 「주린 땅의 지도원리」(『사상계』, 1963.11)에 분명히 제시되었다. 아사달과 아사녀의 사랑에 의해 "두 코리아"가 하나가 되어 "우리들은 만방에 선언하려는 거야요. 아사달 아사녀의 나란 완충(緩衝), 완충이노라고"에서 보는 것처럼 좌도 우도 아닌 중립적 통일을 그는 꿈꾸고 있다. 이것은 「술을 많이 마시고 잔 어젯밤은」(『창작과비평』, 1968. 여름호)에서 "완충지대, 이른바 북쪽 권력도/남쪽 권력도 아니 미친다는 평화로운 논밭"인 비무장지대가 총칼을 내던지고 모든 쇠붙이도 말끔히 씻겨가고 "높이높이 중립의 분수는 나부끼데"라는 꿈으로 다시 환치된다.

그러나 이것은 정말로 그의 꿈일 뿐 한반도를 둘러싼 국제역학관계

속에서는 실현될 수 없는 상황이다. 자유와 평등이라는 것이 그렇게 꿈 같은 사랑으로 얻어질 수 있는 것이라면 근대 이후 수많은 유혈 시민혁명이 일어나지 않아도 되었을 것이다. 아사달, 아사녀의 사랑에 의해 알몸으로 중립의 초례청에 마주 서는 것은 문학적 환상 속에서나 가능한 일이지 현실적으로는 도저히 실현될 수 없는 일이다. 그의 저항시가 지닌 비현실성은 1967년 6월에 발표한 다음과 같은 시에서도 드러난다.

이슬비 오는 날.
종로 5가 서시오판 옆에서
낯선 소년이 나를 붙들고 동대문을 물었다.

밤 열한시 반,
통금에 쫓기는 군상(群像) 속에서 죄 없이
크고 맑기만 한 그 소년의 눈동자와
내 도시락 보자기가 비에 젖고 있었다.

국민학교를 갓 나왔을까.
새로 사 신은 운동환 벗어 품고
그 소년의 등허리선 먼 길 떠나온 고구마가
흙 묻은 얼굴들을 맞부비며 저희끼리 비에 젖고 있었다.

충청북도 보은 속리산, 아니면
전라남도 해남 땅 어촌 말씨였을까.
나는 가로수 하나를 걷다 되돌아섰다.
그러나 노동자의 홍수 속에 묻혀 그 소년은 보이지 않았다.
—「종로 5가」 부분

이 시는 1968년 12월에 발표된 장편서사시 『금강』에 일부 개작된 형태로 삽입되었다. 이 시의 화자는 노동자로 되어 있다. 인용한 부분에는 없지만 시의 끝부분에 "노동으로 지친 나의 가슴에선 도시락 보자기가 비에 젖고 있었다"라는 구절에서 화자의 성격이 확연히 드러난다. 그러나 이 시의 어조와 목소리는 노동자의 것이 아니다. 화자는 종묘 돌담 뒤의 창녀, 세종로 공사장의 노동자가 소년과 같은 부류의 가난한 농촌 출신이라고 서술한다. 그러나 이 화법과 시선은 분명 방관자적이다. 17세부터 동대문 평화시장에서 노동하며 최악의 노동조건과 맞부딪친 전태일 같은 노동자의 시선과는 너무나 거리가 있다. 시인의 어법에는 가난하고 억압받는 계층에 대한 연민과 그들에게 인간적 삶이 회복되기를 바라는 염원이 담겨 있다. 그 연민과 염원은 물론 가치 있는 것이다. 그러나 가난과 억압이 조선시대건 일제강점기건 1967년이건 변함없이 이어지고 있다는 논리는 성립될 수 없다. 조선조의 왕조사회와 일제의 강제점령 시대와 입헌민주주의 시대인 1967년이 동일하게 인식될 수는 없는 것이다. 전태일은 입헌민주주의 국가에서 당연히 지켜야 할 근로조건의 개선을 위해 호소하고 투쟁하다가 분신한 것이다.

통금이 임박한 비 오는 종로 거리에서 길을 묻는 낯선 소년을 아무런 매개항 없이 농촌 궁핍의 희생자요 자본 세력에 억눌린 민중의 표상으로 동일화하는 것은 논리를 넘어선 과장이다. "크고 맑기만 한 그 소년의 눈동자"가 지친 노동자의 맥 풀린 눈빛이 되기까지 거쳐야 할 구체적 과정에 대한 충분한 서술이 있어야 이 시는 핍진한 감동을 줄 수 있다. 그 과정은 생략된 채 도시락과 고구마가 비에 젖고 있다는 감상적 서술만으로는 현상의 본질에 도달할 수 없다. 먼 시골에서 왔다는 사실을 드러내기 위해 시인은 "충청북도 보은 속리산, 아니면 / 전라남도 해남 땅 어촌 말씨였을까"라고 썼는데 보은 방언과 해남 방언은 아주 달라서 금방 구분되기 때문에 이 구절은 아주 어색하게 들린다. 보은 속리산은 해월 최시형이 동학본부를 설치하여 농민시위가 크게 일어났던 곳이고 해남은 전봉준이 농민전쟁을 주도하면서 가족들이 숨어살도록 지시한 장소다. 그런 의미를 내포하고자 한 것이라면 "말씨였을까"라는 구절은 빼야 옳았을 것이다. 그 다음 행에서는 걷다가 돌아보니 "노동자의 홍수 속에 묻혀 그 소년은 보이지 않았다"고 했다. 12시가 통금이고 11시 30분이 지난 시점인데 아무리 야근을 끝낸 노동자들이 몰려 나왔다 해도 "노동자의 홍수" 속에 묻힐 리는 없다. 이러한 작은 세부사항들이 이 시의 리얼리티를 반감시킨다.

4. 맺음말

　신동엽이 '저항시'라고 분류한 시의 유형에 그 자신의 시는 물론이고 박봉우와 신동문의 시가 들어간다. 이 시들은 1960년대의 획일적 상황에서 국가와 민족의 문제를 들고 나와 정면으로 시의 주제로 삼음으로써 현실에서 등을 돌린 많은 시편들을 무색하게 할 정도로 커다란 문학사적 중량감을 안겨주었다. 그런데 그 시의 세부를 들여다보면 언어와 형식이 요구하는 형상화의 측면에 무감각한 양상을 발견하게 된다. 시는 고양된 주제만으로 성립하는 일방적인 발언이 아니라 문학의 한 양식이기 때문에 이것을 "옷치장 안 하는"[17) 정도의 사소한 결함으로 합리화해서는 곤란하다. 그런 점에서 1960년대 저항시는 형상화의 성취, 예술성의 획득이라는 극복 요건을 내장하고 있었다.

　뚜렷한 역사의식을 담은 민중서사시로 평가받는 『금강』도 복합적인 문제를 안고 있다. 이 시의 토대가 되고 있는, 그리고 신동엽 시 전체의 기반이 되는, 인간의 본원적 삶을 지향한 혁명의 이념은 지금의 시각으로 보더라도 진보적인 것은 사실이며 따라서 저항시의 선구적 작품으로 그의 시를 내세우는 것도 결코 지나친 일이 아니다. 그러나 서사시의 골격 내에서 『금강』을 분석해 본다면 적지 않은 문제점이 노출된다.

이 작품은 서사적 전개의 여러 지점에서 서사를 중지하고 현재의 상황으로 시점이 이동해 온다. 이러한 서술의 변화가 소설의 경우에는 사색의 영역을 확대하여 내용을 풍부하게 하겠지만 정서적 반응을 유도하는 시 양식에서는 그것이 오히려 서사적 맥락을 교란시키고 때로는 주관성을 노출하는 결함으로 나타난다. 사건 전개의 중간 부분에 주관적 논평을 가하거나 자신의 이념을 강변하는 것도 매우 작위적인 관념성을 낳는다.

어떤 사건을 서술함으로써 그것이 갖는 의미를 자연스럽게 도출해내고 사실의 세부를 통해 생생한 감동을 유발해내는 것이 서사 작가의 기본 역량이다. 그런데 『금강』의 사건 전개는 파편적이며, 여러 차례 반복되는 사건에 대한 논평은 주관적이고, 논의의 내용은 추상적이다. 『금강』 16장에는 신하늬와 전봉준이 만나 대화를 나누는 장면이 나온다. 신하늬는 버려진 아이로 머슴의 손에 맡겨졌다가 몰락한 양반가의 할머니에 의해 양육된 인물이다. 그러한 그가 유럽의 국제정세를 나열하면서 농민들만의 이상사회, 정부도 정권도 없는 사회를 만들자고 전봉준에게 역설하고 있다. 아무리 동학에 가담하여 견문을 넓혔다 하더라도 머슴을 아버지로 모시고 농민으로 성장한 인물이 이런 식의 발언을 한다는 것은 자연스럽지 못하다. 설사 그가 이러한 내용을 말한다 하더라도 구사하는 언어의 형식은 19세기 후반 조선조 농민의 어투로 제시되어야 옳았을 것이다. 1960년대 지식인인 시인 자신의 어법을 그대로 드러냄으로써 자신의 이념을 제시하는 데에는 성공했을지 모르지만 작품의 리얼리티를 살리는 데에는 성공하지 못했다. 문학적 형상화의 측면에서 신동엽의 야심적 저항시 『금강』은 그 나름의 한계를 뚜렷이 내포하고 있는 것이다.

주석

1) 신동엽, 「60년대의 시단 분포도」, 『신동엽전집』(증보 3판), 창작과비평사, 1985, 375면. 현재 맞춤법으로 옮기면서 한자를 한글로 바꾸고 필요한 경우에는 한자를 병기하였다. 이후 작품을 인용할 때 이 같은 방법을 원용한다.
2) 위의 책, 379면.
3) 이승하, 『한국의 현대시와 풍자의 미학』, 문예출판사, 1997, 106면.
4) 유성호, 「1950년대 후반 시에서의 '참여'의 의미」, 『민족문학사연구』 10, 1997.3, 177면.
5) 남기혁, 『한국 현대시의 비판적 연구』, 월인, 2001, 73면.
6) 이승하, 앞의 책, 118면.
7) 유성호, 「신동문 시의 연구」, 『현대문학의 연구』 7, 1996.12, 240면.
8) 남기혁, 앞의 책, 74면.
9) 유종호, 「사·에·라—1960년의 시」, 『사상계』 89호, 1960.12, 273면.
10) 유성호, 앞의 책, 234면.
11) 위의 책, 235면.
12) 위의 책, 236면.
13) 위의 책, 239면.
14) 신동엽, 앞의 책, 379면.
15) 김창완(김완하), 『신동엽 시 연구』, 시와시학사, 1995, 242면.
16) 위의 책, 175면.
17) 신동엽, 앞의 책, 379면.

한국 현대비평사의 기원
1960년대 비평의 성과와 의미

권성우

1. 60년대 비평을 바라보는 시선에 대하여

문학사는 필연적으로 '선택'과 '배제'라는 권력의 욕망이 작동하는 공간이다. 말하자면, 그 어떤 문학사도 당대의 모든 작품과 작가를 총체적으로 포괄하여 서술할 수 없는 것이다. 이는 문학사의 필연적인 운명이며, 더 넓게 보면 모든 비평의 운명이기도 하다. 1960년대 비평에 대해 사유하는 이 글의 운명 역시 이와 같은 전제에서 전혀 벗어나지 못할 것이다. 권영민이 작성한 『한국현대비평사 연표 II』에 의하면 1960년대에 발표된 문학비평문은 모두 1,500여 편에 이른다.[1] 그리고 1960년대에 문학비평이라는 문자행위에 참여한 비평가나 문인들의 숫자도 분명히 100여 명을 상회한다. 이러한 방대한 비평적 자료 더미 중에서 가장 문제적인 평문들과 유의미한 비평적 논의를 선택하여, 그 비평사적 의미를 기술하는 것이 이 글의 궁극적인 과제이다.

제한된 지면을 통해 1960년대 문학비평의 지형도를 요령 있게 정리하고 해석하는 작업은 당연히 논자의 문학적 입장에 따른 가치 판단을 동반하게 될 터이다. 그렇다고 해서, 논자의 편향과 주관이 마냥 옹호될 수 있는 것은 아닐 것이다. 기본적으로 이 보고서는 60년대 비평문학에 대한 객관적인 정리를 목표로 하기 때문이다. 그럼에도 불구하고 이 글이 60년대에 존재했던 모든 비평적 경향과 논쟁, 테마를 전부 포괄하여 논의할 수 없다는 사실 역시 자명하다. 과거를 조망하는 현재적 주체의 시선은 근원적으로 해석학적 지평의 간섭을 받을 수밖에 없으며, 따라서 기본적으로 순수한 객관적 정리라는 관념 자체가 불가능하기 때문이다. 그렇다면, 60년대라는 시대적 공간에서 진행되었던 비평문학을 조망하는 유력한 방법은 무엇인가? 그리하여 이 글은 어떤 비평문, 비평 논쟁, 비평 논의들을 중심으로 60년대 비평을 조감하게 될 것인가?

무엇보다도 이 글은 기존의 비평사와 비평 연구에서 적극적으로 평가되었던 비평가나 비평적 논의를 세밀하게 참고하면서도, 동시에 기존의 논의에서 배제되거나 상대적으로 경시되었던 비평적 그룹과 비평적 주제에 대한 온당한 평가를 포함하는 입장을 보여주고자 한다. 아울러 기존의 정설화된 비평적 견해에 대한 최근의 비판적 연구를 최대한 참조하여, 비평사의 새로운 관점을 적극 소개하게 될 것이다. 요컨대, 필자의 주관이 지닌 인식론적 한계를 인정하면서도, 그 한계 속에서 최대한의 지적·실증적 공정성과 엄밀성을 확보하는 것이 이 글의 궁극적인 목표이다.

우리는 이 글에서 주로 다음과 같은 주제와 테마를 중심으로 60년대 비평을 조망하게 될 것이다.

① 4·19혁명과 60년대 문학비평의 인식론적 조건
② 민족문학비평의 성장과 분화

③ 근대적 개인주의와 자율성에 근거한 심미적 비평의 대두

서술 방법론적 차원에서 이 글은 60년대 비평에 대한 실증사적 정리에서 한 발 더 나아가, 비평 행위를 상징권력의 투쟁이라는 맥락[2]으로 조망하고자 하는 의도를 지니고 있다. 이러한 문제의식에 따라, 이 글은 비평 담론 그 자체뿐만 아니라, 그 담론이 표출되는 문학 매체나 문학 에콜의 맥락에 대한 탐색과 문제의식을 보여주게 될 것이다. 문학 매체는 다양한 문학적 담론을 담아내는 단순한 그릇이 아니다. 문학에서, 매체는 "메시지와 권력을 생산해내는 상징 생산의 장"[3]인 것이다. 요컨대, 이 보고서는 60년대의 비평사를 엄밀하게 정리하되, 경우에 따라서 그 비평적 글쓰기의 저변에 놓인 문학적 권력의 역학관계를 세심하게 고려하는 문제의식에 의해서 씌어질 것이다.

2. 4 · 19혁명과 60년대 문학비평의 인식론적 조건

1960년대는 4 · 19와 더불어 시작되었다고 할 수 있을 만큼, 60년대 지성사는 4 · 19라는 역사적 사건과 긴밀히 연계되어 있다고 할 수 있다. 이러한 논리는 실상 60년대 문학비평이라는 연구대상에 가장 전형적으로 적용될 수 있다. 가령, 4 · 19가 자신의 비평에 미친 압도적인 영향력에 대하여 세상을 뜬 대표적인 4 · 19세대 비평가 김현은 다음과 같이 얘기하고 있다.

내 육체적 나이는 늙었지만, 내 정신의 나이는 언제나 1960년의 18세에 멈춰 있었다. 나는 거의 언제나 사일구 세대로서 사유하고 분석하고 해석한다. 내

나이는 1960년 이후 한 살도 더 먹지 않았다. 그것은 씁쓸한 인식이지만 즐거운 인식이기도 하다.4)

　　이러한 김현의 언급은 4·19라는 역사적 사건이 그 세대 비평가의 내면에 깊이 새겨진 중대한 실존적 체험이라는 사실을 웅변하고 있다. 아울러 이 대목은 김현 자신이 속해 있는 4·19세대에 대한 주관적 애착을 절묘하게 표현한 구절이기도 하다. 상당수의 4·19세대 비평가들이 이러한 김현의 진술을 공유하고 있는 것으로 여겨진다. 예컨대, 김병익 역시 4·19체험과 4·19세대라는 자부심이 이 자신의 성장과정과 글쓰기에 미친 영향력에 대해서 적극적으로 인정하고 있다.5) 이른바 4·19세대로 불리는 비평가들이 한국 현대비평사에서 가장 인상적인 비평적 성취를 보여주었으며, 한국 비평의 진정한 ‘현대성’의 풍경이 바로 이 세대의 비평가들에게서 본격적으로 가능했다는 비평적 통설이 전혀 근거 없는 주장6)이 아니라면, 우리는 4·19세대 비평가들의 글쓰기를 규정지은 중요한 요건 중의 하나인 4·19정신의 실체에 대해서 좀더 분석적으로 탐문할 필요성을 느끼게 된다. 그리하여, 4·19라는 정신사적, 역사적 가치가 60년대 비평에 어떠한 영향을 미쳤는가 하는 점을 구체적으로 탐색하는 과정이 필요하다고 하겠다.

　　물론 4·19가 1960년대 문학을 전면적으로 규정하는 전일적인 심급 요인이라고 볼 수는 없을 것이다. 그것은 두 가지 이유에서 그러하다. 그 하나는 이상갑의 지적대로 4·19가 완성된 시민혁명이 아니라, 5·16쿠데타에 의해서 정치적으로 좌절될 수밖에 없었던 미완의 혁명이라는 엄연한 한계에서 비롯된다.7) 또 다른 하나의 이유는 문학비평 역시 자율적인 구조물이기에, 정치·사회적 논리에 의해서 환원적으로 재단될 수 없다는 문학원론적인 이유에서 그러하다. 그러나 문학비평을 정치·사회적 요소와는 변별되는 자율성을 지닌 제도라고 판단하더라도, 근원적인 의미에서 4·19혁명이라는 역사적·정치적 사건이 1960년대

문학비평에 미친 다양한 지성사적, 실존적 영향은 도저히 무시할 수 없을 만큼 지대하다고 판단된다. 항용 정치·사회적 요인으로 문학사를 평가하는 환원주의적 발상이 지닌 문제점은 지적되어야겠지만, 이러한 사실이 문학이나 문학비평이 진공 속에 놓인 존재라는 사실을 의미하는 것은 아닐 것이다. 4·19혁명이 60년대 문학비평에 미친 지성사적 영향은 다음에 열거하는 것과 같이 다양한 측면에서 언급될 수 있다.

우선 첫 번째로는 4·19로 인해 자유와 민주주의, 합리성의 정신이 우리 지식인사회에 정착되면서 '합리적인 성찰의 서사'가 60년대 비평문학에 싹텄다는 사실을 들 수 있다.[8] 이 대목은 논쟁과 비판, 성찰을 통한 합리적인 의사소통의 대표적인 양식인 비평의 활성화에 더없이 호조건으로 작용했다고 볼 수 있다. 이러한 이유 때문에, 60년대 비평은, "처음 몇 년간의 비평이 욕설과 정실로 뒤범벅이 되는 것"[9]이라고 평가받았던 1950년대 비평의 양상과 비교할 때 한층 성숙하고 대화적인 면모를 보여준다고 여겨진다. 이러한 지적 분위기의 전환에 따라서 60년대 비평은 그 이전 시기의 비평과 대조해 볼 때, 자기 성찰과 자기비판의 풍경을 적극적으로 보여주고 있다. 자기성찰 혹은 자기비판이라는 개념이 '근대성'의 중요한 인식론적 특징이라는 사실에 착목하면, 이러한 점은 60년대 비평의 근대적 특성을 해명해주는 중요한 대목이라고 할 수 있다.

두 번째는 주체에 대한 새로운 자각과 개성의 발견을 들 수 있다. 4·19는 우리 나라가 근대적인 의미의 주체를 자각한 최초의 시민혁명이었다고 볼 수 있다. 이에 따라서 전근대적인 공동체주의 및 집단주의와 변별되는 근대적 주체에 대한 자각이 집단적으로 태동되었던 시기가 바로 60년대라고 할 수 있는 것이다. 상당수의 4·19세대 비평가들이 50년대 문학과 변별되는 60년대 문학의 특성으로 '개인 의지의 발견', '주체의 각성', '새로운 개인의 인식' 등의 항목들을 들고 있는 것도 바로 이러한 측면의 문화사적 의미를 여실히 보여주고 있다. 이러한 현상은 비평뿐만 아니라, 60년대 문학 전반에서 발견되는 현상이다. 한 연구자는 60년대 문학의 이러한 특성과 연관하여, "60년대 문학에 나타나는 주체의 복원이라는 현상은 아무리 강조해도 지나치지 않는다"[10]고 평가한 바 있다. 진정으로 성숙한 근대성의 발견이라는 척도에서 보자면, 특히나 비평 분야는 1960년대에 들어와서 본격적인 근대성(현대성)의 시대로 접어들었다고 할 수 있다. 어느 시기의 비평보다도 60년대 비평에 이르러 본격적인 자기 성찰과 미학 자율성에 대한 인식이 진전되었다는 사실이 이러한 점을 입증한다. 그리고 비평적 인식론의 변모에는 무엇보다도 '주체'에 대한 자각과 개성의 발견이라는 당대의 문화사적 감각이 자리 잡고 있었던 것이다.

세 번째로는 4·19세대의 언어 및 교육과 연관된 존재론적 특성을 언급하지 않을 수 없다. 이른바 4·19세대는 실질적인 의미에서 한국어로 교육받고 한국어로 본격적으로 사유하기 시작한 최초의 세대라고 할 수 있다.[11] 이 점에 대해서 4·19세대 비평가인 김병익은 스스로 다음과 같이 말하고 있다.

> 4·19의 주역들이 해방되면서부터 초등학교에 입학하여 한글을 배우기 시작한 첫 세대라는 점은 겉보기보다 훨씬 큰 문화사적 함의를 지니고 있다. 그들은 자국어로 사물을 익히고 공부했으며, 모국어로 사고하고 느끼고 책을 읽었고, 조국의 언어로 역사와 현실을 인식하고 표현하여 전달한 최초의 세대이다.[12]

이러한 사실은 비평의 세대론을 언급할 때, 생각보다 대단히 본질적인 요소이다. 글쓰기 습관, 사유의 방식, 언어적인 감각의 차이는 비평가들에게 생각보다 근원적인 영향을 미친다고 볼 수 있다. 예를 들어 유년기부터 한국어로 쓰고 사유한 4·19세대의 비평가들이 그 전대의 비평가들에 비해서 자연스럽고 유려한 한국어를 구사하는 것은 바로 이와 같은 언어적 감각의 차이에서 연유하는 것이다. 앞에서 인용한 비평가 김현의 4·19세대로서의 실존적 고백 역시 이러한 문화사적 감각과 지성사적 습속에 대한 언급이라고 볼 수 있을 것이다. 이 대목과 연관하여, 정과리는 '4·19세대의 현재성'에 대해 "4·19세대가 언어와 사유와 행동의 일치를 통해서 자기의 모순을 스스로 해결할 수 있는 능력을 가질 수 있었다는 데서 온다. 바로 그 점에서 4·19세대의 문학은 현대문학의 뿌리를 이룬다"[13]고 언급하고 있다.

네 번째로는 근대적인 의미의 대학제도가 50년대 이후 본격적으로 정비되었다는 사실이 60년대 비평에 미친 영향을 들 수 있다. 1950년 무렵부터 우후죽순 격으로 설립되기 시작한 대학들은 십여 년의 정비와 시행착오 기간을 거쳐, 1960년대 무렵부터는 이른바 '아카데미즘'이라고 부를 수 있는 학술적 기반을 다져가기 시작했다. 이러한 측면은 아카데미즘과 대학제도에 근거한 강단비평의 괄목할 성장을 가져온다. 외국문학이론의 적극적 수용과 국문과를 중심으로 한 근대문학사에 대한 실증적 정리 등의 성과 역시 이러한 근대적인 아카데미즘의 정비와 밀접한 연관성을 맺고 있다. 그 중에서도 강단비평의 성장은 60년대 비평사의 성격에 중대한 변화를 가져온 요인으로 주목되어야 마땅하다. 이에 대해서 임영봉은 "60년대는 강단비평과 문단비평이 처음으로 대등한 차원에서 긴장 관계를 띠고 대두되는 시점으로 볼 수 있으며 이로부터 문학비평의 원리와 이데올로기성에 대한 인식이 자연스럽게 싹트기 시작하는 단계이다"[14]라고 규정한 바 있다. 요컨대, 4·19 이후 재정비된 근대적 대학제도의 변화가 당대 비평과 문학 연구의 향배에도 중대한 영향을 미쳤다고 할 수 있을 것이다.

아울러 1960년대가 본격적인 의미의 근대화와 도시화가 전개되는 시점이라는 사실이 인식되어야 한다. 1960년대는 이른바 근대적인 경제개발 프로젝트가 기획되어 그 실천에 옮겨지던 문제적인 시기였다. 구체적으로, 5·16쿠데타 직후 '경제개발 장기계획'이 책정되어, 1962년에는 '제1차 경제개발 5개년 계획'이 발표되었으며, 1966년에는 '제2차 경제개발 5개년 계획'이 착수되었다. 그리고 1967년에는 경부고속도로의 건

설이 시작되어, 1969년에 개통되었다. 그런가 하면, 1969년에는『선데이
서울』,『월간중앙』,『주간조선』등의 시사지와 대중연예잡지들이 발간
되기 시작했다. 이러한 풍속사적 · 문화사적 감각의 변모는 1960년대에
활동한 비평가들에게 산업화 시대의 개인의 문제와 대중문화의 문제에
대해서 본격적인 성찰을 진행케 만든 중요한 요인이었다. 이러한 의미
에서 "60년대 문학은 바로 '자본주의 시대의 문학'이라는 문학사의 새
로운 단계로 들어가는 문턱이었다"15)는 평가가 가능해지는 것이다. 실
상 1960년대에 유달리 활발하게 수행되었던 '순수 · 참여문학 논쟁'의
저변에는 바로 전일적으로 산업화와 자본주의의 논리에 휩쓸리기 시작
했던 한국사회를 조망하는 시각의 편차가 자리 잡고 있었던 것이다. 그
리고 김현의 「무협소설은 왜 읽히는가―허무주의의 부정적 표출」이라
는 평문이 1969년『세대』지에 발표한 것을 통해서도 인식할 수 있듯이,
이른바 대중문화의 새로운 가능성에 대해서 문학비평가들이 최초로 주
목한 시대가 바로 1960년대였던 것이다.16)

　지금까지 언급한 바와 같이 4 · 19혁명으로 인한 다양한 문화적 에피
스테메의 변모, 그리고 1960년대의 사회사적 · 문화사적 성격 등은 60년
대 비평의 인식론적 성격에 지대한 영향을 미쳤다고 볼 수 있다. 이제,
60년대에 전개된 문학비평의 다양한 양상 중에서, 가장 핵심적이며 의
미 깊은 대목들에 대해서 검토해보기로 하자.

3. 민족문학비평의 성장과 분화

　KAPF의 진보적 비평은 6 · 25를 거치면서 거의 단절된 상태에 놓여
있었다. 휴전 이후의 남한 문단은 강력한 메카시즘과 반공이데올로기의

유산으로부터 자유롭지 못했다. 그러다 보니, 6·25 이후에 전개된 1950
년대의 남한 문학은 순수문학의 외피를 둘러싼 반공문학이라는 호칭으
로부터 탈피하지 못했다고 볼 수 있다. 50년대의 문학비평 역시 이와
같은 이념적 지형과 사회사적 조건으로부터 자유롭지 못했다.『현대문
학』을 위시하여, 50년대에 발간된 대부분의 문예지는 순수문학이나 탈
이념적인 문학의 자장으로부터 멀지 않았다. 이러한 상태는 일제강점기
의 진보적 문학의 전통이 한국전쟁 이후에 십여 년 간 단절되어 있었다
는 사실을 의미한다.

　이와 같은 단절은 1960년대에 이르러서야 조금씩 극복되기 시작했다.
이 측면에서 볼 때, 종합지 성격의『사상계』의 창간은 지성사적으로 획
기적인 의미를 지닌다. 물론『사상계』는 1953년에 창간되었지만, 1970년
김지하의「오적」을 수록하여 폐간될 때까지 1960년대의 지식인들에게
커다란 영향력을 미치면서 비판적 저널의 기능을 충실하게 수행하였다.
이념적 지형의 면에서 볼 때,『사상계』가 진보적인 성향을 담보하고 있
다고 볼 수는 없다. 그러나『사상계』는 그 전대까지 획일적인 반공주의
가 지배하던 당대 지식인사회의 풍토에 의미 있는 전복과 균열을 생성
시키며, 양심적인 지성과 합리적인 인식의 단초를 제공했다. 종합지 성
격의『사상계』를 제외하면,『한양』,『청맥』등의 잡지들이 진보적인 문
학비평의 주요한 매체 역할을 담당했다고 할 수 있다. 이러한 잡지들은
순수문예지 일색이던 1960년대 초반까지의 문단에 민족문학의 목소리
를 전한 소중한 매체였다. 참여문학론을 제창했던 상당수의 비평가들이
이러한 잡지를 통해 자신의 문학적 이념을 전달했던 것이다.

　비평사적인 면에서 보았을 때, 60년대의 비평문학에서 진보적인 민족
문학론은『한양』지를 중심으로 활약했던 장일우·김순남 등의 활약, 그
리고『비평작업』지를 중심으로 전개된 조동일·임중빈·주섭일 등의
활약에 크게 기대고 있다. 이들의 작업은『창작과비평』진영 비평가들
이 수행한 민족문학론 정초작업의 사실상 선편에 해당된다고 할 수 있

다. 또한 이들의 비평적 글쓰기는 1950년대에 활발하게 진행된 최일수의 민족문학론을 계승하는 연장선상에 놓여 있다고 평가된다. 60년대의 척박한 이념적 지형 속에서도 이들의 비평은 민족문학(론)의 진로와 역할에 대해서 참으로 진지한 모색과 남다른 사유를 보여주었다.

우선 일본에서 간행되던 『한양』지가 60년대 초반에 참여문학론의 입장을 가진 문학평론가들의 중요한 텃밭이었다는 사실이 주목되어야 한다. 1962년 3월에 창간된 『한양』은 1973년에 폐간되기까지 장일우·김순남·장백일·김우종·임중빈·정태용 등의 민족문학 및 참여문학 진영에 해당되는 평론가들의 평문을 다수 수록하였다. 그들의 문학적 입장은 논자에 따른 차이가 있지만, 주로 역사성과 전통성의 의미를 강조하면서 당대 한국문학에 대한 강도 높은 비판을 시도하고 있다는 점에서 공통적이다. 가령, 장일우의 경우 「현대시와 시인」(『한양』 1963.4)이라는 평문에서 시의 난해성을 시대의 요구를 묵살한 채 시를 한갓 주관적인 유희로 수용한 결과에서 조성되었다고 비판하였다. 아울러 「한국 현대시의 반성」(1963.9)에서는 전후 현대시에 대한 전면적인 비판을 시도하였다.17) 김순남의 평문 「설화문학의 재음미」(1962.7)는 한국 전통문학의 현재적 의미를 강조한 평문으로 주목될 수 있을 것이다. 순수―참여논쟁에서 회자되는 김우종의 기념비적인 평문 「순수의 자기기만」이 『한양』(1965.7)에 수록되었다는 점도 인상적이다. 김우종은 이 글을 통해, 순수문학의 이데올로기를 격렬하게 비판한 바 있다. "순수를 거부하면 대번에 유물론자의 '당의 문학'으로 몰아세우는 이 '순수지당파(純粹至當派)', 이들의 사고방식이 오히려 얼마나 소아병적 유물론을 닮고 있는지는 이런 것을 보면 알 수 있지 않을까?"라면서 순수문학의 폐쇄성을 비판하고 있다. 이외에도 상당수의 참여문학론을 주창하는 평문들이 『한양』지에 게재되었다. 그러나, 민족문학비평과 참여문학론에서, 『한양』이 지닌 중대한 의의에도 불구하고 이 잡지가 일본에서 발행되었기 때문에 당대 한국문학에 대한 순발력 있는 대응을 하기에는 명백한 한계를 지니고 있었다는 점이 인식되어야 할 것이다.

한편, 『비평작업』 동인들은 4·19정신의 직접적인 영향 아래 생성되어, 기성문단에 대한 격렬한 비판을 전개하였다.[18] 조동일·주섭일·임중빈·이광훈 등이 『비평작업』 동인의 멤버이다. 물론 『비평작업』은 창간호로 그쳤고, 이 창간호가 발간될 당시 『비평작업』 동인들은 대학에 재학 중인 학생이었다.

그들이 펼쳐 보인 비평적 주장에는 당시의 비평적 주류에 해당되는 이어령·조연현·백철 등의 비평가와 김동리·황순원·장용학·선우휘 등의 소설가에 대한 다소 신랄한 비판이 담겨 있다. 이러한 의욕적인 비판을 가능케 한 동인은 무엇보다도 그들의 젊음이었다. 기성 질서의 거부를 모토로 한 이들의 비평관은 「새 시대의 가치창조를 위하여」라는 제목의 권두선언에서 선명하게 드러난다. 그들은 권두선언에서 "역사와 싸워야 할 필연성 앞에서 우리는 기성의 질서와 관념에 대한 일대 수술을 시행한다. (…중략…) 새로운 가치창조가 우리의 지상과업이다. 이 값진 문화건설은 새 인간의 탄생에서라고 신앙하면서 우리는 그 산파의 직책에 있음을 밝힌다. (…중략…) 문학의 창조와 비평을 위하여, 오늘 비평공화국을 사수하는 파수꾼으로 새로운 현실을 모색하기 위하여 우리는 이렇게 형제로서 함께 손잡고 있다"고 적고 있다.

이러한 선언은 『비평작업』 동인들이 당대의 기성제도와 현실에 대해서 명확하게 비판적인 태도를 취했음을 상징적으로 보여주고 있다. 한 연구자는 "이들의 세대론과 참여론은 기성세대에 대한 비판을 통한 새로운 비평영역의 확보라는 입장과 함께 전후 불구가 된 문학의 전통 복원이라는 측면에서의 조심스러운 첫발이라고 할 수 있다"[19]고 평가하고 있다. 중요한 것은 이들의 비평작업이 이후에도 생산적으로 갱신되었다는 사실이다. 가령, 조동일은 자신의 역사와 전통에 대한 거시적인 문제의식을 학술적인 영역을 통해 열정적으로 보여주었으며, 이광훈은 언론계에서 현실 비판의 정교한 논리를 보여주었다. 그런가 하면, 임중빈은 이후에 『상황』 동인으로도 참여하면서 참여문학 논의에서 중요한 논객으로 활동하였다.

『비평작업』 동인들의 성과와 함께 1964년 11월에 창간호에 발간된 『청맥』지를 중심으로 한 민족문학비평의 성과도 주목되어야 한다. 조동일, 주섭일 등의 『비평작업』 등의 동인들과 구중서·백낙청 등이 『청맥』지의 주요필진으로 등장하여, 민족문학론의 단초가 되는 중요한 글들을 발표하였다. 특히 조동일의 「한국적 리얼리즘의 형성과정」은 문학사의 내재적 발전론의 관점에서 참여문학의 입론을 세운 중요한 평문이라고 할 수 있다. 조동일은 이 글에서 사회경제사적인 입장의 도움을 받아, 조선 후기 문학의 양상을 리얼리즘의 시각으로 천착하고 있다. 이러한 의미에서 이 글은 조동일이 불문학 연구에서 국문학 연구로 나아가는 문제적 맥락을 보여주는 평문에 해당된다.

지금까지 언급한 평론가들의 참여비평은 최근에까지 정당한 조명을 받지 못한 채, 음지에 묻혀 있었다. 대체로 참여론과 전통론의 결합을 주장했던 이들의 비평은 시급하게 그 전모가 연구되어 적극적으로 재평가되어야 할 것이다.20)

지성사적인 연속성의 측면에서 보자면, 1966년 『창작과비평』이 창간되어 민족문학비평과 진보적 비평이 획기적인 발전을 보여주게 된 것도, 바로 이들의 선구적인 문제의식으로 인해 비로소 가능했다. 이러한 계보학적 논리에도 불구하고, 비평사적인 의미에서 볼 때, 『창작과비평』의 창간은 민족문학론과 진보적인 비평사에 커다란 획을 그은 중대한 계기가 되었다는 사실을 부인할 수 없을 것이다. 1966년 창간된 『창작과비평』은 당시 미국유학생이던 백낙청이 귀국하여, 약관 28세에 나이에 주도적으로 창간한 문예계간지이다. 『창작과비평』은 백낙청·염무웅 등 진보적인 비평가들의 입장과 비평적 기획을 적극적으로 수용하였다.21) 예를 들어, 창간호에 수록된 백낙청의 「새로운 창작과 비평의 자세」는 1960년대 민족문학비평의 새로운 지평 및 그 한계를 전형적으로 보여주는 기념비적 평문이라고 할 수 있다.

백낙청은 이 평문을 통해, 순수문학론이 지배하던 기성평단에 대한 치열한 전복적 목소리를 의욕적으로 표출하고 있다. 이 글을 통해 백낙청은 순수문학 이데올로기의 허상을 효과적으로 깨트리면서, 동시에 예술의 자율성을 충분히 고려하는 유연한 비평적 입장을 보여주고 있다. 가령, "문학이 역사적 현실과 이데올로기를 초월한 그 자신만의 영역을 지켜야 한다는 주장은, 문학이 질적으로 우수해야 하고 그런 의미에서 순수해야겠다는 말과는 매우 다르다. 후자가 이데올로기와 상관없이 통용될 수 있는 상식인데 반해 앞의 것이야말로 어떤 특정한 이데올로기의 산물이며 삶에 대한 특정한 태도를 나타낸 것이다"[22]라는 백낙청의 주장은 순수문학론의 이념적 뿌리를 예리하게 짚어내고 있다. 이와 같은 백낙청의 민족문학론은 최근의 한 연구가에 의해서 다음과 같은 평가를 받고 있다.

> 백낙청의 인식과 논리는 전후세대 비평가의 참여문학 논의 수준과 분명하게 구분될 뿐만 아니라, 비평사적인 측면에서 추상적인 수준에 놓여 있던 당대의 참여론을 한 단계 끌어올리는 역할을 했다는 점에서 그 의미를 찾을 수 있다.[23]

이러한 의미에서 백낙청의 순수문학 비판은 이전의 다소 단순한 참여문학론에서 탈피하고 진일보한 비평적 논리에 해당된다. 그런데 백낙청의 「새로운 창작과 비평의 자세」는 이미 수차례 지적되었던 바, 한국 문화의 연속성과 전통에 대한 대단히 취약한 관점을 노정하고 있다는 점에서 근원적인 한계를 지니고 있다고 평가된다. 예컨대, 다음과 같은 예문을 보자.

> 무엇보다 앞서야 할 인식은 우리가 부모의 피와 살을 받았듯이 이어받은 문학전통이 태무하다는 것이다. 우리의 동양적·한국적 전통은 그 명맥이 끊어졌고 이를 뜻있게 되살릴 길은 아직 열리지 않았으며 고대 그리스나 근대 서

구의 고전문학을 모체로 삼기에도 우리의 언어와 풍습과 제반사정이 너무나 동떨어진 것이다. 1960년대의 한국에서, 문학의 기능은 건전한 오락을 제공하는 것이다, 라고 담담히 말해 넘길 수 없는 이유가 여기에 있다.[24]

이러한 시각은 이미 조동일 등에 의해서 한국 고전문학과 현대문학의 연속성에 대한 깊이 있는 연구가 진척되고 있던 당시의 지식사회학적 정황[25]에 비추어보면 대단히 퇴행적인 주장에 해당된다. 이와 같은 대목은 한국 고전문학에 대해서 깊이 있는 지식을 지니고 있지 않았던 영문학자 백낙청의 한계를 여실히 보여주고 있다. 물론 백낙청은 이 글을 발표한 지 3년 후에 「시민문학론」(1969)에서, 자신이 노정한 한계를 치열하게 자기비판하고 있다.[26] 아울러 백낙청은 「새로운 창작과 비평의 자세」를 발표한 연후에, 지속적으로 성실한 자기 갱신을 보여주면서 자신의 비평적 한계를 돌파하려는 노력을 보여주었다.

특히 「시민문학론」은 백낙청의 비평이 당대 한국사회의 현실과 성공적으로 접맥되면서 민족문학론의 초기단계에 해당되는 중대한 비평적 기획을 성공적으로 심화시켜나가고 있다는 사실을 입증하고 있는 평문이다. 이 평문에서 백낙청은 당대에 이루어진 소시민 논의를 비판적으로 검토하면서, 리얼리즘 미학과 연관된 시민문학론을 정립하고 있다. 그는 "리얼리즘과 시민문학 사이의 한 가지 유대를 발견한다"고 주장하면서 "시민사회·시민문학을 형성하는 일이 하나의 지속되는 과업으로서 기존 현실에 대한 끊임없는 비판을 요구한다는 점에서도 리얼리즘의 그러한 면이 중요시되는 것이다"라고 적고 있다. 「시민문학론」은 한마디로 말해 백낙청의 평문이 본격적인 민족문학론의 단계로 나아가기 직전의 비평적 기획에 해당되는 것이다.

한편 1967년부터 『창작과비평』에 합류한 염무웅은 애초에 김현·김승옥이 중심이 된 『산문시대』 동인으로 활동했다. 『산문시대』에 발표한 「현대성 논고」와 같은 평문은 염무웅의 초기 비평의 관심사가 미학적인 근대성(현대성)의 규명에 있다는 사실을 보여주고 있다. 그러나 염무웅은 점차 사회적 상상력, 역사적 상상력에 깊은 관심을 표명하면서 이른바 『문학과지성』쪽의 비평가들과는 다른 비평적 입장을 개척해 나간다. 『청맥』에 발표한 「현실과 허위의식」(1966)이라는 글이 바로 그러한 변모의 단초가 되는 글로 평가되고 있다.27) 염무웅은 이 글에서 최인훈 소설 『광장』의 주인공 이명준의 개인주의적 성격을 비판하면서 문학에 있어서 사회성과 역사성과 정치성의 중요성을 강조하고 있다. 이후로 염무웅은 전후세대 문학의 한계를 지적하고 역사의식의 중요성을 강조하는 평문을 지속적으로 발표하였다. 백낙청과 염무웅의 진보적 비평이 서구 진보주의의 교양적 세례로부터 많은 영향을 받은 사실은 분명해 보인다. 가령, 염무웅 자신의 고백대로 아놀드 하우저와의 만남이 그의 비평적 입장의 정립에 커다란 도움을 주었던 것이다.28)

　1960년대 평단에 커다란 영향력을 미친, 『창작과비평』과 백낙청, 염무웅 등의 소중한 기여에도 불구하고, 1960년대의 진보적 문학비평과 민족문학론을 그들의 업적으로 제한하는 것은 비평사의 실상과는 거리가 있는 편협한 입장에 가깝다. 현대문학비평사에서 『창작과비평』이나 『문학과지성』과 같은 4·19세대 비평가들이 중심이 된 비평적 에콜이 현대비평사에 미친 확고한 영향력과 폭넓은 기여는 도저히 무시될 수 없을 것이다. 그러나 상당수의 비평사적 진술이나 문학사적 관찰에서 이 두 비평적 에콜에 지나치게 커다란 비중을 두고 있다는 점 역시 공정하고 객관적인 비평사적 관점이라고 볼 수는 없을 것이다. 어떤 면에서는, 이 두 비평적 에콜이 대표적인 상징권력으로 인지되고 주류 이데올로기로 추인되면서, 비평사에 대한 섬세하고 구체적인 이해에 기반하지 않은 연구들은 관성적으로 이 두 에콜의 비평적 입장을 중심에 두고 비평사를 서술하는 경향이 존재했던 것이다. 그러나 최근의 비평사 연구는 이러한 관행과 학술적 타성에 대한 의미 있는 전복을 시도하고 있다. 이른바 4·19세대 비평가들의 한계와 검은 심연에 대한 냉철한 응시[29]는 1960년대 비평과 4·19세대 비평가들의 성취와 한계를 객관적으로 파악하는 데 커다란 도움을 주고 있다고 하겠다.

이러한 시각에서 보면 앞에서 언급한 『비평작업』 동인이나 『청맥』, 『한양』지를 중심으로 한 참여문학 및 민족문학을 주창했던 비평가들의 활약과 더불어, 임헌영·구중서·임중빈 등의 『상황』 동인은 대단히 중요한 비평사적 의미를 지니고 있다. 1969년에 창간호를 발간한 『상황』은 일종의 비평전문지이다. 『상황』 동인에 참여한 비평가들은 전통에 기반을 둔 민족문학론을 주창했다는 점에서 『창작과비평』의 입장과 명백한 차별성을 보이고 있다.

이러한 점은 『상황』 동인들 대부분이 국문학을 전공했다는 사실, 그리고 그들이 『창작과비평』이 지니고 있던 모종의 한계를 냉철하게 투시했다는 사실에서 비롯되는 것으로 판단된다. 사실 그때까지만 해도, 『창작과비평』의 비평사적 입장은 서구적 진보주의의 한계로부터 자유롭지 않았다. 이를테면 『창작과비평』의 창간호 특집으로 사르트르가 주관하던 프랑스의 『현대』지 창간사가 수록되어 있는 점에서도 인식할 수 있듯이, 지식인의 양심을 강조하는 『창작과비평』의 입장은 서구적 태도의 번안에 가깝다. 그러나 『상황』 동인들의 민족문학론은 무엇보다도 전통에 대한 주체적 인식을 동반하고 있다는 점에서 그 중대한 의미를 적극적으로 인정할 수 있을 것이다.[30] 요컨대, 한국문학의 전통에 입각한 참여문학론이냐, 아니면 서구적인 맥락의 진보적 지성에 입각한 참여문학론이냐의 구분이 『상황』과 『비평작법』 동인들의 참여문학론과 『창작과비평』의 참여문학론을 가르는 중요한 기준인 것이다. 이러한 문제의식은 『상황』의 대표적인 비평가라고 할 수 있는 구중서와 임헌영을 통해서 명료하게 확인된다.

우선 구중서는 그 어떤 비평가보다도 투철한 역사의식을 강조한 비평가이다. 데뷔작인 「한국 문화인 기질의 비판」이나 「서정주와 현실도피」 같은 평문을 통해서 구중서는 지속적으로 역사의식의 중요성을 강조하고 있다. 그는 서정주의 역사의식 부재를 비판하면서 "서정주씨의 신라관(新羅觀)에는 역사의식이나 전통의식 같은 것은 없고, 다만 단층적인 신라의 하늘에로 향하는 복고주의가 있을 뿐이다. 이것은 적어도 역사를 취재하는 문학인의 태도로는 근본적으로 불가(不可)한 것이다"[31]라고 언급했는데, 이는 역사와 전통을 강조하는 『상황』 동인의 비평적 입지를 간명하게 보여준다. 한편 임헌영은 초기에 자유와 니힐리즘에 대한 관심을 보이다가, 「보수와 전통」(1967), 「도전의 문학」(1969) 같은 평문에서는 한국문학의 전통에 대한 깊은 이론적 관심을 기울인다. 이러한 의미에서 「도전의 문학」은 중요한 평문이라고 할 수 있다. 이 평문을 통해 임헌영은 이른바 '가짜 전통 옹호론자'들과 '전통 부정론자'들에 대한 비판을 전개하고 있다.[32] 가령, 신동엽의 『금강』이 지닌 전통적인 맥락을 얘기하면서, "친서구적인 한 평자는 신동엽의 『금강』에서 동학과 4·19의 전통적 연관성을 모순된 것이라고 지적했다. 물론 이것은 충분히 친서구적인 안목이다"라면서, 김현 비평의 서구편향성을 지적하고 있는 대목이 이러한 실례에 해당된다.

　지금까지 『상황』 동인들의 비평적 입지에 대해서 살펴보았거니와, 이 대목에서 『상황』이나 『비평작업』 동인들이 『창작과비평』이나 『문학과지성』과 같이 커다란 주목을 받지 못한 이유에 대해서 성찰할 필요가 있을 것이다. 그것은 그들이 명시적으로 자신들의 문학적 입장을 주장하지 않았으며, 인간적·학벌적 그물망을 의식적으로 관리하지 않았다는 사실에서 연유하는 것으로 판단된다. 이러한 대목은 이른바 주류 비평적 에콜의 성과 및 미덕과는 별도로 그들의 문화권력이 문학장에 미친 영향에 대해서 심층적인 고찰이 필요하다는 사실을 환기시켜준다.

4. 근대적 개인주의와 심미적 비평의 대두

당겨 말해서, 한국 현대비평사는 문학과 사회의 긴밀한 연관성에 의거한 사회학적 비평, 혹은 정치적 비평이 상대적인 우위를 점했던 과정이다. 1920년대 이전의 계몽적 언설에 가까운 비평, 그리고 1920년대 중반부터 마르크스주의의 도래와 함께 시작되는 KAPF비평, 그리고 해방공간의 정치적 비평, 1950년대 중반부터 최일수·정태용 등에 의해서 다시 점화되었던 사회적 비평, 그리고 1966년 창간된 『창작과비평』을 중심으로 한 진보적 비평과 민족문학론, 지속적으로 제기되었던 순수·참여 논쟁, 1970년대의 민족문학비평의 성장과 제3세계문학론의 대두, 1980년대의 노동문학비평, 민족문학비평의 전성시대 등등의 흐름을 통시적으로 조망해 보면, 문학과 사회와의 긴밀한 연관성을 강조하는 계몽적 비평의 흐름이 압도적으로 존재해왔다고 할 수 있겠다.

이러한 한국 현대비평의 사회적 편향성 가운데서도, '문학적 자율성'의 이념에 기반한 심미적 비평과 미학적 근대성에 젖줄을 댄 새로운 비평적 경향이 본격적으로 태동된 시기가 바로 1960년대였다. 이와 같은 새로운 비평적 흐름에 선편을 잡은 비평가는 역시 김현이다. 김현은 1962년 『자유문학』지에 「나르시스 시론—시와 악의 문제」를 발표하면서 등단하였다. 이 글이 주목되는 이유는 비평의 계몽적 요청에서 벗어나, 이른바 윤리의 세계와 변별되는 시문학의 독자성에 대해서 천착하고 있기 때문이다.

김현은 이 글에서, 시 즉 아름다움이 진리 및 선함과 서로 일치했던 전근대적인 예술관에서 탈피하여, 아름다움과 선함이 서로 일치하지 않을 수 있다는 논리를 나르시스 신화에 기대어 개진하고 있다.[33] 실지로 김현은 이 평문에서 "시인은 악이 자기 존재의 초석이라는 것을 의식하는 것이다", "시인이란 결국 천국 대신에 지옥을, 하늘 대신에 땅을, 안락 대신에 고통을 택한 광인이다"라고 언급하고 있다. 이러한 논리에서 보면 예술과 문학은 도덕과 윤리의 지평을 탈피한 또 다른 차원으로 존재한다. 그것은 말하자면 '심미적 차원'이다.

김현은 이 데뷔 평문의 첫 머리에서 "시란 무엇인가? 그 목적하는 바는 무엇인가? 선한 것과 악한 것의 판연한 구별—악 속에서의 미가 아닌가?"34)라는 보들레르의 표현을 인용하고 있다. 이러한 대목은 도덕이나 철학과 구별되는 시의 자율성에 대한 인식을 통해 '미학적 근대성'의 불꽃을 지폈던 보들레르의 문학과 김현 비평의 친연성을 설명해 주는 중요한 표지에 해당된다.35) 말하자면, 김현은 데뷔시절부터, 윤리나 도덕적 지평 너머의 예술의 악마성에 대한 인식을 통해 심미적 비평의 새로운 불꽃을 지피고 있는 것이다.

아울러 김현의 60년대 비평은 무엇보다도 '언어' 자체에 대해서 미시적 관심을 기울인 소중한 실례에 해당된다. 가령, 『존재와 언어』(1964)라는 첫 비평집 제목 자체가 언어에 대한 남다른 관심을 드러내고 있다. 또한 "비평가의 임무란 그가 살고 있는 시대의 여러 작품에서 어떤 언어의 틀, 보다 포괄적인 말을 사용한다면 구조를 찾아내는 일이라고 생각한다"36)는 표현 역시 언어에 대한 미시적 관심을 표명하고 있다는 점에서 문학비평에 있어서 미학적 자율성의 의미망을 깊이 있게 천착한 실례로 인정될 수 있다.

김현의 비평과 더불어 4·19세대로서 미학적 자율성에 근거한 심미적 비평을 뚜렷하게 보여준 비평가로 김주연을 들 수 있다. 김주연은 실제비평을 통해 동세대 작가와 시인들의 문학세계를 적극적으로 평가했거니와, 이러한 논리의 바탕에는 60년대 문학이 지닌 미학적 새로움이 자리 잡고 있다. 동인지 『68문학』에 수록된 「새 시대 문학의 성립」은 이러한 김주연의 비평적 전략이 명료하게 표출되어 있는 평문이다.

이 비평문에서, 김승옥·이청준·정현종·마종기·김현 등의 60년대 문학은 50년대 문학이 제대로 보여주지 못했던 개인의식과 주체성을 치밀하게 보여주고 있다고 평가된다. 그리하여 이들의 문학은 온전한 주체로서의 한 개인의 실존에 대한 미시적 형상화에 성공하고 있다는 것이다. 한 마디로 말해 '온전한 개인의 발견'이야말로 김주연이 60년대 문학의 새로움을 해석해내는 가장 중요한 비평적 잣대이다. 이러한 비평적 관점은 철저하게 개인의식을 앞세운다는 점에서 근본적으로 근대적이다. 아울러 김주연은 이 평문의 끝 부분에서 "사물에 대한 보편 인식이란 바로 개성의 여부를 말한다. 개성의 창조—아름다운 개성의 창조다. 아름다운 것은 위대한 것이다"라고 언급하고 있다. 이러한 대목은 자율적인 미학적 가치라는 척도로 문학작품을 평가하는 문지 나름의 비평적 해석학의 단초가 형성되어 가는 과정을 보여준다.

한편, 정치학을 전공한 김병익은 김현과의 인연으로 인해『68문학』에 합류하면서 비평가로서의 활동을 시작하게 된다. 당시 신문기자였던 그는 특유의 순발력으로 문학현장과 문단에 대한 보고서 형식의 평문들을 작성하였으며, 동시에 김승옥·최인훈 등의 당대 작가들을 비평적으로 지원하면서 60년대 문학의 의미에 대해서 천착하였다. 김병익은 1967년 10월『사상계』지에「문단의 세대 연대론」을 발표하면서 비평가로 등단했다. 이 글에서 김병익은 이른바 4·19세대와 전후세대의 조화로운 연대를 주장하고 있다. 이 점은 김현과 김주연의 세대론적 인정투쟁의 논리에 비추어서 흥미로운 대목이다. 그 후에 김병익은 60년대 작가들의 문학성을 적극 옹호하면서 그들의 미학적 가치에 대한 적극적인 해석과 평가를 시도하게 된다.

김치수는 1966년 중앙일보 신춘문예에 입선되면서 비평가로 등단한다. 1960년대에 씌어진 김치수의 비평 중에서「한국소설의 과제」(『68문학』 창간호)는 문제적인 평문이다. 김치수는 이 평문에서 김승옥·서정인 등의 60년대 작가들의 작품에서 엿볼 수 있는 개인의 발견과 자기 인식의 노력을 높이 평가하고 있다. 김승옥의 문학세계를 "개인의 삶과, 현실 속에 던져진 자기 존재의 파악"으로 해석하는 김치수의 비평미학은 김현이나 김주연의 비평이 그러했듯이, '근대적 주체주의'에서 그다지 멀지 않다. 김치수는 또한 "우리 문학에서 이처럼 한 시대에 많은 작가들의 관심이 방법을 달리하면서 개인으로 돌아온 예는 없다"면서 60년대 작가들의 투철한 개인의식을 높이 평가하고 있다. 이러한 개인의식에 대한 강조와 더불어, "문학이 항상 새로운 현실을 추구해야 한다면, 그러기 위해서 투철한 자기인식을 전제로 한다. 이것이 바로 문학의 근대화이며 그렇지 않고는 문학이 지향하는바 인간의 구원을 추구할 수 없다"는 김치수의 전언은 새로운 근대 소설미학을 정립해나가는 4·19세대 비평가의 공통적인 목소리이기도 한 것이다.

지금까지 살펴온 미학적 자율성과 근대적 개인주의에 근거한 비평가들의 계보는 비평사적으로는 『산문시대』(1962)에서 발원하여, 『사계』(1966), 『68문학』(1969), 『문학과지성』(1970)으로 이어진다고 정리할 수 있다. 이른바 '4K', 혹은 『문학과지성』 창간 이후에 '문지 사단'으로 통칭되는 김병익, 김치수, 김주연, 김현 등의 비평가들이 김승옥, 이청준, 황동규, 정현종, 최하림 등의 동세대 소설가 및 시인들의 문학적 정체성을 적극적으로 옹호하면서 자연스럽게 형성된 비평적 해석공동체는 한국 현대비평사에서 문학의 자율성과 심미적 상상력, 문학적 다양성 등을 가장 의식적으로 추구해 왔다. 이들의 비평이 주로 섬세한 실제비평을 통해서 전개될 수 있었던 것은 이른바 4·19세대 비평가와 4·19세대 창작자의 행복한 만남에서 연유한다고 할 수 있다.

김현을 비롯하여 김승옥, 최하림 등이 참여한 1962년 『산문시대』 창간호에는 다음과 같은 구절이 적혀 있다.

> 태초와 같은 어둠 속에 우리는 서 있다. 그 숱한 언어의 난무 속에서 우리의 전신은 이렇게 초라한 모습으로 서 있다. 이 천년을 갈 것 같은 어두움, 그 속에서 우리는 신이 느낀 권태를 반추하며 여기 이렇게 서 있다. 참 오랜 세월을 끈덕진 인내로 이 어두움을 감내하며 우리 여기 서 있다. 그러나 이제 우리는

안다. 이 어두움이 신의 인간창조와 동시에 제거된 것처럼 우리들 주변에서도 새로운 언어의 창조로 제거되어야 함을 우리는 안다. (…중략…) 얼어 붙은 권위와 구역질나는 모든 화법을 우리는 저주한다. 뼈를 가는 어두움이 없었던 모든 자들의 안이함에서 우리는 기꺼이 탈출한다.37)

　이러한 창간선언은 전시대의 문학과 확고한 변별점을 찾고자 하는 김현을 비롯한 4·19세대 문인들의 정신적 지향성을 선명하게 보여주고 있다. 말하자면, 당시의 문단과 지식인 사회를 '태초와 같은 어두움'으로 인식하면서 그들의 신선한 열정에 의해 그 어두움을 창조적으로 제거하겠다는 젊은 문인들의 욕망이 위의 예문에 강렬한 수사적 언어로 드러나 있는 것이다.38) 훗날『문학과지성』그룹으로 실체화되는 이들의 비평적 지향점은『사계』와『68문학』을 거쳐서 그 이론적·문학적 지반을 다지게 된다. 대개 외국문학을 전공했다는 점, 현실에 대한 역사적 관심보다는 자유로운 상상력을 중시했다는 점, 문학의 실천적 가치보다는 심미적 가치에 상대적으로 중점을 둔다는 점에서 참여문학을 신봉하는 비평가나 이전 세대의 비평가들과 구별된다.

　이들 새로운 비평가들이 본격적으로 등단하기 시작하던 1960년대 중반 이전의 평단은 백철이나 조연현과 같은 구세대 비평가들이 평단에 커다란 지배력을 형성하고 있었다. 특히 조연현의 경우는『현대문학』지를 중심으로 막강한 문학적 권위를 획득하여, 문단의 실제적인 지배력을 행사했다.39) 그러나 60년대에 들어와서 이러한 구세대 비평가들의 권위는 새로운 신인들의 의욕적인 비평 활동에 의해 현저하게 약화하기 시작했다. 한 연구자는 "비평가 조연현은 해방 이후 60년대에 이르는 기간 동안 자신이 확보한 위치─'권위'의 자리에 머물게 된다. (…중략…) 새로운 세대 앞에서 그의 존재는 어느덧 적극적인 극복의 대상이 되고만 셈이다"40)라고 지적하고 있다. 이 점은『창작과비평』을 비롯한 새로운 문학매체의 탄생과 밀접한 연관성을 지니고 있다. 특히 순수문학론 쪽에 근접했던 조연현을 비롯한 『현대문학』 진영 구세대 비평가들의 입지는 훗날 『문학과지성』 계열로 분화되는 김현·김치수·김병익 등의 집단적인 등장에 의해서 비평적 상징권력을 결정적으로 상실하게 되었다. 물론 이러한 과정은 좀더 분석적인 이론과 새로운 지성으로 무장한 4·19세대 비평가들의 비평적 열정과 재능에 의한 것이라고 해석될 수도 있다.

말하자면 4·19 이후 본격적으로 정비된 대학제도의 아카데미즘으로 인해, 문학이론과 문학지식의 측면에서 이전 세대의 비평가들보다 한층 심화된 지식과 정확한 정보를 지니고 있었던 4·19세대 비평가들의 비평적 논리가 확고한 현실 정합성을 획득하기 시작하면서, 냉전의식과 재래적인 문학관념에서 자유롭지 않은 구세대 비평가들이 밀려나기 시작했던 것이다. 김현을 비롯한 4·19세대 비평가들이 구사한 세대론적 인정투쟁의 기획은 바로 이러한 비평사적 권력 교체를 상징한다. 사실 이러한 권력 이동의 과정은 좀더 면밀한 분석을 필요로 한다. 어떤 면에서는 김현, 백낙청을 비롯한 4·19세대 비평가들의 상징적 지위가 공고해짐에 따라서, 그 두 그룹에 해당되지 않았던 『현대문학』 진영의 비평가들의 60년대 비평41)이 상대적으로 평가절하 되었던 과정이 존재하기 때문이다. 그러나 동시에 이 부분은 이른바 4·19세대 비평가들의 문학론이 이전 세대에 비해서 그만큼 합리성과 과학성, 현실적 적합성을 갖추고 있었다는 사실을 의미하는 증거이기도 할 것이다.

요컨대, 조연현 중심의 문협정통파 비평가들의 활약이 상대적으로 저조해지면서, 새로운 세대의 비평가들이 전면에 부상하는 과정은 비평적 상징권력의 교체라는 문학사적 과정의 엄혹함을 여실히 보여주고 있다.

백낙청을 비롯한 『창작과비평』 계열 비평가들의 비평이 '사회적 근대성'을 중시하는 비평적 실천이라면, 김현·김주연 등 『문학과지성』 계열의 비평가들은 상대적으로 '미학적 근대성'에 커다란 관심을 두는 비평적 기획으로 볼 수 있다. 그래서 앞에서 언급된 언어미학에 대한 미시적 관심을 비롯한 몇 가지 비평적 장점과 덕목을 최대한 발휘한 이들 비평가들은 한국 현대비평사에서 가장 성공적인 비평 에콜로 평가되면서 유의미한 문화적 상징권력을 획득하게 되었다. 이러한 사실은 단지 그들의 비평적 재능으로만 설명될 수 있는 것은 아닐 터이다. 말하자면, 그들이 어떤 세대의 비평가들보다 자신들의 비평적 관점과 이론을 적절하게 설명해줄 수 있는 탁월한 소설가와 시인들을 만났다는 사실—가령, 이청준·김승옥·서정인·황동규·정현종·최하림 등의 소설가와 시인들이 이에 해당된다—이 그들의 비평적 개화와 기획에 중대한 영향을 미쳤던 것이다. 궁극적으로 그들은 세대론적 기획과 인정투쟁의 욕망을 유의미한 비평적 실천으로 성공적으로 현실화시킬 수 있었다.42)

비평미학의 차원에서 볼 때, 이들의 비평에 의해서 한국 현대비평사는 비로소 진정한 의미의 비평적 다양성과 미학적 자율성을 획득하게 되었다. 『산문시대』→『사계』→『68문학』으로 이어지는 미학적 근대성을 중시하는 비평 그룹은 1970년 『문학과지성』의 창간으로 자신들의 비평적 기획을 지속적으로 추진시킬 수 있는 제도적인 매체를 가지게 되었다.

5. 새로운 논의를 기대하며

문학비평 영역에 있어서 1960년대는 4·19의 정신적 영향으로 인해, 비평의 근대성과 다원성, 자율성이 본격적으로 표출되기 시작하던 문제적인 시기이다. 아울러 이 시기는 반공 이데올로기와 번역 이입된 모더니즘 미학이 득세하던 1950년대와 달리, 한국사회에 대한 자생적인 문제의식에서 비롯된 사회적 비평과 참여비평이 정당한 목소리를 내기 시작하던 시기라고 할 수 있다. 그러므로 적어도 비평사에 한정한다면, 한국 현대비평사에서 1960년대는 진정한 의미의 비평적 모더니티가 본격적으로 형성되던 시기였다. 이 시기에 이르러 문학비평은 어떤 시기보다도 근원적인 도약과 비평적 진전, 비평적 입장의 다양성을 성취해냈다.

지금까지 이 글은 중요한 문학적 쟁점과 비평적 테마를 중심으로 하여, 60년대에 전개되었던 문학비평에 대해서 탐색해 보았다. 주로, 60년대 비평에서 선명하고 특징적으로 드러난 새로운 흐름과 논점을 중심으로 서술되다 보니, 상대적으로 주요하게 취급되지 않은 부분들이 존재할 수밖에 없었으리라. 그러나 이러한 한계는 역사에 대한 모든 해석과 정리가 필연적으로 부딪칠 수밖에 없는 딜레마일 것이다.

2000년을 전후한 시기에 논쟁적 형태로 제기된 4·19세대 비평가들의 한계에 대한 지적에도 별도로, 1960년대에 새롭게 등장한 상당수의 4·19세대 비평가들이 그 이후의 전개된 비평사의 현장에서 각기 자신의 비평적 입장에 따라, 비교적 깊이 있고 내실 있는 비평적 업적을 이루었다는 점에서, 아울러 이들의 비평이 후대의 비평가들에게 커다란 영향력을 행사했다는 점에서, 1960년대의 비평사는 한국 현대비평사의 실질적인 기원으로 불릴 수 있을 것이다. 1960년대 이후 등장한 대부분의 비평가들은 바로 이 4·19세대 비평가와 치열하게 대결하고 배우면서 자신들의 새로운 비평적 영토를 만들어 갔던 것이다. 이 한 가지만 보더라도, 60년대 비평의 비평사적 의의는 지대하다고 하겠다. 1960년대 비평문학에 대한 심화된 연구가 절실하게 요청되는 이유가 바로 여기에 있는 것이다.

주석

1) 권영민 편저, 『한국현대문학사연표 II』, 서울대 출판부, 1987.
2) 상징투쟁에 대해서는 피에르 부르디외의 『구별짓기—문화와 취향의 사회학』上(최종철 역, 새물결, 1995)의 제2부 4장 '상징투쟁'을 참조할 수 있다.
3) 이명원, 「문학 매체도 반성의 대상이다」, 『해독』, 새움, 2001, 144면.
4) 김현, 「책머리에」, 『분석과 해석』, 문학과지성사, 1988, 서문 참조.
5) 김병익·김동식, 「대담—4·19세대의 문학이 걸어온 길」, 『작가연구』 9호, 새미, 2000.4 참조.
6) 예를 들어 정과리는 한국 현대비평사에서 4·19세대 비평가들의 비평적 활동이 그 이후 세대에 결정적인 영향을 미친 한국 현대비평의 기원이라는 식으로 '4·19세대 비평가'들의 성취와 역량을 높이 평가하고 있다. 정과리, 「특이한 생존, 한국비평의 현상학」, 『문학과사회』, 1994년 봄호.
7) 이상갑, 「문화주의와 역사주의의 상승 작용」, 『1960년대 문학연구』, 깊은샘, 1998, 198면.
8) 하정일, 「주체성의 복원과 성찰의 서사」, 『1960년대 문학연구』, 깊은샘, 1998, 16면.
9) 박헌호, 「50년대 비평의 성격과 민족문학론으로의 도정」, 『한국 전후문학 연구』, 성균관대 출판부, 1998, 17면.
10) 하정일, 「주체성의 복원과 성찰의 서사」, 『1960년대 문학연구』, 깊은샘, 1998, 41면.
11) 정과리, 「김현비평의 현재성」, 『문학과사회』, 2000년 여름호, 423면.
12) 김병익, 「4·19세대와 한글세대의 문화」, 『열림과 일굼』, 문학과지성사, 1998, 94~95면.
13) 정과리, 앞의 글, 432면.
14) 임영봉, 앞의 책, 42면.
15) 하정일, 앞의 글, 40면.
16) 김현의 대중문화비평에 대해서는 권성우의 「매혹과 비판 사이—김현의 대중문화비평에 대하여」(『한국현대비평가 연구』, 강, 1996)를 참조할 것.
17) 허윤회, 「역사의 격동을 헤쳐 온 신세대 비평가들의 자기모색」, 『문화예술』, 2001.7, 158면.
18) 위의 글, 152면.
19) 위의 글, 154면.
20) 이 점은 『청맥』을 간행하던 김진환과 김질락이 이념적인 문제에서 사형당한 사실에서도 인식할 수 있듯이, 반공이데올로기라는 지식사회학적 조건이 이들에 대한 적극적인 평가를 유보하게 만들었던 것으로 판단된다.
21) 『창작과비평』의 창간 무렵은 진보적인 성격과 민족문학론에 대한 지향이 확고한 형태로 드러나지 않았다고 판단된다. 창간호만 하더라도, 김승옥 등 『문학과지성』 계열의 문인들의 작품이 대개 수록되어 있었다. 『창작과비평』의 지향성이 선명하게 드러나게 된 것은 1960년대 후반부터라고 할 수 있으며, 1970년 『문학과지성』의 창간으로 인해, 『창작과비평』과 『문학과지성』의 문학적 입장은 한층 명료한 차별성을 띠게 되었다.
22) 백낙청, 「새로운 창작과 비평의 자세」, 『민족문학과 세계문학』, 창작과비평사, 1978, 319면.
23) 임영봉, 『한국현대비평사론』, 역락, 2000, 198면.
24) 백낙청, 앞의 글, 332면.

25) 예컨대 조동일은 백낙청이 「새로운 창작과 비평의 자세」를 발표하던 1966년 『창작과비평』 여름호에 「전통의 퇴화와 계승의 방향」이라는 제목의 논문을 발표하면서, '민족적 근대문학'의 중요한 원천으로 '중세평민문학'을 들고 있다. 이러한 관점은 백낙청의 관점보다 확연히 진일보한 논리를 보여주고 있다.

26) 권성우, 「1960년대 비평에 나타난 '현대성' 연구」, 『한국학보』, 1999년 가을호, 12면.

27) 임영봉, 앞의 책, 206~207면.

28) 염무웅·김윤태 대담, 「1960년대와 한국문학」, 『작가연구』 제3호, 새미, 1997.3, 220~221면. 임영봉, 앞의 책, 208면 참조

29) 이에 대해서는 다음과 같은 논저들을 참고할 수 있다. 이명원, 『타는 혀』, 새움, 2000; ______, 「4·19세대 비평 '역사적 기념비'아니다」, 『해독』, 새움, 2001; ______, 「'신비화'와 '특권화'가 김현 비평 죽인다」, 『해독』, 새움, 2001; 권성우, 「4·19세대 비평의 성과와 한계」, 『문학과사회』 2000년 여름호; ______, 『비평과 권력』, 소명출판, 2001; 임영봉, 『한국 현대문학 비평사론』, 역락, 2000.

30) 임영봉은 『비평작업』 동인 및 『상황』 동인의 비평사적 의의에 대해서 다음과 같이 언급하고 있다. "1960년대 한국 평단에서 그들이 차지하고 있는 위상은 해방 이후 거의 단절되어온 진보적 문학론의 맥락을 서구적 논리가 아닌 한국문학의 전통 속에서 이끌어내고자 했던 데에 놓여 있다." 임영봉, 앞의 책, 221면 참조.

31) 구중서, 「서정주와 현실도피─역사관의 본령과 서씨의 경우」, 『청맥』, 1965.6, 117면.(임영봉, 앞의 책, 211면에서 재인용)

32) 임영봉, 앞의 책, 219면.

33) 권성우, 앞의 글, 13면.

34) 김현, 「나르시스 시론」, 『존재와 언어─현대 프랑스문학을 찾아서』, 김현문학전집 12권, 문학과지성사, 1992, 11면.

35) 권성우, 앞의 글, 15면.

36) 김현, 「한국문학과 전통의 확립」, 『세대』, 1966.2, 252면.

37) 김현, 「창간 선언」 『산문시대』 창간호, 1962.6.

38) 권성우, 앞의 글, 14면.

39) 한형구, 「편집자─비평가로서의 조연현의 생애와 문예지 『현대문학』」, 『한국현대문학연구』 9집, 월인, 2001.6.

40) 임영봉, 앞의 책, 83~84면.

41) 이러한 측면에서 김윤식·박동규·이재선 등의 국문학을 전공한 강단비평가들의 60년대 비평이 연구사적인 측면에서 시급한 탐구대상이라고 생각된다.

42) 권성우, 「4·19세대 비평가의 성과와 한계─인정투쟁의 논리를 중심으로」, 『문학과사회』, 2000년 여름호 참조.

1960년대 희곡의 정치적 무의식과 알레고리
박조열 · 신명순 · 윤대성을 중심으로

박명진

1. 역사, 이야기, 그리고 정치적 글쓰기

1960년대는 정치적 국면에 있어서는 끝없는 좌절, 경제적 국면에서는 장밋빛 낙관론이 지배적이었던 시대이다. 민주주의 성립을 위한 4·19의 꿈은 현실논리와 물리적 힘을 견뎌내기에는 지나치게 허약했다. 혁명정부와 제3공화국은 자유로운 비판과 토론을 원천적으로 봉쇄하는 강압적인 체제를 유지함으로써 사회 전체를 자기검열기구로 만들었다. 이에 따라 분단이나 역사적 진실 규명, 또는 역사적 주체의 설정 문제 등은 억압된 욕망으로만 존재할 수밖에 없었다. 거의 모든 국가, 민족 모순은 경제논리라는 지배담론으로 환원되었고, 경제발전에 대한 필연성과 당위성은 낙관론적 세계관을 형성하였다.[1] 언로(言路)의 통제와 경제적 근대화라는 채찍과 당근은, 국민들로 하여금 받아들일 것과 받아들이면 안 되는 것을 구분할 수 있게 유도했다. 이때 국민들은 경제 근대화 프로젝트에 의해 호명 받아 시대적 사명이 요구하는 주체로 구성되었다.

자유로운 표현이 거부당할 때, 또는 자신의 신념과 배치되는 글쓰기를 강요당할 때 작가에게는 세 가지의 대응 방식이 있다. 첫째, 강압적 체제에 순응하거나 굴복하는 것. 둘째, 이러한 체제에 정면으로 저항하는 것. 그리고 마지막으로 저항도 굴복도 아닌, 일종의 '타협적 공간으로서의 글쓰기'를 선택하는 것이다.2) 여기에서 세 번째가 주의를 끌고 있는데, 그 이유는 이러한 대응 방식은 체제에 대해서 직접적으로 비판의 화살을 보내지 않고 억압된 욕망을 텍스트 표면 아래 남기기 때문이다. 욕망은 억압된 현실 속에서 해방과 자유를 향한 상상적 해결 방식을 추구하게 되는 바, 한편으로는 이데올로기를 생산하고 그 안에서 작동하기도 하지만, 다른 한편으로는 그 한계 내에서 상상할 수 있는 최선의 유토피아를 그려낸다. 내러티브는 이러한 욕망과 이데올로기와 유토피아의 변증법이 드러나는 장소이다.3) 따라서 현실 속에서 형성되는 욕망은 그 현실을 넘어서고자 하는 유토피아적 충동을 생산해 내며 내러티브는 이데올로기의 한계, 즉 욕망의 한계점을 드러내면서도 그 한계점 자체가 바로 현실과 대면하고 그것을 초월하게 하는 단초가 된다.4)

이 글에서 주목하고자 하는 지점은 바로 이러한 1960년대적 글쓰기 공간, 즉 전면적 투쟁도 아니고 완전한 굴복도 아닌 '타협적 글쓰기'의 공간이다. 필자는 이 공간에 박조열·신명순·윤대성의 희곡을 배치하도록 하겠다. 왜냐하면 이들의 글쓰기는 도전도 아닌, 순응도 아닌 타협의 글쓰기를 통해 억압된 욕망이라는 '정치적 무의식'을 담고 있기 때문이다. 그리고 무엇보다도 이들의 작품들이 분단 상황, 정권 찬탈, 역사 주체로서의 민중 계층에 주목함으로써 제3세계적 문제의식을 드러내고 있기 때문이다.

이때 '내러티브'는 '우리 스스로의 욕망과 사유 방식을 포위하고 있는, 일종의 이데올로기 작동 원리'5)로서의 이야기 체계를 의미한다. 내러티브에 대한 관심은 곧 텍스트 표면으로부터 억압되어 묻혀버린 역사의 실재를 복원하는 해석적 작업이다. 여기에서 지배적 담론에 의해 표면화되지 못하고 시선에서 사라진 채 침묵과 부재(不在)의 언어로 남아있는 것이 '정치적 무의식(the political unconscious)'이다. 정치적 무의식은 우리들의 눈에 발견될 수 없는 침묵과 부재(不在)의 언어이다. 또한 이것은 지배계급의 담론에 의해 텍스트의 변두리로 쫓겨난 주변화된 음성이다. 텍스트의 표면을 둘러싸고 있는 지배계급의 담론은 침묵의 무의식을 심층에 은폐하고 있는 의식(意識)의 목소리에 불과하다.6) 이 글에서는, 제3세계 문학은 지극히 사적(私的)인 글쓰기라도 항상 집단적, 민족적 상황에 대한 알레고리 형식을 띤다는 제임슨의 주장을 채택한다. 이 글의 목적은 60년대라는 상황에서 타협적 글쓰기를 통해 텍스트 표면 아래 흔적으로 남기고 있는 정치적 무의식, 이러한 작업을 가능하게 하는 내러티브 전술, 그리고 이러한 텍스트의 전술이 '민족적 알레고리'와 연결되는 지점을 검토하는 것이다.

2. 시간에 대한 강박증–박조열의 〈목이 긴 두 사람의 대화〉

　박조열의 내면 풍경을 가득 채우고 있는 것은 분단에 대한 인식과 통일을 위한 염원이다. 이러한 특성은 작가가 작의(作意)에서 이미 밝힌 바 있고, 실제로 거의 대부분의 작품들이 이러한 주제를 지향하고 있다. 그런 의미에서 그의 작품들에 나타난 알레고리는 선명하고 직설적이다. 그러나 박조열은 분단 그 자체를 문제삼고 있을 뿐이지 분단 모순이 초래하는 각종의 사회 부조리를 폭로하지는 않는다. 그런 만큼 그의 분단과 통일 모티브는 원론적이거나 휴머니즘 취향에 경도된 감이 짙다. 이 말은 그의 통일 담론이 민족주의에 기대고 있고 사회·정치적인 분석으로부터 어느 정도의 거리를 유지하고 있다는 뜻이기도 하다. 물론 이러한 지적은 그의 작품이 관념적이고 정서적인 접근 방식으로부터 자유롭지 못하다는 것을 의미한다.

그러나 남북 대표들의 판문점 회담을 소재로 한 〈관광지대〉를 제외하고 나면 그의 작품에서 분단과 통일 모티브를 직접적으로 제시하는 예는 의외로 드물다. 작가는 그 이유를 당시의 삼엄했던 군사정권의 검열 때문이라고 해명하고 있으며, 바로 이러한 이유로 인해 그의 작품들은 고도의 상징성과 암시를 지니게 된다.[7] 우리는 그 예로 〈목이 긴 두 사람의 대화〉, 〈토끼와 포수〉, 〈불임증 부부〉 등에서 찾아볼 수 있다. 〈관광지대〉를 포함하여 이 작품들에서는 지속적으로 공간을 둘로 나누는 철책선의 이미지가 등장한다. 〈관광지대〉에서는 철조망에 의해 정확하게 양분되어 있는 휴전 회의실, 〈목이 긴 두 사람의 대화〉에서는 황량한 벌판을 가로지르는 '철조망 같은 경계책', 〈토끼와 포수〉에서는 응접실을 좌우로 나누는 말뚝과 빨래줄, 〈불임증 부부〉에서는 이승과 저승의 보이지 않는 경계선 설정을 통해 '분단'을 알레고리화 한다. 그런 의미에서 박조열의 희곡은 '민족적 알레고리'의 한 표본이라 할 만하다. 왜냐하면 작가는 우리 나라의 존재방식을 '분단' 상황으로 환유함으로써 '제3세계적 끔찍함'[8]을 표현하고 있기 때문이다.

외관상 개인적이고, 리비도로 가득 찬 작품일지라도, 모든 제3세계 문학은 민족적 알레고리의 형식으로 그 문학을 낳은 정치적 공간의 모습을 필연적으로 투사한다. 즉 사적인 개인의 운명에 대한 이야기조차도 항상 제3세계의 공적인 문화와 그 사회가 분투하는 상황을 알레고리의 형식으로 처리하고 있다.[9]

제3세계, 즉 2차대전 이후 탈식민지 국가로서 근대화 노선에 뛰어든

나라에 대한 제임슨의 지적이 어느 정도 사실이라면, 우리는 박조열의 작품들을 민족적 알레고리 형식으로 간주할 수 있다. 왜냐하면 분단 체제와 냉전 체제, 이로 인한 경제적 궁핍함과 폭력적인 국가 이데올로기, 정치적인 후진성 등에 대해 가져야만 했던 피해의식이야말로 제3세계적 상황이라 할 수 있기 때문이다. 물론 제임슨이 '항상, 모든, 필연적'과 같은 절대성을 부여함으로써 제3세계를 획일화하였고, 제1,2세계를 생산양식에 따라 분류하고 제3세계를 '경험'이라는 특수한 형태로 분류하고자 한 논리적 비약은 부정하기 힘들다.10)

만약에 식민지 조선에서 정치와 리비도의 관계의 역동성은 제1세계나 현대 한국 자본주의 사회의 그것과 근본적으로 다르며, 그로 인해 식민지시기 문학에서 민족적 알레고리는 의식적이고 보다 분명히 노출된다고 본다면11) 이 문제는 탈식민지 국가로서의 60년대 한국사회에도 적용될 수 있으리라 본다. 왜냐하면, 정도의 차이는 존재하지만, 60년대도 식민지시기처럼 욕망의 실현이 불가능하고 출구가 봉쇄된 세계이며, 이에 따라 사회적 혁신 및 변혁에 대한 열망이 작가들에게 남아 있는 한 이 질곡을 초극하려는 충동이 끔찍하고 절망적인 현실을 비판적으로 그려내도록 추동할 것이며, 결국 이들의 텍스트가 폭력적 억압이나 지배로부터 분리되지 않은 채 개인과 집단의 문제가 얽혀 들어가는 상황 속에서 알레고리를 불러들일 것이기 때문이다.12)

박조열 희곡에서 발견할 수 있는 내러티브 특징은 '공간의 분절'과 '시간의 정체, 또는 지연'에 대한 등장인물들의 강박증을 주요 모티브로 사용한다는 점이다. 전자의 경우는 〈관광지대〉, 〈목이 긴 두 사람의 대화〉, 〈토끼와 포수〉에서 강하게 나타나고 후자의 경우는 〈목이 긴 두 사람의 대화〉, 〈불임증 부부〉에서 발견할 수 있다. 이 글에서는 두 가지 모티브를 공유하고 있는 〈목이 긴 두 사람의 대화〉를 논의의 대상으로 삼는다. 이때 '공간의 분절'은 앞에서 '분단' 상황에 대한 알레고리 역할을 담당하고 있다고 밝힌 바 있지만, 오히려 이보다는 '시간의 정체,

지연' 상황이 문제적이라 할 수 있다. 왜냐하면 전자의 모티브가 곧바로 '분단'의 상징으로 읽혀질 수 있는 일종의 '사비유(死譬喩)'에 속한다면, 후자는 분단과 냉전 이데올로기, 정치, 경제적 낙후성에 의한 시간적 강박증으로 무의식화 되어 있기 때문이다.

〈목이 긴 두 사람의 대화〉는 작가가 작품 뒤에 해설을 붙여놓았듯이, 당시의 반공 이데올로기 아래에서 통일 관련 주제를 상징적으로 표현한 작품이다. 일부 학자에 의해 이 작품이 베케트의 〈고도를 기다리며〉를 일정 부분 모방한 것이라는 지적을 받은 바 있다. 그러나 작가의 말대로라면 이 작품은 창작 도중 우연한 기회에 베케트의 작품을 접해보고 '계시와 자기 확인'을 발견하게 한 작품이다. 이러한 작가의 고백은 작품 해석에 있어서 중요한 거점을 마련하게 해 준다.

작품을 창작하던 중 자기 회의 때문에 완성시키지 못할 때 〈고도를 기다리며〉와의 만남이 결정적인 구원의 기회가 되었다는 작가의 회고는 무엇을 의미하는가. 이는 고은이 『1950년대』에서 말한 바와 같은, 실존주의에 대한 50년 젊은 지식인들의 열광적인 호응, 동일시와 같은 양상이 아니겠는가. 1950년대의 지성은 실존주의를 통해 동시적 세계성을 경험한 것이며, 전쟁 체험을 통해 전 세계와 현대 공간에서 같이 숨쉬고 있음을 감지하기 시작한 것이다.13) 물론 박조열은 50년대 실존주의 수용 양상과는 사뭇 다른 모습으로 프랑스에서 또 다른 전후 한국의 얼굴을 발견했던 것인데, 그와 베케트를 이어주었던 매개항은 '기다림'이라는 존재론적 숙명이었다. 그런데 박조열의 베케트의 기다림은 그 외면적 형태가 유사함에도 불구하고 그 함의(含意)와 맥락이 큰 차이를 보여준다는 점에서 매우 문제적이다.14) 우리는 이 지점에서 다시 제임슨의 '민족적 알레고리' 개념을 떠올릴 수 있다.

사적(私的)으로 보이고 철저한 리비도적인 역동성을 부여받은 제3세계 텍스트들조차 민족적 알레고리의 형식 속에 필연적으로 정치적 차원을 투사한다:

사적이며 개인적인 운명의 이야기는 언제나 공적인 제3세계 문화와 사회의 전투태세를 갖춘 상황의 알레고리 형식을 지닌다.[15]

베케트가 양차대전을 통해 근대성의 야만을 목격하고 근대 이성과 합리주의에 반대하는 부조리극을 선보였다면, 박조열의 경우 이와는 매우 다르다. 따라서 베케트가 데카르트의 단일 주체, 이성을 토대로 한 역사적 진보주의에 본질적인 회의를 보냄으로써 분열되는 개인의 내면 속으로 탐험을 시도했다고 한다면, 박조열은 두 등장인물들의 덧없고 순환적인 기다림을 통해 민족적 정체성을 복원하고자 한다. 이때 민족적 정체성이란 둘로 분열된 모습을 벗어나 원래의 하나로 통합된 상태를 의미한다.

처참한 전쟁의 상흔, 즉 분단 상황을 치유하려는 박조열에게 시간은 정지해 있거나 지연되는 것으로 느껴진다. 베케트가 두 주인공의 끊임없는 기다림을 통해 직선적인 역사 발전을 회의(懷疑)했다면, 박조열은 근대성의 암울한 시간 체험 그 자체의 끔찍함에 주목하고 있다. 〈고도를 기다리며〉에서 블라디미르와 아스트라공은 '시간이 거의 앞으로 나아가지 않는, 모든 가치들이 고도의 가능성이라는 궁형 아래 희미해져 버리고, 그 가치의 부재가 모든 판단을 없애버리는'[16] 상황 속에 갇혀 있다. 즉 이때 박조열의 기다림은 분단 상황에 대한 작가의 객관적 상관물이다. 또는 이 상황을 견뎌내야 하는 작가의 내면적 고통의 두께이다. 그리고 이 두께가 커질수록 시간은 멀리 달아난다.

A : 시간은 언제나, 흐른다, 변함없이.
B : 그게 아니구……봐, 으음 어어 거리가 좁아진다. 그럴수록 시간이 걸린다.
A : 반비례라는 거야. 수학의, (잠깐 생각하고) 일종이다.
B : 그러니까 대장들이 가까이 올수록 시간은 자꾸 더 늘어난다.
A : 결론! 결론!
B : 대장들이 여기 왔을 때 시간은 어디까지 달아났을까?[17]

B : 참 오늘이 며칠이지?

A : 9월 26일, 1987년, 아니 97년이든가……

B : 77년이 아니구?

A : 무슨 소리야.

B : 참 그렇지, 1977년은 내가 사진을 찍은 해였어.

A : 1987년은 내가 학질을 앓은 해야.

B : 그러면, 87년두 아니구 77년두 아니구……

A : 아뭏든 7은 7인데……

B : 그것두 아니야.

A : 3007년?

B : 미쳤니! (127~128면)

이들에게 있어 시간은 염원이 강하면 강할수록 지연된다. 이는 구원의 시간이 지속적으로 지연되는 상황에 대한 강박관념으로 보인다. 이러한 강박관념이 가능한 것은 지체된 시간 속에 갇힌 인물들의 존재 방식이 처절한 것이기 때문이다. 이들은 미래에 대한 이성적 예측을 제대로 할 수 없고 다만 육체의 감옥에서 벗어나지 못하는 존재일 뿐이다.

B : (비로소 돌아선다. A를 그곳에 남겨둔 채 게으름스럽게 제 자리로 돌아가며) 먹구 자구 기다리구, …… 여기서 남겨진 일이란 배설하는 것뿐이구나. (114면)

인간의 왜소함과 비천함은 전망 부재의 폐쇄적 시간 구조에서 발생하기 쉽다. 물론 이러한 상황이 존재하기 위해서는 욕망의 결핍과 욕망 충족의 지연이 끊임없이 지속되어야 한다. 결핍의 구멍이 크면 클수록 그리고 그 결핍을 채울 미래가 불투명할수록 시간은 진공 속으로 미끄러져 내려간다. 시간이 어둠 속으로 잠겨 들어간 만큼 인간 존재의 가치도 가라앉을 수밖에 없다. 따라서 박조열에게 시간의 무거움은 곧 분단 상황의 답답함과 통일을 향한 미래 전망의 불투명함과 정비례한다. 이처럼 무의미한 시간에의 강박증은 모든 국가 모순의 최종심급으로 작용한다.

3. 어눌함, 억압된 욕망의 정치학 – 신명순의 〈전하〉

극작가 신명순을 이야기하는 데에는 몇 가지 어려움이 따른다. 우선 인쇄본이나 대본 형식으로 남아 있는 그의 작품이 귀할뿐더러, 작품의 주제가 일관되지 못하다는 것이 그 이유이다.[18] 1962년 국립극장 장막 희곡 모집에 〈은아의 환상〉(동인극장에 의해 국립극장에서 공연, 1962.10.30~31) 이 입선됨으로써 정식적인 극작가의 길을 걷게 된다. 이후 〈이순신〉(국립극장 공연, 1962.1.1~7), 〈전하〉(동인극장 공연, 1962.5.13~16), 〈신생공화국〉(실험극장 공연, 1965.6.12,19 양일간), 〈상아(霜娥)의 집〉(실험극장 공연, 1968.11.1~5), 〈도시의 벽〉(제작극회에 의해 국립극장에서 공연, 1969.12.17~22), 〈우보시의 어느 해 겨울〉(1970년대), 〈가실이〉(극단 민예 공연, 1978.3.1~7), 〈왕자〉(연우무대 공연, 1980.9.25~10.1) 등의 작품을 발표한다. 〈은아의 환상〉은 정신병자와 결혼하여 가정의 비극을 초래한 전직 교수 재명의 어두운 내면 심리를 추적했고, 〈상아의 집〉은 소포클레스의 비극 〈엘렉트라〉의 제재를 빌어 한국 가정의 비극적 상황으로 재구성한 작품이다. 〈도시의 벽〉은 늙은 교수와 젊은 건축가 사이에 벌어지는 갈등을 통해 사라져 가는 옛것과 도래하는 새 것 사이의 투쟁을 묘사한 작품이다. 〈우보시의 어느 해 겨울〉은 정치 권력의 폭력성과 군사 문화의 폐해, 물신주의가 팽배한 70년대의 어두운 현실을 고발한 작품이다. 〈전하〉와 〈증인〉은 역사 속에서의 선택과 진리 문제를 추구하고 있다. 이처럼 산만한 듯한 작품 경향과 부족한 자료 때문에 신명순은 접근하기 어려운 작가에 속한다.

그러나 감상주의적 유형의 작품 이면에는 당시 강압적인 사회 분위기와의 깊은 연관성이 있는 것으로 보인다. 억압적 국가기구의 감시는 작가로 하여금 대사회적인 작품을 허용하지 않았고 이에 따라 신명순은 자기 검열의 굴레에서 벗어나기 힘들었다. 극단 민예에서 〈가실이〉를 무대에 올릴 때 신명순은 이렇게 그 당시의 답답함을 토로한다.

극단(劇團) '민예(民藝)'와는 이것으로 두 번째의 인연이 되는 셈이다. 따지고 보면 '민예(民藝)'와의 인연은 묘한 데가 있다. 사년전(四年前) 나는 내용이 약간 아리숭하다는 이유로 공연히 유보되어 온 「우보시(市)의 어느 해 겨울」을 놓고 잔뜩 우울해 있었다. 그때 선뜻 손을 내민 것이 허규형(許圭兄)이었고, 허규씨(許圭氏)는 여러 사람들의 우정(友情)어린 염려에도 불구하고 〈우보시(市)……〉를 무대에 올리는 어려움을 감당했던 것이다. 그 후 이유야 어찌 되었건 나는 단 한 편의 작품도 발표를 하지 못했다. 작품(作品)을 하기는커녕 관극(觀劇)을 하는 일에조차 나는 무척 신경질적인 반응을 보일 수밖에 없었는데 굳이 이 자리에서 그 까닭을 밝히고 싶지 않다.[19]

이때 신명순의 감상적인 글쓰기는 일종의 '타협적 공간'[20] 역할을 한다. 이 타협적 공간은 작가를 강압했던 사회구성체와의 동일시를 가장한 은밀한 비판으로 정치적 무의식화할 수 있다. 이 글에서는 이러한 전제하에 〈전하〉를 〈증인〉과 〈우보시의 어느 해 겨울〉을 같은 문맥으로 연결시키고자 한다. 이 작품들은 모두 개인과 집단, 자유와 억압, 진실과 위선, 종속과 지배를 '매개(mediation)'[21]로 하여 당대 사회에 대한 징후적 독법을 유도하기 때문이다.

신명순에게 있어 역사는 '실재(the Real)'의 환유이다.[22] 라캉에 의하면 '실재'는 끝없이 미끄러지는 욕망의 대상일 뿐이며 기표에 의해 고착되지 않는다. 신명순의 시선에 포착된 역사는 왜곡되고 은폐된 무의식의 세계에 존재한다. 그는 역사를 현재로 불러내어 기표와 기의의 일치를 기획한다. 그러나 신명순이 라캉과 갈라지는 지점은 역사라는 실재를 구현해 낼 수 있다는 신념의 유무(有無)에서이다. 신명순은 욕망의 결핍이 마침내 이루어질 것이라는 근대적 이성주의를 대변하고 있는 셈이다. 그런 의미에서 그는 합리주의자[23]이다. 그는 실재의 존재를 믿고 있으며, 이 실재는 인간의 의지에 의해 복원시킬 수 있다는 확신에 차 있다. 물론 이러한 작가의 시선은 그 자체로 민족적 알레고리의 역할을 수행한다. 그것은 심각하게 훼손되고 굴절된 신생 국가의 처절한 역사를 환기시킨다.

〈전하(殿下)〉는 강의실에서 학자와 학생들이 세조 찬탈의 역사를 재구성해보는 극중극 형식을 띤 희곡이다. 강의에 참여하고 있는 학생들이 과거 역사의 인물 배역을 맡음으로써 현대적 재해석을 꾀하고 있다. 이러한 기법은 후에 이강백의 〈영월행 일기〉에서도 시도되고 있는 바, 현재의 등장 인물들이 극중극에서 과거 인물을 연기함으로써 과거와 현재가 긴밀하게 연결되어 있음을 나타내려는 의도로 볼 수 있다. 이는 카아(E.H.Carr)가 "역사는 현재와 과거의 대화"라고 말한 바를 연극적으로 구현하는 작업이기도 하다. 하나의 실질적 질료(배우)가 두 개 이상의 시공간적 기능(배역)을 담당하는 것은 역사를 상대주의적으로 인식하겠다는 의지이다. 이때 과거 사건은 역사 속에 고착된 사실이라기보다는 현재로 호명 받아 지속적인 주체 형성을 요구받는 '실재(the Real)'로 정의된다.

이 작품에서 학자는 일종의 '서술자(narrator)'로서 기능한다. 왜냐하면 그는 이야기를 구성하고 배역을 선택하여 하나의 목적론적 내러티브를 생산하기 때문이다. 그리고 나래이터로서의 학자는 작가인 신명순의 시선과 동일시됨으로써 일정한 이데올로기를 만든다. 그렇다면, 학자는, 또는 신명순은 왜 역사를 현재로 불러오는가.

> 학자 : (前略) 결국 역사는 영원한 암흑일세. 사건이 발생한 지 이미 5백 년이 지났고 그들의 뼈는 땅 속에 묻혀 이제는 그 흔적조차 찾을 길 없으니 불가불 우리는 있었던 사실 위에서 가능한 한 성실의 가정을 세울 수밖에 없단 말이야! 시간과 공간을 넘어서 참으로 한 인간의 가슴 속 깊이 담겨 있는 하나의 깨뜨릴 수 없는 진실. 우리가 지금 연구하려는 것은 바로 그러한 진실일세! 왜냐하면 역사는 왕왕 자체의 타당성을 위해 진실을 은폐하기 때문일세.[24]

위 대사를 통해서 우리는 작가의 세계관과 내러티브 작동 전술을 읽어낼 수 있다. 그것은 역사를 왜곡시킨 허위의식으로서의 이데올로기를 벗겨내는 목적을 지닌다. 대개 정권은 자신의 권력 유지와 재창출을 위해 획일적 지배담론을 강요하기 마련이다. 이때 억압적 국가기구에 의해 구성되는 이야기는 현실 권력의 위선성을 은폐하기 위해 역사를 특정한 방식으로 담론화된다. 이 지배적 담론 실천은 당대의 불합리한 상황을 미화시키고, 구조적인 모순을 '자연스럽게' 표현함으로써 사람들을 그 이데올로기에 봉합시킨다. 이 말은 60년대의 정권이 '시간과 공간을 넘어서 …… 하나의 깨뜨릴 수 없는 진실'을 은폐시켰다는 문제 제기로 읽힐 수 있다.

그런데 여기에서 주목할 만한 것은 작가가 역사적 진실을 본질적이고 근원적이며 유일한 것으로 상정하고 있다는 점이다. 따라서 작가는 '절대적 진실'의 존재를 신봉하는 셈이 된다. 그러나 작가는 극중극을 완결시킴으로써 '과거로의 여행'을 정의 내리는 내러티브 전술을 사용하지 않고, 관객의 몫으로 남겨두었다. 이러한 플롯 처리는 두 가지 사실을 환기시킨다. 첫째, 작품의 서두에서 학자의 말을 빌려 제시한 '절대 진리'의 존재와 이 진리에 대한 정의를 유보함으로써 모순의 지점들이 발생한다는 것이다. 이러한 모순점은 당시 공연을 통제하고 있던 정치적 검열 체제를 피해가기 위한 전술로도 해석할 수 있다. 둘째, 개방적 결말 구조라는 내러티브 방식을 채택함으로써 작가의 문제 제기에 대한 관객의 보다 적극적인 참여를 유도해 낸다는 것이다.

그러나 정작 이 두 가지보다 주목할 만한 문제는 작가가 역사적 인물들에게 각자의 정당성을 변론할 수 있도록 허용했다는 사실이다. 이것은 마치 이 희곡을 판결이 생략된 법정극처럼 만드는 효과를 만든다. 세조, 신숙주, 성삼문 등은 피고석과 원고석을 왕복하면서 자신들의 선택을 변호한다. 이때 관객은 엄정하고 객관적인 '배심원'의 자격을 부여받는다. 이는 작가가 관객을 가공의 내러티브 안으로 불러들임으로써 역사로부터, 또는 특정 역사 속의 선택으로부터 자신들이 결코 자유롭지 않다는 것을 인식시키기 위한 장치이다. 따라서 이러한 내러티브 전술은 '과거'의 복원에 그 목적을 두고 있는 것이 아니라 '과거'를 빌어

'현재'를 재구성하자는 작가적 의도로 보인다. 다시 말해서 관객의 분신이라 할 수 있는 극중 배우들은 과거의 몸을 통해 역사 속의 선택 문제를 점검하게 된다. 여기에서 관객에게 부과된 선택의 논리적 준거는 '유명론(唯名論)'과 '실재론(實在論)'25)이다.

성삼문, 신숙주의 아내 윤씨는 명예와 도리를 생명으로 알고, 세조, 신숙주는 현실적 특수성을 중시한다. 전자는 인간이면 마땅히 존중해야 할 절대적 가치와 진리가 선험적으로 존재한다고 믿기 때문에 '不事二君'의 대원칙을 지킨다. 이 원칙은 관념이고 이상이고 진리체계이다. 따라서 이들은 '합리주의자'들이다. 반면에 후자는 시공을 초월한 절대진리는 존재할 수 없다고 믿는 존재이며, 따라서 엄연한 현실 논리에 충실할 것을 주장한다. '유명론자'들이 진리의 상대성과 현실 종속성을 따르는 것처럼 후자는 현실에의 적응을 옹호한다.

①

신숙주 : 그들은(역모에 관련된 집현전 학자들:인용자 주) 학자야. 그들에겐 명예가 중해.

윤씨 : 명예는 그 사람의 인품으로 이루어지죠

신숙주 : 그렇지 않을 때도 있지. 명예는 허영일 뿐이야. 결국 하찮은 광대놀음 같은 장난이지.

윤씨 : 명예는 그 사람의 생명이예요

신숙주 : 내게 있어 생명은 바로 나야. (49~50면)

②

성삼문 : 한평생 거짓말을 해보지 못한 사람은 가지 말이 인격이요, 생명입니다.

세조 : 역사라는 걸 믿지 않는군. 상황을 둘러싼 인물들이 다 늙어서까지 주책없이 제바람에 놀아나는 꼴이 그렇게 장하게 여겨지던가? 반 미쳐 있는 종서며 병약한 보인이 상왕을 얼르고 영화를 누릴 동안 국세가 어떻게 지나갔는지 아나? (53면)

성삼문에 대한 세조의 친국(親鞠) 장면에서 성삼문은 일사불란하게 동일한 답변만을 되풀이 할 뿐 그럴듯한 자기 변론을 제대로 하지 못한다. 반면에 국가와 국민을 위해 선택을 했다는 세조의 변론은 장황하면서 조리 있게 전개된다. 성삼문의 비타협적이고 일관된 담론 형식은 윤씨의 대사에서도 동일하게 반복되고 있다. 따라서 이 작품은 외면상 세조와 신숙주의 변론이 보다 설득적으로 보인다. 그러나 이들의 대사를 보면 작가가 60년대적 상황에 대한 정서적 불편함을 지속적으로 암시하고 있다는 사실을 알 수 있다.

> 신숙주 : 이 나라는 **진보적인 혁신**이 필요해. (49면, 이하 강조는 인용자)
> 신숙주 : 명예심에서 죽는 것 따위가 중요한 게 아니야! **바로잡아야 할 나라의 기강과 향상되고 개선되어야 할 국민생활**이 있잖나 말야. 분명히 말해 두지만 개인적인 명예나 값싼 도덕심 따윌 찾는 위인들은 그걸 알면서도 묵살하려는 거야! (51면)
> 성삼문 : 자네다운 이론일세. 국가 기강과 국민 생활 개선이 어쩌구, 그래 변절자의 변명이 겨우 그뿐인가. (51면)
> 세조 : **내가 다스려야 하는 것은 그들이 아니야. 이 나라와 이 나라의 백성이야.** (56면)
> 성삼문 : 당신은 권력을 잡았고 군부가 당신 손안에 들었을 때 살인을 시작했습니다. 그건, 당신이 개인의 야망으로 왕위를 탐했기 때문이죠. 당신은 국가의 대세를 위한다고 했죠. 당신이야말로 이 나라를 혼란 속에 빠뜨렸습니다. (56면)
> 새조 : **하고 싶은 일이 많기 때문이야.** 난 두 발로 대지를 디디구 똑바로 세상을 내다보고 내가 필요하다고 생각했기 때문에 이 자리에 앉았어. **무서운 것은 인습과 타성에 뿌리박은 무지야.** (57면)

위의 대사를 통해 우리는 작가가 폭로하고자 하는 궁극적인 대상이 무엇인지 유추해 낼 수 있다. 밑줄 친 부분에서 알 수 있듯이 세조와 신숙주가 자기 변론을 펼치는 논리적 정당성은 60년대적, 더 정확하게 말해서 하향적 근대화를 추진하고 있었던 군사정권의 담론구성체와 긴밀한 환유 관계를 맺고 있다. 작가는 발단 부분에서 '유일한 절대진리의 존재'라는 화두를 제시하고, 세조와 신숙주라는 변호사와 성삼문과 윤씨라는 검사를 통해 '역사적 선택'에 대한 정당성 판단을 관객의 몫으로 남겨두고 있다. 이로써 작가는 시공을 초월하여 역사적 진리라는 '실재'는 항존(恒存)하는 것이며, 역사 속에서의 '선택' 또한 시공을 초월하여 모든 인간에게 피할 수 없음을 알려준다.

신명순은 당대를 살아가면서 욕망이 억압되는 고통을 겪는다. 이때의 욕망이란 역사의 진실을 제대로 밝혀야 한다는 의지로 치환된다. 그것은 지배 권력에 의해 은폐되고 왜곡된 '사건의 이야기'를 재구축하겠다는 뜻으로도 볼 수 있다. 말하자면 신명순의 내러티브 전략의 목적은, 현대인의 정체성(identity) 위에 과거 역사의 옷을 입힘으로써 자연스럽고 당연하다고 여겨왔던 자신들의 주체(subject)가 실은 지배 이데올로기에 의해 호명됨으로써 구성된 것임을 고발하는 것이다. 이때 걸쳐 입은 옷은 현재를 비춰보는 과거의 거울로 작용한다. 그렇다면 이 희곡의 내러티브는 1960년대의 군사정권, 즉 자유당과 4·19혁명을 거세하고 정권찬탈의 불합리성을 경제적 근대성으로 환원시키는 쿠데타 세력에 대한 알레고리로 작동한다고 할 수 있다.

4. 거대담론의 착종─윤대성의 〈망나니〉

내러티브를 중심으로 윤대성의 〈망나니〉를 바라볼 때 이 작품의 형식적 의미를 놓칠 있다. 그러나 그 가능성은 내러티브를 이야기 구조, 즉 플롯에 의한 인과적 줄거리 구조의 차원으로 묶어놓았을 때에 한해서이다. 서사학적으로 말해서 내러티브는 내용과 형식을 모두 포괄하기 때문이다. 〈망나니〉는 우리의 전통극 양식을 현대적으로 수용했다는 사

실로서도 연극사적 의미를 획득한다.26) 그러나 이 작품이 망나니 부부
와 가족의 생활 및 그들의 사회적 적응 과정, 불행한 결말 등을 표현하
는 데는 인과관계로 이어지는 비극적 플롯을 사용함으로써 서구적인
비극의 방법을 그대로 따르고 있다는 지적도 가능하다.27) 이는 거칠게
표현해서, 내용은 서양 비극이고 형식은 우리의 전통 연희 양식이라는
말로 이해된다.

　4·19혁명을 잠재운 군사 정권은 대외 의존적인 경제 발전을 다급하
게 성취하고자 했고 이것의 정치적 현실화는 1964년 한일협상으로 이
루어진다. 4·19혁명을 통해 초보적인 민주주의 의식을 내면화하고 있
던 지식인 계층은 6·3한일회담 반대운동을 대대적으로 벌임으로써 대
정부적인 갈등을 외면화하고 있었다. 따라서 이 시기는 대학생과 인텔
리 계층을 중심으로 민주주의 의식과 반일의식으로 대표되는 반외세
의식을 키워나갔던 때이다. 이러한 진보적인 의식은 서구극 일변도에서
벗어나 창작극 계발과 전통 민속 연희 계승이라는 연극적 사명감으로
발전하게 된다.28) 〈망나니〉의 경우는 본격적인 마당극 운동의 일환으로
취급될 수는 없지만, 적어도 이 시기의 리얼리즘·참여문학·민주주
의·반외세 민족주의 성향의 진보적 담론에 둔한하지 않았다는 것만은
인정할 필요가 있다.

　이 희곡은 아무리 역사적 질곡이 깊고 거칠더라도 포기하지 않고 생
명을 유지한다는 메시지를 전달한다. 그런데 등장인물들이 절망하지 않
고 역사를 지속시키는 것은 민중의 자발적 의지의 소산이라기보다는
본능적이고 운명적인 결과일 뿐이다. 천수와 계영이 죽고 이를 지켜본
마당쇠가 진저리를 치는 역사의 우울함은 난희라고 하는 새로운 세대
로 인해 치유된다.

> 마당쇠 : 스님 이제 제 할 일은 끝이 났습니까? 저는 스님의 분부대로 천수가
> 태어난 때부터 죽는 날까지 옆에서 보살피며 있어 왔습니다. 그런데 이젠 천수

도 계영이도 가 버렸습니다. 이제 살아남은 난희를 위해 제 목숨을 또 연장하란 말씀이옵니까? 스님 저를 불러주시오. 저는 제가 있던 곳으로 돌아가고 싶습니다. 그곳이 저승이라 한들 이보다 더한 고통이라 한들 나의 곳이면 족합니다. 저들을 옆에서 보고 느낌은 내 스스로가 당함보다 더 괴로운 일임을 스님은 아시오? 스님 나를 불러 주십시오!

    노승 : (마당쇠를 일으키며) 마당쇠야 이제 끝이 났느니라. 난희는 스스로 살아갈 힘과 새 세상을 맞이할 것이니 네가 염려 안 해도 되느니라.[29]

그런데 여기에서 중요한 것은 낙관론적 세계관의 확실한 징표로 등장하는 난희의 생존이 그녀 자신의 각성과 선택에 의한 것이 아니라는 점이다. 난희는 끈질긴 생명력을 지닌 '민중, 또는 민족'의 단일한 기표로 작용할 뿐이다. 따라서 난희의 미래 개척은 작가의 선언적 주장에 불과하게 된다. 작가는 마니교적 이원론에 입각해 다분히 맹목적인 진보사관을 내비치고 있다. 그러나 이러한 맹목성은, 유민영이 적절하게 지적했듯이, '이상주의와 이것의 붕괴 때문에 나타나는 허무주의'[30]의 성격을 띠게 된다.

이 작품의 내러티브 전개에 있어서 임진왜란은 무의식중에 6·25와 등치되는데, 이는 전후 우리 민족의 삶도 절망적인 것이 될 수 없다는 함의를 지니게 된다.

    노승 : 역사를 거슬러 올라가 보세. 가장 저들이 고통스러웠던 역사 속의 인간이 죽음을 찬미하고 절망하여 스스로 목숨을 끊는가 아니면 내일을 위해 다시 출발하는가를 보는 거야.

    고석 : 그럴 때라면 나도 알지. 6·25?

    노승 : 아, 그건 안돼. 그 상처는 아직도 아물지 않고 있는 걸? 결론이 날 수 없지.

    고석 : 6·25를 빼고 이 민족이 당한 가장 처참한 전쟁이라면 임진왜란이겠지. (41면)

　　고석: 세월 좋구나. 총소리를 듣지 못했느냐? 도처에 살육이 자행되고 있느
니라.
　　노승: 살육이라니? 전쟁이라도 터졌단 말이냐?
　　고석: 간첩이 나타났다.
　　노승: 간첩이라면 원래 남모르게 은밀히 다니는 게 버릇이거늘 총을 쏘아댈
건 뭐냐?
　　고석: 무장 간첩이다. 마구 닥치는 대로 쏘아 죽이는 간첩이지. 요즘 나는 참
외롭지가 않아. 여자 남자 가릴 새 없이 어린애까지 닥치는 대로 돌로 까 죽이
고 쏴 죽이는 덕택에 아이 제사 어른 제사 젯밥 먹으러 다니기 아주 배가 터질
지경이다. (51면)

이때 두 개의 서로 다른 역사적 사건은 유사성을 지님으로써 '은유'
적 효과를 내는데, 6·25는 임진왜란이라는 보조관념을 필요로 한다.
따라서 이제 두 전쟁의 질적 차이는 희미해지고 시공을 초월하는 항구
적 인간 본질이 존재한다는 메시지로 다가온다. 이 지점에서 작가의
'정치적 무의식'은 북한을 왜구와 동일시함으로써 절대타자로 설정하게
된다. 이는 민족주의와 반공주의가 습합된 결과로서 타자의 침략에 의
해서도 결코 사라질 수 없는 민족적 주체를 구성한다.

이 작품은 〈전하〉에서와 같은 시간 여행 모티브가 내러티브 전개의
토대로 작용한다. 그러나 신명순이 과거 여행의 의미를 성급하게 규정
짓지 않았던 것에 비해서, 윤대성은 노승의 입을 빌려 단호하게 결론짓
는다. 노승과 고석은 마당쇠를 과거로 보내 역사의 질곡을 체험하게 한
다. 고석이 비관적 역사관을 지니고 있는 것에 비해 노승은 낙관론을
펼친다.

　　노승: 인간은 죽지 않고 살아 있는 것이다. 아무리 삶이 고통이고 괴로움 뿐
이라 하지만 인간은 절망하지 않는 것이다. 저들이 걸어온 발자취를 보렴. 여
기 내가 있고 저들이 있어 죽지 않고 연연히 살아오는 것이 그 증거이니 이는
저들에게 희망이 있고 보람이 있고 삶의 의욕이 있는 때문이니라. 이제 인간은

너를 찾지 않으리라! (40~41면)

마당쇠는 천수와 계영이 역사의 거센 물살에 휩쓸려 가는 모습을 목격한다. 그는 처참한 비극의 한복판에 더 이상 버티고 서있을 수가 없다. 죽어 가는 천수 앞에서는 미래에 대한 의지를 표명하기도 하지만 노승에게는 고통을 하소연한다. 마당쇠는 역사에 관한 한 주체가 아니다. 다만 자아가 분열된 관찰자일 뿐이다.

> 마당쇠 : 이제 너는 가버렸다만 나는 너를 보내지 아니하였느니라, 나는 네 속에 살아있고 너도 내 속에 살아있지 않으냐? (85면)
> 마당쇠 : 이젠 천수도 계영이도 가 버렸습니다. 이제 살아남은 난희를 위해 제 목숨을 또 연장하란 말씀이옵니까? 스님 저를 불러주시오. 저는 제가 있던 곳으로 돌아가고 싶습니다. 그곳이 저승이라 한들 이보다 더한 고통이라 한들 나의 곳이면 족합니다. 저들을 옆에서 보고 느낌은 내 스스로가 당함보다 더 괴로운 일임을 스님은 아시오? 스님 나를 불러 주십시오! (85~86면)

역사를 해석하고 평가하는 권리는 텍스트 외부에 존재한다. 마당쇠의 절규와는 관계없이 노승은 민중적 생명력을 신봉한다. 그러나 이 신념에 찬 발언은 대단히 선언적이며 관념적이다. 이때 역사를 바라보는 시선의 주체는 고석과 노승이다. 이들에 의해 역사가 선택되고 편집되며 최종적으로 판단된다. 그런 의미에서 이들은 역사를 서술하는 인텔리겐차의 모습을 닮았다. 왜구의 침략, 원군 명나라의 횡포, 양반 및 관리들의 부정부패가 민중의 생명력과 함께 내러티브라는 직조물(織造物)을 만들어낸다. 우리는 여기에서 외세를 거부하는 민족주의와 함께 역사의 주체로서의 민중상이 구현됨을 볼 수 있다.

민족이나 계급 같은 개념은 근대 서구의 산물이다. 그러나 문제는 이 개념이 수입된 것이라는 사실에 있는 것이 아니라, 민족주의 또는 마르크스주의적인 역사 서술이 우리의 역사를 어떻게 해석하는가이다. 불행하게도 이 두 부류의 사상은 민중을 민족의 일원으로서 의식하고 행동하는 주체로 역사적 재현을 시도함으로써 민중의 주체적 행위를 배제해 버리고 침묵하게 만드는 엘리트주의적 지배담론에서 벗어나지 못했다.[31] 그런 의미에서 윤대성이 〈망나니〉의 내러티브에서 구현한 민중은 다분히 엘리트주의적 성격 설정이라 할 수 있다. 왜냐하면 작가는 민중의 자율적인 의식을 인정하지 않고 역사 진행의 기능으로만 인식했기 때문이다. 이는 마치 유럽 중심적 역사 서술이 농민 반란자들을 자신들의 의지와 이성으로 반란이라 불리는 실천을 구성했던 하나의 실체로 바라보지 않고, 단순히 하나의 경험적인 인간 혹은 한 계급의 구성원 정도로 취급해 온 것과 비교될 만하다.[32]

민중, 또는 민족은 단일한 통일체라고 보기도 어려울뿐더러 본질적이거나 근본적인 범주로 특권화시킬 수 없는 대상이다. 민중의 저항적인 예속성 혹은 예속적인 저항성은 지배 담론 안으로 사라지는 것이 아니라 지배 담론의 틈새 속에서, 혹은 지배 담론에서의 민중의 침묵과 외면 속에서, 이들의 행위를 순화시키고 규범화시키는 지배 담론의 권력기능 속에서, 지배 담론의 속임수와 장황한 수사 속에서 드러나는 것이다.[33] 그러나 윤대성은 매우 이질적이고 다양한 층위를 지닐 수밖에 없는 민중을 본질적이고 단일한 주체로 구성했다. 실제로 이러한 주체는 존재할 수 없다. 왜냐하면 이 주체 개념에는 계급·성·인종·언어·문화·취향과 같은 이질성이 틈입할 수 없기 때문이다. 〈망나니〉는 윤대성의 여러 입장들이 중층결정된 상태, 그러나 민족주의라는 최종심급으로 환원되는 내러티브 양상을 드러내고 있다.

5. 텍스트와 세계의 변증법

박조열이 분단과 통일 모티브를 일관되게 탐색했던 것은 사실이다. 그러나 우리는 그의 작품에서 이러한 모티브의 존재만을 확인하는데 치중한다면 놓치는 부분이 있을 것 같다. 선명하게 보이는 그의 주제의식이 지니고 있을 무의식적 징후가 그것이다. 〈목이 긴 두 사람의 대화〉에서 그것은 분단에 대한 강박증적 부채의식으로 내면화되는데, 이를테면 이 강박증은, 분단의 지속과 통일의 지연은 그 자체로 무의미한 시간이며, 이러한 상황 아래에서는 퇴행적인 주체로밖에는 생명을 유지할 수밖에 없다는 예민한 피해의식으로 나타난다. 작가는 통일을 절대 가치화 함으로써 거의 모든 모순을 분단으로 환원시키고 있으며, 이에 따라 전쟁으로 인한 근대 초극의 지연, 50년대에서 60년대까지를 관통하는 반공 이데올로기의 폭력성, 그리고 반공을 정권 유지에 악용함으로써 하향식 근대화가 몰고 온 분단모순 등에 대한 폭넓은 시선을 마련하지 못한 한계를 남겨두고 있다.

60년대의 낙관론에 기초한 근대화 프로젝트는 국민 생활의 개선에 절대 가치를 부여함으로써 역사적 사실과 진실을 일정하게 편집했다. 그런 의미에서 신명순의 〈전하〉는 자의적으로 해석되고 정의된 역사를 재서술하고자 하는 자이다. 〈전하〉에서 성삼문, 윤씨의 눌변과 과묵함은 세조, 신숙주의 달변과 이성적·합리적 담론과 대조되면서 특정한 의미를 생산한다. 여기에 이 작품의 숨겨진 효과를 발견할 수 있는 것인데, 즉 전자의 어눌함은 억압된 욕망의 환유로 볼 수 있다. 더 나아가 이것은 탈식민지 국가로서 정치·경제적 후진성의 질곡을 통과해야 하는 제3세계 민족의 알레고리적 내러티브라 할 수 있다.

윤대성의 〈망나니〉는 민족주의·민중주의·반공주의가 착종된 상태로 진행되고 있다. 왜구의 침략과 원군 명나라에 대한 집단적 분노에서는 민족주의가, 양반 계급에 대한 증오에서는 민중주의가, 그리고 간첩의 침입과 외구의 침입을 동등하게 처리한다는 점에서 반공주의가 엿보인다. 여기에서 문제시되는 것은 민중주의와 반공주의의 혼융이라 할 수 있다. 맑시즘의 보수주의적 수용이라 할 만한 윤대성의 민중주의는 무의식적 반공주의와 결합함으로써 사상적 난맥상을 드러낸다. 이 두 가지 개념의 결합이 가능해지는 것은 바로 민족주의 담론에 의해서이다. 왜냐하면 그에게 있어 민족주의는 두 경향의 상위개념이기 때문이다. 이는 맑시즘과 냉전 이데올로기의 갈등 속에서도 민족주의라는 최종심급으로 귀결되는 제3세계 상황에 대한 하나의 알레고리로 간주할 수 있을 것이다.

주석

1) 1960년대의 낙관론적 세계관 형성에 대해서는 졸고, 「이근삼 희곡의 일상성과 근대성」(『한국극예술학회』 제9집, 1999)을 참고.
2) 최익현, 「이효석의 미적 자의식에 관한 연구—식민체제에서의 글쓰기 비판」, 중앙대 박사논문, 1998, 19~20면.
3) 이경덕, 「욕망과 서사—프레드릭 제임슨의 리얼리즘론」, 『문화과학』 1993년 봄호, 121면.
4) 위의 글, 130면.
5) Jeremy Tambling, *Narrative and Ideology*, Open University Press, 1980, 23면.
6) Fredric Jameson, *The Political Unconscious*, Methuen, 1981, 11~12면.
7) 오영미, 「분단희곡연구 I —1960년대를 중심으로」, 『한국연극연구』, 한국연극사학회 편, 1998, 357~361면. 이 글에서 오영미는 박조열의 분단희곡이 기존의 비극적이고 사실적인 정조에서 벗어나 희극화·추상화함으로써 분단희곡의 지평을 넓혔다고 그 의의를 강조한다.
8) Fredric Jameson, "Third-World Literature in the Era of Multinational Capitalism", *Sosal Text*, vol.1, no.5, Fall, 1986, p.70. 제임슨은 노신의 『아큐정전』을 논하는 자리에서, 그의 작품세계가 묘사하고 있는 풍경은 '우리 자신의 세계 외관 밑에 숨어있는 소름 끼치고 위협적인 실제 세계를 재구성'하는 것이라고 지적한다. 이 말은 『아큐정전』에 등장하는 거의 모든 이미지들이 제3세계의 민족적 알레고리임을 강조한다.
9) 위의 글, 69면.
10) A. Ahmad, "Jameson's Rhetoric of Otherness and the 'National Allegory'", *In Theory*, Verso, 1992, 109면.
11) 헨리 홍순 임, 「이상의 「날개」—반식민주의적 알레고리로 읽기」, 『식민지 경제구조와

사회주의 운동」(역사연구 제6호), 역사학연구소, 풀빛, 1998, 251면.

12) 최익현, 「1930년대 염상섭의 글쓰기와 만주행의 의미—민족적 알레고리의 이중성」, 『1930년대 문학과 근대체험』, 문학과비평연구회, 1999.

13) 졸고, 「1950년대 후반기 희곡의 담론연구」, 중앙대 박사논문, 1996, 41면, 169~172면 참조

14) 백로라, 「박조열 희곡의 공간 연구—『오장군의 발톱』을 중심으로」, 숭실대 석사논문, 1994. "베케트의 극은 연극적이고 풍부한 상상력이 들어있어서 좋아하며, 체홉의 극은 다면적이고 넓이가 느껴지며 재미있기 때문에 좋아한다고 말하고 있다."(14면) "그는 베케트나 체홉의 작품처럼 관객에게 상상력과 재미를 줄 수 있는 작품으로서 연극성을 획득하고 있는 작품에 가치를 두고 있다고 생각된다."(16면) 그렇다면 박조열은 베케트의 희곡들로부터 드라마투르기에 대한 영감만 받았을 뿐이지 사상까지 영향을 받은 것은 아닌 것 같다.

15) Fredric Jameson, "Third-World Literature in the Era of Multinational Capitalism", 앞의 책, 69면.

16) Richard Gilman, 김진식 외역, 『현대드라마의 형성』, 현대미학사, 1995, 280면. 『고도를 기다리며』에서 시간의 의미에 대해서는 다음의 설명도 참고할 만하다. "등장인물에게 현재라는 시간은 물리적인 양의 차원에서 별 의미가 없다. 말하자면 현재의 시간은 행동과 미래의 일을 지향하고 있지 않다. 이러한 현재가 내포하는 내용은 본질적으로 어떤 일에도 개의치 않는다."(Michèle Foucre, 박형섭 역, 『베케트 연극론』, 동문선, 1995, 56면)

17) 박조열, 「목이 긴 두 사람의 대화」, 『오장군의 발톱』, 학고방, 1991, 110면.

18) 현재 필자가 접해볼 수 있는 작품으로는 「전하」, 「증인」, 「우보시의 어느 해 겨울」 세 편뿐이다.

19) 신명순, 「작가의 말—'민예'와의 인연」. 이 글은 한국문화예술진흥원 홈페이지 연극자료실에 소장되어 있다.(http://www.kcaf.or.kr)

20) 최익현, 「이효석의 미적 자의식에 관한 연구—식민체제에서의 글쓰기 비판」, 앞의 글. 폭력적 국가기구의 이데올로기를 그대로 용인할 수도 없고 그렇다고 이를 완전하게 부정할 수도 없을 때 작가는 모든 방법을 동원하여 자기 보존의 전술을 채택할 수밖에 없다.(189면) 따라서 강압적인 체제하에서 자유로운 표현 의지를 감금당한 작품에서, 연구자는 "작가가 작품 안에서 말하는 것이란, 결국 말하지 않는 것"(50면)이라는 입장을 가져야 한다.

21) Fredric Jameson, *The Political Unconscious*, 앞의 책, 39~40면. 제임슨은 '매개'의 개념을 차이와 동일성을 함께 인정하려는 의도로 사용한다. 즉 상상적 해결 국면인 텍스트 차원과 '실재계'라 할 수 있는 현실, 또는 역사와의 접맥은 서로 다르면서 상동성을 지니고 있는 환유적, 중층적 관계이다. 다시 말해서 텍스트와 역사(현실의 사건들)와의 관계는 알레고리적이다.

22) Fredric Jameson, "Imaginary and Symbolic Lacan", *Yale French Studies*, No.55 / 56, 388면. 라캉에서 빌어온 개념인 '실재'는 제임슨에 와서는 '역사'와 동일개념이 된다. 따라서 "실재는 단지 역사 그 자체일 뿐이다(The Real is simply History itself)." 역사로서의 실재 그 자체는 절대적으로 상징화를 거부하는 궁극적 지시체(Ultimate referent)라 하더라도, 그것에 대한 우리의 접근은 항상 상상계나 상징계라는 기존의 이데올로기 텍스트를 통과해야 한다. 그런 이유로 역사와 실재는 '부재하는 원인(absent cause)'이며 우리는 항상 그 효과인 텍스트를 통해서만 역사에 접근할 수 있다.(*The Political Unconscious*, 35면)

23) 이정우, 『시뮬라크르의 시대－들뢰즈의 사건의 철학』, 거름, 1999, 29~34면. 합리주의
는 이 세계 자체가 어떤 법칙성으로 되어 있다고 간주한다. 법칙, 형상, 보편자 등이 세계
내에 존재한다고 주장한다는 면에서 합리주의는 '실재론(實在論)'과 '구조주의' 사상과
같은 맥락에 놓인다.
24) 신명순, 「전하」, 『한국대표단막극선』(김미도 편), 월인, 1992, 38~39면.
25) 이정우, 앞의 책, 29면. 실재론, 또는 합리주의에 반해서 '유명론'은, 현실적 개체들만
존재할 뿐이지 이 개체들을 본질적으로 규정해 주는 '보편자'는 이 세상에 없다는 입장
을 취한다.
26) 유민영, 『한국현대희곡사』, 홍성사, 1982, 537면. "실제로 우리의 현대 희곡 중에서 등
장인물에 전통적 假面을 씌운 것은 「망나니」가 처음이었다. 이 말은 「망나니」가 적어도
희곡의 양식면에서 대담한 변화를 추구한 실험이었다는 이야기다. 소재 원천을 전통적
민속에서 가져 온 경우는 이미 오영진이 시도한 것이었으므로 윤대성의 경우는 양식의
계발이라는 점에서 독특한 것이었다."
27) 서연호, 「윤대성론－삶의 환경에 대한 통찰」, 『한국현역극작가론』1(한국연극평론가
협회 편), 예니, 1994, 65면.
28) 이영미, 『마당극 양식의 원리와 특성』, 한국예술종합학교 한국예술연구소, 1995, 35~
37면.
29) 윤대성, 「망나니」, 『신화1900』(윤대성 희곡집), 예니, 1983, 86면.
30) 유민영, 「좌절과 비극의 작가」, 위의 책, 256면.
31) 김택현, 「서발턴 연구에 대하여」, 『식민지 경제구조와 사회주의 운동』, 앞의 책, 266면.
32) Gyan Prakash, 정윤경·이찬행 역, 「포스트 식민주의적 비판으로서의 서발턴 연구」,
위의 책, 277면. 기얀 프라카쉬에 의하면, 이러한 역사 서술 태도는 농민반란을 "뇌우처
럼 터져나오는, 지진처럼 요동치는, 번개처럼 번져나가는" 자연발생적인 분출로 표현하
려는 경향이 있다.
33) 김택현, 앞의 글, 262~268면.